李茂询 著

西域英雄传 Ⅳ

XIYU YINGXIONG ZHUAN

陕西新华出版传媒集团 陕西人民出版社

第六十九回　战地坟丘张骞祭灵　守灵月氏戈泊说事

拐过山弯，由天际却慢行欲止。其后跟来的堂邑父笑道：“如此趑趄不进，这可不像你由天际所为。看到什么了，且与大家说说？”

由天际一副大失所望的模样：“一顶破帐篷，两个老太婆，一堆杂巴火，一条瘦毛狗，有甚看头？”

大家顺其所指，果见一棵树下燃着一堆篝火，夕阳与火光交织，映照着两个坐在木墩上的老妇，正在串烧着什么，一条瘦里吧唧的长毛狗，并不跳起扑咬，而是忙于对付一根骨头，“咔巴咔巴”啃着。此时相距不过三丈，越近，便越看得明白。

猛然见到八九名异族男子，两名老妇显得十分惊慌，站直了身子，手上各自拿着一串烤肉，嘴巴蠕动，张口结舌，手足无措，莫知所云。那条狗也停了啃食，夹着尾巴，一个出溜，去了帐篷门口，又向这群陌生人张望。

张骞向众人一挥手臂，下马走近，对着两名老妇含笑深施一礼：“老阿妈不要害怕，我等九人系大汉皇帝派往西域的使臣，而今路经此地，顺带探问一些消息，并无他意。”

两老妇见来人和善，虽不再紧张，但戒心未除。一高个老者摇手示意，表示她不懂来人在说些什么。

张骞顿悟，急切之中以汉话相告，对方当然不知所云，即以番语将来历予以重述。孰料对方仍以疑惑的目光看着他，一脸茫然的样子。

在张骞一挥手臂之时，众人俱行下马，停于其后，好奇地看着眼前及周围的一切。眼前两名老妇，一在五十余岁，一在六十开外，体型远比汉人女子高大，即使五十余岁矮者，个头都与张骞相若。且面相与汉人、匈奴人迥异，鼻准高而挺直，眼眶大而深凹，眼珠蓝而碧清，头发棕麻卷曲，衣饰似乎未经裁剪缝制，一裹了之。离此三里之外，有数十顶帐篷，稀稀拉拉依次排开。北边缥缈之处，山峰隐约；南边目及之处，矮丘连绵。整个谷地草场，南北宽在数十里不等，东西长不知几许，不远处一条小河于草丛中潺潺流过，七扭八拐，于谷地低洼地段汇成水潭，复向东流去。其草原景象，与匈奴大多无异，只人烟似乎更为稀少。

大家等候着问讯结果。有的索性坐在草地上，揪着身边的小花，看着花瓣颜色，嗅着花儿的气味；有的则凝望着天际，看白云变幻，大鸟翱翔。这时，张骞忽然回头招手道："苏疾过来，还是你来问话。先说明我等来历，再探问此地情况。汉话、番语既然不懂，就以其他族语相述。"

苏疾应声而起，将揉皱的衣服抻抻，这才款步而行，堆起笑容，上前一揖。先以乌孙语问候，不果。复以大宛语交谈，仍然不果。再以羌人俚语述之，这才答上话茬。苏疾大喜，告以张骞："她们知羌人语，这下总算可以与之相叙了。"

"那你就按照我刚才的意思，一一道之。"张骞听罢，亦很高兴。见众兄弟关切的样子，又道，"大家可以上前，都来听听，让苏疾予以转述。"

由天际一蹿而至："苏叔叔，你跟她们说的甚话？挑着说上一句，让我们学学。"

苏疾说了一句羌语"老阿妈好，拜见老阿妈"，而后让大家施礼问候。

大家七高八低，按羌人礼仪，掌心向上，双手相拼，弯腰鞠躬，致以问候。

两个老妇立刻笑靥如花。年长者不知说了句甚，年轻者便疾步入帐，一手提出一只瓦罐，一手托着三只木碗，走到张骞面前，放下瓦罐，双手将碗平胸递出。

张骞一愣，之后顷刻会意，恭恭敬敬，双手平胸伸出，将碗接住。

手捧三只木碗，又不便相问，一时有些踌躇。倒是年长老妇温婉一笑，过来取下两只碗，一手一只，双手平持。另一老妇提起瓦罐，摇摇，揭开罐盖，将三只木碗斟满，而后左手提罐，右手接过酒碗，先自啜饮一口，又递与年长老妇左手。年长老妇将右碗一举，亦是啜饮一口，接着向张骞示意，将碗中之物全干。

大家在罐盖揭开之时，便已闻到酒香。只这酒香十分特别，不似汉人的黍酒烧酒，亦与匈奴人的马奶酒大相径庭，它显得清醇、淡雅，让人有一种宁静忘俗的感觉。张骞看着碗中带着紫红的酒液，突生奇想，若以玉杯盛之，那种观感该是多么的美妙！他轻轻啜饮一口，那种酸甜的酒香立刻满溢齿颊，全身顿时爽然。这是他第二次品到此物。第一次，是路途之中那位陌生死者的饮品。这一次，又在这陌生地方，两位老妇已将他们当作了尊贵的客人。

张骞已然明白老妇之意，又见大伙儿急不可耐，尤其由天际馋涎欲滴模样，便一边让苏疾继续询问她们的情况，一边大口饮完碗中酒液，将碗递与堂邑父。

九人依次喝到，酒罐也已见底。苏疾亦打探明白，两名老妇系为妯娌，高个年长老者名伏尔卡，矮个老者名努依玛。她们并非羌人，二十年前原在党河大草原生活，后因败于匈奴冒顿单于铁骑，举族迁徙此地，十六年前匈奴大军又远征而来，她们又举族西迁，只留下极少部分人在此。

一听“党河”二字，张骞即道：“这么说，她们是大月氏人？”

“她们没说，我想，应该是这样。”苏疾道。

“她们缘何隐下此情？其中必有因由。”张骞肯定之后，又决然道，“使节队之目的，就是为了寻找大月氏。既有如此重大线索，理应弄清。这样吧，你当通译，我来相问。”

所有使节队员一听有了大月氏人的下落，无不格外兴奋，格外专注。

张骞双脚并齐立定，以汉礼抱拳深深一揖：“伏尔卡、努依玛阿母，我作为大汉使节队正使，首先感谢二老以美酒酬酢我等陌生远旅之人。为表示我等谢意，现以一匹布帛相赠，请予笑纳。”语毕，让任扶取来一匹葛布，双手奉送。

伏尔卡非常意外和激动：“这从何说起？区区一罐果酒，以如此贵重之礼相赠，我们实难承受。正使头人，我们不敢平白无故受人恩惠。”两位老妇轻抚葛布，虽然不舍，仍旧送回，“正使头人，谢谢你的好意。”

“尊敬的两位阿母，请你们且先拿着，听我把话说完。”张骞诚恳道，“二老既然曾在党河草原生活，相信一定见过汉人。我等九人均为大汉皇帝钦命出使西域的使节队员，我是正使张骞，刚才奉送布帛者系副使任扶，另有副使堂邑父——甭看他是匈奴人，却是我的结义兄弟，十几年来一直生死相依，患难与共。还有副使秦自乐，先祖为逃避暴秦灭族之祸，逃往峦芳洲存身。与两位阿母担任通译者叫苏疾，另有大汉朝廷医官孙治瑾、擅长稼穑与烹饪的杨柏、大汉朝廷玉石工匠赵无偏，那位最年轻、最英俊、最讨人喜欢的小伙子，叫由天际。我等—非匈奴人的暗探，更非大月氏之敌。恰恰相反，我等是大月氏人和其他受欺凌者的朋友。我等为完成寻找你们的使命，十年前在匈奴被俘，含垢忍辱当了十年奴隶，今年伺机脱逃，一路艰辛，方到此处。我等十分体谅二老之戒备，亦恳请二老体察我等之苦心，能将实情见告。"

努依玛看着伏尔卡："嫂嫂，看来他们真是汉人。若是奸伪之徒，就不会理会你我，而去伊木罕那里，去找匈奴头领利度削。不妨实话告诉他们？"

苏疾大吃一惊：怎的，这里仍被匈奴所控制？伊木罕是什么人？匈奴头领利度削又在哪里？他将此情小声告诉张骞，张骞亦吃惊不小。看来，此地仍潜藏危险，须得谨慎行事。为今后计，更应探明周遭情况。

既然努依玛态度转变，张骞便含笑等待。

伏尔卡向努依玛点头称是，对张骞爽声道："确乎，我们原为大月氏人，而非羌人。"

"那么，为何又以羌人面目对待我等？"

"张正使有所不知，大月氏绝大部分西迁之后，羌族中的利宾拉人乘隙占领了这里，而利宾拉人早已投靠了匈奴，每年都要向龙廷单于进献黄金、宝马和美女。我们以羌人面目出现，一是为了避免给你们带去祸祟，二是为了减少自己的麻烦。此等隐情，还请见谅。"

"二位老阿母，可晓得努汗菇？"

"努汗菇？你怎么晓得她？她原是老大月氏宠爱的王妃，她年轻美丽，被匈奴单于掳去，现在也不知情况如何。"伏尔卡一声深长的叹息，"老王爷被杀害，贵为王妃的努汗菇，反受敌酋欺侮，这是大月氏人的奇耻大辱。"

"十年前，我作为汉俘，曾在匈奴单于龙廷见过她，她衣着华贵，却面如冰霜，对人冷淡漠然。唉，国破家亡以何存身？大月氏人难道不想回故地、复故国？大月氏人若有此等愿望，吾皇倒想与之联手，助其一臂之力——二位老阿母，可否告知张骞，浩浩荡荡数十万大月氏人，现在究竟西迁去了何地？"

“努汗菇如此落局，谁也未曾料想。”伏尔卡敛颜一沉，又叹息道，“大月氏人感谢大汉皇帝美意，但我等下民，委实不知我族大部人马路经何地，去了何处。十几年前离此之后，就杳无消息。”

张骞察其并非伪言，遂又问道：“请问阿母，伊木罕是什么人？利度削又是什么人？”

“伊木罕原是老月氏王的另一王妃，十六年前，在与匈奴远征军作战中被俘，匈奴龙廷因离此太远，为笼络留下的大月氏人，在羌人居住的偏僻之地建立了一个小月氏国，由伊木罕领国。利度削原为匈奴一名千夫长，被匈奴单于派为小月氏国监国。后来伊木罕生了个儿子，今年年方十岁，上一月才被立为小月氏国国王，但权力仍在监国利度削手中。”

“这么说来，伊木罕的儿子，也就是小月氏国王，并非你们大月氏人——请老阿母莫怪，张骞的话有些唐突，如有冒犯，尚请宽宥。”

“这事不好说。名义上，匈奴监国利度削为伊木罕找了个大月氏男人，可是没几年，那男人便莫名其妙地死于一场狩猎，被狼群吞噬。后来，伊木罕便顶着领国之名，在小月氏国王廷独自生活。”伏尔卡满是无奈与愤慨。对张骞之言，并不以为忤。

“不知小月氏国距此尚有多远？有多少人？”

“我与努依玛都从未去过。据去过的人说，骑马约需两日，算下来当在四百里上下。总体不足万人，有骑士一千余乘。”

“有一事我不太明白，按年月计算，十六年前，二位阿母正当青壮岁月，缘何未随大部族西迁，就算未能西迁，又为何不去小月氏国谋生，二老孤苦伶仃，或老至无法生存时节，又该如何应对？”

孰料，两位老妇突然掩面而泣。张骞与众人亦感惊愕。想想，问话并无差错，那么是什么触到她们的痛处？苏疾茫然：“张骞大哥，我完全按你原话，一字不差地说与她们，哪承想——”

“此事与你无关，等等再看。待到心情平复，她们自会告诉我等。”张骞示意众人，安静以待。

不一会儿，伏尔卡止泣而言：“张正使，惹你们见笑，我与努伊玛失态了。你的话，让我们又想起十六年前六月初六那天，匈奴远征军将近两万名骑士，突然攻入大月氏，我们仓促应战，在北山一处草原上展开厮杀，战斗进行了三天两夜。我的丈夫与两个儿子，我丈夫的弟弟与一个侄子——也就是努伊玛的丈夫与儿子，全部阵亡。后来，我与努伊玛亦参加战斗，并先后负伤。我们终于打败了敌人，匈奴仅剩两千余人逃回。但是经过这一次战争，大月氏也元气大伤，为了避免匈奴单于再次报复，遂决定继续西迁，到匈奴人够不着的地方重新立国。由于各种原因，有少数人留了下来。我与努伊玛一则因为伤情，二则愿做大月氏阵亡将士守灵人，就留在这里，哪里也没去。想到死去的亲人，故此伤心。”

堂邑父兀地激动不已：“北山草原距此多远？双方阵亡将士遗体又做何处置，可否见告？”

努伊玛不解：“这位匈奴汉使，何由关心此事？”

张骞即刻予以转圜：“老阿母请谅。我这位兄弟的父亲，当年被迫参加了那次远征，并战死于那次战争。按照匈奴人之俗，其后人应寻找遗体葬身之地，将其灵魂带回故土。匈奴上层的贪欲，导致底层牧民的惨祸，罪在其上，而不在其下。老阿母乃知理之人，当不致怪罪他人。”又示意堂邑父，予以致歉。

堂邑父意会，单膝一跪：“老阿母宽恕。我父虽系被迫，亦有罪愆。今遇阿母，代为赔罪。”

伏尔卡伸手示扶：“汉使请起。如张正使所说，此事罪不及你，况你父亦死于月氏人刀下。你不远万里，寻父到此，可见你的至诚与孝心，老身于理于情，皆应予以满足。北地草原离此不远，大约五十里左右。那里原是牧场，现已成坟场，双方阵亡将士全部葬于该地。因为那里太过阴森，我等守灵人便都在这地方居住，以放牧打猎为生。”又举起手中烤肉，道：“昨日猎得一只黄羊，权作充饥之物。在别人眼中，我们这些守灵人都身带晦气，不宜相与——不过这样也好，免了许多骚扰，倒也落得清静。”

“今日时辰已晚，明日可否带领我等为双方将士一祭？”

“汉使有此胸怀，老身怎可不予满足？明晨，我与努伊玛在此相候。”又语气一转，“按理应留宿待客，但因多有不便，家中逼仄，只能抱愧。”

“我等带有狼褥，且有篝火，又不缺饮食，这比起过乱石滩的日子，简直是天地之别。本来已是相扰，何敢再次劳烦？老阿母如不嫌啰唣，我等还有若许事情需要请教。”

“无须客气，张正使请说。”伏尔卡倒很爽快。

“不知当年匈奴远征军进军路线途经何处？从哪个方向奔袭而来？”

“方向在北。途经何处我们不知，你们可以问问别人。”

张骞想想，又换了问法：“大月氏西迁时是否走过乱石滩？如果未曾经过乱石滩，又是哪条路径？”

伏尔卡道：“这个我倒晓得。西迁那年是羊羔落地能自行跟随之后，快到五月底间，从党河集体出发。早在三月便派出两支探路先锋，一路去了你们所说的乱石滩，一路去了北线哈顺大漠北端。乱石滩太过凶险只能放弃，遂沿北线而进，越过博格达山①，后因那里冬季奇冷，又与乌孙人交恶，未及两年，又南下，穿过觉罗塔格②，到了现在这个地方。”

原来北边果然有通往西域路线。张骞顿足大悔，想到乱石滩所遭大罪，使节队几至覆灭，不由得愧然长叹：“各位兄弟，是我察路不清，乱石滩之厄难，我应领责！”

秦自乐将手一挥：“大哥不必如此。事情已然过去，没人怪罪于你。西域之路，是我等首开，谁也难以预知。只要能为后来者探明一条顺道，我想，后人定能记住我们的努力。”

赵无偏等人本来心情不顺，听得秦自乐如此一讲，立感一己之思太过狭隘，皆道：张骞大哥勿要自咎，人这一生，谁不犯错？今后之路，还都指靠于你，你可不敢因此失了果敢与坚毅。

“谢谢各位兄弟对我的信赖。但失败与教训，不能忘记。”又回头对两位老妇道：“谢谢你们的美酒和篝火，平白耽误了你们许久，你们且忙自己的事去吧，我们这也还有许多事需要处理。”

苏疾将话译过，便见两位老妇进了帐篷。

夜幕如巨大的帐幔，兜头而下，将这片陌生的草原顷刻遮没。北边原来清晰的山梁与丛林，此时也一概隐入地底；南边去小月氏国的方向，亦混沌一片；来时的路径，似泼墨一般分辨不清；唯有天边的月牙与满空的繁星，偶尔飘过的白云，以及邻近帐篷中的灯光，于安谧之中显出一些生气。

杨柏给篝火添加了几根柴棒，又取来一捆树枝，削尖后串上狼肉，抹了盐粒，交与每人两串，就着火焰边烤边吃，一边听着张骞对今后几天的日程安排。

张骞道："今日与两位老人的初次接触，我们获得了以下几条重要情况：其一，这里有月氏国，却并非真正的大月氏国，大月氏国还在更远的西边，一处未知的地方；其二，这里仍处在匈奴人的监控之下，但毕竟不受匈奴王爷、二司们的直接辖制，只要我等不暴露真实身份，相对而言，可称安全；其三，获知了北线通往西域的路径，可以绕过夺人性命的乱石滩。但是，此路几乎经过西匈奴全境，因我们的行踪已经暴露，返程时并不可取，今后也只可在消灭匈奴之后，作为出使西域的通道；其四，获知了多年前匈奴远征军与西迁大月氏人的争战之地。关于此事，在此我要多说几句，因此事关使节队中一位与大家肝胆相照的兄弟——他就是堂邑父。早在十二年前，我在家乡城固与其结为兄弟之时，便曾允诺，一旦西行，在他寻得其父葬身之地以后，便可自行返程回到他的故乡。这个承诺，今日仍然算数，去留不予强求。大家也人人皆知，自十年前从长安出发西行，直至现在，途中所有艰难凶险，他都在最前面，置自身安危于不顾。故此，明日请大家随我一道，前往陪祭，同时也祭奠一下那些为民族生存而战殁的大月氏勇士，以示我大汉朝与大月氏交好的意愿，表明大汉使节队使命之所在，扩大使节队之和平影响。同时再说一件小事，今夜篝火用了两位老人的薪柴，明日祭奠返回时，顺带砍些木柴补上。至于后几日的行程，我想做如下的行动——"

"大哥，我有话说！"堂邑父亮起嗓门，高声叫道。

"二弟，你说。"张骞干脆以结义兄弟称呼。

"大哥，我还是不是钦命使节队使节？"

"此事大家都有见证，当然毋庸置疑。"张骞已然明白堂邑父之意。

"我的使节队副使之职，还作不作数？"

"这是正使职权所命，我张骞做出的决定，从来不会收回。"

堂邑父又面向众人："各位兄弟说说，我是否做过背义之事，或是坏了使节队的气节？"

“甘叔叔，你不要说了，路上少了我可以，倘若少了您，那才不好玩，没意思。”由天际俏皮地说道。

本来挺严肃的对话，经由天际一搅，大家都笑将起来，纷纷道：堂邑父，大家谁个不知你是忠义之士，张大使兑现承诺没错，你坚守信义更令人佩服。没说的，我等明日一同陪你，祭奠尊父。

“堂邑父惭愧，有这么多好兄弟相陪，使我更知晓忠诚与信义的珍贵，堂邑父此生如愿矣。”堂邑父不觉间诌出一句文辞，惹得大家报以一阵善意的笑声。

张骞接口说道：“堂邑父之事，就此明确。下来，我说说今后几天的日程——此事未与几位副使计议，使节队现在就我等九人，有话还是一次说清为好。我虽为正使，亦须经过大家的理解与同意。其一，明日在此耽搁一天，上午去战场祭奠亡者，返回后大家分别走访其他大月氏人士，主要了解北线具体路径，以及敌情状况。其二，后天，也就是六月七日，大体用三天时日，去小月氏国察看了解一下。大家不要以为这是多此一举。小月氏国既已与羌人相融且臣服于匈奴，就没有什么联系之必要。我不这般认为，主要原因有两条：一条，使节队之使命是寻找大月氏人，大月氏既有此变化，我等亦应随机应变，将小月氏国情况弄清，以便向吾皇奏闻；另一条，羌人乃西域途中所遇之第一异族，其人口规模、习俗、对匈奴之真实态度及其战力情况，亦应予以掌握。第三，我等不可走回头路，再次返回，得从小月氏国重新出发，继续西行，直至找到真正的大月氏。这就需要了解那里的地理环境，找到一条相对安全的路径。大家说说，这样做法可否？”

除了堂邑父与秦自乐，其他六人皆交头接耳，小声议论起来。不一会儿，赵无偏“吭吭”两声之后，显出一种口吃模样道：“张骞大哥，你所说皆在理。既然并非命令，我有一种不同想法，可否道出？当然，想法归想法，命令我还是坚定不移服从的。”

“有甚想法，尽管道出。但凡做事，心顺，方可事顺。”张骞笑道。

“我认为，我们已经完成了皇帝所交付的使命。虽然是小月氏国，但他们毕竟仍是大月氏人。如果我们晓得多数大月氏人所经之西迁路线、落脚地点，自当别论，可到现在毫无踪迹，去何处寻找？又要找到何年何月？我们在匈奴已经耽误了十年，还要再耽误几年，恐怕朝廷早已将我们忘记，不如就从小月氏国返回，也可早一点回到家乡，了此残生。”说到最后，赵无偏竟有些悲凄哽咽。

此语一出，众皆默然。于理，应跟随张骞，继续西行，寻找真正的大月氏人；于情，赵无偏所想，亦无可厚非。人的一生，最好年华都已付出。就此回乡，也说得过去。

使节队又一次面临去与回的两难抉择。不过，这一次有些出乎张骞预料。

在篝火映照之下，张骞逐个看到那一张张沧桑满脸的面容，心中不由得一阵酸楚。他们抛家舍国，跟随自己，时时置生死于不顾，只是为了完成朝廷所交付的使命。而今总算找到了大月氏的残部，客观上似乎说得过去，由此生出的思乡之情，自然不能苛求他们能予改变。但是，没有见到大部族大月氏人，便就此折返，这不符合他对信念的恪守，十年的苦难都能忍耐，再多上三年五年，又能怎样？哪怕终此一生完成这一件使命，也有所值。

他想听听堂邑父、秦自乐等人的所思所想：“三位副使，尔等又是如何对待此事？”

“我是跟定了大哥，不达目的，决不罢休。”堂邑父斩钉截铁地说道。想一想，又坦然道，“是的，起始那段时日，我是决定在祭拜亡父之后返回嘎顺诺尔。可是其后我改变了主意，我将终此一生，跟着张骞大哥，先去西域找到大月氏，而后再带着那里的奇异物种，随大哥去汉地城固生活。”

“我也一样。张骞大哥说怎么办就怎么办。找到大月氏以后，我将带领我的家人重回故乡汉中，不再做峦芳洲的山大王。将来不管做官种田，都把根深牢扎在故乡。”秦自乐亦无拖泥带水之语。

任扶与赵无偏亦有同感。可是，见堂邑父、秦自乐这样，自己乃钦命副使，又中途折回追随张骞，此时退缩，还算什么？于是道：“我中途折返，就没打算把骨头送回长安。”

杨柏将架在旁边烧水的铜锅“咣”地一敲：“我要回，八年前就回去了，何必在‘念汉里’苦盼各位兄弟？张骞大哥给我说了大蒜、黄瓜等西域稀罕之物，那西域不知还有多少稀奇古怪东西等着见识！反正谁想回去谁走，我是要跟着张骞大哥走到底。”

“各位叔叔，依我所见，在乱石滩，大家就不该拼死拼活，将张伯伯从鬼门关中拽回来，那时想散伙多容易？现在刚刚将米下锅便就熄火，还说饭已煮熟，谁信？我们总不能一只脚在西域门口，一只脚还在门外，就不进去看看？赵叔叔，不是我财迷，说不定那里有价值连城的美玉正等着您。”由天际笑道。

“我也是一时思乡心切，并非不愿意继续西行。”赵无偏嗫嚅道。

孙治瑾、苏疾无可无不可，继续西行或者就此返回，均以张骞决定为准。使节队面临分解的危机就此解除。张骞慨然道：“十多年前使节队从京城出发，可谓风光无限，一百零四人的队伍，也可谓浩浩荡荡。而今仅有我等九名兄弟西征于途，十年来与故国不通音信，之前朱厚良等人亦不知是否安全抵达京城。或许，朝廷淡忘了此事，对于我等只有传闻与谣言，我等难道就因此放弃初时之目的？想想夏宏、李肃百、公羊鸣执、范佑铭那么多为国捐躯的兄弟，就这样半途而废，我心着实不甘！十年的磨难也是白受。我们不求封妻荫子、不求闻达朝野，只要能为我大汉边民的安定奉献一点力量，我等此行之目的也就达到。我们是苦难兄弟，最需要的是互相理解与扶助。我对任何兄弟都无苛求，更无责怪。有思亲思乡的念头极为正常，我也常常思念我的城固家乡，那种虽然辛苦却鱼米丰饶的田园生活，是多么的美好。可是，既然以身许国，就只能以身报国，国家强大了，才不致受外侮欺凌，万千家庭才得以安宁。”

“张骞大哥，你不要说了，我为我的念头感到十分羞愧。说说明日陪堂邑父之事，如何进行，我们心中没谱。”赵无偏嚼着烤肉，说话有些呜噜，字句倒还清楚。

众人亦感为难，不知如何陪祭。由天际干脆点明：“那里有那么多坟茔，谁知哪座坟茔系甘叔叔亡父之所在？倘若乱祭，岂不让别的鬼魂捡了便宜？”

“这事我自有措置。”张骞与堂邑父简单计议了一番，而后道，“人们常言，心诚则灵，只要虔心召唤，其亲人魂灵则必有所感，听召而附。再说，这世间哪有上辈亲人不识后辈儿孙者？故此，虽有万千坟茔，此亦无须多虑。说到此处，我有两件私事须向大家申明：一件，我与甘父乃结义兄弟，故而甘父之父，亦是张骞之父；另一件，我乃昆古丽玛月伦的夫婿，而拙荆之父亦战殁于此，因而岳丈之魂灵亦应一体召回。有此两事，张骞理当感谢大家陪祭之情。”

秦自乐、任扶等人皆道：大家都是兄弟，此事不必客气，还是说说明日祭奠之法，我们也好心中有底。

“明日祭奠，可分两种。对大月氏阵亡勇士，作安魂祭；对我义父与岳丈，作招魂祭。首作安魂祭，再作招魂祭。祭奠方式分作三步：第一步，刈除坟茔上之主要荆棘；第二步，由我诵读祭文；第三步，行祭拜之礼。祭文由我今夜草拟，明日以大汉使节队之名宣读。祭祀完毕，大家分批走访守灵诸户，主要打探北线往返路线，以及由小月氏国出发之西进路线。若有异议，即请分说，不用他虑。”张骞语毕，便作静候。

堂邑父深感张骞虑事之细，仅此一着，便无人能及，但事关于己，不便直白，于是眼神只瞅秦自乐等人。

这次却是赵无偏首先赞道：“真亏张骞大哥想得出来，同样祭祀，却有差别——不过，也应该有此差别，一方到别人家去杀人抢劫，一方为维护家人而流血牺牲，而张大哥、甘大哥是为亲人招魂，理当如此。我等作为陪祭，亦心无挂碍。”

苏疾道：“好你个老赵，该我说的话，你却抢先说了，还让我等说甚？”

众人表示无甚异议，偏是由天际冒出一句：“我只是不解，何谓安魂祭，又何谓招魂祭？张伯伯能否教我？倘若今后我遇到此种情景，也好独自对付。”

“我也是临时所思。简单说吧，安魂祭就是对所钦敬的英灵，表达我们尊崇、慰藉之意，祝福英灵安宁、静息，不受骚扰。招魂祭是对亲人魂灵的呼唤，使亡魂跟随自己返回家乡，免做孤魂野鬼，以得安宁，有所去处与皈依。不知此种说法，是否合意？”张骞语气亲切，眼含欣喜。

“谢张伯伯，晚生受教，但听伯伯明日祭父，也好学得一招两式。”由天际故作正经，躬身一拜，惹得大伙儿一片笑声。

“你这个小调皮。”张骞亦粲然一笑，“没甚事，大家准备歇息。”

不一会儿，人们便都进入梦中，唯独张骞，双眼瞪着幽远奥秘的夜空，琢磨着明日的祭文。

翌日晨，张骞令苏疾、由天际将伏尔卡、努依玛二老请来，一同吃了一餐狼肉炖驼奶子果。两位老人不会用筷，端起碗来没个主意。大家想笑却不敢当面取笑，一些人只好背过身去。张骞想让她们将汤汁滗掉，杨柏走近，示意她们先喝汤然后用手指抓食，这才免了难堪。

碗刚洗毕，呼啦啦一下子来了四十余骑，在使节队不远处立定。伏尔卡道："他们都是守灵人，听说大汉使节队要为战死的大月氏勇士祭灵，所以都一块儿早早赶来相陪。再说，今天恰好六月初六，也正是我们每年祭灵扫墓的日子，张骞大使不用奇怪。"

张骞随即将自己与甘父招魂之事予以解释。

伏尔卡、努依玛表示完全理解，并赞扬张骞有孝心、重情义，是有担当的好汉。

一个名叫戈泊的汉子自告奋勇当了带路人。他不但会说番语、羌语，还懂塔林盆地[3]北方一带诸国语言；同时，对南边楼兰、且末、于阗[4]等地也不陌生。戈泊虽为守灵人，却以营商为主，举凡守灵人所需布帛、盐粒、日用器皿，均由他代购。听说使节队欲去小月氏国，便即表示，愿随张骞一块儿，去那里收购一批皮货。说到他缘何成了守灵人，戈泊道，匈奴骑士入侵那一年，他刚十七岁。仗打到第二天，他也要参加战斗，可父亲和哥哥、嫂子不许他犯险，家中所有的武器悉数被带走，母亲在前次迁徙中已亡于路途，结果一仗打毕，全家仅剩他一人。他既不愿随大部族再次西迁，又不肯去小月氏国求得苟生，于是便留在这里。后来见守灵人日用物资十分匮乏，屡受遛货商客盘剥，心中不平，于是也干起了遛货勾当。

张骞心中大喜，不时问起各地各国各部族之去向路径，以及相关民俗风情。余下间隙，则留给了苏疾。那苏疾恨不得将戈泊掌握的语言一股脑学完，紧贴其后，细心捕捉，默记于心。

从守灵人住地出发，一路向北，行约三十里地，皆草色透绿。杂草或深或浅，或密或疏，时有草雀从中惊飞而出。胆小的马儿往往双蹄高举，向后疾退。末了，还是堂邑父乌骓马上前，按戈泊指点，又借用任扶使用的长戟，拨草向前，并道："我不怕别的，端怕有毒蛇毒虫窜出，伤了马儿。"

三十里地并不平坦，一路坑坑洼洼，走完，便是一面缓而漫长的斜坡，前五里多灌木、荆棘，后五里皆为密林，多为松树、杨树，除守灵人通道，余则藤萝迭架，虬结成团，将棵棵大树纠缠串起。戈泊道："我等守灵人将此处称为北梁，取'悲凉'之意，浅山多狼，而密林多野猪、山豹。草地无人处则多野羊、野马、野骆驼、野驴。守灵人虽路径熟悉，且障碍之物年年砍除，平常三五人亦不敢来此，平时放牧，此处亦是回避之地。如需柴薪，必聚群采伐。”

进入密林之后，顿觉爽然，因落叶厚积，马儿行进速度放缓。上得梁顶，并无垭口，反倒平缓如腹。张骞等未作停歇，继续下山，山势却陡峻，树似乎更大更密。守灵人聪明，依山劈出一条倾斜碥道，行走反倒快了许多，又是五里密林，又是五里灌木荆棘，面前顿时开朗，只见一处平坦如砥的盆地草原，展现于眼前。

尚未细察，一群野马倏地奔出，由西向东奔腾而去。接着，又是一大群黄羊紧随而出，炎阳下，顷刻又复一片静寂。

一种说不清、道不明的瘆人气氛，使人毛发倒竖，随之紧缩，头顶烈日，却周身寒彻。

人们许久无语，凝望着被风吹拂的草原，没有移步。

张骞回望身后的伏尔卡、奴依玛：“阿母，大月氏勇士们的亡灵都在哪里？”

“让戈泊告诉你，他什么都晓得。”伏尔卡道。

“张大使你有所不知，我们这些守灵人，人人都有伤心之事，每次来祭灵扫墓都默默做事，不多说话。我永生不会忘记，战后那种惨象。这片草原东西八十余里，南北五十余里，我们面前方圆五六十里都是战场。大月氏人、匈奴人留下的尸体难以计数，总在三万多具。大月氏人为清理战场、埋葬双方亡者，整整忙了三天。三天之后，为避免狼群掏坟掘尸，又在周遭燃起上百堆篝火，昼夜不熄，守了半月，大月氏部族这才计议继续西迁之事，给伤者和守灵人留下部分牛羊，一直至今。”戈泊讲了概况，才又再作解释，“这里离坟茔之地不到两里，其所以瞧不清坟茔，是因春夏以来，草又长起，将其遮蔽。但从草之形状，亦不难看出。以眼前间隔一里草路为界，其西上部为大月氏人亡灵安息之地，凡草势突起成条状者，即是坟冢；其东下方为匈奴人死者葬埋之地，凡草势突起成圆丘者，即是坟丘。东西上下总计五十余里全是亡灵栖所。此地本为水草丰美的牧场，战后因其太过阴森、凄清，不愿西迁的小部分大月氏便去了羌人之地，我等守灵人也搬至现在那处草原。”

听罢戈泊讲述，大家咨嗟不已，依草势看去，满眼皆为坟茔，难怪阴气如此之重。

“坟茔规模如此之巨，扫墓清理将如何进行？”张骞问道。

“一般每年二至三次。六月六日乃作战牺牲之日，也就是今天，必来。再是九月初九或九月十九，周遭先刈出防火带，而后将枯草燎之，坟地之荆棘树丛随之化为灰烬。今日来，只以酒食以飨，默思凭吊而已，返程伐枯木而回。岁终如无风暴大雪，亦来凭吊。凭吊之处，选在双方分野地段，居中向西而立，鞠以礼，默以语，予以暗祝。”戈泊道。

“使节队行旅仓促，又经乱石滩之难，酒食不具，只以祭文以表对大月氏勇士之钦敬。”张骞即向堂邑父、秦自乐等人道，“大家下马，随我去分野处向西恭立。”

戈泊、伏尔卡一干大月氏守灵人，从未见过此等祭法，见大汉使节队万里而来，如此庄重地凭吊素无交往之大月氏之灵，无不感慨激昂，尽皆礼让，只在两旁肃立，屏息以待。

张骞居中站定，让苏疾侧立于旁，做好通译，这才双手捧起羊皮卷，朗声以祭：

维大汉皇帝建元后之十一年[5]，岁在六月，适逢大月氏守灵者祭祀本部族英灵之日。大汉使节队正使张骞，率部众副使堂邑父、任扶、秦自乐，及使节杨柏、孙治瑾、苏疾、赵无偏、由天际，谨以此悼文，致祭于大月氏众英灵墓前曰：

有大月氏一族，世居河西，其地清水澹澹，青草茂茂，马儿神骏，牛羊肥壮，大月氏众民相谐，既旎婳于幽静[6]，又婆娑乎人间[7]。然敌酋馋涎于侧，强兵陈列，攻掠杀戮，经年不已，致民生凋敝，生存维艰。为脱魔窍，举族西迁，寻潺湲缪辐[8]之地，避悍敌匈奴之患，以求族裔安泰，弦筈[9]得振。

然敌酋耽迷匪事，如疽附骨，噬血成性，寻衅兴乱，大举入侵，戾事苍天[10]，灭绝人伦，欲置大月氏于死地。存亡之际，月氏勇士，奋戈狙敌，雷发电火，残肢溅血，悍勇相搏。舍生忘死，经日争战，捐躯疆场，致敌溃遁，民得安保。其忠也，天地可鉴；其勇也，人神共知。我等使节，泣而感佩，今次随亲，拜而以祭。

一拜大月氏勇士忠勇可嘉

二拜大月氏勇士气节永存

再拜大月氏勇士英灵安息

时建元十一年六月六日张骞率使节队叩祭。

苏疾竭力以羌人俗语译之，大月氏守灵者听得明白，想起昔日家园被毁，亲人自卫战死，无不心生悲戚。复知大汉皇帝遣使节西来，欲与大月氏互结盟友，亲见张骞等人的真诚，对大月氏勇士英灵的崇敬，心中又无不感激。戈泊不禁一叹："惜哉。当年若得大汉皇帝荫庇，大月氏人又何至遭受欺凌，致连续横祸。彼时若有尔等英雄相助，何惧匈奴强盗恶徒！"

"或许，凡事皆有定数。看天命，尽人事，我等还得继续西行。"张骞道。

飧食之后，戈泊、伏尔卡、努依玛等竭力邀使节队共进祭品，张骞坦诚以应，却又道："请稍等片刻，我与堂邑父尚有请灵一事，待其了结，再与尔等共眥。"又对秦自乐等人道，"此虽我与甘父私事，但是曾邀大家陪祭，还得请大伙儿相陪，浓情厚谊，我与甘父该当铭记。"

"张伯伯，您也说起客气话了。这招魂祭怎个说法，我还等着见识呐。"由天际显得急不可耐。

余众亦杂然相催。

张骞挽了堂邑父手臂，转身迎面向东，右掌贴胸，先鞠一礼，右掌仍紧贴左胸，抬头敛容，口占招魂祭文：

今有甘父、张骞者，履艰蹈险，寻亲战地，恭迎甘父之父，张骞之义父、岳父魂归故里。

现转告二老尊驾，甘父已与张骞、自乐结为生死兄弟，张骞亦娶昆古丽玛月伦为妻，是故二老系为我等至亲。

想二老本为寻常牧民，牛羊牧野，毡帐歇息，妻贤子孝，长调放歌，邻里互睦，安宁欢悦。孰料单于逞威，王爷霸道，土司凶贪，强征二老持械远征，致夫妻仳离[11]，子女失怙，冤战而殁于大月氏，酿灾而成其人间惨祸。

幸大月氏宽宥，二老残体得葬。然二老魂无所归，灵无所引，甘父与吾每每念及，辗转难眠，夜不能寐，遂相约誓，西征路途，定将二老魂灵引领于身，他日重寻安息之地。

匈奴骑士，一众鬼魂，既得安葬，此乃宽恕，当思罪愆，幡然悔悟，以此为家，从善弃祟。

一拜，甘父之父亲大人，即时起，随不肖子甘父同行，人在，则魂灵在。

一拜，张骞之岳父大人，即时起，随小婿张骞同行，人存，则魂灵存。

甘父、张骞相携叩祭。

张骞口诵祭文，流利通畅，情真意切，众人尚在琢磨，由天际已然说道："张伯伯果然不凡，看似难事，却立地成章。我要死在半途，谁将为我招魂？此事还得请张伯伯虑之。"

"此事确乎紧要，张骞大哥请予虑之。"苏疾亦随声附和。

堂邑父接连"呸呸"两声："如此晦气语，岂可随意出口！"

谁知，此语竟成谶言，二人后来葬身狼腹。此是后话，这里不提。

当然，最受感动的，还是堂邑父。他多次设想，如何才能引领父亲灵魂回家。既不能直呼父亲名讳，又不知坟茔所在，当站在这里，面对成千累万的匈奴亡灵，真是没有一个满意主张。幸好，大哥张骞有此等妥善做法，且将自己心愿排在前面。他无以言谢，只满眼含泪说了一句："大哥，真好！"

"我们是兄弟，这是我应该做的。之前未能与你细说，祭文仓促而成，二弟请谅。"张骞诚恳道。

堂邑父无语，却将张骞的手握得更紧。秦自乐挨身道："大哥，二哥，戈泊他们候着呢。"

那戈泊不懂汉语，直觉却告诉他，张骞此人绝非一般，遂过来恳求道："今日转回，张大使你们请去小帐一坐。另外，能否将祭文再抄一份留下？现时不懂汉文，今后可慢慢习读。"

"这有何不可？我等还有许多事须得请教于你。再说，明日去小月氏国，全赖兄弟带路指引。"张骞笑道。

返回时，张骞九人砍下不少带枝枯木拖曳而行。戈泊不解，堂邑父一旁说道：“昨夜篝火，烧却二老许多柴薪，明日路途，亦须备足炊事所需。”

“你们如此待人，定必受到沿途人们的欢迎。其实你们大可放心，伏尔卡、奴依玛二老所需衣食物品，自有我等供奉。在大月氏，凡为本族利害而失亲的遗孤或其长者，皆有抚育供养安置。譬如伏尔卡二老，现时她们可独自居住，届时行动不便，即可去我那里，或者她们另选其他人家。”戈泊又道，“至于柴火，带上一炊即可。”

众皆感慨，大月氏勇士无后顾之忧，面对危难，焉不用命？

回到宿处，给伏尔卡、努依玛留下若许薪柴，张骞一行便去了戈泊那里。重抄祭文，按戈泊所述绘制舆图，标出路线，张骞忙毕，已近黄昏，外出队友亦纷纷聚齐，大大小小，向张骞禀报了一些事情。因戈泊家有妻儿，张骞谢绝了戈泊入其帐歇息之邀，仍在帐外燃起篝火。第二天绝早，草草吃了一顿野蔬炖肉汤，便起程向小月氏国进发。

鉴于小月氏受控于匈奴，为回避麻烦，张骞令大伙儿换上番服，扮成翟货商队，让堂邑父扮作头人，自己扮作货账管家，戈泊作为贪利向导，约定大家少言，一切按临时决断行事。

走出大月氏守灵人住地不久，便进入一片半荒漠地带，连续一百余里皆无人烟，直到走出荒漠，进入一片山林，才遇到一些土著羌人。因是夏季，那些人无论老少男女，皆全身赤裸，腰间只围以草裙或者兽皮，一身皮肉晒得黝黑放光 健壮男人肩负弓箭，腰挎铜刀，赤足厚茧，行若奔鹿。因戈泊与其相熟，倒也无甚阻碍，通行甚是顺利。

见林间时有野畜出没，杨柏主张猎取几只以作食用。戈泊得知，便曰“不可”。张骞问：“此是为何？”戈泊道：“此间野畜皆被羌人视为部族所有，外人猎之，必起纷争。”大家闻之一叹，只好作罢。

林道甚长，约四十里，且曲绕回环，犬牙繁复，不时需得避开土人所设陷阱，吊索、绳索、伏弓，故而行程甚慢，待到出林，已是午后，人马乏困，遂择地夜宿。

只堂邑父约了秦自乐，带上铁弓羽箭：“黄昏正是野畜夜归之时，此处打猎，土人应该管不着我。”也不骑马，健步而去。

“甘叔叔，还有我！”由天际起身而追。

不到一个时辰，三人带回一只马鹿。戈泊凑近一看，大吃一惊，见是三箭齐发，俱中要害。拿起铁弓一试，哪里动得分毫，将堂邑父上下一瞧，不由咋舌：“堂大哥这身功夫，只怕老虎也能打得！”

“你说对了，我甘叔叔在大兴安岭，只用铁弓，便打碎了老虎天灵盖。”由天际说得神气活现。

歇息之前，戈泊便听了关于使节队的许多故事，他更加替继续西迁的大月氏感到惋惜，错过了大汉使节队这样的朋友。若非自己身负守灵人之责，真该跟随他们，去寻找大部族月氏族人。

而现在，面对实际掌控小月氏的匈奴奸徒，他只能竭力保全使节队，让张骞大使等人平安通过小月氏国。

六月八日晨起，不等张骞探问路程，戈泊便道：“我走的是一条捷径，要近一百多里，经过前面几十里荒原，再翻过一匹长梁，今日中午前后便可抵达王帐——一般人不敢从羌人土著那里通过，所以需绕一个大圈。”

大家听了，格外高兴，与戈泊相遇，真是使节队的福气。张骞取来那把捡来的铜刀，递与戈泊：“无以相赠，这把铜刀且请收下。”

戈泊顿时两眼放光：“若是别的，也则罢了。既是刀具，我就不讲客气。”将刀接过，仔细一瞧，大为惊奇，“请问张大使，此刀何处得来？”

张骞将经过择要讲了一遍，疑惑道：“怎的，此刀有甚蹊跷？”

“此刀我认得，系大宛国王的一名侍从武士，名叫辛巴刚山所佩武品。他经常行走于各国，再贵重的东西都无从失着。三年前我们在一处大漠相识，他以一种奇怪的果酒救下我的性命，从此我与他以哥弟相称。后来他送给我一罐那样的果酒，我只尝了一点，舍不得，又将它送给了伏尔卡、努依玛二老。据辛巴刚山说，那酒是用一种名叫葡萄的果子酿制的，至于葡萄究竟长什么样，我也没见过。”

“这真让人意想不到，竟是如此。”张骞十分感慨，“你与伏尔卡二老之果酒，却让我们喝了。而这把铜刀与你，也算是辛巴刚山留给你的念想。”

戈泊抚刀，不胜唏嘘：“若非遇着你们，我哪知辛巴刚山遭遇不幸。”怅惘之后，又道，“我还是跟你们说说小月氏国的情况吧。”于是说了关于小月氏的许多事情。

张骞将其与伏尔卡所说予以比较，大体无别，只是更为详尽。但其中一条却引起张骞等人的警惕；监国利度削持有匈奴单于的黄金虎皮绢，系呼日勒一类奸诈之徒。

过荒原，越长梁，一路之上倒也无甚纠葛。中午时辰，恰好走出长梁窨林，眼前顿时无限开朗，一望无际的草甸在阳光映照中，闪出一种特有的绿芒。戈泊遥指一座坐北向南的大帐道：“那就是小月氏国的王府大帐。”

这真是：

当你揭开一个部族尘封的历史，
见到的是周身累累伤痕；
刀光剑影留下的搏斗印记，
是双方蜷缩于坟茔中的灵魂。

徒步万里寻找陌生的案底，
只为拾起那无限悲壮的飘零，
一种明明白白的合理生存，
一种清清楚楚的民族使命。

欲知后续西行故事，请看下回分解。

注释：

①博格达山：山脉名。位于今新疆乌鲁木齐东端。

②觉罗塔格：山脉名。位于今吐鲁番盆地之南。

③塔林盆地：今新疆境内，觉罗塔格南边，为西域北道必经之地。

④楼兰、且末、于阗：西域南道诸国。楼兰：早名诺羌，后改名鄯善，故址在今罗布

泊东南一带，现已成戈壁。且末：故址在今新疆车尔臣一带，已为沙漠。于阗：故址在今新疆和田、洛甫、墨玉三县境内。

⑤建元后之十一年：即汉武帝元光六年（前129年）。时张骞远离，只知汉武帝登基年号，故有此语。文末也沿用建元年号。

⑥姽婳（guǐ huà）：美好的样子。

⑦婆娑：此处指歌舞，比喻生活美满。

⑧潺湲：水源丰沛。轇轕（jiāo gé）：交错。

⑨弦筈：弦：弓弦。筈（kuò）：箭尾。弦筈：比喻自卫武装力量。

⑩戾（lì）：凶暴。戾事苍天：凶暴残忍之事悖逆苍天。语出《淮南子·览冥训》：“举事戾苍天，发号逆四时。”

⑪仳（pǐ）离：离别。

第七十回　狼虎恶斗象群惊现　张骞智退噬人雄狮

戈泊打马，便欲上前，带领使节队直去小月氏国王府，不料却被张骞叫住："戈泊且慢，我还有几个问题尚未弄清，待弄清之后，再行定夺。"

"张大使，还有何事？"戈泊不解。堂邑父等人亦是不解。

"倘若没有利度削，我们径可直接造访王妃伊木罕。但是有利度削代表匈奴龙廷在此监国，且是手持单于黄金虎皮绢者，我等便不可贸然行事。戈泊，我不是不相信你的办事能力，但是凡事须寻退路，如此可保无虞。我有几事不玥，不知你是否晓得？"

"张大使无须客气，但凡我戈泊晓得的，定会如实相告。"

"那好。我问你，你与伊木罕王妃和匈奴人利度削，是仅仅相识，或是十分相熟，有过交往，互不相疑？"

戈泊仰脸看天，琢磨了一会儿，方道："这个，我不好说。他们只知我管着大月氏守灵人之日常用品，我在此过往，他们并不干涉阻挡。"

"如果你带着陌生人去见他们，他们将会怎样？"

"如果是我的朋友，一般不多过问。但朋友是遛货商客，他们会查验货物，遇着他们需要的，会强迫交换，大多以皮货相易。若是附近外国使臣，便予以接待，但必须向匈奴示好。"

"王府所辖骑士与卫士是否都是月氏人？月氏人与羌人关系若何？"

“据我所知，这里的羌人系利宾拉族，比月氏人要多出两倍，他们有自己的酋长，不受王府辖制，但多年来互为婚姻，年轻一代已分不清谁是小月氏，谁是利宾拉。骑士之中主要由他们组成，平时打猎、放牧，或种庄稼，闲时训练，战时集中，但统兵首领皆匈奴武士，听命于利度削。王府平时亦有卫士，人数并不固定，多则百人，少则二三十人，以匈奴武士为主，也有月氏人和利宾拉人，但须利度削考察过目。”

“利宾拉人也种庄稼？”

“也种。以黍子、麦子为主。但不懂耕作，不知施肥，也不会除草，所以收成不高。”

“那些武士都用什么武器？有无教习教以战阵、拳术一类搏杀之技？”

“武器多用弓箭、马刀、皮鞭。箭以尖木，刀为铜刀，皮鞭鞭梢缀以蒺藜，有的也用石斧、石锤，以及长把坚木，铁器极少，也只有利度削几名匈奴头领配有铁制马刀。至于有无武艺教习，我并不知晓。”

“谢谢你，戈泊，为使节队提供了如此详情——各位兄弟，且听我说，现作如下处置——”

戈泊却打断张骞话头：“还有一事，我不知该不该说。”

“什么该不该说，不管好坏，都应该说！”张骞满脸堆笑，侧向戈泊。

“须得小心利宾拉的年轻女子。这里不比你们中原汉人，讲什么规矩礼仪。但凡看到标致男人，那些女子便会上下其手。利宾拉男人不但不予阻挡，反而会怂恿成事。因为这样一来，可以为其生下聪明伶俐的后代。我见你们其中不少人眉眼俊朗，故而有此担心。”

苏疾、赵无偏等人便望着由天际发笑。苏疾装作认真的模样道：“由天际，不若干脆留在这里，给利宾拉人当女婿算了。倘若酋长的女儿看中了你，那可是彩中之彩。”

“你们休得取笑于我。苏叔叔，您懂羌人之语，说不定您先得彩。”由天际无饶人之语。

“大伙儿先不要说此闲话，且听张骞大哥如何处置。”堂邑父大声插言。

“戈泊，不知酋长寓所在何处，距王府多远？”张骞又问。

“酋长所居，系几间垛木草屋，在西边路口，距王府大约十里，平日白天不在家里。门前辟有几亩平地，两个妻子负责耕作，因勤于除草，黍麦长势较好。”

“呃，是这样，这倒可以换点粮食。”于是让花豹前出数步，而后掉转马头，面向大家，“依据戈泊提供情况，现作如下处置：其一，此地不宜久留，限两个时辰之内离开；其二，全体人马分作两拨，我与堂邑父二人去王府拜会王妃伊木罕，主要察看利度削之状貌，驮马货物不予携带，争取速进速出，以少许钱财予以应酬；其三，下余七人由任扶、自乐带领，苏疾做好交涉通译，烦请戈泊引荐。至于粮食，换与不换，换多换少，不予强求，能以钱财相购最好，货物不能动之分毫。若不要钱财，可用斧子予以兑换，但最多只能拿出两柄。其四，为避免另生枝节，请孙医官对秦自乐、由天际等略作改扮；其五，聚会地点，烦劳戈泊另外选一僻静地点，双方以鸣镝为号。现在是午时，申时末相与聚齐。就此开始行动。”张骞向堂邑父一招，唤了一声：“二弟，走！”便策马直奔小月氏国王府。

将及王府，张骞缓辔道：“二弟，来不及计议，到了王府，一切看我的言行眼色行事。”

堂邑父应了声“晓得”，便听一卫士大声呼喝：“呔！站住。何方闲人，勿得靠前！”

那卫士竟说的番语，这就少了麻烦。张骞下马躬身一揖：“我等从赵信城而来，有事拜见王妃，请大武士赏脸，行个方便。”伸手，递出一块金饼。

那武士刀头下垂，掂掂金子：“二人来自何方，所为何事？”

张骞一指堂邑父：“他系琅艾王爷帐下武士，我乃勃忽王爷一百夫长之婿。因事涉不虞，在此不便细说，还请予以通报放行。”

那卫士对另一卫士道：“你去向王妃和利度削大人通禀，我在此候着。”

不一会儿，通禀卫士出帐：“王妃和利度削大人有请。”

收金卫士道：“马和武器留下，二人请入帐。”

张骞二人进得帐内，伊木罕并未让座，双方开始互相打量。身旁一位四十余岁长脸大汉，手按腰刀，不离方寸，双目直视二人。张骞一见，便知此人就是利度削。此人看似高大，却是一副獐头鼠目，尤其两颗眼珠，不大，看人滴溜溜乱转。倒是伊木罕，天然秀色，摆出一副庄重模样，亦难掩暗藏的风骚，言语之间，时时回望着利度削，眉里眼里似在求证答案，利度削稍一颔首，其便面含喜悦。

张骞彻底失望，小月氏上受制于匈奴，下受制于羌人利宾拉，欲与其通好联手，首先得剪除利度削等一干匈奴恶徒。而以九人之力，一时哪能奏效？即就成功，欲赢得羌人之心，亦颇费时日，可其总体一两千兵力，又怎能与匈奴抗衡？

为解除利度削之疑，面对伊木罕，张骞显得十分恭敬："美丽而至高无上的王妃，我二人若非走投无路，绝不敢来此相扰。我二人乃同父异母兄弟，他是我弟，名叫甘父，现为琅艾王爷帐下武士。我叫甘张，母亲系汉家女子，现为勃忽王爷帐下一百夫长之婿，我二人相约于赵信城，来此地寻祭战殁之父亲及岳父大人英灵，以使亲人魂灵回归故里，同时代父向月氏人谢罪。为行程方便，也为了挣几个小钱，我二人组成了一个商队，一路遛货回来。孰料中途遭遇大批狼群攻击，致货物全失，仅逃得性命。来此祭父之后，欲筹返程之资，猎取一些野畜，以皮货去南方边地换得一些绸绢茶叶，再返回家园。我将此意告知守灵人戈泊。戈泊道，此地山林所有野畜均属王妃驭下部族，非部族人严禁私猎，凡私猎者一经发现，必予惩治。有鉴于此，我兄弟二人特恳求允准，猎取野畜百头，其一半归于王府，另一半我们携走。当然，我们只带走皮张，肉食除够路途用度之外，亦悉数留下。如不见允，亦不抱怨，只求猎取一头野猪或者黑熊，能饱腹即可。不怕王妃见笑，我等兄弟二人，尚不知今日食在何处。戈泊所与食物，现已告罄。"

堂邑父暗自窃笑。这张骞大哥一向待人真诚，分寸严谨，今日编起故事来，真真假假，毫无破绽。这种随机应变能力，他怎么学也难以赶上。

伊木罕被说得动心，扭头望着利度削："监国大人，不妨让他们试试？"

利度削甚是怀疑："凭你二人，一百头野畜，甚时方得够数？再者，夏季皮毛，成色大减，往返万里，能获几分利益？你二人究竟何人，来自何方，来此干甚，还是从实道来为好。"

"利度削大人，非是甘张驳你，大人也太过疑虑。我等匈奴汉子，对人从无伪言。我亦不欲辩白，只以一件物事为证。我弟甘父所携铁弓，在全匈奴也仅此一件，它原系琅艾王爷宝物，数年前琅艾王爷在龙城举办英雄大会，我弟侥幸夺魁，琅艾王爷十分高兴，便将这把七百斤铁弓、一匹乌骓宝马相赠。现就在府外，请大人移步一观。"张骞说罢，躬身相请，并道，"大人所说，亦是不错，夏季皮毛，不值几许，区区五十张，也实在不够一路花销。可也正如大人所说，此行南去，迢遥数千里，现为六月，倏忽便将入秋，我等再在幺素王爷、托力鲁王爷处耽延一段时日，再获二百张秋季皮货，其获利便可观矣。入冬时节，向我等王爷处销假，恰其时也。”

利度削随张骞二人出帐，那伊木罕好奇，亦相跟其后。出帐，果见两匹骏马，一花一黑，花者似黑白云团，黑者通身泼墨，蹄腿瘦而坚挺，身躯紧而坚实，明显是历经战阵之良驹。两名卫士，一拿重剑，一持铁弓，挣得满脸涨红而无果。见王妃与利瘦削走来，便即罢手，一语不发，垂头恭立。

“怎的，要不动？真是没用的东西！”利度削劈手拿过铁弓，掂掂，又将弦绷绷，自知不力，便顺手交与堂邑父，“未经主人同意，不能不守规矩。”又拿过重剑，见剑并未拔出，又道，“没见过宝剑怎的？哪有用剑不拔剑鞘之理。”遂用力拔剑，想看那究竟是什么剑刃。

张骞恐其因露丑而横生枝节，即赶快提示：“剑柄下有一小钉，一摁便自行跳出。”利度削依言，果见一把乌沉沉宝剑一下跳出半尺，“哗啷啷”抽出一看，太阳光下乌亮乌亮，劈手一挥，只觉奇重，不由得看了一眼张骞，说道，“甘张深藏不露啊，失敬失敬。你二人再去见见酋长，与他说知，本王府欢迎二位再次前来做客。今日王妃另有他事，就不强留二位——呃，戈泊为甚不一同前来？见着他，就说王妃说的，令他一定来王府一趟，王妃有事问他。”

“大人所嘱，一定带到，我兄弟二人就此别过王妃，别过监国大人，下次拜见，必有厚礼以谢。”张骞向堂邑父递了一个眼色，率先上马，向伊木罕、利度削拱手道别，然后缓辔而行。

再次回首，见伊木罕二人已经入帐，张骞叫了声：“快走！”一下奔出五里之外，而后才又叫了声“放鸣镝”，堂邑父“嗖”地一箭，发出尖利的啸声。

七八里之外，应声响起了鸣镝。

张骞二人飞马驰去，于三里之地遇一岔梁，山梁分出两条岔路，一条侧北，一条侧南。堂邑父欲再射一响箭，冀求秦自乐以鸣镝作答，却被张骞阻止：“彼此两声鸣镝，恐已引起土人注意，再次发出响箭，利宾拉人、小月氏人定必惊动，彼时惹出麻烦事体，想迅即离开，怕是不能。”

“那如何是好？”

“稍微等等，任扶与三弟会有安排。”张骞侧耳一听，道，“二弟你听，偏北路上，有人来了。且前去迎他。”

堂邑父静心一听，果然有马蹄之声传来，遂跟着张骞，进了北道。

未几，见一骑驰来，却是戈泊：“这条道系去葱岭方向，山梁之南，可绕至于阗。怕你们错道，特来相迎，你们使节队的人，全在前面山林中候着。”

“谢谢戈泊兄弟。若非与你相逢，真不知还有多少曲折。”张骞便将与伊木罕、利度削相见之事备细说了。末后嘱道，“王府那里，你得去拜拜王妃，她毕竟是月氏人，不去，面子上不太好看，也不利于你今后在此地往来。当然，最主要的，是要打消利度削对你我等人的怀疑。至于缘何再也见不着我和我二弟，可随便编个理由搪塞过去。毕竟，利度削也未损失什么，顶多亦不过是有些失望，怨你不着。”

“难得张大使替我想得如此周全。今天我也有个请求，望张大使能予成全。”

“不必客气，凡我张骞能够做到的，一定不负所念。”

“在你们寻到大月氏重新立国的地方，返回之时，能否再次经过我们守灵人那里？当然，这是在条件许可之下。如若相距太远，或途中有大漠雪原，则不必如此。”戈泊道。

“戈泊，我只能告知于你，一切得看天缘，因为今后一切皆难预料。但是，今生哪怕仅仅这一次之缘，也永远都在念中。”张骞有些感伤。

戈泊默然，喉间不由得发哽，再也不催赶马儿。半会儿，才低了声音：“真舍不得离开你们。”

不觉间，到了任扶、秦自乐、杨柏等人守候的地方。看天上太阳的位置，似乎刚交申时。

张骞三人下马，众皆围了上来，互相询问彼此情况。杨柏指着驮马身上两包粮食道：“幸亏是酋长家中，尚有些许存粮。两柄斧子，一柄换五十斤，且皆为原粮，麦粒、黍子混在一搭。他们所谓的面食，便是将麦颗、黍米砸碎了一拌，烙饼或者蒸馍，或搅作糊糊，拌入油脂、野蔬和盐粒。我等行于路途，只能以铜锅为臼，以木槌为杵捣之，做到既不伤到铜锅，又能将粮颗捣碎。”

“有一百斤粮食垫底，可保十天无虞，值得，值得。”张骞很是高兴，悄悄又对堂邑父耳语几句，便见堂邑父掏出一块金饼，递与戈泊：“我大哥说了，无以感谢，这点东西请务必收下。”

戈泊连连摇手：“这成什么话，张大使，你将人小看了。”

张骞接过金饼，硬塞入戈泊怀中：“此非小看不小看之事，也非专赠予你，请以此薄资购买一些必需物品，以表我等对守灵人的一点儿心意。”

“既是这样，我代守灵月氏人先行谢过。”

“这就对了。”又对杨柏道，“就地行炊，让戈泊兄弟吃饱了好返程回家。”

“不可不可，万万不可。”戈泊急急阻止，“利宾拉有严厉规矩，绝对禁止于山林中生火，一见烟雾，酋长必率人前来查看，不管本族外族，一律剁其左手。”想想，又道，“不若这样，我再送大家一程。越过这面山梁，便是一块盆地草原，大约三十余里，穿过草原，又入一片山林，那山林极少有人涉足，而且极深极密，虽只二十余里，却极易迷路，出林之后，直达葱岭，便是荒丘、荒山、荒原，大约三天左右日程，无路径可辨，我也从来未曾去过，据说沿途野畜很多，有的长得稀奇古怪、高大无比。”

不等张骞发话，由天际的好奇心已被逗起：“那些古怪东西，不知听不听招呼？如若高大无比，那一顿得吃掉多少东西？像我们这样的小东西，在它们眼中怕是不当个东西。”

连续几个“东西”，直把大伙儿说得笑将起来。

张骞郑重道：“若非戈泊告知利宾拉人的山规，今天差点儿惹下麻烦。戈泊若能甘当此段路程向导，我等自是求之不得。只是这样一来，戈泊兄弟又得耽延回家时日。”

“我这点儿工夫算什么？比起张大使你们这些九死一生、历经磨难，也要寻找大月氏的铁骨硬汉，我戈泊差得太远了——我看大家还是赶快走吧，等出了林子，再说弄饭之事。”

大家依言，张骞紧紧相跟着戈泊，率部向林外走去。

如此直到六月十二日上午，使节队才来到荒无人烟的荒原，戈泊与大家依依惜别返回，使节队向西踏上一条通往葱岭的路径。

荒原的景象陌生而又特别，并非坦荡如砥，而是一埂一塄，起起伏伏，歪歪扭扭。高者高若山梁，低者低如地垄，且多为南北走向。双目所及，远者不及两三里，近者只在数十丈。所以，一路都像猜谜，永远不知迎来的状况究竟是什么。

但是，走得久了，人们发现它们有着共同的地方。他们经常发现沙丘，沙丘却并不荒芜，且沙粒皆被草根缠裹；经常看到无名小花，花儿色调却比较单一，几乎满眼皆白，间有零星黄花抑或紫花，罕有红花。孙治瑾摘白花嗅之，只闻到从未闻到过的特殊气味，摘其叶品之，涩中带有一种古怪的芳香（实为野胡萝卜）。一旦发现野畜，其附近必有水源或者森林。只那六月的阳光，在正午时刻，其炎热与汉地无别。好在时时有风，从不定方向刮来，与乱石滩相较，简直就是享福。故此，虽然路径陌生，打头的堂邑父仍走得很快。

第一天，使节队并未见到戈泊所说的怪兽，只有一些零星的土狼、野羊、野马。它们见到使节队一行人马并不惧怯，反而驻足观望，停了追逐进食。土狼甚至试探着向前凑，只是看到人们手中拿着闪闪发光的东西（刀剑），才未敢发动攻击。张骞由此窥知，像狼这类噬血成性的野物，不但怕火，也怕发光的东西。于是大声问起由天际："你那镜子是否还带在身上？"

"带着。我那四朵花儿让我带在路上玩的，玩时好想着她们。张伯伯没来由问这事干甚？玩归玩，我可从来不会因此误事。若是张伯伯也想玩儿，不用借，拿去就是。"

"那就好。说不定你那镜子会派上大用场。"张骞道。

由天际咕哝道："镜子就是镜子，有甚大用？这里又没有巫师弄鬼。"心中却是存疑。

这一天无甚大事，夜晚宿在一处两面荒丘互错之处，间隔约在一里，凹埫亦较平坦。马儿有草可吃。大家只是觉得，天似乎黑得愈来愈迟，亮得也越来越迟，比起长安，晚黑一个多时辰，也迟明一个多时辰。人们不明白什么原因，到西边，连天都变了模样。

第二天，也即六月初十，使节队卯时起来，天仍漆黑。没奈何，张骞只好让大家就地打盹，直到巳时初，天大亮才出发，翻越面前地势陡峻的荒梁。荒梁之上，少有地长着一大片丛林。

于是人们晓得，此处必有野畜出没。张骞嘱咐道：“大家小心，且将弓箭刀枪亮出，除非迫不得已，不要招惹那些不曾见过的野兽。”大家依言，一一拿出各自的称手武器。

幸好，荒梁虽陡，却无巉岩巨石，多为沙土，间或有青白石头。沙土薄处，荒草稀疏，深不及脚踝；而厚处则荒草繁茂，深可齐胸。荆棘、刺蓬亦不在少数。有几种草十分奇特。一种藤蔓缠绕，互相虬结，叶茎略带甜味，特招马儿喜爱；一种稍一触碰，便白灰飞扬，呛人口鼻，好似石灰；一种形若蒿草，草叶窄长，自带锯齿，齿尖生着寸许针芒，手不敢持。堂邑父一手握刀，一手挥镰，尽力劈出一条登山道路。进入丛林之后，行进越发迟缓，满眼皆是枯藤新蔓，攀附树间，树叶藤叶悬于上空，将树下遮如暗洞。而枯枝败叶，层层相叠，一被搅动，腐殖气息当即窜出，并有蝙蝠悄然掠过顶空。张骞时时提醒大家，脚下注意不要误入凹坑，头顶注意毒虫降落。

刚及梁顶，大家突然听到梁下传来阵阵虎吼狼嗥。也不知有多少只老虎多少只土狼，连林中的空气也发出丝丝颤动。马儿们尽皆股栗不止，驻足不前。连堂邑父的乌骓马也显得有些畏葸。

仔细分辨，有三只老虎，狼群不知几许。狼群与群虎相搏，这在匈奴草原极为罕见，此处不知缘何，惊现如此撼人心魄的场景。

过梁之后坡势较缓，丛林亦较浅，较为稀疏，尽可从缝隙之中看到虎狼之间的厮杀。那是一处地势开阔的地方，宽七八里，长在十几里，一条小河偏西将其劈开。虎狼厮杀之地位于小河东边，离梁坡下不到两里，恰是使节队将要经过的地方。

张骞暗自庆幸，使节队未至荒原，尚在丛林。他令大家立刻停下，人噤声，马噤嘶，并让堂邑父将坐骑交付于他，去身后照看驮马。待大家稍一安定，即道：“大伙儿只要不出声息，便尽可作壁上观。因为我们身在丛林，不管东来的风，南来的风，丛林都会将其遮却，我们的气息不会被猛兽嗅着。万一发生危乱，丛林亦不比开阔之地，有利于我，而不利虎狼。我等现在要做的，一是耐心等待时机，一是保全自己，再是保全坐骑。如若所估不错，虎狼之战，再有半个时辰便见分晓。”

大家依言，安心等候虎狼厮杀结束，但又止不住好奇，皆屏息而观。

从缝隙中看去，三只老虎被狼群分割成三个战团。其中一只似为雄虎，吼声尤为巨大，每一发声，便震动四周，如暴烈惊雷，连丛林中的枝叶也簌簌颤抖，并伴着一股股腥风，令人窒息，一颗心蹿跳不止。观其前后，已有七八条土狼或毙命，或重伤。另两只老虎虽在气势上稍逊，但那森林王者的威风，亦令人胆寒生畏，各有四五条恶狼，或被咬断颈项，或被抓破肚腹，横陈于地。而那些或断足、或破目、或残体的恶狼，则退至一旁，并不逃走。

狼群死战不退。一只头狼以嘴杵地，发出"嗷—嗷嗷—嗷—呜—"几声嗥叫。立时，一百多只土狼也不知从什么地方钻出，一齐奔突而来，加入原来的近百条狼群战团。围困雄虎的狼群增至二百余条。

此时，在头狼的带领下，狼群不再主动攻击，只是围困和堵截。意图十分明显，尽量消耗老虎的体力。等待时机，作最终一搏。

由天际看得入神，见狼虎相搏场面不似之前激烈，便道："甘叔叔，这狼群搞甚名堂，只是围而不斗？俗话说，一山不容二虎，此处缘何一下出来三只老虎？再者，这狼与老虎缘何以命相搏？甘叔叔，您见多识广，不妨给大家说说。"

秦自乐、苏疾等人亦十分好奇，希望堂邑父能将其中缘由道出一二。

而孙治瑾不忘本行："倘能白捡些许虎骨虎胆，那可是难得一求的药材。"

"我倒想尝尝老虎肉的滋味。"由天际又问起杨柏，"杨叔叔，您做过老虎肉没有？是清炖，是爆炒，或是蒸煮？味道如何？"自感离题，又道，"还是甘叔叔先说。"

"依我所猜，也不知对与不对。除了雄虎，另外两只老虎大概是对母子。一般情形，狼与老虎互不相扰，各行其道，即使遇到争食场合，狼也会予以避让。若是狼妃或是狼王的幼崽遭到侵害，情形便会发生陡变。无论是狼、老虎，或是大象、狮子、野狗，一旦与其结仇，其定必誓死报复。母老虎为了养育幼虎，在非常饥饿情况之下，不惜铤而走险，在无其他猎物可捕时，恰见狼妃或狼王幼崽，便捕而食之。狼王寻踪而至，遂呼唤群狼，对老虎母子予以攻杀。至于那只雄虎，或许是幼虎的父亲，听到母虎呼号之声，便前来相救。若是这般，这场狼虎搏杀，不见分晓便不会散场。"堂邑父言毕，又道，"我等只需静观其变即可出林。"

"甘叔叔，大象是甚东西，狮子又是甚东西？和老虎相比，谁更厉害？"由天际心生好奇。

“它们不是东西，也是野畜。我也未曾见过，据说大象体型十分庞大，有一对巨大的耳朵，两根长四五尺的象牙，一根一丈多长卷曲自如的鼻子，四条腿柱，粗过水桶。一人搂抱的大树，鼻子一卷，便可将其连根拔起，或者一脚将其踹倒。一只成年大象，体重没有万斤，也有八九千斤。大象一旦发怒，可谓所向披靡，什么狮子、老虎无不迅速逃避。而狮子人称兽中之王，尤其雄狮，一旦发怒，其声远远盖过虎啸，远播至二十里之外，一张大嘴，可以吞掉一只整羊。大象与狮子，遇不着最好。”

“啊哟，我的乖乖，大象那么大，一顿十只羊也怕不够它吃。”赵无偏一旁插言。

堂邑父道：“这个，你却错了。大象不吃肉，不捕猎，只吃草和树上的嫩枝嫩叶，一次吃掉几百斤草叶也不稀奇。若是遇上一堆大象粪便，晒干后，可抵几百斤柴火。”

“堂邑父所言不虚，我也曾听人言，西域之地，有巨兽大象与猛兽狮子。大家且先关心眼前这关，甚时走出丛林，但由堂邑父定夺。”张骞将话题拉了回来。

“大家快看，狼王开始出击了。”由天际叫道。

人们将目光转向虎狼搏杀战场，只见狼王从雄虎左侧腾空一跃，跳上老虎前胛，四只狼爪牢牢嵌入皮肉，一口死咬前胛缝隙，任凭老虎跳跃、尾剪、耸立。虽虎口大开，却回咬不着；虽尾似铁鞭，却击打不上；虽耸立若壁，却扔其不下。雄虎吃紧不过，啸声连连，终于几个纵跃，背负狼王，疯狂窜逃，其余百余条土狼，亦紧随其后，追击而去。转瞬之间，消失在东边天际之处。

另两只老虎见势不妙，也逃窜而去。

顿时，刚才还在血腥搏杀的场面，呈现出死一般的沉寂。

由天际有些遗憾：“可惜可惜，没能看到结果。”

堂邑父道：“要甚结果？老虎溃逃，狼群紧追其后，胜负已经分明，还要看甚结果？”

杨柏则跃跃欲试：“不若趁此时机，捡了新鲜狼尸，然后走他娘的。”

“万万不可。狼王不久将会率领狼群返回这里。几百条狼经过一番恶斗，早已饥肠辘辘，这些狼尸将会成为它们的果腹之物。如若狼口夺食，狼王定必嗅迹追赶，彼时使节队危矣。这里我不妨说则事例，其实大月氏不知，当年匈奴远征军有一支两千人马的先锋部队，只因吃掉一百多只狼群恶斗留下来的狼尸，结果遭到数千只恶狼的突袭，结果两千猛士只有三四百人逃得性命。”堂邑父随即以异常果断的语气对张骞道，“此时风向偏南，请立刻下令，全体从南边绕行，争取在半个时辰之内通过此地，登上对面山丘隐蔽之处。”

张骞依言，令道：“堂邑父带路绕行，大家紧随其后。依次为苏疾、孙治瑾、赵无偏、任扶、秦自乐。杨柏带好驮马，由天际随我押后。大家镇定，不要慌乱，现在即刻行动。”

大伙儿依次走出丛林，一到开阔草地，便快马加鞭，绕行而去，于山丘之上寻得一处灌木丛，将人马隐住。由天际张口刚说出“狼群”二字，便见狼群如飞而至，眨眼之间，狼尸连带重伤之狼，被吃了个干干净净。狼王绕了一圈，然后一声长嗥，狼群四散而去，走了个干干净净。

众人无不咋舌惊叹，此番危险，只在毫发之间。若非堂邑父见机，使节队之命运，实难料想。

翻过荒丘，大家始作歇息。不待张骞吩咐，杨柏便掘灶埋锅，开始行炊。因从利宾拉酋长那里弄来的纯系原粮，须先行砸碎而后下锅煮粥。故此，杨柏先将铜锅垫实，然后倾入适量麦粒黍米，再用斧背趁力夯砸，一时之间，“哐当哐当”响声不绝。由天际觉得好玩，凑前求道：“杨叔叔，您去切菜剁肉，这活儿我来。”抢过斧头，便用力砸去，那响声也由“哐当”变成了“梆当”声。

杨柏一见，将斧子劈手夺走：“好我的小祖宗，斧子是铁，饭锅是铜，这等砸法，岂不要了铜锅性命？砸出了窟窿，你叫我拿甚煮饭？去去去，你若是闲得发慌，去寻些柴火来也好。”

“杨叔叔，是我一时着急图快，忘了这档子事情。我注意趁力就是。”由天际一边央求，一边接过斧子。

“杨叔叔信你。恁聪明的人，难道不懂这档子破事。”杨柏信手轻轻一敲由天际脑壳，即去忙别的事。

一旁苏疾已经帮着点燃了柴火，赵无偏则拿着备好的一束半干狼肉，在火上熏烤。杨柏说，肉烤至大半熟，再切成碎块和着粮食同煮，易熟，而且入味，嚼时满口留香。

其余人则按照张骞吩咐，四面警戒，防止吃草的马儿走远。

其时太阳早已升高，蓝天之上，薄云透白，大鸟悬空，阳光刺目，灼似热浪；地上疾风如炽，四周裹火，虽有爽意，却难敌窒闷；幸有青草若毡，满眼翠色，间以小花，灿过星云，给人以无尽的欣慰与遐想。只是目力所及之处，不足五里。周遭皆为山丘，或高或矮，似枕似峰，处处荒凉。远远地，时见野马、野骆驼、野羊出没，它们大都成群结队，幼者居中，成年大畜前后相护而行。

饭后，大伙儿向西又翻过一道山岗，所见平塆，一条小河，由北向南，闪着耀眼粼光，青草葳蕤茂盛。任扶兴奋道："几天来浑身汗渍，极不舒服。张正使何不去小河洗个痛快？就便，也好将饮水备足。"张骞正欲应允，却听堂邑父说道："任副使不用着急，缓缓再看。"

不过片刻工夫，只见南边山拐处走出一群野畜，虽有一里之遥，亦知其体形十分庞大，每头都是长鼻大耳，长牙粗白，走起路来从容不迫，沿着小河，逆流而上，幼者在河中嬉戏玩耍，不时以长鼻吸水喷水，或掘出泥水，向身上喷洒。

由天际忍不住大叫："大象！是甘叔叔所说的大象！我们看到大象了。"

堂邑父却颇为紧张："大家不要出声，不要停留，不要张望，也不要靠近。依我断定，这块水草丰美、周遭又有树林的地方，是这群大象的领地，只要我们不主动接近，不作停留，它们便不会攻击我们。请大伙儿随我沿着山麓，以常速前行即可。"

张骞亦道："各位兄弟千万记住，野象的领地意识及攻击力量极强，保证安全距离最是紧要。只要岔过山拐，彼此不再相见，而后再说洗刷之事。"

因是第一次见到大象，由天际等人忍不住侧目以视。也就在此时，一头最大的大象亦止步回头，向这里凝望，大概是因为看到这群异样的"怪物"并无停留之意，不久又随象群而去。

堂邑父道："那头观察动静的大象，定是一头年长母象。据说，象群属家族聚集，首领均为经验丰富的年长母象。那头母象见我们并非入侵者，只是过境的另类动物，所以也就解除了戒备。"

由天际却调皮一笑："甘叔叔，您这么懂得为象之道，可曾清楚刚才所见，有几头公象，几头母象，几头小象，各自的脾性如何？"

苏疾立刻予以回击："由天际，你这问得甚是刁钻古怪，匆匆一眼，谁能晓得如此仔细？除非你也变成一头调皮捣蛋的小公象，方可找出你那四朵象中之花。"

不料堂邑父哈哈一笑："此事却难不着我。象群共计一十三头，其中成年公象两头，成年母象四头，三龄半大公象、母象各一头，一龄小象三头，幼象两头。大象长寿，一般可以活到七十余岁。老象临死之时，便独自去象冢等候咽气。大象如人，也记恩仇，即就事件发生于几十年前，也要寻机相报。大象也有各自的脾性，有脾气暴躁者，也有相较温和者，当然，还有调皮捣蛋者。"于是，又凭着以往的记忆，将识别公象、母象的方法，详细道出。

由天际明知堂邑父话中有话，仍然非常得意："若非我这一问，甘叔叔怎能如此细说？"

大家皆以为然。这一天，便全是关于虎狼恶斗和大象习性的种种话题。由天际道："西行以来，现在就差没有见着狮子。哪怕如大象这样，远远瞧上一眼，日后回到京城，也有一番说头。"

"最好还是不要碰到。"堂邑父觉得有些笼统，又补上一句，"尤其不要碰见受伤或者年老体衰的狮子。"

"这是为何？能否就你所知，说得仔细一点？这样我等也好有所准备。"张骞道。

"据我所知，狮子也是群居猛兽。一般地，一个狮群由一头雄狮、二至三头母狮和若干头幼狮组成。母狮均为姐妹，生下的幼狮，姐妹之间往往会互相照看。幼狮长大，母狮会继续留在家族，而成年雄狮会被赶出家族。被赶出的雄狮便去寻找另一狮群，如果那个狮群母狮较多，便有可能被接纳；若是一雄二至三雌，两雄之间只能以决斗方式定输赢，入侵雄狮或被对方杀死，或受伤退出，或者将对方杀死，或致其受伤驱除狮群。而新的雄狮当上首领之后，会将幼狮统统杀死，以此繁殖自己的后代。那些受伤或年老的狮子便成了草原流浪者，它们无力捕食其他野兽，便会选择弱者予以捕杀。因此，若有此等情景，我们的坐骑与驮马不会成其猎物，反倒是我们自己，会陷入极度危险之中。"

听到此语，任扶等人便担忧起来：万一碰上流浪狮，该当如何对付？

使节队万千艰危都已经历，总不能因为一两头狮子而就此止步吧？张骞决然道：“大家不用担心。我想，狮子固然凶恶，总有对付它的办法，关键是我们自己如何做到临危不惧，不自乱阵脚。就我目前所思，大家在河中洗浴之后，而后做如下准备：第一，点燃一根油脂火把，由堂邑父执掌；第二，取下铜锅作锣，由秦自乐执掌，遇狮子以敲击震慑；第三，由天际的铜镜交付于我，届时自有妙用；第四，所有人刀剑出鞘，亮于烈日之下，使其发出耀眼光芒；第五，倘若遭逢险情，一切以我的命令为进退。大家可都听清了？”

有了主心骨，任扶等人顿时安定下来，纷纷步入小河，或洗衣，或沐浴，或换装饮水。

张骞不敢大意，浣洗之中时刻注意着四周动静。

洗浴之后，张骞令大家换上干净衣服，湿衣晾于草地，用石头压住，杨柏埋锅做饭，其他人歇息。自己则去照看坐骑和驮马，有走远者，便一块石头扔去，使其回转。

由天际闲不住，凑过来道：“张伯伯，我有一事求您，请您能予允准。”

“甚事？你说。”

“那面镜子可否由我自己执掌？我晓得伯伯的妙用，是想用镜子的反光去照狮子的眼睛，将其吓走。我保证做到临危不惧，决不误事。”觉得此话不够分量，又补了一句，“有伯伯在前，我什么都不怕。”

张骞看着由天际那张年轻而又叫人疼爱的脸庞，犹豫了片刻，还是点了点头，“嗯”了一声。但是接着又道：“就怕你的坐骑不争气，狮子一声大吼，便被吓趴于地。瞬息之间，你将失去机会。”

“伯伯，我倒要问您，您就那么相信您的花豹有那样的胆量，那样的定力，不被吓趴？”

“我呀，到时早已下马。”

“那我也一样。”

张骞知其决心已定，便道：“到时须得依我一条：不许离我半步，擅自行动。”

“好嘞。”由天际一蹦跳走，“我见了杨叔叔，去寻大象粪便！”

望着由天际的背影，张骞自语道：“这孩子，如能再多读几本兵书，不失为汉家一代将才。夏宏昔日疼惜于他，难道不也因此？不过也好，经过西域之行这番磨炼，也更有助于他的成长。”

由天际顺河而去，约在一里地的地方，果然发现一大堆大象粪便。可惜的是，多半在水中，已被泡成了粪汤，无法捞起。即就少半落在岸上，也有一二百斤。他兴奋大叫：“杨叔叔，这里有一堆大象大粪，请苏叔叔牵匹驮马过来。”

听得呼叫，苏疾、赵无偏一同赶来，起走了已经半干的大象遗矢。

饭罢，衣物早干，大家收拾妥当，便按张骞之令，堂邑父举着火把前导，秦自乐手挽铜锅、木棒随后，由天际手持铜镜，其他人亮起刀剑，向西挺进。

一路逶迤，越过一面荒丘，已是夕阳映照。张骞正在寻思夜宿之处，不觉到了一个垭口。堂邑父回头一看张骞，见张骞并未阻止，遂放胆而入，大伙儿亦随之跟进。

孰料，堂邑父方走得二三十丈，便戛然止步，历经战阵的乌骓马也连连后退。

是狮子！一头雄狮正从深处缓缓走向垭口。

雄狮乍然看到举着火把的堂邑父，立即停下，接着，发出一种悠长的吼声。

尽管张骞早有准备，堂邑父亦知猛狮习性，但与孤独雄狮如此抵面相逢，二人不由得一惊。

比起虎啸，雄狮的吼声更加震慑心魄。四周的草木和脚下的地面也簌簌发抖，一头棕色毛发披散开来，在夕阳之下，灿若万千金针；一张血盆大口，能将整个马头吞没；两排狮牙森然如刃，长涎滴挂，一口能咬断马脖。那狮子耳郭处似乎结着血痂，一道长长的伤痕直达狮鼻。

一些人被吓得心慌发愣，不少马儿被吓得四蹄瘫软，趴倒于地。

狭路相逢勇者胜。张骞仗剑大吼：“二弟舞火，三弟敲锣，由天际掌镜！大家镇定，休要惊慌，将刀剑迎阳亮起，对准狮眼！张骞在此，畜生休想害我兄弟！”

众人顿时镇定下来，下马站成一排，举火敲锣照镜，刀剑之芒直逼狮眼。那狮子何曾见过如此阵仗，晃晃硕大的脑袋，连连后退。张骞大喊“杀”声，众人予以应和，阵势愈加雄壮。那狮子迟疑片刻，终于扭转身子原路退回。

直到狮子走出两里之外，张骞方让大家停歇，各自安抚马儿。并道：“今夜就在此歇息。”

任扶不无担心：“张正使，能否换个地方？倘若狮子乘夜又来，可就让人不得安歇。”

堂邑父接口道：“不会的。那些有血性的野畜，都长着记性，凡吃过大亏或惹不起的物种及其地方，都不会再去。刚才它已受到惊吓，这地方它不会再来。”

“不过，凡事小心为妥。”张骞道，“今夜多加两根火把，同时加派人员值守。堂邑父、任扶值前半夜，我与秦自乐值后半夜，其他人安心歇息。大家不要相争，这是命令。”

大家依言，各自做着歇息准备。睡前的话题，自然是关于今日的人狮之斗。末了，由天际道：“今日之事，大可传之后世，名字我都想好了，叫作《张骞大使智胜噬人雄狮》，将来讲给京城的人们听听，保证让他们人人瞠目，眼瞪得比铜铃还大。”

苏疾则干脆说道：“回去之后，咱一不做官，二不弄生意，到各地专讲西域西行故事，以此作为生计，一定活得滋润。”

众人皆以为是。

后半夜，刮起了大风，下起了小雨，风声伴着雷声，将垭豁谷口震得山摇地动。天上则黑若刷漆，星光月光全被抹去。大家皆被弄醒，张骞让人马团在一处，以避风势。并脱去湿衣，裹上雨布，蹦跳驱寒。挨至天明，风雷戛然而止，云收雨住，天地一片灿亮。当太阳从东面山梁跃起之时，那红艳绝美的霞光，亦倏然收束，蓝天一碧，显得格外幽邃深远。而谷地坡梁之上的草木，亦显得格外清新。

呼吸着心胸爽然的空气，使节队继续西行。

一路之上，又数次见到狮群、象群。大家已有经验，远在两里之外，便行规避，倒也有惊无险。只杨柏心有不甘，不止一次说道：“怎的不见马丫突拉草，也不见酥油草和驼奶子果草，甚是古怪，弄的那点干野蔬，都快吃完了。”

“这有什么奇怪？”不待堂邑父作答，孙治瑾便予以解释，“譬如曾经见过的绿绒草、黄绒草，它们就只长在高山之巅。同理，马丫突拉草和酥油草，还有沙葱之类的野蔬，就只可以在大漠边缘见到。这里倒有一种藤状的无名之草，掐其嫩尖，可作野蔬。我这里掐了一把，你且尝尝。”

杨柏接过，细细嚼之，除了野草的清新，另有回甘的香甜，连连赞道：“不错不错，就是它了。”

于是，大伙儿又吃上了新鲜的野蔬（后来在大宛国方知，此草为苜蓿。苜蓿分两种，一种为人工种植的调味品，一种为牲畜牧草。使节队在此见到的是野生苜蓿，系大象、野马、野骆驼等野畜之最爱）。

两天后，使节队终于抵达葱岭。张骞掐指一算，已是六月十五日，恰逢月圆时日。人们在山麓之下仰视良久，见峰入云端，不知其高几许，低处森林茂密，无路径可寻。周遭荒草萋萋，劲风直吹，没有人烟，更无人迹，更无土人可问。张骞一看时辰尚早，未及正午，便道："看来面前山峰便是葱岭，翻过此岭，我们即可到达西域，寻到大月氏。我等虽然不知大月氏人当年从何处越过此山，但是路都是人走出来的，我等只需找到山口，便可做翻山。为此，在此做如下决定：任扶、杨柏、赵无偏三人留下，一边整治午饭，一边整治驮马货物；堂邑父率苏疾、由天际沿山麓向北，我率秦自乐、孙治瑾一路向南。目的一个：找到土人，打探翻山路径，找不着土人，我们自己看山势，找山口山路。以去一个时辰返程，现在即刻出发。"

结果，堂邑父三人半途遇着一拨土著猎人，言称再向北二十里地，有一山口，曾有人越过那里，不过，已是十来年前的事。他们于几年前试过，因太高太险，胸口憋闷难受，喘息不止而半途返回。堂邑父谢过土著，快速赶向那里，果然看到一处山坳，依稀可以辨出曾有人迹登临的遗痕。

南北两拨人马相会，已是午后未时。张骞所过之处，均山体藐藐，森莽幽幽，神秘莫测。听了堂邑父三人所述，遂道："现在大家快速用膳，餐后即赶往堂邑父所述山坳。明日登山之地，即选于彼处。土人所述那种登山现象，十年前去峦芳洲时我等即有体会，大不了再多一次雪山经历。"

大伙儿遵令，草草用饭，赶至堂邑父所述山坳，已天近黄昏。张骞又命大家就地砍来许多柴火，然后燃起一堆篝火，围着安歇。

张骞久久难以入眠。明日即将翻越这道通向西域的最后一道屏障，但愿人马全部安全，不出任何意外。他不晓得将会遇到什么难以预料的情况，可有一点可以肯定，只要他们九人一心，以大汉和平使命为唯一目的，就能化险为夷，最终重归大汉，以告慰为国死难的众多兄弟，告慰父老乡亲的殷切祈望。肩负的皇命，亦可得以完成。

他心生忐忑，暗自吟道：

百丈之难兮一尺之艰，西域万里兮几人回还？
忆昔乡垣兮堂前新燕，不知旧主兮夜枕星天；
汤禹久远兮邈不可慕[1]，不彰其名兮梦断栏杆，
头饰帢巾[2]兮迎风遒劲，一坛墠墠[3]兮次身还山。

张骞仰望星空良久，又起身抄起几根粗木架于篝火之上，盖了盖由天际等人身上的毡毯，方悄然躺下，耳听着马儿的鼻息，阖目渐次入眠。

翌日晨，杨柏绝早起来，开始生火收拾膳食。他不知翻越葱岭需用多少时日，却已晓得高山之上膳食难熟，故此不待张骞吩咐，准备弄起两天干粮带上。

尽管杨柏放轻手脚，张骞、堂邑父等人亦被惊醒。在明白杨柏用意之后，便都帮忙侍弄。待太阳升起，辉映眼前高山之时，大伙儿皆吃上了热腾腾的野蔬肉片疙瘩汤，并带上了两天干粮。

依然是堂邑父打头，秦自乐殿后，张骞居中调停，巳时开始登山。

山势陡峻，大树似壁，藤萝如网，天日无光，一切似乎又重回十年前的登山之行。张骞与堂邑父一道，挥剑劈砍，开出一条通道。午时许，抵达雪线，树木已渐矮渐稀，开始胸闷、恶心，气力渐失。虽通路较前为易，但行速却显得更缓。而且寒风酷似严冬，身体不禁瑟瑟发抖。

张骞令大伙儿停下，喘息少歇，换上冬季衣袍。并道："此山将是我等西域之行最后一道关隘。过此关隘，寻找大月氏将不成难事。故而再难再险，亦应咬紧牙关，不受其困。但是，我等也不可因此莽撞行事，忘乎所以。起码有两点，每人须得遵从：第一，一切按号令上山下山，不许擅自独行；第二，进入山巅雪域，不可屙尿。孙医官曾道，'高山极巅，下空者必毙'，大家应予谨记。今日重提，就是再次引起每人注意，不能因一泡屎尿送命于此。凡下腹不适者，现在便行解决。"

大伙儿嘻嘻哈哈，又纷纷解开裤带，努力屙尿。

因雪路太陡，为避免失足跌滚，张骞令一律下马步行，相互用皮绳束腰串起，马儿亦用缰绳串牢，人傍马儿，拽着马尾，如蚁附行。张骞在前，帮着堂邑父，选择路径，拽着后队，挨步而上，不时趁间歇工夫，勉励大伙儿喘息上行。

未时末，使节队全部登顶。顶上积雪反倒薄了许多，厚仅尺余，只雪已晶化，白亮亮使人头晕目眩。风也变得柔和，不再那么凌厉，只愈加寒冷，似无数冰刀削人肌肤，厚厚的皮袍犹若枯叶，随时都会掉落。而太阳也变成了粉红的面团，洒下的阳光无一丝热气。更让人担心的是，胸口像压着一块巨石，大张了嘴巴，连喘息的力气也告罄尽。

张骞喘道："二弟，此处不可久留，可思得下山之法？"

"大哥你看——"堂邑父喘道，"山势虽陡，但雪层仍厚，且下有平埫，途无悬崖巨石，依我之见，仍可用'滚老驴'之法，以求速速下山。"

张骞察之，点头允道："就依二弟之法。"

大伙儿依次很快下山，人马无损，只丢失了两驮货物，这已是万幸之中的大幸。只是此山却呈斗状，大伙儿踏入了冰川，在雪山走了两天，才又看到了森林、绿野和蜿蜒曲折的河流，气候很快由春入夏。

这真是：

英雄西行陌路，栉风沐雨无处觅宿头；
小月氏只见空壳，大月氏尚待寻求；
一路唯见日月星辰相伴，所逢皆是虎狼狮子猛兽。
世人莫道葱岭难越，六月雪山低头应羞！

下回将要讲到众英雄误入大宛国，欲知又有何样故事发生，即请继续翻阅。

注释：

①汤禹久远兮邈不可慕：语出屈原《九章·怀沙》："汤禹久远兮，邈而不可慕。"

②头饰帢（qià）巾：头戴寻常帽子。帢：古代男人的一种便帽。

③一坛墠（shàn）墠：语出《礼记·祭法》："汤故王立七庙，一坛墠墠。"墠：用于祭祀的平地。

第七十一回　艰越葱岭误入大宛 惊识异产谋划都城

滑滑溜溜走过一段冰坂，使节队下到一处山谷。谷呈喇叭形状，尽头开阔，烟岚缈缈，黄昏的日光，映出无限的神秘。而在脚下，由雪山冰川化作的流水，汇成了一条小溪，穿涧越石，或叮当叮当，或哗哗啦啦，或嘤嘤吟吟，一路下奔。小溪两岸，先是苔藓，渐有小草，下至两三里，则矮树成丛，攒簇而生，再下，即为成片森林。张骞道："天已向晚，今夜且到林边寻地安歇。"

到林边，见林中昏暗，亦不知林深几许。张骞见溪旁左边五丈处有一大树，树下颇为干燥，遂命大伙儿于树下宿营。因薪柴干粪于雪山冰川途中全部用于驱寒，又令秦自乐率由天际、孙治瑾、赵无偏就近伐取枯枝以作燃薪，任扶、苏疾帮杨柏砸粮弄炊，并照看马儿，自己与堂邑父前去寻猎，约定半个时辰之内聚齐。

半个时辰过去，堂邑父猎得一只归巢兀鹫，张骞猎得一只岩羊，回到宿处，却不见秦自乐四人回转。时太阳已落，山影如魅，林中有声，奇诡怪异，谷中风劲，夹寒带峭。张骞心中上紧，与堂邑父各自燃起一支火把，分左右两边前去寻找。

方唤得数声，只见密林之内走出四条黑影。张骞当即生气："三弟，为兄怎么吩咐于你？就在林边寻得些许枯枝，缘何踏入密林？尔等是否因在林中迷失方向而不得出？"

秦自乐极少见到张骞生气，不由得愧色拂面："大哥，是我管束不严，以致迷失林中。"

由天际却为秦自乐叫屈："张伯伯，休怪秦哥哥，是我不遵号令，除了砍柴，又去采集蘑菇。要怪就怪那些蘑菇，不该长得又大又鲜，谁见了谁都像看到了绝色美女。忍不住，采了一把，还想再采一把，不知不觉，就忘了时辰，又忘了来路。"

"我晓得，不用说，就是因为你。"张骞斟酌道，"你意欲为使节队多谋利益，既是你的公心，亦是你对各位叔叔的体贴。如在一般情况，我得予以称赞。可在今日，则有所不同。首先，秦自乐系奉我之令，带领你们以伐薪为目的。至于发现了蘑菇，顺手采摘一点未尝不可。其次，发现了蘑菇，采与不采，采多采少，你须请告秦副使，得到允准，且有安全保障情况下，方可集体进行有限行动。你这样擅自进入密林，以致其他人为寻你迷失林中，如是行军打仗，你所违军纪，将是杀头之罪。蘑菇小利，岂能赎其大过？最后，你不要认为我在此言过其实，小题大做。使节队虽只九人，但我们背后是堂堂大汉，代表着大汉朝廷，我们必须要有严明纪律。由天际，我的话，你可明白？"

"张伯伯，不，张大使，由天际知错了。这些蘑菇，要它何用！"由天际作势欲将一衣兜蘑菇扔下。

孙治瑾、赵无偏站在旁边，一直垂头不语。见由天际要扔掉蘑菇，又抬头望着张骞。

张骞将火把递与秦自乐，脱下上衣，扔与由天际："将衣服穿上！其过不在蘑菇，既已采下，又何必扔掉？我只是让你记住，凡事须分主次，行事须守纪律。所幸入林不是太深，我们的呼叫与火把的光亮可让尔等发现。如若过深，麻烦可就大了。"

回到宿处，杨柏等人已就近弄来些许柴火，一边烧水，一边刳剥岩羊、兀鹫。由天际倒下蘑菇，加上秦自乐等人采下的，倒是十分可观。杨柏自是喜之不禁，一番挑拣，竟扔掉了三成中的一成。由天际拾起一枚："如此光鲜的蘑菇，缘何将其扔掉？"

"那些都是毒蘑。你敢吃，毒死你！"杨柏一边忙着，一边笑道。

"毒蘑？可你挑拣的无毒蘑菇之中，也有同样光鲜好看的。"由天际不解，连孙治瑾也有猜疑。

杨柏拿起一枚蛋黄般的蘑菇："这叫'黄罗伞'[①]，是最上等的蘑菇，烹调得法，具有鸡蛋和蘑菇的特别香味。"又将由天际手中蘑菇接过，"这叫'红罗伞'，颜色红亮诱人，但是红色之中有小白点，而且它的菇把也呈白色。一般来说，蘑菇有伞蘑、针蘑、丝蘑之分。而‘黄罗伞’只生长在栎树、青冈木、冷杉树下。蘑菇如人，也分幼蘑、青蘑、成蘑、老蘑，如若它们在某一处共生，那种景观，才叫奇异。”

由天际却是心急：“杨叔叔，您话说了一箩筐，可仍然不在正点上。”

“我知你之意。”杨柏一笑，“急了吧？欲分清毒蘑与可食山珍，其实非常简单，假若蘑菇之上有小虫子，便可放心食用，没有小虫子痕迹，那就休要招惹。”

“故弄玄虚。早说不就结了？”由天际穿上自己的衣服，将张骞的衣服递出，“谢张伯伯。”

杨柏的一番蘑菇言语，却勾起张骞儿时的回忆。在家乡城固，他也常吃蘑菇，也与弟弟一道去采过蘑菇。最初对毒蘑也分辨不清，后来也就按杨柏所说的法子寻找蘑菇。但是真要说到对蘑菇的了解，远非杨柏说的那么详尽。杨柏对陌生食物的了解，足称其师。

这一餐自不待言，山珍蘑菇炖羊肉，大伙儿吃了个尽兴。孙治瑾由衷说道：“过葱岭、跨雪山、踏冰川，第一顿能吃上这样的美味，也有所值。”

由天际已忘了挨尅之事：“难得大医官如此赞美，一顿蘑菇肉汤算甚？说不定，我们还会吃上别样稀奇古怪的东西。那些东西，一定是从来没有听说过，也从来没见过。譬如凡妮娅给张伯伯的黄瓜种子，由黄瓜种子长出的黄瓜，那种脆爽清香，我等在汉地何曾见过？”

一句无心之语，一下触及张骞伤心往事，大家顿时不语，只瞪眼看着由天际。

“张伯伯，我一时失言，您不会怪我吧？”由天际小心道。

“这怎么会？事已过去多年，提起来，也只有伤感而已。我们时刻不应忘记的，是大汉、是朝廷赋予使节队的神圣使命，早日找到大月氏，谋划结盟通商大事。当然，若遇奇异物产，能富我国民者，也应将其种子带回大汉。好了，明日过境山林，再采些蘑菇带上。连日疲累，今夜大家安心歇息。”

张骞却召来三位副使，密议道：“我有一条规定，作为纪律，在此予以宣布。使节队已踏入将有人烟的陌生地域，自今夜起，我等四人辛苦一点，实行轮流值守。尔等如有异议，不妨直接道出。”

三人均表赞同，此后便成循例。

第二天天明，却淅淅沥沥下起了小雨，丛林本就密匝，雨中越发昏暗。苏疾等人担心迷路，堂邑父却道无妨，只要缘溪流顺坡下行，就无走不出密林的道理。张骞即令大伙儿牵着马儿，随堂邑父入林，并严禁自行其是，停止采菇行动。

进入林中，反而不觉有雨，只是时有豆粒般的水珠从空坠落。树下亦无寸草，厚厚的枯枝落叶软若毡毯，踏碎的枯枝发出声声脆响。依稀之中，可以辨认出青冈木与冷杉等树种。约两个时辰，众人方走出密林。也不知雨在甚时停歇，出林烈日一照，身上爽意顿失，且眼前一片晕蒙，闭眼立定，好一会儿，才看清林外景物。

林外坡势更缓，地势亦更其开阔，左右三四里，下至山口十来里，全被长草覆盖，青翠一片，风卷着草尖，水浪一般起起伏伏，而头顶的太阳，以火焰般的光芒，宣示着夏天的炎热。

两个时辰前，大家还在冷飕飕的早春，一出林子，便是赤日炎炎的夏天，人们哪里受得了这个？由天际不由得大叫："这西域的天气简直就是个魔鬼，专门折腾我等远方来客。"一边说着，一边脱光了上衣。

谁曾料想，不到一盏茶工夫，前方草地上便飞来一团蚊子，黑乎乎也不知多少，径直扑向由天际，纷纷叮咬他的前胸后背汗液最多的地方。他甩起衣服猛烈扑打驱赶，哪知原来的蚊子没有被赶走，新来的却愈来愈多，后来像大漠之中被风刮起的沙粒，乌云般漫天而至，不分人与马儿，直往脸上、脖子、耳朵、鼻孔、嘴巴里猛钻狠咬，弄得人人手忙脚乱，匹匹马儿乱蹦乱跳。

张骞急得大叫："大家赶快牵着马儿，退回林子！片刻不要逗留！"

大家手忙脚乱地退入林中。说也奇怪，人马一进林子，漫天的蚊子也顿然而止，返回草中，顷刻之间，草地也恢复了一片祥和，好像刚才什么事也未曾发生。

"难怪这样肥美的草地之上，却见不着一只野畜。"秦自乐喃喃道。

苏疾拈起一只拍死的蚊子："这西域的蚊子比咱大汉的蚊子毒，也比大汉的蚊子狠——你们看，这蚊子的肚皮又大又亮，通红透明。"又伸出一只膀子，"肉皮上咬出的疙瘩鼓起老大一个包，而且又麻又痛，越挠越痒——孙医官，你可有妙法对付它？"

“你说的‘它’是甚？是蚊子还是蚊子叮出的包？蚊子太多，我没办法。那‘包包’用唾沫先抹再揉揉。”孙治瑾边说边清理自己身上的叮咬之伤。

张骞问堂邑父：“二弟，你可曾见过，或者听说过有此怪异之事？”

“说实话，大哥，我从来没见过，也从来未曾听说过。我要晓得，早就让大家做好准备。”堂邑父回完话，又道，“得想出一个妥当法子，保障人马安全通过这里。”

张骞凝神望着面前这块貌似平静的草坡，顾不得身上的痛痒，将队员们召集到一棵大树之下，说道：“现在不用多说，面前这片草坡实为一处险地。据此，对于行程，做出如下调整：其一，杨柏、苏疾于林边准备午饭；其二，张骞、堂邑父、孙治瑾捆扎烟把。对付蚊子，我思得一法，火光不佳，须用烟熏，烟从何生？外以枯枝，内裹长草，捆为烟熏火把。十里草坡，每人三把，总计应不少于三十把；其三，任扶、秦自乐、赵无偏、由天际，就近寻取柴火，如有可能，顺便采些蘑菇，限一个时辰之内返回。”

听罢吩咐，大家即各司其职，忙碌起来。秦自乐等人按时返回之后，张骞三人的烟把也已接近完成，试点了一根，果见浓烟滚滚，迎风而生，熏得人双眼难睁。吃饭时节，大家又笑语甚欢。苏疾谑笑道：“若非由天际以身试蚊，哪知蚊子厉害，倒想给他煮碗蚊子肉汤慰劳慰劳。可杨柏说，与其这样，不若路途之上，大伙儿给他弄些烧烤蚊子。”

大伙儿听罢，无不大乐。赵无偏笑得打战，碗中的饭食也撒出不少：“好你个苏疾，真会说话。”

由天际哪肯白白吃亏，放下碗，手指头拈了两只死蚊子，轻功一跃，到了苏疾面前：“苏叔叔，这里有几只现成的蚊子，生是生了一点儿，可保证原汁原味，您先尝尝，味道如何？”

见闹得有些出格，张骞即道：“好了。大家抓紧吃饭，饭后认真做好准备，各人先检查驮马坐骑，捆好货物、粮食、肉食和柴火，再扎紧裤管帽带，然后点起烟把，争取快速通过这片草坡，不要给噬血恶蚊留下可乘之机。”

大家遂停了笑闹，认真做起准备，每人领得三支烟把，待烟把燃起，张骞大喊了一声：“各人按照次序，出发！”堂邑父立即将烟把前后左右一舞，率先进入草丛。

瞬间，绿草如茵的斜坡上出现一支飘摇飞动的烟龙，在烈日和谷风的催动下，蜿蜒而去。草丛中被惊飞的小鸟，暗角中被搅扰的蛇虫，草稍上被绊动的蚊蝇，争相逃出烟龙之外。

半个时辰，使节队安全走出草坡，脱离了噬血恶蚊的围攻，剩下几支烟把，亦丢弃于地。张骞令大家暂歇，解了裤管袖管，卸了面罩、帽子，去溪边净面擦汗，准备出谷口继续西行。

孙治瑾洗毕，突然说道："我明白了，这片草坡缘何蚊子多如牛毛。那是因为这里过于潮湿——你们看，从早到晚，湿雾弥漫，蚊子不多才怪。而我们现在歇脚之地，草干地干，山风劲吹，蚊子就不予光顾。"

"现在晓得了又待怎样？孙医官，你这不是闲话吗？"赵无偏不以为然，"倘若再逢此等境况，难不成还有比烟熏更好的办法？"

孙治瑾历来受人尊重，遭此抢白，脸上便有些挂不住，欲要再说点什么，却听张骞拿话一挡："不要争了。凡事明白总比糊涂要好。譬如打仗，无论胜负，事后都应找出因由。现在我等离谷口仅有两里，两里之外便是平畴原野，还不知将会遇到甚样情况。"又对堂邑父、秦自乐道，"你二人即刻动身先行，其他人相距一里后续跟进。"

孙治瑾亦即刻息争，随着张骞等人的目光，眼瞅着堂邑父、秦自乐的背影，希望之中更有担心。

堂邑父二人走出一里多地，便见溪水被一石砌大坝拦住，改向西北流去，水势也大了许多，变成了翻着浪花的小河，隐入一片丛林。秦自乐放眼一望，不由得大喜："二哥细瞧，丛林之外，顺着河岸，有条人行大路，我们很快就能见到人烟和村庄了。"说着，便要打马上前。

堂邑父却伸臂一挡："三弟且慢，等等再看。最好等大哥来了再说。毕竟，这里是完全陌生的地方，万事须得小心。倘若碰到不虞之事，大哥也好拿出主意。"二人于是驻马相候。

待张骞至，细察之下，分析道："河中大坝，纯系人为。它至少说明了两点：

其一，不远的地方有人居住，且懂稼穑之道，不纯为牧民；其二，为求庄稼丰稔，懂得水利之宜，砌大坝使河水改道，以求灌溉及饮水之便。当年在峦芳洲，穸南、容北便是如此做法。这里已摆脱匈奴辖治，我等当然应去人居之地，了解大月氏迁居何方。故此，应沿河岸，顺人行大路而行。”

张骞率众刚上人行大路，丛林中突然传来一阵强烈鼓声，并随着鼓声起处，窜出一支全副武装的人马，整齐地排成三行纵列，挽弓持刀，将使节队拦住。

猛然之下，张骞及其他人均感惊讶与欣喜，忘了应有的戒备。这是重登西行之路以来，除却在缅捏部落和小月氏，第一次见到这么多人。他们除了兴奋，还有止不住的好奇，看着这群长相完全不一样的人；黑卷发、蓝眼睛、棕红脸、长胡须、深眼窝、高鼻梁，头上缠着一大卷红布，身上穿着鲜艳的赭色麻布衣裤，足蹬翘尖浅靴，弓呈半月形状，刀具微弯，闪着黄亮的铜光。他们阵容整齐，表情严肃，并无杀气。站定之后，人与坐骑便纹丝不动。显然，他们十分警惕，却并无恶意，似乎是一支训练有素的巡逻部队。

除却装束，看其人种，与张骞见过的突阿贺部落牧民非常相似。尤其这支部队的当头首领，简直就像突阿贺部落的勒古台，只是年纪略大一点而已。

看得出来，这些人亦同样惊讶，甚至更加好奇，人人都目不转睛地盯着他们。不过，表情始终异常严肃，表现得不那么友好，但也没有那么多敌意。

双方对视了一阵，终于，这支部队的头领拍马上前一步，无任何礼节，对着使节队叽哩哇啦说了一通。

张骞不知何意，即令苏疾上前答话。苏疾上前，先抱拳施礼，而后和颜悦色，慢着声调，前后用了六七种语言向对方解释，那首领总是一句“绕麻希拉”回应，后来又加上摇头摆手，才知“绕麻希拉”是听不懂之意。苏疾倒也机智灵活，亦对以“绕麻希拉”，并辅以摇头摆手的动作。

那首领显得十分无奈，干脆以手语演示：拍拍腰间铜刀，将其取下，再双手捧刀，向前递出。接着，指指嘴巴，拇指与食指一捏；然后垂下双手，向两胯一贴，手指前方，做了个弯腰拜见的姿势。

张骞看得明白，虽然不知这是一支部族武装或某一国家的军队，但知其并无抢劫加害意图，只是对不明身份者的例行查问。于是上前，让苏疾退下，到那首领面前，竖起拇指，回指自己，示意自己是这些人的头领，随即摘下腰间佩剑，交于对方手中，然后面对大家说道：“各位兄弟，西行至此，我等已经踏入完全陌生的国度，让人猜疑，是必然之事。我们在他们的眼中，更其显眼而特殊。我们应该牢记旌节上的六个金色大字：大汉友好使者！我们的使命，除了寻找大月氏的下落，更要在所经之地播下世代友谊的种子。除了生命受到威胁时迫不得已的自卫，一般情景之下，不得炫耀我们的武艺。像现在这等情况，我们可以按照这位头领的意图，暂时交出武器，显示我们的诚意，以此解除他们的猜忌，初步取得他们的信任。误解一旦释怀，或许可以得到他们的帮助。起码，使节队的行动，将不会受阻。”

那头领掂掂张骞的宝剑，看看张骞，脸上现出吃惊之色，翻来倒去又看又摸，耐心地让张骞将话讲完。见这群人将武器交出，堆在一处，然后用皮带捆了，缚于一匹驮马之上。张骞随之牵过缰绳，将其交到那头领手中。

那头领唤了一声，其身后一条大汉应声出列，接过驮马缰绳归入队列。接着，又叽哩哇啦说了一通，随即那支人马分成两个部分：二十来人返身向前走出二十来丈便倚马等待，后边二十来人三纵变成两纵，让出一条通道，示意张骞等人居中而行。

使节队中任扶、由天际等人愤然不悦：这明显带有押解侮辱之意，不禁开始小声啧言。张骞听得，沉声无笑：“千难万险都已经过，何必计较此等事体。刚才这头领已用手语告知，他因职责所在，要引领我等去见他的上司。他的小心，亦在情理之中，大家不用多言。”遂率先进入那留出的一段空路，自己居中，让任扶、杨柏分列左右，堂邑父、秦自乐、由天际押后，跟随前边的异域骑士，不疾不徐而行。

丛林很密，多为松、杉巨树，并不宽长，约在两里。林间大路，车辙痕迹甚是明显，却无新迹，令人费解。张骞想起水坝砌石，猜其为彼时运石的遗痕。

出得林子，原野顿开，蓝天之下，日光粲然，白云似帛，飘然南移。时有小鸟，低空掠过，或三五只，或一团一伙，歇于路边大树，隐于枝头绿叶，或脆声如歌，或喳喳不息。陡然之间，使人忘却身在陌地，似入江南山乡。而原野开阔，绿茵铺陈，间有熟黄，煦风刮来，送来新麦香气。极目远眺，原野微倾，呈纺锤形状，两边远山朦胧，远方烟岚沉浮。再两里，路入田垄，有稻秧齐膝，正在拔节；有农夫刈麦，低头忙碌。乍见张骞一行，俱停镰凝望，呈惊异之色。张骞视之，此地刈麦，又与城固不同，系先取麦穗，后刈麦秆，麦穗装入布袋，麦秆以火燎之，一堆一簇，烟雾升腾，呛人口鼻。亦有不少地块，所种稼禾，全然不识。有的似蒿，却无分枝，笔溜挺直，高及人肩，上结短荚，密密层层，排列整齐，相对而生；间有绿叶，形若婴掌，秀润可人；及顶嫩绿，小荚似垒，白花小巧，琳琅似挂。有的茎高齐膝，粗若食指，叶圆软厚，白花惹眼，黑似点漆，荚若手指，排排斜竖，有白蝶黄蝶、青蜂黄蜂乱飞其间。有的则杈架相扶，枝叶葱茏，柔弱无依，黄花星布，上结大小青果，外皮溜光，下垂拳大红果，皮红透亮。有的搭着高架，长如队列，藤蔓攀绕，青果成串，粒粒颗颗，大若指头，一抓一抓，悬垒垂挂；叶则似桑，叶齿深长，叶面生糙……

杨柏看得发痴，竟自驻马，一脸迷茫。张骞伸手，将其肩头一戳："走吧，这会儿不便相问，会弄明白的。"杨柏犹自喃喃："这都是些什么庄稼，长得如此奇怪。"

那头领似知张骞等人好奇，并不干涉，亦不相催，反让前边骑士慢行。约三十里，又进入一片小树林，那头领示意，让张骞等人下马暂歇，并以手语相告，可以饮水打尖。接着咕噜了数句，便见走出三名骑士，一名拿着装满食物的布袋，一人提着一个圆形小桶，一人握着两只水袋，从张骞开始，每人抓给一把油炸豆子，发给一个圆饼，倒满一碗"红水"，然后退下，给他们自己一样分发。

张骞看那豆子，却从未见过，扁平，大若指盖，前大后小，前有如眉小窝，皮质甚厚，被炸得油黄翻翘，纳入口中咯吧脆响，满嘴生香。看那圆饼，虽系麦粉做成，但一面撒满一层小粒东西，一嚼异香扑鼻。而那"红水"，却已相识，在月氏守灵人那里，戈泊曾予介绍，系红葡萄酒。若说更早，途中所葬之灵，名曰辛巴刚山的大宛武士那里，便已见过。

堂邑父、任扶、秦自乐见此，警惕之心顿时松懈，亦知张骞判断无误。张骞无以回报，即令杨柏埋锅生火，将岩羊羊肉，加上一些狼肉，炖了满满一锅蘑菇肉汤，舀了，奉与对方。那头领起初好奇，继而拒绝，张骞以手语相告，若不接受，便将所赠食物交还。那头领方让部下受之，双方皆伸出拇指相赞，一扫严肃，笑脸相对。张骞见机取出旌节，又以手语告之旌节意义。

餐后，那头领仅以六骑作为前导，变成礼让形式。再行三十来里，向北拐入一个山脚，遥见一座城堡兀然而现。城门城墙完备，城墙之上亦有垛牙，只是与大汉有别，皆为尖状。进城门尚有半里，那头领便派出二人先行。张骞猜度，此二人大概是提前向城堡守令进行禀报，于是展开旌节。挺胸高举，其他人无须指令，亦挺胸拔背，一脸庄重，准备入城。

众人由西门而入，张骞侧目而视，街道颇具规模，房屋栉次毗连，各种店铺相接，人群熙熙攘攘，肩挑臂挎马驮。男人形体高大，以红布包头，女人婀娜多姿，以黑布蒙面。相互之间，或以物易物，或以一种铜质刀币买卖。只是看到张骞一行，便都驻足而观，显得非常惊讶，面呈疑问不解神色。

张骞见此，一改庄重，右手端举旌节，左手连挥，以笑容致意。任扶、杨柏等人紧跟学样，挥手带笑向街道两旁人群致意。由天际高兴得吹起口哨，双手连挥，于马鞍上一纵一跃，表演起轻功，逗引得一群小孩追着观看。一些年轻蒙面女郎也踮起脚尖，引颈久视。人们窃窃私语，以为是别国来的“优人”（演戏的）。

一条街走完，又拐入另一条街。两边房屋与前一样：尖顶、拱门，窗户呈弧形。至街道尽头，一座圆门、尖塔式大型建筑物迎面耸立，墙体白得晃眼。那头领让张骞等人暂候，下马向挎刀门卫说了几句，而后进去，不一会儿，又返身出来，向张骞等人示意，将马儿交由门卫看管，然后随他入内去见他的长官。

过圆门，便见一宽敞庭院。中间甬道，长十余丈，碎石夯筑，周遭有排水沟，两边回廊，直达正中厅堂。

张骞率众走过甬道，入厅堂圆门，便见一衣饰整齐长者端坐一木制圆椅之上，前边系半月状木案，案左放着一沓一尺见方的软羊皮，案右置墨砚水杯之类东西。见张骞一行进来，只抬头细瞧了一阵，方用右手向下，左右一划，示意坐下。那头领见此，当即右掌贴胸，鞠躬退下。

张骞进门已经瞧见，厅堂两边，分别安放着十只石凿圆凳，凳面光滑发亮，显旧迹模样。见长者让座，哪敢托大，仍依礼相拜，众人分两行恭立，张骞首先说道：“尊敬的长官，我们系来自东方大汉朝的使节，奉吾皇之命，出使西域，以求友好通商事宜。因语言不通，尚不知贵国之名，可否请长官见告，并能引见到贵国朝廷？你们若是大月氏人，吾还携有国书呈递。”匆匆之间，他以汉语叙说此行目的。并举起旌节，以作证明。

老者摇头，说了句“绕麻希拉”，又摆手示意，显出着急失望的样子。

张骞又以匈奴语复述，老者仍是一句“绕麻希拉”。

苏疾只好上前，打开羊皮书卷，翻出从戈泊那里学到的几种语言，一一对照相述。当说到乌孙语时，终于接上了话茬。

大伙儿兴奋而又急不可耐，催苏疾快问，这里是不是大月氏国。张骞用手向下一压：“弟兄们耐心点儿，怎么说，怎么问，苏疾心中有数。”

这时苏疾回头道：“长者是这里的最高长官都护，名叫辛巴措，先头那位头领是这里的武卫使，名叫帕卡。大月氏国还在西南方向，中间隔着康居国，我们向北多走了七百多里，来到了‘达汶尔弯’国，这里是‘达汶尔弯’国的边城迪根，他们的国家都城贵山在南方，离此还有四百多里。情况大概就是这样。”

虽然走错了地方，但从这位都护长者口中得到了大月氏的确凿消息，大伙儿顿时有了精神。万里征途，十多年岁月的付出，九死一生的经历，而今终于目的地在望，怎不叫人振奋！张骞激动难抑，迅速做出决断：“大家听我说，我们既然来到了‘达汶尔弯’国，就得争取该国成为大汉的友好邦国，当然，还有我们将要通过的康居国。因此，我决定，设法拜见‘达汶尔弯’国国王和康居国国王，争取得到他们的帮助。我们因错而能获得更多的收获，这是上天对我大汉的眷顾。请大伙儿务必耐心，饭得一口一口慢慢地吃，路得一步一步稳稳地走。这样，就不愁没有好结果。”

任扶、赵无偏等人本来觉得，这一来一去，要多走一千多里路程，听到张骞这样一说，感到这路走得并不冤枉。倘有更多的国家配合大汉反击匈奴，开辟出一个良好的交往环境，那真是一桩值得庆贺的大喜之事。于是，皆展颜点头，表示赞同。

只由天际调皮一笑：“张伯伯，您说得很是在理，可这‘达汶尔弯’国叫起来太绕口。依我看，我们毕竟走了冤枉路，不若就叫它‘大冤国’好记。张伯伯您看这样可好？”

那都护长者因为听不懂张骞等人在说些什么，故此非常专注于这些远方客人的表情。见这些客人有说有笑，便询问苏疾，张骞大使等人在说些什么，显得如此高兴。

征得张骞同意，苏疾将张骞的话予以直译。说到国名时，则将“冤”改作了“宛”字。反正是翻译，“冤”与“宛”，只是音同字不同而已。自此，“大宛”国名一直沿用至今[2]。

听罢苏疾的翻译，辛巴措显得分外激动和郑重。据他所知，传闻遥远的东方，有一个非常富饶的国家，名字叫“周秦”，而今从那个国度派来了使臣，这等要事，非他能够处理，理应将他们向国王引荐。辛巴措立即吩咐侍者，唤边城武卫使帕卡进来。

在等候帕卡的间隙，都护长者笑道：“张大使，今日已晚，请在驿馆暂歇，明日我派武卫使帕卡率人带领你们去我国都城面见国王。至于晚饭和明日路上的饮食，我会予以安排，尔等初来乍到，不太方便，就不用操心。另外，我将修书一封，递交我王。这样可好？”

张骞赶快施礼致谢：“大汉使臣张骞代表使节队，非常感谢都护大人的关照。他日匈奴得平，道路畅通时，欢迎都护大人去大汉走走，好让我等略尽地主之谊。”

“我老啰，但愿后辈儿孙能有那样的机会。”辛巴措一声感叹，又显出神秘与好奇，“据武卫使禀告，尔等系从死亡之地恶蚊谷进入大宛国境，是用何妙法，可否见告？”

“只要我们双方努力，机会一定会有的。他们再也不会像我们这次这样，一路冒着生命危险，货物接连遭受损失。”一缓，张骞又转到第二个话题，“我们并不晓得那里是要人性命的恶蚊谷，只知那里的蚊子多得像乌云，吸血似魔鬼。”于是将驱蚊之法作了介绍。

“难怪帕卡对你们心生敬畏，警惕非常。你们真是一群又勇敢又聪明的勇士。”

正说着，帕卡跨步而入：“拜见都护大人，大人有何差遣？”

辛巴措遂将刚才的决定向帕卡作了布置，并嘱道：“他们乃远方贵宾，城中杂乱，勿使他们受到骚扰。任务特殊，当处处用心。”

“大人放心，属下明白，明日一定安全护送贵宾到都城。”帕卡格外高兴，立即向张骞做了一个“请”的手势。

辛巴措亦起身，将张骞一行送至门外：“老朽还得向国王修书，就送到这里。”

张骞折身，深鞠一躬：“大人留步，谢大人关爱，祝大人安康！”

目送都护辛巴措回屋，帕卡当即将所有武器交还给张骞，并向苏疾要求，能教他学学汉语。

晚饭甚是简单：一馍一汤一饮，却很精致，馍中的短小草茎配上面上炕得焦黄的小颗粒，吃起来格外香余；汤中红红的软瓤透着微微的酸爽，配上浓浓的黄白蛋花，一尝便十分诱人；葡萄酒盛于白碗之中，其鲜亮美丽，让人不忍辛饮，从帕卡的交谈与手语中得知，那馍中草茎系人工种植的食用苜蓿，苜蓿开花便可收割，洗净之后，经过九蒸九晒，用时将其捣碎，适量纳入面团。野外苜蓿主要用作饲草，用以喂养牲畜。这种馍饼，因上面有密密麻麻的小颗粒，所以称之为“麻饼”，上面的小颗粒叫作“巨胜”或者“狗虱”（张骞将其带回汉地后，将其称为“芝麻”——因其小荚生长时像‘之’字那样盘旋而上，为表其特别称呼，均加上草头，而“麻饼”被长期称为“胡饼”，直到后来才被称为“芝麻饼”“或“芝麻馍”——笔者附注）。那汤被大宛人称为“红茄蛋汤”（传入汉地后被称作“番茄鸡蛋汤”）。并从帕卡那里弄清了路途所看到的那些奇怪庄稼分别是：巨胜（芝麻）、佛豆（胡豆）、红茄（番茄）、葡萄等。

杨柏急切问道：“这些庄稼是大宛国所独有，还是在康居、大月氏也有？”

“当然都有。这些庄稼在各个国家里，都是很寻常的东西。”帕卡连比画带说。

孙治瑾等人纷纷道，凡是我们那里没有的东西，都应该收集最好的种子，带回去，让大汉的百姓也有此口福，也可证明我们不虚此行。

“那是当然。”张骞笑道，“今日起，就交给你们一个任务，大家负责搜集种子，交由堂邑父、秦自乐、杨柏、孙治瑾分别保管，千方百计，也得带回去。”

由天际“哎”了一声，又做了个鬼脸：“张伯伯，您说漏了一件顶要紧的事情。这些种子咋种咋收，收了以后咋管咋弄，不搞明白，怎么吃到嘴里？就像狗虱，种子那么小，依我之见，管你点播、撒播，恐怕都难。杨柏叔叔，您是行家里手，您说是也不是？”

杨柏正欲张口，张骞即道：“由天际所说非常在理，种子与技艺，缺一不可。

故此我对任务再作补充，每样种子之种植技艺，收获之后的制作技艺，从我以下，人人须得掌握。”

帕卡听得发愣，苏疾遂向他竭力说明。帕卡击掌大笑：“此易事。明日登程，去大宛都城约需三日左右，我本是农家子弟，张大使所说事体，尽可帮忙并予讲述。”

张骞不禁紧握其手，连表感谢。帕卡显出活泼本性：“感谢就留在日后。”抬头略一默念，又道，“两年，不，三年之后，我一定去你们京城，拜望你们的皇帝，到时有什么好吃的、好喝的、好用的，请张大使不要忘记便好。”又一摸张骞的宝剑，“张大使的武器太沉、太奇怪，直溜溜的无刀口，怎么用法，明日抽暇还请指教。今晚就算了，我那婆娘还盼我早点儿回去，你们也好早点儿安歇。帕卡就此告辞，祝你们人人都做好梦。”说罢起身就走。

张骞望着他的背影大声道：“使节队对好朋友，永生不忘！”

帕卡走后，大伙儿仍在兴奋之中。由天际央求道：“张伯伯，吹支曲子吧，很久没听您吹笛，人都闷坏了。”

秦自乐、苏疾也投来殷切的目光。

张骞不忍拒绝，又不得不予拒绝：“不是我想扫大家的兴。实因时辰、地点不许。此时已经入夜，且居于陌生城堡，周遭皆为异域族人，而笛声尖利、高亢，昂扬激荡之处，可穿云裂帛，一旦吹奏，必惊扰四邻，谁知会惹下什么麻烦？我看不若这样，《大漠行》久已没唱，《西域路歌》又系近作，我等将此小声唱唱如何？”

堂邑父首先赞成：“张大哥虑事周全，我看就这样吧。”

于是，大家尽量压低了声音，唱将起来。毕，张骞道：“驿馆舍外有流水亦有水槽，我等的衣服已穿得乌糟，今晚将其脱下洗净晾起，身上的汗腥垢痂亦应清除，明日出城，一律换上国服。”

那孙治瑾却甚细心，听得此言，首先清理卧榻。馆舍宿处系一长炕通铺，因是夏季，垫褥较薄，上铺草席。孙治瑾唤了赵无偏，先扯去草席，将垫褥提至舍外拍打，检查有无跳蚤臭虱，而后将草席用水抹净。张骞见了，自是大加称许，众人亦前来帮忙。干净身子干净床铺，比起多少个露宿之夜，简直是天壤之别。

唯有张骞，在同伴们安歇之后，拨亮了油脂灯光，磨墨命笔，于膝头摊开羊皮舆图，将一路行程作了标识。并书写道：

余率使节队登葱岭，越峤山③，履雪踏冰，历恶蚊谷，终脱匈奴之羈，至大宛边域迪根矣。

大宛国种族相异，皆高鼻深目，眼睛湛蓝，肤色棕色。其俗亦大异，男尽包头，女皆蒙面，房为尖顶，门窗拱圆。但其市肆与大汉相类，街巷门店、交易场所，凡人之所需，均可见到。

大宛国主农垦种植，亦操放牧。余等所见作物，多有不识者，如巨胜、佛豆、红茄、葡萄、苜蓿等。余嘱属下，集其佳者，以利大汉，求五谷稑熟④，民得蕃滋。

与边城都护叙，大宛对我大汉，多有向往，羡我富庶，欲以交通奈匈奴相阻，友好不达，实乃惜哉。

余等九人虽误入大宛，然所获颇丰。我以朋谊以示，其亦以朋谊待我，且得护送，往该国都城拜其国王，获悉去大月氏准确路径。十年羁縻数月跋涉，今始有果，余等尽皆兴奋。

夜已晏深，其后待叙。张骞于离京第十年之六月二十一日，大宛边城迪根之驿馆。

翌日晨，帕卡去取国书，张骞随行礼辞都护。那辛巴措已年近六十，日出一竿方来到府衙，不及寒暄，取了书卷，付与帕卡，与张骞含笑相嘱，仍送至圆门之外止步。张骞走出数丈回望，都护长者依然站在那里，他心中一热，眼涌泪花，向都护连连挥手，示意请其回转。

帕卡用生硬的汉语道：“张大使，走。不走，都护就站。”

张骞遂拍马转身：“帕卡，你的汉语学得真快。照此下去，不用多久，就不会‘绕麻希拉’了。”

“不，不行的。”帕卡一笑，摇手道，“还得学，学的。”

二人回到驿馆，帕卡的两名助手和使节队八名队员已在列队等候。晨光照射之下，队员皆精神焕发，国服发出耀眼的辉煌，显得格外高雅、庄重和尊贵。张骞换了国服，擎起旌节，由帕卡前导，由大街向南而去。

刚打开店门的大宛市民，以及赶早市的男女民众，见到服饰华贵的异国使者，皆一概停了交易，目不转睛，瞧着张骞一行，或小声议论，或啧啧称羡，或暗中打听。一些小孩，便一路相跟，直到出城。

帕卡等三名护送骑士，亦感到无上荣光，兴奋得脸若涂朱，下颏抬起。出南门不久，便是大片菜地，除黄瓜、红茄已经认识，尚有不少蔬菜都是第一次见到。杨柏急想了解，便道："张大哥，可否稍停片刻，问问种菜农人，种的是一些什么蔬菜？"

使节队里意见不太统一。秦自乐道："反正我们还要去大宛都城，去康居，去大月氏，既然帕卡说这些都是寻常东西，又何必急此一时？晓得了，又弄不着种子，岂不让人更急？"

任扶、赵无偏也主张赶路当紧，由天际却怂恿孙治瑾："大医官，您说如何是好？"

"我说？依我之言，先尝尝这些生菜的味道。是辛辣，是甘甜，是芳香，是酸涩，或是其他什么味道，是否可作药用，怎么用法，怎么吃法，都应弄个明白。"

由天际跃跃欲试："秦哥哥，你不想尝尝？"不待张骞同意，便一跃而下，向农夫讨了一棵蒜叶，掐成几截分与张骞等人，自己入口一吃一嚼，连声说道："这是什么东西？好香，好辣！"

使节队中，唯有张骞已从昆古丽玛月伦那里有了一些了解，即道："这是大蒜叶。其上长有蒜薹，其下长着大蒜。蒜薹炒肉忒香，现早已收过；大蒜四月便完全长成，是一瓣状环绕的疙瘩，生吃可辣掉舌头，致全身出汗。当时我们离开西小黄山尚早，未能带出种蒜，为此我一直深感遗憾，孰料现在巧遇。且在六月，还可见到。大家既然好奇，不妨下马看看，看看这些菜在地中成长的样子。"

由天际首先下马，拽了帕卡和苏疾，直向地头奔去。田间农夫、农妇见来了一群衣饰华丽的"外国人"，早已惊得呆了，又见边城护卫使一块儿过来，便停下手中活计，候着。

一番交流，才知这群人的目的，于是局促中又显得十分兴奋，一一讲述各种蔬菜的种法、吃法。帕卡竭力帮着予以说明，不知不觉，一个时辰过去，使节队一干人也首次见到了各种蔬菜、水果的生长模样，包括葡萄、巨胜（芝麻，当时大宛人将其当作香料）、苜蓿、黄瓜（传入汉地初期又称为“胡瓜”）、罕菜（即苋菜）、大蒜（初称“胡蒜”）、红萝卜（传入后又称“胡萝卜”，并沿用至今）、佛豆（传入后称为“胡豆”，沿用至今）、红茄（传入后，称为“蕃茄”“西红柿”）、大葱、波棱（即菠菜）等。杨柏见菜地旁边长着一片果树，枝条上挂着青乎乎拳头大疙里疙瘩的果实，从未见过，便问那是什么东西。帕卡答道，那叫“石榴”，初夏时红花朵朵，异常美丽，花谢结果，此时青色，秋季成熟，皮呈橙色，花蒂处裂开口子，里面全是粉红颗粒，汁水甜酸爽口。

后来，这些物种全都由张骞、堂邑父带回城固种植，由此极大地丰富了汉民族的物产，这里一笔带过，不提。

“好了，各位兄弟，这些稀罕物日后还会经常见到，且赶路当紧。”张骞放缓语气说道。

众人遂依依不舍地告别了大宛菜农，踏上去大宛都城的路途。

由于有帕卡一路护送，且持有边城都护的国书，一路之上都走官道，宿官驿，将近三日的旅程，成为使节队西域之行最舒心的日子。一路之上，大伙儿有说有笑，再也用不着提心吊胆，和帕卡等人也混得相当熟悉，由天际有时还拿帕卡寻开心。对于处处能够见到的那些奇异物产，也习以为常。

只是，在横渡伊犁河时颇费了一番周折。帕卡道：“由于高山夏季化雪，即使无雨，河水也比冬季大过一倍，普通大筏和皮筏只可渡人，像马匹与其他重物，便需大一点的木船。可该渡口无此船只，故而欲渡此河只有两法：其一，向下游多走一百五十里，由下游渡口渡河；其二，由下游渡口调来大船，船只上行，用时更长。”

张骞等人急于要去大月氏，如按帕卡所说，路途至少要多耽延两日。难道就无办法解决？他来到河边反复查看，只见河面宽约半里，湛蓝如碧，水势平缓，波浪似鳞，阳光之下，发出耀眼的粼光。问船工，曰此水水面看似并无大的涌浪，但旋涡甚多，时时不断，水下水势凶险。问极深之处大约几许，曰有一至二丈。张骞将其与家乡汉水相较，水量、水势几与相类，遂暗自筹谋，若将两筏相互拼接，理应可成。

使节队离开大宛边城城郊不久，便都脱去国服，换上了葛布夏衣，此时一干人都站在河边，让下游迎面而来的河风吹拂着脸颊和衣服，等候着张骞的决定和命令。

若说有察江水之力，懂舟楫之便者，使节队中，也只有从小生长于汉江江边的张骞。他做出并筏渡河的决定之后，大家便依照他的指挥，忙碌起来，不到半个时辰，一只并筏即宣告完成。张骞削一大棹在前，两名大宛船工在后分左右持桨，先让堂邑父、乌骓马与“花豹”登筏，划行渡河，虽在旋涡处打了半个旋转，但在大棹力拨之下，很快调正了筏头，抵达彼岸。如此多次往返，全体顺利渡河。看时光，迁延约半日许。唯张骞与两名大宛船工，累得周身骨头散架，躺于河边草地，许久不起。饶是张骞力大，此刻半两劲头也难提起。

堂邑父、秦自乐等人见了，自是心疼不已，一招手，杨柏、任扶、孙治瑾，包括帕卡等人，纷纷拿来水、葡萄酒和麻饼、油炸佛豆、透熟腊肉，分与张骞三人。也只片刻工夫，张骞便即恢复，整顿登程。

自此一路再无羁绊。张骞按里程与行速一算，决定于六月二十五日上午入城，即寻一馆舍歇息，做一应入城准备。了解国王的秉性、喜好，以及都城民众对其印象及爱戴程度，以此抉择与其交谈的方式。

当然，这只是张骞的暗中计划，不便与大伙儿明言，更不能与帕卡三人说知。他按三人一组分成三拨，以有限的大宛语和外国客商身份，于郊区酒肆、客栈中进行走访，黄昏后回馆舍汇总。

情况归纳之后，张骞已心中有底，遂召来堂邑父、任扶、秦自乐与苏疾计议道：“通过一路与帕卡的交谈，以及走访得到的讯息，已知大宛国王有以下几点须得注意，苏疾在对译用语中尤应谨慎。一则，大宛与乌孙不睦，为争夺纯种汗血马，两国几乎兵戎相见，所以相见时应避用乌孙语，以免引起误会；二则，国王方三十挂零，年轻气盛，有时喜怒无常，一言不合，便即获罪，并且好新奇之物，凡其见到的稀罕东西，便欲据为己有；三则，王廷的礼仪不似吾皇那么讲究和隆重，无须三跪九叩，只需躬身以礼、态度恭谨即可；四则，与我大汉一样，崇尚气节与义气，讲求恩仇必报。为此，苏疾和各位使节应做如下应酬：备述大汉使节队之目的及我等九人之能，邀请大宛臣民走访汉地，进行友好交往；盛赞大宛臣民之谊，大宛物产之丰富，以及礼葬大宛王廷卫士辛巴刚山之经过。我想到的，眼下便是这些，若有遗漏，或有什么好的主意，即请道出。”

几人琢磨了一会儿，又补充了一些细节，方才作罢。苏疾最后道：“倘若大宛王廷之中有人通晓匈奴语，则可免了我这通译差使，张大使可与其直接交谈。”

秦自乐笑道：“你行啊，苏疾。到西域才见第一个国王，就想撂挑子！”

“那是自然之事，也是正使职责所在。”张骞微笑以应。

六月二十五晨，张骞九人早早起来，盥洗完毕，吃罢早餐，换上国服，随帕卡入城。

帕卡充满了兴奋、骄傲、得意之情。据他所讲，这是他第二次面见他们国王。第一次在五年之前，他任职迪根边城护卫使，几十人被国王集体召见，没说上话。这次不同，作为大汉朝使节队的向导，并非人人都有此机遇，国王将会因此记住他，说不定他日还可能来都城任职，那是多么光彩的事情！

天气绝好，晨光灿烂。张骞等人身着大汉丝绸，微风拂动之下，愈加流光溢彩、雍容华贵，宛若天上神仙，沿途大宛市民竟尔目瞪口呆，人人噤声，自觉让道。而使节队亦放缓了马步，挺身端坐，面带笑容，于马蹄鞺鞑声中，有节奏地颠摇着腰肢，眼中却充满了亲切与好奇。

张骞高擎着旌节，一边用新学的大宛语向市民问好，一边察看着大宛都城的异样风貌。其街道房屋虽逊于长安，但比匈奴龙城宽敞、高大、整洁。街道甚宽，可驷马并行；其房之高，尖顶入云；其街面之洁，点无杂物。街市门面，各具特色；市民衣着，色彩艳丽，红者红似胭脂，粉者粉若桃花，绿者绿过青草……粮食、蔬菜、麻布、染布、衣饰、用具、酒肆、餐馆、小吃、肉食……各有市场，各有叫卖吆喝之声，与长安市肆一般繁华。

帕卡引领着使节队，转过了四条街道，方到一处宽阔场地，行五十余丈，过一高大华美圆门，卫士验过都护辛巴措所撰国书，才让使节队于门内等候，一卫士偕帕卡先行入宫禀报。

张骞一行看到王宫，虽无长安皇宫那般巍峨雄伟，却也十分华美精致，尖顶上金光闪烁，宫墙洁白如玉，光气夺目。此去不足二十丈之遥，宽阔的甬道皆以青石铺就，而圆门两侧，则是长长的廊亭。

乘此间隙，张骞令任扶、杨柏解下一包茶叶、一匹彩绢、一匹白绢，分由堂邑父、秦自乐、杨柏负之。最后又取出辛巴刚山遗物，又将陈尚斗所遗宝剑添入，自行提了，候着。

不久，帕卡与卫士走出宫门。尚在远处，帕卡便代卫士宣道：“张大使，请你们将武器、坐骑等物留下，随我一同入宫。国王已停止议事，专事召见。”

张骞等人兴奋难抑，携了礼物，随帕卡入宫。

这真是：

才过六月雪山，又逢恶蚊之谷；
此去西域征途，方曰见其光曙。
边城造脂花餤[⑤]，惊识异域风俗；
虽为大宛邦国，不枉一番误入；
罕有物产毕现，沕深[⑥]不可疏忽。
伟哉大汉使节，拙笔难以尽述。

欲知大宛国王如何接见张骞，且看下回文字分解。

注释：

①黄罗伞：一种非常名贵的蘑菇。也叫橙盖鹅膏菌、鸡蛋黄菌。

②关于大宛国，司马迁《史记·大宛列传》有如下记载：“（张骞）居匈奴中，益宽，骞因与其属亡乡月氏，西走数十日至大宛。大宛闻汉之饶财，欲通不得，见骞，喜，问曰：‘若欲何之？’骞曰：‘为汉使月氏，而为匈奴所闭道。今亡，唯王使人遣送我。诚得至，反汉，汉之赂，遗王财物不可胜言。’大宛以为然，遣骞，为发导绎，抵康居，康居传致大月氏。”据考证，古大宛国应在巴尔喀什湖与伊塞克湖之间，即今哈萨克斯坦与吉尔吉斯斯坦交会地带。依此推断，张骞等人应是沿今之新疆尼勒克、伊宁、霍城北缘，从阿拉套山系之南进入大宛境内，大宛都城当在今之阿拉木图一带。而康居在今之吉尔吉斯斯坦东部、伊塞克湖之南，大月氏则在吉尔吉斯斯坦与塔吉克斯坦交界地域，与我国之南疆接壤。

故此，张骞等人返回时，从今之新疆之南进入古于阗国。

③峤（qiáo）山：尖而高的大山。

④稑（lù）熟：晚种早熟的庄稼。

⑤造脂花餤（dàn）：吃到不一样的饼类食物。餤，饼类食品。

⑥汐（mì）深：深藏。汐，深藏的样子。

第七十二回　使节队异国成邦国　大宛王国宴待国宾

大宛王朝会的王宫，与大汉众臣朝觐的皇宫相较，完全是另一番景象。大汉皇宫恢宏博大，气势雄伟，大宛王宫紧凑秀丽，精致华美。其顶呈穹庐状，镌刻彩色花卉及大象雄鹰，其形象栩栩如生；墙壁悬挂织图绒毯，其山川编织逼真；脚下铺柔软地毯，其图案简洁明快。南北墙壁各有五眼半圆窗户，窗帘被整齐卷起，阳光斜照而入，使得宫室之内越发斑斓富丽。国王所踞之处，并无高台，只座椅显得特别，似乎并非坚木修造，而为某种藤条编就，其色暗红，其光秀润；两边大臣分坐，坐凳木制鼓形，亦分文武，文臣列左，武官列右。宫门之外，有十名侍卫守护。其侍卫皆高大威猛，衣着鲜洁，腰挎长刀，表情肃穆。

张骞一行离宫门尚有两丈便被喝令站住，一头饰冠羽者似是侍卫长，大步上前，低声问道：

“来者可是汉使？”

“正是汉使。”帕卡右手向张骞一顺，“此位张骞，系使团正使，其他人为使节团使节。”

“不用你代答，让他们自己回答。”

“可他们还不会说大宛语，也不晓得你在说啥。”

侍卫长不再强求，却一指张骞手中旄球：“那是什么？做甚用处？”

几天的相处，帕卡对汉使物品已有所了解，回答时甚为得意：“那叫‘旌节’。

系一个国家出访使节的象征。象征大汉这个国家，愿意和出访的国家建立友谊，进行长期友好往来。”

侍卫长微一点头，又一指堂邑父、秦自乐、杨柏手中物品：“那是什么东西？里面是否藏有利器？且容我查看。”

“那是汉使送与国王的礼物，你也查看？”帕卡觉得过分，有些不悦。

侍卫长仍走过来，用手捏了捏，而后道：“对不起，你们进去，国王正在候着。鞋子一律脱在宫门之外。

此等环节帕卡已作介绍，大家皆依礼脱去芒鞋，赤足进入王宫。张骞发现，宫门墙根放着一排旧鞋，显然是大臣们换下的足下之物。他们一行也只能赤足而入，踏上地毯。

张骞手持旌节领头，后面四人一列两排站定，大家刚一抬头，大宛国王及其手下大臣，目光便唰的一下注视过来。使节队员皆按张骞言行行事，见正使不卑不亢，鞠躬致礼之后恭谨站定，亦依样不语而立。

迎着大宛君臣目光，张骞双眼一扫，定睛君位，但见那大宛国王则是：

翠玉金饰晃琳琅，王冠不凡呈辉煌；
鼻准高似王宫塔，身躯挺拔赛宫墙；
双目渊深若碧水，虬须亚如红高粱；
一袭翠衣遮双膝，一双尖靴闪华光。
异域异族第一人，今日识得大宛王。

几乎就在同时，那年轻的大宛国王掸于螭[①]，亦直瞅着张骞。但见这位远道而来的大使，束发为冠，仅以一簪别之；双睛似漆，炯炯有神，直闪灵光；额颅宽阔，鼻直口方，棱角分明；个头敦实，两臂修长，稳立如山；而一身锦衣华服，更显尊贵气象。其他使节，虽个头高矮不一，但其精悍之气于内敛中更显坚韧——这是一群不言屈服又有磅礴大气之人。他想了想，问道：“尔等何方人士？怎的来到大宛？欲见本王何事？”

张骞莫知所云，只好以“绕麻希拉”对之。显得有些无奈和失望。

张骞唤苏疾上前，与之对话。

由于大宛语比较绕口，苏疾虽加紧向帕卡学习，可因时日太短，仅知一些日常用语，一旦牵涉到国事，便力不从心。所以前后用了四五种语言再夹杂一些大宛话，国王仍表示不太明白。

双方都有些着急，掸于螭扫视群臣，发问道："谁可与之相语？难道吾国无此通译人才？"

一直侍立旁边的帕卡几次跃跃欲试，皆因心怯而作罢。

大臣中一矮胖老者站起一揖："告吾王得知，微臣刚才听得，使节通译言称从东方古国'周秦'路经匈奴而来。我对匈奴语倒还未曾忘却，不妨让微臣代为询问？"

"那还不快快代吾相问？既从富饶之处而来，有甚礼物相赠？如若中意，吾亦有厚礼相送。"

老者立即面对张骞相诘："既然来自富庶之地'周秦'，缘何又称'汉使'？是否有甚图谋、欺我大宛？"

一听大宛老臣以番语会话，张骞顿时一扫焦急："禀大王得知，我国年代久远，民皆勤劳并富有智慧，先有黄帝，续有夏、商，再有周、秦，凡数千年。而以周朝最久，约八百余年，秦朝最短，只二十来年。现为我朝大汉，立国已近八十春秋。今吾皇年轻有为，目光远大，极富雄才大略，特遣吾等为大汉使节，远赴西域诸国，以示交接通好之意。所谓图谋、相欺之说，纯属空穴来风、无妄之语。为示吾皇大汉诚意，现有薄礼献于大王，务请大王笑纳。"一招手，堂邑父、秦自乐、杨柏携礼上前，分别打开，双手捧出。

张骞一一作着介绍。先指堂邑父手中之物道："此为织锦，又叫彩绢。因其工艺水准极高，价值贵过黄金。"又一指秦自乐手中的礼物，"这是白绢，系上等蚕丝织就。它薄如蝉翼，一件衣服仅一拳之握，且韧力极强，其价与黄金等值。"再指杨柏所捧筒包，"此为我大汉名贵茶叶，沸水冲泡，品其汁水，提神醒脑，解乏去腻，延年益寿。"语毕，又从怀中取出两只小包，"此系专用丝线，一包用作缝制锦衣，一包缝制绢衣。"

大宛大臣无不投来艳羡目光，掸于螭却脸色一沉："大汉大使，不怕你将礼物说得天花乱坠，世所罕有，以你国之悠久历史，物产极富，区区两匹丝绢、数十斤茶叶，就不怕丢失国体？这点儿东西，让我作何处置？它不仅不能为吾增辉，反倒置吾于难堪境地。迪根都护为尔称颂，本王却不以为然。两国通好，吾之所愿，但只能待下次再行理论。好了，尔等不是要去月氏国吗？现在就拿走你们大汉的礼物，去找大月氏！”

众臣均感惊异。这么好的东西，许多人只听说过，何曾见过？单看大汉使节所穿衣物，就何等高贵！他们平生哪怕有那么一件衣服，便就心满意足，大王若是错过这次良机，尚不知何年何月才得如愿以偿。有几人嘴唇嚅动，便欲劝说。

而堂邑父以下各位使节也十分惊诧。万里征途，十年磨难，千方百计保留下来的物品，哪一样、哪一件不满含着使节队的辛酸血泪！一番诚意，却被轻看，众人皆心中不平，别过了脸，单等张骞发话，大不了走人就是。

那对话老臣顿时着急，明知国王做事太欠考虑，又不便点透，其中还事涉迪根都护。他向与迪根都护辛巴措通好，不能因此事将老友前程葬送。他观察有顷，兀地心生一计：“张骞大使休怪吾王。吾王非是嫌弃礼物过少，亦非嫌弃礼物不稀罕贵重。以尔等一身富贵气象，与尔所献礼物相较，实不相称，故而吾王有此计较。”而在心中，希望张骞能给予合理解释，使尴尬场面得以解套。

张骞先是哈哈一笑，继而大放悲声：“大王所说，既合乎理，亦合于情。但是大王有所不知，吾皇并非悭吝之主，大汉亦是极富之国，故而引起恶邻匈奴垂涎，常年扰我边民，行劫掠杀人诸恶之事。其交通要道堵塞不通。吾皇决心欲与大宛诸国通好，遂在全国遴选一百零四名敢死之士，组成庞大使节团队，携各种名贵礼品六十二驮。哪知路途遭遇匈奴大批骑匪袭击，噶弘因、因突部落一战，二十九名弟兄当场殒命，其他人或迷失不知所终，或遭俘为奴，历经十年磨难，方聚得我等九人。不说雪山雪崩之险，大漠饥渴沙暴之危，路途猛兽之害，乱石滩索命之难，人世间谁曾有此艰辛？就拿前时入境贵国来说，那恶蚊谷系谈虎色变之地，贵国民众谁敢擅入？此事护卫使帕卡最为了解，请大王问他，可是张骞虚言？若无匈奴之害，我等十年前便可抵达贵国，所与礼物，亦在今日十倍之上。”言讫，又让使节队员脱去上衣，露出瘦骨嶙峋身子，“大王请看，我等诸人是否为‘富贵气象’？请大王放心，一旦扫除匈奴障碍，贵国与大汉交好，获利岂止百倍、千倍！另外，我等千方百计保存国服，目的只有一个，只是为了不失礼节，对大王、对友邦诸国表示一份敬意和尊重。请大王予以理解。”

掸于螭心有懊悔，如此对待远方至诚之士，不但将会引起大汉皇帝臣民的耻笑，为今后交往设下障碍，也将会引起邻国讥笑，说他小肚鸡肠，无君王风度。可作为一国之主，话已出口，不便立刻收回，遂遍瞧诸位大臣，希望有人能见机建言，挽回场面。

那对话老臣正待说话，却见大汉大使将国服一把握紧，又变戏法似的，从左胯取下一只小包，掏出一件破旧葛布夏装穿上：“大王请看，这便是我们的路途之衣。”接着，又从小包中取出一只小袋，顺手将国服递与身后的堂邑父，双手将小袋齐胸一捧，“此系贵国王廷侍卫辛巴刚山之遗物，现在将其原物奉还。本来，他还有一件随身武器，后来途中遇着他的生前好友戈泊，便送予戈泊。戈泊见刀，才告诉我们，我等路途所葬之遗骨，乃贵国忠勇之士。我等倘若事前知情，定必将其遗骨带回贵国，也不会将其武器送人。为表遗憾，现将我大汉一把宝剑奉送。宝剑就在宫外卫士那里，大王可命护卫使帕卡取来一观。至于袋中遗物，大王可命人检视。大汉使节对不义之财，只付保管之责——依照情理，大王肯定欲知辛巴刚山缘何折损路途。说实话，我等见到他时，已成一堆白骨。据我使节队随行国医查验，贵国武士系误食一种罕见的野生蔬菜，中毒身亡。那野蔬不知毒性何样，反正野畜不吃，马儿拒食，我等也由此判别，逃过一劫。”

张骞只说事实，只字不提大月氏，更无半句负气之语，一面侃侃叙述，一面观察着大宛君臣神情变化。他的大度和诚恳，早已打动了大宛君臣。只见那对话老臣手举小布袋，几步趋近掸于螭案几，道：“启禀我王，袋中六十七枚铸有大王形象的金币、六块于阗国价值连城的玉器，皆完好无损，分毫未动。大王，大汉使节皆世所罕有之义士，大汉大使更是非凡英雄，大王应予恭迎，执手以礼，待为国之贵宾！”

众臣为之动容，亦齐声说道：“请大王与大汉大使执手以礼，待为国宾。”

掸于螭心潮起伏，挺身而起，大步跨向张骞，将其右手紧握：“刚才多有怠慢，务请大使宽宥。”又命左右侍从，“给各位国宾搬座！”一阵忙碌，使节队员列坐于客座。独张骞被掸于螭拉至近前，坐于左旁。

此时，帕卡亦持剑而入，将宝剑呈递于国王。掸于螭将剑掣出，只听“哔唧唧”一声金属脆响过后，立见闪闪寒光，逼人双眼。不由得赞道：“此等利器，吾国实难一见。张大使，铸此利器之人，你可认识？”

“铸此宝剑的人，名叫范佑铭，是我大汉朝当代著名冶铁工匠。他原也是重要使节，被俘之后，因拒绝为匈奴贡献冶铁技艺，被砍去双腿，后来愤而自杀殉国。他若尚在，定必为贵国授之以能。”张骞说着，又一声长叹，“可惜一代英才，折损于敌国，让人万分痛心！”

掸于螭亦为之叹惋：“如此说来，贵国使节之中，能人异士肯定不少。”

“不瞒大王，确乎如此。使节队组团时一百零四人，人人各有所能，有缝制华丽衣服的，有擅于水利工程的，有专事宫殿建筑的，有熬治食盐的，亦有擅长音律的，不一而足。可惜，全都殁于敌手。”又一指随来的八名使节，一一道出他们的专长。在介绍三位副使时，张骞格外加重了语气。最后一指由天际：“他是我们年龄最小的使节，刚加入时才十四岁。是他，首先发现了辛巴刚山的遗骨。”又一指孙治瑾，“他本为大汉皇宫的医官。是他，由辛巴刚山遗骨的颜色，断定其系误食毒物而致中途遇难。尊敬的大王，我等过境贵国，尚望能给予方便。”

由天际突然用长安官话横插一句：“若说那柄铜刀，削铁如泥不行，用来切豆腐，保证两面溜光。不若弄成两把铜锤，双手齐舞，倒挺吓人。”

一众使节队员本来一脸郑重，听得此语，不由“扑哧”一笑。

这却引起了掸于螭的注意：“他们在笑什么？”

“呃。他们在笑那小使节说话太孩子气。”张骞稍一斟酌，复道，“那小使节说，大王千万不要给他记什么功劳，他的功劳只能算个屁。”

掸于螭听罢通译，亦呵呵大笑：“这个小使节，长得英俊，说话也挺有趣。不知他会些什么？”

“他会一些轻功，也喜欢吹口哨。吹起歌来，倒也中听。”

张骞本想一句话将此事略过，不料这大宛国王却好奇之心顿起：“张大使，什么是轻功？口哨是只用嘴吹，还是要用什么管管？就像宫廷中的‘优人’用笛子那样？我倒很想听听，看看。至于功劳，那一定要记的，原因一会儿再说。”

此情此景，张骞不便拒绝，也不能拒绝，便将大宛国王的意思告诉了由天际，并叮嘱道："既然大宛国王有此要求，只好委屈你了。不过，有两点须得注意，既要做到无伤国体，又要做到无伤大雅。我一时无法帮你，你先琢磨。"

"原来就为这事？"由天际眼珠一转，"这事无须琢磨——各位叔叔请起，借屁股之下一物用用。"众人知由天际鬼心眼挺多，便纷纷站起。只见他向宫门空处一瞅，足踢手扔，刹那间将八只圆凳整齐摞起，然后纵身一跃，登上顶端，手抚宫顶，打了三个旋转，一边吹着《西域路歌》，一边抱起最上端的圆凳，如落叶般飘然而下。如是者数次，将圆凳按原来位置依次摆正，"各位叔叔，请归位。"又向掸于螭深鞠一躬，"尊敬的大王和各位大臣，没吓着你们吧？"

当由天际一个提纵，登上圆凳顶端时，掸于螭与大宛众臣便不由得站起来，抬头伸长了脖子向上仰视。此时见他向自己鞠躬问好，一脸的笑模样，不用通译，掸于螭也明白怎么回事，连声笑道："好，好。妙，妙。真是爱杀人也！"

而最为吃惊的，是身为护卫使的帕卡。几天的相处，他只是觉得这位年轻使节十分有趣，没想到竟有这么大的本领，倘若用在战场杀敌，那取人性命岂不在须臾之间？还不知张大使等人有何样的惊人功夫！他真想能有更多时日和这些汉人处处，学到一招两式。

最替由天际担忧的秦自乐也放下心来，长吁了一口气。

掸于螭似乎意犹未尽，又一指堂邑父问道："张大使，你那大个子副使的长相和你们不太一样，怎么回事？难道他并非你们汉人？他有什么本领，能否说说？"

"大王的看法没错，副使堂邑父并非汉人，而是匈奴人。"张骞恭谨而又诚恳，"我们这位副使虽是匈奴人，却极有正义感，他因此成了我异族异姓结拜兄弟。若说能耐，他最大的本领，是忠诚，是义气。在雪山，在大漠，在荒原，在许多无比凶险的情况之下，凭他舍生忘死的勇敢和丰富的旷野生存经验，多次挽救使节队于危难之中。可以说，没有他全力以赴的帮助，我们到不了贵国。"接着，又一个转折，"其实在贵国，亦不乏这样的忠勇之士。譬如不幸亡故的辛巴刚山，身携那么多财物而为大王孤身奔走于荒原。譬如我等在边城相遇的护卫使帕卡，虽为异族异姓，一路之上，一样尽心竭力地帮助我们。其实天下各国臣民都一样，只要真心待人，便可以得到真正的好朋友。"

"张大使，你说得极是。请你带话给你们的皇帝，一旦道路不再受阻，本王也一定派出使节出使贵国，以示通好之意。”

张骞立即站起致礼：“大王有这样的大目标、大眼光，定会给两国君氏带来世世代代的情谊，也将因此达到互通有无、互惠互利。话到此处，我代表大汉使节队，恳请大王修一国书，由在下带回故国，呈递于吾皇。为利于阅览，请以大宛文、汉文各写两份，大王自留一份，在下带走一份。汉文译文，由在下执笔，望大王见允。”

掸于螭心已允准，却遍视群臣：“张大使有此厚谊，国书一事，尔等认为，可否命笔？”

大臣们已经折服于大汉使节，皆曰此等利国利民绝好之事，理应修书通谊，并共推通译老臣担任主笔，经国王阅后，加盖玺印，举办一次盛大授书仪式，由张骞大使带回。

“如此一来，张大使，你们就须在我国耽延一些时日。你们在大宛的一切用度，吾自有安排，平日仍由护卫使帕卡相陪，喜欢去什么地方，就去什么地方。今日已晚，请到国宾馆暂歇，明日以国宴为贵使节接风。”

“吾等无寸功之绩，大王如此破费，怎么敢当！大王能修书通谊，此情已铭感于心。至于贵国国书，骞回长安之日，定当‘众香发越，肸蠁布写’[②]，使天下通晓。”

通译老臣译到“肸蠁布写”句时，面呈疑难之色。张骞睄见，即以俗语重述一遍，那老臣立现赞许，微笑以对。也不知他对大宛王另外说了些什么，掸于螭连称张骞为“聪颖通达智能之士”，并道：“大使功劳大矣。本王不妨说与你知，辛巴刚山长时不归，本王疑其失踪于乌孙。辛巴刚山乃大宛第一忠勇之士，携贵重之礼本欲与乌孙修好，妥善解决汗血马之争。孰料辛巴刚山生不见人，死不见尸。贵使节来我都城之前，本王正与众大臣议决此事，多数大臣力主陈兵乌孙问罪。张大使亦知，战争，非小可之事。一旦生战，必累及国民，伤及国本，倘他国趁机生事，则国无宁日矣。今误会得解，贵国使节难道不是大功一件？张大使，有什么需求，只要大宛有的，尽管讲！”又一指由天际，“还有那位小使节，那么年轻，生得那么俊，又有那么大本领，本王送你两名美女，还有雄厚的嫁妆，如何？”

不等张骞回话，由天际已一步蹦至前面，连连摇手：“不可，不可，此事万万不可。请大王收回成命。小可家中已有四棵鲜花，棵棵都需用心浇灌，再添两棵，岂不将我累死！小可还想多去一些国家看看，年老之时，也好有个说头。大王若眷顾于我，我也别无他求，愿在贵国一日，每日都有麻饼尽饱，有葡萄美酒管够，那便是最可心的奖励。”

押于螭听罢，不禁哈哈大笑：“小使节真是有趣得紧。本王满足于你，每日特供小使节双麻酥饼十枚，葡萄红酒一罐，此事交帕卡监管——张大使，你呢？”押于螭一番言行，让张骞对这位大宛年轻国王又有了新的认识。其体国恤民之心，说明他并不莽撞；其对由天际几近玩笑般的对待，又说明他不失为性情中人。于是以随和语气说道：“我别无他求，只有两点：一则，愿大宛自大王起，与大汉世代交谊、通好；二则，请大王给予方便，提供以下物产种子，多则四斤五斤，少则一斤二斤。”接着，便说了巨胜、苜蓿、红萝卜、大蒜、大葱、红茄、佛豆、波棱、石榴等物产的名字。

依张骞之虑，沿途康居只是过境，时日短暂，机会不多。而去大月氏，主要为了结盟，一旦有了结果，大伙儿只盼早一天返程回国。既在大宛有此机会，何不加以利用？反正是物产种子，只要悉心保护，不让它发霉变坏，随身携带，三年五载，又何尝不可？

“张大使尽可放心，与大汉互通友好，将是大宛国策之一。虽遥遥万里，一旦匈奴障碍扫除，大宛将派使节长住长安，届时借张大使之力，请给予方便。至于所需各种作物种子，此易事耳，本王即令农植大臣派遣干员，选出最优者相赠。只是大使所求太过简易，本王着实过意不去。贵国虽富饶无比，难道我大宛就无稀罕之物？”

张骞见其诚恳，客气中隐含被人轻看之意。想到两次听到相关汗血马之事，甚而因马种引起两国纠纷，那汗血马就绝非寻常之马。如能将其批量引入大汉，以自己在马场监管的经验判断，其对大汉骑兵战力的提升，必将产生意想不到的效果。可一想到归国时的重重阻碍，以区区九人之力，难保宝马不失。他略一琢磨，便道：“大王厚意，骞焉有不知？承蒙盛情，张骞斗胆，恳请大王能否将汗血宝马让我等一观？”

“不瞒大使和各位使节，汗血马乃大宛国宝，管控极其严格，有时本王说话也难作数。不过，各位作为大宛国宾，定不会让尊贵的客人失望。只是汗血马场并不在都城附近，一往一返须得一些时日。”

张骞明白，汗血马马场是一处秘密场所，与大汉一样，属于军管，于是道：“既是贵国国宝，骞决不强求，今后方便之时再说。”

“大使放心，本王说过了，决不会让大宛的国宾失望。”

话已至此，张骞于是起身鞠礼：“谢大王厚意，我等就此告退暂别。”

“张大使且慢，容本王将相关事宜作一安置。”掸于螭将张骞所赠宝剑置于案几，道，“帕卡上前听令。”

帕卡预感到将有好运，高兴得心中发颤，上前道：“帕卡但听王令！”

“自今日起，你不再担任迪根护卫使，改任王廷近侍，代替辛巴刚山之缺，这把宝剑由你佩带。记住，好好跟汉使通译学习汉语，好好向张大使学习剑法，本王寄你以厚望。另外，为使你有更多机会向汉使学习，汉使去大月氏，由你全程陪送，汉使甚时起程返国，你甚时回王廷复命。你记清楚了？”

“微臣记清楚了。微臣一定不负王命，努力向汉使学习相关学问，以利大宛的发展。”

“嗯。本王信你，且来接剑。”

帕卡躬身接剑，侍立一旁，如做梦一般，显得有些晕乎。眼神却瞟着张骞，不知这位萍水相逢的汉朝大使，肯不肯将其剑法悉心传授。尽管有王命在 但大宛王毕竟只是自己的王，而非汉使之王。

掸于螭面向张骞：“张大使不用奇怪，本王怎知大使剑术精湛。其实帕卡早有禀报，大使善用一柄青锋重剑。有使节言称，大使曾用重剑和飞石之绝顶武功，一人打败敌匪三十余人。本王意欲让帕卡为大使异国小徒，大使可否捡本王一个薄面？当然，帕卡向大使学习的应该不止于剑术、剑法，更有如大使这般不畏艰险、舍生忘死、一心报国之无畏气概。”

大宛国王突然来此一着，不但出乎张骞意料，使节队所有人都感意外。虽然这是好事，但也让汉使们看到这大宛王工于心计。张骞迅速作了掂量，含笑回道：“大王如此看重张骞，张骞着实感谢。不过，大宛与大汉，乃平等相与邦国，我与帕卡若以师徒相称，只会让骞深感惶恐。骞倒有一法，既不失师徒情分，又可全两国体面，我意可让帕卡与我使节由天际结为异姓兄弟，大王意下如何？”

“大汉有这样的大使，实为大汉之幸。大使主意甚好，我们就在这里彼此做个见证，成全这两位异姓兄弟。”掸于螭十分高兴，“来来来，小使节，帕卡，都到本王面前，各叙年龄。”

命运转换如此之快，出乎所有人的预料，由天际、帕卡更是始料不及。由天际毕竟异常聪慧，深知此举对于两国交好的非凡意义，加之自己幼年失怙，又一直羡慕张骞、甘父、秦自乐生死相依的兄弟情分，而今有国王和大使做此见证，那是多大的面子！当即拽了尚在发呆的帕卡，上前面向掸于螭，规规矩矩鞠了一礼：“小可大汉使节由天际，启禀伟大英明的大宛国王，年龄可以不用叙了，帕卡哥哥今年二十有七，我痴小三岁，只可为弟。我保证，此生此世，我与帕卡哥哥将患难与共，不离不弃。我若负了哥哥，天厌之，雷殛之，死无葬身之地。弟弟身无长物，只有镜面一只，万里相随，现送予帕卡哥哥，作一念想，见镜即如见弟。”言讫，立即掏出铜镜，双手捧着，躬身递与帕卡。

再说帕卡，几天前在恶蚊谷下小树林，双方还以戒心相对，如今对方却成了他的命运之神。先是入都升职，成为国王的近身侍卫并被赐以宝剑，接着又有一位异国兄弟。他梦游一般接过铜镜，正不知如何应付，便见由天际已然双膝着地，欲行结拜大礼。

帕卡这下慌了，一手持镜，便与由天际对拜起来。掸于螭见了，不由哈哈大笑：“这一对异姓兄弟，必将被大宛人传为美谈。”

张骞即刻离座，将二人搀起：“今日有大王、众大臣以及大汉使节做此见证，你二人从此成为至亲兄弟。有机会，互相见见家人。由天际之父早年战死疆场，其母亦为此病故，我等八人便是他的亲人，帕卡业已见过。据了解，帕卡家中尚有父母妻儿和一小妹，只是尚在边城迪根，一时无缘得见，待其迁入都城之后，使节队将尽力提供机会，让由天际拜见其义父、义母。”

掸于螭一面用心听着通译大臣的翻译，一面在心中琢磨，待张骞语毕，便接连下了几道指令。擢升辛巴措为大宛国士，令官部大臣派能员前往迪根颁布王命，将辛巴措与帕卡家人，限七日内迁入都城，所缺都护、护卫两职由副职暂补；赐辛巴措、帕卡宅邸各一座，令都城令择选，报国王批准；以小使节义兄帕卡之名，赠大汉汗血马犍马、牝马各一匹，令都统使亲自选调，由汗血马处置使按章办理，八日内送达都城。最后道：“大汉使臣来此便未得歇息，本王与诸位大臣也都乏了，今日就此作罢，明日国宴再见。帕卡，你带路领张大使、你的义弟及其他使节，前去国宾馆。”

一场会见，发生的事情直叫人眼花缭乱，从中午到日西斜，不知不觉三个时辰过去，人人不知饥渴，不知日光匆匆，一出宫门，精神一懈，顿觉尿液憋胀。由天际也不管什么礼节、什么体面，拽住帕卡直叫：“哥哥哥哥，快快带领我们前去如厕，我这穿绸挂缎的，裤裆尿湿了，可就丢了哥哥的脸面。”怕帕卡听不懂，由天际用手直指裤裆。

那帕卡何尝不是一样。于是领着一串衣着华贵的人，一溜烟直向宫廷右侧奔去，惹得几个卫士一旁捂起嘴巴，“哧哧”发笑。

大宛的国宾馆，在王宫东区一里左右，那里已接近城郊，却有一个很大的市场。使节队经过那里时，早已散集，空落落的场地上，只有七八个年龄较大的大宛男人，从四角向中间扫着渣滓，然后吆着马车，将其拉走。斜阳下，人的影子、马的影子、车的影子被拉得很长。那些大宛人见到张骞一行，只是投来惊奇的目光，并未停下手中的活计。

继续向东，拐过市场围墙一个抹角，便见几排八九个绿色尖顶红色墙壁的拱形房屋。迎面一圆门外站着一人，正探头探脑地向这方向望着，看到使节队一行，一闪身，便返回门里。

“那是门哨，到膳堂报信去了。膳堂师傅久候不见国宾就餐，所以让门哨盯着。”帕卡道。

“今天一番宫廷热闹，却误了膳堂师傅的时序。帕卡，你得替我们谢谢他们，向他们致以歉意。”张骞甚为过意不去。

“没事。国宾馆有规则，满足国宾之所需，乃国宾馆人员第一要务。在膳堂，每时每刻都有值班师傅。张大使，你们是喜欢米食，或是面食？我好去跟他们说道。”

由天际抢在张骞前头：“依我的肚皮，还是面食，面食快当。”

帕卡却望着张骞等人。

“那就吃面饼或其他什么。”

帕卡走后，馆中宿头走了过来，吩咐手下将马儿牵入马厩，又做了一个“请”的手势，穿过一条花园小径，又进入另一处拱门，门里又是一处花园。花园中小径穿插，通向一圈圆形回廊，回廊上端一间大屋，菱形大门，左右各有十间菱形小门，那便是国宾的宿处。

依大宛接待规制，官阶三级以上为单人独屋，四级及其以下双人一屋，其他杂役随员另宿散房通铺。外国使节，正、副使按二、三级对待，其他使节为四级以下。若是国王、王储、公主，则为特级，另有单独小院。而首辅、国士、统帅，则为一级，为规模较小小院。故此，张骞、任扶、堂邑父、秦自乐单独一屋，杨柏等人为双人间。帕卡任务特殊，都城中又暂时无家，便与义弟由天际宿在一处。

根据宿头介绍，上端大屋为议事厅，厅房侧边有一夹道，通向厕房。晚间如厕，每间门外都有加盖溺桶，早晨由人撤去。每两间由一人服侍，开水则依宾客需求，随时添补。白日服侍，皆为年轻女郎。所见女郎不胖不瘦，腰肢婀娜，发辫粗长，稍及腰间，前额蒙巾，面巾天蓝。迈步时，面巾左右飘摇；站立时，则静静垂挂。鼻准处顶出一个锥形尖包；而眼窝处为两个半月形窟窿，露出或湛蓝，或草绿的目光。她们从不与客人主动答话，但都很机敏，见到客人有什么需求，不等客人发话，便照准做去。

那些女郎见国宾入住，立刻忙活起来。一应洗漱用具一一到位，该有的热水、开水以及白玉水杯，样样俱全，而后叉手立于门外，等候客人吩咐。若客人挥手或表示无事，便悄然离去。

张骞等使节队员哪里习惯这个。一路走来，风餐露宿，饥渴不匀，苦难皆在一处，乍然分开，各处一室，还被人伺候，只感到别扭。货包安置妥帖之后，大伙儿不约而同，都去了张骞房间。

房间里设备简洁、精美、干净。一盘小炕，不失宽绰，炕面及其四周镶着拇指厚的松木木板，像被什么油脂浸润之后又经刨光，显得明亮鉴人。炕面之上铺着软毡，软毡之上又铺以细密藤席，一床折叠整齐的提花织毯，上置一只椭圆状提花枕头。因为时令已到六月底间，后半夜气温较凉，提花织毯便可派上用场。

室内墙角有一拱形木架，上置铜盆洗脸，下置木盆濯足。挨窗一张半月案几靠墙而立，旁置一圆凳可坐，窗左齐肩处悬一油灯，以供晚间照明。此外别无他物。

大伙儿进得屋来，便都脱鞋上炕围坐，剩下圆凳，留给了张骞。

苏疾首先发话："今日大宛宫廷之上，张大哥让由天际和帕卡结拜为异族异姓兄弟，怎么着都有一点两国联姻味道。"又偏脸看着众人，"你们说，是也不是？"

孙治瑾、赵无偏首先附和："苏疾不提，也则罢了，这一提起，还真有那么点意思。"

秦自乐则另有一说："今日若非张大哥机智变通，哪能获一邦交之国？我们又怎得以国宾身份宿在此处？依我之见，作为使节，怎样化解危机，怎样与别国打交道，尤其在完全陌生的国度，语言又交流不畅的情势之下，怎样获得对方信赖，都应着实想想。"

"秦哥哥这话才是正题。我看，若想让对方去掉顾忌，首先得让对方君王及其重臣喜欢你。喜欢你，放屁都是香的；讨厌你，你手捧鲜花，也会让你滚蛋。"由天际嘻嘻一笑，又道，"就像今天，张伯伯让我与帕卡结拜，我认为这是张伯伯给我的任务。是任务，就得完成得漂亮。再说，这又不是什么坏事。"

堂邑父微叹一声："大哥的随机应变能力，一时也学不来。能像由天际那样，予以巧妙配合，我便心满意足，无愧无悔。"

"甘叔叔，您可别这么说。要说在这使节队，无论之前或是而今，谁个不晓您的能耐。至于我，叔叔们都晓得，打小顽皮，今天这些事，于我，就觉得好玩。"由天际十分认真，可同样的话，却带着痞性。

任扶与杨柏始终在一旁微笑。后来杨柏想找水喝，反身下炕道："也不嫌口舌干燥，还是让张大哥说几句，才是正理。"

张骞正自琢磨，欲将今日之事捋出一条清晰头绪，以作今后与别国交际的借鉴。一听杨柏之言，便道："有些事我尚未想好。不过，今后如何在陌生国度与上下诸人交际，理应有几条纪律作为规范，我看首先——"

"阿啃嘿，你们全都在张大使这里！这倒省得我一间间屋里去请。膳食已经妥帖，去膳堂用餐。我可饿得两眼放花了。"帕卡一头钻进来，径自说道。

这帕卡自和由天际结拜之后，和使节队又亲近了许多，说起话来显得十分随意。

“大家且先随帕卡一道，前去用餐。其他事体，下来再说。”张骞说罢，又问帕卡，“不知在国宾膳堂用餐，有无特别讲究？我等也好依礼而行，别弄出什么不妥。”

“我也是首次在此用餐。以前经过这里，哪有机会进来？不过听师傅说，在国宾膳堂用餐，有几点须得注意。首先，饭食不予限量，但是舀在碗里必须吃完。公用盆中剩饭不为失格，剩在碗里有损国体。另外，饼果之类干食不可带走；还有就是用餐时不可喧哗，不可说话，不可笑闹。不可吧唧嘴巴，不可呼噜呼噜喝汤，不可将饭菜撒在桌上。餐毕，餐具整齐地放在原处，起身离开就是。其他没有什么特别讲究。”

“哥哥，这已经是特别的特别了，再特别，饭菜再香，也吃不出好味道。”由天际叫道。

“由天际，你又来了。”张骞面对大伙儿道，“我看，这倒非常符合我大汉礼仪。惜粮惜食，乃人之美德。这在任何地方，都不可忘记。”

大伙儿诺诺以应。

至膳堂，见房厅阔大，顶高而空，圆桌高凳，整齐排列，尽可挺胸端坐，利于进食，不似长安酒肆，弯腰曲背，跽而坐之。中间两张圆桌之上，各有一大陶盆面食，上加木盖，盖上磕一木勺。盆旁一碟蒜瓣，一壶醋汁，并列排放。餐具都需自取，碗筷刀叉一律木制，碗分大、中、小号，各人按需取用。

众人之中，除任扶、孙治瑾取了中碗，余皆取了大号。由天际刚将大碗拿在手中，帕卡便道：“义弟，你还是拿小碗为宜。你还有十只麻饼、一罐红酒需要下肚，这可是大宛王命，你虽为汉使，怕也不便违逆。”

“这好办，你是我哥哥，你替我消去一半，不就结了？”由天际咯咯一笑，还是换成小碗。

上了饭桌，杨柏揭开盆盖，顿觉异香扑鼻，一层葱花麻油跃入眼中，煞是诱人，木勺探入，轻轻一搅，只见薄薄的揪面片儿、腊肉片儿、红萝卜片儿、蒜叶截儿、稻米粒儿，红白粉绿，色彩纷呈。杨柏正欲依次舀面，却听由天际叫道：“杨叔叔且慢，我有一事须得叔叔们相助。”不由分说，将刚送来的一罐五斤红葡萄酒每人筛了半碗，又将双麻酥饼每人发了一个，笑道，“这就叫有福同享，有难同当。”

一餐晚到的午饭，吃得人人尽兴，连杨柏也连连夸赞，能将普通面食做到如此之高的水准，不愧为大宛国宾膳堂师傅，有机会真应该讨教一番。最后喃喃道，“还不知明日大宛国宴，又有什么妙招。”

帕卡虽不知话中全部意思，但听到“国宴”二字，不等苏疾翻译，便故作神秘地说道：“告诉你们一个秘密，我已从正做准备的一位掌案师傅那里得知，明日国宴叫‘五鹿三鲜’宴。”

“哥哥，明日国宴规模好大哟。五只鹿，还外带三鲜，那不得有几百人？我看王宫也没有那么大的地方，难道要放在露天举行？倘若中途下起雷雨咋办？”由天际吃惊又不解。

“弟弟，你们可能都不晓得，国宾馆左侧那处大厦便是宴会大厅，每逢重大节日，重大庆典，或为国宾筹备宴会，都在那里举行。所谓‘五鹿三鲜’，也并非一只鹿，或不止五只鹿，而是指鹿肝、鹿唇、鹿蹄、鹿鞭、鹿排五个部位，三鲜则指鲜鱼、鲜菇和蜜制鲜羹。按大宛厨规，凡是国宴，师傅须经选拔后送礼宾使审核，而且每位师傅只做其中一种菜肴，如果所做菜肴受贵宾或国宾青睐，无丁点剩余，国王必予重奖。有时一次重奖能抵半年的薪酬。”

这次不等由天际发话，苏疾便抢先道：“帕卡，这位师傅的脑瓜子真够好使，他是想借你之口，将此情透露给我们，明日对他所做的菜肴，要可劲儿地造——也不知他是做什么菜的？”

“嗯，确乎是这样的事。”帕卡点头，又道，“他是做蜜制鲜羹的。据他说，食材十分特别，每次都不一样，别人没法学他。只遗憾的是，葡萄和石榴还得等上两月才熟，否则，他的菜将更有味道。”

虽然离明日尚早，大伙儿已被吊起了胃口。赵无偏调侃道：“若非张大哥带领我们错入大宛，哪能既获邦国，又享到口福。我想，将来史书上少不了有此一笔。”（后来司马迁作《史记》，专列了一篇《大宛列传》——笔者注）

张骞则想着另外两事：一则，千辛万苦，既来西域陌生国度，使节队便代表着大汉形象，应该有若干明确纪律予以规范；二则，邦国关系的维护，在人之相亲，而不在一时之谊。而帕卡应是大宛重点人选之一。帕卡与由天际结义，是情谊的纽带，再援以剑术，则可固其根芽。只是《青锋剑谱》七十二式文字比较艰深，在有限的时日之中，难达其效，不若将其简化，依帕卡现有功力，授其精要。谋定之后，遂道："各位兄弟，回到馆舍，先行洗浴，打理清爽之后，到我居室议事。"又问帕卡，"附近有无宽绰场地，明日凌晨时，吾当示以剑术。"

帕卡自是喜之不禁："馆之右后侧有空阔场所，系为贵宾习武之地。"

是夜，使节队自行制定了七条交际规则，主要内容有遵守所在国之规则条例，尊重所在国之民俗风情，传播大汉文化精髓，注重仪表言行，不做有损国体、国格之事，讲求化解误会方略，服从主官（正使）调配指挥等。后来的大汉使节队，均以此为准，交际西域各国。有的则干脆打着张骞的旗号行事。

翌日晨，东方刚刚发白，张骞便悄悄到了后场，见场地上空无一人，便抽出重剑，演练剑术。腾挪纵跃，剑花飞舞，愈来愈快，愈来愈快，快到极处，唯见一团剑光，不见一点儿人影。此时听到有人连声喝彩，大叫："好，好！妙，妙！"

原来是帕卡、由天际拽了苏疾，一同到来。

张骞收式，让帕卡将剑作刀，以其所擅长的刀术全力使出。此时，堂邑父、秦自乐等人亦相继出现。

这是大伙儿首次看到大宛武士的功夫，所以都很专注，而帕卡亦尽力施展，砍、劈、刺、挑、划、格、遮、闪……攻防兼备，倒也差强人意。

然而在张骞看来，虽套路花哨，却并不利于实战，即问道："请你如实告知，几岁开始习此刀术，打过几次大仗、恶仗，具体战绩如何，曾否遭遇强敌？"

帕卡道："回张大使，我十三岁拜师习武，二十岁成为大宛骑士，因缉捕马贼和剿匪积下功劳，任职护卫使。大仗、恶仗未曾打过，剿匪时曾以一敌五，刀劈二匪，箭杀三匪，并救得长官性命。"

听得此语，张骞改变了主意："帕卡，这战场搏杀，其精髓在于'快、准、狠'和随机应变，而不在套路多寡。虽然，刀术、剑术有其共同之处，但毕竟仍有较大差别。若习我剑术，须将刀术套路尽行忘却，而你自幼使刀，此非易事。好在我等去康居、去大月氏，你将一路维护，时日较长，因此容我认真琢磨，以你刀术为根本，再糅以剑术精要，展现你所持利器之利，这么办，可否？"

这完全是知心朋友的口吻，而非师徒之间的苛求，帕卡焉有不知？他大为感动："我见闻不多，但凭张大使安排。这等情分，帕卡将永远铭记。"

"话既至此，我还有几句相嘱。将来你的武艺不管达到何等境界，都要记住三杀三不杀。遇到敌手，危及生命时杀之；对作恶多端、怙恶不悛者杀之；疆场厮杀，为国而战时杀之。愿意悔罪，弃恶从善者不杀；私仇不杀；受人挑唆而原因不明者不杀。宽宏待人，是非分明，可保一生名节。这是我的一点儿认知，对你或许有些帮助。”张骞诚恳道。

帕卡极是感叹：“可惜我乃大宛人氏，若为汉民，定必追随大使左右。”

堂邑父、秦自乐亦深有感触。张骞对于他们，大多是行而不说，于大小事件中让大家体会。而对于异国朋友，又予以直白相述。本身这种处事之不同方式，便让各人深思。

后来，张骞以“刀剑术简化三十六式”授予帕卡。帕卡不但体验到大汉武学的博大精深，自身的武功也得到极大提升。几年后，他在作为大宛使节出使长安时，沿途护卫得到了有力保障，自己也成为大宛的一代名师。

张骞为加深帕卡对刀术套路的记忆，又让其走了一遍。接着，自己也以剑为刀，将其重新演示了一遍，纠正了几处小偏差才罢。

这时，膳堂外响起了铜锣之声，其音不疾不徐，柔和清亮。帕卡道：“这是早膳信号。国宾馆里全体卫士及男女侍者皆前去用膳。不过，国宾和女侍各在另外的膳间。现在我就带你们过去。”

早膳系麻饼就菜粥，不必尽述。饭后帕卡道：“这里的饭菜十天不重样，国宴有歌舞以侑酒食。”

国宴大厅拱门外有侍者，根据来宾脚型大小提供净拖。门里亦有侍者，引导来宾入座。大宛以东为尊，因为那是太阳升起的方向。张骞入厅之后，便被引至东边首位，离中间王座仅一丈之遥，而担负通译的苏疾则被安排在张骞下则，其他人依序排定，间距均为三尺。一律镂花圆凳，齐胸半圆的白色餐桌，右则一条形木盘，内置白色玉杯、玉箸、玉勺，以及锃光发亮的铜叉、铜刀。

大厅如穹庐状，挂嫩绿梨花壁毯，铺嫩蓝桃花地毯，色调柔和淡雅。国王掸于螭与各大臣坐定之后，左侧角落帐幔徐徐拉开，走出八名乐手，鼓点轻轻敲过，悠扬的乐声便回荡于大厅。随之，八名蒙面大宛姑娘头顶硕大的托盘开始上菜，两名英俊侍者跟着上酒。酒菜上毕，乐声即止，国王举杯说了很长一段话，方示意客人与作陪大臣举杯同饮。

张骞举杯，却仍沉浸于刚才的乐声中。八样乐器，除鼓与琴熟悉，其他六种全都不识，且旋律别致，从未听过，使人特别愉悦。而对于国王的讲话，不用通译，也可猜到十之七八。大意为，对于来自万里之外的大汉贵宾，大宛为表示欢迎与邦国之谊，今日特以国宴予以庆贺，请各位贵宾像家人一般，不用客气，尽兴而为，云云。

这是使节队首次以国宾身份出席一个国家的国宴。张骞举杯站起道："尊敬的大王与众臣阁下，外臣张骞率大汉使节来到大宛之后，备受欢迎关注，并结邦国之好，其热情令人铭感肺腑，今次在如此盛大国宴之上，骞无以言表，谨代大汉与大汉吾皇，以歌歌之。歌曰《大宛之乡，美丽的地方》。"即席唱道：

大宛之乡，美丽的地方，
我掎③其巅，向四方歌唱，
其情浓酽，溉人心田，
如浪澌涛④，在胸中激荡。

大宛之乡，富饶的地方，
我寓原野，嗅稼穑之香，
葡萄美酒，人间天堂，
不饮辄醉，乃极品佳酿。

大宛之乡，热情的地方，
我浸其间，罣⑤温暖时光，
姑娘美艳，小伙俊朗，
五鹿大宴，擑⑥三鲜无双。

大宛之乡，留恋的地方，
我今其言，将世代不忘，

邦国之谊，大汉永结，

大王伟杰，祝国富民强。

张骞以家乡小调入曲，又倾情以歌，显得格外轻松愉快。掸于螭及其众臣虽不懂汉语，亦体味到其中的真心实情，经苏疾通译之后，皆鼓掌以赞。

歌毕，张骞带头，堂邑父等人同时擎起玉杯，将美酒一饮而尽。掸于螭轻击三掌，乐声又起，八名女郎身着艳服，移步中场，随着乐声翩翩起舞。放眼看去，个个美艳绝伦，难分伯仲。一曲之后，八名女郎便开始轮番向国王和众宾客敬酒。一轮过后，又一曲乐声响起，八名女郎便抖胯而舞，一时之间，腰间和脚脖上的小铜铃，发出阵阵脆响，满大厅回声不断。舞毕，又开始敬酒。如是者三轮过去，美酒、美食、美女、美音、艳舞，让人不觉间酩酊大醉，不知其时几时。

使节队中，唯张骞、杨柏吃得斯文。二人食量本在一般人之上，但张骞在于对“度”的把握，而杨柏在于对美食的品味。鹿味食品，杨柏并不陌生，无论腊制鲜制，都曾领教，有的可谓绝密。但像今天这样，由五名师傅制作的五鹿宴，实为平生首次见到。譬如鹿唇、鹿蹄，那是最难把握、最显本领的两道佳肴，也不知用的何种办法、何样调料，竟做得软、香、酥、嫩，滑口而入。至于那道蜜制鲜羹，杨柏仔细察之，面上敷着一层喷香的麻粉，搅动之后，用勺舀起 便牵起一道金亮软液，上面挂满红绿白黄各色小丁，送入口中，酸甜香脆，十分开胃，不由暗中叫绝。

这真是：

真挚情谊，乃是流经岁月的长河；

水色鲜亮，总是那么飘逸年轻。

真诚如金，但凭岁月无情摔打；

风云变幻，仍是新鲜生动的眼神。

欲知使节队离开大宛之后又有何样故事，且看下回。

注释：

①螭（chī）：传说中没有角的龙。

②肸蠁（xī xiǎng）：传播。

③掎（jǐ）：抓住。

④澎濩（pēng huò）：水浪冲击声。

⑤罣（guà）：牵挂。

⑥撠（jǐ）：握、持。

第七十三回　撰文蚕桑获赠宝马
授受国书张骞放歌

一场国宴，直吃了三个时辰。三个时辰，如厕两次，回到宿处，大家仍感尿憋。由天际一边疾走，一边叫道：“今日这回，连乱石滩八天的尿都尿了。”

与他挨身而坐的赵无偏说道：“我发现，大宛姑娘每次向你敬酒，都斟得最满。”

苏疾偏头一笑：“谁让我们的天际最年轻、最标致，又是帕卡的义弟？自然比你我喝得要多。”

由天际一副委屈的样子：“张伯伯您说，这怨我吗？”

张骞却不接他的话茬：“一会儿净手之后，都去我的宿处——帕卡近侍，请你也来一下，议议今后几天事体。”

不一会儿，大家又抢先在炕上围坐一处。苏疾意犹未尽，打了一嗝：“杨柏，你是大厨，那蜜制鲜羹里面究竟是些什么物事，那么好喝？”

“羹中红者系红茄与红萝卜碎丁，青者似芦笋而并非芦笋（按：实为莴笋——阿富汗古称‘呙国’，此物先由阿富汗传入大月氏，又由大月氏传入西域各国。使节队不识，后经张骞、堂邑父之手，引种入汉），黄者系去皮黄瓜裹以蛋黄炸制而成，白而脆者系为山中某种异物之根（按：实为野山药），这羹做起来程序繁复，确为国宴珍肴。”

孙治瑾三句话不离本行：“以我察之，白者系为两物，一为玉延，又名薯蓣、山芋（按：即山药。汉时无此称呼，至宋代时，为避英宗赵曙之讳，乃改名山药）；

一为强瞿，亦即百合。玉延补中益气，久服耳聪目明；强瞿安心定胆，益志养五脏，蜜制温肺止咳。此二物我大汉不缺，不意在此亦见，且知蜜制之道，不易，不易。”

张骞却是有心：“帕卡，请你打听一下，羹中青者系为何物。若大汉无此，烦告知贵国农植大臣，请一并赐种。我等回国，以便广为传播，以念大宛之谊。”

帕卡自是满口应承，汉民遂又得一佳蔬：莴笋。

见人已聚齐，张骞续道：“因须等候大宛国书及诸物种子，使节队得在此耽延一段时日。今天已是七月初一，国王令辛巴措及帕卡家属七日内赶到都城，而辛巴措被任命为大宛国士，则国书必经其之手。那么我等去大月氏当在七月十一日前后动身，这还得事事顺利，天气大好。就怕秋雨早临，国书授受仪式因此受阻而须另择吉日。不管如何，我等都应早做筹谋。这段时日，我意分为三组，分组而行。一组任扶、杨柏、孙治瑾。孙医官意在采药，你三人结伴相扶。一组秦自乐、赵无偏、由天际。国王赐予辛巴措和帕卡的宅邸估计明日便可兑现，你三人可随帕卡帮其整理两处宅邸，顺便打听一下邻近各国概况，特别是大月氏的细情。一组张骞、堂邑父、苏疾。一则守候国书、种子、汗血马消息，一则去市井访问了解民俗民情，记载各类异事。每日早膳后出门，晚膳前回馆。早晚一块儿交流、练功、学说大宛语。据大宛国礼，国宾外出，有卫士相护，大家须与卫士相处得宜。谁个另有想法，请直言相告。”

“我等外出，是否仍穿国服？像孙叔叔他们，穿国服采药，太不方便。再者，我等在此，反倒成了奇人异相，到了街市，遭人围观、受小孩哄闹咋办？”由天际冲口直道。

“这层我倒忘了。国服乃礼仪之服，非礼仪场合，自然只穿便装。至于我等相貌，人家要看，尽他看去，看得久了，也就惯了。不过应该记住，我们这张脸已不是自个之脸，而是大汉国脸，故而应时刻注意，要笑意在脸，给人以喜悦之情。一笑去陌生，一笑生暖意，记住这点即可。”张骞笑道。

“记住了。出了这门，就应该像张伯伯这样，被人胳肢一般。”

大伙儿不由得哄然大笑。

一切如张骞所预计的日程进行。只是第四日下起了小雨，整座都城都在雾气蒙蒙之中，房顶上的尖塔暗影浮动。原野上的风刮得本来带点儿斯文，一入街巷却便格外有了劲头，呼呼地吹得人双眼难睁，大宛人那宽大的衣袍也被高高撩起，密密的雨线从皮肤上穿过。女人们赶紧双手抄紧了衣服，不料面巾又被飏起，遂又背过身体，面壁斜行。很快，粉的墙、红的墙，白的墙，雨丝贴墙而下，如汗液般，湿漉漉，滑漉漉，直入墙根。瞬间，街上铺就的青色条石，如镜面一样，明晃晃发亮。

秦自乐四人回来时，风雨已小。他们虽戴着大宛人那草编雨帽，腰身以下仍被淋得透湿，冷得全身都是鸡皮疙瘩，上下牙齿捉对儿打战。孙治瑾赶快让他们脱去衣服，其他人帮着将身体搓热，又用热水擦过，换上秋天的夹衣。帕卡因只身相随，体型高大，只好换上堂邑父的番装。

吃罢晚膳，尽皆无事，大伙儿便聚在一处，各自讲述几天来的所见所闻。

秦自乐未语先乐："我等已打听得实，大月氏王名曰犅牴[①]，原系老月氏王的二公子，迁徙途中，大公子突然遇难，犅牴便捡了个便宜。其年纪大约三十挂零，辅佐他的是一帮老臣。月氏国没有自己的文字，但有自己的语言，发声与羌语相近。四十几岁以上的月氏人也会说番语，老臣中也有懂汉语者，而年轻一代月氏人，大多懂得大宛语系语言。康居国王大约五十多岁，名叫羝矛[②]，辅佐他的大臣却以少壮为主。两国国君，一是公牛，一是公羊，是否挺有意思？"

大伙儿忍俊不禁，"扑哧"大笑。张骞却正色道："此情我虽知之，但尔等如此用心，应予肯定。只是我等系大汉使节，不可将此作为笑料。传扬出去，我等反倒会被人耻笑，尤其对方又系一国之君。其实推究起来，这也是人家民族的比喻，无论喻作公牛，还是比作公羊，都有身体强健、孔武有力的寓意，无甚可笑之处。"

一番话，说得秦自乐低下头去："大哥，我的见地还是差了一大截。"

"三弟不必自责。帕卡不是外人，自己人面前，深说浅说没啥。在其他场合，做甚事，说甚话，都须思虑妥帖，而后行之。今后大伙儿时刻记住，我们这张脸，代表着大汉和大汉朝廷。"张骞一边劝慰，一边再次叮嘱。

"我也有个故事。前日我和帕卡哥哥去一家杂货店铺购买扫帚，店门口遇到一个讨饭花子，看其衣着，不像是个穷光蛋。店主先是给他端了一碗饭，那人别过脸，看也不看。饭搁下，又给他舀了一碗粮食，那人道，他不要这个。店主道，一天遇上几个你这样的康居人，我还做不做生意了？但还是给他数了几枚铜钱。那人并无谢意，反而说道，这得问你自己，前两年，你在康居都城讨要了多少？而今开起了店铺，就将老熟人忘了？你们说，这谋生发财互相靠出国讨要，是否非常有趣？”由天际说罢，又自行总结，“这得两国民众都要宽厚。为了生活，小老百姓宁肯将脸面丢在外国，也要维持在街坊四邻中的脸面。”

大伙儿见帕卡不语，便知由天际没有瞎编，觉得这百姓之间的交往，还不知有多少有趣之事。尤其被汉民看重的婚丧嫁娶，究竟有甚样古怪风俗，可惜在此时日太短，又身处国宾寓所，一时无由得见。

张骞道：“身在友邦异国，我们对他人好奇，他人对我们同样好奇，此为世间常理。希望大家再记住一条，不管上层官员，抑或下层百姓，逢少见之事，看了也就看了，在别国众人面前，不议论，不评说，不将好恶露于神色。这样做，可以避免不必要的误会。这几天，我们三人也打听到一些情况，这西边地域非常辽阔，国家很多，各色民族更多，许多地方民众的生活习俗与大汉完全不同。但他们有一个共同点，不知丝绸为何物，亦不知瓷器为何物，不懂冶铁技艺，不晓大汉武功。据目前所知，这大宛的北方，有乌孙、有专事打猎的民族，向北更有天气极寒的地方；大宛西边，有大夏、有安息、有波斯，几千里之外更有大秦（古罗马），大宛南边，不但有康居、有大月氏，还有呙国（今之阿富汗）、有身毒（今之印度），而且越到南边越热，热到没有冬天，只有旱季和雨季。那里的国土直接与无边无际的大海相接。大家说，我等来此一趟，值不值得？”

“那么多国家，那么多地方，真要能去看看，倒还值得。可只听这样说说，又去不了，去不成，又能怎样？人这一辈子，倏忽之间，老之将至，还能走多远的未知之路？我现在只想快一点儿去大月氏，完成皇命，早一天回家，过几年安宁日子。”任扶身体欠佳，语气不那么热烈。

张骞知任扶心思，担心再遭凶险，殒身于异国他乡。他既不便责备，又不能泄大伙儿之气，遂委婉道：“任扶所说不错，一个人的生命有限，不能将想去的地方都去，想走的道路走完。但是我们去不了，还有别人，还有后辈儿孙。我等这次西域之行起码达到了一个目的，晓得了需要交往的国家很多。以后可以同时多派几支使节队，以此扩大大汉影响，增进大汉与各国之友谊，彻底剪除匈奴的暴虐行径。”

众皆以为然。

雨下至第二天前半日，天气放晴。晴后的大宛都城，一切显得格外清新，蓝得发亮的天空絮着几绺白云，在雨后阳光下显得幽远而透明。几只大鸟犹如碧水中的墨团，浓酽得像要下滴，却又迟迟不落，显得有些玄乎。远山的薄雾静悄悄地自然卷起，渐渐露出起起伏伏的山体，互相簇拥相叠，显出青黑的深沉。而城中高大的乔木，无论阔叶、条叶、尖叶、针叶，都随风滴里答啦落下水珠。街市上有少量的男女出现，身影投射在明晃晃的青石水渍之上，显得分外飘逸。

张骞等人用罢午膳，欲外出走走，这时王廷却来了一名信使，先与帕卡交谈了数句，继而两人一同来见张骞。帕卡直接当起了通译。信使道：“尊敬的张大使，我王命我前来传话，汗血马已经选好，不日将送抵都城；所开列的作物种子，包括后来提到的呙菜（即莴笋），已按大使所说斤两全部备齐，起程前悉数交付；至于国书，我王也已过目，单等国士辛巴措来后再作斟酌。我王只一个请求，大使能否将丝绸制作之法，以文字加以详细记载，交付我国？若是涉及大汉国家绝密，亦不强求，以免置大使于两难境地。”随即取下腰间一卷东西，“这是硝好的上等羊皮，若是不足，可让帕卡随时去取。”说罢，满是企望的目光。

张骞深知，邦国交往，情谊不在空口白话，它与两友相交一样，重在两字：义利。义者，道义、诚信、信任。不索取，不苛求，可以从对方获得智慧与愉悦。利者，利益、利害、利他性。每当从对方获得好处与优待，就得当思回报，对方若有需求时，当在能力之内施以援手。而今大宛欲一窥丝绸之奥秘，张骞不认为这是大宛王的一种“拿作”，所以当即回道：“请转告尊贵英明的大王，张骞当尽其所知，认真撰文，一定在起程之前完稿。如需当面讲述，骞定必赴通译大臣之约，使其完善。”

信使大喜，笑眯眯辞别。张骞不敢托大，直送出国宾馆大门，眼见信使跨上坐骑，方拱手告别。

张骞回转，即向堂邑父、任扶、秦自乐等一干队员告知此事。大伙儿虽穿绸挂缎，但对蚕桑之事不甚了了，有的连皮毛也知之甚少，自然提供不了什么帮助，一切得靠张骞自己解决。

好在他少时随父亲植过桑，跟母亲养过蚕，在城固、汉中丝绸大户看过缫丝织锦、染色成衣，现在回忆起来，仍历历在目。一干队员各有其事，用不着挂怀，可以谋篇撰文，将大汉蚕桑技艺予以记述，传播于异域邦国。于是，除早间点拨帕卡武艺，晚间与大伙儿聚谈当日见闻，其他时间全都用来撰写蚕桑文本，命名为《大汉蚕桑记》，其文如下：

蚕与桑虽大汉之瑰宝，但传之久远矣。我先民上迄商汤，今至大汉，凡千余年，繁荣不衰，日益鼎盛，何哉？因其织物衣饰，华彩美艳，坚韧轻爽，无与伦比。即令天上云霞，亦不过如此。凡着其衣者，立显尊贵；眠其被者，迅即入梦；立其旗者，顿时整肃。

今有大宛邦国，求此技艺。张骞思忖，此系好事，当宜传播，故不揣鄙陋，据实以告。

蚕系一种节状蠕虫，头褐，身灰白，成虫略短于成人食指。蚕之一生，历经“卵、幼虫（蚕儿）、蛹、蛾（成虫）”四个时段。如一只蚕蛾，产卵可在两万之上，产卵之时，当铺以洁净软布。卵成，即为蚕种，置入密封罐中贮藏。避光、避湿、避风、避秽、避撞击震动，以待来年。

来年春暖花开、桑叶初成，即行孵卵。孵卵多由女性任之，洁衣洁身，贴胸给暖，约七至十天，小蚕破卵而出。因其小如蚁，宜以鸡羽轻扫，使其落入蚕筐。筐者竹篾编就，取其轻便。筐之状呈圆形，大小以双臂张开可端放为准。蚁蚕入筐，即行给桑，而后将蚕筐放入蚕架。蚕架木条结构，六到八层，以双手能予托举置取为准。

蚕之生长，以蜕皮方式进行。蜕皮时，蚕儿昂头挺立，进入睡眠。外皮蜕尽，即行醒转，此时应及时给桑。如是者五次，蚕即长成老蚕。老蚕通身黄亮，即可将其轻轻捏起，放入簇架。簇架多由洁净麦秸呈散叉状捆缚，麦秸之间须有较大空隙，以利老蚕上簇结茧。茧成，及时摘下，放入蒸笼，将茧之蛹蒸毙，而后晒干，鬻与商家。

若须蚕种，可提前预留优等蚕茧若干，蛹破茧成蛾，即可进行采种。

饲蚕期间，偶有少量当眠不眠之醒蚕，即须将其提出另饲。其提取之法为，予蚕箔上撒一孔网，网上给桑，醒蚕即可自行爬至网面，而后将网带蚕轻提另置，即可。

以蚁蚕首次给桑，至簇上摘茧，约在二十八天。此段时日，蚕室须有人昼夜值守，适时止桑给桑，以免蚕儿饿成死蚕，亦即僵蚕。

欲强调者，饲蚕过程，异乎严苛。蚕室周遭不得有蛇、鼠、蜈蚣之类，不得有鼓噪之声，不得有粪便污物，饲者日日身体洁爽，无狐臭、无汗味，不在室内餐食、大声喧哗，蚕具蚕室事前事后彻底清洗，蚕沙（屎）及时清理。凡此种种，不得有任何疏漏。

茧成，即可缫丝，此有专门器具技艺，须以面授。而织染更为专业，非文字能予细述。

再说植桑。

蚕之所食，唯其一种，即桑叶也。故养蚕必须植桑，桑足桑好，方有好蚕好茧好丝绸。

桑无巨树，叶甚阔大，枝间生桑椹。桑椹初绿，渐红，熟而黑，且味甘。椹可食用，可入药，亦可作为种子，种子细小身轻，十斤熟椹可得一两种子。

为蚕饲桑，桑叶须干净无霉无污无蛛网虫斑，稚蚕用早桑，壮蚕用中桑，晚蚕用晚桑（并非老桑）。

桑可散植，更宜园植，园植密度一看桑种，二看土质。植桑亦分两法，一为育种，二为嫁接。桑树管理，在修枝、施肥、去除病虫害。

总之，植桑养蚕，一要勤快，二须得法。使节队曾携蚕种、桑种若二，并绘有缫丝织染器具图形，皆因匈奴作恶之故，悉被丢损，且专事蚕桑业者不幸遇难，现每每思之，令人痛心。

张骞囿于见闻，队员之中亦无擅此业者，只能叙一梗概。若大王志在于此，适当时机可遣使节往大汉一观。彼时倘张骞与我兄弟余身尚存，定当鼎力相助，玉成此事，使蚕桑美业于大宛之地生根发芽，成一富民强国之业。

大汉使节队正使张骞于大宛国宾馆。

为便于通译，张骞尽量将文字写得靠近当时口语，避免晦涩。写毕，又斟酌数遍，重抄一分。

翌日稿成，却并未即刻交付，此并非张骞意在条件交换，而在避免误会，认为他系草率成文。故又搁置了两日，方亲赴王廷，趁挴于螭与诸大臣议事之机，将文稿呈递。

大宛王自是感动，当即令通译大臣接手此事，张骞以匈奴语将汉文文本重译一遍，通译老臣再以大宛文作记，交与挴于螭。

这已是使节队来大宛都城贵山第九日。而在昨日，辛巴措与帕卡家属已从边域迪根赶至都城。因雨迟到一天，故辛巴措一到，便首先拜见其王，参与斟酌国书定稿之事。张骞故而全天都在王廷，并定于七月十二日接受国书，欢送仪礼结束之后使节队起程。

七月十日，张骞率使节队员看望了辛巴措与帕卡家属，从仅有的礼物中选取了数种，让由天际以义子之名拜送其义父、义母、义妹。帕卡及其家人自是欢喜不尽，帕卡妹妹亦摘去面巾，以家人之礼相见。

向来伶俐的由天际，乍见一异国美貌少女玉立于前，局促得无所适从，本就有限的大宛语，更加说得语无伦次：“妹妹好，帕卡哥哥有这么漂亮的妹妹，我，我真高兴。”

“天际哥哥，妹妹更高兴。”帕卡之妹反倒落落大方，“我叫莎尔芭娅，以后就叫我芭娅妹妹好了。芭娅谢过无际哥哥，给我送来这么漂亮的胭脂。”芭娅一边把玩着胭脂，一边瞟着由天际。

人们看到芭娅天真美丽的媚态，心都快熔化了。

帕卡全家人说什么也不让张骞等人就这么走却。莎尔芭娅装着十分生气的样子：“张伯伯，天际哥哥，我晓得，你们是大宛尊贵的国宾，国宾膳堂里的膳食好过我家百倍，你们去吧，留也无益。”

此言一出，张骞等人只好止步。莎尔芭娅立刻回嗔作喜：“这才像一家人的样子。”

餐中，莎尔芭娅不停地为由天际斟酒夹菜，左一声“哥哥”，右一声“哥哥”，叫得所有人都看出了其中的意思。唯由天际，脸上像蒙了一块红布，只知一味吃喝。

回到国宾馆，大伙儿对由天际又是一番取笑。苏疾道：“张骞大哥，不若让天际留下，先当帕卡的妹夫，后任大宛大使，以大宛之名出使大汉，岂不两全其美？”

张骞嗔怪苏疾多嘴，但当着帕卡之面，又不好反驳。看帕卡，帕卡只盯着，等他的答复；看由天际，由天际显出一副难为情的模样。他想到夏宏生前的遗愿，是要将由天际造就成一员智勇双全的将军，成为抗击匈奴的利刃。他也深知，此事宜迅速决断，不可拖延，一旦大宛国王介入，问题会变得异常复杂棘手，好不容易建立的邦国关系，就将面临考验。想了想，以玩笑的口吻道：“苏疾这话，是不是看轻了由天际？在座的除了帕卡近侍，谁不晓得在其领地内有那么四朵鲜花？天际倘若喜新厌旧攀高枝，你让大伙儿怎么看他？”

由天际是一点就透之人，刚才碍于帕卡情面不好说，此时张骞给了台阶，于是道：“帕卡哥哥晓得此情，也会轻看我。现在就算让我当驸马爷，我也不可做下背义之事。”咕哝一句，“我又不是呼日勒！”

苏疾自知失言，即道：“对不起，刚才的话我收回。”又向帕卡解释呼日勒是怎么回事。

一场即将出现的外交危机，遂得以化解。

七月十一日，大伙儿做着起程准备。中途，莎尔芭娅却将由天际接走，称父母要为汉人义子举行家宴。午膳过后，大宛国王派通译大臣和国士辛巴措一道，为使节队送来了所列全部物种种子和两匹汗血马。

被大宛人称为“天马”的汗血马送来之后，立即引起了国宾馆上下人等的热切关注，全都放下手头的活计，前来围观平日难得一见的神骏天马。

张骞与堂邑父各自牵着一匹，任人围观。相较之下，花豹与乌骓马相形见绌，两坐骑似有灵感，紧紧依傍着主人，头部在主人身上上下摩擦。

张骞右手牵着汗血马马缰，左手摩挲着花豹脸颊：“兄弟，我怎么能舍弃你？一路走来，你为我吃了那么多苦，我是不会与你分开的，永远不会！”

堂邑父同样安慰着乌骓马。两匹马很快安定下来，退至旁边。

大宛通译大臣看得清楚，对辛巴措道：“大汉汉使情义忒重，对胯下坐骑尚且这般，何况对待大宛乎？此等邦国，当宜久交。辛巴国士，理论起来，这其中有你一份功劳。”

“不敢，不敢。还是大王英明，目光长远。”辛巴措深知宫廷大臣之间关系错综复杂，虽与通译大臣交好，也不敢轻言功劳。听得此言，赶快辩驳卸责。

众人哪里关心两位大宛大臣在说些什么，心思全都放在汗血马上，评头论足，夸赞不已。

这里，不妨向读者交代一下汗血马的出处。

司马迁在《史记·大宛列传》中有这样一段文字，作了描述：

> 自博望侯骞死后，匈奴闻汉通乌孙，怒，欲击之。及汉使乌孙，若[3]出其南，抵大宛、大月氏相属[4]，乌孙乃恐，使使献马，愿得尚[5]汉女翁主为昆弟。天子问群臣议计，皆曰：“必先纳聘[6]，然后乃遣女。”初，天子发书《易》[7]，云：“神马当从西北来。”得乌孙马好，名曰“天马”。及得大宛汗血马，益壮，更名乌孙马曰“西极”，名大宛马曰“天马”云。

由此可知，“西极”只是对乌孙马的称谓，并无电影中杜撰的“西极王”。现代人将汗血马称为“阿哈尔捷金马”。汗血马真正的发源地，在土库曼斯坦，但在俄罗斯、哈萨克斯坦、乌兹别克斯坦，亦有“阿哈尔捷金马”。

这时，通译大臣将两名大宛武士带到张骞面前：“张大使，认识一下。”先指着一位精壮圆脸汉子说道，“他叫克里泊尔，常去康居，对康居国王和大臣、将军们较为熟悉。”又指着一位一身悍勇之气的长大汉子道：“他叫别孜勃，常去大月氏，与月氏王及其重要大臣有过过从。为让贵使交际方便，我王特遣此二名宫廷卫士跟随大使左右，原来两名帕卡部下，已命其回边城任职——来来来，你们二位见过张大使。”

克里泊尔与别孜勃立即双脚一并，站得笔直，然后右肘齐胸一拐，掌心向上，低头弯腰，齐声道：“克里泊尔、别孜勃见过张大使，自即时起，但凭大使吩咐。”

这是大宛军士面见长官的军礼，张骞哪敢怠慢，亦以大宛军礼回道：“二位勇士不必如此拘礼，以后一路行动，全得仰仗二位和帕卡近侍了。”

“我们听帕卡的，也听大使的。”二位回道。

“那好。今日无事，二位且先回家，与家人团聚。明日晨与帕卡一道，在此用过早膳之后，随使节队一道，参加国书授受大典，而后起程离都。”

“遵命。”二人告退。

张骞对二人背影注目良久，方回头对辛巴措和通译大臣道：“大宛多忠勇之士，骞着实感佩。有请二位代骞向大王致以诚挚感谢！骞对此次大宛之行，将没齿不忘！”

“此乃大汉使节仁义，此段时日，大使及以下使节在我都城所为，民众无不交口称赞。故此，大宛首次以汗血宝马相赠外使，国王以下臣民，皆曰该当。”通译大臣道。

“如此深情厚谊，吾皇知之，虽万里之遥，亦必重谢。”张骞诚恳回答道。接着，又虚心询问，“不知这汗血马有甚特别饲养之法？”

堂邑父、秦自乐等一干队员亦聚拢过来，默声期待。

通译大臣却未直接回答，说起汗血马所“宝”之处：“这两匹系优中选优之纯种汗血马。它有三大特点。其一，如若出汗，汗色如血，嫣红晶亮。其二，体形特殊，头窄额高，毛色油亮，四肢修长，体态优美。行走之时，四蹄伸长，风度翩翩。奔跑之时，轻快灵活，肋若插翅。其三，品性高贵，忠诚无二。一旦认主，至死不与他人相亲，纵使相别多年，听得主人声音，亦会奔来相认，与之亲热。至于饲养，别无他法，只需精心即可。当然，饲草应以苜蓿为佳，饲料应以精粮为上，同时杂以红茄、红萝卜。”见大伙儿专心倾听，又道，“另外一点，须得注意，此马绝对不可杂交。我王为保有宝马纯度，特赠犍马、牝马各一匹，望来年有汗血马之马驹在大汉出生生长。”

“届时睹物思人，我等将更加怀念大宛君民之深情。”张骞再次致以深切感谢，并道，“我等将在京城长安，翘盼大宛使者莅临大汉。”

“另外，明日隔壁上半天休市，国书授受庆典就放在那里。我将国士之事已交代完毕，老朽就此告辞。”语毕，一干扈从簇拥着两位大宛老臣，折身而出。

张骞与二位副使直送到国宾馆大门之外，恭立如仪，不见了人影，才转身回馆。

回到馆舍，张骞即将大家聚拢，说道："现在宣布几件事情。一则，请帕卡离馆，回去与家人团聚，此番去大月氏，一切情况不明，不知尚需多少时日。二则，获赠汗血马，虽系邦国之谊，诱因却是帕卡与天际的结义，天际年轻，换骑牝马；犍马由苏疾乘坐，因苏疾任使节队通译，易被人注意。二人原来的坐骑，随队以驮马待之。三则，种子宝贵，为求稳妥，分为四份，由我、堂邑父、秦自乐、杨柏随身携带，保其不受潮湿，不被暴晒，不出意外。四则，明日庆典及起程队列如下：首列为大宛礼仪官员，第二列帕卡、克里泊尔、别孜勃，第三列张骞、苏疾、任扶，第四列杨柏、孙治瑾、堂邑父，第五列驮队，第六列秦自乐、赵无偏、由天际。五则，晚膳后一律洗浴，明晨吃罢早膳换上国服，按队列去庆典会场。至于路途干粮与饮水，帕卡等人已有安排，无须挂念。各位兄弟可听得明白？"

众人皆无异议，只杨柏、赵无偏等人对汗血马的安置有些出乎意料，向苏疾、由天际投去羡慕的目光。

翌日晨，天气绝好。当远处的东山之巅闪出万道霞光时，张骞率队而入，只见市场北边连夜搭起了一座木台，周遭遍插五色三角旗帜，虽非丝绸织物，亦被晨风吹得漫卷时舒。木台中央置一高椅，上覆紫红绣毯，左右两旁各置十只白底红花拱形木凳。数百名军容肃整的大宛骑兵，于台前围出一块方形场地。场地之外站满了大宛男女市民，喊喊喳喳相互打听大汉使节队消息。

使节队被安排于东侧，人人挺胸拔背，端坐于刷洗如新的马鞍之上，身上的国服在晨光照耀下，发出闪闪烁烁灿烂夺目的光辉，显得格外高雅华贵。帕卡、克里泊尔、别孜勃亦准时赶到，并带来两驮马干粮与饮水。看他们那种得意和骄傲的样子，似乎为国立下了不世之奇功。

不一会儿，掸于螨在几名近侍护卫下登台坐于主座，一干重要大臣亦于两旁依次就座，只东边首座空着。

礼仪大臣不知向国王说了什么，掸于螨略一点头，便见他走近前台，面向使节队叫道："请大汉贵宾张骞大使上台就座！"

苏疾赶快作了翻译，张骞将旌节交与任扶，然后一跃下马，从东侧上台，首先礼见国王，而后礼见一干大臣，才在礼仪大臣引领之下，坐于东边首位。他略一扫眼，只见国王与众臣全都换上了簇新鲜亮的礼服，表情严肃而庄重，他感动得几欲下泪。

礼仪大臣坐于东侧末位,此时站起,向前台跨出数步:“国书授受庆典现在开始,第一节,奏礼乐!”

只见台后方一幅帐幔徐徐拉开,东侧走出八位美艳少女,西侧走出八位持器乐手,一通热烈的鼓点过去,幽雅而又欢悦的乐曲紧接着响起,八位少女随之以歌舞相伴。其歌也,如莺啼婉转;其舞也,若春风拂柳。至极欢快之处,乐声、歌声,腰铃、脚铃之声,浑然一体,使人无比愉悦。

此一番音乐歌舞,又不比宫廷宴会之时,直让喜好音律的张骞,亦想一放歌喉,并不由得摸摸怀中的骨笛。

在人们如痴如醉之中,音乐歌舞戛然而止。

礼仪大臣紧接道:“国士辛巴措宣读大宛国书!”

辛巴措乃大宛新贵,知情者知其系与大汉使节队相关,不知情者皆十分好奇。国书乃国之大事,不管懂与不懂,大宛在场军民无不侧耳聆听。

辛巴措首次亮相,国书又干系重大,不敢有些许差错,所以读得缓慢而清晰。读罢,已汗透重衣。

接着,是国王掸于螭致欢送词。里面有阐述,有祝福,更有对两国未来交流发展的企望。

张骞明白,下一节,自己将代表大汉朝廷和使节队致答谢词。按常规,应该是一番讲话。以大宛语,不熟;以汉语,大宛军民将莫知所云。想了想,仍然以歌代之为好,听众纵然不知歌词,亦可从歌声之中体会到他所表述的诚挚感情。于是,在礼仪大臣放大音量道“第四节,请大汉使节张骞大使致答词”之后,张骞款款移步,分别致礼,又以有限的大宛语简述了此行目的,以及对大宛君臣民众的谢意,最后道:“语难达意,请让我一破常例,以歌代之。”于是运足中气,纵情而歌。歌曰《情意大宛》:

情意大宛,大宛山清水秀,大宛天阔地宽;

大宛土地,就是那一处处肥美的家园。

汗血宝马,葡萄美酒,尽情挥洒人间;

稻麦飘香，石榴花红，风景美艳无限。

情意大宛，大宛四季如歌，大宛青春永年；
大宛军民，就像那一颗颗珍珠般灿烂。
善良美丽，爱憎分明，心生金色缠绵；
真诚好客，勤劳勇敢，胸中缀满留恋。

大汉大宛，相隔万里山川，道路千难万险；
两国君民，就是那友谊的红线。
月亮恒定，太阳永远，自有金桥相连；
兄弟情分，坚韧挺拔，情谊代代相传。

张骞功力深厚，又以饱满的中气吐字，韵律糅以匈奴长调，短句系家乡轻快小调，故而声震全场，人人愉悦。大宛军民虽不懂汉语，但无不为其韵律所感动。台上台下之人，都从歌声中体会到张骞对大宛人民的真诚挚爱之情，也深切佩服大汉大使之能。所以，张骞唱罢之后，先是片刻静默，接着不约而同，响起雷鸣般的掌声。使节队的队员们更是兴奋不已，拍红了巴掌。

张骞意犹未尽，用有限的大宛语道：“兄弟情分，此有实例。使节由天际，与大王近侍帕卡，便是一对结义兄弟。由天际已拜望过义父、义母。”

人群中有人大声叫道：“二人登台，让我们看看！”

事出突然，礼仪大臣显得手足无措，直向国王投去求助的目光。掸于螭亦在兴奋之中，率性道：“此美事也，让二人登台，又有何妨？”

既得指令，礼仪大臣于是临时增加了一项议程：“第五节，大汉使节由天际、大王近侍帕卡，结义兄弟登台！”

由天际携了帕卡，却不从侧旁台阶登台，而是施展轻功，从正面一跃而上，向国王与大臣致礼之后，面向大宛军民，右手一戳帕卡腰际：“他是我哥哥帕卡，我是他弟弟由天际，我们兄弟二人向大家见礼了！”拉着帕卡，连鞠了三躬，又一戳帕卡，“哥哥，说呀！”

帕卡依样画葫芦："他是我弟弟由天际，我是他哥哥帕卡。大王做证，在此与大家见过。我们兄弟二人向大家见礼了！"接着又连鞠三躬。之后，由天际拉着帕卡，返身面向掸于螨，深鞠一躬："谢大王成全我们兄弟二人，我们去也！"又是一展轻功，二人手携手，轻轻落地。

又是一阵雷鸣般的掌声。

就在由天际、帕卡登台之际，礼仪大臣悄悄走到张骞面前："张大使，大王有一事相烦，上次宫廷宴会大使所歌《大宛之乡，美丽的地方》，与刚才的《情意大宛》之歌词，能否留与我大宛宫廷？"

张骞心中为难，却不露声色。自己所歌，多有感而发，即兴而为。下一节便是授受国书，之后便是礼送起程，哪有时机整理！于是委婉道："此亦大事，不敢马虎。请转告大王，外臣张骞将于路途予以整理，待抄正之后，请送行礼仪官员带回，可否？此时仓促，难免出差误，乞望见谅。"

礼仪大臣一想也是，于是照实回禀国王，议程继续。

"第六节，授受国书！"

语毕，乐声又起，掸于螨庄严站起，双手捧着国书，面对张骞，大声道："愿大宛大汉世结永好！"

张骞恭敬如仪，双手接过国书，亮着嗓门道："祝大汉大宛友谊长青！"

"第七节，全体军民让道退场，礼送大汉使节起程！"礼仪大臣完成最后一项议程，便下台跨马相候。张骞与掸于螨互道珍重后归入队列，从任扶手中接过旌节，高高擎起，随着礼仪官员的引导，向着城南方向，缓辔而行。

沿途街道两旁，挤满了大宛市民，踮足翘首，目接目送，目光不离大汉使节队。马儿们踏在青石之上，发出"咯噔咯噔"有节奏的响声，俨然十年前出征时之情景重现。除了秦自乐、由天际，其他七人皆眼圈发红，几欲下泪。

按照大宛礼规，礼仪官员送至城南郊外，便返回王廷。这时却见帕卡、克里泊尔和别孜勃三人家属，已在此扎帐相候（与当年夏宏、任扶家属何其相似）。张骞即令大家停下，道："三位护卫使分别与家人相见。使节队员一律换装，着汉服便装。请大宛礼仪官员稍候，待我将两首歌词抄正，请带回王廷。"遂择一路边小店，磨墨命笔，抄正无误后，奉与礼仪大臣。

分手之际，免不了又是一番互道祝福。

起程之后，张骞将旌节小心收起，交与秦自乐保管。真正登上去大月氏的路途，队员们无不充满了希望与期待。由天际竟自吹起了响亮的口哨，虽是自由调，也让人感到轻松愉快。

南行二十余里，均为平畴稼穑之地，间隔三五里，便有小村落出现，鸡鸣狗吠之声不绝于耳，道路甚为宽敞，皆从阡陌中通过。因时已入秋，沿途所见，葡萄架上果实，成抓成串，或青灰，或青紫，颗粒润泽，色气明亮。一棚棚红茄，从上到下，黄花、青果、粉果、红果，各依层次；时有农妇，摘着红果，装入藤筐，架上驮马，准备运回。而田中稻谷，谷粒已散，穗呈弯垂，稻叶也由青返麻。令人意想不到的是，在这万里之外的异域，竟然也麻雀成群，叽叽喳喳，准备对早熟的粮食实施打劫。

二十余里过去，便是高高低低、起伏不断的小山丘，路也变成了小径，只容一人一骑通过。堂邑父欲行打头，帕卡三人坚决不让，简短商议之后，由熟悉路径的克里泊尔与别孜勃打头，帕卡与由天际殿后。这番安排，倒使堂邑父与秦自乐很不习惯，张骞只好安慰他们："估计这一程也无大的风险，既是主人的一片好意，就依了他们吧。"

连续翻过几座山丘之后，便断了人迹，进入荒芜地带。一眼望去，坡上坡下，秋草长长，已无嫩青颜色。接连不断的灌木丛林与荆棘刺蓬，不断有山雀惊飞，或算珠、或米粒般大小的红果，不断闪现。孙治瑾、杨柏想摘下几颗尝尝，却被克里泊尔、别孜勃坚决阻止，急得大声直叫。苏疾道："他们说，此乃毒果，人吃发晕，只野骆驼食而无事，因它们有解毒功能。"

别孜勃又道："此处常有土狼出没，大家须得小心。不过，狼群都在早晚现身，现在太阳当顶，问题不大。万一有事，大伙儿也别担心，有他们在此，绝对可保大家安全。"

堂邑父笑道："大哥你听，在他们眼中，我们反倒成了豆腐。"

"人家这也是好意，不必计较。真的遇上不测之事，我等该怎么做仍然怎么做。"张骞语气平和。又对苏疾道，"吩咐下去，让大伙儿提高警惕，以防不测。"

任扶有些不以为然："使节队中哪个不是猎狼好手？此有何惧！"

不料，翻过一座山头，刚刚下到一处平埫，背弯处兀地奔出一彪人马，撒网般将使节队团团围在垓心。一长大汉子似是头领，身挎弯刀，一马上前，喝道："来者可是大汉使节？"

来人竟用番语，张骞颇感蹊跷。说他们是匈奴武士，可他们的长相与大宛人无异。说他们是骑痞一类的土匪，可他们刀在刀鞘，并未出手。那帕卡急速赶来，挡在张骞前边，恶狠狠地呵斥道："何方妖孽，敢挡爷爷去路？此乃大宛国土，不容匪人作祟！"

克里泊尔、别孜勃亦并肩而出，哗啷啷抽出腰刀。

那人用大宛语应道："我等不想与大宛为敌，只问大汉使节队一宗事情——你们谁是大使张骞？有胆量站出来！"后半句却不用番语。

张骞快速一想，已判定这帮武士并非匪人，但态度如此强横，又让人费解。对方既然指名道姓让他站出，且先出去，然后再随机应变。于是拨开帕卡三人，一马当先到了前面："在下便是张骞，有甚事甚话，说吧！"

由于张骞用力过大，帕卡三人连人带马被扯得连退数步，三人同时吓了一跳。

"甚事甚话，暂且放下。你若胜了我手中这刀，我无须再说，立马走人。如若不然，你与你的使节队就得随我去大夏一趟。也无须多长时日，与大宛一样，十二天后，我等送你们去大月氏。来来来，是勇士，就亮出你的武器！"

"哦，原来你们是大夏国的武士，这等请客之法倒挺别致。"张骞放下心来，微笑以应，"请问勇士尊姓大名，所任何职，又怎生个比法？倘若我赢，是否放我等去大月氏？"

"闲话少叙，且先吃我三刀再说！"长条大汉豁地一下掣出腰间弯刀。

"我晓得你，你是号称大夏第一勇士的炟牙突炟三刀。"克里泊尔冲上前来，说道。

"去去去，什么炟三刀炟四刀，我与大汉大使张骞比试，无名之辈滚开！"大汉十分傲慢。

张骞觑眼一看，那大汉手中之刀青光闪闪，鲜亮夺目，刀身厚而且宽，刀刃弯而且长，是一似戟非戟、似刀非刀之青铜重型武器。看来，这大汉气力非凡，罕有敌手，欲凭其孔武取胜。他慢慢抽出重剑，以剑背向之。

三名大宛武士哪肯就此丢份儿，而且又当着使节队之面。帕卡正欲一试新学，那克里泊尔已抢先一刀砍出，只听"当"的一响，刀被荡开，胸前露出偌大一处空档，刀也几乎脱手。别孜勃紧跟一刀劈去，也未占到丝毫便宜。帕卡以其新学借力卸力之法，敌过三刀，之后便陷入缠斗状态。

烜牙突显得极不耐烦："这等打法，没甚意思，退下，退下！"

秦自乐早已按捺不住，双枪一展，纵马而至："大哥，你也退后，待小弟会会这位大夏汉子，究竟有多大能耐。"

"三弟，勿要伤人。"张骞叮嘱道。

"明白。大哥放心。"面对大夏汉子，秦自乐抱枪略一拱手，"你先胜了我，再胜过我二哥，最后才是我大哥。你与我张骞大哥不说胜他，能敌过十招，我们便先去大夏，后去大月氏。"

许久未经战阵的大白马兴奋起来，一声长啸，竟先举蹄踢向敌骑，秦自乐笑道："竟然比我还要性急。这次可不是杀人，不必这般狠恶。"

烜牙突见又冲来一位使用短枪的清秀人物，自称张大使的三弟，倒也不敢怠慢。临行之时，礼仪大臣嘱他以礼相请，是他一见大宛武士扬扬自得的模样，便一时兴起，改变主意。明面上向张骞挑衅，实际上要给大宛武士颜色。刚才既已连败其三人，就不想将局面弄僵。只是没能请动大汉使节无法交代，心中暗自着急。现在面对一位大汉使节，又心存侥幸，倘若胜了此人，张骞定必将他高看一眼，改道先去大夏，大宛武士当无理由相阻。于是道："我知大汉使节乃信义之人，说过的话，可不许食言。"

"看来尔等已从大宛臣民口中知晓，大汉乃富庶礼仪之邦，西行目的在于与各国通好，开辟一条富国富民商道，我大哥张骞不曾做过一件欺诈瞒哄食言而肥之事。尔等既已知之，又何必争先论后？依我之见，这武不比也罢，以免伤了和气。"

"哦嗬，难道使节队怕在异国丢了脸面，成各国笑话？"

"既是这等说法，你有甚招数，尽管全力使出！"秦自乐更不答言，双手绰枪一绕。

烜牙突挥刀猛击，欲将对方双枪砸得脱手而飞。却不知怎的，看似薄如柳叶的双枪，却滑似田中泥鳅，并生出一种古怪的牵力。碰着碰着了，但是碰着之后，手中之刀老随着那双枪方向左拧右摆，十来个照面一过，自己反倒弄出一身臭汗。接着，眼前便只见枪影，不见人影，到处都是闪闪银光，腮上的胡髭，一绺一绺随着枪风四处飘飞。

所有人都看得双目发呆。由天际更是吹起响亮的口哨，一迭声叫道："秦哥哥，打得漂亮！"

这是大夏武士，也是大宛三位自命不凡的护卫使，首次看到大汉使节秦自乐的高超武艺，除了吃惊，更是感到匪夷所思。一位副使都是这样，作为正使的张骞，更不知何等厉害。

烜牙突已心灰意冷，明白事已办砸，如此出乖露丑，再比下去更没意思，遂主动后撤："秦使节手下留情，烜牙突在此谢过。"

"秦某多有唐突冒犯，特向贵武士赔罪。你虽有失利，但其勇敢未尝输与任何武者。你是我、也是全体大汉使节特别值得敬重的大夏武士。"

烜牙突一摸光溜溜的下巴，露出难为情的样子："秦使节好俊的功夫，其他人看来也非同小可。只是我有损使命，无颜回大夏面见我王。"他又走近张骞，恳切地说道，"微末有一事相求，可否见允？"

"不说相求，但凡张骞能力所及，无有不允。"

"我乃大夏武士，你是否相信？"

"相信。"

"我无理拦截，强行邀请，可曾生气？"

"初时有点儿，现在没有了。因为你并无害人之意，只是方式有些特别，不该阻拦我去大月氏。"

"我知无法请你改道，但请留下一件信物，我回去好有个说辞。大使来大夏之后，一定璧还。"

"信物？我这里除却身上穿的，胯下骑的，行路用的，别的便没什么——噢，礼物倒是有点，但路途损失忒多，所剩无几。再说，礼物也无让人转呈之理。你既信我，就应无猜疑。我已允诺拜望贵国大王，就一定会去的。"张骞耐心解释。

"话虽如此，可我回去拿什么向吾王证明我等见过大汉使节，而且已获大使承诺？”

“这倒也是。依烜武士之见，拿什么为好？”

“我倒有个两全主意，无须什么信物，不知大使能否应下？”

“烜武士但说无妨。”

“大汉使节不若分作两拨。你先去大夏，让他们去大月氏；或者你去大月氏，他们去大夏。可好？”

不等张骞回答，由天际一嘴插入：“烜带头的，你这主意也太馊了吧？俗言道，蛇无头不行，你怎么不将你和你的部下从中劈开？不行，不行！张伯伯，您不能应允他！”

张骞却倏地生出一个念头。西行的目的，虽是寻找联络大月氏，以求对匈奴形成夹击之势，但西域列国均有与大汉交好的愿望，怎可白白错过机会？即使现在路途有碍，可为后代后世铺出一条友谊交往之路，何乐而不为？只是这烜牙突的主意有些强人所难，不若派出两名得力使节先去大夏联络相候，倒是可行。心中已然有了人选：堂邑父与杨柏。堂邑父只身闯荡多年，东去数千里营救公羊鸣执、王兼等人；而杨柏出谋划策、团结志士，独守绿洲多年。二人经验丰富，处事老到，均可独当一面。思谋已定，遂向烜牙突笑道：“你这主意有些奇怪，自然不可依你。不过我另有一法，可得解决。请你稍候片刻，待我等商议之后，再相告之。”

张骞让众兄弟下马，围成一圈，并让帕卡三人一旁参与。见大家不知所以，满眼期待，于是道：“因事发突然，又系好事。我有一设想，觉得可行，故而在此没有与几副使商议直接道出，务请相关兄弟从大局着眼，完成西行使命。”便将自己的思谋予以剖析，最后道，“若我等十五天后未去大夏，堂邑父、杨柏二人径可到大月氏相会。若涉及邦国大事，只要对双方有利，亦可以大汉使节身份做主应下，不必等我决断。二位有甚想法，请予道出，如若没有，我们就此分手，你二人携带相关礼物，随烜牙突先去大夏。”

堂邑父突然感到肩上的担子奇重起来：“大哥和大家都晓得，让我对付几个骑痞土匪或杀几只狼射几只老雕，都不至于失手，但要我思谋断事，恐怕不行。”

杨柏亦道，他一个伙夫兼庄稼汉，只两人去大夏，有些勉为其难。

张骞正色道：“使节队里，谁也不是懦夫，你们怎的对自己如此没有信心？

世上哪个人天生就会办事？这样说话，不像你堂邑父，也不像你杨柏！我现可以肯定地告诉各位兄弟，说不定到康居、安息、乌孙，或别的什么国家，都得分开单独面对。此事我不再多说，这是命令，必须执行。你们习惯了，也就不是难事。我们时刻须得记住，我们的身后，是强大而富庶的大汉，是雄心勃勃的大汉皇帝、大汉朝廷！没什么可怕的。”

众人立刻振奋起来。堂邑父牵了驮马，叫道：“杨柏，你还等甚？还不快向大哥道别！”二人上马并骑，向张骞等人道了声“珍重”，便去了烜牙突那里。不一会儿，大夏武士便走了个一干二净。

剩下张骞七人与帕卡三名卫士重新上马，准备起程，任扶突向张骞主动请缨：“张正使，如果路经康居需要留人，可否让我与赵无偏留下？”

“这有何不可？当然完全可以！”张骞很是高兴。

苏疾也凑了上来：“张大哥，我也有一想法，还不知对与不对。”

张骞暗奇：“你不说出来，我怎知对与不对？”

“这倒也是。”苏疾一笑，“我与由天际骑的马快，不若我们与别孜勃三人一块先行一步，提前两天去大月氏，探探情况，你好有所准备，这样可好？”

“我倒忽略了，你二人现在胯下是汗血宝马。这主意不错，不过今日已晏，明日起程，尔等三人可先行赶去。一会儿歇息，我还得向别孜勃问问相关情况。”

事情就这么定了下来。

再说帕卡三人，这一番变故直看得他们心惊胆战，眼花缭乱。特别是秦自乐那一双短枪，看着无甚奇处，一旦上阵，顿时变得神出鬼没，无从应对。若真是战场杀敌，烜牙突十颗脑袋也保不住一颗。并由此心生羡慕，倘能将这等功夫学到手中，上阵对敌，怕他何人！克里泊尔又夸赞帕卡，学习张骞所授刀剑简易三十六式方才几天，即可与大夏第一武士对垒，这大汉使节的功夫简直深不可测。既有这等机会，可不能轻易放过。于是，三人对张骞等人愈加恭敬，对汉语的学习，到了废寝忘食的地步。

数年后，大宛王掸于螭便以帕卡为正使、克里泊尔和别孜勃为副使，派出一支一百余人的使节团，出使长安，刘彻才由其口中得知细情，从而结束了对张骞的长期审查，将其从城固调回京城，先是负责接待大宛使节队，其后又去卫青帐下担任都尉。当然这是后话，这里不叙。

大家重新上路的时候，日已偏西，翻过一面小山梁，大家感到口渴肚饥，由天际忍耐不住，叫道："张伯伯，这里又非乱石滩，也不把肚子同情一下。"苏疾讥笑道："是不是又在操心你那十枚麻饼？你想得倒美，这里并非大宛国宾膳堂，还有一罐葡萄美酒等你！"

听到两人拌嘴，张骞即令大伙儿暂歇。一问别孜勃，称前面二十里处有一坎子，坎子中段有一小镇，依山傍水处有一小型客栈，可容十余人住宿。不过，路虽不远，却还要翻过五六面山梁，还有十几里没有人烟，下午又是狼群经常出没的时辰，所以不敢大意。

由天际等人不以为然，这一路走来，何样野畜未曾见过？不说野羊、野马、野驴、野骆驼，单那老虎、大象、狮子，哪个不比豺狼厉害？

张骞却甚是小心，命大家即刻上马赶路。

再上一面山梁，路却不甚好走，满坡架岭皆是生着尖刺的灌木。那刺颜色焦黑，硬若铁针，挂上碰上，衣破皮伤，大家只能牵马而行。前边开路的克里泊尔，铜刀又不甚趁手，想快而不得快。张骞见了，将马交于苏疾，侧身上前，挥起宝剑，连砍带削，拨出通道，方走得快些。

下坡，又是一片软泥湿地。水草长长，路径已被遮没，踏上去，泥水立刻没入脚踝，芒鞋亦被拔掉。幸亏洼地不过半里，仅此，又花去半个时辰。看那太阳，已不再刺眼，光芒也显得柔和起来，将人的影子、马的影子拽成长条。走过洼地，不久又进入一片藤萝叠架的森林，走出森林，豁然开朗，眼前是一宽约十几里、长不知几许的庄稼。云彩低垂的山弯之处，传来鸡鸣狗吠之声，影影绰绰现出一片尖顶式房舍。

帕卡松了一口长气："今日总算平安了。再有三四天，便可到达大月氏。"

张骞感激道："此番行程，可要把你们三位累苦了。真是不知道还会遇上什么事。"

帕卡已将张骞以师事之，加上与由天际的兄弟情分，不想听到客气话。唯有别孜勃二人，异口同声道："张大使，你们是大宛贵宾，能帮上一点，那是我们的荣幸。今年大概因为雨水太多，这段路比昔日难走。不过以后就好多了，都是平坦大路，且人烟不断。”

大家踏上大路之后，马速明显加快，小镇也渐渐明晰起来。

这真是：

笔下的蚕桑文字，那是异常透明的友谊之情，
丝绸在古道上空飞扬，扬起无比绚丽的彩云。
国书大典放歌，被热烈和至诚全部收获，
英武的汗血宝马，那故事多么的优美动人。
跋涉者的脚步，变成永不消失的音符，
历史在西域独白，那是一首首雄壮的歌声。

欲知使节队在大月氏又逢何事，且由下回分解。

注释：

①犅（gāng）：公牛。牴（dǐ）：公牛的角。

②羝（dī）：公羊。羝矛：公羊的角像矛尖那样锐利。

③若：指示代词，这里代汉使。

④相属：此处指互相连接。

⑤尚：娶汉之公主为妻。

⑥聘：男女订婚时送的彩礼。

⑦发书：打开卜筮之书进行占卜。《易》：即《易经》。

⑧烜（xuǎn）：光明、显赫。

第七十四回　小店定夺交际规范　大路体察月氏民情

店主年近半百，精干机灵，对张骞一行的到来，显得格外热情而又饶舌。见帕卡三人系国王近侍，而张骞七人又来自遥远的东方，相貌与大宛人完全相异，便叨叨个没完。张骞有事要问别孜勃，又不便下逐客令，便只是微笑，不作应答。

苏疾亦感此人不长眼色，通译时甚是简略。乖觉的由天际对帕卡说道："哥哥，怎地大宛国也有鸦雀，傍晚回巢了，还聒聒个不休？"

"我怎的没有听着？"帕卡见由天际向他眨巴着眼睛，顿时明白，于是对店主道，"我们都还饿着呢，还不快去催催饭食？这几位是大宛国宾，可得小心侍候！"

"是我高兴得晕头了。我这就去，我这就去！"店主这才点头哈腰退了出去。

"也别怪店家唠叨，就我们这张脸，大宛人见了，谁都稀奇。"张骞撂过此事，又面对别孜勃，"在都城，我们也打探到大月氏一些消息，但都零零碎碎，印象尚浅。听大王说，你曾数次出使大月氏，可否说说月氏王及其大臣们的情况？"

"张大使所说'情况'，指的什么？是相貌脾性，还是学识见解、说话的分量？"

"当然是见解与说话分量。不过，其他方面能予了解，则更好。"

"先说月氏王犅牴。他是老月氏王的次子，在此立国登位时，年方十二岁。其实，大月氏立国时首任大王并非犅牴，而是他的母亲埵[①]依依——"

"且慢，我插问一句，老月氏王的王妃本是努汗菇，怎么变成了埵依依？"张骞有些不明白，难道匈奴军臣单于所俘之努汗菇，其王妃身份有讹？

“张大使对月氏王廷可能不十分了解。月氏王立妃，有主妃、次妃、侧妃之分。只有主妃的儿子方可继承王位，若主妃无子，才轮到次妃，再是侧妃。努汗菇虽是主妃，但仅生得一女，且已病夭。倒是次妃埵依依，产下两子，长子聪慧，却死于西迁途中，众大臣见埵依依丧子之后病体支离，后来便拥辋羝即位。而侧妃伊木罕年轻漂亮，难耐寂寞，便带了一小部分人留在半途，什么情况，我就不知。”

“哦，原来如此。伊木罕我倒见过，与羌族利宾拉人在一处，现在臣属于匈奴人利度削，是为小月氏。伊木罕已经完全没落，还不及月氏守灵人戈泊有风骨。”

“此情我倒不知，大概大月氏人也不甚了了。毕竟，他们在此立国已经二十余年，年轻一代哪晓得上一辈人的苦难？即就上一辈大月氏人，对匈奴人的仇恨，大多也已淡忘。我先后七次受我王之遣去大月氏，朝臣廷议之时，也未听谁说过对匈奴单于仇恨之事。”

张骞心中陡生凉意，若要说动辋羝与汉皇联手，对匈奴形成夹击之势，恐怕颇费周折：“他们如此，只怕匈奴人并不如此。”又一转话头，“还不知大月氏人战力如何？”

这时克里泊尔插言道：“关于大月氏人的战力，我和帕卡都较了解。他们总约二十余万人，比大宛和大夏少一些，但比康居要多，其控弦武士三万人不到，但都身体高大、训练有素，经过几年的战争，终于在阿姆河上游一带立足，并建立了自己的都城巴尔赫。那时康居王曾密访大宛，邀我王联合对付大月氏，我王不愿卷入无端战争，便遣使劝两国讲和，使得两国边境得以安宁，两国也因此与大宛交好，常有使者往来。别孜勃几乎成了我王的专使，大月氏王廷里的人都熟悉他。”

帕卡则道：“大月氏人不想再与别国开战，其实另有一条重要原因——”话到此处，忽又顿住。

“哥哥说话怎的像挠痒痒？你可从来不是这样。”由天际感到不解。

“其实话说穿了也没什么。”别孜勃继续道，“那是一条明面上不便讲说的原因——由于之前与匈奴的交战，又经长途跋涉，来这里又是连年的立足之战，大月氏青壮男人死的、伤的、残的不计其数，到而今几乎是五个女人共一个男人。你说，这仗还能再打下去吗？那大月氏国王又不是瞎子、笨蛋，还能靠别国的男人替大月氏延续后代？张大使，不是我提前给你泼冷水，你们想联合大月氏人东西夹击匈奴，这打算我看玄乎。当然，我们大宛，还有大夏、康居等国，十分乐意看到有人出力打通与大汉交往之通道。”

张骞心中的凉意又深了一层。但是十多年的岁月、千难万险的征途，难道就此收场？凡事总得要付出努力，而后再看结果。于是毅然道：“真正一个有血性的民族，怎可忘记亡国之仇不予雪耻？现在或者不太可能，但可以积攒力量，发奋图强，创造机会，最后对敌施行致命一搏。我们汉人有句俗语，叫作‘君子报仇，十年不晚’，难道十年之后，大月氏人还会如此？”

“这个，我就不太晓得。若大月氏人真像张大使所说，或许用不着再等上十年。只是现在那些执政大臣未必如张大使所想。”

“此话怎讲？”

“据我所见，月氏王廷首席大臣嵴[②]操、次席大臣笃尔玛，守成思虑颇重。大将飚飔[③]，好像也少了主动杀伐的勇气。除非他们再次受到攻击、生命受到威胁时，才会拼力抗争。”

张骞默然。秦自乐却道：“这话等于没说。大哥，依我之见，这大月氏那里去也可，不去也可。”

“去，还是一定要去的。虽然别孜勃说了这等情况，但是我们去了，说不定又有所变化。若想做成一件事情，不做一番努力怎么能成？”张骞觉得这位三弟，虑事总有那么一点欠缺，所以委婉中又带有规劝。

“大哥所言极是。十步之中九步都走了，又何差此一步？”秦自乐为刚才的话深感懊悔。

这时，店主蹑足到了门槛，一探脑袋，微笑道，“有请各位贵宾，去膳房用餐。”

“啰唆！你端到这里来，不就行了！”帕卡笑着将炕沿一拍。

“啊哟，我说帕卡大人，你吩咐的事，你就忘了？那么大一盆，我可没那份力气。”店主显出委屈模样。

“你这个家伙，小心眼儿！明说不就结了？”回头又对张骞道，“张大使，大家吃饭去！”

大伙儿随店主进了膳房，只见案桌当中放了一大盆炖羊肉，肉香扑鼻；一只圆形木盘中间码了两摞麻饼和一大碟大蒜，十只大碗分列于圆案，一瓦罐葡萄酒沉沉地坐落于大盆旁边；条盘中刀叉筷子齐备；十只圆凳被擦得干干净净。

帕卡不等大家坐齐，便捞起大勺，分舀羊肉。大家等张骞坐定之后，才开始乱坐。

苏疾拣出十只麻饼，道："由天际且慢，你得先干掉麻饼，然后才可吃肉喝酒。"

"苏叔叔，苏大通译官，您且回答一个问题，答对了，我再吃饼。"由天际坏坏一笑。

"你说，甚问题？如果太古怪，那可不算。"苏疾防着一手。

"不怪不怪。您说，店主家里现在有几匹马？"

"这还用得着数？马厩就在院子旁边，两匹马就在那里拴着。"

"错！店主家现在总共十七匹马。原来的两匹，加上我们的十匹坐骑 五匹驮马，多少？所以现在该我吃肉喝酒，苏叔叔您去吃饼。"

大伙儿忍俊不禁，笑将起来。苏疾亦笑："古怪。世上哪有这等算法？"

张骞却怪帕卡太过破费。帕卡道："王命所在，不敢违抗。有朝一日 我们到了大汉，张大使可以让我等吃遍长安，让你大大地破费一下。"

"这有何难？"秦自乐代答道，"到时候，我大哥带你们去汉中城固家乡，给你们烤烧酒、做豆腐、熏腊肉，包你们一醉三天！"

帕卡三人均为好奇，别孜勃已经相熟，急切问道："甚是豆腐？甚是烧酒？烧酒就那么厉害？"

张骞这才给他们详细解释：烧酒是一种用高粱米烤制的粮食酒，酒量小的人，一卮酒便可醉倒。另外一种，用糯米做的米酒，与葡萄酒相似，但不带颜色，味道很甜，所以又叫甜酒，喝不醉人。不过，甜酒放置半年，便成了老酒，甜味大减，颜色带黄，我们将它叫作黄酒或者稠酒。黄酒喝时有一特点，酒劲上来得忒慢，喝时无甚醉意，出门风一吹，酒劲便如雨后涨水，汹涌而来，故此，又叫它"见风倒"。至于豆腐，那是一种黄豆制品，是我朝淮南王所造，到现在也才三十来年。豆腐制作，比较麻烦，工具也较特殊，一时半会儿，说不清楚。只那豆腐，又软又嫩，煎、炸、炖、炒，入口奇妙，味极鲜美，尤宜老人小孩餐食。可惜这里不产黄豆，无法一试。你们三人如出使大汉，学习蚕桑之时，再学点烤烧酒做豆腐的技艺，带些黄豆种回来，啥事不做，单凭这两宗，亦可成为大宛富翁。

一番话，说得三人心绪大动。帕卡道：“到时即就大宛王不遣我等为使，我们也要去你那里看看。天际弟弟，你可不许嫌哥哥扰搅于你。”

“不扰不扰。到时候，除了我，还有秦哥哥、苏疾叔叔、甘叔叔，其他叔叔，大伙儿围着张伯伯，各造一大院房子，看你们住到什么时日都可。”

大伙儿说得高兴，吃得高兴，别孜勃用肘拐将克里泊尔一撞，乘机说道：“帕卡有弟弟可以投奔，我俩呢？怕得找个师傅。秦使节功夫真俊，可否收我俩为徒？”

此言一出，不但秦自乐感到突然，张骞等人亦觉突兀，大家停了吃喝，单等张骞回言。

张骞自然明白，此事不可回绝。但是抛开一切不论，别孜勃二人早已错过习练此等功夫的年岁。按大汉武师传统，择徒十分严苛，不但重其武德、人品，还得看其气质体格，绝非某人一说拜师，便就立即应下。更不宜在吃饭喝酒场合乱提严肃之事。大宛武士不懂此道，又难以解释明白，这里更非宫廷，张骞完全可以婉拒。可婉拒的后果，便是失望之余心生芥蒂，必将影响到两国邦交之谊，同时影响到与康居和大月氏的交往。飞速琢磨之后，想到一个两全之策，随之一笑，缓缓说道：“大家先吃饭喝酒，此事下来再议，定当让二位满意。帕卡，你认为可否？”

“要得要得。既然张大使说了这话，你俩放心好了。饭桌上，咱不谈这事。”帕卡亦觉别孜勃有些唐突。

心中为难的秦自乐松了口气。苏疾、孙治瑾等人也当此事就这样过去。谁又拿酒桌上的话当真？

由天际却不这样认为。两名大宛武士毕竟不是汉人，当然不懂，也不会弄明白汉人的道道，只会一味地死心眼儿。想到此处，不由得替秦哥哥着急，匆忙之中，忽生一计：“我说别哥哥、克哥哥，二位不知，汉人拜师，非常费事。当年我八岁拜师，花了半年工夫，拜师之后，花了十六年，才现在这等模样。依我之见，不若与帕卡哥哥一道，我们四人结拜为异姓兄弟，这里没有大王做主，可是有大汉使节队张骞等人做此见证，选个吉日，履行一下仪式即可。这么一来，我一下子便有了三个哥哥，你们呐，将来东行的路上，三兄弟之间，彼此也好有个照应。至于你们谁是我大哥，谁是二哥、三哥，我早从帕卡哥哥那里知晓，你们都比帕卡哥哥小了一岁，只不过克哥哥大了月份，所以别哥哥只能是我的三哥。我是小弟，同时有三位哥哥疼我，可就捡了个大便宜。说到学习武艺，拜师费时日、太麻烦，互相说话又不大懂，总不能让苏叔叔时时刻刻跟着。兄弟之间互教互学最是方便。我看大哥帕卡就蛮有长进，张伯伯为他定编的刀剑简编三十六式，第一次上阵，就和大夏第一武士烜牙突打了个平手。三哥，你说这样可好？”

别孜勃有些发愣，对这突然冒出来的汉人小弟，显得无以应对。仔细一想，这也不错，只是不知帕卡什么心思，人家是刚到王廷的新贵。于是道：“由使节，你帕卡哥哥乃大王所命，我们怎敢高攀？”

“什么高攀不高攀，这话见外了。若说私话，我们都得益于大汉使节队和张大使。若非他们，我们三人不会相识，更不会走在一起。我只担心自己，怕我这个大哥当不好。”帕卡说得诚恳而认真。

“如此甚好。克里泊尔，你成我二哥了。来来来，当弟弟的这会儿没什么可以表示，两位哥哥请先受我一拜。”别孜勃放下手中的麻饼，当即拜将起来。

一顿饭尚未吃毕，从苏疾与由天际互开玩笑，转瞬之间发生如此变化，连当事者也未曾想到竟有这种结局。人们除了看到由天际的善变，也见识了别孜勃这些异国武士的憨直。

张骞对由天际又有了新的想法。与其让他回国之后学习带兵打仗，倒不如让他顶替自己，带领使节队再次出使各国。通过此次西行，张骞深切体会到，在这远离朝廷、远离故国的陌生地域，忠诚固然重要，坚强勇敢也不可缺。但是只知死守规矩，不会随机应变，那也会将事办砸。使节队里，由天际年纪最轻，可是他的见地与化解突发情况的能力，明显高出别人之上。所见的痞性，只是一种手段而已。张骞感到，自己愈来愈爱重这个看似调皮的小使节。

回到宿处，张骞与任扶、秦自乐简单商议之后，便将众人召拢，说道：“去大月氏，是我大汉使节队的最终使命。为此，我们得到大宛王的全力支持，并派出帕卡、克里泊尔与别孜勃三位近侍一路护送。我代表使节队，表示诚挚的谢意。因为后日就要路经康居，不日就将到达大月氏，有些事，得要预做准备。兹决定如下：一则，若康居国王得知汉使消息，派人迎迓，则任扶、赵无偏即行代表使节队，请克里泊尔引领，拜见国王，传达吾皇之问候，并表达互为邦交之国的意愿。时日长短，与堂邑父、杨柏二人去大夏一样，以十五天为限，届时我等若仍在大月氏耽延，即到大月氏聚齐。二则，苏疾、由天际二人可作为使节队先遣，请别孜勃引领，先行拜见大月氏国王——不过，我得问问你们两个，见到月氏王，该怎么说为好？”

“苏叔叔，张伯伯考我们呢。您见识多，您先说。”由天际抢先道。

“你个小鬼头，想看你苏叔叔的笑话，是也不是？说就说，说错了，现在正好改过来，免得到时候覆水难收，让张大哥为难。”闲话说罢，苏疾这才正色道，“我们万里迢迢，历经磨难，到西域寻找大月氏，目的是劝说他们与大汉联手，洗雪国耻，夹击匈奴。但是依据别孜勃卫士提供的情况，此事暂不能说，起码不宜我与天际去说。只能说我们是大汉使节队的先遣特使，提前拜见月氏王，不日张骞大使将率队来向大月氏递交国书，表示大汉新皇对原来邻邦的挂念与问候，并详述大宛邦国的盛情接待。”

等了一会儿，却无人接话，都张眼看着张骞。张骞暗自忖度，出使大月氏，乃此行交际重中之重，不比路途所历之险，瞬间就须做出决断。而现在面对全新任务，每个队员都必须做出重大转折，独自虑事，独自对事，独自处事。于是道：“自使节队进入大宛，我们就该意识到，随着西征征程的结束，我们的使命便进入了正题，任务也发生了彻底改变，那就是和西域各国的交际。如果说西征之途，我们拼的是毅力、体力和功力，那么现在靠的是什么？我认为，应该是智力、判断力和应变能力。学会与各国上层人士和普通民众打交道，已经成为我们每个使节队员亟待解决之问题。这也可以说，是我对大宛之行考量之结语，不知大家意下如何？”

一路走来，大家已经习惯了张骞对各种事情的处置，并相信和服从于他的决断。而今突然要自行拿出主意，心中反倒没了主意，不知说什么才合适，好一会儿仍然无人言语。

“或许，这个弯子要求转得太急，但是必须得转，一路走来，我们经历了那么多事情，应该相信自己。杨柏独自在绿洲立足，堂邑父独自去大兴安岭营救兄弟，秦自乐独自面对匈奴王爷，夺回旌节，孙医官、由天际独自在逆境中求得生存，苏疾、任扶、赵无偏，你们哪一位不曾身临危境而独自做出过决断？势也，时也，只不过现在面对的不是直接的敌人，而是未来的友人、国家的友人，考虑问题的角度完全不同而已。我认为，苏疾已经想到甚话见面能说，甚话不可以说的节点。那么，如果你是苏疾，你是由天际，作为前哨，与帕卡、别孜勃同去大月氏，你该怎么做、怎么说？”

“张伯伯，我明白了，我们以前和野兽、沙暴、雪山、荒原、骑痞、王爷、土司打的是肉搏战，先锋官次次都是甘叔叔。而今我们打的是交际战，刀光剑影，变成唇枪舌剑，武功变成了文功。甘叔叔、杨叔叔去了大夏，任叔叔、赵叔叔也准备去那康居，苏叔叔和我成了去大月氏打交际战的先锋官。刚才正先锋已亮出了他的交际武器，那我这个副先锋不能只晓得吃麻饼、喝葡萄酒，只是一个酒囊饭袋，也得亮亮脑壳里的家伙。”话到此处，由天际忽然停顿下来，眼光一睄，见张骞和大伙儿都颇有兴味地等他的下文，这才又嘻嘻一笑，“我将告诉月氏王，张骞大使派我们二人先行拜见大王，不是请大王做什么准备，而是先行求教，大月氏有哪些规矩需要使节队遵守，哪些禁忌不能触碰；再是这国书什么时日递交合适，需不需要选择一个吉祥的日子。至于所谓新皇的问候语，我不知新皇是否说过，即就有此一说，也该由张大使定夺。此语能不能说，我们设身处地想想，我若是月氏王，我就会想，昔日大月氏在河西草原生活，与你大汉陇西郡相邻，匈奴冒顿单于大举入侵之时，怎的不来问候？眼睁睁看着大月氏横遭灭国之祸。而今派遣使者找上门来，是否有甚算计？而大宛对大汉使节队的接待，我们说，不如让帕卡哥哥和我三哥说，因为月氏王会更相信经常和他们打交道的别孜勃。再者，将我帕卡哥哥晾在一旁，也太叫人尴尬。现在当着我两位哥哥的面，你们说，是也不是？苏叔叔，您别见怪，我看搞交际，也没有多么了不得的诀窍。第一，忌意气用事，语言冲撞；第二，理由充分，无可辩驳；第三，态度友善，让人舒服；第四，适可而止，点到为止；第五，快思慢说，缓缓而言；第六，想着对方，切忌唯己；第七，语言有差，快速弥补；第八，举止优雅，衣饰整肃；第九，屎尿腾空，勿要过饱；第十，第十一……”由天际翻翻眼珠，“第十没了，张伯伯补上。”

由天际说完第九，大家无不哄然大笑。由天际却很为不解：“大宛的三位哥哥，大汉的各位伯伯、叔叔，难道我说错了吗？”

笑毕，使节队员们又复静默。包括秦自乐、任扶两位副使，均以惊讶的目光看着由天际，这个惹人喜爱的小调皮，什么时日变成了第二个张骞？这一大段关于交际的叙说，苏疾不得不服。

由天际只当自己说错了什么，于是辩解道：“我这可不是笑话，是这半个月来，对张伯伯观察所得。张伯伯平时饭量很大，酒量也相当惊人，可在国书授受那天早膳，饭顶多吃了个半饱，葡萄美酒也只抿了不到半碗，出发之前还去了一趟茅房。这只是一个小小的例子。细数起来，还有很多，哪一件都值得深思。通过这半个来月我对张伯伯处事过程的揣摩，我以为要想当好一名邦交使者，至少应该做到‘五不’：不贪吃、不贪色、不嘚瑟、不冲动、不任性。贪吃者会神思恍惚，贪色者易中美人计，嘚瑟者惹人厌恶，冲动者言语失准，任性者显得浅薄。依我之见，守‘五不’者，天下走遍，犯‘五不’者，狗屎一摊。”

再经一番解释，人们更显愧色。大家日日与张骞相处，谁又曾如此细心地观察，又能得出如此精确的结论？这小调皮真是长大了，所表现出的“调皮”，只是其表象而已。人们吃惊之外，更多的是惊喜。

最激动的，还是张骞。张骞对自己的言行举止，从未做过什么评述，他只是缘于责任，出于修养，忠于朝廷，宽以待人而已，时日长了，即成自然。今日由天际这么一说，还真是这样。即微微一笑：“各位兄弟，听罢我们这位小使节之阔论，有甚想法？是否有点‘不鸣则已，一鸣惊人’之意？他说他是对我的观察，我看也有对大宛国王与储位大臣的观察。十项注意尚缺一项，我给补上：‘吐字清晰，语避歧义’。交际之中，若一句话包含多重意思，则极易让人产生误会。‘五不’之中，可将‘不冲动、不任性’，改为‘不移情、不坠志’。因‘不冲动、不任性’在十项注意中已有表述，而‘不移情’可使自己坚守本真，不损国家利益；‘不坠志’，可使自己坚守人格、不失国格。以此‘五不十注意’作为交际准则，大家认为可否？”又微微一笑，“有些话俗是俗点，但是好记。”

经张骞这么一补一改，大家无不感到豁然开朗，今后如何与不同国家打交道，心中便有了底样。秦自乐首先道：“以前多的是武功武艺，现在多的是心思琢磨，武有方略套路，文有策略章法。如此，可算得上文武两造了。人生有此一趟西征，值得！”

众人皆曰，由天际甚是机敏，张大使拓荒有路，大家受益匪浅。帕卡因勤学汉语，对张骞、由天际所述，大半懂得，也暗自点头称许。别孜勃与克里泊尔便差了许多，常常莫知所云，一脸茫然，就缠着帕卡为其细讲。惹得由天际只好以小弟身份，掺和着一边做着演示，一边以半通不通的大宛语做着解释，时时发出笑声。

一夜无语。

第二天早晨起来，天公却不作美，悄无声息地下起了霏霏微雨。房屋尖顶明晃晃闪着水光，雨丝细小得难以辨认，白茫茫变成酽稠的浓雾，秋风一吹，飘飘摇摇一片混沌。昨日清晰的原野，被笼罩在不停闪动的雾幕之中。偶尔一声两声狗吠，似从极深处传来，显得慵懒而软弱。等到张骞一行洗漱之后用罢早餐，霏霏细雨变成了淅淅沥沥的小雨，房檐上滴里嗒啦不停地掉下水珠，不一会儿，院子里地面上便汪起小水潭，大大小小，深深浅浅，一直延伸到门外街道。

天气由凉意变成了冷意，芒鞋穿不成了，大家换上浅口薄靴，身上也换成较厚的夹袍。这才七月十六，若在家乡城固，已近收割稻谷的日子。人们对于晨雨并不怎么担心，所谓“早雨下不下，晚雨下得大”，这谚语百试不爽。若是早雨，太阳出来一两个竿头（两丈许），就云收雨散。张骞不晓得这地方是否如此，就问帕卡：“这雨会不会越下越大？前边的路是沙泥抑或黄泥，是山道还是平畴？”帕卡道：“天公爷爷的事，我可拿不准，得看他高不高兴。高兴了，一会儿脸子就露出来；不高兴，一藏几天不见面。至于路况，现在须得问别孜勃。”

“张大使，你不用问，这雨下不下来。不过，接着还有一场大雨，大雨之后，天就放晴，这时不必冒雨出发。我知你心中着急，着急也不在这一会儿。本来，从这里向西七八十里地有一出口，可以翻过塔拉斯山④，但是紧接又是恰特卡耳群山⑤，且塔拉斯山山高路险，此路虽近却不可取——”

由天际却打断别孜勃的话头：“三哥且慢，你在地上大概画画，哪是你们大宛，哪是康居，哪是大夏，哪是大月氏，哪是奄察、波斯、呙国什么的，好不好？”也不知什么时候找来的柴头，长短粗细六七根，“呼啦”一下撂在地上，又补了一句，“最好把从这里到各国都城的里程也标出来。当然，不晓得的，就不画。”

大家暗自赞叹小鬼头机灵。平日也都常见张骞补画地图，却没有人想到这个。

别孜勃拿起柴头，却不知如何起手。

张骞走上前来，接过柴头：“你说，我画。画错了，你说，我改。”

于是，大伙儿从别孜勃的讲述和张骞的绘图中，比较直观地看到了西域各国的大概方位。从这里出发，顺塔拉斯山北麓，西行一百八十余里，便进入康居国境，继续西行二百余里，折向西南，经过一片大草原，到达锡尔河上游，过河，约七十里地，便抵达大月氏边境，向西南不到二百里，便到达阿姆河[⑥]上游、大月氏都城巴尔赫。其西北是康居，其东北是大宛，其西是奄察、安息、波斯[⑦]，其东南是大夏、其南是罽国、身毒[⑧]，再南据说是大海[⑨]。

正在绘图的当口，外边的雨忽然噼里啪啦大了起来。房上、地上，响成一片，院子里迅速积起脚踝深的雨水，店主忙不迭地掏着排水沟。街上，哗哗的水声直淌，天空也呼隆呼隆响起阵阵雷声，震得地面直抖，雨也瓢泼一般，密集得双目难睁。

不到半个时辰，雷声雨声戛然而止，云的罅隙之中射出万道金光，天地之间亦豁然透亮，带着浓浓水气的秋风从脸颊扫过，使人感到格外的清爽。

道路虽然湿滑，但是大伙儿都很高兴，连马儿也走得十分卖力，蹄下不时溅出的水渍，箭一般飞向两边。而两边所见，稻穗勾头，呈半熟状态；一场疾雨，稻秆上的黄叶，已完全耷拉。葡萄架下落了一层麻黄老叶，以及老熟破损的葡萄，架竿藤蔓上的葡萄颗粒成串，上面还缀着水珠，阳光下发出青郁的色彩。此时四野无人，村镇远去，唯张骞一行十人十余匹马儿，走成一行长长的纵队，踏上走向大月氏的最后一段路途。

人们兴奋而又心绪复杂。张骞则挂念着随烜牙突去大夏的堂邑父与杨柏，如果不出什么岔子，三日后即可抵达大夏都城，比他们这一干人绕行至大月氏都城的日子，会早个一两天。他相信这两人的能力，但是心中仍然不停地祝福。也祝愿半个月后无论在大夏，或大月氏，能够如期相会。

这时由天际突然叫道："三哥哥，走慢点。我们又有许久没听张大使吹笛弄箫了，我们请张大使吹一个，叔叔们，你们说好不好？"

"这主意不错，张大哥，你就吹一首，能让大家高兴带劲儿的！"苏疾首先响应。

"对，来一首让大伙儿高兴带劲儿的。"秦自乐等人亦道。

张骞高声应道："吹笛弄箫，当然可以。只是这么个样子，让人为难。且不说马背上颠簸，难成曲调，就这一手挽缰，一手拿笛，怎么吹？我又没有第三只手。依我之见，弟兄们一块唱唱《西域路歌》如何？"

随着，当先领唱道："噫兮乎，十年羁旅，别家离国，苦楚无算，兄弟苍颜聚首……"

唱着唱着，大家不由得放声纵情而歌，人人坠入悲壮、苍劲而又昂扬的意境之中。路旁树叶上的水珠，亦扑簌簌纷纷落下；马儿的蹄声，也显得坚强有力。帕卡三人虽然不知歌词之意，但那慷慨激昂的声调，却使他们有着一种舍生忘死、一往无前的力量。

这使帕卡三人从内心感到，这位大汉大使张骞，绝非一般之人。其武功，其智慧，其学养，其毅力，其包容之心，其亲和之力，其音乐天赋，实为罕有。

歇息时，张骞还是满足了大家的愿望，吹奏了一首高兴带劲的新曲，名曰《异国之情》：

异国西域，异地风情，双目不瞬，撞在内心；
红棕发须，天蓝眼睛，我以真诚，皆为友人。
姑娘婀娜，丽饰面巾，指似青葱，笑若银铃；
葡萄美酒，艳过桃花，双手捧起，不忍沾唇。
房舍奇特，尖顶拱门，食篕[10]麻饼，和合绮音；
彩纛鱼龙[11]，队列方阵，雨浥沃野，群山共青。
此番去也，寻亲月氏，踏遍列国，播种前程；
前程莫问，繁花似锦，旌节举处，兜满风情。

曲调平和清幽，又不失风趣昂扬，大伙儿很快便喜欢得手舞足蹈起来。张骞放下骨笛，又教唱了数遍，直到词曲均已熟记于心，这才重新起程。而苏疾、由天际依约，别孜勃作为向导和护卫使，三人快马先行而去。

第三日上午，抵康居一边境小镇。张骞本拟在此补水打尖，一行尚在东头徘徊，西头已蹿来一彪人马，约二十来骑，两下相撞，一问之下，果然系康居王廷迎宾使者。遂移步一宽阔场地，张骞让任扶上前搭言。对方系一“千勇”（康居军职。最高都统，以下依次为万勇、千勇、百勇、什勇），称奉大王之令，特来迎请张骞大使。张骞只好出面，予以详尽解释，待大月氏事情了结，定当拜访瓶矛大王云云。任扶、赵无偏当即去了康居队中。唯克里泊尔甚是不舍，但王命在身，不敢违拗，亦随任扶二人同去。

双方先是倚马而立，此时皆跨马拱手，欢悦而别。一向西南，一向西北，渐至踪影隐入原野尽头，唯天上朵朵白云，成团成垛、成条成块，进行着万千变化。

第四天下午，一行人渡过了锡尔河。锡尔河的上游水流比较湍急，大块岩石随处可见，水浪冲击之下，啪啪之声，不绝于耳，但深不过膝。帕卡寻得一处渡口，那是一处沙渚，水浪漫过沙渚，成一天然渡口。时正有三五人相携而过，帕卡即让大家暂缓，说道："此水道只宜单行，若有人横渡，当予静候，因上下均有深潭，错行有差，会出险事。"

张骞、秦自乐、孙治瑾依言静候，至沙渚无人，方牵马涉水而过。

穿过河谷，行不及十里，便是一面小山梁。山梁之上，林木密密，且多白杨桦栎，山风吹过，片片黄叶，飘摇而落。所谓的通衢大路，也仅容二人并骑而行。幸好藤萝尽被殳除，四人得以迅速通过。看太阳位置，已过申时。帕卡道："此处多有狼群，再过个把时辰，便会出现。不过，向南五十余里，便抵大月氏边境牧场，有牧民毡房，今夜可在那里借宿。"

张骞即对秦自乐二人道："三弟，治瑾，五十余里，快马一个多时辰便到，我等不若加快速度。"说罢，即与帕卡在前驰骋，看一片片荒原秋草，从眼前一掠而过。

这时，从荒原深处突然窜出一群野羊。秦自乐叫道："大哥，待我弄只野羊，今日晚饭也就捡个便宜。大哥放心，耽误不了多少工夫。"也不等张骞发话，便就从下方堵了上去。

张骞见此，只好自己从右，让孙治瑾从左，进行夹击。帕卡担心狼群出现，紧盯着野羊后面。

秦自乐倒也利索，离头羊尚有十来丈远，便双枪齐发，将其中一只击倒，余羊一个愣怔，从斜刺里逃逸。

是夜，在一座大月氏牧民毡帐之外，张骞等人燃起一堆篝火，邀牧民一家，吃了一顿烤羊肉。那牧民男女主人体格壮硕，武功上乘，称二十七年前举族西迁时，他们年方十四五岁，从南路顺库姆塔格大漠⑫南部，翻过阿尔金山和阿斯腾塔格⑬雪峰，又是荒漠地带，过车尔臣河⑭，再顺荒漠而行，约两千余里，抵达葱岭之南，连续越过慕士塔格山、公格尔山、公格尔九别峰[15]，翻越乌孜别里山口，再西行数百里，便到了这个水草丰美的地方。一晃，二十多年过去，原来的河西大草原，也成了梦中的记忆。说者无心，听者有意。张骞又详细询问了路途有何凶险，牧主人只道，几千里荒漠，人烟稀少。除了于阗国人口较多，其余如且末、精绝、扜弥、莎车、皮山等国[16]，多者一两万人，少者仅数千。我们也只是从于阗、且末等国过境，其他未曾去过，听说而已。至于匈奴人，除了遛货者，骑士骑痞倒没有见着。

为记忆有据，张骞当即取出羊皮舆图，一一绘制标明，并道："三弟、治瑾，依我之见，返程回国之时，不若就走此道。我甚至设想，干脆越过阿尔金山雪峰，从柴达木东行，便可直抵陇西。这样，免得北上一千多里，重蹈乱石滩之险，复与匈奴骑匪遭遇。"

听到"雪峰"二字，孙治瑾心有余悸："那雪峰一座两座也则罢了，倘若连翻多座，那可危险之极，到时悔之晚矣。"

"大哥，此事容后再说吧。我现在担心的是国书。当年太史令司马谈拟稿之时，大哥可曾参与？其内容大月氏人可否接受？当年新皇年轻，又才登基不久，对大月氏的情况，也是仅凭库录一面之词。端怕一句不妥，使得使节队白来此遭。"秦自乐忧虑道。

"三弟，治瑾，两位兄弟皆是谋事之人。至于返程路径，现在也只能盘算出大的方向，具体怎么个走法，还得看所到地方之具体情况。至于国书，我当年就已知晓，文稿不长，且是慰问劝勉之词，以及新皇的致歉之语。关于出兵夹击匈奴之事，只字未提，而是托付给了使节队，让我等当面伺机提出。这是皇命所托，也是我坚持西征之初衷，同时要多交邦国，预先斩断匈奴向西扩张之路径。"张骞说罢，又面对帕卡道，"有一层意思，不便与贵国大王直接道出。说了只当我在卖好，甚或意在吓唬。那就是匈奴系虎狼之国，其上层及其单于皆蛇蝎之心，若非大汉国力在匈奴之上，进行有力牵制，其早已大举西征，从此绕过葱岭，从南越过乌孜别里山口，则乌孙、大宛、康居、大夏诸国危如累卵矣。此层意思，请务必如实转告。至于大夏、康居两国，我已分别向堂邑父、任扶予以叮嘱。"最后一句，既是向帕卡，也是向秦自乐二人作了说明。

三人又一次领略到张骞的眼界、胸怀，以及对于大局的透辟分析，其交际手法亦令人赞叹。

“张大哥此番言语，使人有醍醐灌顶之感。”孙治瑾又拿医者相比，“凡治病，庸医看表象，良医察腠理，效果自是大相径庭。”

张骞又补充道：“我说匈奴系虎狼之国，那是有依据的。帕卡，你可问问这二位牧主，大月氏实际进行了两次西迁。当年匈奴冒顿单于举全国之力，打败大月氏军队，杀害大月氏王之后，大月氏第一次避祸西迁，所到地点是羌人利宾拉所在地；不到两年，匈奴又派兵远征，双方战死者两三万人，大月氏元气大伤，这才又有了第二次西迁，就是牧主人刚才所讲的路线。此情请帕卡一并告知贵国大王，以证张骞所言不虚。”

“请张大使放心，此情关乎我国生死存亡之大道，定必将大使良苦用心如实转告我王。”帕卡诚恳道。

两位牧主此时方知张骞等人真实身份，立即格外客气起来，非要请四人进帐内歇息，言道，大月氏人从来没有将朋友拒之门外的道理，何况又是远道而来尊贵的国宾。若是不依，他们从此将无法做人，无法面对诸多族人。若是让王廷的人晓得了，便会将他们赶出大月氏。

话说得这般严重，张骞等人只好进帐歇息。牧主人连带两个十几岁的儿子，一家四口，竟蜷缩于灶台旁边，所有的被褥全都给了张骞四人。所有的马儿，也都挤在马厩。两方生马，竟然无事。

练功之人习惯早起，张骞欲于下午未时左右赶至大月氏都城，四人绝早起来，却见牧主人正在帐外杀羊，羊皮已被剥至后胯。张骞明白牧主人留客之意，欲行阻拦，显然来不及了，于是佯作不知：“主人好早。今天什么日子，值得主人宰牲庆贺？我等赶路着急，张骞在此谢过。”深鞠一礼之后，便去马厩牵马，秦自乐和孙治瑾也将行李提出帐外，准备上驮。

男主人放下刀具，张臂一拦：“张大使，我知你们身份尊贵，眼里只有王廷，小民巴结不上。但小民的心意，不可让人委屈，好赖赏脸留下来，吃顿便饭，耽误不了你们大事。”

张骞含笑，将他的双臂拉下：“在老家城固，我也是个农夫。后来入了行伍，与匈奴人打仗，受新皇擢拔，为大汉西域使节队正使，如此而已。羊子既已杀却，此情当领，但平白受惠，我心不安，些许薄资，尚请收下。”即令秦自乐取了十金奉上，又道，“使节队纪律严明，此情尚望见谅。”

一听受纪律所制，男女牧主人显得十分无奈，自语道：“我们反倒成了卖羊子的人了。罢罢罢，就请吃好喝好。下次若从此处路过，到家喝口开水也好。”

吃罢早餐，已是辰时，张骞约略一算，若是道路顺畅，无甚耽搁，则下午赶到巴尔赫，当不成问题。一行人告别牧主人之后，便快马加鞭，直向西南方向奔去。

沿途风光，与大宛又有所不同。大宛多田地，一片农耕景象；大月氏则多牧场，随处可见牛群、羊群、毡房。道路多从草地经过，时有小溪小河自东向西，或从北向南流淌。帕卡说，这些溪水大多来自葱岭，成为阿姆河的支流，最后去了咸海。至低洼处，则聚成大小水泊，水泊的低位豁口，又成另一支河流。

“大月氏人倒真会找地儿，在此处立国，不愁牛羊不肥，马儿不壮。他们不是忘了国耻，而是不想复仇吧。岂不知种仇之人，何曾忘记？”张骞感叹之中又多了几份忧虑。

“大月氏王廷，还是几个老臣说了算。那些老臣都是从死人堆里爬出来的，对蜩秖又有拥戴之功。此情别孜勃业已说过，张大使应予注意。”帕卡提醒道。

“谢谢帕卡。我们还是赶路要紧。无论何种情况，待见了苏疾、由天际再行理论。”

四人不再言语，遇着好走的路径，便纵马奔驰；渴了饿了，也不在村落或毡房前停留。中午时分，只在一条小河边短暂停留了一会儿，给马儿加料、添草、饮水，将行李货捆重新系紧，戴上遮阳帽后，又重新赶路。趁此间隙，张骞睄了一眼四周，见不远处有一溜稻田，十几个大月氏男女正忙着收割稻谷。其方式与城固完全不同，只收稻穗，稻秆儿全部留在田里。看那稻谷长势与留下的稗穗，比不上大宛，更比不上城固，大概未曾施肥，也未曾薅过杂草。水丰地肥的地方，收成弄成这样，实在让人可惜。当然，也有葡萄园，种有红茄，也比大宛差劲。

张骞心中存疑：难道大月氏王廷真就没有懂农事的大臣？

帕卡此时高兴地叫道：“再有二十来里，就到阿姆河渡口。”又看看太阳，“过河不远有一水泊，绕水泊十几里是一峡口，穿过峡口，可以看到一块方圆百里的盆地。峡口不远处，便是大月氏都城。天色还早着呢，保证进城不会摸黑。”

张骞心中又涌出另一疑团：“帕卡，我有一事，十分不解。你在边城任职，何以通晓大月氏的路径？”

“这得拜我外公所赐。”帕卡陷入久远的回忆，“我外公原是一个商人，我们都在另一座城市居住。他决心要使我成为大宛最富之人，满十六岁那年，便带我到各国去学做生意。如乌孙、康居、大夏、大月氏，西边直到波斯，南边直到呙国，都曾去过不止一次。我十八岁那年，外公遭人陷害，因为官府中无人，钱花了，扫得不到昭雪，结果含恨死于狱中。我一气之下投军，决心要混出个人样，结果碰上你们，受到王廷的重用。说起来不怕你们笑话，张大使，你才是真正的福星。”

“原来如此。我可不敢充当别人的福星，只是碰巧而已。你自己若无能力，即就碰巧，大王眼里也可能没有你。所以，你不必感谢任何人。要感谢，就感谢你自己，感谢你们国家大王。”

张骞将自己推得一干二净，帕卡觉得在理，又感到这种解释太过勉强。究竟什么地方不太对窍，却又说不出来。这大汉大使实在太厉害了，只要与他接触，不服不行，不受感动也不行。

不觉间，二十里地已经走完，到了阿姆河岸边。

张骞观察到，这二十里路上，庄稼地、菜地连片成畦，向路的两边无限伸展而去，没有牧场，也见不到牛羊，宽阔的路上，马车、牛车迁延不断。渡口更是一片繁忙，人们依次排队等候，两只大型渡船穿梭来往，运送着人、车、牲口与物资。

张骞等人自觉地排在一辆牛车后面。牛车上挤满了藤萝，里面装着稻穗、菠菜、大葱、红萝卜，以及葡萄、红茄等蔬果。车主是一少妇模样的女子，不似大宛女子那般打扮，以巾蒙面，宽袍大袖。倒是与匈奴女子相近，豁达、开朗。见张骞牵马立在身后拉开距离，又是一脸端庄的样子，立刻大眼一翻，“扑哧”一笑：“哎，你是哪里来的男子，怎么害怕大月氏女人？”

“我不懂你在说什么。”张骞摇头又摆手，以家乡汉中话作答。

帕卡赶快以大宛语回道：“他是大汉国的大使，专门来拜访你们大王。”

“什么大汉国，大使？在我眼里，你们都是宝贝男人。”女子以大宛语回道，语气中不乏挑逗意味。

张骞想回避，又满腹疑惑，以大宛语问道：“男人就是男人，怎么就成了宝贝？”

“你看看前后候船的人，有几个男人？按说，做庄稼、放牧，应该都是男人的事，可大月氏西迁之前跟匈奴人打仗，西迁之中、西迁之后又跟这里的人打仗，连年的战争，从十六岁到六十岁的男人，几乎死光了。大月氏王廷鼓励我们女人多生孩子，可是家里没有男人，我们跟谁去生？这些年倒是生了不少孩子，偏又奇怪，女孩多，男孩少。等到男孩长大成人，我们都老了，又怎么争得过那些花儿一样嫩生生的大姑娘？”

用不着再说，张骞早已看到这一景象。经女子这么一说，便已知大月氏民心之所向。眼下让大月氏出兵夹击匈奴，已经不太现实，只能再经若干年休养生息之后再说。大汉从高祖皇帝到景帝，都以和亲政策，历经六十余年的休养生息，方才具有而今的国力，皇上才有谋划消灭匈奴的大计，何况人口体量远少于大汉的大月氏。

张骞不想就此再议，遂转移话题：“我看上边尚有几座桥墩，桥既毁掉，缘何不重新建起？”

“小女子怎么晓得？我省事之后，倒是别人说过，当年有一王廷老臣，懂规划会造桥，修建都城时，同时将阿姆河上的桥梁造起，结果累死了。他的两个徒弟也得了一场大病，不几年，人也没了。前年一次大洪水，将那桥墩冲折，桥面也没了踪影。王廷这才出资，从下游奄察国买了三艘大船，一艘官用，两艘民用，并在这里修了码头。王廷也想将桥修复，出重资延请国内外造桥能人，可是两年过去了，亦无人应诏。”

张骞不由得叹惜，倘容南、容北、宋石、宋木四人健在并随行而来，倒可助大月氏一臂之力。复观那阿姆河水，汹涌激荡，波峰连起，水面总在半里左右，与家乡汉江相若。看前面，尚有十三辆车子相候，而后边，多达二十余辆，按每船每次摆渡四车计，他们要等到第四拨了。而那时，天色只怕已近黄昏。

那女子倒会替人着想：“你们这些外国男人，何必此时来凑热闹，这渡船也就早晚忙，中午几乎闲着。我看你们，人不多，马却不少，一船渡了你们，别个休想再上。倒不如转回头，随便去哪个村子，宿上一夜，明日中午消消停停再来，就不会招人嫌。”

话说得如此直白，秦自乐、孙治瑾脸上便有些挂不住，就劝张骞，十年都等了，再候一天又何妨？

不与民争利，向来是张骞的处事原则。他首肯道：“好吧，我们回转。”

就在此时，忽见上游驶来一艘官船，上插几面大月氏王廷彩旗，随着波浪，如飞而至。船头上站着三人，双手捧成喇叭，一迭声各自叫道：“张伯伯！”“张大哥！”“张大使！”

正是苏疾、由天际、别孜勃三人。此外，还有两名王廷官员、七八名水手。

官船泊靠码头之后，张骞对那妇人道：“这位姑娘，你先。”

那女子脸一红，忸怩起来：“这是官船，我怎么好意思——看来，你们这些外国男人，绝非一般人物。尤其你这大额头汉子，待人谦和又一身英武之气，在家一定是个顶呱呱的好男人。”

张骞笑而不答。秦自乐、孙治瑾则抿嘴直笑。

原来，苏疾三人前天中午便到了巴尔赫，见过蜩羝大王之后，受到高规格接待，并令礼仪大臣立即准备迎宾事宜，一是派官船在阿姆河渡口相候；二是在巴尔赫湖岸扎起迎宾门，在入城峡口搭了一座接宾亭；三是对住宿、膳食做了专门安排。

苏疾、由天际二人显得非常乐观，认为此行的目的有望达到。否则，不会搞得如此隆重。

“但愿吧。交际上的礼仪，与交际之中的实质，完全是两码事。你们应该明白此理。”张骞反倒担心，大月氏以礼仪掩盖着某种真实目的。

但是，不管怎么说，礼仪上的尊重，都是彼此的。张骞即令秦自乐四人全都换上国服，并郑重地取出旌节，让苏疾、孙治瑾居中，由天际、秦自乐押后，由王廷礼仪官员前导，帕卡、别孜勃紧随其后，避开民众车队，顺边道成单列前行。

下船时，张骞仍让那女子拽车先行。那女子试了三次，车子也只略微晃晃。那女子没了主意，因为这不比民船，下船时有人互相帮忙。这船上不是官员，便是贵宾，水手们也在各司其职，她只好一捆一筐地卸下车上的重物，然后准备移下牛车。

张骞立即脱去刚刚上身的国服，以及手中的旌节，一同交与苏疾，对那女子道："请你让让，我来试试。"将卸下的红茄、萝卜、青葱又装回车上。打量了一下，大约与当年安家西小黄山时，车上装载重量相差无几，有六七百斤，又对前来看热闹的民众叫道，"各位高邻，请让出一条道路！"见人群让开，即"嗨"地大吼一声，硬生生将牛车连带车上重物端离船体，又连扎几个马步，将车子平平放在路中，这才挺起胸膛，对那女子做了一个"请先行"的手势。

人们先是静默，不一会儿，便响起一片"哗哗"的掌声，纷纷赞道：真神人也！

张骞又穿上国服，一手擎着旌节，一手牵着马儿下船。

那女子看着又立显雍容华贵的异国男子，颤声道："我永远记得你，你是大汉使臣张骞！我叫库娅莎，家住党河大街西头，请你和你的兄弟们一定来做客！"

这真是：

雄心万夫，脚踏尘埃，算定乾坤天涯；
人生几许，葱岭西旅，值此一番牵挂。
不言弹铗⑰，勿求功名，遑论牙旗金甲？
鹍鹏一举，交际列国，目断江山红霞。

欲知大汉使节队在大月氏有何故事，请阅下回。

注释：

① 埵（duǒ）：防水土块。

② 嵽（dié）：与嵲（niè）组词，指高山或山的高峻处。此处用作人名。

③ 飉飈（liáo liè）：剧烈的风声。此处用作人名。

④ 塔拉斯山：今吉尔吉斯斯坦西部。

⑤ 恰特卡耳山：今吉尔吉斯斯坦西南部。

⑥ 阿姆河：河名。注入咸海。上游在今土库曼斯坦境内。

⑦ 奄察、波斯：今之伊朗。

⑧ 罽国、身毒：罽国即今之阿富汗，身毒即今之印度。

⑨ 大海：此处指今之印度洋。

⑩ 簋（guǐ）：古时盛食物的圆形器具。

⑪ 纛（dào）：旗帜。彩纛鱼龙：彩色的旗帜上绘织着鱼龙一类图案。

⑫ 库姆塔格大漠：沙漠名。位于柴达木盆地西北。

⑬ 阿斯腾塔格：山名。新疆南部阿尔金山部分，越过东南山峰可到柴达木盆地。

⑭ 车尔臣河：河名。新疆内陆河，发源于阿尔金山，注入塔克拉玛干沙漠。

⑮ 慕士塔格山、公格尔山、公格尔九别峰：我国南疆西部帕米尔高原的几座山峰。

⑯ 于阗、且末、精绝、扜弥、莎车、皮山：均为西域国名。遗址均在我国新疆南疆地区。

⑰ 弹铗（jiá）：战国时孟尝君有门客冯谖，为求提高待遇，弹铗而歌。铗：剑柄。

第七十五回　大月氏盛情迎汉使
孙治瑾妙手医公主

前来迎接张骞等人的王廷官员，竟然是两位年轻貌美的女官。张骞不知此乃月氏王廷有意为之，抑或大月氏国王的开明，只让他感到新奇和不解。

苏疾见张骞目视那两名女官，便道：“此二人系礼宾干员，专事对国宾的迎送事宜。”指一椭圆脸型高个女子道，“她尊名拓箨，乃知宾主事。”又指另一名方脸中个女子道，“她尊名巴雅合，系知宾次事。二人秉承家学，实为大月氏罕有之秀女。”苏疾简单说过，再无赘语。

介绍这般简略，张骞颇感意外。闪念之间，但见两女官已笑吟吟迎面而立，同时施礼齐声道：“拓箨、巴雅合，代我王欢迎张大使做客大月氏。张大使率大汉使节队，不辞万里，耗时十年，历经苦难，专赴大月氏呈送国书，以示友好，我王深为感动，亦深表感谢。”

二人同时发声，不错一句，不错一字，声调平稳一致，显见经过了多次训练。连笑容也是矜持多于热情。张骞兀地生出一种距离感，亦礼节性地回道：“吾辈身为大汉臣子，使命之所在，虽粉身碎骨，身处万里之外，亦不敢辜负吾皇所托。”

接着，便发生了库娅莎之事。当张骞让该女子将牛车赶上官船时，两女官站在一旁，不苟笑意，无任何一语。当张骞奋起神威，助库娅莎将牛车搬下官船时，两女官也仅是吃惊而已。

阅人无数的张骞心生疑团：本来热情似火的月氏女性，此时缘何成了旁观者？

或许是受纪律制约，以礼节掩盖心中的炽热？

“张伯伯，这两位官妹妹在王廷可谓非同凡响，诗书礼乐，少有人能够企及。”由天际虽有夸赞之语，却无夸赞的语气。

“由使节说笑了，此话怎敢在张大使面前提起！”拓簭正色道。

这种了无情趣白开水式的对话，张骞不想再继续下去。眼下他所关心的，是不能因为他们的出现，发生与民争道之事。他已发现，路上车辙较深，有些车轮较低的车辆，马（或牛）拖拽起来非常费力，非得有人助力不可。使节队华服骑马而行，尽管尽量靠边，车队仍不得不停下让道。

“使节队的各位兄弟一律下马，脱去国服！”张骞命令道。

秦自乐、孙治瑾、苏疾、由天际下马脱衣，帕卡、别孜勃亦下马相候。拓簭、巴雅合此见，一时愣住。

“秦哥哥，孙叔叔，苏叔叔，难道不晓得张伯伯让我们干什么？”由天际小声说罢，便去帮一妇人推车。

张骞力大，专挑重车，不管车主是男是女，是老是少，是拒绝是配合，但凡有阻，便奔去相助。张骞、秦自乐、由天际具是轻功了得之人，一番施展，整个车行速度便快了许多。帕卡、别孜勃不由得热血奔涌，加入其中。

拓簭、巴雅合几曾见过这样的国宾？能如此体贴和关怀异国民众的疾苦，这是何等博大的胸怀！她们再也不能矜持下去，礼仪上所谓“失礼”之事再不去想它，亦下马助力。

库娅莎竟忘情地高声大叫：“大汉使节队，都是好男人！”

有的则叫道：“使节队不要走，留在大月氏，给我们当大官！大月氏有的是好女人。”

不觉间，十几里绕湖大路走得只剩下两里。直到此时，张骞才细心观赏到这里的湖光水色。

夕照之下，十几里湖面波光潋滟，使人目眩神摇。岸边崖草似发，浸入水中者，左右摆拂，如同浣洗，影影绰绰；榆柳岸树，小者一抃，大者一搂，枝条相接，姿形迥异，或扭曲，或斜伸，或俯偃，或上仰，投影湖面，回环反复，似浮木颠簸；晚风吹来，黄叶飞飞，悠然下落，路基、湖岸、水边，处处皆成归宿之地，湖水则浪峰鼓涌，不息不歇，敲打着湖岸，发出啵啵声响；已经收网的带篷渔船，一艘艘抛出船缆，系于岸树，搭出上岸船板。渔民无论男女，皆高挽裤管，光着胳膊，将一篓篓鱼儿搬出；看那鱼儿，皆尺长左右，水淋淋闪着银白粼光；纵观整个湖面，成不规则菱形。山岭左短而右深，黑沉沉全为森林。对面则山形隐约，岚雾漫漫，不知其高几许、广几许；眼收近处，湖路尽头有一大渠，依势蜿蜒，直达大月氏都城。

王廷的迎宾门，便搭建在那里。门侧，还有一座临时搭建的白色帐篷，外面有一块新平整的场地，场地之外有新立的若干个拴马桩。

间隙之际，张骞看了看迎宾门，见其均系柏树树梢搭就，有万古长青之意。

拓箨、巴雅合立于门下，恭敬如仪：“请张大使一行在此暂歇。”又面向帐篷叫道，“姑娘们，请出来，为远道而来的贵客佩戴花环！”

立刻，从帐篷里走出五位春风满面的美丽姑娘，人人双手捧着一只桂花花环，分立张骞五人面前，将花环套入五人脖颈间，然后款步退至场地中间。

桂花的香气顿时扑鼻而入。张骞有些讶异，才七月底间，桂花便开，说明这里要比城固暖和，看那侧旁秋草，果然青多黄少，马儿们正悠闲地吃着鲜草，喷着鼻息，甩着尾巴。

这时苏疾说道：“张大哥，你们可得多加注意，这花环要一直戴到宿处方可取下。”

由天际则坏坏一笑：“取下也行，但不能拿在手中，更不可丢弃于地，必须交到一位姑娘手中。按照大月氏最高迎宾礼仪，你在大月氏的日子里，那姑娘便是你的合法夫人，告别大月氏时，亦可带回你的家园。”

听得此语，张骞、秦自乐、孙治瑾赶快检查花环有无松动，生怕不小心掉落，被哪位姑娘拾去。

拓箨又叫道：“姑娘们，取乐器，奏迎宾礼乐！”

五位姑娘依次入帐，取出乐器，弹的、拉的、敲的、吹的，一阵鼓点过后，响起快乐的曲调。

先是拓箨即兴唱道：

天上吉祥的鸟儿飞过，传来悦耳的鸣叫；

地上神奇的骏马驰过，发出得意的长啸。
远方尊贵的客人来过，唱出心中的欢歌；
啊咿哟，大月氏人想念的朋友，
我们一起相亲相爱，汇成一条奔腾不息的大河！

歌声清脆、明亮，后两句以悠长的长调唱出，更显出感情的真挚。因用番语唱出，张骞等人听得明白，首先报以热烈的掌声，而围观的民众也一齐叫好。

巴雅合一甩黑瀑似的长发，双手将赭色衣袍一展，移前两步，眼波闪动，接着唱道：

古老的大河年轻的流水正在歌唱；
久远的土地美丽的百花正在开放；
心中的炽热战栗的友爱正被叫醒；
咿哟喂，大月氏人欢迎的宾客，
我们携手共度美好时光，
像那早晨清新明亮的太阳！

巴雅合的音色则显得格外柔美，就像一杯嫣红的葡萄美酒，醇香而又甜润，大家报以更加热烈的掌声。张骞心中暗道，难怪拓鞡、巴雅合给人以骄矜和倨傲的感觉。二人的即兴演唱果然非比寻常，等闲女子，哪有如此才能！尚不知其他方面还有什么特异之处。加上她们的年轻美貌，确乎非一般儿郎能够相配。

二人唱罢，四目如碧清的湖水，蓝光闪闪，向张骞注视。那意思非常明确，等候他的回应。

二人已从苏疾、由天际那里知晓，他们的头人张大使，是文武兼备的铮铮铁汉。但这样的事她们见得多了，下属总把他们的长官夸得像一枝美丽的花儿，真的相见，也不过尔尔。只是张骞对异国民众真心相助之举，使她们大为震惊，亦大受感动，态度随之大变，将冷冰冰的交际礼仪，变作发自内心的欢迎。

她们真心希望张骞能有所回应。当然，也并不勉强。

旁观的库娅莎耐不住了，大声说道："张大使，你这般爱护大月氏的民众，难道不想说点儿什么？"

许多民众也跟着附和说，说汉话听不懂，用番语、大宛语，大家都明白。

秦自乐等使节队员并不着急，对于这样的场面，张骞完全可以应付裕如。

果然，张骞从容抱拳，揖礼一圈，面对两位知宾女官及五位献花姑娘，迎着夕阳，粲然一笑："大汉与大月氏，本可成为友好近邻，兹因匈奴凶残，大月氏举族西迁，于万里之外阿姆河此地重新立国。作为大汉使节队正使，我看到了大月氏人的勤劳勇敢和纯真热情。两位知宾女官的歌声，更让人备受感动。为表示对大月氏大王和大家的诚挚问候与感谢，我也以一歌奉送，就以脖颈间的桂花为题，它的名字，就叫《月氏桂花醉我心》。唱得不好，请予谅解。"即以家乡民歌小调糅以《诗经》之味，以双关语结尾：

桂树青葱惹人爱，金桂银桂争相开；
金桂花开黄灿灿，银桂花开亮闪闪。
月氏桂花醉我心，缤纷采撷在心田。
歌兮乐兮湖水真碧蓝，
乐兮歌兮桂（贵）爱在人间。

虽是民歌小调，张骞却加以变化，唱得潇洒大气，高亢嘹亮，因丹田充盈，情感真挚，使人嗡嗡震耳。秦自乐等人熟知张骞之能，月氏民众却觉耳目一新，那拓箨、巴雅合竟双眼迷离、心旌摇动起来。好一会儿，才带头鼓掌，赞道："张大使果然非同凡响。"又转移话题，"天已向晚，夜无月色，请张大使上马，回宾舍早些歇息。"

拓箨语毕，便见那五位姑娘开始猜枚，第一位走向了由天际，不由分说，上马坐在了小使节身后，紧搂由天际后腰；接着，依次是苏疾、孙治瑾和帕卡、别孜勃。待五位姑娘全部上马，拓箨即一个飞胯，坐在张骞身后，而巴雅合坐在了秦自乐身后。

张骞浑身一紧："这——"

“这没什么。”拓箨的鼻息和口中的热气直吹张骞后脖，“大月氏迎宾分三种：密迎、引迎和疏迎。密迎为最高规格，就是现在这样，不必再说。引迎，就是由三位或多位姑娘骑马在前引路开道。而疏迎，是由男性知宾前边带路。凡密迎者，国王皆直接与之商谈国家要事，其他皆由左右主辅大臣接见，而后报知国王，确定见与不见。若嘉宾拒绝密迎，则被视为自行降级。我知你们汉人规矩，讲求男女授受不亲。但这里是大月氏，一切得按我们的规矩。再说，你们在匈奴被囚禁了十年，应该明事理，知变通，没有迂腐酸气。你若真是男子汉，又何必在乎我与你一马共骑？我不敢自称美丽，但总该过得去，即使你不疼惜，亦应尊重我。我告诉你，你若表示拒绝，还不如杀了我，因为那是让人十分丢脸之事，我的出路，只能去当一名牧羊女，或像库娅莎那样，自耕自食，连个合心男人也找不上。”

话已说到这种份上，张骞再也不能给人以敬而远之的疏离感。他向后靠了靠，“对不起，拓箨。你这样冰清玉洁的姑娘，是我怕亵渎了你，并非有其他意思。”

拓箨搂紧了张骞的后腰：“张大使，听你部下说，你笛箫都吹得非常悦耳，甚时亮亮？”

“我呀，也只一般。使节队里曾有一个叫王兼的使节，酷爱音乐，甭管什么乐器，一上手，用不着多少时日，便成能手。可惜，因拒绝叛国，在匈奴被虐而死。”

“的确可惜。不说他，说说你夫人吧，她可真是幸福。”

“夫人够不上。我第一个妻子叫周月英，是一位将军的女儿。虽然我们未能完婚，但我一生一世不会忘怀于她，她因北上寻我而殁于路途。现在的妻子叫昆古丽玛月伦，虽然是匈奴人，却是一位备受折磨的苦命女子，我们相识相爱于逆境之中，已有一个孩子，他们目前在匈奴一个秘密的地方，等待与我团聚。”张骞实话实说。意思十分明确，避去不必要的麻烦。

拓箨当然聪明：“这么说，倘若有一大月氏姑娘，乐意作为你的次妻，也不可能？”

“对不起，拓箨姑娘。自从有了昆古丽玛月伦，张骞便无他念，只为完成吾皇之令，找到你们大月氏，以表通好联合对敌事宜。同时多交友邦，打通大汉与西域各邦国之交往通道。此乃关乎双方子孙后代之大事，一己私事，与之相较，可谓屑屑。”

拓箨微微叹息一声："前边不远便是峡口，你且驻马，让我下来。"

"怎的，你欲以步代车？那我也下来。"

"不可！请将缰绳给我。"

张骞不知是何规矩。回忆登船以来，先是帮库娅莎上下船，接着帮民众推车，苏疾、由天际哪得工夫告诉于他。回头见二人的伴骑姑娘已下马牵缰待行，便也俯下上身，将缰绳递与拓箨："让你为我牵马坠镫，这礼数实在太重。"

"怎的，是不乐意，抑或过意不去？"

张骞少有地以玩笑口吻回道："这是我八辈子修来的福气，哪会不乐意？若说过意不去，那还真有。但有也无法，因为我怕坏了你们大月氏的迎宾规矩。"

"就这？再没别的？"

"还有就是你太美丽，不但美丽，而且还十分聪慧。让你这样做，我心中不忍。"

"这么说，你想感谢我？你拿什么感谢？"

"我身无长物，只能为你吹一曲骨笛，再为你唱一支歌。"张骞认真道。他已有所预感，这位拓箨姑娘的背景在大月氏一定非同小可。

说话间，到了大月氏的接宾亭。张骞等人全部下马等候，遍寻却无系马之处。此时，太阳的余晖从西山山巅斜照过来，前面数里，如镜的湖面，将晚霞又射于空中，与本真的霞光互相交融，显出种种撼人心灵的奇景。先是胭脂般殷红，随即是桃花般的醉红，接着是鹅黄般的软黄。无论红黄，皆如天鹅绒般铺满山川原野，连青郁的翠亭，也不停地变换颜色。而在身后不远处，城中晚饭的炊烟，与晚霞交织成一种奇特的景致，犹似一幅巨大而柔软的彩锦，飘摇于低空。

迎宾亭虽简，造型却奇异，完全不似大汉凉亭。它搭成了菱状，却在中间又以彩盆花草组成一个圆形图案。空出的场地上，可容十余匹马儿相对站成一个圆圈。

拓箨带张骞等人依次入亭，牵着马儿相对站立，几匹驮马插立其中。亭中早有两名中年妇人候着，见巴雅合领着五位姑娘入内，便打开了酒坛，拿出一只白色玉碗，一支漆成红色的牛角。拓箨一到，接过牛角，双手相持，一妇端碗，一妇用长勺舀酒，倾入玉碗，玉碗酒满，又倾入牛角。拓箨双手回环，使牛角酒与肩平齐，巴雅合相跟着，来到张骞面前。张骞与其他人皆专注地看着。

巴雅合先从张骞手中接过缰绳，退至一旁，拓箨手举牛角酒，恭恭敬敬微一弯腰，而后挺胸仰脖，喝下一口，又双手平伸，递与张骞："请大使满饮此角！"

张骞已然明白，此番作为，系为正式接宾，重在仪式，不在饮酒。接宾主人先饮一口，表明主人的真诚，以及酒液洁净无毒。至于为什么不用玉碗，偏用牛角敬酒，不太明白。大概，与大月氏国王犅牴名讳相关。于是，他仿照拓簭举止，恭敬如仪，将一角葡萄美酒一饮而尽，在牙上轻磕了一下，交与拓簭。拓簭接过，付与巴雅合，巴雅合将缰绳交与拓簭，拓簭即与张骞并排站立。巴雅合持角独自去了盛酒地方，并且，有一姑娘迅速出列，相跟着巴雅合。

如此反复敬酒，直到最后别孜勃，牛角被一妇人接走。

拓簭让张骞上马，仍牵着马缰，待走出亭子，又骑在张骞身后："张大使，莫要忘了你的承诺——不过，巴雅合是我们好姐妹，不能落下她。"

这既是考查，亦是考验。张骞应声道："张骞不敢妄称一诺千金，倒也素不食言。否则，哪能经受十余年苦难来到大月氏？"随即偏头对后道，"大家听好了，趁此机会，我现在专为拓簭、巴雅合唱一支歌！"说罢唱道：

丰饶大月氏，风光阿姆河，
有两位美丽可爱的姑娘难割舍。
她们的名字就叫拓簭、巴雅合。
她们明亮的大眼像湖泊，
她们粉嫩的脸庞像花萼，
她们聪慧的心灵难叙说。
她们的微笑就像朵朵云彩飞过；
她们的轻吟就像条条长河在欢歌。
那云彩无须久久仰视啊，
它永远落在了人们的心窝，
那长河不必久久蹚入，
它每天使人感到了干渴。
啊咿哟，
美丽可爱的姑娘拓簭、巴雅合，

你们的心灵可曾被炙烤？

英俊勇敢的小伙燃烧得像烈火！

张骞以草原艺人达力诺的情歌韵律入调，悠扬中带着深深的柔情，他想到了司家铺最早的恋人昆丽，想到了一心钟爱的周月英，更想到了坚毅果敢又热情似火的昆古丽玛月伦，所以唱得十分投入。他的歌，使每个人都想起了久远的往事，包括对家乡、对家人的无限思念。

所有人之中，数秦自乐对这种韵调最为熟悉。张骞刚唱出两句，他便想到那位慈祥而极富正义的老人，更有与他倾心相爱的卡帖娜。噶弘因小牧场获救的情景，两年中共同生活的经历，一切都在眼前浮现，他不由得潸然泪下。

拓箨与巴雅合彻底改变了对张骞、对大汉使节队的印象。深情地为她们专门而歌，歌词、歌声、毫无轻飘、轻浮之感，显得异常庄重与敬重。拓箨不由得轻声昵骂了一句："你这个叫人难以割舍的死张骞！"

张骞心头倏地一紧：除了五公主塔丽版宓赤如此骂过他，而今双鬓苍然了，还有这样的女子来骂他。他顿觉不妙，于是缄口再不说话。

"哦，张大使，对不起。你这样尊贵的国宾，我怎能那样说话？若让礼仪大臣晓得了，我将吃罪不起！"

"这不算什么！我又非傻瓜，不晓骂的味道。在匈奴当奴隶时，那骂可是真骂，皮鞭也是真抽。就拿我那三弟秦自乐来说，遭受匈奴土司'掩骨'之刑，几乎致死。若非卡帖娜父女相救，哪里能活到今天！"遂将卡帖娜与三弟的关系道出，意在让拓箨转告巴雅合，勿生他念。

而帕卡、别孜勃算是大开眼界。张骞在王廷宴会一歌是一景，在国书接受庆典所歌是一景，今日之歌完全是另一景。张骞的重剑七十二式，使他们见识到什么才是高超武功；张骞的严明与应变能力，使他们体会到怎样做才会由不利变有利；张骞的胸怀与亲切，使他们认识到如何做人才能服众，才能带好一支团队，尤其是人人皆能的团队。

黄昏时刻，张骞一行进入大月氏都城巴尔赫，先由南北向的祁连大街进入，至中线又折入东西向的党河大街，直至东边尽头几座白色大帐面前，拓箨才反身下马："宾舍到了。我去看看为你们准备的晚宴，之后还得去告知礼仪大臣。"又向巴雅合与那五位姑娘一招手，"你们不用等候，先去用餐。餐后巴妹妹留下，其他人自行回家。"

巴雅合却道："主事姐姐，我同你一块儿去吧。要饿肚子，就一块儿饿着。"

"也好，走吧。"当即，两名女侍牵来两匹马儿，两人上马，去了一座冒着炊烟的大帐。大帐甚远，离此约在百丈左右。而那五名姑娘，亦各自上了坐骑，原路退回，不知去了什么地方——原来王廷一般干员用餐，另有区处。

帐前，驮马上的行李货包全部卸下之后，一旁相候的男女侍者，便将驼马牵入旁边一处宽阔的马厩。

大家先去上了一趟茅厕，转来才将行李逐件搬入大帐。由天际道："这大月氏的迎宾之规也太过严苛，宾客的行李不准侍者沾手，我等也未将他们当作贼人。"

"或许以前发生过类似之事，谁个晓得？贼人的脸上又未刻下贼字。"苏疾笑道。

"别人家事，少说为佳，不说最好。"秦自乐表示看法，又对张骞道，"大哥，你先定位，我们好依次安歇。"

大帐之内，两盏油脂大灯照得豁亮。张骞一看，两排大炕，分列左右，可容二十余人安歇，恍若托力鲁王府卫士营大帐，即在左炕最亮处选一位置："此处宜写字绘图，就这里吧。"脱鞋梭脚上炕一躺，"今夜可以舒舒服服睡个好觉矣。"又挺身而起，"趁晚宴之前，先去洗浴换衣。"一看，左边躺着秦自乐，右边是孙治瑾，对面炕上，依次为苏疾、由天际、帕卡、别孜勃。听到张骞吩咐，大伙儿又一骨碌起身，寻衣找鞋，随侍者去了浴房。

浴房在宾舍西边二十丈远处，一条小溪由东向西穿城而去。溪边，一排夯筑土墙房屋即是。浴房分四类：嘉宾男浴、嘉宾女浴；普通男浴、普通女浴。嘉宾浴房有男女侍者值守，普通浴房则无，系为侍者洁身之处，一律自行打理。

张骞等人一到，侍者即先入内，打开七个包间，分别递上浴巾、皂坨（不知用什么所制）、梳子和一件披身软毡，而后向吊桶注入温水。并道：若需续水，拉响墙边铃铛即可。

包间之外，皆挂一藤筐以放置衣物，圆凳方便脱鞋。张骞便在第一包间圆凳坐下打理，毕，裹上软毡，推开挡门入内，将门闩一插。四周一瞥，见头顶悬一浴桶，桶底中间有一普通鸟蛋大小窟窿，被一木塞塞着，触手一顶，温水便如注而下，向下一撴，水即断去。所谓的包间，均以木板隔挡，下边只可互见腿干而已。而挡板前方，钉一木钉，悬一木盒。木钉可挂软毡，木盒可放梳子、皂坨。

这完全是大汉贵族富人的洗浴方式，比大宛也要周到许多。张骞暗自叹息，文、景两帝时代倘与大月氏交好，大月氏人何至于异地生根。

浴毕，张骞怀抱脏衣，走出浴房，见拓箨、巴雅合举着火把在外相候。知是礼仪大臣已到，心中着忙，抛下脏衣，返身重入浴房相催。那侍者倒也灵醒，让大伙儿先去赴宴，脏衣一概暂留此处，并将房外张骞脏衣抱回房内，放入第一包间筐里。

宾客膳房系为大帐，与膳食操作大帐相邻。张骞率众入内，只见居中设立三案，中位空出，左为一年老臣子，右为一中年臣子。左右两边各设四案，三名少女侍者，在旁叠手而立。拓箨先将主陪向张骞等人介绍，面朝左边，右手手掌向下平伸道："赑[①]犀老伯乃王廷礼仪主臣。"又向右边一顺，鸽[②]瑧叔叔系王廷礼仪次臣。再以同样手势向张骞一顺，"此位便是大汉大使。"两位大臣立即起身让座。

张骞不敢怠慢，即刻以礼相见："在下张骞，忝列大汉使臣正使，在此见过二位大人。张骞有事来迟，有负二位大人相候之情。"遂将秦自乐等人与大宛两名护卫一一作了介绍，待赑犀、鸽瑧重新入座之后，才去了中间座位。

酒食之丰盛，无须细说。只宴会进行得非常客气，使人感到有些沉闷。张骞试探道："请问二位大人，前时曾遣苏疾、由天际两使者先行而来，不知国书一事，大王可曾有甚计议？另外，所携些许薄礼，亦当择日奉送，请二位大人择机转告大王。"

赑犀道："大汉皇帝厚意，吾王已然知悉。今晚首次相见，各位嘉宾先吃好喝好。"

张骞晓得，此类话题已不宜再提，便将沿路见闻说事，以防因冷场而致感情疏离。

下方作陪的拓箨几次欲言又止，直到晚宴即将结束，仍未道出。

张骞离席，向赑犀、鸽瑧道："二位大人见谅，张骞欠着两位知宾主事一曲之情，容外臣在此予以偿还。”说着，从怀中取出骨笛。

“哦，有这等美事？好呀，好呀，张大使重承诺，我喜欢。”赑屖满脸笑颜。鸲璪亦频频点头。

张骞退至拓簶、巴雅合二人席前，站定，微微一笑：“此曲之名，曰《美丽的姑娘拓簶、巴雅合》。下午已经唱过，现在补以笛曲，以示对大月氏盛情接待之感谢。”试吹之后，便将整支曲子奏毕。

晚宴遂在欢声笑语中结束。

二位大臣面前，拓簶又显出矜持：“张大使，你们一块儿慢行。明日无事，我二人仍前来作陪，若有他事，请各位嘉宾自行来此用餐。国王甚时召见，自会提前见告。明日大家可在城中逛逛，王廷自会有人前来陪行。”语毕，递出一支火把。张骞接过，交与秦自乐。

张骞客气道：“二位知宾与大人请便。至于陪行，那就不必。今日就此别过。”略施一礼，领着众人，便向宾舍大帐走去。中途取了脏衣，路经小溪时，说了声“明日在此洗衣”，就加快了步伐。

一路闲话，不提。至宿处，见帐外有武士值守，张骞与之问候了几句，即令大家洗脸漱口之后就寝。

翌日凌晨，张骞早早起来，洗漱毕，即提着重剑，来到帐后草地。苏疾、由天际曾道，宾舍帐后有草地、森林，孰料草地恁大，森林恁密。草地有三里方圆，三里之外皆被森林覆盖，不知其纵深几许。一座城池之中，竟有此等去处，倒是特别。

只天空阴沉，像是将要下雨的样子。张骞一套剑式尚未走完，只见秦自乐、苏疾、孙治瑾并行而来，由天际打着呵欠，被帕卡、别孜勃连拽带裹，并行于后。见到张骞，由天际精神一振：“大哥、三哥，何须如此？且随小弟一同耍耍！”提身一纵，眨眼去了数丈之外。所过之处，草尖纷纷闪动。

二人相追而去。

辰时许，飘飘洒洒下起了秋雨，衣服洗不成了，大伙儿只好披了雨披，骑了马儿，前去就餐。膳房里，除了侍者，再无旁人。

一连三日如此，雨也一连三日未停。下得草地、帐篷、墙壁，全都湿漉漉的。逛不成街市，去不了野外，大伙儿全都憋坏了。为让大家有事可做，张骞安排了语言互学，歌唱互动，故事笑话，拳术演示，近身互搏等日课。自己则集中精力，绘制图录，撰写《西域见闻》羊皮书（后来其残篇提供给了司马迁，《史记》之中乃有了《大宛列传》传世——笔者注）。

至第四日，天始放晴，午餐时，见到了拓簅、巴雅合。

“张骞大使，等急了吧？背后骂没骂过小女子？”拓簅见面即道，“你唱的那支歌，其中两句没能记准，餐后请再教教。”二人将张骞一人拦在帐外。

张骞笑道：“教歌，自然没有问题。只是我们不是来贵国养膘，只希望完满完成使命。”

“怎的，也不问问缘何将国宾晾在一边？发点小火，责备两句，小女子也舒坦一些。”

“凡事，别人要告诉你，不问必会道出；不想告诉你，问也白问。再说，张骞从来不发无明之火，更无骂人的口德。因为骂人之人，从来都是无能之辈。”

“啊哟哟，这么一讲，本来是王廷的秘密，我们不得不告诉你一二了。”

“既是王廷的秘密，那你们最好别讲。”

“巴雅合，你来告诉张大使。”

“我？合适吗？我不是说这事合适不合适，我是说由我来说合适不合适。咳，把人都绕急了，还是你说。”

“让你说，你就说，难道你不相信张大使？或许，张大使能帮着出个好主意。”拓簅见张骞欲要离开，伸手去抓张骞的手臂。谁知那手臂硬若坚石，一把未能抓住。心中不由得一震，自己也是练过功夫之人，今日竟然“失手”。她暗自忖度，这个汉人大使，定是一个功夫了得之人。

凡练武之人，当外力相侵时，皆有自然反应。张骞见此，卸下力道，浅浅一笑，遮掩过去：“说吧，我洗耳恭听，勿让你姐姐着急。”

“说起来，有些不好意思出口。”巴雅合斟酌着话语，说得慢声细气，“我们大王有一个妹妹，叫埵优优，大家都称她优优公主。她不但长得异常美丽，而且绝顶聪明，学识非常渊博，汉文、番文、大宛文都懂，你们汉人的《易经》《诗经》《大学》《孙膑兵法》等，均通过自学而为其所知，小时候，她阿妈——也是大月氏的国王，通过全国遴选，我们得以进入王廷，作为优优公主的陪读，随侍左右。后来长大了，我们二人作为礼仪大臣的下属，当上了知宾主事和次事，我俩与优优公主相处的日子就少了，偶尔见上一次，时刻也很短暂。”话到此处，巴雅合突然垂泪不语，暗自神伤起来。

拓簭轻拍巴雅合的后背：“好妹妹，公主吉人天相，会好的。话已至此，我就都说了吧，我们将张骞当作知己兄长，不就好说了？”随即，将优优公主患病之事，向张骞和盘托出。

原来，在张骞等人来之前一个多月，优优公主便开始不思饮食，精神倦怠，神思恍惚。整日里说一些莫名其妙的话，念一些莫名其妙的文章诗歌。遇着人就滔滔不绝，说一些奇奇怪怪的事情。别人不懂，或者答不上问题，她便发火。国王兄妹情深，十分着急，宫廷、国内的巫医名医找遍，皆无济于事。巫医说优优公主是鬼神附体，进行驱鬼驱神，结果被她赶走；药医说是痺症发作，反被公主耻笑，说药医是谵语妄议、酒囊饭袋。她二人奉命前去看她，公主都似不识，问她们系何方妇人，不在家相夫教子，却来王宫蹭吃蹭喝。张骞来此头一天，他们听说奄察有一名医，善治疑难杂症，在迎宾事毕之后，便携百金，冒雨密赴奄察，请那名医，结果扑空，那医已去了呙国。她们二人连夜赶回，今日方得相见。云云。

“我晓得了，此乃十指连心大事，国王未能及时召见我等，理解理解。”张骞说罢，又道，“大汉使节队里倒是有一医工，你们认得的，就是孙治瑾。他原是大汉皇宫里面的一名医官，后来被吾皇指派，跟随使节队来到这里。此人医德高尚，医术精湛，你二人如若信得过，我可将他唤来，你们再详细跟他说说。说不定，他有妙法，可使公主康复。”而心中已然明白，拓簭、巴雅合的背景果然非同一般，那种矜持与倨傲的神态，完全是王宫内府之人的自然流露。

“张大使的话，我们当然信得过。”二人几乎异口同声。

孙治瑾一到帐外，张骞即行回避，去了帐里。

好一会儿，三人才入帐就餐。张骞看了看孙治瑾，孙治瑾一笑，向他点了点头。张骞便知此事已妥。

直至第八日上午，拓簭、巴雅合才带领孙治瑾去了王宫。

时已八月初五。孙治瑾直到下午方回。大伙儿只知孙医官去王宫瞧病，至于病患是什么人，瞧什么病，只有张骞一人晓得。大伙儿已养成习惯，张骞不说，他们也都不问。几天来，不是逛街，便是去密林晃悠，采了不少蘑菇，将其晒干，以备返程时食用。

孙治瑾自此不避风雨，每日上午准时去，下午准时回。一连就是八天。

第十天，也即八月十五日，孙治瑾才歇下来，将张骞单独邀至帐后草原，边走边作禀报："其实，那公主并无大病，全因思春所致。张大哥你想，一个二十一二岁的大姑娘，整日里养尊处优，无事可做，无心仪的异性作陪。又囿于身份，出门前呼后拥，进门众佣相侍，不病才怪。"

"还是说说你的治疗办法。还有，见没见着嫲秪？"

"办法？这病除非给她寻一佳婿，别无他法。当然，我也给她开了一些解郁开窍的药方，还有一些调理月葵[3]的阴阳方剂，制成蜜丸，让她服用。主要的，还是陪她说话，逗她开心。心情一好，便思饮食，精神自然日渐向好。不过，那公主的学问果然了得。不瞒张大哥，我肚里那点存货，除了医药，都快被掏光了，使节队里，论学问，也只有你能盖过此女。至于月氏王嫲秪，直到第四天公主情况有了起色之后，方始见着。你就猜不着，他的第一个问题是什么。"

张骞笑道："好你个孙医官，跟我也搞什么玄机，让我去猜？"

"那倒不是。嫲秪首先问道，'孙医官，你是否会什么法术，可否授徒？如若乐意，本王愿意重金聘你。'我答道，'本使节只会一些医术，不知什么法术。所谓法术，皆为骗人的把戏，西行路上，我戳破过数起故弄法术之事。'嫲秪却是不信，问道，'那缘何王宫医官之前所开方剂，一一比照，包括剂量，与你所列，均相差无几，却无效应？'于此我才晓得，我所开药方，都经过了严格查验。于是，我干脆将事挑明道，'大王是极聪明之人，但于医道，本使节得多说几句。大凡合格医者，首医病患其心，次医病患其身。对优优公主，我不妨直言相告，若想让她彻底痊愈，我有一方，此方只两句话：有合适的事可做，有心仪的郎君相伴。'嫲秪听罢，默默无语，许久才道，'谢谢你，孙医官，本王明白了。'接着，便连连夸奖你张大哥，这种体恤他国民众疾苦的大使，他十分爱重。就这。"

"就这？"张骞有些失望，"我们来大月氏都十六天了。"

"我也想问问嫲秪接见使节队之事，可时机不对，地点不对，故而未问。以其聪明，也无须提醒，提了，反倒显得我们是在求他。这可是你那‘五不十注意’的原则。”

“你做得完全正确。”

“不过——”孙治瑾有些犹豫。

“不过什么？有甚事不好说？”

“这事还真是不好说。凭我感觉，使节队里，有三个人不宜与优优公主单独见面。”

“这话奇怪，为何？”

“张大哥，你恁机敏之人，何须相问？”

“此事纯属多虑。使节队里，秦自乐、由天际，包括我与其他任何人，一个公主，不是谁想见就可以见的。或者说，想见谁即可见到谁。即就拓簅、巴雅合，不主动出现，谁能见到？”

孙治瑾点头：“此事是我多虑。”

二人回转，忽听毡帐里闹哄哄的，似乎来了什么熟人。张骞掀帘而入，一条大汉直奔而来，双臂环抱，几乎要将张骞举起：“大哥大哥，想杀弟弟了！”

堂邑父喜极而泣。接着，杨柏与张骞相拥。见烜牙突立于一旁，张骞又与其执手相谢。

孙治瑾与三人亦一一见过。堂邑父、杨柏这才备细说了在大夏的见闻，最后才道，若非烜三刀坚持带路，也不会今日就可到达大月氏。烜牙突却带来大夏国王的口信，请张骞方便之时，一定去大夏一趟。明日，他即回国，向国王复命。

张骞又拉起烜牙突双手，诚恳道：“我非此地之主，不便留你。请转告贵国大王，大月氏之事一旦了结，吾必带众使节去贵国觐见大王，骞决不食言。”

“大汉大使乃信义之人，我当然信你。”烜牙突喜道。

翌日绝早，烜牙突匆匆别去。堂邑父、杨柏欲送至渡口，被其拒绝，一挥手，再没有回头。

“倒是一条真正的汉子。”张骞赞道。中午时分，任扶、赵无偏、克里泊尔三人亦从康居回到大月氏。彼此见面，又是一番热闹。

至此，使节队九人、大宛三位护卫使全部聚齐。

午餐较平日丰盛。礼仪主臣因有他事，未来。由次臣鸽璨，知宾拓箨、巴雅合作陪，张骞将堂邑父、任扶、杨柏、赵无偏及克里泊尔一一作了介绍。拓箨对堂邑父甚感不解："张大使，你这位兄弟并非汉人，怎的还成了使节队的副使？"

只见由天际款款站起："张伯伯，我来回答可否？"见张骞颔首，即面向拓箨笑道："尊敬的漂亮妹妹，可曾见过异国异族异姓兄弟？这里就有两家。一家，是我的张伯伯、甘叔叔——也就是堂叔叔，因他还有一个名字叫甘父，我习惯叫他甘叔叔。加上秦哥哥，他们三人是一家。至于为何将秦副使唤作哥哥，那是另有缘由，不再细说。还有一家，便是我和大宛的三位武士，帕卡是我大哥　克里泊尔是二哥，别孜勃是三哥。不错，我甘叔叔是匈奴人，而且是位武功高强的百夫长。可是机缘巧合，他与我张伯伯结拜为生死兄弟，被大汉皇帝钦命为大汉使节，随张伯伯出使西域。一路之上，他始终是使节队先锋，翻越大雪山，穿过大荒原，历险大沙暴，跋涉乱石滩，干渴、饥饿、疾病，真可谓九死一生。可以说，倘若没有甘叔叔，也就没有今天的使节队。我们这里的九个人能够活下来，哪一个都非常不容易。"想起昔日的种种艰难险阻、那么多殉国英雄，竟自抽噎起来。

其他使节队员亦泪光莹莹，默默而坐。

张骞强忍内心汹涌，站起道："此乃使节队之事，怎可让主人抛泪？天际不必再说。"又对鸽璨轻声道，"大人勿怪，小使节年轻，说话欠斟酌，不知适可而止，尚请见谅。"

"不怪不怪。小使节性情中人，历经大难而生，确乎不易。大使请坐，亦请勿生悲，于进餐不利。"鸽璨招手示意，温语相劝。

帕卡三人早已到了由天际身边，拉手的，拍背的，一味地叫着"小弟"。

拓箨没来由地感到心疼。对这个十分英俊的小使节，最初只觉得他有些"皮"，像个没有长大的大男孩。今日一席话，却让她刮目相看。将张骞不便道出的话，很精练地讲出来，可见他的聪明乖巧。

堂邑父觉得浑身都不自在。在陌生人面前这般被夸，忒不习惯，特感别扭。他想说点儿什么，又无从说起。秦自乐见了，身子一倾，悄声道："二哥，由天际不是在说给你听。再说，那都是实话，你急个甚？"

堂邑父暗自琢磨，似有所悟。喃喃道："这弯弯绕的话，咱闹不懂。"

拓箨没有料到，自己随便一问，惹出许多话头，且让嘉宾心情不快。巴雅合见机道："几位国宾新到，尚未听到我们的迎宾之歌，不如现在补上？"

拓箨立即重上笑颜："好呀好呀。不过要换个次序，妹先姐后。"

二人唱罢，张骞朗然一笑："来而不往非礼也。少不得，我的《月氏桂花醉我心》，还得再行献丑。"即以筷击案而歌。毕，主宾双方举杯互祝快乐。撤席之前，鸲璨方道："张大使，现有一事见告。我国大王决定，于八月十八日，也就是明日辰时，在王宫举行国书授受仪式，并商讨相关事宜。午时，在此国宾大厅举行迎宾国宴。鉴于此系大月氏与大汉之间的国事，不便邀请大宛客宾全员参与，尚请见谅。但大宛可派一人列席，以示友好之意。"

张骞避席以礼："请大人向尊敬的国王致意，张骞明日定率大汉使节队准时前往，拜望大王。"心中不由得松了口气。十多年的努力，明日终于可以完成使命，不管结果如何，总算可以见其分晓。

主宾分别之后，张骞一行回到宿处，克里泊尔即道："张大使，我王行前有令，只命帖卡哥哥全程相陪，直至大汉使节队返程之日。故此，我与别孜勃既无他务，明晨便返回大宛。我俩虽心中不舍，但又不可在此觍颜久驻。大使亦师亦友的风范，众使节重情重义的节操，我二人将没齿不忘，唯望大使能重访大宛，即使以私情前往做客也成。"别孜勃跟着说了许多，到动情处，竟自失态哽咽。

向来伶牙俐齿的由天际，也只会与二人相拥，连声叫道："二哥、三哥"，反复说着一句，"我在长安等着。"

张骞哽声道："如果要做大宛的真英雄、大英雄，就勿要做小家子气。分别固然使人难舍，他日相聚更须努力。望你们学好汉语，练好武艺，提升智慧，为建立大宛与大汉之友谊而建功立业。此为临别赠言，亦是临别祝福。我在有生之年，如若身体硬朗，定当重访大宛。即就受制于他因，亦必有更佳者前往。"

二人被说得有些不好意思。真英雄又何必在乎一时分离？而以后的努力，更其重要！

一宿无事，十八日凌晨，克里泊尔、别孜勃挥手告别。大家重回宿处，精心洗漱、修剪指甲、胡髭，又将马儿篦洗一番，驮上礼物货包，骑着坐骑，去膳房，早餐吃了半饱。卯时许，便见拓箨、巴雅合领了一队身着礼服的男女礼仪兵，手举各色彩旗而来。

张骞等人放眼看去，只见拓箨、巴雅合打扮一新，身着浅黄缀花彩袍，足蹬浅黄马靴，坐骑则为红棕颜色，鞍鞯犹似白玉。二人发型一致，乌云三叠，尾发齐耳，露出粉嫩脖颈。女仪两人一列，计六排十二人，居前，均为缀花白袍，足蹬白靴，胯下白马，发式亦乌云三叠，唯鞍佩黑若墨玉。女仪十二人中，六人举旗前导，后六人手持乐器紧随，系首次出现于迎宾门的那几位姑娘。拓箨位于张骞、苏疾之前，巴雅合则位在使节队后尾由天际、帕卡之后，礼物驮马两匹居中，扎以红绫布条。男仪十二人又在巴雅合之后，一律赤色头盔、赤色战袍战靴，骑青色战马，人人高大英武，连胡髭皆成一个样式。亦是六人举旗在前，六人持戟在后。拓箨一声令下，人马便缓缓走出国宾大门。

门外草地大道，宽阔笔直，直通大街。此时草色萎黄，却柔软似毡，落蹄无声。两旁行道树，层次分明，首排皆为桂树，中间均是松树，其后全是水杉，树高皆约两丈左右，树粗可在半搂上下，显得青郁、肃穆、庄重。约半里，便进入党河大街。立时，六位姑娘便奏起了迎宾曲，悠扬、雅致、欢快之声充盈街市。

当其时也，商铺店家均已开门，赶早市的民众业已入市。见此情景，均弃市观睹，暗议指点，面呈讶异之色。街面青石已被清洗，洁净无滓，排水沟里的杂草已无丁点，唯有残留的水渍。可容六马并骑的街道，此时马车皆停，伫立两旁，寂然无声。只待这支华丽的队列通过，整齐的“嗒嗒”蹄声和着美妙的乐声，反而衬出一种莫名的安静。看着一色的土坯抹泥平房，使人只感到某种单调，街后一闪而过的白色毡房，倒成了别致的点缀。

张骞等人晓得，此去东行三里，便是宏伟的宫门。白色玉柱，粉色宫墙，墙体高大，上有箭楼、垛牙，门禁森严，不知有多少卫士日夜轮流值守。候在这里的礼仪主臣赑屖与次臣鸲瑑，一见迎宾队列，即令大开宫门，四名卫士两两分开，各将一门推开。

众人所见，却是大片草原，草地中间，是一沙土夯就的宽阔甬道，遥远边际之处，有十数顶白色毡帐，传来牛羊鸡犬之声，疑似某个村落。再一里，又见大片田地果林，稻谷已收割净尽，唯见苹果、石榴、葡萄果林。田地尽头，只见夯筑土墙草房，足有半里。又一里，左边有一壁立百丈的陡崖，陡崖之下，数座汉式宫殿，排列得错落有致。

使节队中，除刚归来的堂邑父四人，其他人已从坊间得知，大月氏王坚守轻徭薄赋、富国强民之策，一批宫役专事放牧、稼穑、匠作服务，挣得相应俸酬之外，其余专供王宫一应用度。不料所见规模之宏大，远超想象。

此时只听拓箨轻声道："张大使，请你们就在此处下马，马儿不用管它，有专人侍候。下余一段路程，随我徒步而去——哦，差点忘了，两匹驮马可以随行。"

所有男仪、女仪皆骑马走进旁边岔道，不知去了什么地方。

这真是：

远方组成的屏幕，那是一幅幅自然的衣服。
新鲜的迎宾曲调，像轻盈的鸟儿歌舞，
在陌路，在异国，在征途，在心头……
扪心而问，此地是否殉道者的去处？
是否？是否？
看一片片漫空而至的艳丽，
原来都是，纷至沓来的辛苦！

欲知张骞在大月氏王廷如何舌辩群臣，后续又有何故事，且由下回一一道来。

注释：

①赑（bì）：巨大、猛壮的样子。

②鸧（cāng）：鸟名，又叫鸧鸹（guā）。

③月葵：古代医者对妇女例假的称呼。

第七十六回　月氏王宫分辨诸臣　大汉使节出访列国

徒步三十余丈，登五级青石台阶，一行人进入一条廊道。廊道甚高甚宽，每隔两丈以木柱相撑，两旁摆放花草，廊外皆植桂树。因时在八月，花香浓烈，使人闻之爽然。

有侍卫五人，于廊道游走值守。见有国宾登阶而来，即在原地肃立，注目以礼。

廊道长约十数丈，尽头与王宫大殿相接。宫墙粉白、檐下石青，宽可走马，檐边植花卉草木；两扇殿门，业已大开，是为赭色，边沿铜皮包裹，门扇上覆铜钉；铜钉纵横五排，每颗拳头大小，阳光之下，晶黄闪亮。八名侍卫，腰挎弯刀，两厢分立，纹丝不动。

张骞已从拓籓口中得知，此处名曰“安定殿”，系国王与大臣朝会之所，亦是会见列国使节及重要国宾之处。使节队一到便即暂停，殿门之外，卸下礼包，驮马由拓籓、巴雅合牵走，二人引领之务即告完成，不复再来。赑犀、鸽璨先行入殿，不一刻，又复出来，并有几名力士相随。

隙间，张骞等人观其殿，虽无汉之未央宫前殿宏伟，但比起大宛堪称雄阔。登殿七级台阶全为豆色长石，绿莹莹格外庄重。殿顶高约两丈，飞檐翘角，榫卯勾连，筒瓦红艳。鸽璨降阶而下，至张骞面前施礼道：“我王有请大汉使节入殿。”

一入殿内，皆感奇绝。殿内既无壁毯，亦无地毯，地面一律黄木地板铺就，中间绘一大大的八卦图案。国王犡牴稳坐于乾卦位置，其余宾、主按卦象围成一圈。

座位一律杉木扶手圆凳，主臣、主将在前，次臣、次将在后。显眼的是，两位银须老臣分坐于国王左右，一派仙风道骨模样。

主宾坐定之后，赑屖将双方作了介绍。

张骞看那大月氏国王，年纪约在三十挂零，椅大若床，端坐其上，英气逼人，有诗为证：

乌红大椅纹镂鹫禽，高位端坐据案嵚岑[1]；
眉若刷漆鼻高唇阔，身躯似熊虬须初成；
蓝睛闪闪目露锐气，峨冠巍巍翡羽[2]翅翎。
月氏国王名曰犡牴，皮袍大氅英风凌人。

同时识得，左主辅（宰相）大臣峅操，右主辅大臣笃尔玛，以及其他各职主臣。张骞暗思，大月氏上层诸大臣中，必有饱学之士，尤擅汉文化。《易经》卦图案，必出自其人之手。尤其两位任职宰辅的银须耆老，更不可小觑。

犡牴首先发话："上国大使来敝国已有时日，因故未能及时晤面，实为怠慢。"

张骞起身施礼："怠慢一语，非也。贵国知宾迎接盛情，世所罕有，令人难忘。国宾礼遇，周到温暖，永当铭记。大王虽国事盈山，仍挂怀外臣，让人着实感动。"

"大使看似外臣，却体恤敝国民众疾苦，致坊间赞声盈耳，使我君臣备受鞭策。"

"尊敬的大王，外臣唯知，民勤奋，君臣喜之所在；民勤劳，君臣爱之所存；民之苦，君臣心之所系。吾之眼中，凡民，无国之别，无族之分，力所能及，顺手帮扶，实乃日常操行。"

"好一个'实乃日常操行'。那么，食必尽，无颗粒残羹，也是了？"犡牴笑道。

张骞兀然吃惊，一国之君，连来访使节之饮食细处都了如指掌，其察人之能，绝非泛泛。他甚而怀疑，延至今日方始召见，真是因优优公主瞧病一事？显然，犡牴君臣是要通过大汉使节，察看大汉君臣之品性、耐性，而后定其国策。毕竟，大汉立国多年，当时虽为近邻，却无往来。心知如此，他仍坦然相对："大王可知，大汉有俗语曰：'滴水之恩，当涌泉相报。'想我等使节，无论在大宛，在大夏、在康居、在大月氏，既无寸功于君，更无滴惠于民，而待遇优渥，寝必暖，食必精。

且不论寸丝寸缕得之不易，一粟一酒皆为汗水，单是这份情意，便难负载。我等所能做的，唯有惜之，此日常操行，实为应有之道。当然，我等绝非悭吝之人，如有朋自远方来，亦当倾其所有，如大月氏人一样，有客无我。”

蜩羝目视左右主辅，㟆操立即插言：“张大使，虚言了吧？据我所知，大汉使节入城以来，并未受过民众一粥一饭恩惠，何曾知晓大月氏人有客无我之说？”

“请问主辅大人，可知大月氏守灵人之窘境？”张骞反问道。

“不知。张大使又怎得知？”

“若说此事，纯系机缘巧合。”张骞遂将经乱石滩遇两位大月氏守灵老妇之事，作了简略叙述，最后道，“想那伏尔卡、努伊玛两位老阿母，其丈夫、儿子为保卫大月氏部族而战死，将戈泊送与她们的唯一一罐葡萄美酒，全都给了我们，难道不是有客无我？在踏入贵国边境时，一大月氏牧民硬要宰牲以待，难道不是有客无我？是的，过阿姆河时，我曾帮过一位名叫库娅莎的女子，后来听说，她曾寻至国宾处，数次因护卫相阻而不得入。她的目的十分简单，以其勤劳所得而欲行感谢。大人想想，此举是不是有客无我？”

“张大使，恕我冒昧，大月氏守灵人之事何以为证？”右主辅笃尔玛接口问道。

“遥远之地，遥远之事，大人所疑，情理之中。”张骞不慌不忙，从怀中掏出一张羊皮卷，起身双手递与蜩羝，“请大王过目，一看便知，张骞是否有讨好之嫌。”

蜩羝接过展开，见上面写着汉文，遂递与㟆操：“左主辅读来听听。”㟆操看了一遍，不由得心生悲戚，声带哽咽：“维大汉皇帝建元后之十一年，岁在六月，适逢大月氏守灵者祭祀本部族英灵之日。大汉使节队正使张骞，率部副使堂邑父、任扶、秦自乐，及使节杨柏、孙治瑾、苏疾、赵无偏、由天际，谨以此悼文，致祭于大月氏众英灵墓前曰……”

读罢，大月氏国君及全体臣子，包括众使节和帕卡，尽皆默然，脸色凝重。

还是蜩羝首先打破沉默：“张大使乃忠勇信义之人，众使节亦是大汉忠君报国志士，各位臣子，相疑之语勿得再有——礼仪主臣赑犀，仍按既定议程进行。”

张骞本欲乘此机会，将小月氏概况予以叙说，听得此语，只好先行忍住。

只听赑犀端立庄重道：“大月氏礼迎国宾第一事，奏国乐！”

由天际偷眼一瞧，殿内空旷，并无他人，不知乐手藏于何处。正疑问，只听身后墙壁微响，回头一看，暗暗吃惊，响声处已洞开一门，徐徐走出六男八女，各人手持各种乐器，由拓箨、巴雅合带队，于八卦中心对排站定。拓箨先敲鼓点，巴雅合号角一引，一曲清幽、昂扬的乐声便在殿内回响。毕，又从原处退回，墙壁复原如初。

赑犀续道："来使递国书。"

张骞掏出一件用布帛缝裹的小物件，举过头顶，又双手平端，隔着案几递与犅牴，然后又取出一把小剪刀，放在案角："请大王将布帛线缝挑开。"

使节队中，除了张骞与几位副使，还有亲手缝裹此物的公羊鸣执，没人知晓此物便是国书。如今见了，才知张骞为何将此物看得比性命还要贵重。

拿去布帛，只见一只外敷金箔的小锦盒赫然入目，其精致漂亮令人叫绝。

张骞一直在案前肃然恭立，此时又道："请大王查验，启口处御封是否完好？御封处有吾皇御印。"

"完好，完好。十多年了，各位使节历经磨难，真是不易。"犅牴感叹道。

张骞暗吁一口长气："锦盒启口下方有一暗纽，食指一按，锦盒便自动跳开，大汉致大月氏国书，即在其中。国书上盖有大汉皇帝玉玺，请大王一并查验。"

犅牴将国书取出，却是一方黄绫，散发出丝品那种华贵光芒，一行行整齐漂亮的汉隶文字，跳入眼中，落款处盖着鲜红玺印。仔细端详一番，才让㠉操接过。

㠉操展开一看，立时为难。按他所学，秦篆倒是熟悉，而对此新式汉隶，却是首次见到，连认带猜，倒也部分识得，但若全文流利诵读，实难办到。他不由得浑身冒汗，反复沉吟之后，走近犅牴，耳语数句，将国书又交到国王手中。

犅牴心有遗憾，并无责备，对张骞道："汉人圣贤有言，'知之为知之，不知为不知'，大汉这种新式书体，大月氏尚是初见，有待来日学习。今日还得相烦大使将国书所述自行诵读。"

"这并不奇怪。这种隶书书体，在我大汉也通行不多年月，因其书写速度较篆体快捷，为大家所接受。说实话，这国书所书内容，我也只知大概，趁此正好共同研读。"张骞唤来苏疾，以作同声翻译，而后展开黄绫，朗声读道：

大月氏贤君启闻：

朕初执汉祚，有边境郡守奏知，贵部族娉容修态[③]，与汉通好。然夷狄无义，由来已久，敌酋冒顿者，性好攻掠，寇我边民，蹂躏月氏部众，连年战祸血腥。贵部族虽上下勠力，奋起抗争，终因势单而惜败，致老国王遭厄，国后蒙羞，成大月氏奇耻。

其时也，大汉国势初定。先是兵连祸结，民生凋敝；后有七国之乱，亟待敉平[④]。自先祖高帝白登之役[⑤]无果，即以恤民富国之策，蓄势待发。未能联络贵部族，实为憾事。待朕知之，贵部族已举国西迁矣。

失此佳邻，朕深惜之。特遣张骞，携使节百人，礼百件，西行寻踪觅尔友邦，以求际遇，并告贤君，朕誓驱北匈枭獍为要务。朕亦将纳佳邻回故地，以作复国大计，河西千里沃野，当尽属大月氏。

若贤君以洗雪国耻为己任，决意回迁复国，朕定不食言。但凡回迁之所需，扫荡北匈之方略，正使张骞，尽可代朕相计议。

外侮消弭之日，当为朕与贤君相会之时，朕期期以待也。

读罢，张骞手捧国书，恭恭敬敬，复交与㘓秪，与苏疾相携，归坐原位。大月氏众臣皆窃窃私语，有涕泣满面者，有怒张虬须者，亦有沉吟不决者。瞧那㘓秪，悲愤与希冀交织，脸色成扭曲状。夃犀小心问道：“大王，是继续，还是——”

㘓秪却不理会，径问张骞：“张大使，你在匈奴十年，其现状若何？”

“大王怎不先问吾皇如何，我离大汉之前是甚样的大汉？”

“是我差了。请大使说说汉皇是甚样的汉皇，汉国又是甚样的汉国。”

“以骞察之，吾皇虽然新立，然其有鲲鹏之志。简言之，可用十六字予以概括：‘雄才大略，坚毅果断，任贤能而不拘一格’。譬如大将卫青，原是其皇姐公三家奴；使节队副使堂邑父，不因其系匈奴身份而不加任用；至于区区在下，不以一介农夫而不予正使重任。所率一百零三名使节中，医工、农事、土木、水利、玉石、冶铁、盐工、缝纫、将军、乐事，贤能志士，应有尽有。可以说，无吾皇之决断，便无张骞此番探寻友邦之行。使节队之不惧艰危，不怕牺牲，忍囚徒之辱而不坠使命之志，均来自吾皇之殷切期盼。当然，也包括对宿敌报仇雪恨之努力。我等深知，国仇不报，家无宁日；匪类不除，必受其害。我无害人之心，敌有觊觎之意，此不可不察。”说到慷慨激昂处，张骞不由得提高了音量。

“至于大汉国力，单就十年之前所知，便已非同小可。经文、景二帝数十年大治，民有宿年余粮，国有资财兆亿盈库，钱绳为之朽。良臣谋士无算，更有披甲锐士百万，攻坚战将千员。我曾任一马场司御，单我所在马场，就有战马十万之众。依骞预计，汉匈决战，为期已经不远。”

“可那匈奴幅员辽阔，兵民久经战阵，又有地形地貌之利，行动倏忽诡异，寻机决战，绝非易事。”主辅巇操又复插言。

“主辅大人所言，骞不否认。孙子曰，‘知己知彼，百战不殆’。骞坚信，吾皇必有良策，避敌之长，攻敌之短。以同仇敌忾之锐气，对劫掠逆天之匪气；以披坚执锐之利器，对野蛮凶狠之身躯；以闪电雷霆对倏忽诡异；以日行千里之师，迫敌灭敌。雷霆扫穴之日，必将不远。大月氏既是友好邻邦，骞不妨在此透露些许信息，十年匈奴囚徒生涯，所获颇丰。敌之上层状况，从单于到各王爷、土司，均有了解；敌之军备、战力、谋臣、战将，皆已掌握；敌之草原、大漠、山川、部落分布，在座使节，人人熟知。不瞒大王及各位大人，我已将其绘制成图，付与返程部属带回，呈送吾皇（张骞此时不知朱厚良、孟慎、先偃等人殉国之事——笔者注）。依骞猜度，两三年内，必有佳音。”

右主辅笃尔玛郑重道：“依张大使所言，汉灭匈奴，有无外力相助，皆可独自成事。”

“大人此言差矣。大人此言似有隔岸观火之意，非真正朋友所宜。纵然不为友邻，亦应一雪国耻吧？”张骞觉得此语有些言重，便放缓了语气，“有些伤感之事，本不欲道出，今日又不得不向大王及诸位大人诉说。骞被俘被押往匈奴龙城，军臣单于以高官厚禄诱降于我，并以贵先王头颅制作的酒器相威胁，以贵国国母努汗菇王妃之性奴身份相要挟，暗示我若不降，便只两种结果，或被杀头，或披枷为奴。后来的结果，是脖颈间上了铁锁，遣送至托力鲁王爷处为奴。当时我想，大月氏一国君王头颅，被冒顿、军臣单于当作酒器；大月氏一国之国母，被两代单于当作性奴，一个有血性的国家、一个有血性的族人，能就这么算了？后来，无意间与贵国守灵人戈泊交上了朋友，由戈泊带领，去了小月氏人生活的地方，见到了王妃伊木罕。在这里我不得不说，这一部分大月氏人，生活得完全像一群弃儿。为何？因为伊木罕是一傀儡国王，一则受制于监国匈奴人利度削，二则受制于羌族利宾拉人。他们互相通婚，互为姻亲，已分不清谁是大月氏人，谁是利宾拉人。大月氏那么多兄弟姐妹在那里，能就这么算了？请大王和各位大人原谅骞之直率。请你们信我，这世上，不分国与国、人与人，只有知心朋友，才会说真话，讲实话，心无丘壑。”

𤝞牴脸色愈来愈沉。张骞刚一说罢，他倏地以手击案：“此仇不报，我这国王当着还有什么意思？张大使，你说，大汉皇帝想让大月氏怎么做？是出兵匈奴，实施东西夹击，还是厉兵秣马，待时而动？”

“这个，外臣无权置喙。此乃大月氏之国是，应由大王您做出决断。”张骞充分把握分寸，不能授人以口实，更不能将自己摆在上位，惹人讨嫌，甚至被这班老臣疑作说客。

“大王息怒，容老臣启奏。”𡷊操缓声说道。

“你是一国主辅，有甚话，尽管道来。”𤝞牴余愤犹在，语气生硬。

“张大使所言，并非虚妄。但是话有两讲，于先王之不幸，此为大月氏不甘之仇；于大月氏百姓，目前所需，为休养生息。据我所知，多年前白登之役，冒顿困汉高帝七天七夜，粮草尽绝，若非陈平施计，高帝危矣，此乃国仇，不可谓不大。可高帝回京之后，却用了缓兵之计，采取了和亲之策，并一直到文、景两帝，积六十余年生息，方有今日富裕、强大之大汉。而我大月氏部族，区区不足二十万人，且男丁甚少，加上与匈奴之救亡之战，于此地立国之战，牺牲、身残男丁无以计算，以致目前披甲锐士仅有万余。大王一旦兴战，远途奔袭，且不说战况如何，仅粮草供给，亦使民力罄尽，国家立陷危境之中。请我王三思而后行。”

𤝞牴沉吟不语。作为一国之君，怎能将刚说过的话即刻收回？他暗自掂量，既承认𡷊操所言不差，又咽不下国仇恶气，一时两难，委决不下。

主将之中，又有两人宣称，虽无力大举复仇，也不能苟且偷生。至少，亦应解除匈奴对天山南北诸国之控制，将沦落于利宾拉人中的族人接回。待匈奴势衰之时，再议是否回迁之事。

笃尔玛大声道：“凡事，皆应量力而行。力不可逮而强行，只会自取其辱。

再者，今立国之地，亦是流血牺牲血拼所得，比之故地，更胜一筹。这里水草丰美，气候温润，沃野何止千里！且山林茂密，野牲遍地，平畴地域，处处宜牧，处处皆宜稼穑。况大宛、康居、大夏、安息、奄察、呙国，诸多邻邦，皆为友好，正是休养生息之佳地，何必再远徙艰危之地？汉皇诚意，大月氏人只能心领。愿我王审之、察之。”

张骞迅速做着判断。通过这一段交锋，大月氏王廷已分为两派：以国王蜩牴为首的复仇主战派、以主辅为首的休养避战派。如若设身处地地为大月氏着想，作为真正的友好邻邦，就不可强人所难，去干火中取栗之事。倘若友邦成了弱邦，非但不能助力，反而使大汉分心，岂不适得其反？只要能以大月氏为轴心，使西域诸国团结一致，阻遏匈奴西侵图谋，亦能不负皇命所托。琢磨已定，即起身向蜩牴鞠躬致礼道：“尊敬的大王，可否容外臣说上几句？”

使节队其他八人，又立刻紧张起来。自进入大月氏王廷，除却迎宾音乐，自张骞宣读国书开始，大家便绷紧了心弦，精神无不高度集中，听张骞一段又一段地与大月氏君臣舌辩，其心智对垒的程度，不亚于一次剧烈的战斗。听笃尔玛所言，句句在理，不知张骞如何应对，大家的神情更加紧张。

而所有人中，帕卡最为尴尬。他既非大月氏王廷人员，亦非使节队成员，完全是一听众和看客。但他首次体验到，国与国之间的交往，即使友好邻邦，也充满了智慧上的角力与交锋。只是在感情上，希望张骞既不伤和气，又能占到上风。

再说蜩牴，既担心张骞将他推向更加两难的境地，又不能失礼予以拒绝，于是心怀忐忑道：“大使有甚话，说来听听。”

“谢谢大王。”张骞条分缕析，侃侃而言，“刚才主辅所言，确为老臣谋国之语，合乎国情，亦合乎民心。而大王胸怀大义，图报国仇大恨，更应嘉许，此乃一个有血性国家的应有之举。但报仇仅凭血性，莽撞而行，往往会仇未报而伤及自身。我现在要说的，有六件事：第一，国书所述，‘河西千里沃野，当尽属大月氏’，并非虚言，黄绫黑字，永远可查。况河西沃野，又何止千里！而所述‘回迁之所需，扫荡北匈之方略’，实际而客观，并无强求，大月氏尽可有多大的脚穿多大的鞋，做力所能及之事。之前过阿姆河时，吾问民众，为何桥毁而不重修？民众答，修城造桥之人故去，奈何！实际上，大汉使节队出发时，吾皇已虑及友邦之所需，聚集了各方面人才，可惜大多殉国，在座的仅剩一名将才任扶、一名医工孙治瑾、一名玉工赵无偏、一名农事专才杨柏。我有此语是说，倘若大月氏回迁故乡，吾皇可为之提供各方面专才，予以帮扶。关于扫荡北匈之方略，我且先讲第二、三、四事。”

张骞眼角一扫，见所有人都在凝神谛听，于是轻咳一声，继续说道：“第二，匈奴龙廷有这样一伙人，名义上是单于贴身侍卫，实际上干着四处打探消息的勾当。他们怀揣单于颁发的黄金虎皮绢，只对单于和匈奴国师负责。他们权力很大，只要出示黄金虎皮绢，上至左右贤王、左右谷蠡王，左右大将，下至大小王爷、土司、头人，就得听命于他。这伙人个个阴险狡诈、毒如蛇蝎，为了获得丰厚赏赐，不惜跋山涉水，万里冒险，四处乱钻，以各种身份作掩护，刺探情报。大汉京城长安，抓获这样的歹人，不在少数。我在前面提到的利度削，便是这类歹人。我虽无证据，但有充分理由怀疑，大月氏在那里横遭匈奴远征军侵袭，与此人有直接关系。否则，匈奴单于不会赏他人马，让他去做小月氏的监国。”

张骞正待续说，数员主将已揎袖而起，要求㹯牴允准他们，带本部人马，去宰了那个利度削。

㟴操抬头，双手向下一按：“各位将军暂且息怒，且让张大使将话说完，再议不迟。”

见众将落座，张骞才道：“第三，树欲静而风不止。世间之事，绝非一厢情愿就能了事。尽管受害者抱着‘惹不起，躲得起’的心思，但施暴者并不因此而放手。因为他怕，怕什么？怕受害者有一天找他复仇。大月氏二次遭袭，说明匈奴单于始终未能忘却他们种下的仇恨，欲将大月氏灭之而后快。依我估计，大王和各位大人率本部族在此建国的消息，军臣单于早已获知，他之所以未向大月氏动手，就是因为下面讲的第四件事。”

讲到此处，张骞感到口干舌燥，咽了一口唾液，欲向下说，却见壁门大开，走出一群手持白玉茶杯的姑娘，领头者格外引人注目，那种美丽与文静、温婉与风度，只可体会，无可比喻。她径直走到张骞面前，一双清澈碧蓝的大眼睛盯着他：“张大使，说得真好，我们都在外面听着。用你们送的茶叶，沏一杯茶水，尝尝你们家乡的味道。”随即，一群男侍出来，在每人面前放了一只茶凳。

除却犅牴，在场文武大臣、一众使节俱都站起。孙治瑾唤了声“优优公主”，其他人亦吃惊而恭敬地叫着“公主”。犅牴、赑犀为未设饮水而深悔，他们未曾料到，国书宣读之后，竟有长时的计议。优优公主抛头露面，说明她十分认可张骞所语。

张骞内心激动，深鞠一礼：“谢公主厚爱。”端起玉杯，缓缓啜饮。优优公主将水续满，这才退下。然而，优优公主虽已离开，一种异香却久久未散。

重提话头，张骞嗓音清亮了许多：“第四，有迹象表明，吾皇已派大军向匈奴展开了攻势。三年前，我所在的托力鲁草原，有小王爷布赫和土司缅捏，曾率一千五百精骑，随匈奴大军南侵，结果三去其二，只剩五百余骑残兵返回；再者，大月氏能在此地休养生息，不受匈奴侵扰，说明匈奴单于不是不想向大月氏寻衅，而是无力派出远征军骑，他得全力以赴，应对大汉进攻。若是吾皇不施破匈之策，主辅大人所说休养生息，只怕是一厢情愿之事。骞之所言，不知主辅大人是否认可？”

峠操、笃尔玛俱皆缄默。其他文武大臣则纷纷点头。犅牴抿了一口茶水，道：“许久没能尝到汉家的茶味了。张大使，第五件又是甚事，我听着呐。”

“第五，我送大王八个字、一句话：‘筑牢篱笆，防贼入侵’。我敢断言，汉匈一旦开战，单于必败无疑。我不知需经多少次战役、需经多少年月，匈奴之最后结局，必然是分崩离析，国之不存，再无逞凶施恶之力。如若出现此等境况，匈奴穷途末路之时，单于必效当年大月氏之举，另寻存身之地。向南？南有大汉；向北？北方极寒，无法生存；而东边被堵，唯一去处，便是向西。而西边诸国，据我所知，无论乌孙、大宛、康居，抑或大夏、安息、大月氏，都无法独自面对匈奴之凶残。但是，若能以大月氏为轴心，诸国团结一致，则匈奴残敌可以全部剿灭，永绝后患。那时，大月氏不管回迁与否，尽可安心休养生息。此乃八字含义之所在。这八个字对与不对，请大王与各位大人掂量。若认为骞之所言不虚，我再说最后一事。”

犅牴拍案赞道：“大使所言，有拨云见日之功，此乃大谋也。按大使八字施为，西域诸国得安，大月氏得存矣。”

“既如此，我来说说最后一件事。不过这么一来，使节队得在大月氏多有耽延，多耗大王钱粮了。”张骞一笑，说道，“第六件事，可分四步。第一步，由我率大汉使节队出访各国，予以联通。大夏、康居两国，副使堂邑父、任扶虽然去过，但国王提出要面见正使，故而须得前往拜见。大宛那里，系骞首站，与大汉已结盟好，况有护卫使帕卡在此，今日之议，全程无遗。另有安息、奄察，需骞前去；至于呙国，可遣使节二人前往联通；尚有乌孙，可交付帕卡。第二步，使节队返程之后，大王或亲赴，或派重臣前往列国，互结盟友，互通声气，达到一方遭敌，各方驰援，最后除恶务尽。第三步，加强战备，探敌讯息。探敌讯息乃军情要务，尤以乌孙、大宛、康居、大月氏为重。对于大月氏，天山之北，可与戈泊联络，而对利度削，暂时不要动他，以免打草惊蛇，待单于亡命之时，再收拾不迟；天山之南，可派斥候去楼兰、且末、于阗、莎车诸国潜伏，随时传递消息。第四步，打通南北商道，实行各国共享，与大汉展开各种交流，那时，想喝这么一杯汉茶，易事尔。”

说罢，又对帕卡笑道：“护卫使，你的担子可谓不轻，事谐之日，若去长安，张骞将请你吃够，喝够，玩够。”

由天际极是兴奋：“张伯伯，只怕轮不着您请，单是小弟我，也让大哥玩他个晕天黑地，不知南北。”

辋秪借机说道：“帕卡，我知你与别孜勃为忠义之人，回大宛之后，请你代本王向别孜勃、克里泊尔二人致歉，若知有今日之议，就该留下他们。”

帕卡神情激动，起身说道：“谢大王信任，谢张大使抬举，小可定当不辱使命，扎好篱笆，以防贼匪！”

说得大家都笑了起来。

辋秪又道：“张大使，还有甚事需要讲的？”

张骞道：“我已说得够多。只回迁一事，在我等返国起程之时，望能给一断语，我好奏明吾皇，对河西之地做出安置。依我估计，倘若贵部族愿落脚脚下此地，不思回迁之举，吾皇必迁汉民于河西，以巩固大汉边境，甚而天山南北亦将设法管辖，有戍卒保其商道。”

“呃，好的。本王定当给一明确回复，以国书呈与大汉皇帝。大使能长留大月氏，为和平奔波，实为大月氏最尊贵的国宾，哪有耗费钱粮一说。”说罢，大笑不止。

这时，赑犀走到辋秪面前悄声道：“大王，接着应该是礼仪第三事。”

“第三事？”

“大汉使节递礼单，礼仪大臣读礼单。”

“收下的礼物多吗？”

“不多。只有茶叶两包一百斤，白绢两匹，彩绢两匹，红绸一匹，帛一匹，宝剑两把，漆器八件。张大使私下对臣说，十年来，使节队员十去其九，礼包亦十去其九。在雪山、大漠丢失的，被匈奴骑痞抢劫的，霉变损坏的，无以计算。他让我看了十年前从长安出发时的礼单，那价值可谓吓人，可以买下半个巴尔赫城。”

犅牴摸摸胡髭，沉吟片刻，见众臣及汉使向他注目等候，即道：“让张大使将原来礼单递上，那是汉皇的诚意，应让众臣晓得。读罢之后，你加以说明，就说本王命你这样做的。一个篱笆计，当抵多少礼！”

“大王英明。臣下依大王吩咐继续进行。”

张骞依言，递出两份礼单。那赑屖却将后来的放下，只读首次礼单，读后讲了缘由。最后道：“大王刚才说了，张大使一个篱笆计，当抵万千礼。”

众臣皆频频点头称是，有臣子暗道，大月氏回礼，可不能太薄。

“仪程第四事，大月氏回礼并赠大汉使节队程仪——大王说了，因路途遥远，一路艰险，为方便使节队行走，回礼以良马为主，现由次臣鸽璨宣读。”

鸽璨接过一方羊皮卷，展开读道：“大月氏回礼：骏马二十匹带鞍鞯、葡萄、石榴、红茄、黄瓜、苜蓿、巨胜（芝麻）、汉菜、波棱（菠菜）、大蒜、红萝卜、胡豆、胡桃（核桃）、大葱籽种各一斤或二斤，葡萄红酒六桶、香料二十斤、牛黄五斤、麝香五斤、虎骨两副。程仪黄金一百两，白银五千两。大汉使节队在大月氏期间用度另计，不在此列。”

张骞接过礼单，鞠礼以谢：“此礼太过厚重，只需籽种相赠即可。再说，程仪也太多，太多难以照看。沿途人烟稀少，无甚用度，食物尽可就地猎取野牲。那黄白之物，有它无它，无甚区别。”

“张大使此言差矣。礼物只是大月氏对大汉汉皇一点儿心意，我知大汉并不缺那一点牛黄虎骨。至于程议，不妨将话挑明，那是我对贵使节的一点感谢。”犅牴不意间露出一丝怪笑，“返程时，你们定必经过于阗，尽可拿这些黄白之物买上一些玉器、玉石，回到长安卖了，你们先做个富翁，也能念本王的好。张大使，你说是也不是？”

话已至此，张骞再也不好拒绝：“那我就代各位兄弟，谢大王对我等的特别关照。”

“不谢不谢。谁让你是大汉的大使，我是大月氏的王。”娴牴意味深长地说道。

“仪程第五事——”歙犀刚一张口，却被娴牴打断：“算了，算了，时辰太久，又喝了茶水，你先带领贵宾们去方便处方便方便，歇会儿准备国宴。老臣门只怕憋出什么毛病。”

“谢大王体恤。”歙犀不觉内急起来，向张骞一招手，大伙儿就相跟着出了侧门。

由天际扮着鬼脸，一戳苏疾的腰肋：“大月氏大王一句话，只怕胜过送你一件宝贝。”

“你就不急？尿脬比别人大？”苏疾不无讥诮。

“我呀？早就在向张伯伯学样。‘五不十注意’，一刻未曾忘记。”由天际果然最后随张骞进入方便之所，见里面十分干净，无一点异味，便槽里一股清水哗哗地流着，便道，“张伯伯，这大月氏人真是聪明，那大王也真有意思。娴牴若不是大王，我就认他当兄长。”

“天际，你这嘴巴溜惯了，要改。对尊者、对长者，在任何地方都不可直呼名讳，这是交际大忌。”张骞道。

“诺。我一定彻彻底底地改。”

二人最后出来，忽听偏殿里传出阵阵歌声与乐声，大伙儿皆静立谛听。那音调与迎宾曲、国乐曲又有不同，清幽、轻快，让人有一种愉悦感。正自凝神，只见一位男侍走来，对歙犀耳语数句，歙犀即对张骞道：“张大使，各位国宾，且随我来。”顺着修剪整齐的草坪，走过偏殿山墙，来到一座穹庐状的大殿。

大殿周遭皆是桂树，金桂银桂互相间隔，芬芳馥郁之气阵阵扑鼻。有蜜蜂嗡嗡嘤嘤飞出飞进，紧挨宫墙摆放着七八只蜂桶。张骞深知，桂蜜素有蜜王之称，乃人间罕有珍品。据说，常食桂蜜者，身体会有一种令人迷醉的异香。张骞这才明白，优优公主缘何自带香味。

看那宫墙，一抹粉红，足高两丈，呈蜈蚣状，是完完全全的汉式，以他的轻功，亦难逾越。正自凝神，堂邑父扯扯他的衣角：“大哥看甚？那礼仪大臣在殿门口候你入殿呐。”张骞顿悟，疾步而行。

入得殿内，令张骞吃惊的，一非淡红墙壁，二非油浸松木地板，而是中间彩绘的山川草原舆图。别人不知，他却一眼认出，那是大月氏的故乡河西大草原，北边的合黎山、南边的祁连山。

宴席系一人一案一几，摆放成两个大圆圈，座位位置一如议事大殿，㶷牴与诸位大臣业已落座。张骞率众致礼之后，亦在宾位就座。

两位知宾站在宾位身后墙壁处。见张骞等人坐定，拓簭轻轻一敲，巴雅合一拉带木轮的滑门，一串男女侍者举着托盘，先给国王和国宾上菜上酒，摆放玉碗、骨筷、银匙、湿巾。而后退下，再次上齐。女侍们并不走开，拓簭去了国王身后，巴雅合去了张骞身后，其他各女侍去了国宾与主大臣身后，叉手立定。

菜是冷盘，十分精致；酒是热酒，略略烫手。赑屖、张骞各自代表主宾双方，作了一番简短讲话，国王㶷牴举起酒碗，说了声“张大使，请满饮”，国宴正式开始。

张骞很不习惯。一根羊肋刚一啃完，便被巴雅合接走，同时递上湿巾，让他净手；酒一喝完，酒碗尚在手中，亦被凌空接过，巴雅合将其斟满，嘤声道：“大使请。”就差没有喂食。

三碗酒下肚，便是歌舞。紧接着开始上来热菜。热菜却是一次一盘地上。上第二盘时，第一盘不管吃没吃完，都被撤走。拓簭、巴雅合事前曾告诉使节队，大月氏国宴的规矩，不管冷盘、热菜，食用时应按次序夹取，切忌乱翻乱夹，为的避免浪费，剩菜别人便于食用。直至第十二道热菜上过，巴雅合侧身一笑：“张骞，该我和拓簭姐姐上场了，你也得有点儿准备。”说罢，飘然而去，与拓簭携手，到了歌舞队中。

张骞浑身一震，巴雅合这样地直呼其名，使他感到一种别样的亲切，更有一种家人式的关爱。他注意地看了看她的背影，不料巴雅合回头向他嫣然一笑，接着，听到了拓簭和她的对唱：

拓　簭：我相信，我看到天下最湛蓝的天空，
　　　　我相信，我看到地上最鲜艳的花红。
巴雅合：最湛蓝的天空上有最温暖的太阳，

最鲜艳的花丛中有最醉人的芳香。

拓　锋：我相信，我看到天空上最美丽的云彩，

我相信，我看到山谷中最宽广的胸怀。

巴雅合：最美丽的云彩上有只只雄鹰飞翔，

最宽广的胸怀里有无数鸟儿歌唱。

拓　锋：我相信，大月氏听到了最吉祥的声音，

我相信，巴尔赫城里有最热忱的欢迎。

巴雅合：最吉祥的声音那是大汉朝的英雄之声，

最热忱的欢迎那是大月氏的颗颗热心。

拓　锋：我相信，我看到大河最奔腾的思念，

我相信，我看到高山最洁白的雪颜。

巴雅合：最奔腾的思念最是让人心情奔放，

最洁白的雪颜最是令人心底明亮。

歌罢，拓锋道："这是优优公主的歌声。她让我们代表她，向大汉使臣、向张骞、向孙医官致以谢意，并希望她的哥哥、大月氏国王及各位文武大臣，能世世代代，与大汉交好。"

张骞带头，致以热烈的掌声，见国王犅牴、拓锋二知宾、嵽操二主辅及各位大臣注目以视，便知仅以几句话难作应付，或许，他们早已晓得他在大宛王廷的应酬，于是道："我已知大王与列位大臣心意。优优公主如此高看大汉使节，着实令人感动。骞无所长，即就两殿地面图案，以歌咏之，题名《图案之歌》。"

《易经》八卦图兮幽壑舞回风[⑥]，

先祖助我知天地，目且明兮心且聪。

月氏王廷忽相逢，疑入碧霄宝莲宫，

雷震灵鼍[⑦]万叠兮澎湃欲崩空！

又见河西山川兮故地忆奔洪，

党河血战失匕箸[8]，巴尔赫兮自从容。

月氏一洗尘垢，祁连合黎[9]再生荣，

天宇在此开霁兮西域五云东[10]！

张骞以长调唱出，尤其显得昂奋、坚韧不拔，又寄予了无限的祝福与希望。虽然歌词不像两位知宾所唱那么好懂，但大体上都还明白。惆怅首先击掌称赞："张大使如此机敏，不愧为大汉英杰中的翘楚。"又对赑屃、鸲璨道，"二位主辅，可将张大使《图案之歌》记下，以作国乐之一。"

堂邑父、秦自乐等人悬在半空的心终于放下。尽管大家皆知张骞之能，但是听到他以两宫图案为题作歌，还是吓了一跳，这未免太难了，一旦分寸把握不好，定必适得其反。幸好，受到月氏国王的赞赏。

大家只当宴会就此结束，不料惆怅又问起张骞："张大使，下一步作何计议——请大使千万不要误会，本王没别的意思，只是随便一问。"

"大王不问，骞亦当禀告。下一步当然是为筑好篱笆之事出访列国。不过，具体路线，我还得请主辅大人相与琢磨，并征得众兄弟的同意。虽然我也可以命令，但这并非突发情况，习惯上还是要听听各自的见解。"

惆怅似有所悟，连声说道："好，好，好。"

张骞婉拒了二位知宾相送之情，拓簃、巴雅合显得神情有些落寞。由天际笑道："两位大妹子应该领情才是，这是张伯伯心疼体恤你们。国宴之上，你们侍候国王和张伯伯，即将撤席又上场唱歌，但凡不是铁石心肠之人，没有不疼惜的。"

拓簃二人顿时露出小女子神情："其实，我们大王挺关照人的。每逢国宴，都要让我们和所有侍者提前吃好喝好。否则，看着贵宾和大人们吃喝，岂不把人馋死。"相送一事，也就作罢。

谁知走到街上，又被库娅莎一干人拦住，说是为了表示对张骞等人的谢意，库娅莎数次去国宾馆而不得入，又数次在街上错过，今天在此守候了半日方才见上。其情之执着，让人难以拒绝。

但张骞还是拒绝了。情非得已，只接受了一罐葡萄酒。大伙儿回到馆舍，天已向晚，来自西山的晚霞，将整个城池映成一片红色。升起的炊烟，在晚风吹拂之下，袅袅飘摇，于红色中透出缕缕白雾。杨柏凝望此等情景，微微一叹："依我之见，大月氏人怕是不想再次挪窝了。"任扶却道："我看未必。既然不想回迁，又何必将河西故土绘于吃饭的地方？"

于是，大家凑在一起，又说起月氏王宫中的图案。由天际道："两位叔叔不要争了。我若是大月氏王，我也不想冒险回去。原因非常简单，一怕匈奴再行追杀，二怕没了匈奴，却成了大汉属国，因为大汉更惹不起。至于那图案，也好解释。周易卦爻能答疑解惑，有用；河西图案可向后人指明来处，是根。不信临行听其答复，定是谢绝。哪位叔叔敢与我打赌？"

"打赌？赌什么？"苏疾道。

由天际诡笑："谁输了谁就留在大月氏，帮大月氏造小人儿，反正大月氏有的是美女。"

"天际，越说越不像话。且听张大哥有甚计议。"秦自乐端了脸色。

由天际躲开秦自乐的目光，侧脸嘀咕："反正你又不与我打赌。"

张骞倒是赞同由天际的分析，但他没露声色，只道："既然来到大月氏，就得努力完成好吾皇所赋予的使命，若大月氏无力与大汉实施东西夹击匈奴之策，亦当促使西域各国团结一致，截断匈奴退路，让我大汉彻底去除北匈祸根。使我国境得保，边民得安。所以，在此准备两天，两日过后，无论风雨，便即起程，分时拜会各国君王。我意采取由远及近之法，最后仍回大月氏，届时由此取道，返回长安。"

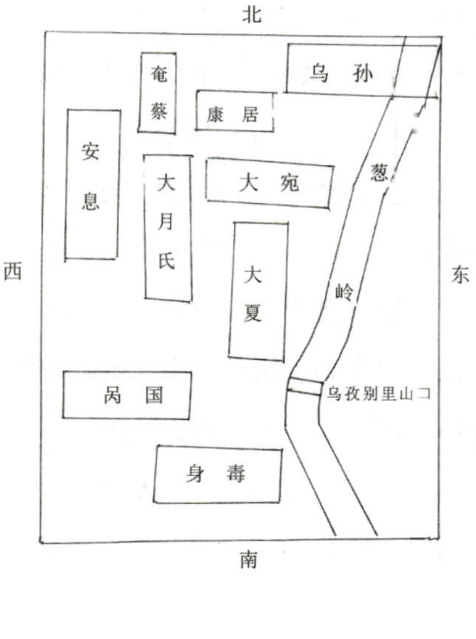

随即，张骞取出一轴羊皮卷，将其展开："这是我依据别孜勃在路途小店所述，又经他人纠正，所绘葱岭之西西域列国草图，大家请看，这是我们首先到达的大宛，大宛的都城叫贵山。大月氏在大宛西边，本来可以直达，但因为隔着大山，我们不得不向北绕经康居边境，再折向西南，到大月氏。乌孙在大宛东北，国土主要在葱岭东部，都城赤谷，较远，所以联络重任交给了帕卡。康居在大宛之北，都城卑阗，较近，国王又有邀约，我该应邀前往。奄蔡在大月氏之北，国家较小，又臣属于康居，可以免去。安息乃一重要大国，虽然相距大月氏将近两千里，亦不能错过。趁现在天气不是太冷，应将其作首发之地。安息的都城名字不太好记，叫作都尼萨忒息丰，国王叫踤巴[11]。从安息返回，大约九月末，时令将近入冬。返回中途，取道康居，耽延半月，回大月氏休整数日，复出大夏，此时已入严冬。不过大夏偏南，南方暖和，纵有山隘相阻，亦应无碍。只剩下呙国、身毒，须得另派他人探险，不能随我奔波。”

由天际撞撞苏疾：“不若我给你做伴，去呙国、身毒那里走上一趟？咱俩坐骑都是汗血宝马，能走一块儿。”

“要说你说，我不便张口。”

“你们俩嘀咕什么？有甚话不能大声点儿？”张骞道。

由天际眼一眨巴，道：“回禀张大使，我们没有嘀咕什么。苏叔叔说，甘副使、杨柏去过大夏，任副使、赵无偏去过康居。无论如何，这次也该他露露脸子，约我一道去呙国、身毒转转，就便另外找一条回国之路。可他是通译官，怕大使另有大用，所以想说又不好说。”

苏疾双眼直瞪：“你个调皮蛋，我是这样说的吗？”

“苏叔叔，别生气。我只是将您心里想说的话说出来而已。”由天际一本正经。

“苏疾，告诉我，你真是这样想的？”张骞非常认真。

苏疾不语。“那就是了。说实话，我也正想派你与由天际前去呙国。至于通译，我想我们问题不大。因为此事事关大月氏安危，国王定会派遣重要使臣，随使节队一道，出访各国。大宛、康居不说了，安息国的语言，想来定必通晓。反倒是呙国、身毒，你去最为合适。加上由天际，武功、应变能力不差，还能随时解解闷子。不过我有一个前提，你们要随时随地向当地土人了解风俗民情，以及山川地貌险境之处。据了解，南方现时还在雨季。俗言道，远处怕鬼，近处怕水，凡是险地，绝不可硬撞。今天是八月二十二，八月二十五从这里出发，给你们两个月零二十天时日，冬月（十一月）十五日之前必须赶回大月氏。你二人牢牢给我记住！”

待二人点头应答之后，张骞又对帕卡道：“你作为大宛护卫使，我无权派遣于你。大王既然让你相跟到底，现依据各国团结之需，你有三种选择：其一，立即回大宛，向大王禀明情势，预做准备，派干臣出使乌孙，你可请求与别孜勃、克里泊尔一道随行。我知你们两国因边界和汗血马种源问题，有些纠纷。我建议你们两国在强敌面前，一可以对等让步，二可以暂且搁置，坐下来先谈共司防御对敌之事。此系生死存亡大事，绝对不可掉以轻心。作为友好邦国，我有此建言，请转告你家大王。如若需要，我等可再去一趟大宛。其二，跟随使节队，去安息。其三，跟随你义弟，去呙国。这三种选择，无论哪种，于你来说都对。所以，你得自拿主意。不过，去安息、去呙国，年内便去不了乌孙，此时的乌孙，恐怕已是白雪纷纷了。不过，匈奴人也会窝在家里，大汉军队也可能暂停攻击——当然，这只是我的猜想。有些事，往往会在预料之外。”

“谢张大使的指点。我还是先回国，争取早日与乌孙取得联系。国家安危高于一切，此事绝对不可拖延。不过，我有一事相问，张大使可否给予准确答复？”

“甚事，你说？如果是拜师之事，还请免提，此事已经了结。”

“大使所授刀剑三十六式，我已基本掌握，不提。我想问的，是大汉使节队甚时起程回国，准备走哪条路线，届时我和别孜勃、克里泊尔是定要前来送行的。”

“你如此重情重义，我有体会，也十分感动，你们的义弟由天际更难忘怀。我可以告诉你，年内葱岭雪山阻隔，是走不成了，动身也得在明年（前128）三月二十八日前后。若能从呙国、身毒绕道，就从那里绕回。如若不可，就从乌孜别里山口越过，沿大月氏西迁之路，再随机而变。”

“好的，我记住了。”帕卡随即拉起由天际一只手，道：“小弟，且到外边去，我有话说。”二人当下去了外面。

张骞向大家解释道：“按说，访问大夏结束之后，我们出使西域的使命，也就告一段落，完全可以立即返回我们的家园，与久别的亲人团聚。可是因为路线陌生，节令不对，只能等冰雪消融之后才可动身。考虑到这次路线在南，所以时日提前了一月。”

堂邑父、秦自乐等人皆道，大哥不用说了，道理大家都懂。十年都熬过来了，又何必在乎再耽延三几个月。

不过，果如张骞所料，第二天，也即八月二十三日清晨，主辅大臣嵘燊、礼仪次臣鸽瑹和知宾拓籓、巴雅合，一同来到大汉使节队住所，商议出访事宜，并带来大月氏国王决定。因主辅大臣、礼仪主臣年事已高，不宜奔波，特命鸽瑹为大月氏大使，两名知宾作为随员，王廷卫队长作为护卫使，与大汉使节队并行出访各国。礼物由大月氏备齐。出访日子商定之后，禀知国王。

两日里，张骞将写与大宛植桑养蚕事各抄了数份，又让杨柏、孙治瑾将大汉农事技艺、医理医方摘要编抄数份，以作特别礼物分赠各国。

八月二十五日，乘着早晨的薄雾，各路人马互相道别之后，便分向而行。

这真是：

友谊酿制的酒汁，盛在宽广的胸怀，
那超越时空超越国界的情爱，
当然是真理与气魄的所在。
不用分辨，不容置疑，不必奇怪，
阳光雨露之下种子与沃土相吻，
当然是英雄与强大的豪迈！

欲知大汉使节后续故事，且由下回予以详解。

注释：

①嵚岑（qīn cén）：嵚，高锐的样子。岑，小而高的山。

②翡羽：红色羽毛。翡，一种长有红色长羽的鸟。

③姱（kuā）容修态：姱，美好。修态，美好的姿态。语出屈原《九歌·招魂》：“姱容修态，絚洞房些。”

④敉（mǐ）平：安抚、平定。

⑤白登之役：公元前200年冬，汉高祖刘邦亲率大军首战匈奴冒顿单于，因不听劝阻轻敌冒进，隆冬季节被困于今山西平城东南的白登，致七天七夜孤立无援，后陈平施计，方得脱险。

⑥幽壑舞回风：幽壑，深山沟。回风，旋风。

⑦灵鼍（tuó）：借指鼓声。鼍，即扬子鳄，俗称猪婆龙。皮可张鼓，故代指鼓。

⑧失匕箸：比喻失去生存之地。匕，勺子。箸，筷子。

⑨祁连合黎：河西走廊之祁连山、合黎山。

⑩五云东：从东方来的五彩祥云。

⑪踛（lù）巴：此处指善于跳跃的人，喻强壮。踛，跳跃。

第七十七回　走呙国途中逢险情　阻翠浣设计除蟒灾

苏疾、由天际两个人，反倒带了四驮马东西：一驮马食品、饮品，两驮马苜蓿、干草、马料，一驮马衣被礼物。由天际啧啧惊叹："鸲璨大人，这么多食物，把我们当作肥猪来喂啊！"

"小使节真会说笑。只因太过仓促，来不及准备，这都是主辅大人从军队调出的行军军粮。你们来去得近三个月，每人配备一百斤苜宿、麻饼，三十斤干萝卜片，三十斤干肉，六十斤红酒，不省着点，看紧点，小心饿肚皮。甭以为呙国是什么好地方，那里山大人稀，住岩洞，盖草帘，呙人除了臭虫，什么都敢吃！"

"人也敢吃？"

"说不准。没见过，却听说过。"鸲璨一脸严肃，不像说笑。

张骞不太放心："你二人要记住，世上最难防的，不是豺狼虎豹，而是心怀不轨之人。对陌生者，要多观察、多体味、多留意。当然，世上之人，并不个个都坏，该接触还是要接触；不接触，又从何探知情况？另外，对沿途路径情形应绘制成图，以备他日之用。"

二人诺诺，一路南下，先是一望无际的草原，草色青黄相杂，各种野牲成群穿过，不时有小河小溪交叉混流，分不清河道流向。两天后来到一处帐篷小村，二十来户，一百多人。一问之下，既非大月氏，亦非大夏呙人，他们不知国王，只知族长，是个三不管地方。他们说着一种非常奇怪的语言，苏疾使出了浑身解数也无法交流。一群男女围着他们，虽无恶意，也并不离开。有人拿来大沓羊皮，向苏疾二人比画，要交换他们的红酒和麻饼。由天际笑着指指嘴巴，指指肚子，指指双脚。又挺身向南边遥指很远的地方，行礼示意要见国王那样的大人物。那人却连连摆手，做了个脚底打滑、身体栽倒的姿势，劝他们，将东西卖了转回。

急切间，来了一位长者，众人一见，立即恭敬地让出一条通道，并且呜呜地叫着。苏疾试着用大宛语交谈，长者竟接上了话头，原来他是这里的族长，年轻时到过西域许多地方，本是呙国商人，后来看中这块地方，力劝族长带领族人迁入此地。族长死后，他也顺理成章，成为这里的头人。

苏疾二人决定，准备在此滞留两日。一方面，掌握呙人的日常用语，另一方面，了解呙国的一些人文地貌、气候道路具体状况。并按张骞要求，将其绘于羊皮卷上，予以珍藏。

当夜，那族长将苏疾、由天际二人请到自己帐篷，杀了羊，温了酒，款待他俩。由天际将小尖尖小钩钩插在身后，用汉话说道："苏叔叔，咱俩落进黑店了。"

苏疾觑了一眼族长，大吃一惊："不会吧？人家一直都挺客气。"

由天际嘿嘿一笑："苏叔叔镇定。不若干脆装傻，一切由我对付——这族长有几个破绽：一、他看人看货眼珠滴溜溜乱转，这是土匪常年养成的习性，说明他根本就不是商人；二、他对我们两异族的出现不感到吃惊，反而透着欣喜，说明以为我们势单力薄好算计；三、他的族人随便弄几张臭羊皮换货，做出脚底打滑栽倒的示意，并非关心，而是威胁；四、从始至终，他不问我们什么部族什么来路，到呙国究竟干什么，因为对于死人来说，没必要晓得，这是土匪杀人抢劫的习惯；五、后来这'族长'年纪大了，抢不动了，于是纠集一帮老同伙，来到三不管的地方，一方面为了避仇，一方面想安度余生，但是遇到合适的对象，忍不住又做上'一票'；六、今晚的晚宴，完全是当年赵信城英风客栈胖老二故事的模样。因为多年的劫匪经历告诉他，两个人敢于带货行走江湖，武功一定不差。"

族长的眼光像两粒萤火："你们说的甚话，我怎么的一句也听不清整？"

"老家伙起疑心了。"由天际向苏疾眏眏眼睛，又调皮一笑，"族长大人，我们俩在争论一件事。老族长准备的羊肉，吃，还是不吃；备下的美酒，喝，还是不喝。因为我们老大立了规矩，不经他的许可，不能吃喝任何人的东西。我说，老大不在眼前，吃点喝点怕甚？我这位老哥说，规矩就是规矩，反正他一点儿不沾。他不沾嘴，我怎敢乱动？只能等候老大大队人马来了再说。你看，我们这打前站的，一点儿便宜捡不着，真是处处吃亏。”

‘哦，你们老大干甚营生？江湖上是甚名头？”老家伙将他们当成了同样一溜人物。

“国王派他第一次带领我们去呙国遛货，没啥名头，人们都叫他烜三刀。”由天际开始胡诌。

两粒萤火顿时黯淡下来：“既如此，二位随便，老夫不勉强尊客。”

“不妨事。我二人还有不情之请，劳烦族长大人将去呙国路线、呙人常用语言，拣当紧的教教我们。”

“也好。人老了，觉少，那就说说。”

两头都为了避疑，不知不觉地说到半夜。苏疾与由天际就在老族长帐中，学着堂邑父的样子，背靠背持剑而眠，第二天清晨，向呙国进发。

此时薄雾渐起，日光昏蒙，前后所视，不及百丈。凉飕飕的晨风，使脖子、手臂起满了鸡皮疙瘩。而村子里的狗吠之声渐至模糊，唯听中间的驮马喷着鼻息。苏疾在前，由天际在后，开始默默地走着。后来，由天际吹起了响亮的口哨，听那曲子，正是《西域路歌》。

苏疾随着曲调，轻轻哼唱，并摇晃着脑袋，显得悠闲而又惬意。

“苏叔叔，大点儿声，我听不着！”

“大点儿声？不怕招来那老贼毛？”

“不怕！老杂毛派人追劫你我，最早也在午时过后，申时左右，小贼毛最多不超过五个。到时你随便挑一个练练，其余我的小尖尖对付两个，小钩钩对付两个。我这小尖尖小钩钩早就闹饥荒了，今天正好让它们吃饱喝足。再说，我跟秦哥哥学的投枪、跟张伯伯学的投石，还从未试过。”

“不过，我还是担心，老贼毛会不会将去呙国的路径故意说错。”

“不会。我看出来了，烜三刀的名头在老杂毛的心里分量不轻，所以他不敢。待他醒悟过来，派小杂毛追击你我，我们早已走出半天日程。”

“这老贼也真是瞎了眼，我们就那么点东西，也值得动此心思？”

“苏叔叔，您错了。老杂毛看中的不仅是那两包礼物，主要是咱俩屁股下的两匹马。老杂毛是惯匪，识货，若能劫下这两匹汗血宝马，那么他就可以衣食无忧，安享余生了。”

苏疾这才明白，张骞缘何安排由天际与他做伴。论语言学习能力，他无人能及；可论察人察事之机灵，他却远逊于这小调皮。这由天际看似油腔滑调常捡人的便宜，实际只是一种不动声色的伪装。有这样的同伴，苏疾心里踏实了许多。

午时过后，荒原渐没，山丘渐多。而且泥土皆呈红色，天气也愈来愈见暖和。转过一条山弯，见有一处小树林，二人便在那里暂歇，人与马都喝点吃点。半个时辰之后，又开始赶路。一上路，由天际便催促道：“苏叔叔，加把劲，走快点。”

苏疾一看这地方，两山夹一弯，小树林一过，便是一处开阔之地，一眼望去，至少五里。一条小河，傍着山弯，向南流去。看小河水痕，两旁各自五丈之外，长草、短草皆呈倒伏状，沾满红泥。路径之上，堆满泥沙。看路旁山势，尽为陡崖，壁立如削，赤红如炽，偶有藤草，零落倒挂，随风飘拂。十分明显，这地方一旦涨水，路也就断了。而就在此时，头顶已乌云渐起，天色倏地暗了下来。

见势不妙，苏疾哪敢怠慢，一阵疾行，登上一处崖碥。后边由天际大声叫道：“苏叔叔，停下停下。”待由天际登上崖碥，只见大大小小的蛇和老鼠，纷纷从两端向碥路上爬来。俩人忙不迭连挥带挑，将蛇鼠挑至碥路之外，死的堆成一堆，活的又复爬来。远处的蛇鼠，也摇头晃脑，压着伤者弱者，一纵一跃，直奔碥路。

突然，一道闪电，通天彻地，照亮整个碥路山崖和小河河道。接着，更是一个暴雷，震得地动山摇，崖壁似要垮塌一般，有碎石坠落，马儿也惊慌嘶鸣。雷声甫毕，暴雨“哐”的一声，犹似江河决堤，从天而降，眼前一片迷茫。

不断的闪电，不停的炸雷，不歇的暴雨，不住的狂风，不息的水雾，一直持续了一个时辰。其间，苏疾和由天际即使双方面对面，其声音也难听到，只能凭着手势，互表其意。

至云收雨住，已过申时，日偏西头，阳光斜射。原来的小河，早无踪影，变成了一条浊浪翻滚、喧虺如雷的湍流。崖下碥路，本来高出小河丈许，现距湍流不足五尺。两端的路径，全被浸没。那些被挑下去的蛇鼠和没爬上碥路的蛇鼠，也尽被洪水冲走。

苏疾正脱了湿衣，准备将其拧干，忽听由天际连声大叫："苏叔叔，快看河里！"听那腔调，完全不似平日，变得慌急而又发颤。

于是抬头向河望去。

这一望不打紧，苏疾顿时两眼发直，脸色陡变。有生以来，何曾见过如此令人惊骇之场景！

河洪之中，先是几匹马儿浮浮沉沉。有两匹已被溺毙，随浪打漩，仅见马背；有两匹仍在昂头挣扎，欲向岸边游去，但不断的浊浪袭击，将其推向远方。紧随其后，是四个男人，三个似乎已成刳皮断木，白晃晃的肉身，一上一下，随浪颠簸；唯一一个尚在搏斗，双臂拍打着水面，看到碥上有人，隐约喊了句什么。而可怕的是，距那人不远的河面上，正有一条巨蟒击打起冲天水花，蟒头高高昂起，吐着长长的芯子，向那人紧紧追去。看那亮绿桶粗一样的蛇身，一头牛也吞得下去。

两人半会儿无语。直到早已不见了巨蟒，由天际才道："老杂毛万万想不到，他派出的四名劫匪，不待我们动手，便落得如此下场！"

"你胡乱猜想吧？怎知他们是群劫匪，且为老贼所遣？或许，他们是赶路客人。再说，也不会这么快便就赶来。即就赶来，以他们对路途、天气的了解，也不会贸然涉险，会等到云收雨住水势减退之后下手。"苏疾不太相信。

"苏叔叔，这并非我心中多疑。我曾听张伯伯闲话中说过，但凡老匪、惯匪，都不那么好骗，机警得远超常人。我们走后，那老杂毛会反复掂量、琢磨，而我俩的异族相貌，更为他提供了疑点，他因此派出了四名武艺最强的匪徒，对我俩实施追杀。而劫杀的目的，不仅是为汗血宝马，更因为我们识破了他和他同伙的身份。我敢断言，河洪中那名未亡者的武功和力量，定是一个顶顶拔尖的悍匪，看见差一点点便可赶上我们，所以仗恃艺高人胆大，冒险紧追。所幸天公不容，使他不是丧命于洪水，便是葬身于蟒腹。若是寻常旅客，几个雷声炸响，便会向天公爷爷叩头，哪里还有胆量走路。"

几句话，说得苏疾悚然警醒，连道："好险，好险。"

由天际放松一笑："只可惜，今天错过了一场搏杀。以那名悍匪的武功，真要打起来，我这小尖尖小钩钩若想立功，怕得费一番周折。"说着，挑起一只死鼠，"不料这呙国的老鼠恁大，几乎与长安城里的猫差不了多少。若是杨柏叔叔在这里就好了，一锅香喷喷的鼠肉蛇羹汤，会使大伙儿大饱口福——扔掉吧，实在可惜。苏叔叔，不如这样，看这水势，两头无路，今晚只能困在此处。您将鼠皮剥了，我去下头洄水处捡些柴火，生起火来，一边烤肉，一边取暖烤烤衣服，您看可好？”

“主意倒是不错。我只担心，弄不好，咱俩就会被困在这里，几天之内都难动身。”

“苏叔叔，您可不能吓唬我。明天早上，这水或许落了下去，我们便可照行不误。”

“你看小河上边现在是什么天气？是不是和刚才这里一样？常言道，雷雨连三场，照这样轮番下雨，三天后能重新起程，就算是幸运。”

无须再说，由天际全然明白，不由得嘟囔道：“这要在匈奴，现在已经飘起了雪花，不料呙国却是这等天气。”

事实真如苏疾所料，两人直到第四天，才离开这里。

连路皆山，却并不翻山。山上多草、多灌木，极少连片。大一点的野牲，除了岩羊、跳鹿，常见的多为野兔、蛇和地鼠。路为依山顺势碥碥毛路，有时为绕过山崖，就得爬一段上坡，从半山劈出的碥子小路穿过。路极逼仄，仅容一人一骑，不敢向路下探望，一望便不敢移动，得闭眼暂歇，等眩晕过去，方可开步。往往，崖下不是小河，便是深潭，其外皆是乱石。其石大者如卧牛，小者似奔豖，乱麻麻一河床。遇此情景，苏疾、由天际哪敢大意，早早地便下地牵马而行。苏疾更是手持长棍，时时敲打路旁草丛，将藏于其中的野蜂蛇蝎拨出，以防伤着人畜，惊动到胆小的马儿。

只有下到山根，方可见到平埫。平埫宽窄不一，宽则不过三里，窄则犹如峡口。平埫有田有地，有呙人劳作。虽然时已九月，仍暖若初夏，呙人无论男女，皆全身赤裸，只有腰间围一兽皮或草裙。这里的水稻一年两熟，此间正是呙人收割第二次水稻季节。只是农具十分落后，收割后以石斧、石镰将谷粒捋入兽皮口袋或草编筐内。住房尤为简陋，多以七八根长约两丈左右的树木搭成窝棚，覆以树皮、兽皮或者草帘，有的则干脆凿崖洞居之。所谓的寝具，皆以木为枕，以干稻草为床，讲究一点的，铺以草席。炊具均为陶器、木器，吃饭以右手抓食。无茅厕，解手皆去田间地头，先刨一土坑，屙罢用左手扯软草或取石块净手，再以土覆之。

苏疾、由天际曾去呙人窝棚宿过一夜。一夜何曾安生睡过！因棚里长年烟熏火燎，到处吊着黑絮，到处都是黑末，一触便是一坨墨斑；再是铺草里的臭虫，因为忘撒雄黄，一夜光景，身上到处都是红斑肿块，又痛又痒。不得已，只好去河中将衣裳脱光，搓洗数遍，换了净衣才罢。自后，他们宁肯露宿，也不愿享受呙人的热情留宿。

山野呙人并不晓得呙国王城具体路径方位，有的连王城名号都搞不清楚，所说的里程也众口不一，没一点准头。说是五十里，往往不止百里；说是一百里，或许不到四十里。原来呙人没有统一的度量衡，买卖多为以物易物，双方认可即成。也有货币，但山野之中很难见到，系铜制，条状，一端有孔，可以串起。

苏疾二人走走停停，离开大月氏整整十天了，仍在大山中转悠。第十一天，来到一处名叫翠浣的地方，二人又不得不停了下来。原因很简单：南去路上不远的地方，盘踞着两条巨蟒，谁也不敢从那里通过。

幸好，翠浣有一处呙人小镇，镇子依山傍水，过河便是很大的平坝，绕着对面山肘成弧状，田地相连，有树有棚屋有竹林。山坡草地有牛有羊，虽无草原那么壮观，但也充满了生气。而更令人惊喜的，小镇上竟有房舍。墙体均用石砌，粗木为梁为檩，上盖石板，灶间舍间客间堂间互为分割，并有茅厕。苏疾、由天际去时，酋长并不在家，唯见四个女人在灶间忙着。二人遂又退到门外。

适逢中午，艳阳高照，门外聚集了不少呙人。男人光着脊梁，女人以红色麻布围着胸膛和下体，与男人一样，赤足披发。无论男女，肤色脸型与之前所见并无差别，眼眶大并不深凹，鼻准高并不尖削，嘴唇厚并不翻卷，肤黑红并不缺少亮色，与汉人、匈奴人、大宛人又大为不同。见到苏疾二人，无不充满好奇神色，悄悄议论着什么。

苏疾告诉由天际："这些呙人将我俩当作了上天派来的巫师，专为收服巨蟒而来。一会儿遇到酋长，你可有办法应对？"

由天际皱眉想了想："苏叔叔，当一回'巫师'又怎的？你可记得，使节队西行路上，驱除蛇虫用的什么？"

"你说用雄黄熏蟒？可是哪里去弄若许雄黄，指靠咱俩带的那一点点，有什么用？再者，就算有足够的雄黄，谁敢走近巨蟒之身？你，我，还是这些呙人？

只怕还没拢身，就被蟒蛇当了点心。临走时，张骞大哥曾对我反复叮咛，绝对不许你弄险，必须完须完尾地回到大月氏，哪怕不去呙国王城。一会儿酋长可来，我就跟他实话实说。巨蟒如何驱逐，只字不许你提！”

“好，好，苏叔叔，您别生气，不提就不提。”由天际一边告饶，一边又道，“其实，法子很简单。用最粗的竹子，做七八个大大的唧筒，将雄黄砸成粉末装进去，选一安全地点，趁顺风时一齐用力打成一团雄黄大雾，准成。一次不行，就来二次，二次不行，再来三次，看那怪物怕不怕！”

苏疾心中赞赏这孩子机灵、聪明，但越是这样，越不能让他涉险。在使节队，从张骞到每个队员都已经认定，由天际将来是个干大事的栋梁之材。所以，对由天际后面的话，他装作没有在意。只道：“万一走不成，就在这里等几天。”

这时，忽见人们纷纷闪开，恭敬地叫着“沨沨①敏妙”，让出一条通道。当头走来一位身披麻衣汉子。汉子个头不高，却很敦实，手臂粗壮有力，脸型宽大似盘，年在四十七八，右手攥着一根三尺来长的木棒。那木棒甚是奇特，手抓部位有一木质环扣，下端是一拳头样的疙瘩，通身红得发亮。汉子身后，跟着三个胖瘦不一的银须老者。那人乍见苏疾、由天际，倏地停下，眼神直瞪过来。

苏疾知此人便是酋长，三位老者可能是族中长老，但不知“沨沨敏妙”所指为何，是酋长姓名尊称，抑或别的什么。见他看着自己和由天际，便按其他呙人的样子，叫了一声“沨沨敏妙”。

酋长平端了木棒，指着苏疾：“你们是什么人？从何处来，来此做甚？”

通过这些天与呙人的交往，苏疾已基本掌握呙人的日常用语，便向酋长详细介绍了他们二人的来历及目的。

酋长听罢，垂下木棒：“二位远客，且请进屋说话。”

苏疾、由天际拴好马匹，随三位长老去了堂间，在木墩上坐下。

立即，从灶间出来两名身着麻裙，乳房高挺、面目姣好的年轻女子，给他们一人递上一只木碗，然后提起带耳陶壶，向木碗倾入葡萄酒，侍立一旁。两双大眼睛，不停地扫向苏疾、由天际，露出惊奇而又欣喜的目光。

酋长和长老顾不上招呼远客，正在争论一件大事：今年请来的两名巫师，作法四天，蟒蛇仍未驱走，今早现场去看，两名巫师又偷偷溜走了。实在不行，还是往年办法，供出两头犍牛。犍牛谁出，得有个章程。

由天际戳戳苏疾：“你问酋长，什么样的大蟒，一次要吞掉两头犍牛？”

苏疾一问，竟引起酋长注意：“远客有所不知，这里闹蟒灾，已是第六个年头。每年这个时候出现，第一年连续吞去四个人才走，后来每年得用一头大牛。今年一下来了两条大蟒，所以得用两头犍牛。”

“是甚样的蟒蛇，竟然如此凶猛？路途我们也曾见过一条通身亮绿的大蟒，不过那在水中。”苏疾遂将第一次所见讲了一遍，“若非暴雨洪水，我们和马儿恐怕难逃一劫。”

“呃，有这等事？二位真是天人，有上天护佑。你们所见的大蟒，正是翠浣南道危害我族的那种，因其青翠发亮，故称翡翠蟒。在呙国，它是最大的蟒蛇，一次可以吞掉三四个人，或者一头大犍牛。此外还有青蟒、血蟒和短尾蟒。蟒蛇都有一个习性，只吞活物，不理尸体。刚破壳而出的小翡翠蟒像根小木棍，鲜红颜色，吞食小鱼、小虾、小螃蟹；长到四五尺长，渐成黄色，主要吞食老鼠、兔子；到一两丈长，才变成翠绿，人和鹿、羊子便成为它吞食的目标。六年前，一帮小孩弄死了一窝小红蛇，后来便出现了蟒灾。请来巫师作法，巫师也被吓得跑掉。不瞒远客，我和几位长老正为此事着急。即就是老虎、豺狼、豹子见到大蟒，也唯恐躲之不及。现今有了犍牛，又哪里寻得勇士，将其向大蟒那里驱赶？”

“我倒有一法，可将蟒害驱逐。”苏疾便将由天际的主意详加叙述，最后道，“若说这法子，还是我这位小兄弟所出。”

酋长和长老们却不知雄黄为何样物事：“上客所说，系何等模样，竟比大蟒还要厉害？”

由天际一口喝干碗中之酒，将木碗交与一位女子：“请酋长大人稍等片刻，我去去就来。”一个提纵，已不见人影。那酋长惊得双眼大睁，错愕间，由天际已悄无声息飘然而入，手中托着一个小布包，说道，“请酋长大人打开，闻闻。”呙人之语虽然说得别扭，酋长却已明白。

酋长一嗅，立即打了一个响亮的喷嚏，手一抖，雄黄便即落地。

就在此时，酋长忽觉眼前黑影一闪，等他抬头，雄黄布袋已在那年轻汉人手中，一双俊眼，正笑眯眯地看着他。随即，雄黄布袋又递到手中。

两名年轻女子指着由天际，向酋长撒娇道："阿大，我们要他做郎。"

酋长一挥手："去去去。先把蟒灾之事了结再说！"又面向苏疾，"这东西没见过，到哪里弄去？"

"算我没说。不过，驱赶犍牛，我倒有一法，牛尾上绑一把干柴，将其点着，牛负痛，必向前奔。"

由天际笑道："苏叔叔以火驱牛，主意挺是不错。但是我们替这里的呙人百姓想想，今后蟒灾愈闹愈大咋办？"又对酋长道，"我不相信呙国就找不出雄黄。再说，据了解，翠浣离身毒不是太远，不妨去那里找找。我的方法其实容易，打听一下，哪个地方，哪个村子，从来没有蛇鼠毒虫光顾，那里就必有雄黄。今年来不及，明年便可用上，到时提前在那里喷上雄黄，管它青蟒、血蟒，还是翡翠蟒，保证永不再来——酋长如若不信，可将这雄黄在你房屋角落四处撒上一点，不出半个时辰，那些藏身隐秘的蛇虫，便会现身纷纷逃离。"

酋长叫着两位姑娘的名字："沨沨迪朵，沨沨迪月，你们二人且将这雄黄撒了，然后准备招待远方来的天神贵客。"那沨沨迪朵接了雄黄，喜滋滋地与沨沨迪月一道去了。酋长这才又道，"各位长老，今年且按苏疾贵客的办法先做。明年以雄黄驱蟒，请长老们晓喻族人。"又扭头面向苏疾，"二位贵客稍候，我去看看雄黄撒得怎样，小心毒虫伤了她们。"右手提着木棒，左手握根竹棍，先去了舍间。

乘其间隙，苏疾问道："有个问题，一直想问又一直没问，出发之前，帕卡单独约你出去，所为何事？如果是你们二人之间的秘密，也不必为难。"

"啊哟哟，苏叔叔，您还记得这事？这没什么秘密不秘密。"由天际双手一摊，做无可奈何状，"他说他妹妹非我不嫁，要他想尽一切办法，将我留在大宛。"

"你同意了？"

"帕卡是我大哥，他妹妹又那么漂亮，我怎么好拒绝，您说是吧？可我跟他说，我乃大汉使节队员，论做主，十成中我所占不过一成，其余九成在张骞伯伯那里。这事就这么不了了之。"

"算你会说。可你又惹下麻烦，沨沨敏妙的两个女儿一同看上了你，人家是酋长，张大使又不在这里，你这一套在翠浣使不开。"

由天际却嬉皮笑脸："要怪就怪我这张脸。还有，我不该是个年轻男人。若像苏叔叔这样，就少惹麻烦。不过我倒有这个主意，就怕您不同意。”

“你是说我生得丑？”苏疾倒不以为然，“我娘生我这样，没法。说说，你又有甚主意？”

“这蟒灾还不知闹到何日才能了结。您又不许我冒险，指靠这里的呙人，不是我信不过，只怕要等到入冬蟒蛇进洞才罢。既然去不成呙国王城，不如改道去身毒。倘能探到一条回国路径，也算大功一件。”

“这倒也是——”苏疾的是字刚一出口，只见堂间跑出两条花蛇，直向门外逃去。

酋长和他的两个老婆、两个女儿也相跟出来。酋长提着一只陶罐，里边盛着蜈蚣、蝎子和蛇类，也不知有多少，被罐盖捂着，只听里面簌簌翻动的声音。

由天际指着陶罐：“酋长大人，准备作何处置？”

“拿出去，找地方埋了。”

“不妥不妥。埋进土中，不用多久，它们又会钻出来害人。您还是生一堆火，将罐子放入其中，这样最好。”

酋长拍额称是，两个姑娘也连声叫好，就当街生起火来。三位长老已遣散部众，回到堂间。

午餐除山菌炖羊肉，还有蛇肉、鼠肉和一陶盆油炸虫子，张牙舞爪有些怕人。唯主食系新米蒸制，很合苏疾二人口味，便多吃了些。羊肉因为膻气太重，虫子和蛇肉、鼠肉又不敢动，所以只用临时木筷夹了一些山菌下饭。冷不防沨沨迪朵抓了几只虫子撂进由天际碗里，倩笑道：“吃，好吃！”

由天际既不能将其搛出，更不能扔掉，硬起头皮尝了一只，不料竟然又香又脆，比山菌还要好吃。于是夹了两只放进苏疾碗里：“苏叔叔尝尝，果然不错。”

那沨沨迪月乘机给他们二人各抓了几只炸得焦黄的虫子。

饭罢无事，苏疾、由天际便去小镇和小镇周围转悠。

小镇北倚大山，南边开阔，东西各有一条小河，于小镇东端交汇，形成一条大河，向南流去。闹蟒灾的地方，离小镇不到二十里地，就在南边翻过一架山梁的山洼处，是南来北往必经之地。他们来时的方向，是在北边大山中的一个峡口。向东可去身毒，向西可去波斯，更远的地方就不晓得。小镇大概不到百户人家，集市已经散场，街道逼仄，宽不过三丈，羊、狗、鸡、猪在街上乱跑乱屙，走路时刻须得注意脚下。时见缺胳膊少腿或眇目伤者，探问之下，多因部族之间的械斗，或因蛇虫毒物所致。二人咨嗟不已，觉得没甚逛头，便出街上了东河河坎，找到一处过河豁口，下至河床。

河床两边绿草如毡，已经九月了，仍有花儿开放，虽只星星点点，但黄黄白白依旧喜人。由天际随手拔起几株小草，褐色草根带起一坨黄沙，沙粒直落。看那水，浅及脚踝，虽有水花带着响声在大小石头中间穿行，却并不清冽，看不清水中有甚活物。由天际见此便道："苏叔叔，自从踏入呙国，我就从未喝过一次好水。泥腥味儿太重，还有一种铁锈的感觉。真不知呙国人怎么过的。"

"怎么过？假若你一生下地就在翠浣，你就不会这么想，会认为天下之水就是这味儿。再说，这总比过大漠走乱石滩好过千倍万倍。或者，这里的雨季一过，水便清了，兴许泥腥味儿就没了。"一笑，又道，"不若你就留在翠浣，到了冬天旱季，尝尝这水到底甚味。"

"苏叔叔，你又取笑我。不跟你说了。"由天际几步跨过列石，到了南岸，忽又大叫道："苏叔叔，快过来看看，这是什么柳树。"

苏疾过来一看，说道："这种柳树没见过，但听杨柏说过，它叫红柳　在大汉南方才有。这说明，翠浣这地方相当于大汉的南国，纵然是冬季，也像春天，看不到冰雪。"

这时忽听酋长在对岸大声呼叫，要他俩赶快返回，迟一点，河里一涨水，就会回不去。

二人只顾游玩，忘了天气，抬头一看，吓了一跳。西边南边虽然天色透亮，但东边乌云已似锅底，向头顶滚滚压来，电闪伴着雷鸣越来越近，密密的雨帘如飘动的黑布，蒙头盖脸扑向山谷、小镇。阵阵疾风，将身上的衣服高高撩起。二人刚上北岸，豆大的雨点便"哗"的一声凌空而降，待奔回东头酋长房里，衣裤已被淋得半湿，头发犹似从水中捞出，淋淋漓漓，水珠牵线般滴向地面。

碍于家中女眷，苏疾二人一头钻入客间，揉干头发，重新作了梳理，换了一身雪白葛布衣衫出来。

此时，外面依然暴雨如注。酋长一家见到苏疾二人，霎时看得发呆。在翠浣周边，在南来北往的人群之中，何曾见过如此光鲜整洁的人物！眼里顿时充满了崇敬和畏惧。

由天际已然瞧见，为了盖过暴雨的喧闹，大声笑道："在我们大汉，家家百姓都穿这样的衣裳，家境稍为好点的，还有用丝绸做的衣服，比这漂亮百倍千倍。这次我们去见你们国王，就是为了互通有无，做好生意。如果酋长大人乐意，我们可以用这样一套衣服，抵作饭钱和店钱。不信，你问我的苏疾叔叔。"

苏疾赶快接上话头："是这样，是这样。"心中却犯嘀咕：拢共一人两套夏季换洗衣服，送出一套，脏了咋弄？但由天际话已出口，又不好拆台，只得先行应着。

那沨沨敏妙自是喜出望外，连声道："这怕不好吧，这怎么使得。"不等苏疾相问，便主动介绍这里的气候：每年这个档口，接连有三场暴雨，先从东边开始，接着是西边，最后从南边结束，全年的雨季也就过了。三场暴雨，有时间隔一天，有时两天，至多三天。这样算来，差不多十天半月都得在家待着，那里也去不了。蟒灾之事，也只得暂且放下。

苏疾掰指一算，不由得心底透凉："酋长夫人，这么说，我们得等到九月底间方可动身南去？"

"那可不好说。且不论大蟒阻拦，单是一场暴雨一次洪水，就将道路冲得面目全非，不易辨认，十分难走。骑马快走？想都别想，只能下地步行。说个丧气话，这里离大月氏一千多里路程，你们返回去，至少也得一个月。若逢山体垮塌，原来的碥碥路哪里还有？绕行两三百里，还得方向对头。"见苏疾、由天际非常失望的脸色，又安慰道，"出了门，就由不得人。你们也可在这里多耽些时日，到十月半之后再去，明年一月返回，不冷不热又没雨，正好。"

"谢酋长提醒，今年我们来得真是不巧。"苏疾打着诺诺，心中做着盘算。

在这里再待上一个月？还不把人急死、闲死！看来，呙国王城去不成了，去身毒也没了指望，这次算是白跑一趟。一千多里地，只认得一个呙国酋长，这算怎么回事！由天际懒心懒意，说起闲话："到了冬天，下起雪来，你们这里的人还打赤脚，不穿衣服？"

"雪？什么是雪？雪是什么样子，我从来没见过。听上一辈人说，五十多年前飘过一次雪花，人们早已不记得了。我们这里没有冬天，只有旱季、凉天、小孩、老人才穿衣服。”酋长回道，“你们是上天来的高贵神人，自然要穿非常漂亮的衣服。”

暴雨下到傍黑才变成小雨。雷声没了，雨也小了，却没有停歇，直到第二天上午，雨才收势，但浓云依然压在头顶。满街满地的泥泞，使得苏疾二人仍不能出门。

二人已经商定，待几场暴雨一过，道路不再泥泞，便即返回大月氏都城巴尔赫。宁肯早于十一月十五日，也不能让张骞为他俩着急挂怀。

见由天际走出走进，一会儿去街门，一会儿回堂间，一会儿与几个女人搭讪，苏疾将他叫住：“天际过来，帮苏叔叔做件事。或者干脆你做，我在旁边看着。”

“甚事？苏叔叔您说。”由天际踅步而来。

“你难道忘了？临行时张骞大使吩咐过甚？要我们将经过的山川河流、民居路径，绘制成图交付于他。”

“可我不会。”

“谁天生就会？我也不会。来呙国就你我二人，只能靠我们自己。我们俩都好好想想，张大使那图是怎么画的，照着他那样子去画，不就行了？”

一旦投入，由天际倒是非常认真。先在地上画，画了改，改了涂，涂了又画，最后才在羊皮卷上落笔。酋长一家认为他们在做一件很神圣的事情，没人敢去打扰。几天后，路图终于画成，由天际才向酋长和几位长老讲解路图的作用和意义，不但商旅离不开它，尤其行军打仗，尤为重要。

说得酋长不由得两眼放光：“二位上宾，能否将翠浣及其周围山川土地、民居道路、峡口关隘替我们也画在羊皮卷上？我们不会让神人白干，所有的饭钱、店钱全免，晚上派我们最美丽的姑娘侍候，不知可否？”

由天际眼珠一转，故作神秘：“这当然可以同样画出。但是，酋长大人你也看到了，这几天是我们在没有姑娘陪伴的情况下，才得以完成画图。如若有女人在旁，只怕画不出来，即便画出来，也不准确。”

酋长点头：“这话，我信。我们这里巫师作法，就不挨女人。挨了，法术不灵。”

苏疾暗自好笑：由天际这孩子，鬼心眼真多。

凭酋长和长老们的叙述，以及自己的观察，由天际又花了将近四天时光，将翠浣地形图绘制出来。虑及呙人不识汉字，又与苏疾商议，用各种象形符号代替，使人一看，便清清楚楚，明明白白。把那酋长喜得，将其当作宝物收捡起来，做了一顿丰盛的饭菜，招待苏疾二人。

来翠浣第十二日，天气晴朗，路已干燥，苏疾道："明天是九月二十五，出发一个多月，不料阻在翠浣。此去呙国王城，还有八百多里，如若步行，需时当在十天以上。而据酋长前日派人察看，一大一小两条巨蟒仍盘踞在南洼要道，所以按既定计议，今日准备，明日起程返回。"

"这蟒害未除，我实在不甘心！"由天际道。

"你想怎样？反正冒险之事，不许插手！"苏疾十分干脆。

"出出主意总该可以。"

"你有甚好主意？先告知于我，看有无危险。"苏疾知由天际聪明机灵，办法多，能为呙人除害也是好事。

"可用二桃杀三士之计[②]，来个一牛除双蟒。具体办法是这样：用一头牛先投给小一点的大蟒，那大一点的大蟒见了，势必过来争夺，这到嘴的食物小大蟒当然不会吐出来，于是便可以看到蟒蛇吞吃蟒蛇的奇观。当大蟒将小蟒吞到一多半时，肚腹胀得是否变成了硬棍？此时两名勇士同时出动，手持利剑，采用划、削、劈、砍之技，攻其七寸，定必奏效。奖励我都琢磨好了，就把赠予呙王的那两柄宝剑取出，作为斩蟒利器。全身而退者，可以一得宝剑，二作酋长乘龙快婿。当然，这宝剑武艺还得请苏叔叔予以教习。招数也无须太多。什么刺、撩、锥、挑、格、剁、破、点、捎、旋等招式，尽可全免，就划、削、劈、砍四招，三五七天即可速成。您看可否？"

苏疾心中打了几个回合，觉得此法太过离奇："你这法子有点儿一厢情愿。倘若大蟒并不吞吃小蟒，奈何？"

"不会。这是蛇的本性使然。杨柏叔叔闲时曾经说过大蛇吞吃小蛇的趣闻。我也见过蛇吞黄鳝的场景。黄鳝虽非蛇类，却与蛇相似。退一万步讲，就算大蟒不吞小蟒，不过再损失一头牛而已。"

苏疾知由天际与张骞性格相近，有一种永不服输、舍身为人的韧劲。便点头应允，告知酋长，并加了几句："酋长大人两女业已长成，不若乘此机会，既除蟒害，又得佳婿，岂不为大美之事！"

酋长正为两女暗自发愁。迪朵、迪月想同嫁由天际，可由天际乃天人过客，两女想法太不实际。如今既有这等主意，正好正中其下怀。酋长遂立即召来几位长老，商议挑选勇士之事，条件五条：勇敢、强壮、机灵、未婚、英俊。

一时之间，翠浣周遭皆被搅动，报名者达到数百，最后百里挑一，选中二人。一叫竦速，一曰狻猊訇[③]。二人皆孔武有力，身法灵活，系一点就透之武学材料。

连续数日，苏疾以剑术，由天际以提纵之术，进行强化训练。见二人已掌握基本要领，遂定于十月四日实施斩蟒之举。

十月三日，苏疾、由天际率竦速、狻猊訇去南洼要道实地观察，酋长率一干壮汉紧随，顺平畴坝子河坎行约十里，至峡口，峡口陡崖壁立，河水由此拐入南洼。人畜不可过，爬一面短坡，至山梁顶端，顶端有一平埫，坡势缓降，坡底有一小山嘴突兀而出，左右各成水潭。水冲处成条形、水漩处成圆形。山嘴有石砌双桥，以利过往行人避让，亦成南去要道。过桥，是一近千亩洼地，远处有村落隐于丛林。看水潭，相距近乎半里，不知其深几许。蓝如碧天，静若镜面，不知蟒蛇匿身何处。至巳时日光照临，始见左边条潭一蟒出，略小；继见右潭一蟒出，略大。俱绿光闪闪，明亮刺目，芯子吐缩，迅疾无比。只双眼甚小，黯黑似墨。而河风刮来，腥气窒人鼻息，阴气使人发瘆。之前那些胆小者还未走近，便已全身发瘫，何敢移动半步！皆怕活生生成巨蟒口中之食。

酋长远远便即停下："二位大汉使臣，人蟒相较，如此悬殊，不可冒险比拼，我看还是算了。再说，不过十天，蟒蛇即入冬眠，到明年，以雄黄驱走了事。"

由天际却问竦速二人："二位勇士，你们害不害怕？如果害怕，就请将宝剑交出，各回各家。"

"屌毛，大不了一死。临死我也要戳它几个透明窟窿！"狻猊訇一拍胸脯。

竦速也不示弱："到时我来斩它的七寸！"

一切依计而行。由天际找来一些布料，连夜赶制了几副口罩，浸入香料水中，凌晨捞起，晾干，发与二位勇士与苏疾，以避腥臭，并再次告诫道："临阵镇定，切忌慌乱。以闪电手段，以划破其蟒皮，不使蟒血溅出，污了面目；以削破其蟒肉，不使肉末飞扬，污了身体；以劈破其蟒骨，不使宝剑被夹，掣动失速；最后以砍断其巨蟒身骨，大功也即告成。不必害怕，我和你们苏疾师父就在身后。"

二勇士更其信心大增。但迪朵、迪月心中，却开始"怦怦"乱跳。

苏疾只抱准一条：只要由天际不亲自冒险，随便怎么折腾都行。

辰时初出发，辰时末到达坡顶，坡顶平埫早已人山人海。男男女女，老老少少，周围几个部落里的人，几乎倾巢而来，没有过万，也有八九千人。见到苏疾、由天际白衣飘飘，犹似上仙，带领两名雄赳赳勇士现身之时，立刻鸦雀无声，匍匐于地，以示崇敬，并高抬头颅，露出虔诚的目光。

酋长将祭蟒黑牛交与苏疾，苏疾检查了一下牛尾上的柴枝，正准备让竦速点火驱牛时，由天际叫道："苏叔叔不急，等等。"即刻从怀中掏出一副牛眼眼罩，给牛系上，又检查一下自己和竦速、狻猊訇的口罩、面罩，这才笑道，"现在尾柴点不点燃，已无关系。我们就守在这里，看一场今古奇观大战。"

竦速将牛牵入左桥，一跃闪开，顺手一掌，将牛屁股一拍。那牛不等尾柴点着，便一蹿前冲。

黑牛冲至半途，可能嗅到腥臭，感到危险，一愣站住，欲掉头返回。苏疾、由天际不由得大急。由天际抢过火把，准备驱赶。此时只听"哗"的一声，水柱冲天而起，巨大的蟒头高扬一丈有余，向黑牛猛地一甩，将牛击入水中。

由天际大为失望："千算万算，没算到蟒蛇有此一着。倘若大蟒在水中相争吞食，便杀它不着了。"

"由师父勿虑。"狻猊訇笃定道，"对付大型猎物，蟒蛇水中吞食多有不便。必将猎物拖至河岸，先用身体将猎物缠至窒息而亡，然后松开，再张开大嘴，从猎物头部开始吞食。"

竦速大叫道："快看，快看！"

黑牛跌入水中，眼罩和尾柴立即被冲掉，见大蟒甩起尾巴凌空击来，便奋力向岸头游去。蟒蛇一击未中，便急速游动身体，拦头迎住黑牛，一蜷，将牛如绳索般缚住。接着，一圈又一圈，如麻花般将牛缠得只剩一条牛尾。不一会儿，牛尾耷拉下来。那桶粗般的蟒身亦缓缓展开，露出亮绿的光芒。

所有人的心都狂跳不已，所有的小孩都被大人捂住了双眼。饶是由天际胆大，此时亦感呼吸急促，默然无语。那苏疾更是不由自主，紧紧抓住由天际的手臂，竟然有些颤抖。由天际另一只手回抓道："苏叔叔，奇观才刚刚开始，后边的，将会更加吓人。"听到此话，苏疾反倒不再那么紧张。

蟒头虽大，但比起牛头，仍仅及大半，而牛头之上还有一对尖锐犄角，牛身亦大过蟒腹，真不知那蟒如何吞食黑牛，今天倒要仔细看看。由天际此时已无怯意，反倒睁大了双眼，屏息而观。

那蟒头却似有活扣。活扣一解，蟒口立即错开，将牛头吞至耳际；然后再错开，再吞；一点一点，渐至牛肩胛，蟒口又将两前蹄迭起，慢慢全部纳入。那蟒腹亦开始强力蠕动，肌肉如波浪般，一股一股不断向后推进；闪闪的绿光，在太阳映照下，发出令人心悸的暗茫之色。

大约半个时辰之后，黑牛已只见屁股及后腿蹄甲，牛尾亦如发辫般，下垂于蟒口之外。蟒口及其上腹，也鼓成一个巨大的纺锤。再有一会儿，黑牛便会全部进入蟒腹。

人们全被吓住，似乎忘了右边圆潭之中，另有一条体型更大的巨蟒。由天际却着急起来，眼见此蟒吞食即告结束，邻居大蟒仍毫无声息，是否自己料想有误？若大蟒并无同类相残之事，那真是白忙活了。

错眼之间，左边巨蟒已挺直上腹，蟒头高扬，快速扑向吞牛之蟒。那吞牛之蟒口腹有物，转动不灵，哪里闪避得及，蟒头立被来敌一口噙住。蟒蛇习性，人皆尽知，一旦噙住猎物，到死也不会松口。

吞牛之蟒开始拼命挣扎，挺着蟒头左右剧烈地摆动，并用灵活的尾部进行强力扭动、拍打，将河岸一堆乱石击打得四处飞蹦，只听噼里啪啦一阵阵乱响。而那条噙头巨蟒似乎要将其强行下压，并甩过尾巴，紧缠其身。两蟒僵持了许久，才见那吞牛之蟒“扑”的一下蟒头落地，只剩下尾部仍在无力地扭动。

于是，人们便看到了大蟒互相吞吃的瘆人场面。

巨蟒虽大，但面对如此巨大的猎物，仍不得不放慢吞食速度。直到巳时，方见巨蟒口中只剩一条蟒尾，而巨蟒数丈长的蟒身，犹如一棵放倒的大树，横陈于对岸。

由天际大叫道：“竦速、狻猊訇，此时不动，还待何时！”趁苏疾分神之际，瞬间将其佩剑拔在手中，白影一闪，几个提纵，人已去了对岸。

那巨蟒口中有物，芯子难伸，无法探知周边情况。一对蟒眼被一尖锐利器迅即扎瞎。紧接，头骨被分解成数瓣，或落地，或耷拉悬于蟒颈。竦速、狻猊訇见由天际如此神勇，早已忘掉一切，在巨蟒身上乱剁一气。

北岸平端上的人群纷纷站起，不错眼珠地直盯南岸，只见一条白影左右飘忽，两名勇士奋力挥剑。

却说苏疾失剑，顿时大悔，心中唯有一念：死，也得在由天际先头！亦用由天际之法，抽了酋长腰间铜刀，飞步越桥，来到由天际身边。

由天际见二勇士失了章法，气得大叫：“划削劈砍！我左你右，去七寸处，断其骨！”眼一扫，身形一拧，至巨蟒七寸，挥剑划开蟒皮，削开蟒肉。见蟒肉外翻膨起，又连连挥剑，至落下一堆碎肉，露出蟒心、蟒骨，以及里面的死蟒。又接连一番劈砍，直至蟒心落地，蟒骨碎裂，才一纵跳开。

巨蟒虽眼瞎、骨断，无头、无心、庞大的躯体仍在强力扭动，巨大的尾巴回旋曲蜷，掀起阵阵腥风。由天际回眼见苏疾在近旁以身相护，不由分说，抹住他一只胳膊，一个飞身，离开蟒身数丈之外。只见那蟒尾尾尖堪堪地，从苏疾所守之处横扫过来。

苏疾心中一悸：一旦被蟒尾扫中，不是骨断碎裂，亦必落下重疾，一生也将了结于翠浣。

竦速、狻猊訇亦走到由天际身旁，宝剑一撇，瘫软倒下。

巨蟒身尾仍在摆动，但没了气势，没了劲头，动作渐渐趋缓。

两岸旁观者，人人心惊胆战，个个失颜失色。沨沨迪朵与迪月，竟晕了过去。

沨沨敏妙麻着胆子，唤了一帮汉子，来到苏疾、由天际四人身旁，一声令下，抬起就走。

由天际从未有过如此的酸软无力，周身骨头散了架般，无处置放。酋长没让别人抬行，而是直接背着他，迈步向前。

由天际挣扎了一下，小声道：“酋长大人，请吩咐长老，让各部族族人将蟒肉、蟒油、蟒骨分食了吧。他们会永远记住你的恩德。”

“小天人的话，没有不准。别动弹，我背你回家歇息。”酋长忍不住，热泪哗哗直流。

“家？何处是家？”由天际无比强烈地思念起张骞。对他来说，张骞便是他的家，张骞在哪里，哪里便是他的家。他恨不得立刻动身，马上见到张骞。

接连歇息了两天，苏疾、由天际才恢复了元气。两人遂决定，十月七日一天准备，十月八日早晨返程回大月氏。

连续几日，各部落来看望他们的人一直络绎不绝，送来的各种礼物堆满了堂间。两人挑了一点儿路上用得着的物品，其余全让酋长分发给了孤寡伤残族人。

十月七日，翠浣举行了规模空前的欢送宴会。竦速、狻猊訇自然成为举族敬仰的盖世英雄，二人悄声告诉苏疾和由天际，酋长已经同意派他们一路护送，回来之后便与迪朵、迪月成亲。

苏疾先表示祝贺，对护送一事，却予以拒绝："此行是向北地进发，路途将愈来愈冷，赤膊之人根本无法生存。"由天际开起玩笑："倘二位冻成了冰疙瘩，岂不坏了两对新人的好事。"想想，又道，"二位的心意又不得不领。这样吧，明日你们送出三十里即请返回。若想再送，也行，先跟我打一架，赢了，再送三十里，就这么定了！"

十月八日，在万人欢送声中，苏疾、由天际登上了返程之旅。路途又一番艰辛，自然不言而喻。

这真是：

　　呙国别路，异域山川，
　　绕崖爬碥，又是一番另样艰险；
　　逢蟒害，人失颜，
　　有路难行，空望南端；
　　智取巨蟒，舍身向前，
　　他乡翠浣，留一副英雄虎胆！

欲知后续有何故事，且由下回解说。

注释：

①沨（fēng）：形容水声，或者乐声。

②二桃杀三士：事见《晏子春秋》。齐景公有三位勇士名公孙捷、古冶子、田开疆，自号“齐邦三杰”。三人自恃功劳至伟、勇武无敌，目无君上，横行无忌。时相国晏婴借蟠桃宴会之机，设计让三人自杀。

③狻猊（suān ní）：古代神话中的神兽。此处指狮子。

第七十八回　大月氏盛情送汉使
于阗国初识玉石情

因山体垮塌，来时道路已难辨认，许多地方不得不绕行向北。至十月二十八日，苏疾、由天际仍未走出呙国国境。不得已，二人以重礼请来两名向导。十一月五日，终于走出大山，却又漫山遍野雪花飞舞，两向导惧寒止步，剩下苏疾、由天际和六匹马儿，空落落于旷野飞雪中迈步。每到下午酉时，便苏疾在前、由天际在后，点燃蟒油火把，以防狼群袭击。

不料那雪却越下越大。回望四野，一片迷茫，一片静寂，唯听沙沙之声不绝于耳。东南西北，方向难辨。第一天，便出现乱石滩现象，走了一天，却又绕到原点。苏疾不由得有些慌急，由天际道："人说老马识途，不妨挑出两匹老马出来试试？"苏疾一拍脑袋："我怎么将这事忘了！"

直至十一月十六日下午，二人方进入大月氏地界，雪也小了许多，只见四面原野，白茫茫不见际涯，二人并不晓得已入大月氏国境。由天际以皮袍遮风，苏疾敲打火石，正准备点燃火把，只见两里之外一串火把迎面扑来。由天际叫道："苏叔叔，我们还是被那老杂毛的人发现了。"立即将皮袍一紧，捡出所有木枪与投石，背插小钩钩小尖尖，一跃上马，"苏叔叔，看紧马儿，待我前去迎敌！"纵马迎着火光而去。苏疾稍一犹豫，自语道："助战当紧！"丢下马儿，追了上去。

冲至半里之遥，忽听迎面传来隐约呼叫之声。由天际一滞，勒马再次倾听，是有人用汉话呼叫着苏疾和他的名字。且渐次听清，是张骞、堂邑父、秦自乐、杨柏、任扶、孙治瑾、赵无偏寻来了。

由天际心中发烫，不由得热泪奔涌，一面策马相迎，一面哭叫道：“张伯伯，甘叔叔，秦哥哥，我们在这里！”

双方见面，一齐滚鞍下马，由天际紧紧抱着张骞，只知放声大哭，一句话也说不出来。后边跟来的苏疾，瘫了一般，靠着堂邑父，一味地扑簌簌流泪。

二人如离群的孤雁，乍一回到群体，激动自然难免。但依其个性，行动却显得反常，张骞心里顿时生疑：两人去罽国定必遇到了非常之事，或者非常之人，因此侥幸虎口逃生。他轻拍由天际的后背：“好了，有什么委屈，回去再说。大家没有谁不挂念你们。”

“其实没甚委屈，就是未能完成使命，心中有愧，又想得慌。”由天际止哭，松开张骞。

“大家都一样。去安息、去康居、去大夏的路上，都说没有你们在一块儿，少趣味，不热闹。冬月（十一月）十三号我们回到巴尔赫，连候两天没见你们回来，偏又下起了大雪，怕你们迷路，今天清早便一路寻来。都说，不找到你们，就不回去。”张骞只说大家，不说自己，实际上完全是他的决心。本来，他只让堂邑父、秦自乐相随，临出发时，全都跟了上来。他心中焦急，一下跑出了一百五十多里地。

见由天际悒悒不乐，又道：“使命未能完成，相信自有原因，只要人安全即可。”

又见由天际紧身束腰、全副武装，张骞有些奇怪：“天际，怎的这副打扮？想去杀人的样子？”

苏疾当即解释，去罽国时碰到一处匪窝，用计脱身，返回时以为是被发现了，未曾料到是张大哥和自家兄弟，算是虚惊一场。

“呃，有这等事？是骑痞，还是‘托力达’一类土匪？在什么地方？”

“一群老匪，在三不管的地方落脚，组成了一个小村子。我和由天际势单力薄，所以绕道而回。一场大雪，没了日月星辰，具体方位，已无从知晓。”苏疾心绪已完全平静。

是夜，使节队宿在一处山洼树林避风地，生起一堆大大的篝火，人人身下一匹狼褥，围坐着说说笑笑。独有杨柏一人忙着烧水剁肉，不让任何人搭手：“这是几个月来，兄弟们吃第一顿团圆饭，好赖让我了此心愿。”

“杨叔叔，不帮就不帮。我和苏叔叔从呙国带来几样好吃的，您收下，让大伙儿尝尝味道，可好？”由天际俏皮一笑，不等杨柏言语，便提了几样物事过来。

第一样是一只硕大的木罐，足有六十余斤。为了怕摔着碰着，外面裹了一层羊皮，并用皮线连带罐口缝了个密不透风。由天际拿来剪刀，挑开扎口，将皮线抽去，里面竟是一层寸厚的羊毛毡。剥下毛毡，杨柏吓了一跳：“张大哥，你们都赶快过来看看，这是甚东西？怪吓人的！”

其实无须杨柏叫喊，大家已看到木罐透着古怪。张骞问苏疾：“里层到底裹着什么东西？”

“一截蟒皮，翡翠蟒的蟒皮。我们只取了一小段，有五尺见方，刚好能将罐子裹住。”苏疾不敢隐瞒，如实说了，“本来，我和由天际计议，回到馆舍再行禀报，不料他这时便拿来显摆。”

这时大家已将蟒皮展开，在篝火火光映照下，花纹斑斓的蟒皮发出一种幽暗的绿光，看得人心头不由发紧。无人言语，都用奇怪的目光注视着由天际。

“叔叔们不用这样看我，不就一张蛇皮嘛，有啥奇怪。”由天际笑道。

“由天际，那是一张蛇皮吗？谁见过比牛皮还要大的蛇皮？”张骞这次是真生气了，“你给我说实话，这蟒皮究竟是怎么回事？”

由天际见张骞如此担心自己的安危，他感受到的并非委屈，而是来自严父般的疼爱。于是道：“张伯伯，我晓得您最疼我，吩咐苏叔叔对我严加管束 勿做力不能及冒险之事。可是，就是张伯伯您去了，能眼睁睁看着呙人百姓受那蟒灾之害？再者，我用的是一牛杀二蟒之计，在己方不受到性命威胁情景之下，与呙人勇士合力完成的。只要有足够的胆量与谋略，再凶狠的野畜，也斗不过人。张伯伯，话已至此，我不妨将计杀双蟒的经过，向您和各位叔叔禀报一下，说漏了的，请苏叔叔点明。”

尽管由天际说得轻描淡写，好像在讲别人的故事，大家仍听得毛发耸立，提心吊胆。当听到苏疾所讲，杀蟒之后，由天际被酋长背着回屋时，连堂邑父都感到后怕。

张骞反复掂量，对此事应该做出甚样的计议。勇敢与冒险，智慧与蛮二，使命与废命，利人与利己，长期危机与突发危机，都在一个“度”的把握。对这些同生死、共命运、九死一生的兄弟，他变得格外小心起来。既要爱护他们的坚韧与勇敢，又不能莽撞行事；既要注意交际礼仪，又不能缩手缩脚，受制于人，对于这些，都应有清醒的分辨。

张骞不动声色：“苏疾，天际，你们讲完了？”

“张伯伯，我还有一点点。”由天际揭开罐盖，“这罐里装的是蟒油，它颜色亮白，像一颗颗小米粒。”杨柏挖了一勺，让大伙儿在火光下细瞧，果然与猪油、羊脂样异，是一种颗粒样的寡白。

“这几疙瘩是呙人熏制的蟒肉腊肉。因我和苏叔叔走得仓促，没有熏够时辰，所以弄成现在这般模样。”由天际全部捧与杨柏，杨柏拣出一坨，让大伙儿观看。与蟒油却又不同，与腊猪肉、腊牛羊肉也大有区别，这腊蟒肉黄亮细嫩，还有一种特殊的香味。

接着，又提来一只羊皮袋子，由天际解开扎口，用一小盆小心舀出一盆东西：“这是呙人送的油炸虫子，挺好吃，大家都来尝尝——张伯伯，我的事，没了。”

“还有我和由天际去呙国的往返路线图。”苏疾拿出两轴羊皮卷，递与张骞。

张骞打开略望了一眼：“待明日回到馆舍细看。”顺手捡起几根木头，架于篝火之上，又道，“大伙儿朝拢聚聚，杨柏先别忙着，让我把苏疾、由天际去呙国之事说说。”

苏疾、由天际立刻紧张起来。堂邑父与杨柏，任扶与赵无偏，后来张骞率众之三国之行，均面见了国王，建立起友邦关系，唯独他们俩未能完成使命。虽然张骞事前有话，无论使命完成与否，都须十一月十五之前赶回大月氏，毕竟两个多月时日，空耗于翠浣一隅之地。苏疾抢先道：“张骞大哥，呙国之行未竟，其责在我。”

“苏疾，你误会了，我并非此意。”张骞一笑，放缓了语气，“兄弟们都明白，你苏疾一非天神爷爷，管着天上下雨，地上涨水；二非那两条大蟒，专门拦路祸害于人。由天际轻功不错，但也只限于在地面蹦跳，又没生了翅膀，可以驮马驮物在空中飞翔。我若拿使命苛责你们，岂不成了浑蛋跋扈之人？你们此行既止于呙国翠浣，我也就此作一判断。其一，了解了呙国百姓的生产、生活状况及其风俗民情，为后来者探明了道路。其二，学会了如何与呙国地方上层进行友谊交际。

譬如，你们说的那位涡涡敏妙酋长，你们此行定必给他和他的家人留下极深印象。其三，杀蟒除灾之举，定必呙国全国震动，影响波及朝野，使呙国王廷和万千百姓由此知晓我大汉及大汉使节之能。如若所猜没错，今年，抑或明年，呙王定会派遣使臣来大月氏联络。最后，就杀蟒之举本身，我认为其计仍不够巧妙，仍是一着险招，有强行之嫌。毕竟，大蟒不同于老虎、黑熊，它们体量太大，在妙法未曾想到，又无十足把握之时，仍应予以驱赶回避为要。譬如对象群、狮群，便是如此。好了，此事到此为止。大家可以扯扯闲话，也不要负了苏疾、由天际带来的稀罕之物。”

独有孙治瑾，并未“到此为止”。他仔细地端详着蟒油、蟒肉的模样，品味着它们的气味与味道，揣摩着它们的药性作用。这是世上真正的罕有之物，就那么随便吃掉，实在可惜。于是对张骞郑重道：“张正使，我有一事相求。”

“孙医官，有甚事直说，何必如此严肃。”张骞笑道。

“这蟒油、蟒肉吃了便就没了。能否在大家尝一点之后，所余全部收捡起来，以作药用？”

“这事我倒疏忽了。你提醒得非常对，大家肯定也非常理解。再者，即使回程之时断粮，可以果腹的东西仍多。我现在就与大家说说。”

此事就这样结束。另外需要交代的一件事，在此之前一个月，优优公主已经出阁，嫁给了于阗国东边，一个名叫月亮神国的年轻大王。

眼瞅着冰雪天气，想即行返程回国，已成难为之事。离翌年冰雪融化之时，尚有三五个月时日。张骞琢磨，凡事预则立，不预则废。而八名幸存使节，皆大汉精英，何不趁此时光，共同研习兵书战策谋略之计？使其回国之后，人人皆成大汉军中骨干。遂与几位副使商定，自己与任扶作为主讲，晨课由堂邑父、秦自乐带领，练习实战功夫，午课讲习兵书战策，晚课作自商汤以来具体战例分析。

几天下来，大家度过了自长安出使以来最美好的时光，感到从未有过的自由和充实。

一日，张骞正以马陵之役[①]为实例，讲述孙膑用减灶之法，实施骄兵计，达到歼灭魏将庞涓及其魏军之目的，恰逢知宾拓簭、巴雅合前来探问。二人与张骞等人早已稔熟，说话便少了客套："张大使，你们这是在作甚？吾王吩咐，汉使有甚需求，尽管道来，千万勿要客气。"

"我等吃白食，在此闲磕牙，二位知宾不妨听听？"张骞半开玩笑，半作认真状，"若说需求，得等待春暖花开之时，大王能给个断语，我等便好返程回国。"

"你那需求，也只有大王能给。勗犀、鸰璨大人做不了主张。不过，我们倒想听听你的'闲磕牙'。"拓箨拉着巴雅合，选了一处炕头，盘腿坐下。

孰料第二天清晨，张骞便迎来一名稀客：大月氏大将飚飔。

见到一身便装的飚飔，张骞十分纳罕：若说认识，也只见过两次，两次都在王廷，而且一身戎装。若说相熟，却一点儿也谈不上。两次见面，从未搭话，即使首次舌辩激烈时刻，飚飔亦一语不发，让人颇费琢磨。

张骞深知，若要实施东西夹击匈奴的战略计划，无论出兵或者西域诸国联合守土，飚飔都是重要人物。今日主动登门，无论何事，张骞都不容错过机会。所以，不等飚飔下马，便疾步迎了上去："大将军好，大将军稀客，大汉使节队欢迎大将军！"随即，给了飚飔一个热烈的拥抱。

飚飔身材高大，体格壮实，虽是便装，仍如铁塔一般。仅看那严整的步履、不苟言笑的面孔，便给人以军人的严肃感。只是今日见到张骞，表现出少有的热情与微笑，但说话仍然直截了当："张大使，听说你之前在大汉亦是军旅出身，而且打过不少大仗、恶仗，立过不少战功，因此受到李广和大汉皇帝的赏识？"一口汉语，说得顺溜。

"大将军也晓得李广？大将军的汉话，不知从何处所学？"

"赫赫有名的飞将军，谁个不知？不但匈奴人怕他，就大月氏先王在时，每每提及行军打仗，都要常常叹息，倘若大月氏有那样的飞将军，又何惧匈奴！我那时年纪虽小，亦终生难忘。至于汉话，系先父所授。"

李广是张骞始终崇敬如一的将军，而今在万里之外的西域提到他的名字，不由得想起了过往的情谊，点点滴滴，连李广的音容笑貌都呈现在眼前。但张骞明白，飚飔此来，并非谈李广之事，而是另有目的，遂也直接说道："大将军军务繁忙，拨冗相访，定有要事。但凡我能做能帮的，请大将军不妨直言相告。"

"张大使真乃痛快之人。昨日二位知宾回去即向我王禀告，说大汉使节在教习兵书战策谋略，我王连夜召我觐见，欲从军中挑选二十名年轻精干子弟，参与大汉使节的教习。故而今早赶来，尚望张大使见允。”

“此乃好事，焉有不允之理。外面太冷，请大将军进屋细说。”张骞礼让道。

“那就不了。既已见允，我得即刻回军营去做准备。”飔飂说罢，便欲认镫上马。

“大将军且慢。我还有两事预作说明。”

飔飂停步，回望张骞：“大使请讲。”

“第一，主讲者见地有限，只怕误人子弟；第二，番语、大宛语、月氏语，用于日常交往尚可，但是用于兵书战策研习，还是汉语来得透彻。只此两点，尚望大将军酌情。”

“大使多虑了。第一，大汉使节，尽为大汉精英，大使更是大汉栋梁。且大使才干，深受各国君臣佩服，所以无误人子弟一说；第二，所选二十名青年才俊，均为王族子弟或王族姻亲，均曾受教于主大臣㟴操，汉语不成问题。我王说，这叫天公降雪，替大月氏留客。不瞒张大使，我也要来当几天学生，希望张大使能予收下。”也不等张骞答话，在马上行了一个军礼，大声叫道，“好高兴，我去也！各位使节，不日相见。”一个驰骋，便去了大道，踏得冰碴一片乱响。

“真是一条汉子。”堂邑父赞道。

任扶对秦自乐道：“想那飔飂，治军必严。大月氏能有这样的大将，可谓得人。”

秦自乐却想得更深：“听他一口流利的汉话，看他双手结满的硬茧，想必家学匪浅，武学亦当非凡。再者，大月氏王亦极会抓风，极有眼光，善于培植和贮备人才。”

秦自乐察人之细，虑事之远，使张骞非常高兴：“自乐所言不差，依我估计，大月氏若照此下去，不出二十年，定成西域强国。”（后来果如张骞预料，大月氏经过开疆拓土，在今之北印度建立起强大的贵霜帝国，直到印度笈多王朝兴起方始退出——作者附笔。）

受到张骞的夸赞，秦自乐反而有些不好意思：“相比之下，我的机智应变能力，仍相差很多。”

“我正要说说此事。来来来，大伙儿朝拢靠靠，我来讲讲以后课习之事。”大家围着张骞，结成一个半圆。

“刚才的事，各位兄弟看到了，也听到了。我认为，这是为大汉撒播友谊种子之大好时机，因为参加课习的大月氏青年才俊，就是大月氏未来的中流砥柱。既然事态有变，我等当随之有变。这个变，一在课习内容的充实与调整，具体由我与任扶重新做好准备，使之学有所得，学有融会贯通之力；二在课习纪律，强调服饰整洁，正襟危坐，讲求礼仪；三则主动亲近，忌乱开玩笑；四则有问必答，忌不懂装懂，也即‘知之为知之，不知为不知’；五则善行善言，忌讽刺挖苦，故意卖弄。另外，对孙医官、杨柏、赵无偏不作硬性要求，可以研习所长，对军旅有一定了解即可。总之，一人敌，乃匹夫之勇，万人敌，才是为将之道。我与任扶学识有限，只可尽力而为，十分乐意在双方互学中，提高自己。”

“张伯伯，您客气了。”由天际意犹未尽，“您这一客气，我都不知怎么办才好。十四岁之前在军中，我是个毛毛虫，夏宏伯伯教我识字读兵书，我没当一回事。十四岁之后在路上，事遇到不少，书却又教给了先生。我咋办？在这里的叔叔，我谁也比不上。”

“说这样的泄气话，可不像你由天际。大蟒都敢杀，还怕读点兵书？我记得小时候在斗山书院读书，恩师俞志达曾经言道，死记硬背是傻子，举一反三是学子。现在我将此话送给你，定能悟出一个结果。”

苏疾一撞由天际：“再说无益。能与张正使这样的人相处，算是我们一生的缘分。”

“只是可惜了，大宛国那两位哥哥无此机缘。”由天际忽又转了话题。

张骞心中一动：“万事皆看缘分。有缘自可相见，无缘只能抱憾。好了，在月氏学子来此之前，大家以自习为主，我与任扶得抓紧时辰，做好准备。”

话刚落点，只见一骑远远驰来，人未到话先到：“张骞大使，天际弟弟，我又来了！”

无须看人，只听声音，便知是大宛帕卡。

大伙儿相见，又是一番热闹。原来帕卡等人出使乌孙回国之后，大宛王掸于螭道，大汉使节定必返回大月氏，如此冰天雪地，亦定必滞留于彼。之前许诺他相陪大汉使节，仍然不变。并道，若张骞大使愿来大宛，即请相迎。克里泊尔与别孜勃亦想随来，因虑及与大月氏关系多有不便，大宛王未作许可。

哪曾料到，恰逢如此良机，帕卡自是喜出望外。

而在使节队里，唯有苏疾清楚，帕卡此来，还另有目的：为了他妹妹莎尔芭娅的婚事。苏疾不由得心中叹息：孰料异国他乡，亦有如此痴心女子，倘若由天际没有使节身份，倒是一对璧人。

此处不说帕卡。两日后，大将飋飕亲率二十名大月氏年轻军官来到国宾馆舍，行过拜师之礼，便整肃如一，开始课习。使节队原来那种活泼略显散漫的场景，竟自消遁于无形。直到两个月后，大家互相熟悉了，年轻人的本性才逐渐暴露。尤其由天际与几个意气相投的大月氏年轻军官，背过张骞与飋飕，便打闹不休。

倏忽之间，到了翌年（前 128）二月底。

大月氏的气候较匈奴为暖。眼见树枝暴芽，嫩草冒尖，春意一天胜过一天，使节队员们的思乡之情也愈加浓烈。张骞见此，遂与几位副使商定返程回国的路线及日子。

任扶首先发话："关于返程路径，我看北线就不必考虑。原因十分简单，我等不可能再向北绕行千里重走乱石滩，然后再提心吊胆，经过匈奴辖地。走丐国、身毒？苏疾、由天际已经去过，事实证明不可通行。依我之见，就走大月氏西迁之路，从乌孜别里山口越过葱岭，顺大漠南缘一直向东，而后南归，抵达陇西。这一路虽人烟稀少、狼群较多，但不时有水草补充，也算是劣中之优了。至于出发日期，根据气候，可定于三月十五或三月十八。用半个月时日做起程准备，足矣。"

张骞非常理解任扶的急切，其看法亦与所思暗合，他只是想听听堂邑父与秦自乐有何说法。之前，他已与这两位结义兄弟议定了他们的归宿：与他一同回城固白崖村，比邻而居。

堂邑父想起了他的家乡嘎顺诺尔和他唯一的亲人。既然妹妹娲霞已有归宿，剩下的也就只有一份牵挂。倒是张骞，使他放心不下。这位大哥太过克己，也太舍己，是世间少有的真男子，让他离他而去？那是绝不可能之事。任扶说罢，他便即刻表示赞同。

而秦自乐又有不同。他明白，他绝不可能再回峦芳洲去当土大王。十多年间不通音讯，母亲或许已经谢世，小妹亦定必嫁人，弟弟亦定必将峦芳洲打理得整齐。唯一放心不下的是卡帖娜，那是他一生之中蚀入骨髓的牵挂，回到汉中之前，他必须要找到她。所以，在任扶、堂邑父相继表明态度之后，即道："自乐此生跟定了大哥。大哥决定走什么路线，我就走什么路线，大哥决定什么日子出发，我就什么日子出发。但自乐有一愿望必须完成，到匈奴边境之后，给我两个月时日，去接卡帖娜，然后与大哥在大汉边关相聚。若过了两个月没有见着，即请大哥勿再相候。"

张骞见秦自乐说得如此决然，于是点头同意。最后做出决定：返程路线按任扶所说之大漠南缘，三月十日结束课习，三月十八日，无论风雨，由此出发。当日课习之后，张骞宣布了这一决定。

顿时，使节队员们欣喜若狂，大月氏后生们则怅然若失。而心情最为复杂的是帕卡，一人躲在角落，暗中垂泪。

由天际发觉帕卡神采异常，走过来将帕卡后背一拍："大哥，你躲在这里干什么？"

哪知帕卡转身过来，抱着由天际便放声大哭。

所有人都开始发愣。张骞没想到帕卡情义这般深重，感情又这般脆弱，对这异国青年既不便说，又不得不说："帕卡，我理解你此时心情。你应该具有的，是为大宛建功立业的远大目标，做一个大宛国名垂青史之人，我们希望在大汉京城长安，早一点见到你，还有克里泊尔和别孜勃。"

张骞并不清楚，帕卡不舍是一方面，主要还是因为妹子莎尔芭娅。自和由天际相见之后，他的妹妹便称，此生除了由天际，谁也不嫁。而父母不愿女儿远走异国他乡，他又无法留住由天际，故此心中难受，大放悲声。听得张骞相劝，他又不便解释，只好止泪不语。

赤疾见此情状，将张骞拉到一旁，悄悄说了一会儿。张骞也只好一声叹息："这实在是没法子的事情。"

张骞未曾料到，消息一出，竟惹出一大堆麻烦。首先是大将军飕飗，要使节队"光临寒舍"一叙；接着是王廷重臣如嵽操、笃尔玛、赑犀、鸲璨等，紧接是各王族家庭；而拓箨、巴雅合的"请客"，更让张骞等人无法拒绝。张骞再三权衡，为长远计，这酒宴之谊亦不可小觑，遂应之。但严嘱诸人，凡酒食，礼仪为主，不可失态，作饕餮②之徒。

连日来，使节队竟分外“忙碌”。后来都城民众尽知，常有男女老少聚于国宾馆大门之前，等候大汉使节队出来，每见一人，便呼叫某某人的名字，连帕卡也为人所熟知。每逢这等场面，张骞等人便不得下驻马停下，向民众招手致意。最让张骞感动的是那库娅莎等一干民众，每天都出现在使节队面前，和张骞说上几句话，方始散去。

为给使节队留下一天歇息时日，欢送国宴于三月十六日在王廷举行。酒至半酣，歌舞暂停，棢牴示意飀飈：“大将军，你代本王向张大使和众使节予以致意。”

飀飈即席站起，高举玉杯，将酒一饮而尽：“吾王告大汉大使有知：首先请大使回国之后转禀大汉皇帝，派遣使节来大月氏以示通好之情，大月氏君臣铭感肺腑；其二，感谢大汉以强大军事征讨北方之敌，致使匈奴无暇西顾，大月氏得以偏安一隅；其三，感谢张骞大使献篱笆之计，并为之奔走，使西域诸国得以联手，预做御敌准备，其远见卓识，令人钦佩；其四，感谢大汉大使及众使节，为造就大月氏青年才俊而不遗余力，倾囊相授，他日大月氏国力得振，当全赖于此；其五，大月氏灭国之仇，吾等君臣民众，一天也未曾忘却。对恶敌实施东西夹击，本系良策，奈何目前大月氏国力孱弱，带甲武士堪怜，且征途遥远，险阻无数，粮秣难以为继。纵逞一时之勇，其效亦如隔靴搔痒，反招死敌再次入侵，此情此景，尚请大使察之谅之，并代吾王向大汉皇帝如实禀知。此非大月氏不愿也，实大月氏无能也。”说到此处，飀飈竟声带哽噎，说不下去。

张骞亦一直站着，他深知，一国军事统帅，一个堂堂大将军，国仇不能得报，反而当着大汉使节之面，口称“无能”，需要何等的勇气！遂道：“大将军无须自责。俗言，大丈夫能屈能伸，治国亦如此理。知耻而后勇，大月氏有这样的忠臣良将和贤明的君王，国之振兴将指日可待！”

“张大使之非凡智能，已使末将深为受教。不过，我们大王的致意，末将尚未说完。”飀飈很快恢复常态，续道，“其六，大汉使节即将离开大月氏，吾王不能亲送出境，末将又军务缠身，故由礼臣鸰璪大人相陪，王廷派护卫队护送出境。护卫队员即我方参加课习之青年武士，队长彍尔布[③]，副领队骅骝风[④]。”

张骞再行致谢。

棢牴示意张骞坐下：“请大使勿要忙着致谢，主辅大臣峬操大人还有话说。”

剩下的，当是最紧要的国书一事。张骞立即肃立以待。

果然，峅操避席而出，在犅柢案前立定，双手捧过铜匣，递与张骞。张骞双手捧接，致礼道："骞定当不辱所托，亲自面呈吾皇。"

峅操却并不归席，又取出两只较大铜匣："此青铜匣系吾王赠予大使之个人礼物，此黄铜匣系吾王赠予列位使节之个人礼物，请大使万勿推辞。至于给大汉皇帝之回礼，已有另备，大使勿念。出发之时，由护卫队带出。另外，大月氏对汗血宝马亦有养殖，特送七匹，其中犍马三匹，牝马四匹，祝大汉能借此壮大宝马马群，提高大汉骑兵战力。"峅操说罢，又回望犅柢，"最后一事可否宴会下来另说？"

犅柢沉吟片刻，说道："我看可以。"

峅操正欲转身回席，却被张骞叫住，当着犅柢之面说道："大人请留步，骞有话说。前时大王已有程仪相与，今复以珠宝相赠，骞等实不敢受。其理由有二：一则先贤孔子有教：'饭蔬食饮水，曲肱而枕之，乐亦在其中矣。不义而富且贵，于我如浮云。'（见《论语》——作者注）二则归途遥遥，险阻难料，来时所携之礼十不存一，去时又何能保其完全？失于中途，倒不如留在贵国。于我，少了挂碍；于大月氏，多了强兵富民之资。此非张骞有意拂面，实乃情非得已，此物还望收回。至于汗血宝马，于国有利，可代吾皇受之，吾皇定必深感大王之厚爱，复遣使臣以示通好之意。"说罢，将两铜匣珠宝递回。

峅操面现难色："这怎么好？送出之礼，焉有收回之理？"犅柢一笑，说道："君子不强人所难。张大使乃大汉贤者，难为他了。"

峅操这才接过，各自回席。只张骞心中犯起嘀咕：看那君臣神秘模样，不知宴会之后又有甚事。不容张骞多想，歌舞又复开始，这次却由拓箨领唱：

我看到千万朵红艳艳的花儿，在人们的心中开放；
那青枝绿叶生长的地方，它的名字就叫作故乡。

我看见友谊就像悠悠的大河，在人们的心坎上流淌；
那思绪纷飞美妙的梦想，就在脚下土地上成长。

我仰望五彩缤纷的云霞，在天上追寻着太阳；
那落在后边的朵朵白云，就像丝丝缕缕的忧伤。

我跟随东方大汉英雄使节，化作马鬃追风飞翔；
那熟透的果子互致问候，就像歌声在心弦之上。

歌声清亮、悠长，真挚之中又略带一丝忧伤，那种不舍的情怀，使人不忍碰触，不忍轻言相别。拓簃唱毕，一双湖水般碧蓝的大眼，便悠悠地瞅着张骞。

所有人都明白，拓簃在等候张骞的回答。

年前年后在西域列国的经历，在大月氏固然有不舍的情感，于列国亦有难忘的记忆。他深知，此次西域之行，仅仅只是一个开端，大汉要放眼更远的地方，还须后来者不断地探索，不停地努力。当然，这也需要如大月氏这样的友邦予以配合。想到历经苦难，十多年的努力，使命终于得以完成，虽死亦无遗憾，不由得豪情满怀，放声唱道：

看夜半星空，银河涌浪，情满月氏，旗鼓重整轩昂！
行万里征途，大漠裹沙，荒原满床，寻得天下友邦。
此行无悔矣，大汉西域，休戚与共，争得情谊世代传扬。

跨葱岭高峰，雪堞万层，晴空素敛，壮士壮志高昂。
走西域列国，风情万种，物阜民丰，难得和平城邦。
此行欣喜矣，念在心头，眷在清表，竟得克虏无穷力量！

唱罢，张骞说道：“行前仓促，临时应对，此一首《念在西域》，多有词不达意的地方，尚望大王与各位大人见谅。不管怎么说，骞在有生之年，将和其他使节一样，终生不忘大王与臣民的关爱之情。大月氏对大汉的友好，一定上达于天庭，下颂于百姓。”

而㘘牴早为张骞的豪迈所折服，竟连连击案，大声叫好。那拓篨亦心中暗赞：真乃大男子的雄强！

众使节一扫离情别绪，怀着满满雄心，准备踏上回国征途。

不过，宴会结束之后，赑屃、鸲瑓陪着堂邑父、秦自乐等人在殿外暂候，张骞被峅操带至偏殿。一进门，却见九位美丽的大月氏姑娘，兴高采烈地站成一排，那拓篨、巴雅合竟赫然居于其中。

不用说明，张骞已知其意。

这是万万不可的。

张骞稍一琢磨，对峅操道："主辅大人，我与姑娘们讲几句话可否？"

"完全可以。不过话说在前头，这九位姑娘是从数百名中挑选出来的，没谁强勉她们，人人都乐意跟随你们，去大汉安家落户、生儿育女，唯望大使不要委屈了她们。"

"好的，张骞明白。"遂面对姑娘们笑道，"首先，我代所有使节队员感谢这种真爱。敢于将人生最为珍贵的感情付与异国异族男子，这份勇气着实令人感动。如果所猜不错，你们九人已分别将大汉使节一一圈定（姑娘们传出一片笑声）。不过，现在有几个问题，得要考考你们。"

"考就考，张大使你说。"拓篨满不在乎。

张骞一见，便知拓篨是个带头的，只要拿下她，事情也就迎刃而解："大家听好了，我有这样一些问题：我今年多大年纪，对你们其中某位姑娘是男女之爱，还是父兄之爱；谁翻过雪山，又该如何翻越雪山；谁走过浩瀚的大漠，谁穿过野牲遍布的荒原；谁遭遇过骑痞、土匪的袭击，谁有独自对付多名敌骑围攻的武功；在无水无食又在女人每月特殊的日子里，如何度过；夫妻幸福是一厢情愿，还是需要两相情愿。我承认，你们人人都很美丽，个个都很聪慧，一般男人见了，不说神魂颠倒，也会神不守舍（姑娘们又笑）。"

"张骞，我晓得你今年多少岁。"

张骞看着拓篨。

"我心里想你多少岁，你就多少岁。还有个姐姐，叫昆古丽玛月伦。你说的那些事，无非就一个字：死。死谁没见过？大月氏死的人还少吗？"拓篨语气泼辣。

“最主要的问题为何避而不答？人说，强扭的瓜不甜。别的人我管不着，但在使节队，所有的使节不但忠于吾皇、忠于大汉，也忠于自己所爱之人。说个不中听的话，可惜你们生得太迟，也相见太迟，你们没有机会走进我们的心里，硬要跟着我们，只会给使节队带来无穷麻烦，为了保护你们这些友邦客人，我们的队员将会先于你们离开人世。那时候给你们留下的，便只有无限的悲痛与悔恨。”

话虽狠，但这是事实。姑娘们脸色凝重，沉默不语。拓箨长长地一声叹息。

“我晓得，目前的大月氏姑娘嫁人难，也是事实。可是对于你们这些出类拔萃的姑娘来说，难吗？一点儿也不难。就说拓箨、巴雅合，整个西域各国 就你们两个女官，只因你们太优秀了，许多男子望而却步，你们自己也傲视他人。其实，参加课习的那些青年才俊，没有家室的有十多个，他们将来都是大月氏的栋梁，你们为何不主动一点，就像今天这样？拓箨、巴雅合，你俩如果乐意，我来当次大媒，将护卫队正副队长予以介绍，可否？那獷尔布就像年轻时的我，而骅骝风就是大月氏的由天际。”

“我们不难为你，你走吧。希望永远也不要再见到你。”拓箨别过脸。“首辅大人，我们就此别过。”张骞向崻操一拱手，迅速退出。一次粉色事变，就此消弥。

三月十八日是个艳阳天。早餐过后，在大月氏君臣和全体市民注目下 张骞率领使节队，终于踏上了归程。

是日，南行约二百里地，来到两山夹一川的地方。鸽璨向张骞遥指道 “穿过那片竹林，便是大月氏的一处小镇，因其竹甚厚，可作箭杆，故名‘笴巫’[5]。那里操笴业者多，为大月氏要津，有客栈，今晚就宿于彼处。过此，山丘渐多，人烟稀少，路径荒凉。约一日，抵大月氏边境，然后东折，再一天，便抵乌孜别里山脚，送至此处，我们便行告别。只乌孜别里山口现在积雪甚厚，一年之中，也就六月雪薄。”

正说着，由天际、帕卡二人拍马驰向前来，后边紧跟一位女子，大声叫着：“哥哥，由哥哥，等等我！”

张骞一看便知，是帕卡的妹妹莎尔芭娅追来了。

他又一次领教到西域女子为追求爱情的拼命劲儿。

非常之地，非常之人，非常之事，他必须采取非常手段。

莎尔芭娅竟一破大宛风俗，不戴面巾，一见张骞便道："张大使，我拼命赶来就为一件事：或者将由天际哥哥留下，或者将我留下。我哥哥帕卡晓得，由哥哥将是我的男人。"

"可以。但是国法不可废，我得执行大汉刑法。凡大汉使节队员，无论何种理由，滞留他国者，将以叛国罪处死，并且，不许带异国女子入境，除非获得大汉皇帝的许可。可是此时此地，我无法启奏朝廷，也无法将你留下。你们双方如果同意，你只能将由天际的尸体带回大宛。"张骞语气森然，话语凛厉。

"帕卡大哥，你得赶快救我。芭娅妹妹，你爱我，就不要害我。张伯伯，死我不怕，但这样去死，会惹天下人耻笑。"由天际十分乖觉，配合得天衣无缝。

莎尔芭娅当着众人，放声大哭："由天际，我恨你，恨你，恨你！早知如此，何必让我看到你！"

翌日，在张骞的规劝下，帕卡不得不中途告别，护送妹妹返回大宛。莎尔芭娅临行深深回望了一眼，又凄然地叫了声："由哥哥！"

张骞未曾料到，此事给他带来终生的悔恨。

三月二十日酉时，使节队抵达乌孜别里西山脚下。离路口丛林边缘一里远的地方，有一处小山弯，一条冰雪小河从那里拐出，小河前有一弧状的小平垧，坐落着一排垛木草皮房。也不知有多少户人家，炊烟随着习习山风，开始旋起半拉圈子妖娆而上，渐渐变作条状、丝状，缥缥缈缈，消失于半空。此一股尚未完全消失，新的一股又紧追而来，如此反复，似乎没完没了。张骞约略数了一下，大约二十余户，而以靠前的一股炊烟最浓。鸡鸣狗吠之声，亦不时传来，连续两天的旷野之行，使人感到分外亲切。

原来炊烟最浓的那家是一处客栈。可惜他们去时，已经客满，约有十余名大夏商人先于他们入住，买了只羊子杀了，正在炖煮。店主和大夏商客从未见过汉人，看到张骞等人大为吃惊。有识得汗血马的，则露出艳羡的目光，在一旁窃窃私语。

这却引起了由天际的警觉。

说到由天际，这里需要再作一点交代。他平时嘻嘻哈哈惯了，别人以为他于男女情事上也很随便，其实完全不是那么回事。与秦自乐妹妹秦自东的婚事，大半由长辈做主，那时十四岁的他，只是觉得好玩，现在已成朦胧的记忆，连秦自东的具体模样都想不起来。至于匈奴草原上的那四朵花，则是寂寞的玩伴，他从未想过和其中的一位或两位，怎么白头到老过日子。偏偏在大宛，第一次见到莎尔芭娅，心里便“轰”地一下燃起了大火，那种一见倾心的感觉简直难以言述。可是作为使节，没有不回国的道理，沙里修被汉军处死，已是前车之鉴，他更不能做下有损使节队名节之事。同时，他也赞成张骞的做法，不能让莎尔芭娅跟着一路受苦、受罪、冒险。这回长安的路实在太遥远、太艰难，能不能全身回去，谁也不敢肯定。可是，莎尔芭娅最后回望的那一眼，呼叫的那一声，简直让他痛断肝肠。他变得有些郁郁寡欢，只一心为大伙儿做事，谁若忙着，不用呼叫，他便会随时出现，仍是一副机灵模样。

他将他的警觉告诉了苏疾和骅骝风。

护卫队的正副领队，彍尔布身材壮实，圆盘大脸上配一圈小络腮胡，显得滑稽而威风，为人朴实大度，说话做事严谨周密，很得飕飕赏识；骅骝风则身材修长，面目清秀，机警聪明逗人喜爱，很对由天际的脾气，没几天两人便混得斯熟。一听由天际所疑，便让他作了指认，二人私议，但有异动，将好好捉弄一番。

且说那店主一见又来了三十来位客人，个个都是有钱的主，高兴得手足无措，连连道“这怎么办，这怎么办，这怎么办”。张骞、鸲璨听不懂，苏疾道店家说的呙人语言。那店主却乖觉，立即改作大夏语。此时只见一个三十多岁披散头发的妇人，一头钻过来，尖声道：“你个死鬼糊涂了？不是还有几顶帐篷？”

“帐篷？那就不必了。若有苜蓿草料，多多益善。”骅骝风叫了几名护卫队员，“把我们自己的帐篷支起来！”彍尔布则叫了另外十几名队员，一拨随他去买羊子，一拨随骅骝风去搬运草料，一拨去砍薪柴。大汉使节队竟插不上手，唯有汤柏取出铜锅，准备挖灶行炊。

原来护卫队的行动，一体按照大月氏军制，为使节队，也为自己，携带了足够的帐篷和炊具、粮草。只是为了给使节队留下充裕的草料，才去买店家的苜蓿。

店家夫妇眼睁睁看着这帮人的军人做派，自是无可奈何，男人嘟囔道：“一大帮人，只挣下几个草料钱，真是狗咬尿脬，空欢喜。”女人则踹了男人一脚：“话都不会说，哪有把自己比作狗的？我不成了狗婆娘？”

因是呙语，别人听不懂，只由天际感到好笑，添油加醋一学，众皆大乐。

那些大夏商人都是老江湖，察觉这帮汉人、大月氏人俱为非凡之辈，便悄然龟缩于店内。

护卫队择其一地，两两相对，很快搭起四顶帐篷。将所有马匹、行装集于中间，四周插了火把，又钉了八根木桩，用皮绳围了，每次派出五人，轮流守护。

趁羊肉下锅之际，张骞将彍尔希、骅骝风二人叫出，趁着夜色，去小河边踱步。说道："明天我们就将于此处分别了，从此天各一方。此时将你们二人单独叫出，是因为我有话要说。简单讲，也就两件事情。其一，希望你们在大月氏有大的建树，在我有生之年，能够再次见到大不一般的二位。其二，是关于你们二人的婚事，请你们据实回答，心中是否有了中意的姑娘？"

彍尔布道："心里早已有之，可我不敢——老师怎的突然问起这个？"

骅骝风紧接道："我与彍哥一样，也是俩字：不敢。"又故作一叹，"老师若是再留几日，没准还有希望。"

张骞神秘一笑："你们且不用说出名字，让我猜猜。我晓得大月氏的婚俗，为了增加人口数量和质量，允许一个健康男人拥有两到三个妻子。但是，几乎所有男人对正妻的选择都非常谨慎和严格，因为大月氏的法律规定，次妻与侧妻可以因事以废，正妻却不可以，要陪伴终生。我也从旁得知，有二十余家向你们提出正妻之亲，有的甚至找到大将军飇飈帮他们说话。可你们一人心中有个拓箨，一人心里有个巴雅合，所以亲事就一直拖着。我之所猜，应该不错。"

"老师，你可真神。所以我说老师若是多留几日，没准还有希望。因为我和彍哥发现，拓箨和巴雅合对老师简直佩服得要死。若是老师出面帮我俩说合，这事准成。"骅骝风非常遗憾。

"那你们缘何不早日与我说说？"

"我们哪敢。今天若非老师提起，我们只好将它埋在心底。"彍尔布道。

"我明白，你们不敢向姑娘主动表示，是因为拓箨、巴雅合不但美丽，而且最有才干，是大月氏仅有的两名女官，官位不低，还是优优公主和大王的心腹，可谓万众瞩目。你们不敢请我出面说合，是因为我不但是大汉朝的大使，还是你们的老师。两个不敢，使得你们望而却步。其实你们完全错了。美丽、才干、高位恰恰给拓箨、巴雅合带来了许多烦恼。她们选择夫婿的范围很小，不能像平常女子那样，公开地表达自己的爱和恨。但是，她们也和其他大月氏姑娘一样，需要一个真正的男子汉疼她爱她！明说了吧，走之前，我已向她们介绍了你们二位，并且得到了她们的默许。剩下的，就是你们把那个‘不’字去掉，大胆地向她们表白，等待你们的，将是特大喜讯。”

二人自是异常激动，特别兴奋，说话都有些语无伦次。

是夜，大月氏护卫队坚决没让大汉使节队轮值。第二天在路口分手时，彍尔布带领全体护卫队员，先向张骞、任扶行谢师匍匐礼，而后向众使节行大月氏最高国礼——以利刃刺臂明志。扎敷之后又一一拥抱，再为使节队员牵马坠镫，涕泪送行。最后，张骞、鸽璨各自上前，做了一次长久的拥抱。作为先锋的堂邑父见张骞又复上马，这才率先登山。

因此处乃东西通商要津，路旁树木比较稀少，地势也较开阔，上山不及一里，便是“之”字拐路，顺着一面山脊缓缓而上，上到三里左右回看，大月氏护卫队仍未离开，人马已小如蚂蚁。由天际随着秦自乐任后卫之责，见此即道：“我明白彍布尔、骅骝风缘何还守在那里，那是不让大夏那些人赶上我们。”

走在前面的任扶应道：“没错，是这个理。”

更前边的杨柏问道：“你们在说甚？我没听清。”在明白了意思之后，于是前前后后，各自互相议论，感慨不已。若非张骞大哥的坚持，哪得完成皇命，且大开了眼界！世界之大，真是难以蠡测。

由于粮草充足，夜宿有帐篷保障，加之归心似箭，大伙儿在连续翻越几座雪山之后，终于跨过了葱岭，又重新来到了平旷的原野。三月二十五日午后，抵达于阗国都城。

进城之前，张骞让大家换上了国服。由于这里早晚仍然寒冷，里边穿着羊绒薄袄，任扶等人还套上羊皮背心，所以丝绸国服上身之后，并不像夏天那么飘逸潇洒，而是显得浑圆粗壮。不过，在阳光照耀下，仍然熠熠生辉，生发出一种夺目的高贵气象。

他们的举动，引来了出城回家人们的围观。一位瘦高青年忍不住好奇，向堂邑父打问："你们是何方客人？这么漂亮的衣服是从哪里买的？进城去见巴依老爷，还是我们的国王？"

堂邑父摇头，表示听不懂他在说什么。那青年双手一摊，显出非常遗憾的样子。苏疾立即插言："老甘，你用番语问他试试。"

还好，一用番语，便接上了话头。那青年虽着一身麻衣，且肩肘皆有补丁，却非常热情："我叫热瓦甫，家就在城西南角，你们来的方向，离此不到三里。于阗人相信，相逢就是缘分，缘分便是客人，日落之前让客人离开，便会遭人耻笑。现在日已偏西，所以你们应该随我一道，到我家做客。"

堂邑父不便拒绝，又不能自作主张，于是唤着张骞："大哥，你过来一下，这里有人要与你讲话。"又对热瓦甫介绍道，"他是我们的头人大哥，有甚话，你跟他说吧。"

那青年立即迎向张骞："请头人大哥去我家歇息。我叫热瓦甫，家离此不过数里。"

张骞等人早已发现，葱岭东西两边人的相貌大为不同。这里的人与汉人相近，也是黑头发黑眼珠，但面目较汉人粗犷。这位叫热瓦甫的青年算是比较秀气的，但也生得高鼻眼凹，年纪轻轻便有了络腮胡须。他肩挎布包，沉甸甸下坠感强烈，而声音略带沙哑，一双殷切的目光直盯着张骞。

张骞想了想，蔼声道："热瓦甫，你能告诉我，你和你阿爸、阿妈都是干什么的吗？"

"我阿爸和我弟弟放羊，我阿妈种庄稼，我专门采玉。我们于阗人有规矩，年轻人娶媳妇盖房子，只能自己去挣钱，不能靠父母。如果有妹妹，还得为妹妹挣嫁妆，嫁妆差了、少了，会被妹夫家瞧不起。如果有弟弟，还要帮弟弟挣钱娶媳妇。我们这里挣钱没二样，就是去山里采玉，或去河里找玉。无论采玉、找玉，都靠碰运气。于阗人最盼望的有两样：一样是天上下大雨，河里涨大水。每次涨水过后，满河都是找玉的人，运气好，一次就能凑够需要的钱。第二样就是能碰到识货的外国大客商，买下的玉品、玉石不但多，而且价钱公道。当然，如果急着用钱，也可以卖给城里玉铺商家。不过，那样吃亏太大，收购的价钱，往往不过市价的十之一二。像我今天拿的这一袋玉，里面有最好的羊脂玉、玛瑙玉、宝石玉，怎么说也该值二百多金，可玉铺店主撑破天只给到三十金。这是我花了两年工夫积攒下的好玉，照这样算，我还得四年才能挣够娶媳妇盖房子的钱。”

赵无偏听说有玉，早就凑近听着，热瓦甫话到此处，立即问道：“小伙子，能否将你袋中之玉让我瞧瞧？”

而张骞则问道：“娶媳妇盖房，得花多少钱？”

两人同时发问，热瓦甫觉得应该先向‘头人’回话：“总共得花二三百金。花多花少，得看女方态度和宾客多少，但最少不低于二百金。如果手一松，几十金也就没了。”接着又对赵无偏道：“我们于阗风俗，路途相见，只做朋友，不做生意，讲究‘财不露白，兜不抛玉’。若你诚心想买，请到我家中去瞧，或明日集市去看。”

此时，堂邑父、任扶、秦自乐一致议定，今日暂不进城，去热瓦甫家做客。反正饭钱、店钱照付，若有好玉，就按市价购买。去商家肥处添油，不如帮帮于阗百姓。堂邑父将张骞拉到一旁，将三人的看法说了，张骞连声赞道：‘此话对极。”当下向大伙儿一挥手，“今天不进城，去热瓦甫家做客！”又对热瓦甫道，“你在前边带路，如有好玉，绝对不会让你吃亏。”

那热瓦甫听罢，恨不得当场要唱起来，跳起来。

这真是：

远方鲜花的眼神，那样的让人痴迷；
西域树木的心情，这样的直达心底。
一个美丽的姿势，总叫人难以忘却；
一声熟悉的呼叫，站立成永恒记忆。

欲知使节队在于阗国及其后续故事，请阅下回文章。

注释：

①马陵之役：战国时期，孙膑、庞涓本为同学，后庞涓在魏国得势。因忌孙膑才干，

明向魏王举荐，而暗中加害，割去孙膑双脚。齐相晏婴设计将其救出。后庞涓伐韩，韩王向齐王求援，齐王以田忌为大将，孙膑为军师，于马陵道设伏，射杀庞涓，大败魏兵，史称马陵之役。

②饕餮（tāo tiè）：传说中一种贪食的恶兽。

③彍（guō）：拉满弓弦。见《孙子兵法·势篇》：“势如彍弩，节如发机。”

④骅骝（huá liú）：良马。见《庄子·秋水》：“骐骥骅骝，一日即驰千里。”

⑤笴（gǎn）羽：箭杆。语出《周礼·考工记·矢人》：“叁分其长而杀其一，五分其长而羽其一，以其笴厚，为之羽深。”

第七十九回　白毛风使节队受阻　战狼群二英雄捐躯

热瓦甫家之所在，并非单门独户，而是一处村庄。住户不似草原篷户那样零散，也不似田野农户那么随意，反倒像城市街道的模板，门户整齐相对，长一里有余。且街道颇为宽阔，可容四马并骑通过。热瓦甫说，他们村子的名字，就叫“四马村”。

张骞在前，驻马村口，感到惊讶，这样的“街村”，即使在家乡汉中，也极为少见。复观村周环境，见村庄呈南北走向。村口南倚于阗王城西城[①]，村尾北通远方一片森林草原；右手靠东三里远处，于阗河[②]由南向北缓缓流过，由于渐至丰水期，夕阳下，水波上银光频闪；河边两岸，是一宽阔渺茫的坝子，眼前阡陌纵横，小麦已高至半膝，葡萄已伸枝展叶。显而易见，这里是于阗国的粮仓。左手靠西，则荒草萋萋，归牧的牛羊，或去了城里，或去了别处。

热瓦甫见汉人“头人大哥”突然停在村口，不明就里，又不便相催，于是也一旁停住：“我家不在这里，还在村尾。”张骞一笑，道：“我只是先在这里看看。村子建在这块地方，挺好。”

说话间，四马村归牧的牛羊正一群一群向村口走来，里边还夹杂有马儿、骆驼。张骞赶快叫大家让出道路，热瓦甫却道：“牲畜不从街口进村。它们不用人管，到了村口，便绕道两边，从房后进到各家圈舍。主人则从街上回到各家。”这时，一个个放牧者也都到了村口，看到身着华丽衣服的异族男人，尽皆吃惊地停下脚步，将张骞等人上上下下一一打量。

热瓦甫立即走到一位腿脚微跛的老人面前："阿爸，他们是汉国的使臣，从大月氏国转程回国。是我请来的贵客。"又一指张骞，"他是他们的头人。"张骞见状，即刻下马。

那老人眯眼一笑，来到张骞面前，右手贴胸行了一礼："既是客人，缘何不进家门？"

老人番语流利，这倒省却不少麻烦。张骞回礼道："我们人多，只怕叨扰麻烦。如能提供一块空地，便就足够。"张骞不想让这一家人为难。

"这什么话？你也忒小看了于阗人。把客人请来了，又让客人宿在露天，你让热瓦甫今后怎么做人？不说找不着媳妇，只怕连朋友没得一个。"老者有些生气。

问题竟这般严重，张骞只好去了热瓦甫家。交谈得知，老者名叫掷巴，才五十多岁，年轻时也是采玉、卖玉人，去过很多地方。腿脚受伤之后，由姻亲介绍找着四马村村长，在这里落户。

到家，掷巴便支走了老婆和小儿，并将牛羊吆入邻居圈内，腾出羊栏牛舍，以作临时马厩，又借来一口大型陶锅，在门头支起，准备杀羊待客。

张骞不便阻拦，即让堂邑父取来钱物相与："掷巴大哥，汉使有硬性规矩，不许白吃多占。这点儿钱物，你先拿着。另外，向你们打听一件事情。"

掷巴略一踌躇，接过钱物："甚事？请说。"

"你可晓得月亮神国离此尚有多少路程？我们回大汉要不要从那里经过？因为这条路我们还从未走过。另外，路途之上，会不会经常碰到匈奴人？"

"什么月亮神国？你说的是精绝[③]吧？那个国家崇拜月亮，房顶都有弯月建筑，其王城就叫精绝，离于阗大概有八百多里。不过，中间还得经过一个叫作扜弥[④]的国家，王城就叫扜弥，建在克里雅河旁边。扜弥离此大约五百里左右。这两国你们都得经过，然后由精绝北上到楼兰[⑤]，然后南下，绕过雪山，便到你们汉国。我只到过楼兰，去汉国的路只听别人说说。不过，在楼兰倒是经常碰见匈奴商客。"

"他们都是商客，没有武士？"

"这很难说。你也晓得，但凡在道上遛货之人，没有不带武器、不会功夫的。就你们这些使者，以我察之，人人功夫都很了得。路途不说歹人，就那些豺狼虎豹，也能够对付——好了，尊客请自便，我得去对面邻居家看看，羊子杀妥请他剁好送来，好架火炖煮。”又叫着儿子，“热瓦甫，去请村长过来，一并陪陪客人，还有今晚的舞会，去跟各家说说。”

“阿爸，客人正在看玉呐。村长那里，你去一下。各家也不用去说，他们都亲眼看到，咱家来了贵客。”

热瓦甫点了油脂灯光，正面对赵无偏，摊开玉石。其他人围坐着，看赵无偏品玉、鉴玉。听到掷巴吩咐，热瓦甫也只偏起脑壳，回头看了一下。

“这孩子，今天遇着彩头了。”掷巴便先去了对门。

看玉、买玉，用不着操心，张骞遂也出了街门，准备随便走走。

出街门，却见掷巴的老婆和小儿，一个正在向锅里倒水，一个正向灶里填柴生火。张骞和他们对望了一眼，见那妇人并无对话的意思，只以目光表示一种尊重的关切，便即行离开。

虽然太阳已落，但这里的黄昏依然很长很亮。张骞早已习惯这种不同于家乡的天象，走得十分随意。这于阗人的房屋又是一番景象，皆为圆形、六边形或八边形，分别以九根、六根、八根木柱深深钉入地下，一丈多高的地方搭成拱形木架，木架空隙以粗木条捆扎填充，其上再绑缚草帘遮风挡雨；而“墙壁”系在木柱之间密密扎上碗口粗的粗木，再里外搪上麦糠泥。为了避免失火殃及邻居，各家相距均在两丈左右，并且在村尾还建了一口水塘。

于阗人十分好客。张骞经过的每一家，都有主人出门拉着他，邀请他去家里“坐坐”。第一次，他去了一处名叫尼撒的六边房家，发现与热瓦甫一样，或以布幔，或以木栅，将房隔成六个小间，迎门为厅堂，厅堂两边分别为厨间和贮藏间，另三间则为寝室。他一去，主人立即将他迎入厅堂，点亮明灯，递来一只杉木木墩，落座之后，便是一碗奶茶，接着又是一碗麦粒煮得开花的碎肉麦饭，里面拌了红萝卜丁。没有筷子、勺子，只递给一块揩手的湿布。张骞左手端碗，右手抓饭，吃罢，尼撒才送他出门，并予以相嘱，一会儿请看村里的歌舞。

只此一次，张骞再不敢随意去村中任何一家。

回到热瓦甫家，天早已黑定。村长、掷巴父子和使节队八名队员，都在等候着。张骞对着村长和掷巴父子抱歉一笑，施礼道：“出去闲逛，遇着尼撒一家留住，盛情难却，挨至现在才回。不过，我从尼撒口中得知，格木你是深受村民爱戴的好村长，吃亏在前，处事公道。”

这位名叫格木的村长露出满足的微笑，夸奖着村民们的勤劳和厚道。

掷巴有些心急：“赶快开饭，不要误了一会儿的歌舞。”

由天际却抢着说道：“开饭之前，请张伯伯看样东西。”又一下跳到赵无偏面前，伸手就在他怀中乱掏，“赵叔叔，甭要那么‘啬’，将玉美人搂在怀里不松手。拿出来，看张伯伯动心不动心。”

“别急别急，我拿出来就是。”赵无偏小心地掏出三个小布包，一一打开，放在案儿之上，“我给她们取了个总的名字，叫‘西域美女’，张大哥，你看合不合适？”

虽然相处时日不短，但这还是首次见到赵无偏的玉雕作品。张骞轻轻拿起羊脂玉雕头像，不用端详，搭眼便知是莎尔芭娅那种回眸凝视的神态，让人过目不忘。而在手中那种润泽滑嫩的感觉，简直妙不可言。红玉则是拓簭头像，绿玉为巴雅合头像，无不神似毕肖，露出无限风情。他深知，仅此三件玉雕，价值当在原玉的百倍、千倍之上，可使某人立成富豪。可它们毕竟只是个物件，不能看得太重，对于如何报效朝廷，似乎也没有什么帮助。在他眼里，也就是件值得看上几眼的小玩意儿。但是，赵无偏的特殊技能，值得赞赏和尊重。

张骞轻轻放下三件玉雕：“非常好。雕得活灵活现，栩栩如生，可谓‘姣服极丽，姁媮致态’⑥。无偏真乃我大汉能工巧匠，即使一截毫不起眼的木头，亦可化腐朽为神奇。我以为，物之美，远不及人之美。无偏若不见莎尔芭娅、拓簭、巴雅合三女，怎能雕出三美？玉若不逢无偏，三美又怎生得现？故此，其价值在人，而不在玉。玉，只不过是上天赋予人们的美好寓意而已。”

此一番玉论，不但使格木和掷巴父子感到别开生面，也使使节队员们清楚分辨出人与物的轻重。赵无偏受到张骞的赞许和尊重，更是满足而高兴。

嬉笑声中，开始大啖鲜香的羊肉。只张骞细心，悄悄嘱咐杨柏，给掷巴的老婆和小儿各自留下一份。杨柏笑道：“我有个习惯，开饭之前，首先想到的，是那不在场的人。”张骞也一笑：“是我多虑。”

刚搁碗，街上的鼓乐之声便骤然响起，大家走出街门，只见满街火把，照耀得如同白昼。男男女女，老老少少，随着热烈奔放的鼓乐之声，纵情地歌之舞之蹈之。累了，退下来歇歇，歇会儿，又复上场。最显眼的，是姑娘们的长辫子和小花帽。她们或双手叉腰，扭肩昂首踏步而行；或双手拂柳，倾身斜体，旋转前进。男人和小伙子们则束紧腰身，或长臂摇摆，叩响手指，依次跟进；或双肢半蹲，双手划动，蹬跳紧跟。这种音乐，张骞从来没有听过；这样的舞姿，他也从来没有见过。他这时也才明白，四马村的人缘何将街道修得这么宽敞。

张骞瞅了瞅，唯独不见堂邑父与杨柏。他知道这是为什么，遂悄然回到热瓦甫家，将二人替下，一人默记刚才听到的乐谱。

翌日晨，使节队却被尼撒堵住，随行的，还有六七家村民。尼撒道，客人的早餐，正在准备，现在过去，先看看各家的玉石。其他人亦七嘴八舌，说大汉使节队里有能人，给的价钱很公道，他们愿意把辛苦采来的玉石拿出来，买与不买都没有关系，买多买少也别为难。

张骞将大伙儿集中一块儿，说道："看来，今早去不了王城。既然去城里也是看玉买玉，倒不如帮帮这里的乡亲。但是我于此道完全是个外行，所以我不参与，具体由三位副使商定，价格由赵无偏拍板。从即时起，我去做我的事情，你们做你们的事情，互不干扰。甚时事情做毕，告知于我即可。"

果然，直到中午进城，张骞只字不提玉石之事。但他看到几近二十名村民骑行相送，队员们兴高采烈的神情，便知玉石交易进行得公平合理、双方满意。

大队人马浩浩荡荡进城，汉使又穿着华贵的国服，使这一万多人口的城市受到极大震动。正在歌舞的人们停止了音乐，正做生意的人们停止了买卖，纷纷踮足翘首，瞧着这一群似乎从天而降的异族人物。

张骞立时感到，这样太过招摇，于是叫来热瓦甫："附近可有客栈？要大一点儿，干净一点儿的。"

"有，有。往前走二十丈，向左拐进一条大巷，就可以看到。我在前边带路，你们且随我来。"热瓦甫热情而又机灵。

张骞回头对众人道："昨晚几乎闹腾了一夜，兄弟们都没有睡好。今天就宿在这里，先把国服换下。堂邑父、杨柏、孙治瑾、秦自乐随我去采购粮秣、药材，任扶、赵无偏、苏疾、由天际准备接待玉客。"

任扶道："我等尚未在客栈落脚，哪儿来的玉客？"

“任叔叔，你没发现，跟在后面的四马村村民，都去哪里了？”由天际自问自答，“他们去找卖玉的亲戚朋友去了。”又对赵无偏道，“赵叔叔可不要挑花了眼。”

“就大月氏给大家那些私房钱，花完为止。”赵无偏道。

热瓦甫将使节队带至客栈，亦告别而去。

事情果如所料，张骞五人刚走不久，便来了一大群玉石小贩和玉品商人，直到张骞等人采购回来，赵无偏已将钱花光，仍有数人不舍得离开。其中一个玉品商人拿出一块羊脂玉石，央求赵无偏照样雕出一个西域美女，可以拿一块玛瑙红玉用作交换。赵无偏正在为难，见张骞回来，便顺手一指：“我们的头人回来了，你且问他。”

那商人颠着一颗肥大的脑袋，带着满脸谀笑，又向张骞央求。

张骞从心底讨厌这种贪得无厌的富人，板着脸问道：“你晓不晓得一个高级匠作的规矩？如果你晓得，这就叫故意强人所难；如若不晓得，我说给你听听。”

商人有些茫然，表示不知。

“高级匠作讲求世间唯一。我们这位玉石匠便是这样。对于雕刻过的玉品，决不会照样再雕出第二件，即使你给一座金山，他也不会干。他心肠软，又在异国，所以请你谅解，不要再为难他。我们下次来一定多带钱财，多多照顾你的生意。好了，我们还有许多事情要办，只好请尊驾移步。”

那几人见没了指望，才告辞而去。

只几句话，便打发了纠缠不清的商人，大家再次见识了张骞的机智和应变能力。张骞这时道：“大家听好，我说五件事。第一，将国服认真收拣，路途不再穿用，回到长安时再行打开。第二，将旌节与大宛、大月氏和各国的国书一同收拣妥当，由堂邑父、秦自乐负责保管。西域所收集的种子，仍分作四份，携带之人不变。第三，可能于阗国王和城守巴依老爷已知我等消息，在等候我等前往拜会。可是我等已无稀罕礼物可送，大家又急着赶路，我意现在即着手拾掇，一切捆扎妥帖，明晨卯时上驮出发。第四，所购之玉，由赵无偏搭配，分成九份，大致均衡即可。我和堂邑父、秦自乐最后领取，我的那份交堂邑父代管。另外，雕有莎尔芭娅头像的那玉，就给由天际。第五，据说由此向东，人烟稀少，狼群较多，所以要多备火把，多备火石、火绒。现在，除赵无偏留客栈弄玉，任扶留下看好汗血马及行李物品，其他人再分头去各条街道找找，有无油脂火把及火绒火绳之类物品。”

一切齐备，大家这才洗了个热水澡，换了干净衣服，将脏衣洗了，睡着。张骞心里一默，今天已是三月二十九日，路途除遇到一次小雪，早晚依然特别寒冷之外，倒也还算顺利。按此计算，五月底，最多六月初，即可回到长安，向汉皇复命。饭后无事，他便又打开羊皮卷，将在于阗国所见，予以记述。

三月三十绝早，张骞率使节队经过东城，经城门领验证之后，便向东而去。

离城之后，最初的路径甚为明显，十里八里凡水草较丰的地方，都有村落。村落不大，小者仅五六户，多者二十来户，皆是半耕半牧，房屋、毡帐混杂。过了大约五十里地之后，便皆是荒原，再无人烟，路径难辨。而且天色一片昏黄，天上地下一个颜色、一样景象，连太阳也像在浓浓的黄雾中挣扎，露出一张病快快的圆脸。渐渐，又由东向西刮起了寒风，气温陡地往下直降，加上此时大家有些肚饥，一种彻骨的寒冷，让人浑身上下如入冰窟，牙齿紧叩，哆嗦不止。

张骞命大伙儿即刻下马，先蹦跳跑步，再穿上皮靴、皮裤、皮袍，同时吃点东西，给马儿喂上草料。

堂邑父来到张骞跟前，道：“大哥，我看这天气有点不妙。没准会刮起‘白毛风’，也就是狂风裹着雪和沙子不停地刮。我看过这里的地形，沿路走来，右边远方是雪山，左边不远处可能是大漠。现在恰逢初春，大漠这边气温一高，雪山那边的冷风夹雪便会刮过来，啥时两边的气温差不多了，这风才会停下来。如果今天一过风不再刮，这‘白毛风’便会向后推迟，我们可趁此机会迅速通过。如果明天风不停，那么最少要等上五六天才可动身。我们离城已将近百里，而且那于阗国大概也难幸免。所以，我们应该提前做好准备。”

“依你之见，现在应该咋办？”

“两个办法。一，退回三十里，去来时经过的那个村子，有柴火可以取暖；二，就近找找，有无树林，或者背风的山弯，支好帐篷，圈好马匹，等候白毛风过去。大哥要尽快做出决定。”

“退回绝无可能，所谓的村子，也才五六户人家，而且房舍简陋。去了，事事仍得靠我们自己。有返回的工夫，还不如就近想想办法。”于是将众人叫拢，张骞先说了堂邑父对气候的分析，然后道，“任扶、赵无偏、孙医官三人原地守候，我与苏疾、堂邑父与杨柏、秦自乐与由天际，分别向南北和东边三个方向寻找憩息之地。以一个时辰、方圆十五里为准，记准方向，找着找不着，按时回到原地。

张骞与苏疾顶风向南行约十里，见有一小溪，溪面已然结冰。缘小溪上行三里，有一小丘，挨溪水一侧长了十几棵次生白杨树，不大，碗口粗细，老树已被砍去，只有尺高的树桩，其余皆为趴地松，高仅及腰，也不多，估摸也就七八十棵，再看其他地方，尽是荒草。

如果没有更好的地方，只能是这里了。二人遂往回转。

秦自乐、由天际业已回来，由天际道：“这都是什么鬼地方！越向北，沙子越多，草越少，连根树毛也见不着。若不是有眼罩护着，这双眼睛离瞎也不远了。”

不一会儿，堂邑父和杨柏也相跟着回到原地。据其所述，他们所去的东边，与这里一样，四面无靠，空荡荡只有大风劲吹。

堂邑父却问道：“你们谁可曾见到过野牲，比如野羊、野牛、野鹿或者地鼠什么的？”

大伙儿都说没有。张骞感到奇怪：“前三十里有村落的地方还不时见到一些野物，到了荒无人烟的地方，反倒连野牲的影子也见不着。”

“坏了。这‘白毛风’肯定会刮起来，而且会越刮越大。这野牲比人聪明，它们有预感，已经找地方躲了起来。既然张骞大哥找的地方有树有水，我们就赶快动身去那里。说不定，一会儿更大的风刮起来，我们连站立都困难，一抬脚，便会像当年戴羽、杜槐那样，不知会被刮到什么地方，再也找不见，回不来。”

由天际有些不太相信：“这‘白毛风’我倒听说过，但是从来没见过。甘叔叔，真有你说的那么凶？”

“在嘎顺诺尔，一年总有那么一次。到时候，你就晓得了。”

张骞哪敢耽搁，立即吩咐苏疾在前带路，自己押后，督促大伙儿顶风快速前进。

将及半个时辰，大伙儿赶到小树林，此处的风势似乎略小一点。张骞未及下鞍，便做出安排：“堂邑父、苏疾、由天际安置帐篷，一切按堂邑父要求为准；我、秦自乐、孙医官用皮绳将白杨树从外圈围成三匝，作临时马厩；杨柏、任扶、赵无偏，一人去寻支灶的石头，二人劈削树桩，以作木柴，找不着石头，就于帐篷内开挖地灶。现在分头开始行动。”

又半个时辰，一切妥帖。堂邑父巧妙地利用趴地松的优势，将两顶帐篷拼接于趴地松中间，除了自带的帐桩，又与趴地松予以密密绑缚，并道：“这趴地松常年遭狂风劲吹，根系十分粗壮，不会有事。那些不相干的趴地松，可以将其砍来，松针可以铺床，枝干可以用来引火、取暖，因它本身富含油脂，火势很是明亮。”又一拍大腿，说道，“现在就把马儿喂饱，以防野马插群。那时再喂马儿，一是草料会被巨风吹跑，二是野马会霸道争食。”

苏疾等人问道：“何谓野马插群？”

“就是遇到大风大雪天气，野马为了避祸、取暖、找食，主动混入马群之中，事后便即分开。这是草原上常有之事，并不奇怪。当野马离开之时，牧民也就晓得，大雪大风就要结束。难道你们就不清楚？”

“也只是听说过，没见过。”

大家正说着，只见张骞拿了水瓢，提起两只木桶，说道：“你们去给马儿喂草喂料。记住，不要脱手一撒，要一把一把地递出。我去小溪凿冰取水。”

这时天色已由晕黄变得昏黑，目之所及不过数十丈，对面说话已难听清，耳际全是呼啸的风声。衣服似乎随时会被剥离，人们不得不用绳索扎紧腰身裤脚。功夫稍差的同伴被吹得直打趔趄，互相搀扶方可行进。再看天上，原来依稀可辨的太阳已然没了踪影，唯有雪粒搅拌着沙粒，稠粥一般被狂风四处泼洒。人们不敢睁眼，不敢张嘴。回到帐篷一抖，浑身沙沙作响，连耳郭里也灌满了沙雪，雪见热一化，沙粒立即带着黄水流出。

而那帐篷亦随时拔地飞起的模样。大家不敢在地面生火，便围着地灶，一边取暖，一边看杨柏做饭，说着闲话。张骞不敢大意，让大家轮班歇息。

第二天大家果然发现，马群中钻进了二十来匹不速之客。使节队的马儿好像十分好客，主动让出一块地方，让野马容身。野马一见到人，立刻紧张起来，后来看到并无恶意，才没有逃跑，只是警惕地看着。

有人主张将野马赶走，张骞不同意：“野马为避难而来，连我们的马儿都肯接纳它们，何况我们？”

白毛风越刮越紧，昼夜没有停息。取水时皆由张骞、堂邑父、秦自乐三人出马，互相串绑，搀扶着，去那之前掘出的水池。有时一人不慎，三人同时跌倒，再翻身时便异常艰难。

第三、四天时最为恐怖，满世界似有无数厉鬼呼号，使人毛骨悚然，头发耸立，胸口像被巨石死死压住，喘不上气息。人们根本无法入眠，除了焦急，还是焦急。

第四天下午，风稍稍小了一点，雪沙也不再那么酽稠，张骞才放胆取水，堂邑父才敢去看马儿。而那些白杨树，大半已被吹折，树枝也不知被狂风带去何方，剩下的几棵，树叶已被捋得精光。反倒是趴地松，棵棵无恙。

直到第六天下午，风才逐渐减弱，后半夜，才完全停歇。早晨去看马儿，那些野马早已跑得无影无踪。

一番整理，四月六日中午，使节队又登上回国征程，沿大漠边缘，或荒山，或荒原，先行向东而去。

第一目的地，是越过克里雅河，途经扜弥国境。然后才是第二目的地：月亮神国，也即精绝。在那里再做出决定，是翻过雪山，直插东南，经过几千里无人区到陇西，或是北上楼兰，转道羌中⑦，然后经河西到陇西。按于阗揥巴所言，此去克里雅河尚有四百余里。一场白毛风，使得使节队人困马乏，到克里雅河，两天够呛，又路径陌生地域，看来四月初九方可抵达。

张骞正在盘算，堂邑父来到面前提醒道：“有一事，大哥须得警惕。一场白毛风过后，野牲俱都饥饿，采食捕猎成了它们唯一要务。我只担心狼群乘机袭击我们的马匹，要告诉兄弟们加强戒备，不要出什么岔子。”

“二弟，你提醒得非常及时，我现在就作安排。”张骞遂让大家停下，说道：“堂邑父刚才提及一事，干系甚大，特作如下措置：一、堂邑父、任扶、杨柏为前卫；我、孙治瑾、赵无偏为中执；秦自乐、苏疾、由天际为后卫。中执须两头兼顾，及时驰援。二、手持火把、火绳。应使火绳不熄，随时点燃火把，作为驱赶武器。三、若形势危急，宁舍马匹，保人第一。”

张骞暗自祝告，千万别遇着大批狼群。

一路之上，使节队都不贪早、不赶晚，日头偏西便找地方歇息。连续两日，没有见到一户人家，没有碰到一个行人，路上连牛马的粪便都没留下，全是孤寂、孤寂，狂风过后死一般的孤寂。

偶然也有狼群出现，但都数量不多，十几只，二十来只，追赶着野羊、野驴，远远地，一闪而过。

张骞等人未曾料到，到达克里雅河之前，要经过一处大峡谷，这却是掷巴没有提及的。或许，掷巴走的另一条路径？可另一条路径在什么地方？无人可问，无迹可寻。既然来了，危险与否，都得从此处通过。

四月九日中午，使节队来到峡谷西部谷口，众人抬眼望去，但见那峡谷却是：

山壁如削百丈悬，崖岩锐立一线天；
阴风凄然透骨凉，暗光惨然心胆寒。
弯曲逼仄如夹缝，上下崎岖鬼门关；
时有滚石从天降，惊雷落地空谷传。

这大峡谷不但极其危险，而且路程很长，使节队根本无法首尾兼顾，大家处处小心，处处提防，队伍稀稀拉拉摆得很长。由天际、苏疾为保护各自的坐骑汗血马，最后走出谷口。

时已午后。

谷口之外，却是一处小山丘，山丘前是一片小荒原。再前面，便是克里雅河。其河水较大，由南向北，水花激荡，旋涡不断。堂邑父、任扶、杨柏已到河中，水深深及马腹；孙治瑾、赵无偏也紧接下水，张骞见四周静谧，无甚异常，跟着打马下河：秦自乐守在河边，等候苏疾、由天际二人。

山丘草丛中突然冒出三只狼的脑袋，它们毫无声息，默默窥视，似乎等待着什么。两人的坐骑开始不安地躁动。由天际见秦自乐候在岸边，正在招呼最后两匹驮马渡河，便拍着马脖道："伙计，急什么？迟过早过都是过河，还能将你落下？何况你还是大宛王掸于螭送的宝贝。"但那匹马却一反常态，蹦跳起来，向另一方向退去。

也就在眨眼之间，三只狼倏地从草丛中飞一般跃起，直奔由天际的坐骑。

苏疾大叫："由天际，你快过河，我来对付！"刷地挥出一道剑光，抢先迎了上去。

“苏叔叔让开！”由天际侧身，瞬间投出三支木枪。

三只狼从半空“扑”地落下，一只大狼额头中枪，顷刻毙命，两只较小瘦狼重伤倒地，犹在挣扎。苏疾上前，挥剑结果了它们的性命。

其他人俱皆停止了渡河，看着岸上陡然发生的变故。见三狼被杀，大家松了口气，只当就此无事。

由天际兴奋道：“我们有狼肉吃了。苏叔叔，您看那只大狼，是不是挺肥的？我这投掷短枪的功夫，是不是快要赶上秦哥哥了？”拍马上前欲要捡起那具狼尸，马儿却前蹄杵地，怎么也不肯移动一步。

却听苏疾惊慌地叫道：“由天际快走！你杀死的是条母狼。堂邑父说过，杀死母狼，会遭狼群报复。我们快撤吧！”

“它要吃我的汗血马，我还不敢杀它？你说的狼——”一个“群”字还未道出，只听山丘上兀地传出一声“嗷——呜——”狼嚎，也不知有几百只恶狼，铺天盖地，分头向岸上、向河中的人马进行猛烈的攻击。顷刻之间，使节队与狼群展开了血腥厮杀。一方，不计生死，拼命攻击；一方，各自为战，全力狙杀。河中的狼尸马血，为之漂红。

山丘之上，狼王的嗥叫更为森厉。

秦自乐、张骞等人被狼群分割围攻，分身乏术，根本无力回援苏疾、由天际。有几十只狼跃入水中，向堂邑父等人攻来。由于水中浪急，狼群尽失跳跃之利，堂邑父手挥铁弓，一砸一个准；任扶、杨柏刀劈剑戳，亦十击九中，狼群攻势很快便被瓦解。堂邑父乘机点着火绳，凌空几甩，燃起火把，任驮马自行挣扎，奋不顾身，返回扑救张骞、秦自乐等人，一边破声大喊：“三弟下水，由天际下水！”

张骞、孙治瑾、赵无偏足下水浅，秦自乐尚在岸边，四人皆被狼群困在垓心，动弹不得。孙治瑾、赵无偏为保护张骞，一人左臂、一人后肩，各被撕下一块肌肉，而张骞的两条裤管，亦被撕得粉碎，露出深深的挠痕，流出的鲜血，被河水曳出长长的血线，最后又和狼血混在一起。虽然四周漂起大片的狼尸，但是狼群的攻势并未减缓。

而秦自乐的状况更其危急。他一方面想去解救苏疾二人，一方面又得抵御狼群的围攻。他很清醒，他得保住大白马不失。一旦大白马倒下，失去居高临下的优势，即使轻功再好，他也难敌群狼的扑咬。所以，好几次为了杀退几条公狼对马儿的攻击，以致后背露出空挡，衣服被撕成两半。最危险的一次，一只狼凌空一跃，即将落在他的肩头，他拔鞍而起，趁下落之际，一脚踢中那只狼腰，同时左右开弓，或拨或挑，令另外两狼肠肚如两串葫芦，嘀里当啷，浸入污血之中。

苏疾连续劈死劈伤四五只恶狼之后，渐渐有些力不能敌，陷于左支右绌之中。他已无力回援由天际，亦无机会呼叫由天际。心中唯有一念，拼力多支持一会儿，以减轻狼群对由天际的围攻，争得张骞、堂邑父的救援时机。终于，在狼群又一轮进攻中，在劈去一只狼的半颗脑袋后，胯下的坐骑汗血马亦被狼咬伤倒地。苏疾一个趔趄尚未站起，持剑右臂便被一狼一口噙住，一拖，一咬，只听“咔吧”一声骨头碎响，立即一跤栽倒，眨眼间，被狼群撕成碎块。

由天际的压力陡地增大了许多，原来攻击苏疾的狼群，转头加入对他的围攻之中。开初，由天际没能料到狼群有如此之多，心中不以为意，认为杀它个十条二十条，狼群自会知难而退。所以不等狼群攻及马身，便投出木枪，予以击毙。哪知山丘之上狼王一声嗥叫，狼群便不顾生死，发起一波又一波的进攻，最后木枪用完，只剩下小钩钩小尖尖。而这两种短武器，杀敌全靠马背上的轻功，与狼作战和与人作战，又完全是两回事。与人作战，杀掉其要害人物，敌兵便会退却。与狼作战，狼王躲在远处指挥，狼群却死战不退，由天际便无丁点儿松弛的机会，只能绷紧心弦，投入极其危险又极为剧烈的厮杀中。

狼眼狰狞，狼毛奓撒，狼爪锐利，狼牙森森，狼群的飞跃纵跳之势，并不逊于由天际的轻功。胯下的汗血马几次配合主人，欲逃出包围，均未奏效。由天际偶一回眸，见张骞、秦自乐皆被狼群围攻，而苏疾又万分危急，心中不由得陡生悲念：今日之难，恐怕在劫难逃了。遂存了与苏疾一个想法：拼却最后一丝力气，也要为张骞、秦自乐争得解困之机。

于是，他以马鞍为支点，在马背上腾挪跳跃，展开了与狼群的对攻。转瞬之间，六七条狼或贯耳，或破喉，或穿脑，或伤眼，或挑腹，不死即伤。

此时，只见山丘之上狼王箭一般飞蹿而下，后面相跟着十几只恶狼，直扑由天际。

“你终于来了。”由天际抖擞精神，准备迎战狼王。他明白，只要解决掉狼王，狼群攻势便会瓦解。

然而，形势比他想象的危险万分。

狼王攻至马前五步左右便戛然而止，不直接和由天际照面，只在后边或左右两边蹿跳。其他恶狼则从四面八方进行亡命攻击。终于，一匹狼被戳马下时，汗血马避让不及，后蹄一绊，侧身栽倒。随即，由天际只觉眼前黑影一闪，左手的小钩钩便被一狼死死咬住，他挥起小尖尖，刚刚插入狼的肚皮，后颈即被一狼噙住。

由天际心中一寒：“吾命休矣。”

堂邑父赶到，只差了一步。他心胆俱裂，吼声如雷：“狼王，拿命来！”扔下火把，对准逃往小山丘的狼王，三箭齐发。

狼王一死，狼群立即潮水般退去，刹那间了无踪影，四周复归平静。

张骞揽着由天际残缺的肢体，一下晕厥过去，双臂不停地颤抖、抽搐，脸颊灰如土色，双目紧闭，眼角挂着大颗泪珠。

堂邑父顿时着慌，连声叫道：“孙医官，孙医官快来看看，张骞大哥是怎么了？”

孙治瑾左臂伤重，已不能动，鲜血顺着袖管流向指尖，向下直滴；赵无偏的后背则全被鲜血浸透，紧贴肌肤，露出暗紫颜色。孙治瑾忍着剧痛，正准备先为赵无偏疗伤，忽听堂邑父惊慌呼叫，遂挨步赶来，一看，说道：“张大哥系悲伤过度所致。陡然而来的巨大打击，使他的神志暂时昏迷。谁来搭把手，将他抬到一旁平坦处，静躺一时，自会苏醒。苏醒之后，谁也不要说什么，以张大哥过人的坚韧品性，自会闯过这紧要一关。”

然而，看到由天际和苏疾残缺的肢体，孙治瑾竟忘了自身伤情，失声痛哭起来。

秦自乐在一旁发着愣怔，不停地念叨：“天际，苏疾；苏疾，天际。”

赶过来的杨柏、任扶掩面而泣，按孙治瑾所说，去搬移张骞，张骞却抱紧由天际的一颗脑袋半条大腿，怎么也不松手。二人伤心泄气，不知怎么办才好。

堂邑父默默蹲下：“那就让他这样吧。”一把抱起张骞连同由天际的遗体，缓缓放在一边，然后守坐一旁，抹着泪水。想想，又道：“任副使，请你仍回到对岸，看管好已经过河的驮马和马匹，清点一下行李。杨柏，你帮孙医官治伤、疗伤包扎伤口。”又对秦自乐大吼一声，“三弟，醒醒！天际、苏疾已经去了，人死不能复生。大哥这里还需要你来照看。”

说到张骞，秦自乐突然惊醒：“大哥他怎么了？”遂疾步而来。

“孙医官说，大哥是遽受剧烈打击，暂时昏厥。三弟你在这里守候，我还有后续之事要办，不能耽搁。”走到孙治瑾面前又道，“孙医官，还有甚事需要我办？”

“我知你急着去河中打捞行李。我和赵无偏可以暂时忍忍。杨柏，你也去吧。差不多的时候，拿把剪刀，取根木柴，弄几只布包，送过来。如果药袋和蟒油还在，就一并拿来。”由于太痛，孙治瑾声音发颤。

堂邑父二人重新下河时，任扶已在河中忙着，为了抢出帐篷，浑身被水浪鼓成一个大布包。

由于未能及时抢捞，不少物品已经没有了踪影，他首先检查种子和两国国书，幸亏他与杨柏过河早，而张骞、秦自乐过河晚，一些贵重东西如玉石、药袋、铜锅、蟒油、马掌、衣物，不在此岸，就在彼岸。他和杨柏迅速找出孙治瑾所需的物品，急匆匆送过河来。

这时张骞已经清醒，做的第一件事，便是去收拣苏疾、由天际的遗体、遗物。秦自乐要来帮他，他却不让：“你去问问你二哥，看将他们安葬在什么地方比较合适。你且先找两块绢帛，连同二人的国服，一并拿来，我在这里等着。”

秦自乐只找来几块绢帛布头：“大哥，整匹丝绢已送与了西域各国。这是当年公羊鸣执裁剪衣服剩下的，据任扶说，你没让扔，一直收着。国服沾了点水，我去把它晾晾。”

张骞也不抬头：“这里有我，你去帮帮他们。”

“大哥，你腿上的伤口还在流血，我先帮你扎住。”秦自乐“哗”地撕下两只袖管，不管张骞反对，蹲下，小心地将其伤口裹住。

张骞的动作很轻很轻。由天际的遗体已无法拼接，只能零零碎碎地收拣在一起。他泪水涟涟，吞声饮泣，双手颤抖。对每一块碎肉，每一根碎骨都不忍触碰。好不容易归拢到绢帛上，这才去收拣遗物。他提起被撕碎的上衣，突然从里面掉下一样东西，揩去血渍，张骞霎时似被雷击，一下坐倒于地，双手捧着，眼神发呆。

秦自乐刚刚晾好衣服，见状立即过来，一见亦即呆住。

原来是那件莎尔芭娅的羊脂玉雕头像。秦自乐倏地闪过一个念头，倘若由天际留在大宛国，当了帕卡的妹夫，以其机智聪明，定必受到国王毋于螭的赏识重用，将来重新回到大汉，也不是不可能。

然而，现在说什么都晚了。

秦自乐不便相问，悄悄去寻堂邑父。堂邑父此时又去了河的东岸，帮任扶晾晒帐篷及其他物品。看到秦自乐在西岸向他张望，又蹚水过来，一同到了张骞身边，先从狼肚里拔出由天际的小尖尖，又一铁弓砸碎狼嘴，抽出小钩钩。这才说道："大哥，就将苏疾、天际安葬在那面小山丘顶上，让狼王、狼妃给他俩陪葬。"又看了一眼西边的日头，"天已不早，我和三弟就去开挖墓穴。"

张骞似有不解："小山丘？狼妃？"

"大哥，我看了。由天际杀死的那只母狼便是狼妃。但这事怪不着由天际，是狼妃仗着狼王之势，肆意妄为。本可以相安无事，狼妃却为了两只狼崽挑起事端。我们让狼王狼妃陪葬，那么新的狼王便不敢去那里骚扰，他们在天上便很安宁。"

秦自乐将晾干的国服拿了过来，看张骞收拾好由天际的遗体、遗物，又去了苏疾那里，二人才提了镢头、铁锹，去了小山丘。

苏疾的遗体更其不忍目睹。因其首先遭难，以致面目全非，四肢躯体支离破碎，衣服连巴掌大的布块都见不着。怀中所揣的羊皮卷四散飘落，血迹斑斑，上面所记的各国文字，只能依稀可辨。张骞泪眼婆娑，神志迷离，几乎是在一种下意识中，整理着苏疾的遗体、遗物——却又仔细得让人看着非常痛楚。碎肉上沾黏的尘土草屑，皆小心地、轻轻地予以揩拭；羊皮卷上浸入的血渍，皆反反复复地予以揩抹。一只袖头脏了，又用另一只袖头，然后整整齐齐地叠起，卷好，与苏疾的佩剑放在一起。

做完这一切，张骞瞑目坐了一会儿。想到孙治瑾、赵无偏的伤情，他豁然睁眼，神志顿然清醒。兀地站起，才感到左边脚踝之上有一种撕裂的疼痛，使他难以开步。

再说杨柏，拿来一应疗伤物件，便按照孙治瑾的指派，扶赵无偏趴在一块草地之上，胸部垫了一块大点的布包，牙齿咬住一块小布包。这才张开剪刀，将刀刃放在火把上烤到烫手，举着晾凉，将黏在伤口周围的衣服全部剪开，慢慢撕掉。伤口上的碎布不敢硬撕，就一点一点地抹上蟒油，一点一点地用剪刀尖将其挑离。伤口全部露出，竟是一个拳头大的深坑，脊骨隐约可见。一个常年捉刀的厨师，手指颤抖得几乎拿不住剪刀。

赵无偏亦汗珠直滚，周身颤抖，双手揪着草根。

“玉石匠，坚持住，长痛不及短痛。别管杨柏接下来做什么，都是按我教的办法给你治伤，一会儿我也一样。你可能会比现在更痛，但是这一关不过，你会成为废人。实在痛得不行，你就骂，骂我的老祖先都成。老赵，你听明白了？”孙治瑾强忍自身的剧痛，将杨柏叫到一旁，如此这般地说了，最后道，“不是万不得已，我不会让你上手。治这样的重伤，心肠就得像铁石一般！”

杨柏点燃一根木柴，待其烧出红炭之后又将其吹熄，然后一下烙向赵无偏的伤口。

“妈吔，杨柏，我日你祖宗！”赵无偏骂完昏死过去，双手将地面抓出两个深坑。

杨柏吓得一屁股坐倒，手中的柴炭棒扔出老远。

“杨柏，你发什么呆？趁他没有醒过来，赶快用你准备好的小刀片，给他伤口厚厚抹上蟒油，然后用布帛给他包扎妥当，你就不用管他。下来，轮到我了，就不用再教你了吧？”

孙治瑾痛得浑身直抖，甚至尿湿了裤子，到底没有哼一声，只是坐起之时，脸色白得吓人。

赵无偏有些不好意思：“杨柏，刚才我不该骂你。”

杨柏想说什么，瞧见张骞艰难站立的样子，立即奔来扶住，撸起撕裂的裤管一看，大吃一惊：“张大哥，狼爪抓出这么深的伤口，又被水浸泡这么久，不抓紧治，麻烦就大了。你是我们的主心骨，可千万别出什么事。来来来，你就地坐下，千万别动。孙医官刚刚教我治伤的办法，他现在重伤不能动。我马上给你治。不过，张大哥你得忍着点儿，我会很快的。”

“治吧，我信你。刚才的事，我看到了，也听到了。什么痛，也不及心痛。”平静的语气中，却让杨柏感到无限的悲伤。

杨柏无语。的确，由天际、苏疾的突然遇难，实为使节队难以承受之打击，对每个人的心灵创伤都极其巨大。他默默地为张骞疗伤。在最疼痛的时刻，张骞也只是牙关紧咬，眉头紧锁，双手互相卡得骨节乱响，却始终不吭一声。

抹了蟒油的伤口，没有了那种火烧般的痛感，丝丝的凉意润润的滑爽，使张骞能开步行走。杨柏不敢露出高兴，却掩饰不住给人治病的满足："孙医官说，他虽然没试过蟒油有多大药效，但他敢保证，伤口绝不会红肿溃烂。只要没伤到筋骨，再用盐水清洗几次，换上刀伤之药，半月之内便可结痂愈合，行动无碍。"

"杨柏，难为你了。你还得过河去任扶那里看笔墨还在不在。如在，给我带过来，顺手在河边找两块长一点的石头，给天际、苏疾立个墓碑。"一眼看到堂邑父、秦自乐从小丘下来，又道，"你将笔墨拿来即可，让他们去找石头。"

苏疾、由天际下葬时，任扶搀着赵无偏，杨柏搀着孙治瑾，秦自乐去扶张骞，张骞不让，命令掌邑父、秦自乐，分别捧着苏疾、由天际的遗体、遗物，慢慢登上小山丘。

墓穴朝着大汉东南方向，并排相连，挖得很深，两边分别埋着狼王、狼妃。下葬时，张骞不由得悲从中来，哽声抛泪而吟：

瞻彼西路矣，有泱泱泱[8]，
为吾滂沱矣，凌空幡扬[9]。
山川悠远矣，以有誉处[10]，
芃野[11]殡鹰[12]矣，幽幽吾殇[13]。

因其哀甚，张骞又一次晕厥过去。大家着忙，停了掩土，不知作何处置。孙治瑾道："'坟前倒'乃丧事大忌，堂邑父、秦自乐赶快将其扶定，以最严厉之语苛责之！"

"大哥，你怎能这样？我们都还等着你——"

"算了，还是我来！"孙治瑾截断堂邑父的话头，厉声道，"张骞，你个懦夫，几只狼就把你吓怕了？张骞，你个脓包软蛋，死了两个同伴，你就想撒手不管了？你枉为大汉皇帝的钦命正使。你想半途而废的行径，只叫人感到羞耻！你将你曾经说过的话，已经忘得一干二净。你说过，使节队哪怕只剩一人，也要完成西行使命，为何就不能只剩下一人，也要回国复命？早知你想散伙，还不及十年前在噶弘因遭袭之后就各奔东西，大家也用不着舍命寻你、救你、跟随你……"孙治瑾一直说到张骞张口说话才止。

“孙医官，你说得很对，我不该这样，惹兄弟们担心。”张骞歉然道。

“张大哥请见谅。我这也是迫于无奈，不说狠话，你不会受到刺激。这是天命劫数，我们谁也难以预料。但是兄弟们都晓得，你是一个心胸无比宽广、意志无比坚强、不惧生死又机智多谋之人。”孙治瑾双目滴泪，无比真诚。

堂邑父等人大悟，原来说话也可治病。

掩埋好苏疾、由天际，张骞立即发布了几条命令：一、鉴于天色向晚，由堂邑父、秦自乐、杨柏背负伤者立即渡河；二、任扶渡河之后骑马寻找今夜营地，营地离河不要太近，也不要太远，以利于取水猎鱼为准；三、帐篷支好，杨柏准备粥饭，其他人清点物资，晚饭做好了，不想吃也得吃；四、夜间值守，重伤者不许参与；五、明日晨起，寻一村落住下养伤，直至伤口结痂，能驭马上路，十天则十天，半月则半月；六、打探经扜弥去月亮神国的准确路径。

一番命令，使六名队员的心绪得到了安定。

你浪迹西域的姓名，再也没了浇灌鲜花的早晨；
你漂流无定的口哨，再也没了向往故乡的声音。
你整理风声的本领，再也没了异国异姓的问候；
你消瘦变色的文字，再也没了亲如阳光的回信。

苏疾、由天际，由天际，苏疾，
你们怎么就这样停下回国的路程？
泪水纵横之中我划着船桨，
何时何地，去哪里寻找你们下一场人生？

欲知七英雄在月亮神国之后的悲壮故事，请看后续文字。

注释：

①于阗：古之于阗，在今新疆和田、洛浦、墨玉三县境内，王城名曰“西城”，在今洛浦之北阿克斯比尔一带。

②于阗河：现名和田河。发源于南边昆仑雪山，由南向北流入沙漠。

③精绝：故址在今新疆克里雅以东、尼雅以北一带。王城精绝，在民丰县北，已成戈壁。

④扜弥：故址在今新疆克里雅一带，王城扜弥，在克里雅河旁边。

⑤楼兰：后改名鄯善，王城为扜泥城，位于罗布泊（古称盐泽）东南，现成戈壁，有古城遗址。

⑥姣服极丽，姁媮（xū yú）致态：语出傅毅《舞赋》。姁媮：美妙的姿态。

⑦羌中：故址在今青海北部一带。张骞等人回国时途经此地。

⑧有渰（yǎn）泱泱：乌云像海一般汪汪洋洋。渰：乌云。

⑨凌空幡（fān）扬：祭奠亡灵的旗子在空中飘荡。幡：亡灵祭旗。

⑩以有誉处：这里有安身的地方。

⑪ 艽（qiú）野：荒野。

⑫ 殡鹰：指埋葬英雄的地方。

⑬ 殇：本指未成年死者的丧葬，此处喻为对事业未竟者的追悼。

第八十回 张骞斡旋两国息争 鬼城留踪楼兰觅情

拿起铜锅，杨柏便想到由天际。若非当年在飓风中为抢下此物，由天际也不会用小钩钩将其扎出一个小眼，从此能用皮绳将其与其他物件拴在一块儿，那么这次麻烦可就大了。当地也能弄到陶锅，但那东西不但笨重，而且易碎，根本不宜使节队使用。当然，这也多亏了任扶。任扶这人心细，不多说话，勤于做事。白毛风过后，任扶在捆扎铜锅时，还认真地对他说道："杨柏，这可是当年鞠无田舍命保下的煮饭家什，我会将它弄得妥妥的。你只需将粮油肉食盐粒蔬菜柴火弄妥即可。"

结果，任扶将铜锅与铁器拴在一处，驮马虽被狼群害了，铁器却落入水中，被捞了上来。

此时，堂邑父、秦自乐正忙着扎帐篷，张骞带伤与任扶正在归拢马匹、清点物品。孙治瑾、赵无偏伤重，便踅过来，想帮杨柏干点儿轻活，却见杨柏对着铜锞发呆。孙治瑾轻轻踢了他一脚："你是在发愁还是在发呆？张骞大哥的命令是对的，再伤心再难受，饭得要吃！和着眼泪也得吃！"

杨柏不想让孙治瑾二人跟着伤心，便道："我是在发愁。在于阗补充的粮食和盐粒，大半被水浸泡，捞上来的一百来斤麦粉成了面疙瘩，一百多斤白米颗颗胀得圆鼓鼓。我是煮粥，还是弄疙瘩汤？那么多粮食不摊开晾着，沤到明天就全馊了。恼火的是盐粒，五十斤捞上来，剩下不到一半，那么多马肉、狼肉全都要腌制，腌了肉，平时去吃淡食？另外，柴火几乎全被冲走了，剩下一点点，也只够煮熟这一顿。”

“看把你愁的。比起过乱石滩，这就不是个事。只要有人在，甚样事都过得去。张大哥让你煮粥，也是随口那么一说，你煮上一锅揪面片，照样吃得下。至于水浸米粒怎么晾，我都想好了，将那羊皮褥子、狼皮褥子翻过来，就是个小晒场。柴火之事更是不值一提，难道扜泥人就吃生食？明日天明之后，一定寻得着。倒是我们替你发愁，那么多狼尸、马尸，一夜不睡，凭你一人之力，又能弄得几只、几匹？扔了可惜，全弄又拿不动，驮马仅剩下四匹，的确是个愁事。而张大哥的意思，还想弄些鲜鱼，为大伙儿补补身子。但不管怎么说，应该先把晚饭煮熟。来来来，你选个地方将灶支好，架上铜锅，我们帮你生火，你去提水揉面切菜，可好？”

营地离河大约一里路程。杨柏一手举着火把，一肩挑着水桶，拐过背湾，便见一河两岸有许多荧荧发光的眼睛，在月辉下不停地跳跃，时时传来龇牙啃噬和嗥叫之声。是狼在争食！杨柏于是大喊：“狼又来了！”

听到杨柏叫喊，堂邑父、秦自乐、任扶立即高举火把持弓仗剑飞奔而至，张骞亦在后面挨步相跟。

堂邑父愧悔道：“这事我早该料到，白毛风过后的饿狼，为争食甚至同类相残。一时忙活，忘了提醒杨柏，真是不该。不过现在也不用怕它。依我估计，这群狼的狼王尚未产生，下午时分，它们的狼王、狼妃又被我们杀掉，此时狼群还怕着我们。”回头见着张骞，又道，“大哥，我等不若这样，杨柏继续做饭，我们就在河边割洗马肉、狼肉，可好？不过，你的伤口不能沾水，再说营地那里也得需你照看，所以你得回到帐篷。饭熟之后，杨柏牵匹驮马过来即可。这狼肉、马肉，我们能弄多少算多少。”

“那你们三人须得小心。”张骞并不矫情，举着火把，随杨柏而去。

晚间开饭，众皆默默，所食不及昔日三分之一。秦自乐仅仅舀了半碗，几乎数着面片儿吃完，喝汤时老是打嗝。张骞心里发痛，也不强迫大伙儿，只说了清点结果：“这次损失最大最可惜的，是马匹。九匹汗血宝马，只剩下三匹；十一匹驮马，去了七匹；赵无偏的坐骑因伤过重，只得放弃。所携带的草料、柴火、火把所剩寥寥无几。所带的衣物，也失去大半。所幸贵重物品提前过河，米面亦从河中捞出，晾晾、晒晒，可以保一月无虞，加上今晚所得数百斤肉食，可亦充裕。如果粮草、柴火沿途自行解决，从驮马中调整一匹为赵无偏的坐骑，则至少要补充六匹驮马。至于衣物，因临近夏季，所缺冬装可暂不虑及。当前所缺，唯夏装与春秋衣裳，因狼撕水冲，就剩下身上这套，想换洗亦不能够，咋办？”

话到此处，张骞一顿，见大伙儿神情专注，看着自己，又缓缓说道：“月氏王㡈柢相赠的私房钱，已花在购玉之事，但所送之路资程仪，还一分未动。再说，堂邑父、秦自乐那里还有些老底——其他人可能不晓得，那是他们为替容南、容北报仇，清洗色楞格河河督府所得。我们本不打算去扜弥城相扰，而今情况有变，就不得不去。扜弥人口虽不众多，不管怎么说也是王城，总比荒村野店要好。去了，找家客栈住下，既有利于孙治瑾、赵无偏慢慢养伤，又有利于我们购置驮马和相应物品。”

大伙儿皆以为然。

孰料第二天一大早，许多扜弥人成群结队赶来，准备捡外捞。见到张骞等人，皆吓了一跳，围着他们，呜里哇啦，不知说些什么。张骞试着用番语、大宛话、月氏语作着解释，对方却无一人接茬。无可奈何之下，张骞只好用手势做着比画。

没有了苏疾，张骞深感不便。

后来，一位中年汉子用于阗话询问张骞，张骞才从一知半解中明白扜弥人的意思。原来昨日午后使节队恶战狼群之时，被几个扜弥人隔河远远瞧见，吓得骨酥腿软，悄悄逃回扜弥城，给几个亲戚散布说，从于阗过来一支商队，一出峡口，便被几百上千只饿狼围住，人和马匹被吃个精光，岸上水中留下许多货物。结果一传十，十传百，一下子来了许多人。来了，却见人马都还活着，所以都非常吃惊，认为这异国异族之人都是了不起的神人。

张骞以有限的于阗语告诉这位扜弥人，他们并非什么神人，而是大汉使节队的使臣，去大宛、康居、安息、大夏、大月氏、呙国访问结束，回国途经这里，不幸遭此大难，致两名使臣殉国，两名使臣遭受重伤，并损失了部分行李和十几匹良驹名马，并说了去扜弥的意图。最后问道：“不知尊驾高姓大名，作何称呼，能否见告？”

对方却一脸茫然，莫知所云。

张骞自感失能，对一语言不通的异国陌生男子，怎的拽文以对？他立刻改用最通俗的语言相询。

“我叫罛[1]米尔，我们只有名字，没有姓氏。我弟弟坻[2]买提，正好开着客栈，你们可去他那里歇息。扜弥城离此不远，顺河岸上行，全是大路，十来里地就到。”

“罛米尔，请稍候片刻，我们收拾收拾，就去你弟那里。另外，烦你借几匹马儿，帮我们驮运一些东西，我们可以付与脚资。”张骞连说带比画，罛米尔弄懂了意思，很快找来三匹马儿和一条走驴，并按所说价钱付了报酬。

张骞足伤，与堂邑父同乘一骑，秦自乐则驮了孙治瑾，杨柏驮了赵无偏，任扶押后，手持一柄长戟，晨阳之下闪着耀眼的光芒，使扜弥人十分敬畏，自觉让使节队先行，向扜弥城进发。

最初五里尽皆滩涂沙地。滩涂之上卵石累积，春草盎然；沙地则紧接河水，被涌浪一波一波地反复冲刷。近水者细沙润泽，远水者黄沙干白。河水异常明亮，人马长长的晨影倒映其上，格外清晰。而河水深处则显得青葱，与天空一色，时时有旋涡如转轮般向远处推进。滩涂之外，榆柳杂生，向外看去，却是一处宽七八里的坝子，坝子上阡陌纵横，小麦与其他农作物已青郁覆地。

再五里，便是河坎大路。河坎尽为河石砌成，缝间杂草丛生。垂若须挂者有之，展若蒲叶者有之，尖若针芒者亦有之。河坎之外，克里雅河悠悠荡荡，十分随意；河坝之内，农田青郁如斯，一片静谧。

不料进城时盘查非常严苛，一小头目反复质问张骞，是否伪装伤者商队，实为月亮神国雇佣的外国探子，并欲强行带他们去见扜弥守城都候，相随的扜弥百姓做证都不作数。后来在罛米尔示意下，贿赂了些许钱财才放行。放行前，那头领对人员、马匹作了清点，并记录在案。

张骞问罛米尔，扜弥与月亮神国之间究竟发生了什么事，竟然如此对立？

罛米尔道：“其实，两国之间，一直彼此相安，我们常去精绝城做些买卖，精绝人也常到扜弥，两城互通有无。谁承想为了一块不起眼的绿洲，上个月双方打了起来。若说那片绿洲，向东北离扜弥一百五十多里，离精绝也是一百多里。那绿洲不大，方圆二十来里，平时荒着也就荒着。前时有十来户精绝牧民去了那里，被扜弥王派兵赶走。那精绝王廓尔汗年轻气盛，孔武有力，又刚娶大月氏公主不久，于是率军来攻打弥，结果双方互有胜败。扜弥的大小长官趁机对来往商旅进行敲诈勒索，你们来得真不是时候，一切还得小心为上。”

“不知扜弥到月亮神国尚有多少路程，是否好走？”

“大约二百多里，三百里不到，路倒不甚险峻恶劣，只是两国打仗，路上行人几乎绝迹。”

说话间，到了坻买提的客栈。张骞让堂邑父取钱付与罛米尔。罛米尔的小眼立即笑成两条细缝，乐颠颠道：“大使臣但有事办，尽管吩咐。扜弥城中，各色人等，我倒也有些关系。”

“那好。两国交战，马匹定必紧张，我们所需五匹好马，还望帮忙解决。当然，少不了你的好处。”张骞并不拘泥于形式。君子喻于义，小人喻于利。只要使节队的兄弟不受搅扰，该花的钱仍得花。

哪知罛米尔却显得为难：“其他事情都好说，这事我怕难以帮上。现在不管私家、民间，马匹皆为军控，家家记录在案。倒贩一马者砍掉左腿，贩两马者砍去双腿，贩三马者一律杀头。我可不敢为挣点钱财连性命也搭进去。张大使臣，此话我劝你，不要对别人说起，以免惹下麻烦。”

其时，坻买提一直在旁边听着。这是一个个头不高，长相精明的汉子，里身不着寸绺，外面只披一件土红麻布短袍。听后却道：“难怪哥哥做不成生意，你太过呆板。弟弟教你一个办法，找几户信得过的人家，到时将马牵至北城或南城之外，然后将马用药蒙翻，再向城门令报个瘐毙，不就了事？使臣们远走高飞，去了远方，他找谁去！”

张骞七人便在坻买提客栈住了下来。入住之后，大伙儿皆依张骞之令，一次也未外出，一应所需物品，均由坻买提代购，张骞、堂邑父也知他吃了黑钱，但这人精明之处就在于不那么过分。

好在客栈后场场地颇为宽阔，适宜练武。饮食也还过得去。只两点让大伙儿不适；一是坻买提的老婆是个老鸨[③]，一到晚间，便让一些年轻漂亮的女子到各客房勾搭男人，有时还亲自出马，找英俊男人“借种”。坻买提却不以为然，说许多扜弥男人看似强壮，男女之事却不中用，而且扜弥城里，家家客栈都是这样，否则便无客人入住，像他们这不近女色者，天下绝无仅有。二是身若圈禁，又像女人生孩子坐月子，不能出门，不能四处溜溜，看看扜弥城的景致。杨柏不由得想到由天际，倘若他在，一定会生出什么鬼主意溜出去。想到此处，心中凄然，便去了后场踱步。恰恰，又看到张骞，便凑了上去："张大哥，看来你的脚已大好。如果我没记错，在这客栈今日应该是第十天。"

"是的。到今日，我们离开大月氏已经一个月零一天。我知道你们都很着急，再急也得等到孙治瑾、赵无偏将伤全都养好再说。不是我现在变得格外小心，不让大伙儿出去逛街散心，我实在不愿意看到使节队再出什么岔子。十一年前使节队出发时一百零四人，加上后来参加的秦自乐、由天际，而今几乎只剩下零头，我可不想将来回去，连个向皇帝复命报信的人都没有。"

"其实我们都很理解，只是心中着急罢了。"

"再等等吧。估计再有十来天工夫，即可离开扜弥重新起程。"

大伙儿无聊时，便仔细观察客栈的建筑，一间一间数着作为墙体的石头。这扜弥与于阗又有不同，墙体一人多高全为石砌，石缝抹入沙拌黄泥，其上为夯筑土墙，窗户高而且小，每间房都四方四正，长宽各在三丈左右。客房两溜，各十二间，每间宿客四人。若出四份房钱，亦可单人包间，两边皆为杂屋，店主一家有一小院。

不知为什么，每间房屋的砌石，从未有数准的时候。大伙儿于是乐此不倦，竟当作了每日的功课，直到四月二十八日起程的前一天。

起程这一天，七人全都换上了扜弥人的衣饰。为了避嫌，在罛米尔的带领下，从西城而出，向西走出两三里，又绕道向南，待五匹马儿银钱付讫，将行装重作整理之后，便每人一骑，再绕向东，走上回程道路。

一路上果如罛米尔所说，使节队走了一天，快到精绝城时，仍未碰见一人。路途亦无险要之处，大半都是沙草荒芜地带，但却是东西往来的唯一商道，路径极为明显。故此，大伙儿行进速度很快，黄昏时刻，便抵精绝西城。

城门却紧紧闭着。堂邑父单人独骑上前叫门，七八名守城士兵向下看了看，只见其中一人奔下门楼，等了许久，才将城门打开。

张骞等人依次入城，尚未弄清街向，只听"呜——"的一声号角吹响，便被一群武士团团围困，一个军官样的人物，用刀尖指着堂邑父，恶狠狠说了一通，大伙儿茫然无措，秦自乐、赵无偏、任扶不觉然亮起了武器。

张骞赶快命令大家将武器收起：“我想，这肯定是场误会。我们穿着扜弥人的衣服，两国又正在打仗，难免让人生疑。好在优优公主是精绝人的王妃，我等暂且委屈一下，误会一旦解除，自然也就无事。”

“委屈？怎么个委屈？”

“看那意思，是叫我们下马受缚，然后听候发落。不过，我先尽量予以解释，看其态度如何。”遂以番语说明大汉使节队的目的与回国的意图。

那军官懂番语，态度却更加暴怒：“原来你们是匈奴人的探子。匈奴人是上天派到人间的恶魔，我们人人爱戴的优优王妃，她的族人就曾饱受匈奴人的欺凌。”

“那好，就请你带我们去见你们的王妃，看我们究竟是什么样的人。”

“就你们扜弥人的这身装扮，想见我们高贵的王妃？也不撒泡尿照照，王妃肯见你们？”

“请你向王妃禀报，就说有叫张骞、孙治瑾的一群汉人，带有她哥哥大月氏王犡牴的口信与她。见与不见，与你无关。”

那军官将信将疑，态度却缓和下来：“这事明天再说，按月亮神国国王之令，你们得下马受缚，待身份核实之后，再作区处。”

这一夜，七人被关在一间土屋里，马匹与行装也不知被弄到了什么地方。

第二天直到巳时，才又来了另一名军官，说是王廷的什么侍卫长，将他们押至王室一间宫殿。

张骞等人谁也无心去看宫中设施，只是焦急地等待优优公主的出现。

没有食物饮水，没有坐垫铺草，张骞等人只得忍着饥渴，被五花大绑，躺在地上。

又等了一会儿，殿门外突然喧闹声声，宫门侍卫恭敬相呼：“大王、王妃巡城辛苦！”

“塔巴侍卫长，宫中有无紧要事体？”优优公主发问。

“有的。昨日入夜之时，西城令抓了七个来自扜弥的嫌犯，其中有叫张骞、孙治瑾的，要求面见王妃，说有事相告。我不知真假，不敢擅自做主，故此将他们全带来了。”答话的塔巴，却说着一口流利的大月氏语。

“张骞？孙治瑾？他们在哪里？赶快带我和大王去见他们。他们是我们月亮神国的贵人！”

那塔巴吓得不轻，说话都有些结巴：“就，就在，在前边的殿里。”

塔巴的手下一见情况不妙，起身就跑到殿里，用利刃将绳索划掉并收拾到暗处，然后连连替塔巴向张骞等人赔罪。

张骞哪里会跟他计较这个。说道：“下去告诉塔巴，他做的一点儿没错。一个侍卫长，就该这样。”

“哦，张大使，你在夸我们月亮神国的侍卫长塔巴？你真是个宽宏大量之人，难怪西域各国的人都喜欢你、敬重你。怎么样，我哥哥他好吗？还有你，孙医官，你想让我的廓尔汗大王怎么谢你？”优优公主见到张骞、孙治瑾等人，显得非常高兴。

廓尔汗亦很兴奋：“王妃经常向我提及你们这些大汉使臣，人人皆能，个个英雄。尤其张大使，其才干智能，令人望尘莫及。而孙医官的高明医术，可谓世间少见。还有副使堂邑父、任扶、秦自乐，通译官苏疾、机灵鬼由天际，农艺大厨杨柏，玉石圣手赵无偏，得其一人，亦是国之大幸。可惜去年十月我去大月氏迎娶王妃，竟未见得一人，至今深以为憾。”

张骞见这廓尔汗生得英俊高大，性格亦十分爽朗，与优优公主相配，倒也堪称一对。只是有一事一直不甚明了，犡牴缘何舍近求远，将其妹妹嫁到此处？他听完廓尔汗的讲话之后，才一一回道：“优优公主，你不用挂念，你哥哥他很好，将大月氏治理得井井有条，事事顺畅。特别是在他的全力推进下，乌孙、大宛、康居、安息、大夏、奄察诸国，已团结一致，扎紧篱笆，防止匈奴狗急跳墙，入侵西域。”又面向廓尔汗，“回禀大王，去年大王去大月氏，彼时我等去了安息，故而未曾得见。”即将堂邑父等六人一一作了介绍。又低沉了声音，将苏疾、由天际不幸遇难，以及在扜弥养伤之事作了说明，最后求道，“误会既已解除，还请大王归还我等之马匹行装，放我等明日起程回国，我等将不胜感谢借道之情。”

孙治瑾却少有地烦躁起来：“捆了一夜又大半天，大王和公主如要感谢，就赶快放我们出去，先解决内急问题，然后喝水解渴再饱餐一顿，最后将我们撵出城，我等便感激不尽。”

“孙医官，你以前可从不这样。”优优公主急令塔巴带领诸人前去如厕，并令后厨紧急备饭。她深感内疚，如此对待恩人，若让他国和本国国民知晓，廓尔汗和她的颜面何在？思来想去，都是因为和打弥国开战一事闹的。

廓尔汗十分尴尬，不知如何才能消除影响：“王妃，你可有甚主意，让贵客留下来，住段时日？”

“我倒有一法，大王不妨听听。张骞乃通达智能之士，看他有何谋略，化解我国与打弥的死结。我们以师礼事之，待事了结，而后广为传颂，其效必佳。依我推想，大汉打败匈奴之后，我国还可成为大汉友邦。”

“王妃此言甚妙，就依王妃。”

孙治瑾转回，即向优优公主道歉：“刚才孙某一时情急，说话没有遮拦，请公主莫往心里去。再说，你不知情，办事人又非故意。要说，精绝和打弥就不该打仗，害得我们两头为难，两头受罪。邻居还讲个低头不见抬头见，何况毗邻两国，弄得路断人稀，对双方都没有好处。”

廓尔汗、优优公主都有些难堪，张骞赶快拦挡：“大王休怪冲撞。孙医官也是医者之心，见不得民众受罪受累，还要为此流血牺牲。”

优优公主正欲借机提出问题，内侍传出话来，说饭已备好，三位国老也已请来。即笑道：“张大使和诸位汉使且先用餐，由国老作陪。有些事，我与大王尚需向张大使请教。”

“请教不敢承当，只能说说个人见解。”张骞恭敬而又客气。

这精绝国待客却又别具一格。国老作陪乃最高规格。用餐时，国老坐主位；客位除了张骞七人，还有楼兰④国正使泮惹等三名使者；大王、王妃和几名重要大臣坐了陪位。原来这月亮神国国王并非世袭，确立和罢黜全由国老商定。新的国王必须智勇双全，身材高大，年轻英俊，年老体衰自行退位，可顶替国老缺位。

席间，优优公主提出了与打弥国的紧张关系，该用什么办法化解两国之间的死结。

张骞略一沉吟，却问起另外一个问题：“优优公主，以你哥哥和你的远大境界，你们对大月氏的未来安全和发展，不可不预先谋划。你能否告诉我你们的谋划大计？”

“在座者除了国老和我国股肱大臣，再就是大汉和楼兰的友好使者，我就当大家之面说说大月氏谋国之策——要说，这还是多亏张大使的提醒和对敌方态势的分析。我们定了个‘北扎篱笆，南修长城’之计。‘北扎篱笆’不再赘述。这‘南修长城’，主要是在南道诸国建立起联系紧密的消息渠道。匈奴但有异动，大月氏便可早做准备。当然，这于南道诸国亦大有裨益，只要团结一致，即可免遭生灵涂炭。为此，我们已与楼兰暗结友邦，有信使秘密往来，相邻的且末⑤，正在联系中。而我月亮神国从自身安全着想，也必须作如此安排。”

优优公主下嫁精绝之谜豁然解开，张骞心中便有了底脉：“既如此，我说句不太入耳之语，精绝与扜弥交恶，似有自毁长城之嫌。我倒有一法子，可以化解两国恩怨。细察起来，皆因一块并不起眼的绿洲，由于两国边界不明，导致双方战争。先是精绝人前去放牧，扜弥派兵驱赶，接着精绝派兵围攻，伤了人，捉了俘虏。不久扜弥以倾国之兵前来攻城，未果。但战争规模由此扩大，精绝又去攻扜弥，亦未果。现在是双方各有伤亡，国力耗损巨大。我意宜请第三国出面调解，首先由精绝大王表达善意，以示恢复两国友好关系。建议可分作五步，逐步予以实施。第一步，由第三国使臣征求双方当事国和解意见与条件；第二步，双方当事国对等谈判，地点放在双方认可的中间某一村落，第三国作陪做证；第三步，解除双方俘虏奴隶身份，放还双方俘虏，归还所得器物；第四步，实地勘察边界，并记录在案；第五步，两国签订互为友邦、互不侵犯、共同对敌之国约。现在首要的，是先停战。”

廓尔汗与几位国老均表赞许，只这第三国找谁，是一难题。楼兰国受制于匈奴，目前交往，尚属秘密；于阗国相距较远，没有好处，岂肯出力！若说张骞最为合适，可又不好启齿，于是眼光都投向了优优公主。

那优优公主何等聪慧，立即向张骞做出挽留并提出要求。

张骞不觉哑然失笑：“我出的主意，倒要我来执行，此事可谓奇妙。优优公主，待我与兄弟们商议之后再作答复，可否？”

实际上这已经作了答复，优优公主哪不明白：“看来，大月氏和月亮神国都得感谢你们才是。”

饭后在国宾馆，张骞拉着楼兰正使泮惹之手道：“看来，我们的西域使命还未结束。为大汉整体国家利益计，也有大汉与西域诸国长远友好计，我准备介入两国事端，以期达到息争复交的目的。此事无须都去，有楼兰正使作陪，有甘父、自乐相伴即可。这里留下四人，由任扶领头，和楼兰另两名使者多多亲近。下一步回国路线，就从楼兰出发，转道东南，跨过雪山，直抵长城、黄河。”

张骞又是一番忙碌，两国和解如初。直到五月十六这天，才从精绝出发，北上楼兰。

出发仅仅一天，便踏入一片大漠，夜间宿在一处方圆不足三里的绿洲。绿洲之中仅有三户人家。泮惹因常来常往，帮其代购一些生活物资，代销牛羊皮张，所以熟如家人。几户人家见他带来这么多商客，简直高兴坏了，根本无须杨柏动手，大伙儿吃了个尽饱，马儿也得到悉心照料。打弥、精绝两国国王付与的路资，有了花销的地方。

如是者三天都是这般。三天的夜晚，三名楼兰使者都不安分。第一天晚上，先是和三家的女主人互相搂着唱歌跳舞，歌词淫秽，不堪入耳。跳着跳着，便去了帐篷背后，在草地上滚在一处，发出淫荡之声和女人讨要钱财的嗲声。男主人不但视而不见，反而唆使女人或女儿来使节队进行勾搭。张骞不得不让大家早早进入帐篷，向杨柏四人讲述谈判中发生的故事、自己的谋略和对策。

要说这三名楼兰使者，讲义气、讲诚信，除了贪杯好色，倒也没什么坏心眼，值得信赖。他们年龄相仿，大约三十来岁，只长相甚是滑稽。正使泮惹，个儿最矮，也最胖，好像一身的肉全堆在了脸上，圆嘟嘟像肥猪后臀臀尖，将嘴巴眼睛挤得没了位置。但力气奇大，三四百斤的东西，双手一捧即起，且极会察言观色，说话声调低而又慢。随从沙弥尔，高而精瘦，脖长似鹅，脸长似马，一双大眼珠子看人滴溜溜直转。随从吉吉坦，个头与泮惹相齐，胖瘦适中，但右边耳朵缺了半只。头顶早早成了光地，每说话，双眼眨得飞快。

大汉使节队的英雄们，并不因为对方长相滑稽而露出丝毫嘲笑，反而处处尊重；对于他们的贪杯好色，亦表示理解。一地一俗，他们见得多了，也不再有什么议论。反倒是泮惹，趁使节队歇息时刻，数次解释道，在楼兰、且末、精绝，包括打弥、于阗各国，女人生育率很低，人的寿命也不长，能活到五十岁的人很少，大多三十几岁四十来岁人就没了。所以人们看得很开，都喜欢唱歌跳舞，男欢女爱之事稀松平常。前时打弥、精绝两国打仗，人人紧张，又管得很严，大家都憋坏了。张大使，你们也看到了，五月十四两国讲和重新友好那天，满城的人，无论男女老少，彻夜欢唱，喜欢之人，拥抱不放。离开那天，一街两巷，多少人送行！连我们也跟着沾光。

三名楼兰人毛病不好，但不作假、不藏伪，对张骞等汉使是真心佩服，敬若神人。关于去楼兰的路况、楼兰人的风情、对匈奴人的态度、国王的性格、从楼兰去大汉的路线、险情等，张骞问得仔细，泮惹等也答得认真。

根据泮惹三人的叙述，去楼兰最难走、最恐怖的地方，不是荒原大漠，而是响石山，或者叫鬼城的地段。那里单人独骑根本不敢经过，不说方向难辨，沿途常见的人马尸骨，都会将人吓掉三魂七魄。

秦自乐不以为然："泮惹，你别吓唬我们。我们甚样阵仗未曾见过？再可怕，也怕不过乱石滩。"

吉吉坦双眼直眨："秦大侠所言或许也是。我曾听匈奴人说过那地方，离楼兰大概一千多里，进去的人，从来没见出来过。但在鬼城，倘若没有熟悉路径的楼兰人做向导，活着进去，别想活着出来。明天就要经过那地方，各位大侠不信再看。"

吉吉坦与沙弥尔，对汉使不称大侠不说话。

孙治瑾却开起玩笑："你们的意思我懂了，是想要几个买路钱，去那里找几个女鬼，风流快活一下。"

吉吉坦却信以为真，连连摆手："孙大侠你误会了，我们哪敢要大侠们的钱。此事若让我们国王晓得，一只手就没了。"

堂邑父亦被逗乐："你们放心，孙医官这是在开玩笑。即就有这等事情，以你们对张骞大哥的了解，他也从来只有维护朋友之举，而从无出卖朋友之事。"

泮惹数落起两个随从："你们白跟了大侠们许久，连个好赖话都拎不清。明天你俩好生在前边带路，岔了道，多走一天，我赏你们每人三十皮鞭！"

吉吉坦、沙弥尔诺诺以应。

"不过，鬼城地段古怪诡异，进入之前，需要做好充分准备。"泮惹对张骞说道。

“说说看，需要哪些准备？”

“首先，水要带足，起码够人马五天的饮水。再者，要有三罩——头罩、眼罩、面罩；身上衣服不能因为天热穿得太薄；人耳、马耳要用软布塞实；所有行装要捆扎牢靠，不能有火星，即就夜黑似墨，也不能点燃火把；还有，领口、袖口、裤口以及腰围，都得扎紧。”

“我看还得加上两条。第一，任何情况之下，心中都要镇定，不要恐慌、害怕，心中无鬼，也就见鬼没鬼；第二，不能只顾自己，不顾他人。若同伴遇险，应全力解救。”张骞笑道。

“张大使果然大侠风范，见地不凡。小可如能终生与你为友，这一辈子也算没有白活。”

“泮惹正使，你客气了。我们即刻着手准备。”

一个时辰之后，大家整队，准备出发。出发之前，张骞简短说道：“今日之行，将是使节队又一次危险之旅。但是此次较之昔日完全不同，我们底子清，情况明，有楼兰使臣得力帮助，只要跟紧点，甭掉队，听从泮惹、沙弥尔、吉吉坦的指点即可。我们都是生死兄弟，无须多言，出发！”

一行十人十九匹马儿，向着前面不远处一座红色山巅走去。

堂邑父、杨柏带着贵重物品，紧随向导；任扶、孙治瑾、赵无偏居中照看部分驮马；张骞、秦自乐、泮惹，走在最后。出发时天空碧蓝幽邃，像无比深广的空洞；而明亮耀眼的太阳，那闪烁不定的光芒，又像坚韧无比的挠手，抓捕着地面上的一切。风则在四处打着旋涡，将荒漠中的草屑、细沙，送至光芒之处。沙棘、芨芨草较多的地方，可以见到沙鼠、沙蛇，而有沙鼠、沙蛇的地方，上空必有鹞鹰之类的大鸟。大家见惯了这样的景致，无人为之惊讶，倒是前边的红色土山，引起了种种猜想。有人说是火工神仙留下的炭团，孙治瑾则说是药神给天公爷爷的煎药处。堂邑父不相信，说天公爷爷怎么会闹病？杨柏道，天公爷爷不吃饭、不喝水，他怎么活？既然吃五谷，自然会生百病，孙医官说得没错——大家乱七八糟胡扯一通，将鬼城当作了取笑对象。

然而入山不到十里，再也无人闲扯。张骞极力地记着所经过的每一处山形，每一处拐弯，每一处岔道。他原以为要翻越前面一座又一座的红土山、黄土山，结果完全不是，而是顺着山脚一个拐弯又一个拐弯向前蹚着。看山上，凡红色者，必间以黄条状浮土；凡黄色者，则间以红条状浮土。远远看去，亚似大汉妇女织成的条纹帛布。

那些土山有高有矮，看似不甚险峻，却无处可登，无路可走，除了寸草不生，满目红黄，那浮土也不知其厚几许，一阵风刮来，天空立时变得一片昏黄。而足下，马蹄踢起的浮尘，马肚以下犹似淹没在泥水之中。有的地方太过窄狭，人们不得不下马步行，再次上马时，则个个成了土人。

泮惹说："这算不上什么。再走十里、二十里，你们再看。"

渐渐，土山小了、没了，代之以四处矗立的硬土和岩石。它们有的高达数十丈，有的高仅数丈。风也大了许多，而且风向难辨，在空隙处乱钻。泮惹提议道："趁现在不在紧要时刻，张大使，你下令让大家将肚子吃饱、水也喝足，该屙的屙，该尿的尿。同时，让马儿也吃饱喝足。这一顿，只怕要管到晚间。"

吃饭喝水，极为简单平常的事，这时却成了大麻烦。你不敢拔去水袋塞子，解开干粮袋扎口。一拔一解，那风便"嗖"的一下，带着浮尘细沙往里直灌。同样，你也不敢解下面罩张开嘴巴。必须二人合作，一人扯开衣袍，一人躲入里面吃饭喝水。同样，马儿吃草料、饮水，也得如此。

一顿干粮，花去的时辰，超过平日三倍。

就餐时，大家躲在一根土柱岩石之下。那土柱周遭足有半里，像根从地面伸出的舌头，扁圆溜尖；岩石长约一里，像某家住户的照壁，却极不平整，看着让人心烦意乱。为何？因其岩面凹凸不平，而且杂乱无章，疤疤癞癞，间有洞孔；洞孔亦七扭八拐，大小不一，大者如牛眼，小者似针孔，时有古怪难听的声音发出。

泮惹又道："张大使，请你传话大家，快进响石山了，将人耳、马耳塞得严实点。以免马儿受惊，乱窜乱跳不受控制；人心生恐惧，不敢向前。"

张骞依言，吩咐下去。他透过眼罩，看看太阳，太阳就像一枚发霉的蛋黄，蛋黄周围长着细细的绒毛，悬浮于昏蒙蒙的半空。看那偏西的模样，才知沙弥尔、吉吉坦在向北走着。

绕过岩石石壁，便进入上行沟卡。也不知风从何处而至，陡地如扇出的刮耳巨掌，迎面击来，使人伏鞍难撑，浮尘沙粒如千千万万根尖刺，在衣服上发出"哧哧”的声响。有的击穿了面罩，竟使脸上肿起小包。而沟卡两侧，已没了土丘土柱，全是高矮大小不一、稀奇古怪的岩石，有的像虎狼凌空扑噬，有的像蛇蝎蹿起绞杀剪钳，有的则像传说中的鬼影魔踪。岩石之形丑陋凶恶也则罢了，最令人恐惧的，是那岩石洞孔发出的声音。人们尽管耳孔塞得严实，可以防止沙粒钻入，但那各种尖利之声却难以阻遏。那声音有的像怨妇哭丧，凄厉号哭不止；有的像恶狼呼众，嗷嗷嚎叫不停；有的像受伤牝鹿，哀哀而鸣；有的则像传说中的厉鬼，锐声尖叫……各种杂声互相纠缠，无一刻停歇。

张骞骤然想起，上乘武功之中，有一音攻之技，它可以杀人于无形。而路途之上已经见到的骸骨，细察并无刀剑（箭）伤痕，且水袋、干粮俱在，显见系为鬼音致其脏腑破裂而亡。楼兰使者不知，以塞耳之法拒流沙钻入，恰巧脏腑亦得保护，实为聪明而又简单有效的做法。

他先以强大内功护住胸腔，试着拔去一只耳塞，果然，那鬼声倏地增大了百倍，如万千铁针，向胸膛直扎，若非他预做防备，定必吃亏。此种情景，也就堂邑父、秦自乐能够顶住，其他几人，恐怕无能为力。马儿们更不消说，一旦没了耳塞，立时便会癫狂如疯，直至倒毙。

张骞立刻令秦自乐向前传话，走出响石山之前，人与马，谁也不许拔去耳塞，此事攸关性命，不得因为好奇而送命于鬼城。

是夜，大家宿于一狰狞鬼山脚踝之上。相对而言，那里浮土沙尘较少，风声虽然如厉鬼嚣叫，但并非扑面而至。只是天上一颗星星不见，地上一支火把不举，暗黑如浓墨般稠酽，飞沙飒飒，鬼音呜呜，让人根本无法入眠，倒是楼兰三名使者，好似见惯不惊，磨牙打鼾，与鬼音搅在一起。

第二天，却出现了与使节队在乱石滩一样的失误，走了五十里地，又绕到原处。泮惹不由分说，挥起皮鞭，就抽向沙弥尔、吉吉坦。张骞眼尖手快，一把擒住泮惹右臂，音以腹出：“正使息怒，此非二人故意，应先问明情况，助其解决问题。”

泮惹用力一挣，看似轻握，却挣其不脱，心中不由惊骇，遂顺势弃鞭：“你二人且说，甚回事情？”沙弥尔小心回道：“谢正使不责之恩。”又一指左侧鬼山，“去精绝时，此山尚有五丈多高，现在才过月余，竟然高不及四丈，因将其错认，因此走了冤路。”

“好吧，看在张大使之面，今日暂且饶过。你二人好生带路，说不定张大侠有赏。”

“谢正使，谢张大使大侠，我们一定好生带路，再不出错。”二人忙不迭说道。

堂邑父等心中慨然，一样的使节队，一样的正使，其境界竟有天壤之别。

鬼城变幻如此无常，张骞放弃了对路径的记忆，随即一个疑问生出：“请问泮惹正使，如遭猛雨浇洗，此路岂不更难辨认？”

“雨？说来你不相信，我生来三十多岁，从未听说过鬼城下雨。七年前我第二次经过这里，倒是见到几朵乌云，响了几下雷声，几颗雨滴还在一二十丈高的地方，便被狂风吹得不见踪影。当然，如果雨水真的灌入鬼城，这路上的泥浆总有一二尺深，低洼处能把人生吞，谁敢冒雨涉足？”

“有无匈奴人经常来这里探险？除了响石山，难道就无别的道路通往月亮神国？”

“来，他们经常来。有匈奴武士扮作商队，不但去精绝、扜弥，还去于阗诸国。当然，也有别的道路可到月亮神国，但绕行太远，而且其凶险比这里更甚。西边，是千里大漠；东边，是绵延的雪山。”

张骞心里一默，看来，匈奴军臣单于想入侵西域南道诸国，一时还难以实现。但是，凡事皆有预料之外，不可不预做筹谋。这次到楼兰，算是来对了。他必须要见到国王，为南道诸国建起第一道屏障，并将大汉皇帝之灭番大计予以陈述，以定其心、坚其志。

第四天午后，大家突然发现，前边有了红红黄黄的土山，风小了许多，那鬼哭狼嚎的刺耳之声，也渐渐变得隐隐约约。于是便都明白，终于走出了名曰“鬼城”的响石山，连马儿都不用催促，蹄脚加快了速度。不到一个时辰，便来到一处半荒漠地带，看到了天上明亮的太阳，见到了地上青翠的绿草。那零零星星的小花，屈指可数的蜂蝶，无不令人感到亲切。

张骞令大伙儿先就地歇息，卸去头罩、眼罩、面罩，然后喝水吃干粮，同时给马儿喂上干净草料和饮水。然后整理行装，重新换上衣装。

过响石山的衣服已不能再穿。里面除填满了沙粒、尘土，重如盔甲，还密密麻麻，全是被沙粒击穿的窟窿。可以想象，一旦浸入水中，稍加揉搓，再捞出来，非成渔网不可。

泮惹道：“过鬼城响石山就这样，来去两身衣裳没了。所以每次出使精绝等国，国王都得为每人准备四套衣服。”

“不知此地离贵国都城扜泥尚有几日路程？”张骞问道。泮惹回道：“扜泥驻有匈奴龙廷派去的官员。如果正常，东行两日，再折行向北一日，便到扜泥。但不敢领你们直接去见国王。张大使，你是晓得的，楼兰不比大汉，国力弱小，人口不多，不想受到匈奴奴役，可又不敢公然反抗。所以，你们先去吁路泥坦镇子候着，我去向国王暗中禀报，国王必有措置，五六日，顶多十日之内，定有回音——去吁路泥坦不远，明日此时，也就到了。”

“既是这般，也只好如此。只是最好找个有水的地方，作为今晚的宿处。一方面，浑身的尘土垢痂要洗；一方面，马儿毛缝里的尘土、沙粒也得清除。再者，也好让大伙儿吃上一顿热饭。”

“有，有。我们加紧走快一点，向东拐进山弯五十里，那里有一片小树林和小草原，树林里有一股从地下冒出的热泉水。草原上住有两三户人家，毡房外还有一处小池塘。不过，今晚别嫌我们吵闹，我们这里的人就这样，哪怕只有一对男女，也要唱歌跳舞做造小人儿的事情。”楼兰三名使者毫不掩饰对享乐的向往。

“我们理解。你们尽兴。这一路走来，多亏你们的前后照应。”说罢，张骞伸开右手五指，向堂邑父掌心向下一压，又随之翻起：“且将‘饷食’相与，以谢泮惹三人的辛苦。”

堂邑父理会，立即取出三十金，分别付与泮惹。泮惹等一边客气，一边喜滋滋地接了。纷纷道，匈奴人给的，是刀箭皮鞭；大汉使臣给的，是温暖和理解。不与大汉交好，天理不容。

这一夜，张骞七人心情完全放松，舒舒服服，踏踏实实一觉睡到天亮。

天亮之后洗漱完毕，仍不见泮惹三人出来。张骞将众兄弟召拢，说道：“楼兰是我等西域使命最后一站，且是不宜公开身份的一站。所以，保障自身安全是为首要环节，在此前提下，与楼兰国王重臣进行密谈，能争取多大成果就多大成果，不奢望，也不苛求。再者，楼兰三名使者俱都贪财好色，我对贪财好色之人历来都有戒备。倘匈奴人以更多钱财女色相诱，难保不会出现出卖朋友、出卖国家之丑行。有鉴于此，为缩小目标，我决定，去吁路泥坦之后，堂邑父、秦自乐留下，多留意、少出门。我等五人另择偏僻之地匿身等候。明天五月二十四日，五月月小，至六月五日不见楼兰国王音讯，我们便秘密起程回国。”说罢，又让杨柏等人去弄早餐。

直到早餐将熟，才见泮惹、沙弥尔、吉吉坦从那几家毡帐中摇摇摆摆出来。

张骞即令杨柏先给泮惹三人舀上。

“狼肉揪面，大补。你们一夜劳累，可得多吃一点儿。”孙治瑾一语双关。

泮惹信以为真：“孙医官的话不会错的，我们一定多吃。”

因为出发晚了一个时辰，直到下午酉时方到吁路泥坦。这是楼兰王国的第二大镇，拢共也只八十来户人家，不到四百口人。泥坯房和毡帐互相混杂，村落不像村落，街市不像街市，有两三家客栈可以住宿。不知为什么，泮惹却选了一家较小的客栈，让汉使们住下。那店主与泮惹相当稔熟，且恭谨有加，打过招呼之后，便让自己的老婆出面应酬。

而那女主人不但年轻漂亮，而且十分风骚，才刚刚见面，便用番语挑逗秦自乐：“这位小哥，长得可真俊，身板不胖不瘦正合适。”又对泮惹道，“你该不会不高兴吧？”

秦自乐避如瘟神，用汉话道：“我不知你在说些什么，我们只是住店付钱而已。”

楼兰人不懂汉语，张骞出面译道：“他说他此生此世，只想着他的心上人。”

一段小插曲，就此了结。

五月二十五日，泮惹三人走后，张骞寻了个借口，全员撤出客栈，在吁路泥坦南边七八里处寻得一隐匿之地。三日后，堂邑父与秦自乐经过一番乔装打扮，以匈奴人的身份，重新住进那家客栈，等候泮惹。

听说他们是匈奴人，那店主除了表皮上的应酬，从不主动招惹，那风骚女主人，也作古正经，摆出一副不可侵犯的模样。街上人见了他们，皆投以冷眼。正在欢歌跳舞的男女一见他们走来，也立即四散而去。迎接他们的，只有每家的狗吠。

二人会心一笑：原来楼兰人憎恶匈奴，已到了这等地步。

第二天，又是午后，泮惹领着一位衣饰整洁、气质高贵的大男孩来到客栈。因不见张骞等七名汉使，正自着急，堂邑父撕去脸上的“伤疤”，秦自乐扯掉络腮胡须，向泮惹唱了一个肥诺。

泮惹大惑不解：“二人缘何这等打扮？张大使人呢？”

秦自乐笑道：“缘何作此装扮，下来再作解释。”眼瞅大男孩道，“不知这位贵人是——”

泮惹立刻显得毕恭毕敬：“他是我们楼兰王储阿发里王子。”

堂邑父、秦自乐双双抱拳，向大男孩深鞠一躬，异口同声道：“原来是王子殿下驾临，失敬，失敬！”

“因父王不便出行，故此密遣我代父王来见汉使。”阿发里显得彬彬有礼，成熟稳重。

不愧为一国王储。堂邑父心里暗赞，口中答道：“张骞大使考虑在此相见人多眼杂，故此在一密地专候。三弟，你且给王子殿下带路先行，我去客栈主人那里把账结了，随后就来。”

阿发里王子的到来，让汉使们格外惊喜。张骞首先出示旌节，以证使节身份。然后详细介绍了大汉使节队现有成员，以及不幸身故的陈尚斗、苏疾和由天际。说到苏疾和由天际，张骞心中又开始一阵阵刺痛。他强忍悲痛，又一一介绍了一年来在葱岭西域诸国的活动。各国已紧密联系起来，抗衡匈奴的西侵之举。而回国的南道之行，已经化解了月亮神国（精绝）与扜弥之间的领土纠纷，此次专程来到楼兰，一是受大汉皇帝的派遣，二是受扜弥、精绝两国之托。目的也只两个，一是国家不分大小强弱，大汉都一律平等对待，与之建立长久友好关系，楼兰亦在此列。二是密察匈奴在楼兰的情况，匈奴单于如在楼兰有甚异动，请密遣使节前往精绝提前告知。凡国力不及之事，当慎之又慎。

阿发里道：“大使所说，皆肺腑之言。大汉皇帝之雄才大略，大使之大仁大义，泮惹、沙弥尔、吉吉坦已作密陈，今日面见大使，更胜所言。奈何楼兰弱小，屡受匈奴欺凌而不得不委曲求全，从王廷到百姓，莫不愤恨。父王屡言，宿仇得报，死亦瞑目。父王得知大汉使臣造访，心中大喜，着小王带话与大汉皇帝，祝大汉早日平定匈奴，灭此凶顽，楼兰为此当尽绵薄之力。至于大使所说最后一点，并非难事，小王亦可做主，届时定派忠勇之士去精绝诸国互通消息，何况我们之间早有交往。另外，父王为感谢大汉之厚谊，特别备下一驮马物品，请大使笑纳，一并带回。”又长声一叹，“楼兰不能尽地主之谊，让大使局促于此，实是令人羞愧。”

“王子殿下勿要如此。凡事审时度势而后行，此乃万全之策。我与殿下这样见面，于贵国、于我大汉使节，可谓两全之计。另外，贵国所赠物品我代大汉朝廷表示感谢。但若有珠宝金银贵重物品，仍请王子殿下带回，非是张骞不愿，实因路途遥远，颇多险阻，匈奴未灭，丢失可惜，遭敌掳掠，更适得其反。使节队目下穷竭，仅以宝剑两柄、铁器农具若干留与楼兰，以作留念。”张骞说罢，又详细咨询了回程路线，以及有无可以避开匈奴辖治的路径。

阿发里道：“此事我说了不算，须得洋惹他们告以备细。吉吉坦，你最熟悉，你说。”

“诺，尊敬的王子殿下。”吉吉坦道，“去大汉有三条路线，北线过疏勒河，顺祁连山北缘南下，无高山峻岭相阻，但为匈奴人侵占；中线先顺疏勒河而行，然后连续翻越祁托来南山、大通山、达坂山，可到大汉边境，可党河草原已被匈奴所据，只是那里群山连绵，人烟稀少，有空隙可钻；南线则要越过库姆塔格大漠，然后翻过小阿尔金山（主峰海拔 5798 米——笔者注），再越党河南山南下。不过那山奇高奇险，常年积雪，时有雪崩，一二千里均系无人区，从来没人敢于涉险。情况就是这般。”

“谢谢你，吉吉坦，作了如此详尽的介绍。”张骞又礼请阿发里，“王子殿下，使节队无甚招待，请吃顿便餐，餐后请殿下在此委屈一晚。”

杨柏自是使出了浑身解数，样样食物做得美味可口。

这真是：

行走扜弥他乡，月亮神国留梦长；
城门失火池鱼遭殃，非是乱了朝纲。
暂且留驻，只为息得双方锋芒。

又蹈鬼城诡地，浮土流沙漫天飞扬；
巨风洞崖狰狞音枪，直叫撕裂五脏。
楼兰僻域，使节再塑大汉形象。

欲知张骞七人从何处返程，归国途中又有何遭遇，请耐心阅读下回文字。

注释：

①罛（gū）：捕鱼的大网。此处用作姓名。

②坻（chí）：山坡，或指水中的小洲、高地。此处用作姓名。

③鸨（bǎo）：鸟名，一种比大雁略大的鸟。老鸨：专指娼妓卖淫的组织者。

④楼兰：西域南道国家。后改名鄯善，王城扜泥，在今罗布泊东南，已成戈壁，有遗址。

⑤且末：西域南道国家，今新疆车尔臣一带，王城且末，今之且末县北，已成戈壁。

第八十一回　雪峰遭厄四英殒命　痴女申志万里寻亲

送别阿发里王子一行，已是五月二十九日上午巳时。因为返程回国的路线未定，大伙儿晓得今天是走不成了。从昨天下午到今日凌晨一直忙碌的杨柏，回到帐篷往狼褥上一躺，对孙治瑾、赵无偏道："有事叫我，无事让我眯会儿，眼睛涩得怎么也睁不开。"话音刚落，人已睡着。

张骞、堂邑父、秦自乐将阿发里王子一直送到吁路泥坦，三人才折身返回。走到营地，见孙治瑾在帐篷门口丢盹，其他人均已睡着，张骞便向堂、秦二人做了个静默的手势，在帐篷门外悄悄坐下，看看林间上空的太阳，又换了个迎阳的方向，头向膝头一磕，准备眯上一小会儿。

不料却惊动了孙治瑾："张大哥，你们回来了，要不要叫醒他们？"话音轻得像耳语。

"不了。你也去睡会儿。昨夜大家睡得很晚，又起得太早，尤其杨柏你们几个，几乎就没睡。我和老堂、自乐他们去客帐躺躺。未时过后，我来叫醒你们。"张骞轻轻一说，便去了昨晚客帐。

因为心中有事，张骞睡了不到半个时辰，便怎么也睡不着。

他明白，使节队从翻越葱岭误入大宛，到现今的楼兰，花了一年多时日，损失了苏疾、由天际两名生死与共的队员，大汉皇帝所赋予的使命，才终于得以完成。现在大家心里如释重负，只想着怎么能够平安回家。

然而，回家之路谈何容易。此事关乎每个人的生死，他得先听听每个人的想法，而后做出决断。

未时，张骞将其他六人叫醒，坐在一处，说道："杨柏，你别急着晚饭的事。且先把两件大事定下之后，我们再各忙各的事情。"见大家聚精会神看着他，于是道，"而今，大汉西域使节队只剩下我等七人。但是，我们的最后一项使命还未完成。那就是回到京城长安，向吾皇复命，递交西域各国国书及其舆图资料。有鉴于此，我们商定的第一件事，便是关于回国路径的选择；第二件事，便是对旌节、各国国书、西域舆图、西域见闻录的特别保护。关于第二件事，我再多说一句，此乃我等西域之行的重要成果与见证，可说比我等的性命还重要。"

一路走来，大家已完全信赖张骞，也习惯了听从他的号令行事。乍然之间，竟无人言语。

任扶忍耐不住，说道："根据吉吉坦的介绍，北线最为安全，可是对于使节队，却最不安全，我要再当十年匈奴人的奴隶，只怕骨头都变成了鼓槌。中线和南线，都得连续翻山。但南线无人敢去，说明那里的山峰很高很大很陡，山顶有很多积雪。中线吧，全靠碰运气。关键是党河与党河以东的草原全被匈奴人侵占，倘若遇上骑痞，或者什么王爷、什么土司的军队，那就只得自认晦气。遇不上，那是上天保佑。但是这里有一个很大的问题，如果我们脱困了，那张大使的昆古丽玛月伦怎么办？就把她们母子扔在由天际草原？还有秦自乐的卡帖娜，让这一对患难与共的鸳鸯从此老死不相往来？这未免太残酷、太不近人情。大伙儿想想，能不能有个万全的法子。至于第二件事，我看无须多说，保护之责由你开始，你再说个顺序，我们按顺序执行就是。我的想法就这，没了。"

其他人觉得任扶的话说得没错，皆曰，大主意仍然由张骞大哥定夺。

张骞眼睛一扫，见秦自乐沉吟不语。他一猜便知，任扶的话触到了这位结义兄弟的痛处，此时如果相问，无疑是一种相逼。自己是使节队正使，肩负朝廷和部下的重责，无法兼顾妻儿。可秦自乐却不一样，一则非钦命所授，二则匈奴龙廷并未将其列为大汉重要使节。即令巴布彦、律金答两王爷被其所杀，但继任者未必真的就把它当回事，所以秦自乐相对来说是自由的。

张骞突然产生了一个大胆想法，于是道："不能再当匈奴人的奴隶，这是我们共同的思量，所谓安全的北线，就不去想它。中线靠碰运气，这太侥幸，一颗心始终悬在半空，也不是个事。做饭害怕冒烟，夜宿不敢举火，用不了几天，身体便会拖垮，遇着虎豹狼群怎么对付？倒不如干脆走南线，将命运拿在自己手中，心里踏实。当然，大雪山的风险我们不能不作预计，可我们想想，我们已经走过多少无路之路，走过多少无人荒原？只要坚定信心，我们终将有一天到达大汉国境。不过，为了保险起见，我想将我们七人分作两拨人马，分向而行。也就是堂邑父、秦自乐为一拨，直接走北线，两人路径熟，目标小，不会引起匈奴人的注意。二人定下一个相会地点，然后堂邑父去龙城寻找嘎女子，秦自乐去幽苏部落寻找达力诺、卡帖娜父女，然后结伴回到长安，先去李广将军处联络。为方便觐见皇帝，你二人可将大宛国书、西域舆图和我所撰写的《西域见闻录》带上，作为复命信物。若你们先到，不必等候我们五人。”

见堂邑父兀地站起，张口欲言，即掌心向下，做了个按压手势：“你别着急，且先坐下，听我将话讲完：“第二拨，我与任扶、孙治瑾、杨柏、赵无偏走南路，主要携带旌节、大月氏、康居、安息和大夏国书，顺序按我刚才所说。只要我们能活着回去，待消灭匈奴之日，就将我和孙医官的妻儿、陈尚斗的妻儿、王兼的遗孀查合拉灵，一并接回到大汉，没有地方去的，就到我的家乡城固。我的话完了，二弟，你有甚话，说吧。”

“大哥，你还承认我是你的二弟！我早与大哥说过，我与嘎女子的约定，只有三年，而今过去都快八年了，谁见过年纪快三十岁的匈奴女子还不嫁人？再说，从结义那天起我就发誓，此生此世决不离开大哥半步。事实证明，我的选择和决定完全正确。这么些年所经历的大事小事难事险事，哪一桩哪一件能让人相忘？你让三弟去找卡帖娜是对的，他们是患难情侣，应该予以成全。而且三弟孤身一人在匈奴闯荡多年，各地都有他的朋友，带回卡帖娜应该不是难事。所以，去南线理当有我。大哥，无论你是什么想法，你在哪里，我就在哪里，你是撵不走的。”

对于张骞的安排，秦自乐开始有些动心。可真要离开张骞，他又有些犹豫，这无疑会被人看作重色轻友之举，所谓的义结金兰，终究敌不过对一个女子的向往。张骞出自好心，可别人怎么看，自己又怎么看，完全是两码事。他想到一个两全其美之法，先随大哥回到长安，然后返回幽苏部落将卡帖娜带回汉中，虽然多费时日，也只有此法最妥。所以当堂邑父说罢之后，他也毫不掩饰地说了自己的打算。

路线，就这么确定下来。张骞本来想保下两名骨干的深意，被两位义弟强力否决。

顺库姆塔格大漠东南边缘走了两天，使节队来到小阿尔金山群山脚下。为了寻找入山路口，张骞让其他人在一处有溪水、有树林的地方歇下，唤了堂邑父、秦自乐，顺着山势走向，一处处察看。

山形的结构似乎没有大的差别。他们走了三十余里，看了五处山沟，都是一沟的沁骨溪水，密密的黑洞森林，一匹匹的突兀短岗，远处是矗立碧空的耀眼雪峰。没有人烟，没有人迹，偶尔见到的，是数量不多的野羊粪便和狼粪。树林中听不到鸟叫，林子上空看不到飞鸟的影子。那种神秘莫测的静谧，直叫人感到悸怖，胆小者几乎迈不开脚步，连马儿也开始嘶嘶而鸣。

最后，他们选择了一处较为开阔、东南方向的山沟，作为进山入口。

一切仿佛又回到十一年前的模样。头顶荫翳蔽日，四周藤萝叠架，足下腐叶枯枝，稍一扯动，各种小虫如密雨般落下。大家又不得不像过响石山那般，全身遮蔽，牵马慢行。

只苦了前边开路的张骞和堂邑父，一面瞅着缝隙间太阳的位置，一边确认着前行的方向，脚下的崖坎凹陷，身边的巨石刺挂都得一一清除、标识。一个时辰，前行不到十里，山林突然变得稀稀疏疏，也没有了成股的溪流。回头一看，原来山势升高了许多，走过的森林，全在脚下，远处天际，变得渺茫难猜。

眼前，是灌木丛生的山冈。山冈呈马鞍形，洼处是为湿地，草叶挂珠，晶莹有光。条状、梭状、纺锤状、瓢状、盘状、绳索状的小水潭，接连不断。

秦自乐却有经验："这种状况，峦芳洲也有。有的地方看似湿地，一旦踏入，便成泥淖。不说是人，是匹大马，顷刻之间，也被吞没，大家小心为上。"

有鉴于此，张骞率队只走高冈。

高冈却又奇特，均为巉岩巨石，极少泥土。巉岩之上，白色是死去的青苔，黄色是半死不活的青苔，绿如暗墨的是生长正旺的青苔，细而坚韧的苔芒上挂着小小的水珠。而苔藓之间，间或长着一窝窝刀刀草。它根系发达却没有茎秆，叶子直接从根上生出，厚而柔韧，叶面暗绿有细细的绒毛，叶背暗褐附着毡状粉末。

孙治瑾见了，大为惊喜："此乃上等刀伤之药。真是太好了？"二话不说，扯出一只空瘪的羊皮袋，便在巉岩间奔走抓揪，忙个不休。

张骞见此，让其他队员相帮着采撷。一看太阳业已偏西，才催促大家小心前行。

如此又接连翻过四道山冈，前面的雪峰已渐渐看得清晰，目及之处，全是一片银白，对面吹来的山风，亦带着满满的寒意，大家不得不换上了夹袍。

太阳渐渐下沉，夕阳的余晖照射在雪山之上，发出一种奇丽的光芒。金黄、银黄漫空闪烁，使眼前的山冈似乎成了透亮的活物。当太阳全部下沉之后，远近山冈仍然清晰可辨，并未被黑幕立刻吞噬，直至慢慢浸没。

张骞着急，这山冈之上，并无帐篷生根之处，且山风很大，人马难以立足。堂邑父也不言语，拉着秦自乐下了山冈，选了稍为避风的一小块地方，撬走岩石，让大伙儿下冈而栖。

第二天晨起，只见四周白雾弥漫，飘浮不定，百步之外，方向不辨，而且像是下着霏霏小雨。马儿身上的鬃毛，撑开的帐篷，一概湿漉漉的，地上也显得十分湿滑。

既然无法行走，张骞只好令大伙儿待在帐篷之内，吃饭之后等浓雾散开再说。

杨柏却备受煎熬，那些柴火犹似从水中捞出，用去许多火绒，仍然只冒白烟，不见火光。

直到张骞递出一支油脂火把，才将问题解决。

早饭吃罢，快到巳时，白雾才渐渐散开。但太阳仍被前面的雾山遮着，吹来的山风，带着浓浓的寒气。堂邑父已经出发，登上了面前的山岗。

这一面山体已没有了山冈的形势，更像是一座不那么宏伟的山巅。不过，土层很少也很薄，多了许多岩坎，稍不注意，便会崴脚。张骞一再提醒，宁肯慢点儿，也要稳点儿，千万不要着急。

直到午时，太阳才从雪峰顶上露面，刹那间，万道霞光扑面而下，将所有的物体照得明光锃亮。此时大家正登上最后一道山巅顶端，七个人一动不动，察看着对面这座将要翻越的雪峰。

使节队出使以来，也曾翻过不少雪山，但没有一座能与眼前的雪峰相比。这雪峰南北绵延不知有多少座，似乎全都一样，峰顶远空，山奔逞恶，像一条巨大无比的银色龙蛇，每一处都难以撼动。

眼前雪峰让人不敢久视。那种逼人的碾压感，让人不禁心脏紧缩；那奇高奇陡及其古怪的雪槽，让人不由得心生怯意。除了张骞和堂邑父，其他五人互相望着，尽皆不语。

“世上的路都是人走出来的。我们已经走过了那么多无路之险路、恶路，又何惧这座雪峰？我们要回国，我们要回家乡，我们要向皇帝复命，我们既然来到这里，就不能退缩。况且，我们又向何处退缩？当然，眼前这一座座雪峰，比我们曾经走过的雪山，是要险恶得多。可能会遇到深不见底的雪坑，碰上黑洞洞的裂缝，甚至夺人性命的雪崩，上到一定高度，我们又会胸口憋闷，步履艰难，喘不上气息。但是，这一切都是暂时的，过了这道难关，我们的脚步就可以加快。世上许多事，如果你认为不可能做到，那就真的变成不可能；如果你有拼劲，有韧劲，有巧劲，那么看似不可能的事，也会成为可能。今晚，我们就宿在对面雪峰森林与草甸交汇处，由堂邑父详述登山事宜，然后认真做好准备。我坚信，这道雪峰难关，它阻挡不了我们回国的脚步！”张骞见同伴面呈难色，便及时鼓气。

“张大哥说得对，我们既然来到这里，就不能退缩。千难万难都过了，又何必在乎这一难？”赵无偏说罢，又道，“我愿意跟着堂邑父打头阵！”

“先锋官恐怕还轮不上你，其实殿后也不容易。我们还是听从大哥的安排。”秦自乐道。

“我们还是先趁这会儿有太阳晒着暖和，赶快下了这道山梁，去跟对面雪峰亲近亲近。”孙治瑾轻踢一下杨柏，“火头军，咱俩先走。在这里看也白看，不抬脚，就到不了。”

大家又一扫沉闷，随堂邑父下山，过涧，又上山。

过涧时又稍作停留，本来想洗浴一番，因水寒凉沁骨，张骞命令作罢。有的为饮水方便，便将水袋灌满，堂邑父笑道：“上山气喘本就不易，你又找行李，一到雪线，这水就变成了冰块，到头来还得连同水袋一块扔掉。这又不是第一次过雪山，怎的就忘了这事儿？实在渴了，抓一把雪，往嘴里一塞，简单又省事。依我说，只需带够今晚做饭取暖的柴火即可。”

张骞亦乐：“我说你这兄弟，平时一个个聪明绝顶，这会儿怎的恁笨？”

是夜，张骞七人便宿在山林顶端一处洼地。怕马儿冻着，大家抬来几根枯树，用枯枝引燃，让它慢慢烧着。这样，一来可为马儿驱寒，二来可防止猛兽入侵，三来可让大家安然入睡，以利养精蓄锐，明日翻越雪峰。

第二天拂晓，杨柏烧了一锅开水，将各种腌肉剁碎烫熟，捞起，接着又烧了满锅开水，让大家就着开水，吃着麦饼和腌肉。就吃早餐的工夫，张骞说道："我再次强调，凡柴火、草料除豆粕之外，一律丢弃，堂邑父在前开路，我与秦自乐殿后，任扶、治瑾、杨柏、无偏结绳跟进，必要时，可坠着坐骑马尾前行。驮马、汗血马放在最后，由我和自乐照料。注意，籽种分作四份，仍由我与甘父、自乐、杨柏随身携带。所购玉器和那些金银我就不说了，只西域舆图由甘父携带，因他已将其记下。旌节及《西域见闻录》由自乐携带，各国国书由我携带。若我遭不幸，即按昨日所说顺序，将其带回朝廷。另外，行进途中若遭逢大风，应立即停下，听候堂邑父命令，必要时舍弃坐骑，以'滚老驴'方式下撤。好了，此时无风，检查一下脚钉是否绑得牢靠，戴好眼罩，出发！"

堂邑父昨日便与张骞一道，将登山路径确定下来，因山脊相对来说雪层较薄，无风或风小时，可沿着山脊以'之'字走法慢上。若遭北风，可避于山脊之南；反之，避于山脊之北。大风即停，强风则撤，只两侧都有雪谷深槽，须得时刻小心。为避雪崩，上山之后，马匹一律佩戴口嚼，免其嘶鸣；人一律禁止说话，交流只以手势；刀剑一律入鞘，避免碰撞发出声响。大家已经晓得，和刮风不一样，有时空气中的一丝颤动，便会使积雪松动，从而引发一次不可想象的雪崩。

堂邑父并不着急，一步一步，牵着乌骓马缓缓而上，每走二十几步，歇息片刻，然后再上。他深知，要想翻过这样的大雪山，需要充足的体力和坚强的意志，还要天公爷爷不出意外。天公爷爷的事他管不了，但体力不能过早地拼光，完全由自己把握。任扶等人示意让他快点，他只将手绕绕。

果然，上到六里左右的地方，除了杨柏还可照常迈步，身体较弱的任扶，伤口开始作痛的孙治瑾、赵无偏，每迈一步都非常艰难，他们大口大口地喘气，脸憋得紫胀。杨柏无可奈何，亦被拖拽得张大了嘴巴，步履踉跄，好几次差点绊倒。

而到山顶，几乎还有一半路程。那一半路程，将更加艰难万分。

堂邑父不得不停下来，选中一根石柱，将乌骓马拴了，候着。发现手脚冻得冰凉，便双脚轮换，踢着石柱，双手不停地搓着马额。看着相距还有二三十丈远的杨柏四人，半里远的秦自乐，以及半里之外的张骞，心中犯起嘀咕：今天想翻过雪峰，恐怕不太可能。即使到达峰顶，也已天黑，峰顶根本不敢停留，黑夜下山，更不可能。稳妥的办法，至多再上一里，然后歇下。可另一问题不好解决，那就是夜间奇寒无比，柴火已无，拿甚御寒？即使狼褥羊褥，也难防冻伤。他突然想到那一大罐蟒油，由此又想起由天际，不由得鼻根一酸，几乎落泪。

再说秦自乐，却有点儿性急，向张骞道了声“我在前边先走”，便只留下三匹驮马，吆上汗血马和其他驮马，沿着杨柏等人留下的足迹赶去。

这登山不比平地，总有先后，张骞只嘱得一句“注意脚下，遇事勿慌”，也就由了他去。

张骞检查了一下三匹驮马，见有一驮马帐篷和食品，一驮马衣物，一驮马豆粕，于是心中一乐：这三弟倒还细心，吃的穿的都给我留下，只带走了用的。

他采用了与堂邑父一样的办法，先尽量保存体力，再作最后的冲刺。所以起步亦慢，与前边距离拉得较远。当然，这还有另外一种无语的鼓励；有他在最后垫底，以免其他人因被落下而着急发慌，导致不测之事发生。此事不便非讲，只能只做不说。

然而，不幸之事仍然在眼前发生。

就在此时，山上兀地刮起狂风，而且刮得十分奇特，打着飞旋，搅起密密的雪粒，带着“啸啸”锐响，横扫而来。透过眼罩，目力所及不过数步，所见全是白茫茫雪粒。

风初起，就在那霎时间，张骞即拽紧“花豹”和三匹驮马的缰绳，让它们就地卧倒，自己亦抱紧了马脖，以免被风刮走。直到此时，才知风从山顶向下刮来，又偏向南边刮去，根本来不及反应，没有准备的机会。

风越刮越猛，卧倒的马儿渐渐向南移动。张骞心里着忙，双足乱蹬，寻找支点，终于踏着一处石棱，于是狠拽花豹，使其不再移动。只是那几匹卧倒的驮马，带着行李，渐渐向他压来。他足蹬石棱，斜身躺着，不敢站起，亦无法避让，只能硬生生承受着越来越大的挤压。

他不知狂风将要刮到何时才会停歇，一种可怕的念头却从心中生出：完了，使节队这次彻底葬送在雪山深谷中了。有一刻他想放弃自己，站起来，让狂风将一己之身送入深不可测的雪谷，与弟兄们魂归一处。可一想到刚刚走出数丈的秦自乐，还有那登山经验丰富的堂邑父，以及或许仍在活着的杨柏等人，他又怀着一份希冀，拼命坚持住。

直到太阳从山顶出现，风才慢慢止息，雪峰又露出安详的样子，山上好像什么事也未曾发生过。

张骞站起来，顺着山脊向上望去。

山脊上什么也没有，即使近在眼前的秦自乐，也既无人影，更无马踪。

张骞一下跌倒。一种空前的悲凉和哀痛使他顿时晕厥过去。

也不知过去多少时辰，他的耳际突然有呼叫“大哥”的声音。他以为是幻觉，睁眼一看，发现自己被人揽在怀中，坐在雪地，脊背亦被不停地拍打。见他睁开了眼睛，又惊喜地连声叫着“大哥”。

张骞痴痴地看着堂邑父：“二弟，你没死？”

“没死。”

“你还活着？”

“活着。只要大哥在，我就必须活着。”

张骞紧紧搂住堂邑父，不由得号啕大哭：“二弟，可他们全没了，三弟也没了。罪过呀，我为什么偏要他们翻这该死的大雪山！”

“这是天灾，并非人祸。他们去了长生天，不会怪罪于大哥。不过说实话，这雪山我们不能翻了。”

“不能翻了。是的，不能翻了。可是三弟呢？任扶、杨柏、孙治瑾他们呢？”

“大哥想找回他们的遗体？可雪谷深似万丈，山崖壁立陡峭，我们无法下去。即使下去，也无从找起。除非等到积雪全部溶化，而这又是不可能之事。”

张骞于心不甘，呆呆地望着令人目眩的雪山深谷。

突然，脚下七八丈远的一处雪窝中，有人钻了出来。

张骞惊喜得变了声调：“自乐，三弟！你是三弟？”

堂邑父跟着大叫：“三弟，不要乱动。你等着，我和大哥前来救你！”说着，便准备攀岩而下。

“二弟，你不能这样。这样下去，三弟仍然上不来。”张骞阻住堂邑父，“二弟，你过来，将行李包裹上的皮绳全都解下，看看长短如何。若是还差，就解下马缰。”

“我也是一时着急，忘了这茬，幸亏大哥提醒。”堂邑父帮着，很快结成一根长绳，将一端扔了下去。一看，却短了二尺左右。张骞向下喊道：“三弟别急，大哥再想办法。”正要脱下长裤准备打结时，忽觉下边绳头一紧，皮绳绷得溜直，当即与堂邑父合力，将秦自乐拽出了鬼门关。

秦自乐颤声叫了声“大哥、二哥”，便“呜呜”大哭。

二人陪着落泪，泪珠落下即成冰珠。好一阵，秦自乐才止泣道：“对不起，大哥，我将汗血马和旌节全都弄没了，九张《西域见闻录》羊皮卷，也只剩下五卷。火把、铁器、马掌、铜锅、灶具、药材、盐粒和其他杂物，全完了。我真不会做事，为拽回一匹汗血马，结果弄得全军覆没，差点儿连性命也搭进去。”

“三弟，快别这样说。汗血马没了，将来我们还会有，可三弟你只有一个。莫说三匹汗血马，就是三百匹、三千匹汗血马又怎样，也换不来一个秦自乐！旌节没了，没了就没了，它已经完成了它的使命，拿回国，顶多也就是个证物。《西域见闻录》缺失部分，我可以通过回忆将其补上（可惜后来张骞没机会将其补写，连其残篇也未能得以保存，实为巨大的文化损失，令人痛哉——笔者附注）。那些杂物，就不值一说。万幸的是，你没有坠入雪谷，而是落进了眼前这个雪窝。”秦自乐的获救，使张骞的悲伤心情得到很大缓解。

秦自乐简要地叙述了他跌进雪窝的经过。

原来在狂风骤起之时，他首先想到的是保护汗血马。他见风向偏南，便将马牵往山脊南侧躲避风头。谁料想到，头马一动，其他马儿跟着挤来，尤其他那匹大白马，自从头马地位被汗血马占去之后，它便事事争先。他见势不妙，松开头马，去抢大白马的缰绳，却哪里能够！眨眼间，马儿全都跌落下去，自己也立脚不稳，被狂风一扫而落。

跌入雪坑之后，眼罩没了，眼前一片黑暗，用手一挠，全都是雪。他当是跌进了万丈雪谷，心里顿时冰凉：完了，只有在这里等死。

他感到憋气，开始挣扎，在雪里掏出一个窟窿之后，才感觉好受一点儿。也就在这时，脚下踩着的马儿也开始挣扎，最后竟然站了起来。一下子，他的头也冒出了雪面，恰巧被大哥，二哥发现，当他拼力一纵抓着绳索时，或许他那一脚蹬力太大，那马随之倒了下去。

张骞又一抱揽住秦自乐：“三弟，你命不该绝。假若你不是落入这个雪窝，你不可能获救；若是你先于马儿坠落，则会被后面的马儿压坏；若不是那匹马儿将你送出雪面，就不会被我们发现。这一切证明，上天在保佑着你，保护着我们兄弟三人永不分离。还有，狂风吹来，二弟首当其冲，人马却能安然撤回，不可不谓奇事一桩。”

甘父道：“我是幸亏碰上一根石柱。狂风未起之时，我见任扶、杨柏四人落得有点儿远，打手势看不清楚，于是将马拴在石柱相候。哪知不到撒泡尿的工夫，狂风便从峰顶倏地斜着刮来，连解缰绳的机会都没有。我只能让乌骓马立刻卧倒，降低它的迎风面，我也趴在它的旁边，抱紧石柱，侧脸躲开风头雪粒，拼力扛着，不敢移动半分。风停之后，我的双臂、双手、双腿已冻得僵硬，手臂好像被死死绑在石柱上，取不下来。我晓得，如果硬拽，这双手臂也就毁了，我只能一点一点，慢慢活动。最后起身，向后一看，顿时绝望，除了大哥这里有几匹马站着，不见一个人影。我这一生之中，从未感到过如此的哀伤和孤独。一面雪峰，才走了大半，好端端的六个人，刹那间悄无声息，就这样没了？我下来见到大哥，一试鼻息，仍然活着。当时那种惊喜，连心都要跳出胸口。”

“这是二弟，换作别人，只怕早都没了。可怜任扶、杨柏、治瑾、无偏，连他们怎么没的、跌落在什么地方都无从查找。这都怨我，不该将他们引上绝路。”张骞深深地自责。

“大哥怎么就糊涂了？使节队弄成现在这样，说到根上，原因是在那个匈奴狗屁单于。”秦自乐说道。

“大哥，你不能老是这样。还是想想，我们下一步应该怎么办。”堂邑父提醒道。

死者长已矣，活者当努力。张骞乍然清醒：“三匹驮马腾出一匹，作为三弟的坐骑。卸下的行李，三匹坐骑分装。现在太阳当空，我们立即下山，原路返回吁路泥坦，再购置两匹驮马，添补一些必需品。稍作休整之后，改扮成草原游侠，光明正大地行走于各个部落。我们有两条路线进入托力鲁草原。一条靠北，经缅捏土司所辖部落而入；一条偏南，去比佤部落找到枯木绿仙，走捷径去南拐把子河草原突阿贺部落，在其酋长勒古台那里歇息两天，探听一下托力鲁、东赫父子王爷的近况。进入托力鲁草原之后，即按我之前的安排执行。我将所有贵重物品如国书、籽种等，交付与二弟，然后装作互不相识模样，二弟三弟结伴离开。如你们兄弟二人嫌携带物品不太方便，可去由天际牧场找到蒙利克，将那些物品暂交昆古丽玛月伦，而后三弟去找卡帖娜，让卡帖娜与你嫂子暂住一块儿，并等候你二哥。你二哥一到，便可即行南归，家眷能带则带，不能带可予暂缓。至于我，主要责任是吸引敌人之注意力，为你们兄弟二人打好掩护。若能蒙过托力鲁父子，十日内定去由天际牧场，超过十日，或许又被押往龙廷去见军臣单于。若是这种状况，你二人务必不要管我，抓紧机会南归，向朝廷禀报西使情况。”

“大哥，你先说到这里。以后之事，谁知还会有甚变化！”堂邑父一边解下一匹驮马上的行李，一边说道，“总之一句话，我和三弟不能没有你，更不能扔下大哥你不管。”

“我的想法与二哥一样。我还想着大哥如何帮我回汉中老家，找地方安门立户呐。”秦自乐见坐骑已收拾整齐，便纵身上马：“可惜我的大白马，相伴多年，历经战阵，只差不会说话。”

“到吁路泥坦不买驮马，我与你二哥一块儿，专门去找战马。”说着也上了坐骑，回头向雪峰注目良久，才喑哑了声气道，“我们走吧。”

下到山脚溪涧，林边突然传来一阵阵知了嘈杂之声。

在吁路泥坦寻找战马之事未能如愿，因为这里根本无战马可买。三人边走边向当地土人打听东行之路，最后并未经由疏勒河，而沿羌中一线（今青海东北）去了比佤部落，寻到宋石、宋木当年葬身之地，那枯木绿仙已有一年没回部落。三人向宋氏兄弟祭奠之后，便奔向突阿贺部落。

此时已是公元前 128 年六月十八日。

三人之事暂且放下，待后再叙。

下边需要向读者交代的人物，是达力诺和卡帖娜父女。

且说当年卡帖娜为秦自乐送行，牧羊犬狸猫亦一路相随。两人均是不舍，似有千言万语，却又无从说起。骑马犹似踱步，时不时你望我一眼，我瞧你一下，有时目光相撞，又低头别过脸去。走出大约十里，秦自乐道：“娜妹妹，阿爸在家等着你呢。”

卡帖娜却不接话茬：“秦哥哥，这样送法太没意思，很不像草原上的夫妻。你既然做了阿爸的女婿，就该和他的女儿亲热，共乘一骑。”

秦自乐驻马，看着卡帖娜粗黑的辫子、凝脂般的脖子、鲜红的脸蛋、水汪汪的大眼，还有那漂亮的鼻子、嫣红的嘴唇、丰满的胸脯，心里“轰”地一热。

卡帖娜一跃下马，仰脸望着秦自乐，将右手递出，亲亲地叫了声“情哥哥”。

秦自乐先把背后的短枪移到前边，然后一把将卡帖娜拉上马：“你刚才叫我什么？”

卡帖娜轻轻撩起短枪袋，叉手紧紧搂住秦自乐的腰肢，脸蛋贴在耳旁：“叫你什么？我叫你秦哥哥，情哥哥，反正不是亲哥哥。”

那牧羊犬却极是乖巧，乘机一纵，跳上卡帖娜的坐骑，向二人兴奋地“汪汪”直叫。

二人见了，不由得大乐：“这个狸猫，就差不会说话了。”

两人由着马儿的性子，也不催赶，踢踏踢踏，踏着草地，向南走去。卡帖娜反反复复地问秦自乐：去何处寻找张骞，找着张骞是否还要去西域，去西域需要多少年月，甚时才能回到幽苏部落，等等。

秦自乐自然答不上来，只能回以“尽快”。至于“尽快”是多快，他又无言以对。

不知不觉，又走出三十余里，走过两个“浩特”（村落），秦自乐不舍道：“娜娜，你该回到阿爸身边了。”

“不。前边还有一个浩特，才到幽苏部落边界。”

秦自乐对这地方十分陌生，孰料又走了三十余里，才到卡帖娜所说的村子。此时太阳早已偏西，一望无际的青翠草原上，洒满了太阳的余晖，归牧的骆驼牛羊和马群，正被一群群地赶回各家的圈舍。卡帖娜去了一家既有毡房又有帐篷的住户，也不知同主人说了些什么，返身对秦自乐兴冲冲地说道：“秦哥哥，这里的老阿爸腾巴，同意让出他女儿的毡房，叫我们今晚就住在他这里。腾巴是阿爸的朋友，去年曾托阿爸为他选个上门女婿。你一会儿只管叫他们老阿爸、老阿妈，见了他女儿管她叫撒米妮妹妹就是。老阿爸如果要招待，你也甭客气。你晓得的，草原人最不喜欢假模假式。”

秦自乐突然感到有些无所适从。这个美丽聪明而又戏谑狡黠的卡帖娜，原来她早已算计好了。

当腾巴一家见到秦自乐时，俱为吃惊。腾巴笑道：“达力诺这个老东西倒真会选，英俊壮实的小伙子先给了自己的女儿——不过这不怪他，谁让我迟了一步。”又定睛一看，“你叫秦自乐？是个汉人？”

“回老阿爸、老阿妈，我是。”秦自乐恭敬地答道。

“你是怎么让达力诺捡便宜的？”

“回老阿爸，不是阿爸捡便宜，是阿爸和娜娜救了我的性命。”秦自乐略去使节一节，简要叙述了被救经过。又道，“是阿爸和娜娜不好对老阿爸明讲。”

腾巴望着女儿：“撒米妮你听听，达力诺的女婿叫起阿爸和媳妇，该多亲热！”又面向秦自乐，“所以你为了报恩，就以身相许？”

“也不全是。我和娜娜是真心相爱。她非常爱我，我也非常爱她。”

“那你为何要离开娜娜去找你的义兄？难道你那结义哥哥比娜娜还要重要？”

“他们对我都很重要，但重要的意义不一样。我对娜娜，是情；我对义兄在义。找到义兄之后，我会回来接走阿爸和娜娜，和义兄一块儿去汉中过鱼米之乡的日子。”

腾巴嘟囔道：“达力诺这老东西，真是好运气。”

撒米妮始终不发一语，但羡慕的眼神一直没有离开过秦自乐和卡帖娜。老阿妈却显得心事重重，眼神有些迷茫，做事时时出错。

这一夜，卡帖娜彻底放开了自己。呼叫，癫狂，疯了一般紧紧搂着秦自乐，使得秦自乐也如烈火般熊熊燃烧起来。当两个年轻炽热的胴体熔化在一起时，那蚀骨入髓的情爱也达到了巅峰。

只此一夜，便成两人终生的记忆。

那狸猫似乎十分清高，忠实地守候在毡房门口，做着他们爱情的见证。

第二天吃罢早饭，巳时才从腾巴家里出发。两人已是真正的夫妻，相互所做的一切，便十分的亲热自然。卡帖娜再行相送，秦自乐也就未予拒绝。

不知不觉，又是五十里，五十里没有人烟，且到了半荒漠地带。秦自乐不放心卡帖娜独身返回，又回头相送，行程刚至一半，果见五条草原狼围将上来。秦自乐旋即旋展绝杀之技，瞬间悉数歼灭。他更不敢让卡帖娜独自行走于旷野，干脆又送到腾巴家中。

腾巴一家先是惊讶，听了卡帖娜的叙述，又见到五匹狼尸，随之大为吃惊。这小伙子的武艺高强得实在叫人难以想象，怪道达力诺放心他的宝贝女婿去独闯草原。

这一夜，秦自乐和卡帖娜又是说不尽的恩爱。

翌日拂晓，秦自乐便就起来，他再也不许卡帖娜相送，二人就此依依惜别。反倒是那牧羊犬，不明白两人缘何分开。一时跟着卡帖娜，走了两里，又扭头去追秦自乐。秦自乐叫着它的名字，挥手让它回去，狸猫反而摇着尾巴，一纵，上了他的坐骑。秦自乐只好停下，轻轻抚着狸猫的身体，脸贴着它的耳旁，柔声道：“小狸猫，你快快长大，长大了让阿爸给你找个好女婿。你回家吧，不要跟着我，我还要走很远很远的路，办很多很多的事，你跟着我，不方便。我办完事，会回来看你们。回去吧，狸猫。”

那牧羊犬似乎懂得了秦自乐的意思，一蹦下地，却又不走，对着他“汪汪”直叫，听着像小孩儿哭泣一般。秦自乐心里一酸，不由得滴下泪珠，再也不敢回头去看卡帖娜和狸猫。

卡帖娜直到看见她家的毡房，心情才平复下来。

她对达力诺的第一句话便是：“阿爸，我和秦哥哥已经成亲了，在腾巴老阿爸家。他把撒米妮的毡房让给了我们，还给我们做了许多好吃的。给钱，他也不接。”

“阿爸恭喜女儿从此终身有靠，阿爸从此也再无心事。只是腾巴那老货，我又欠他一个天大的人情，我从何处为他再找一个秦自乐？”

父女俩从这天开始，便掰着指头，计算秦自乐离开的日子。

一天天希望，又一天天失望，于企盼之中五年过去。

卡帖娜愈来愈显得悒郁。时时对那秦自乐锻炼行走的木架发呆，或者一人独坐帐外，面对秦自乐离开的方向痴痴地望着，做什么事情也常常丢三落四，没有头绪。

达力诺心疼女儿，安慰道：“秦自乐是个重情重义的大丈夫、好男人、好女婿，他不会丢下我们独自回到大汉的，我们应该相信他。”

“阿爸说得对，可毕竟五年一个月零三天了，至今还不见他的人影，好叫人担心。”

“女儿不用担心，自乐不会有事的。或许，他找到张骞，一块儿去了西域。据说，西域非常遥远，还要翻越十分险峻的葱岭群山。这一去一返，不知要耗费多少时日。”

“可是，他若还没找着张骞呢？”

达力诺不好回答，显得有些无可奈何：“那也只能在这里等他。”

“阿爸，我不想再等，我得去找他。”

“傻孩子，草原、荒漠无比宽广，你去哪里寻他？再说，你一个女孩子，遇着骑痞‘托力达’土匪怎么办？”

“我不直接找他。我先打听张骞在哪个王爷哪个部落，再去张骞那里等他。”

“呃，这倒是个主意。不若阿爸舍了这把老骨头，陪着我的女儿，一边卖艺放牧，一边去寻张骞。”

卡帖娜高兴起来：“谢谢阿爸，阿爸真好！”

父女俩说动就动，经过几天的准备，便开始了漫长的草原流浪生活，前前后后，经过了七八个王爷四十多个部落，终于得知张骞的下落，在托力鲁草原当奴隶。但其究竟在王爷府为奴，还是在某个部落当牧奴，具体情况，不得而知。不过，张骞孤身犯险、斗杀土匪的英雄故事，却在附近草原广为流传。

这一天，父女二人非常高兴。达力诺努力回忆道：“张骞这人我好像在什么地方见过。只是现在怎么也想不起来，连他长什么模样，也全都忘了。阿爸真是老糊涂、记性差了。不过，他是汉人面孔，这个好认。只要他在托力鲁草原，尽管我们不便公开找他，我们一个部落一个部落转下去，总会找到他。”

父女二人首先来到突阿贺部落。

这天，草原上难得地下起了小雨，也是勒古台、阿果拉芒娃秘密送走张骞一家，返回南拐把子河草原第十天，见到父女二人，立即殷勤接待：“我叫勒古台，是这部落的酋长。”又一指自己的母亲，“这是我阿妈。”再一指身旁美妇，“她叫阿果拉芒娃，是我媳妇。请问老伯不知从何方来，是想在突阿贺部落长住，还是在这里暂歇？若是长住，我一定让老伯感到满意。”

“尊敬的酋长大人，非常感谢你的热情接待。小老儿达力诺和小女卡帖娜系草原艺人，从遥远的幽苏部落流浪到此，借贵地暂歇。今日已晏，天又小雨，明日如若放晴，请酋长大人能提供一块场地，允准小老儿先献艺一天。不管是匈奴主人或者汉人奴隶，都可以前来听听。”

匈奴人对草原艺人十分看重，勒古台更不例外。听此立刻吩咐阿果拉芒娃，找几个族人，将达力诺的毡房立在酋长大帐旁边，并通知所有族人，明日草原放假一天，带上礼品，前来听达力诺父女说唱。

阿果拉芒娃调皮一笑：“小女子遵命，我的酋长大人。”便见她骑上马儿，顶着风雨，一下驰出。

直看得卡帖娜在一旁发愣：很明显，这美妇与酋长是极为恩爱的一对，他们日日互相厮守，该是多么的幸福！她不由得又想到秦自乐，此时人在何地何处都不知晓，心中的苦，又向谁诉说？

却说这勒古台忽然对这老艺人有了兴趣：“老伯倒挺开通，也不怕得罪我这草原主人，敢当面提出，让汉人奴隶也来听歌，让他们快乐。”

达力诺正色道：“在我眼里，人没有高下三等，不管你是王爷或是奴隶，只要耳不聋眼不瞎，都能听得。譬如树林里的鸟儿，它就不会看你是什么人，叫，或者不叫。只要它想叫，即使没有任何人听它，它也会叫。”

“老伯是世外高人，晚辈受教了。不过，我这里没有汉人奴隶，倒是有一位汉人奴隶朋友。”

“小老儿倒是稀奇了，你这里既无汉人，又无汉人奴隶，这朋友一说，从何说起？”

“我也不怕老伯晓得——其实老伯迟早都会晓得，这人是托力鲁草原上大名鼎鼎的大英雄张骞。”为了保密，勒古台只说了张骞与托力鲁、与他的“轴婚”故事。“那人是真正的大丈夫、真君子，气量恢宏，为人坦荡，不但武功高强，而且极有智慧，是世所罕见的奇人，在匈奴，恐怕再找不出第二个。如果没有他的帮助，我与阿果的美满生活就难以实现。可惜限于酋长身份，否则，我也会像堂邑父、秦自乐那样，成为他的好兄弟。不怕老伯笑话，提到张骞，我就有讲不完的故事。”

这是达力诺父女第一次从别人口中听到秦自乐的名字，二人难掩兴奋，几乎同时问道："酋长大人，你见过他们？他们是否和张骞在一起？张骞现在在哪个部落？"

勒古台忽然觉得说漏了嘴，赶快回旋过来："我没见过他们，只是经常听到张骞提起他们，显得非常想念的样子。张骞最初被看押在王府，后来去都噶部落当了牧奴，因杀匪有功，王爷送给他二十来只羊子，他就去西小黄山当了散奴。那里是五公主的领地，倒经常受到五公主的眷顾，只那头人巴颜，当了王爷的眼睛，时刻进行监视。张骞与邻居索家三兄弟关系融洽，尤其老三索日力，与张骞最为密切。此外，张骞在诺月部落有一个贴心朋友，叫达斡汗；在王爷匠作作坊，认了个女奴汉人姐姐，叫庄月蓉。"

"不知此地离西小黄山尚有多远？"达力诺问道。

"怎的？老伯想去那里寻找张骞？不过，我劝老伯先找个地方落脚，比如离西小黄山较近的诺月部落，达斡汗肯定会全力帮你。而且那里有个名叫温荇的祈诵老伯，你们肯定谈得来。至于张骞，你不一定见得着，他现在管着十九个部落的匪患，经常行踪无定。要说远，也不远，此地相去两三百里，快马一天便到。但是老伯此去，恐怕需时两天。"勒古台不能明说，心中又陡生疑惑；这父女急找张骞干甚？

"酋长大人晓得，我们艺人最爱歌唱草原英雄，大家也都爱听英雄故事。唱得好，我们便可获得更多的奖励。所以一定要找到张骞，亲眼看看他到底是什么样子。"

勒古台看了看卡帖娜："不过，老伯若去那里，最好别经过托力鲁王府。那里有个小王爷布赫，人长得丑也则罢了，心肠坏过老王爷，贪财又贪色，但凡美貌一点的女子，无不强行霸占。你们新来此地，又没有有本领的亲友照看，倘若他发现你女儿，必定会惹上麻烦。张骞若在，你们或许能逃过一劫；张骞不在，事情就难说。"

"谢谢酋长大人提醒。这绕行路线还请予以告之。"

"老伯不必客气，称呼我勒古台即可。我不管你们找张骞做甚，只要事关张骞，我一定帮忙到底，走时我和阿果送你。诺月的土司倒也认得，这添人进口之事，没有不应的。”

此时阿果拉芒娃亦从外归来，称明日全体族人都将视为节日，前来恭贺欢聚。新军首领还将带领本族武士，向酋长和族人展示武艺。说罢，又拉着卡帖娜的双手，笑语喧喧：“感谢你和你的阿爸，是你们给我们突阿贺人带来快乐吉祥！”

勒古台自是非常高兴，当即命令连夜搭起一座高台，收拾出很大一块场地。

第二天，天气恰好放晴，突阿贺人帐篷上的金顶，无不放出灿烂的光辉。翠绿的草原，粼粼的河水，柔和的软风，使人感到特别的惬意。早饭刚罢，台下便集齐了上千人众。

达力诺父女亦极为振奋，卡帖娜放开歌喉，唱的第一支歌，便是《阿果和勒古台》：

比马奶子酒更醉人的，是所爱之人的胸怀；
突阿贺的阿果拉芒娃，突阿贺的英雄勒古台，
每一个金顶之上，都有他们的真爱。
我的千万句歌唱，都不及每一次笑容实在。
比画眉鸟更动听的，是相爱之人的表白；
阿果银铃般的笑声，勒古台的一点点搞怪，
使每座毡房充满香气，让美丽草原永远不衰。
我的千万句歌唱，都不及那一声问候愉快。

歌词俏皮、诙谐又富有内涵，加上顿挫别致的音调和清脆的音色，卡帖娜一反人们听惯了的草原长调，一经唱出，便引出暴风般的掌声。卡帖娜与她的阿爸对视一笑：他们的努力成功了。

勒古台干脆作为特别节庆，又延长了两日，又挽留达力诺父女歇息一日，这才与阿果一道，将父女一直送到诺月部落，请土司妥为安置——当然没有说寻找张骞之事，背后只对达斡汗透了底细，夫妇二人这才返回突阿贺。

达斡汗、琪琪格夫妇得知事关张骞，便干脆让达力诺、卡帖娜搭伴，做了邻居。

一天，达斡汗将达力诺拉到一旁，郑重道：“老伯，明人不说暗话。我们都

是张骞的知心朋友，你们从数千里来这里寻找张骞，事情绝非一般。可否向我透露一点，我也好晓得怎么帮你？”

“其实，让你晓得亦是应该。”达力诺于是将女儿与秦自乐之事和盘托出，最后道，“秦自乐既是张骞的兄弟，我们认为，找到张骞，也就能找到秦自乐。”

达斡汗大受感动：“难怪卡帖娜整天心事重重的样子。对于秦自乐，可惜我只听说过，却从来没见过，而且张骞一家失踪多日，估计他和他的使节队兄弟去了西域，甚时回来，还回不回这里，很难预料。你们也不用着急，走一处，不如守一处，你们一定有缘再次团聚。”

谁知第二年四月，达力诺一病不起，丢下卡帖娜而去。卡帖娜随之大病一场，一月之后才告痊愈，琪琪格自是悉心照料。孤身的卡帖娜时时受到一些无赖的纠缠，并给达斡汗一家带来许多麻烦。为了摆脱困扰，卡帖娜搞了个谁也难达目的的“比武招亲”，并让德高望重的祈诵老伯温荇作为公证。

这真是：

西域挥遒，雁行归来雪峰路；
梦里家园何在，西风万里征途休。
此身殒命，谁是镜花风月手？
悲歌唱彻，故国晴空霹雳吼！

又有痴情女子，草原万里荒丘走，
茫然怅望四野，几经岁月春秋度。
信息断崖，愁绪万丈郁绸缪；
掩泪守候，抛羞只盼相聚首。

欲知后续情节，且由下回分解。

第八十二回　张骞设计自陷囹圄　自乐获聚择居荒坑

张骞、堂邑父、秦自乐刚一进入南拐把子草原地界，便见一小队突阿贺武士刮风般地奔来，将他们迎面拦住。

一位军官模样的年轻骑士，亮出弯刀，在前边一横：“呔，你们什么人，从何处来，到何处去，后边还有什么人？”其他武士亦弯刀出鞘，围了上来。

张骞在马上抱拳一揖：“告小哥有知，我乃张骞，从西域而归，特地拜会你家酋长。”

“什么张骞，什么西域，我不晓得。你一个汉人——不，还有一个汉人、一个匈奴人，怎会与我们突阿贺酋长相识？我看你们来此就是别有图谋。你们且自行下马受缚，免得小爷动手。不管好人坏人，先捆起来送千夫长发落。”随从武士亦乱喊着：“下马！下马！”

堂、秦二人眼瞅张骞，只见张骞已下马自动受缚，于是也未作任何反抗。秦自乐用汉中方言道：“大哥，你说勒古台会盛情接待，不料先‘吃’上皮绳。”

张骞却显得非常高兴，用番语回道：“三弟有所不知，几年前突阿贺并非如此。当年托力鲁率兵攻打突阿贺时，突阿贺人没有还手之力，只好献出族中美女，换得族人生存。勒古台的妻子阿果拉芒娃，就在美女之中，多美好的一对恋人，竟被活生生拆散。现在看来，突阿贺人已今非昔比。你们且看这些武士的状态和装备，个个精神抖擞、尽职敬业，服装、武器亦是统一制式。边界巡逻，这在以前可从未有过。”

“大哥，我明白了，你这是在替勒古台高兴，替突阿贺人高兴。大哥的这个学生没有白教。”堂邑父道。

“当着勒古台的面，可不要这样说。我从来没有将勒古台当作学生。他是一个有抱负、讲义气的血性汉子，他既有志于振兴突阿贺，我就理应助其一臂之力。你们二人和勒古台仅有一面之交，彼此印象不深，如若相处一段时日，必将成为知交。我主张来到突阿贺，即有此意。由天际牧场那里有蒙利克，这里有勒古台，万一我重陷缧绁，此二人定会全力相助。彼时二弟、三弟南归，将不成难事。”

那年轻小军官见二人受缚，却神情泰然，并屡屡说及突阿贺和酋长往事，心中不由得泛起嘀咕：“倘若这次真的抓错了人，可就不好交代。两难之间，他还是选择了一错到底。反正他是边境巡逻，最后放不放人，不由他定。他只能依军规行事，就是酋长当面，也不便责罚。”

千夫长见哨长押来三人，立刻大吃一惊：“诺朵，你怎的不问青红皂白，将他们抓来？还不快快松绑道歉！你竟敢如此对待突阿贺的尊贵客人，且先吃我一顿马鞭！”

那个名叫诺朵的年轻哨长则满腹委屈：“我也是按酋长的军规行事，并非有意为之。”

堂邑父却跨步上前，一抱搂住千夫长：“洑尔墩，几年不见，却在这里抖起了威风。你先买我一个面子，饶了小哨长，他巡逻边境，非常认真，不但无过，而且有功，你应奖励他才是。”又松手轻轻擂了洑尔墩一拳：“我可不愿刚一见面，就看到你挥起皮鞭揍人，让我们难堪。”

洑尔墩对诺朵笑骂道：“狗崽子，算你今天走运，有大英雄为你讲情请功。你可晓得他是何人？当年琅艾王爷在龙城举办英雄大会，他一举夺魁，王爷赐他宝马铁弓。那铁弓没有七百斤力气休想动得分毫，而他当场一箭射下顶空老雕。真要动起手来，甭说你们十来个小兵，就是再多上三五十条汉子，也打得你们屁滚尿流！”

诺朵听得入迷，早已忘了责罚：“头领，你还没有告诉我大英雄怎么称呼，我怎么向人家赔罪？”

“你这狗崽子倒挺会钻空子。他呀，叫‘甘夫’。不不不，应当叫甘父，或叫堂邑父。”

诺朵当即单膝一跪，恭恭敬敬，向堂邑父一头叩下去：“小的有眼无珠，今日冲撞了各位大英雄。请甘父和各位大英雄宽恕。”说罢，却并不起身。

堂邑父尚在犹豫，张骞已然知其用意，伸出右手，便去相扶。

果然，那小哨长用了一个千斤坠。张骞笑笑，悄悄加力，将诺朵一下提得离开地面，蔼声问道：“嗯，根基不错。功夫跟谁练的？”

“还有谁？酋长呗。酋长说，他是跟一个汉人老师学的。可他始终不告诉我们，那汉人老师是谁。酋长说，他没有学到家，怕丢了老师的名号。”说毕，又意味深长地看着张骞，“可惜我生得太晚，没有缘分见到那位汉人老师。若是见着，哪怕指点一二，我也将终身受益。”刚才那轻轻一提的巨大神力，已使他异常震惊。

“好了，诺朵，这里已经没你什么事，你可以走了。”

“诺。头领。”诺朵退步出帐，显得恋恋不舍。

“其实这小哨长挺聪明、挺机灵，学得勤，也练得苦，让他带队巡逻，人放心。假以时日，必成大器。”洑尔墩语气一转，又道，“说说你们吧。甘父你不用介绍，让我猜猜，他们两位英雄都是谁。年长一点的，肯定是张骞，年轻的那就是秦自乐。酋长勒古台经常张口张骞、闭口张骞，堂邑父和秦自乐的名号他也总是挂在嘴边。我之所猜，有没有错？”

“没错没错，一点儿没错。他们是结义三兄弟，张骞是大哥，堂邑父为次，秦自乐最小。他们都是个顶个的大英雄，不料今日同时光临突阿贺，真是突阿贺的大喜事！”来人声若洪钟，踏门而入。

四人同时站起，叫道：勒古台！

“坐下坐下，大家都是知心朋友，就别讲客气。”右手向洑尔墩一顺，说道：“洑尔墩原来并非突阿贺人，是琅艾王爷的一名副侍卫长，现在却做了突阿贺的新军头领，三位贤兄是否感到奇怪？其实，是我受教于张骞大哥。张大哥曾对我说，要使部落强盛，就得广纳贤才，就像当年秦国纳商鞅为相国而使大秦得以一统天下。突阿贺地处偏远，族人甚寡，欲图富强，就得有贤才相辅。贤才从何而来？于是想到了突阿贺人的女婿。突阿贺多美女，乃世所公认，上至龙廷、贤王、大将，下至一般王爷、土司，与突阿贺多有姻亲关系。前几年，洑尔墩携家眷来突阿贺探视岳父母，与我见面之后，相谈十分投契，于是他留了下来，当了突阿贺的新军头领，而且成了我的结义兄弟，但凡我出去办事，离开几个月尽可放心。我们二人现在最缺的，是寻找一位肝胆相照又胸有韬略的军师。三位贤兄倘若遇上此等人才，务请留意推荐。”

“人生难得遇一知己。”洑尔墩道，“我在琅艾王爷那里也就混个吃穿不愁，若要说到施展抱负，那是想也别想。但在这里，就不一样，单是酋长哥哥那份绝对信任，就世间罕有。”

张骞耐心听完勒古台二人的前后叙述，这才道：“仅就突阿贺境内所见，已经今非昔比。突阿贺能有今日之盛，全赖你们兄弟同心治理，我真替你们高兴。我们此次前来相扰，实为迫不得已。”

勒古台本来另有他事从这里路过，恰巧遇着诺朵，诺朵说头领大帐里来了三位客人，其中一个叫张骞的，另两个都叫他“大哥”。勒古台一听，惊喜地一头扎入大帐，说了洑尔墩，竟高兴得忘了问候张骞，于是连声说道：“张大哥，对不起，对不起。自你离开西小黄山，一年多了，你们是否已从西域返回？说实话，我当你们已经回到大汉京城长安，今生再难相见，不料今日光临突阿贺。洑尔墩不是外人，张大哥能否给我们讲讲，这究竟是怎么回事？如果需要帮忙，大哥你尽管吩咐。”

“你去过由天际牧场，也见过一些使节队员。你离开不久，我们便分作两拨人马，一拨启程回国，一拨由我带领去了西域。回国人员不知情况如何，去西域十人，返回时就只剩下我们兄弟三个。”张骞话到此处，脸色立显沉闷，“此行实在一言难尽，我们三人，亦是九死一生。所幸使命得以完成。现唯一要务，是回归大汉。可回程之路，备极艰危。雪峰相阻，不可逾越；坦途之路，危机四伏。为求稳妥，我思得一法，名曰‘偷梁换柱’之计。我乃龙廷‘要犯’，但甘父、自乐不为人知。我干脆现身托力鲁草原‘自投罗网’，一则掩护甘父、自乐办事，伺机返回；二则解除相关朋友因我而受到的牵连。为此，有要事相托，详情待会儿再叙。”

勒古台一下子站起：“大哥舍身大义，甘父、自乐哥哥就心甘情愿？依我所猜，恐怕未必！”

“兄弟情义固然重要，但比起国家安全富强，只能等而下之。何况，作为正使，我的决定，他俩必须服从。今日在此歇息一夜，明日我便去托力鲁王府。”张骞语气坚定，不容辩驳。

看堂邑父、秦自乐神色，显得有些无可奈何。勒古台了解张骞的脾性，事事皆从大局、替别人考虑，而且极为坚韧、无所畏惧，常人难以忍受的磨难，他亦能坦然面对。于是唤来一名帐外卫士，让其告知阿果拉芒娃，有张骞等贵客到来，迅速准备酒食接待。

至于所托何等要事，张骞此刻不说，勒古台也不相问。趁间隙闲暇，邀了张骞三人先去了演兵场，看了武士们搏杀技艺演练，又去了武器匠作作坊。

勒古台特别介绍了他对复合弓①的改进，弓身干燥油浸，刷之以漆，铁丝作弦，保持强度，一改皮弦牛角坚木受雨疲软的现象，箭矢射程倍增。说着，拿起两种弓箭，做了射击比较。

“说起这铁丝，还是来自大汉，花钱不少，却物有所值。此渠道极为秘密，双方皆性命攸关。”说罢，又意犹未尽，“依我之见，汉匈相争，匈奴必败无疑。汉国富裕、强盛，许多技术均领先于匈奴，目前所差者，一支训练有素、所向无敌之骑兵而已。相信不久即有此等精锐之师。说句不是闲话的闲话，倘若张大哥回去当了汉家将军，那军臣单于就自认倒霉吧。不过，张大哥放心，真有那么一天，你不会遇到突阿贺人。突阿贺讨厌战争，憎恨抢掠，我与洑尔墩只求保境安民。”一眼看到阿果远远驰来，又道，“走走，闲话少叙，此时吃饭重要。”

席间，张骞问及托力鲁王府近况，勒古台道，“老王爷托力鲁已是半死不活，大权全在歪嘴子布赫手中，左右侍卫长仍是呼力泰和额朗。张大哥，自你走后，王府便如天塌一般，派出的卫士、骑士不断地四处搜寻你。像索家三兄弟，诺月部落的达斡汗，你的汉家姐姐，就经常受到布赫威逼。我这里他们也来过三次，龙廷的那个呼日勒去过西小黄山两次。他上个月才离开王府，并留下三个爪牙，放出话来，一旦捉住你，便立即押送龙廷，向单于邀功请赏。”话到此处，又借机规劝，“张大哥，不若你就在突阿贺秘密住下，让阿果暗中将嫂子和孩子接来，甘父、自乐哥哥办完事，然后在这里聚齐，走荒漠无人之地回国，可好？”

“又是恬不知耻的呼日勒。总有一天，我会亲手宰了他！”堂邑父恨得咬牙切齿。

“谢谢你，我的好兄弟。这消息对于我们，实在是至关重要。王府里的几个重要人物，呼力泰与额朗，只会假意与我周旋，做明擒暗纵之举。歪嘴子布赫，他的那些卫士、武士，我个个相识，也奈何不了我。只那呼日勒阴险毒辣，十分狡猾，一旦知晓我曾经藏身突阿贺，必将给这里带来灾难。弱小的突阿贺怎么能与强大的单于相抗衡？届时我成了突阿贺的罪人，纵使百身亦难赎其一。我意已决，明日去王府，堂邑父回嘎顺诺尔探视你妹妹娲霞，秦自乐去幽苏部落与达力诺、卡帖娜父女相聚。勒古台去一趟由天际牧场，将我所携带的贵重物品交与昆古丽玛月伦保管。二弟、三弟倘若携带不便，亦可将其贵重物品交付勒古台。回国时可只带物品，女眷待日后择机接回。此乃不得已而为之，亦是万全之策。另外切记，回国中途如遭遇盗匪，以退敌为要，不可恋战。二弟、三弟，使节队之荣辱全在你们兄弟二人身上，不要辜负了为兄厚望。”张骞语气凝重，神态慷慨，好似即将离别一般。

堂邑父、秦自乐听罢即刻停杯，沉默不语。他们已不止一次听到过这种决断，早在楼兰未登南路雪峰之前，张骞便有此等处置，现在身临托力鲁草原，明显已成定局。这种舍自身而成全兄弟的情分，直压得二人难以喘气。这时说什么都不适宜，只是眼眶盈泪，低头抚膝。所谓“不负所望”的套话，不说，双方也都明白。

洑尔墩与张骞初次相识，与堂邑父也谈不上深交，而对秦自乐更不知情，当然更不便说甚。

倒是勒古台，难掩激动：“张大哥如此大义，又有如此大谋远见，世间罕有，勒古台一定不负所托。不过，我要告诉自乐一件喜事，不必远赴幽苏部落，明日去诺月部落，即可见到卡帖娜。”于是，将达力诺父女去年四月初来突阿贺，后来又去诺月部落落脚的经过说了一遍。最后，深带悔意道，“可惜当时我和他们父女是两不明白。达力诺老伯只说来托力鲁寻找张大哥，至于为什么，却又不说。当时张大哥正准备出使西域，这事我半个字也不敢透露，但事涉张大哥，又不能不管，所以将他们父女托付与达斡汗和为人正义的祈诵老伯温苻。后来达斡汗告知于我，达力诺父女是想通过张大哥，找到自乐哥哥。我那时便就后悔，若知他们是自乐哥哥的家人，说什么也不能让他们离开突阿贺。或许，达力诺老伯也不会亡故，而今只剩下卡帖娜孤身一人。前些时我曾让阿果将她接来，可她说要为她阿爸守灵，没有来。”说罢，又一声叹息。

秦自乐冲动地一下子站起：“我现在就去找她！”

“三弟，你先坐下，且容我说上几句。”张骞缓声慢道，“你的心情，我们理解。思念亲人，人之常情。此去诺月部落区区二百余里，快马多半天便到。但凡事得周全一些方可。假若卡帖娜仍在幽苏部落，你也要连夜动身？眼看日已西坠，你却要独自出行，于你又是生路，我与你二哥怎么办？勒古台又怎么办？只好草草收拾，随你一道前往，舍此别无他法。依我之见，今夜还是安心歇息，明日拂晓一同前往。动身之前，将你的坐骑换下。”又面对勒古台道，“此事还得借用你的酋长身份。使节队获赠的九匹汗血宝马全部损失，我这三弟的大白马亦葬身雪谷，现在所乘，乃一匹驮马，相烦能以良驹更换。”

“此易事。一会儿由洑尔墩于军营中挑上一匹。自乐爱白马，仍选白马相赠。虽然不敢说其神骏，但日行五六百里不成问题，希望自乐哥哥喜欢。”勒古台痛快应承。

秦自乐不再冲动，欠身施礼：“获赠良驹，如此厚意，自乐当永远铭记。”

勒古台正要说话，张骞却道：“三弟，你也不用客气，客气反而显得外道。”遂又问起枯木绿仙近况，在比佤部落未曾谋面，在这里也不见人，究竟怎么回事——关于枯木绿仙，张骞已向堂邑父、秦自乐作过介绍，所以二人亦很关心，静耳欲听。

“我那舅父做事历来神秘。接他来此养老，他不作应答，说他一个人东跑西颠惯了，不乐意死守一处，自他将一生积蓄拿出与我，购买战马武器建起一支军队之后，已经两年未曾见他。依我估计，他极有可能去了长生天，但他将他的下落也变成了秘密。”

“真是个让人颇多思索的古怪老者。”张骞咨嗟不已。

餐后，张骞三人去了客帐。张骞首先作了预后交代：“由于三弟情况有变，依我之见，三弟带着卡帖娜应该迅速撤离托力鲁草原，去由天际牧场附近，寻一隐秘之处，候你二哥，驮马之中的物品，如有所需，可带走一些。其余物品如帐篷、火把、食物，连同驮马和我的坐骑花豹，统统交与二弟。我骑三弟换下来的驮马即可。明日我在王府或其他地方无论发生什么状况，你们都得装作互不相识、与己无关模样，不要看，不要说，更不要管，也不要停留，离开得越快越好。我是兄长，更是正使，这是命令和纪律，你们必须遵守。要晓得一个道理，你们有希望，我才有希望。”

二人口头应承，却各有心思。对于堂邑父，让他这样抛弃大哥独善其身，心中是一万个不情愿。他琢磨着，三弟与卡帕娜久别重逢，且让他们过上一段好日子，不妨与勒古台另作计议，于半途将张骞救出。对于秦自乐，与卡帕娜相见是为喜事，但要他不管张骞的生死荣辱，那也绝不可能。此时理不出一个头绪，只能待后再说。对于张骞，使命完成，复命事妥，已无遗憾，唯一让他挂念的，是他的妻儿。至于即将到来的羁押生涯，无非再受一番磨难。明日无论以何种形式被拘，已无必要想它。

勒古台回到寝帐，却大声嚷道：“阿果，我们报恩的机会来了！”

阿果拉芒娃笑道：“哎，我说我的酋长大人，请张大哥吃一顿饭，送人家一匹马，就把天大的恩情报了？你可真好意思！”

“不是，不是。阿果，你听我说，事情是这样的——”勒古台将张骞的决定如此这般一说，最后道，“自乐哥哥不说了，我想与甘父哥哥联手，半途将张骞大哥救下来。如果没救成，也得摸清押解地点，另行设法救出张大哥。我看出来了，张大哥做出决定之后，那两个哥哥一直不说话，八成也有此意。阿果，你想想，如果是真兄弟，怎会弃之不顾？明日我将诺朵带上，让他住在眼线家里，专门监视王府动静。依我估计，张大哥被拘之后，不会立即押解起程，必会有所安排才会行动。”

“嗯，你可比以前聪明多了。趁此机会，你我也好做些准备。一旦行动，路程将会很长，时日也会很久。亏得你有个好兄弟湫尔墩，我们尽可放心去做该做的事。”

这一夜，每人都各怀心思，睡得并不踏实。第二天天刚放亮，便都起来开始忙碌。

卡帕娜当然不晓得秦自乐已到突阿贺，仍然按照温荇老伯的安排，中午时分，开始她的“比武招亲”。

这已是“比武招亲”的第三天。围观的人群和参赛者，比前两天更多，甚至外部落的人远远超过了本部落的男女，有参赛者昨日就来到诺月，在达斡汗周围搭起了帐篷。头脑灵活者趁机做起了酒食和其他买卖，将这里俨然弄成了一处“巴札”（集市）。布尔哈鲁克[2]炖鱼，塔勒[3]肉羹，稷米抓饭，塔巴[4]麦饼，金特[5]甜点，波孜[6]酸酒，腊牛羊肉烧烤，应有尽有。

卡帖娜来诺月部落虽然只有一年多，但方圆几百里的牧民，都见过她美丽的容颜，听过她百灵鸟一样的歌声，体会过她那温婉的柔情。所以一听说她“比武招亲”，便纷纷前来观看。而那些下至刚成人的少年郎，上至年近半百的鳏夫，也蜂拥而至，想来碰碰运气。

见时辰已到，卡帖娜旁边一位身着麻布短袍、瘦长脸型、个头高而微驼的老人，跨步走到场子中央，带点哑腔说道：“我叫温荇，是为去长生天祈福的歌者，也是卡帖娜阿爸生前好友。现受好友之托，为卡帖娜在此公开、公平选婿。卡帖娜是我们这里最美丽、最能干、最聪明的姑娘，但她一不图你拥有多少牛羊奴隶，二不图你地位多高多么显赫，只要你武艺高强、心地善良、身体健康爱干净，便可成为她的如意郎君。比武共三项：第一，这里有一个木架，猜它是干什么用，这是考你的智慧；第二，这里有三支小木枪，我将它交给你，用一只手卡住，我再放出三只羊子出来，我拍十下巴掌，十下之内一次击中三只羊子——记住，是一次击中三只，是为胜者；下来进行最后一项：徒手捉住卡帖娜的牧羊犬，也在我的十下巴掌之内有效。凡非一次击中羊子，或非徒手捉住牧羊犬者，皆为犯规。若用拳击、脚踢伤了牧羊犬者，则被视为恶毒之人，即刻赶出场外。若被牧羊犬咬伤，当然是为败者，但老夫可为你包扎治伤。大家都明白了？”

众人杂然以应。

“卡帖娜，你还有什么要说的？”温荇问道。

“此次比武，由温荇老伯主持公道。因此，我在这里加上一条，凡对温荇老伯不敬不尊者，立即取消资格。另外说明一点，今天已是第三天，若今天仍无胜者，便移至下月三天。依次类推。以半年为期，半年之后仍无缘分，我便回到我原来生活的部落，任何人不可阻拦于我。”卡帖娜一脸庄严，显得神圣不可侵犯，“今日压场者，仍为达斡汗与索日力两位叔叔，对故意闹场者皮鞭伺候。”

“哪位好汉，敢首先亮场？”温荇环视周围。

人们互相瞅着，低声议论。有的道：“比武不比骑马射箭，这叫什么比武？”有的则说：“比武不比搏克沁[⑦]，不比上马、下马、刀术，这比武好生奇怪。”有的开起玩笑：“三根木头小小玩具枪，给羊子挠痒痒差不多，想把三只羊子同时击倒，岂不是做梦！”有的怂恿着：“那猜木头架子不费一点儿力气，不妨上去试试？还有那条牧羊犬，它四条腿，你不妨将两只手放下来，也变成四条腿，或许那牧羊犬感到奇怪，上赶着瞅你，你一下子就把它搂住？”等等，不一而足。

好一会儿，才见一个秃头汉子上场，右手贴胸，向卡帖娜一鞠：“牧主搏尔干，特来献丑。”

温荇和卡帖娜尚未答言，人群中早有人高声叫道：“嗬，这会儿太阳真亮！今晚帐篷不用点灯，出门也不必打上火把，还不怕风吹雨打。”

众人哄然大笑。

达斡汗强忍笑意，大声道：“请大伙儿安静，观看比武。”

温荇指着木架：“搏尔干，请问这是做什么用的？”

“这还用得着猜？这是卡帖娜生娃娃之后，晾尿片用的。”

“你用不着再比了，下去吧。”

“那你说是干什么的？”

“这是比武项目，不能告诉你。你赶快离场，不要耽误别人上场。”

“可我还有两项没试。三局两胜者为胜。不让比，不公平。卡帖娜，你别看我貌不惊人，其实我是个样样能干的好男人。”

温荇征询道：“姑娘你看——”

卡帖娜正眼也不看他：“他愿意出乖露丑，就怨不着别人。”随即将狸猫放出来，一指搏尔干，“去，将他赶走！”

那狸猫呲起森森白牙，纵身一跃，扑向秃头汉子。

搏尔干顿时着忙。此时别说徒手去捉牧羊犬，连回避的机会也没有，不由得一个坐蹲，栽倒在地上。卡帖娜唤回狸猫，搏尔干从草地上爬起来，满面羞惭，钻入人群。

接着上来一个十七八岁半大小子，一见木架便道：“这种木架，我家也有，不过比这矮了许多，是我一岁多学着站立走路用的。这个木架这么高，倒像是老阿爸、老阿妈扒手用的。卡帖娜姐姐，我猜得对不对？姐姐你不用讲话，猜得不错，你点点头，猜错了，你摆摆手。”

卡帖娜突然觉得有点喜欢上这个大男孩。于是笑道：“你猜得不全错，但也不全对。这样吧，这一局不算你赢，也不算你输。不过，你还没告诉我，你叫什么名字。”

“还是不说为好。若是输个干净，我阿爸、阿妈会觉得很没有面子。”

“你阿爸、阿妈也来了？”

“来了。但是此时我不能告诉你他们在哪里。他们让我代话给你，如果你不愿意做我的媳妇，他们就认你做女儿，让我当场认你做姐姐，你一定得要答应。”

“你们家在哪里？”

“这个我可以告诉你。我们家在琅艾王爷草原上的嘎彩姆部落，离这里很远，你们去过那个地方，我们听过你的歌声。下个月土司要出嫁公主，所以请你们过去。不料遇上姐姐比武招亲，我就上场试试。下一场，该我与姐姐的狸猫玩场游戏。”又对温苻道，“老爷爷，请你开始为我击掌。”说着，拿出两束腊羊排往草地上一撂，“狸猫，吃肉！还有香喷喷的骨头！”

这招美食诱伏之计，大大出乎人们的意料。温苻说了句“这孩子真好聪明”，竟忘了击掌。

卡帖娜不由得有些恐慌。按她原来的预计，这三项比试，根本无人能予破解。拖到最后，人们自然没有了兴趣，那时尽可选个合适的地方，譬如去突阿贺，慢慢打听秦自乐的下落，对关照她的温苻老伯和达斡汗夫妇，也有个交代。

谁料遇上一个这么聪明的男孩。

第一次，关于木架之事，基本上已被破解，这第二项眼看又将失灵。这狸猫平时虽然不吃别人赐予的食物，但对投食之人却会产生好感，接近它不会拒绝，更不会进行狂吠扑咬。而第三项还不知这男孩会以何种聪明办法进行破解。她紧盯狸猫，心都要跳出胸口。

“狸猫，你过来，让我抱抱。”那男孩蹲下身子，伸出双手，语气非常温柔。

狸猫偏起脑袋，看看地上的羊排，又望着男孩，显得有些犹豫。

那男孩倏地一跃，触到狸猫的身体。

草原上的牧羊犬何等的机灵，一下子躲得远远的。

卡帖娜长长地吁了口气，唤道：“狸猫，过来，我这里有肉。”说着，扔下一大块腊牛肉。

狸猫却不理不睬，眼瞅东边，竖起耳朵，静静地听着。不一会儿，只见它兴奋地一声吠叫，然后纵身一跃，刹那间奔出人群，没了踪影。

只有卡帖娜晓得，这狸猫耳朵特别灵敏，两里之外，可以听到人马或其野牲之声，半里之外可以分辨是家人、亲人或陌生访客。现在，在如此嘈杂的人群之外，它听到谁来了？

看它那兴奋吠叫的样子，莫非是她日思夜盼的亲人终于找来了？

卡帖娜的心，开始剧烈地“怦怦”跳动。而那男孩失望地回到父母身旁，围观的人们也感到十分奇怪。

没错，是秦自乐赶来了。

早晨从突阿贺出发，张骞坚决不让他和堂邑父随行，请诺朵带路，令他们赶往诺月部落。堂邑父与勒古台暗中计议，到托力鲁王府附近，堂邑父悄悄留下，等候勒古台陪张骞到来，看其结局。并与秦自乐商定，二人今后的聚会地点，就是蒙利克那里。秦自乐与堂邑父由此分手，只身寻找卡帖娜。

在王府奴隶匠作作坊，秦自乐从庄月蓉、秀玛古丽塔那里得知，卡帖娜这几天在举行“比武招亲”，秦自乐不由得着急起来，他虽然不知卡帖娜缘何有此做法，但对于一个长期没有丈夫消息，又失去父亲的单身弱女，定有她的苦衷。他觉得实在愧对于她，更急着想见到她。对于秀玛古丽塔的取笑，他没作理会，快马加鞭，疾驰而去。

穿过小树林，便见偌大一块草坪上，有许多人围成一圈，叽叽喳喳，议论不休。秦自乐尚未下马，就见人群中窜出一条牧羊犬，一闪，上了他的坐骑，脑袋向他怀里直拱，“呜呜”地发出一种委屈而又欢快的鸣叫，像哭，又像在撒娇。

这一幕他太熟悉了，当年的告别，早已成为永恒的记忆。他从它的毛色中分辨出来，这就是当年的小狸猫，只不过它长成了大型的牧羊犬，显得非常灵活有力。他亲热地一手搂紧了它，唤着它的名字，另一只手拿出一块干肉，作为见面礼。

它叼着干肉，却不下马，依然赖在他怀里。秦自乐只好央告众人，让出一条过道，缓辔进入场中，搂着狸猫，一跃下马。

狸猫倏地奔向卡帖娜，咬着她的裤脚，直往进拽。秦自乐看到眼中迷惘、发痴、发呆的卡帖娜，心中又疼又痛，不由得狂叫了一声，泪水奔流，飞步而上，双臂大张，将其拥入怀中，不住地叫道："卡帖娜，卡帖娜，我的卡帖娜！"

"散了，散了，大家都散了，比武招亲就此结束。你们都看到了，人家这才是一家子。比武招亲，只不过是卡帖娜向丈夫传递消息的一种办法，那三项根本无人能做到。"达斡汗、索日力向人们解释道。

温苻老人则坐在一旁，静静地看着小两口久别重逢的场面。

众人渐渐散去，男孩一家仍在一旁守候。另外，在一背角之处有三名挎着腰刀、背负弓箭的汉子，借着坐骑身影的遮挡，议论着什么。因为声音甚小，并不引人注意。

等秦自乐与卡帖娜终于分开，达斡汗、索日力才走近秦自乐："不用介绍，你就是秦兄弟。"

秦自乐乍见索日力，不禁大吃一惊：分明就是个由天际！只不过年纪大了一些，鼻子高了一些。大哥之前的描述一点儿没错。于是一手执着一人："不用介绍，你是索日力哥哥，你是达斡汗哥哥！"三人说罢大笑不止。

卡帖娜扯着秦自乐，来到温苻面前："伯伯，这是我的丈夫秦哥哥。"

温苻打了个抿笑："姑娘，高兴晕了吧，这是你丈夫的名字？"

秦自乐赶快单膝跪地，行了个大礼："小辈秦自乐见过伯伯，非常感谢伯伯对我岳丈父女的照拂。此恩我与卡帖娜将终生铭记。"

"客气了。你快过去，你那朋友正在等着问话。"

秦自乐扭头，果见二人非常焦急，还在一丈开外，达斡汗便道："张骞大哥现在是什么状况？是不是让王府的人抓了起来？秦兄弟，你们怎么如此糊涂，让大哥现身于托力鲁草原？难道不晓得王府的人，还有龙廷派来的爪牙，正张网以待？不行，我们得去王府看看！"

秦自乐有苦难言，不便明讲，刚说了句"细情容后解释"，二人便泼风般地向王府方向驰去。

这时，那男孩一家缓步而来。而那三名陌生汉子，却在角落里支起了帐篷。

因为这是草原常有之事，无人予以注意。

“请问秦哥哥、卡帖娜姐姐，你们是打算在这里长住，还是准备换个地方？”男孩显得彬彬有礼，完全不像一般匈奴人家的孩子。

“请问什么意思？我们去哪里，与你们相关吗？再说我岳丈阿爸去了长生天，卡帖娜也再不会四处流浪，当什么艺人。”因为日后的住处事关接头秘密，秦自乐当然不会将住所消息透露。

男孩张口结舌，回答不上，竟干脆说道：“我阿爸看出，你是武艺高强的大英雄，想请你去噶彩姆土司府当武术教习。如果见允，他便过来相请。”

秦自乐经历得太多，对匈奴的大小官家十分的厌憎，听男孩这么一说，“唰”的一下脸现沉色：“我才疏学浅，武艺平平，请土司大人另请高明。”遂招呼卡帖娜，“先请伯伯用饭，再送伯伯回家。”

狸猫见主人动身，立即一蹿，走在了前面。

那佤哲从库房大门出来，劈头撞见张骞，立时惊得大张了嘴巴：“你，你，你……”吓得一句话也说不出。想转身仍回库房，似觉不妥；欲上前答话，却又不敢。一时踅在原地，左右不是。

“好你个商头，才一年多没见，就不认得了？说，最近又得了什么财喜？”张骞没事人一样，“你是我见到的第一个熟人。怎的，也不请我进去喝碗水解渴？”

那佤哲手足无措，口中讷讷：“喝，喝水。”张眼向张骞身后一瞧，并无他人。他感到奇怪，又不便相问。自托力鲁和布赫老少王爷下令，在全草原搜捕张骞一家，龙廷又派人来缉拿要犯，弄得上下人等，个个紧张，谁也不愿见到张骞。因为在一般人看来，张骞是不是要犯，那是龙廷之事，与己毫不相干。可是一旦见着，又要惹下麻烦。不予捉拿，必受牵连；捉拿于他？不说背义之嫌，以其武功，又有谁敢？

张骞知那佤哲做着盘算，于是笑道：“你个商头，钻钱眼里了，讨碗水喝，也要付钱？”

“哪里。大英雄真会说笑。水，厨间才有，这你晓得。”那佤哲说着，仍不挪步。

张骞作势，向烧饭的营帐走去：“你想请我吃饭，又不好明说。遛货之人，心眼儿真多。”

那佤哲十分狼狈。他实在无计可施，以乞求的口吻说道：“张大英雄，趁现在无人，你赶快走吧，走得越远越好，再也别让我见到。我身上只有二十余金，且都与你。”

“到底朋友一场，心肠还不坏。放心好了，张骞不会连累于你，反倒送你一份功劳。你将武头叫来，我们一同去王府大帐，什么情况，我自会向王爷解释。”

那佤哲知张骞乃说话算话的真英雄，遂向厨手稍作吩咐，便疾速去了军营。

那武头随那佤哲急匆匆过来，见张骞正在用饭，便在帐外驻马等候。

不一会儿，张骞出帐，与武头互相瞟了一眼，说了声：“走吧。”便一跃上马。

三人到达王府大帐时，只见帐外有十来名卫士，牵着马儿排成一列，正在听歪嘴子布赫训话：“据实在消息，大美女卡帖娜今日在诺月部落搞‘比武招亲’。本王爷虽有两房媳妇，但美女从不嫌多。卡帖娜什么滋味，本王爷今晚就想尝尝。比武若是我赢，甚话不说；若有闪失，你们应该晓得怎么去做。只要她在我家草原，再费周折，也得将她弄到王府！”

那佤哲尚在犹豫，武头却扯直了嗓子：“禀告王爷，张骞带到！”

霎时，帐外如烧开的油锅洒进几滴冷水，噼里啪啦一片混响。吃惊、胆怯、惋惜、同情，乱叫着张骞的名字。因为互相都是熟人，大家围将上来，并未亮出兵器。

唯有布赫，大喜过望。龙廷要犯，失而复得，免去了单于对他们父子的重处。单于让呼日勒手持黄金虎皮绢传下命令，本年八月份前，若仍无张骞消息，则托力鲁草原将被削去三分之一。如是这样，也就宣告托力鲁王府的完结。而现在已进入六月底，托力鲁王府的末日近在咫尺。

“卡帖娜之事暂且放下，给我将张骞押回王府，并让左右侍卫长一同过来。”歪嘴子下着命令，并对那佤哲二人道，“商头，武头，你们送张骞有功，少不了你们的赏赐。这里没你们事了，且都回去吧。”

二人如蒙大赦，转回头就走，那佤哲低了声气：“武头，小王爷若要问起怎么获得张骞，还不好作答。张骞也是，走就走了，又回来作甚？真叫人莫名其妙。”

“他重回这里，自有他的道理，只有天晓得。只要不关我们的事，最好。”二人说着，迅速离开。

且说张骞一进王府大帐，歪嘴子劈头便问：“张马儿，这一年多，你去哪里了？女人、儿子、羊子，走个精光，到处寻你不见。你可晓得，单于为此大为生气。这次，我护不了你。”

“小王爷无须护我。请小王爷派一队人马，随我去龙廷，我向单于解释。”

“别像没事人一样。先与我说清。”

张骞若无其事：“其实非常简单。那年在都嘎部落被打跑的那些残匪，去年初春的一天半夜，突然蹿入西小黄山向我寻仇。先是掠走了我所有羊子，我去追赶掠羊的匪徒，谁知另一支藏身林中的匪徒又掳走了我的妻儿，抢光了家中所有物品。羊子我尽可不要，但妻儿必须找回。我舍命追寻，不知不觉到了千里之外万山丛林，误入羌人部落，结果被扣一年有余。”

“有谁可以做证？”

“天上的星星、月亮、太阳，地上的豺狼、虎豹、野马、黄羊，都能为我做证。”略微一顿，又道，“念在我为托力鲁草原保境安民的份儿上，请小王爷能助我一臂之力，选调锐士，剿灭托力达，夺回我妻儿。此次我孤身而回，也就这一个目的。即就小王爷不信我，硬行将我送往龙廷，我还是这话。”

歪嘴子疑信参半，委决不下，此时左右侍卫长和管家扎楞格一同进来，便道：“且先给张骞戴上木枷，放卫士营严加看管，待后再作议处。”

张骞被披枷押出，正被远远相候的诺朵瞧见，直到看着张骞被押进卫士营大帐，这才奔至两里之外一户牧民家中，向堂邑父、勒古台进行禀报。而许多看热闹的牧民，亦渐渐散去。

左侍卫长呼力泰、右侍卫长额朗，已商议妥当，押解张骞去龙廷的差事，想方设法，都要推掉。

呼力泰、额朗见张骞又成十一年前模样，不由露出一丝苦笑，关切地瞧了一眼，二人几乎同时将头别开。倒是张骞，十分坦然，像往昔一样，面带笑容，显得亲切。

歪嘴子却不讲张骞所说之事，含混道：“张骞系龙廷要犯，放在这里，总是麻烦。管他真逃假逃，还是送走为妙。让你们三人来，就谈一事：如何送法为妙？”

“此乃大事，是否问问老王爷？”呼力泰小声说道。

“老王爷是要去长生天的人，无此必要。凡事皆由本王爷做主。”

“张骞在王府草原多年，彼此相与极熟，且他杀匪灭狼，深得牧民之心，若由王爷遣人押送，多有不妥。恰好呼日勒留有三名部下在此，不若让其报知龙廷，请老国师直接派人前来押送，若是张骞跑了、死了，也与王爷无干。”额朗按预定之法，向布赫建言。

“依我之见，额朗此话可行。”扎楞格附和道。

呼力泰跟声道：“王爷放心，张骞羁押期间，我与额朗一定严加看管，不出半点儿差错。”

歪嘴子伸了个懒腰，打起呵欠：“可惜，错过了卡帖娜小娘们的比武招亲。这张骞真会坏爷的好事，迟不现身早不现身，偏偏今天这时现身，真他妈的晦气！”

几人见已无事，便皆告退。恰在此时，达斡汗、索日力骑马而来，见王府前后已无人影，便折身转回。呼力泰见是两个牧民，也不以为意，各干其事。达斡汗二人向附近牧民打听，才知张骞已被押在卫士营中。

此时，堂邑父与勒古台也在做着紧张的计议。

这哈江牧民系勒古台设在王府附近的眼线，所以一同参与计议。他首先说道：“张骞为人仗义，与王府卫士和军营里的军官尽皆相熟。我以为，王府派人押解，不太可能。即使王府派人，呼日勒留下的三名龙廷卫士必定参与。若是这样，最少也得三五日准备。如若等候龙廷派人，这一去一返，就得半月。依我看，只要盯紧那三名龙廷卫士的行踪，明后两日便见分晓。这是我的一点小见识，供酋长大人斟酌。”

“此言在理。只这呼日勒行事诡秘，对其手下定有交代。我等须得昼夜监视。今晚你们歇息，监视之责由我尽职。”堂邑父道。

勒古台早已知晓呼日勒，乃一奸诈背义恶徒，他十分认可堂邑父的做法，但在值夜之事上作了调整：“今晚子时之前，由诺朵值守，子时之后，甘父哥哥接手。王府五十丈之外尽有草丛，可于彼处匿身。今天六月二十八日，没有月亮，只有星光，有利监视，只夜间蚊子叮咬，须得谨防。”

“这事勿虑。我等西行途中，面罩、头罩、眼罩，尽有准备。”堂邑父即从怀中取出，予以展示。

堂邑父挂念张骞，哪能囫囵睡觉。不到子时，便蹑足出帐，替下诺朵。

晴朗的草原夏夜，安静如斯。天上深空繁星，稀密并不均匀。疏朗之处，粒粒可数；密集之处，亚似云团。星星大小，亦千差万别。大者光明粲然，如孩儿明眸；小者晦暗难辨，如远处火把，成团成垛。偶有淡薄白云，如迎风巨绢，从星面拂过。地上则飞虫乱舞，又无声无息。跳跃闪动的蚂蚱螳螂，则上演着生死决斗。唯有那一阵阵轻风，时不时公平地拂过每一棵草尖。

大约子时刚过，堂邑父发现，从托力鲁王府左侧走出五条人影和两匹马，虽然夜色深沉，但仍可分辨。往东北方向行约三十丈，五条人影便都停下，压低了说话声音。只片刻工夫，有两人上马，也不举火把，乘骑而去。其余三人，则折身去了王府大帐。而大帐之内，始终亮着灯光。堂邑父明白，那两人已连夜奔龙城而去。不日之内，呼日勒将会率龙廷卫士，直奔而来。回到宿处，堂邑父毫无睡意，摸索间，却惊动了勒古台："甘父哥哥，是否已经天明？"

"没有。这会儿正在丑时，你且躺下，有事天亮再说。"

勒古台却一骨碌翻身坐起："这么说，龙廷卫士搬兵去了？"

"是这样。"堂邑父看看正在酣睡的诺朵二人，将勒古台一拉，"我们到帐外说去。"

二人商议决定，趁这十余天空子，天亮之后，堂邑父去寻秦自乐，帮其迁至由天际牧场，寻一隐秘之地安定下来，以作联络接头地点。考虑到夫妻久别重逢，跟踪、解救张骞之责，只由堂邑父、勒古台担负。勒古台带诺朵先回突阿贺，然后带上张骞交付的贵重物品，去由天际牧场，将其交由昆古丽玛月伦嫂子保管。十四天后仍在此处聚合，其间监看张骞状况之责，由眼线哈江担负。

第二天晨起，堂邑父洗漱毕，便直奔诺月部落。

而在当日，达斡汗、索日力给秦自乐带回来的唯一消息是：张骞大哥被看押在卫士营，其他情况，一概不知。秦自乐除了感谢，对张骞的事前安排，半句也不敢透露。

卡帖娜却发现一件蹊跷之事。本在角落支帐的三名陌生男子，傍黑去了一趟噶彩姆土司帐篷之后，第二天便随那男孩一家，一同撤离诺月部落。她将此事告知丈夫，秦自乐也觉得诡异，细想与这些人素不相识，无恩怨交集，即就拒绝武术教习一事，又与那三名汉子何干？既然无头绪可理，也就不去想它，遂道："今后诸般行动，处处警觉就是。只要我二哥一到，我们便即刻动身，去由天际牧场隐身藏匿。待救出张骞大哥之后，即按商议路线回国。”

二人正在帐中说话，忽听帐外有人叫道：“三弟，我到了。你出来，随我去一个地方。”

秦自乐夫妇叫了声“二哥”，立即出帐，却见堂邑父倚马而待：“弟妹在家收拾，明日便就搬家。三弟且随我去一趟西小黄山牛潭谷，看看大哥曾经住过的窑洞。”

秦自乐牵出大白马，二人疾速向西驰去，看了蛛网遍布的窑洞，已经荒芜的菜地和废弃的水井，与索家三兄弟聊了片刻，在索日力家吃了顿便饭，又疾驰而回。

紧接着便是搬迁。诸般情况，不必细说。不日到了由天际牧场，蒙利克见面第一句话便问：“我家主人怎的没有一同回来？”

一提到由天际，秦自乐禁不住垂泪哽咽，语不成句。堂邑父面带戚容，说了使节队在扜弥遭狼群攻击之事。那蒙利克听罢，不由大放悲声，许久方才平复。问有无隐秘之地，蒙利克道：“离此东南八十里远的地方，有一偏僻荒原，因牧草稀疏，取水不便，无人光顾。地名就叫‘荒坑’，系无主之地。‘荒坑’地势低洼，倒有蓄水，但其水腐臭难闻，人畜饮之必病，以至死亡。”

“与其相邻者是何部落？”卡帖娜问道。

“‘荒坑’西北系为大漠，东邻噶彩姆部落，其土司名叫律巴赫，南面就是这里。”

秦自乐兀地警觉起来：“噶彩姆？那律巴赫是个甚样人物？”

“不太好说。”蒙利克道，“我讲两件事情，你们帮我判别。一是你们离开不久，他率兵来攻，意在收服我们。结果没捡到一点儿便宜，我们以少胜多，差点儿生俘其人。二是半年之后，他又上门讲和，态度十分谦恭，愿意与我们公平交易，购买我们的粮食果蔬。并称两方之间，永不言战。”

“律巴赫有一男孩，你可晓得？”卡帖娜又问。

“讲和时见过一次。年纪十七八岁，名叫麃[⑧]裕浑。长相看似彪悍，举止却像书生。据说，其师是一汉人县吏，被虏成了奴隶，原在琅艾王爷帐下，后来赏与了律巴赫。”

堂邑父心中着急：“今日已晏，还是去拜望嫂嫂。三弟，弟妹，‘荒坑’既是无主之地，明日我和三弟一块儿前去看看，带上铁锹、镬头，仿照大哥在牛潭谷沙窝打井的法子，掘出一口水井。”

秦自乐匆匆言道：“依我判断，这律巴赫实为阴险狡诈之徒。蒙利克，你得时刻不要放松警惕。”说罢，即随堂邑父驰马而去。

见到昆古丽玛月伦，堂邑父二人不便说出张骞“偷梁换柱”之计，只称途经托力鲁草原被人认出，复遭王爷捕获，他们正与勒古台联手，设法将张骞大哥救出，同返长安，云云。并将所携籽种、西域舆图和坐骑“花豹”等，一同交由玛月伦保管，以便一心去办营救之事。

不料玛月伦说道：“张骞所施之计，勒古台已告知于我。两个兄弟，不遵兄长之令，实为不该！”

堂邑父二人顿时尴尬，哑口无言。问勒古台甚时来的，玛月伦道：“昨日下午来，今天早晨走，留下一句话：让你们别着急，托力鲁王府那里，他有人盯着。我也让他带给张骞几句话：儿子张勇非常壮实。日后张骞去哪里，我就去哪里。张骞当奴隶，我就去当奴隶婆。有机会能逃就逃出来。这话我同样说与两位兄弟，见到你们大哥，将我的话转告于他。”

第二天，蒙利克早早陪着二人去“荒坑”，路上说起闲话，秦自乐问道，怎的不见由天际的那四朵鲜花。蒙利克一叹，说道，年轻人哪里耐得住寂寞，一个个都嫁人了。想到卡帖娜对自己的钟情与挚爱，秦自乐更是心疼不已。

三人掘井得水，果然清冽如泉。放眼四周，南向五里远处有一山弯，并有一片树林，伐薪取材，尽可施为，遂定于此处暂居。秦自乐欲随堂邑父同返托力鲁，堂邑父顿时生气：“大哥望你与卡帖娜团聚，此心岂不白费？以大哥之机智与武功，自救又何足道哉！一旦大哥获救，我们自会前来寻你。明日拂晓，我便离开，你们二人不必相送。”

这真是：

宽广无垠兮是你胸怀的大街，
巍然高耸兮是你忠诚的站台；
痛楚苦难而又古老的深根，
和我中华儿女一代代同在。

关关雎鸠兮是你心中的真爱，
窈窕淑女兮是你永远的等待；
酸涩苦寒而又古老的温柔，
正与痴情男女一对对对白。

欲知诸多细情，且由后文逐一分解。

注释：

①复合弓：当时匈奴的骑射武器。弓身为木与角制，弦为皮绳。此弓晴日尚可，一旦淋雨受潮，便变得疲软。

②布尔哈鲁克：一种炖鱼料。可去腥，增加鱼汤的鲜香。

③塔勒：即麋子。

④塔巴：平底锅，古为陶制食具。

⑤金特：即蜂蜜。

⑥波孜：一种发酵原料。

⑦搏克沁：即蒙语“摔跤”。

⑧麃（páo）：即麋鹿。

第八十三回　龙廷独歌张骞明志　龙城追踪甘父守义

汉武帝元朔元年（前 128）七月十一日戌时，额朗为张骞除去木枷，正要入睡，一名正在王府大帐值守的卫士，突然疾步而入，将额朗请出，轻声道：‘小王爷命你立即将张骞带到王府，连同他的换季衣服，全都带上。”

“这是要连夜押送？怎么事前没一点儿征兆。龙廷的人来此，前后也才一个时辰。他们怕什么？是怕张骞逃跑，还是怕走漏消息？此人大义，不会难为朋友，倒是半道上说不定有人舍命相救。”额朗乱想乱说了一通，还是按命令为张骞张罗着路上需用的东西，包括水袋、食袋等。

额朗为张骞重新戴上刑具：“龙廷要人，这是没法子的事。龙廷那些人不比我们，你得当心，该服软时服个软，其实也没有什么。太犟了，你自己吃亏。”

“人总得要有骨气。放心，只要单于不下刀子，我一时还死不了。”张骞非常坦然。

帐中的其他卫士，皆目送张骞走出帐门。

王府大帐门前，停着一辆槛车，车辕上竟然套了两匹马。一名陌生卫士坐在驾位上，似要立刻出发的样子。月光下看不清他的面孔，见张骞从侧旁而来，看都不看一眼。

额朗拎着包袱，说道：“喂，将槛门打开，我把东西放进去。”

那人动也不动：“你是张骞什么人？真是多管闲事！”

额朗无名之火立时窜起："我是什么人，你管得着？你又是什么人？仗谁的势，这么横！"

张骞从额朗手中将包袱拎过，一扔，放在车顶，一边将其系住，一边劝道："你们二人，一方是王府卫士长，一方是龙廷卫士，都是厉害人物，不必为我而伤了和气。我张骞算什么？一名囚犯而已。小王爷还在等着呐，我们赶快进去。"拽了额朗就走。

背后犹听那名卫士独自嘟囔："真是奇怪，一个卫士长，竟然替囚犯拎着包袱。"

踏入大帐，张骞第一眼便看到呼日勒，发现他苍老了许多。头发稀疏，眼泡下垂，满脸沟壑，腰背佝偻，显得更其矮矬丑陋。只那目光，反而更加阴鸷，看着瘆人。

"大哥，转来转去，想不到又见面了。真是时光不饶人，大哥也已见老。十多年的岁月，就这样被你白白浪费，小弟实在为你惋惜。"呼日勒煞有介事，假惺惺地说道。

张骞不屑理他，向旁边叉开一步，给了他一个后脑勺。

歪嘴子却大为光火："张马儿，你好大胆子，竟敢用谎话欺骗本王！你们一行十人经过缅捏土司草场向西去了哪里？你见过监国利度削大人之后，又去了哪里？今日若非呼日勒大卫士将详情告知于我，本王至今还被你蒙在鼓里！说，你将你的女人、孩子藏在什么地方，你的那些部下现在都在哪里？你现在说了，本王爷可以求情，让你仍回西小黄山过你的快活日子。"

"布赫王爷，我奉吾皇之命，西行寻找大月氏，有什么错？我们各为其主，此理你应该明白。我的妻儿确乎陷入羌人之手，也是事实。至于我的那些兄弟，王爷尽可率人去乱石滩寻找。"张骞义正词严，掷地有声。

"说，你和大月氏有什么勾结？是否做下不利于匈奴之事？"

"王爷，此事不提也则罢了。若要提及，我真替大月氏寒心。两次大战，两次败北，现在所剩不足万人，兵力不足两千，王妃伊木罕懦弱无能，全由监国利度削控制。我就有想法，能与利度削说去？见面不到半个时辰，便就离去。而恰在此时，我的部下、妻儿便遭羌人围攻。此一番周折，耗掉我许多时光。后来历尽艰辛，孤身返回，不料王爷如此待我。"

“本王爷不想与你闲扯。有甚话，你跟单于去说。”

呼日勒却喜形于色：“大哥，这么说，你的部下都死光了？连二哥也不在了？大哥，你真是命大。不过，我这里还有一个‘好消息’告诉你，你派往回国的朱厚良、原有才、魏田林、方峒秋、孟慎、石舛、尤习重、先偃、商禾九个人，用你们的话说，也全都殉国了。”

张骞双目喷火，逼视着呼日勒，恨不得一脚踢死这个卖友求荣的无耻之徒。想到堂邑父与秦自乐，他强忍悲愤，不予理会。

呼日勒本来算计，设法激怒张骞，趁机弄残他一条胳膊或腿脚，押送的路上便放心多了。哪知张骞却不上当，瞪了两眼，却无任何动作。

即就瞪眼逼视，也使呼日勒感到心惊胆战。他只求赶快上路，早一天赶回龙城交差领赏，于是道：“布赫王爷还有甚事？没事我们就走了。”

那歪嘴子恨不得立刻甩掉张骞。他对单于的赏赐已不抱希望，只求能保住地盘即可。所以立即回道：“大卫士来去匆匆，未曾好好招待，还请见谅。”又对管家道，“扎楞格，去取五十金，权当程仪，望大卫士笑纳，勿嫌礼薄。”最后面对两卫士长，“呼力泰、额朗，你二人将张骞押出，勿烦大卫士动手。”走出帐外，看着八名龙廷卫士押着张骞如飞远去，这才回帐，长长地伸了一个懒腰，“今晚可以搂着女人，安心地睡上一觉。”

张骞未曾料到，呼日勒竟然走上了匈奴大军南侵的官道，所以行进的速度很快。有时半夜出发，有时午后起程，行踪十分诡秘。

一路之上，无人跟踪。除了偶遇王爷、部落的军队，打个照面，即快马驰过，再也没有碰见别人。加之离龙城日近，呼日勒渐次胆大起来，每逢大小浩特，便要弄个酒醉饭饱。对于张骞，因为单于有不许虐待的吩咐，除却不给酒喝，饭食能保证七八成饱，美其名曰，看在结义大哥的情分，饭食管够。

张骞从不与呼日勒搭话。有时观察记忆着匈奴军队行军的路径，有时想着家乡的山川河流、斗山书院的求学经历，以及许多的人和事，有时又猜想着堂邑父和秦自乐的近况，不知他们是否已经返程回到长安，或在回长安的路上。而妻子昆古丽玛月伦，是一个意志非常坚强的女人。他相信她，在他又一次被俘之后，会带好儿子，耐心等他。说不定，一旦晓得他的下落，会带上孩子前来寻他。想到此处，他的心情又陷入极为矛盾之中。既希望能在某一天突然见到她，又不愿她孤身一人还带着幼子，在荒漠草原上冒险而行。

第七天上午，槛车进入额尔浑河官道。这是张骞第一次被俘时经过的地方，凉飕飕的草原风迎面刮来，有一种沁人的瘆凉。上次被俘人员较多，一长串槛车吱吱嘎嘎慢摇而行。这次唯他一人，加之双辕快马，所以行速很快。只是官道失修，凹凸不平，槛车东摇西晃，颠得非常厉害，张骞不得不抓牢车体，避免翻滚。呼日勒见状尖声笑道：“大哥，挺舒服是吧？你可不能忘了小弟这份情义。”那驾辕卫士恶作剧地挥鞭催马：“张大使，人们都说你非常厉害，怎的还需用手抓车？不过，待会儿上了色楞格河大道，就‘享受’不到此种优待。到了傍晚，你便将由槛车换监牢，‘享受’龙廷为你准备的特种待遇。”一些卫士亦将张骞当作取乐对象，说张骞也是龙廷监舍老人了，牢饭吃得忒香，何需别人介绍，云云。果然，午后便上了色楞格河官道，因是通往都城，道路宽阔平整，时见披枷奴隶填坑铲凸，见张骞槛车驰过，亦不敢抬头张望。偶有劳作稍慢、偏脸而视者，当头即有监头挥鞭而下。张骞窥之，见奴隶中多为汉俘，其中不乏老弱者，不由得心中大恸。之前的和亲绥靖之策，并未减轻大汉边民所受劫掠之苦，他暗寄希望于年轻有为的大汉皇帝能够厉兵秣马，训练出一支所向披靡、无坚不摧的神勇军队，雪国耻，安边民，通西域，求繁荣。

色楞格河一如以前模样，湍急处汹涌澎湃，喧豗激越；平缓处水若镜面、碧蓝映天。张骞想象着，有朝一日能亲率一支汉军锐士，在此一展雄风，将单于等作恶者尽灭之。

驰行约二百里，时已黄昏，眼及之处的龙城，笼罩在炊烟摇曳氤氲之气中。槛车仍从南门入城，此时街上行人寥寥，呼日勒不令减速，直奔龙廷监狱。

呼日勒与监狱狱酋交接完毕，说了句“张大哥大使，小弟恕不奉陪”，便扬长而去。

孰料，此次与上次大为不同。每日为他送饭盛水的狱卒是个聋子，张骞与其以手势相问，其亦不予理会。每日陪他去茅房屙屎尿尿者是一哑巴（也不知是真哑假哑），与他亦不作任何交流。牢房系为新辟，单人单间，四顾并无其他囚房。守卒一日三班，每班四人，驻守地方离他四丈开外，更是从不与他搭话。张骞犹如生活在一个无声的世界，昼夜一片静寂。

而且，此次军臣单于并不急着见他。那老国师似乎也甚不在意，好像完全忘掉了张骞这码事，见不着龙廷派来的半只人影。从七月十八日晚间入狱，到十月初一，两个多月过去，仍不知任何消息。外面的两次降雪，张骞只能从聋子狱卒身上的雪花看出。两个多月的接触，张骞感到此人心眼不坏。从为他换下的脏衣进行洗涤，到寒冷天气送来的饭菜仍然温热，张骞每次都要伸出大拇指，予以称赞。渐渐地，聋子狱卒从最初的漠然而视，到露出笑脸，向他连摇双手，示意衣服并非亲手清洗，饭菜系他人所做。张骞以右手中指、食指交叉于炕上快速行进，并道："我夸你走道快速。为使饭菜不致冷却，只埋头行走，并不磨蹭，不因我是汉人囚奴就故意怠慢。"

那聋子狱卒前后左右看了看，见守卒在房里掩门闹腾，胡扯乱语，遂微微一笑，耳语般说道："张大使，你可能不知，龙廷卫士捉你之前，老国师便做了措置，我因耳背，平时规矩做人，便与哑巴照看你的饮食起居。那些看守的武士，并非狱内人员，没人认识他们。龙廷单于传下话说，谁也不许与你接触，不能与你搭言讲话。一旦发现，鞭笞五十，劳役一年，永不叙用。张大使，我敬你是条好汉，狱内本无为囚洗衣一条，但我接了，让我的婆娘为你打理。两个多月以来，单于的软刀子并未杀掉你的锐气和意志，每天晨练内功，一次马桩两个时辰，午时背诵诗文，下午又吟唱各种曲调。我虽耳背不知，但那些看守你的武士，无不惊异，大为佩服，只是因为纪律，不敢与你接近。"说罢，转身即去。

这狱卒看似耳背，语言却甚是流利，身法亦矫健机灵。赤红的脸膛，高大的体型，配以一双频频闪动的眼睛，一圈卷曲的黑须，不着龙廷狱卒的统一着装，咋看也直似一个彪悍的匈奴牧民，或者是一龙廷卫士。张骞无法得知此人名字，更无从晓得他的经历，但他断定，此人有着很不一般的过去。后来，张骞被押至真哈烈王爷处做挖井奴隶时，才知匈奴常见刑罚中除了鞭刑外，还有剜眼（剜去一只，不影响劳作）、贯耳（轻者刺穿一只耳孔，重者双耳皆刺，完全失聪）、刖鼻、剁指（专对偷盗者）、去势（割掉阴茎）等诸种刑罚。那时回忆起失聪狱卒，定是受过贯耳之刑，大概因其听了不该听到的权势人物之语。若是先天失聪，就根本不会说话。

张骞由此明白，他虽独处一囚室，每日每时仍受着监视。他仔细察看囚房，亚似西小黄山的窑洞，只是这里纵深更深。好像先掏出一个深洞，然后在最里边造出一间牢房。牢房背倚洞壁，前方左右墙壁皆为石砌，且厚。左右地面长八步，而洞壁到槛门仅六步，除去三尺宽的小土炕，以及旮旯里的便桶、脸盆，其余才是他的活动空间。炕洞却在右墙之外，什么时辰烧炕，烧多长时辰，全由哑巴狱卒掌握，倘哑巴有事或者忘记，张骞就只好冻着（七月后的北方，晚间已经较冷，烧炕并不稀奇）。牢门则在左前墙拐，很窄，仅容一人通过，且为铜制，齐肩处有一送饭方孔，平时用铜板从外面插死。牢房之外有一条可容二人并行的通道，因为即在晴日亦较昏暗，所以昼夜亮着一只油脂灯盏。最奇怪的是“窗户”。左右各一眼，前边各二眼，修得如城墙垛上的箭孔，只不过是反其道而行之，拳头大的孔眼留在外面，里边是一方形喇叭，外边的人向里看时，里边的人往往不易察觉。囚室整日见不到天光，只在午后才能看到左边孔眼里射进一束宝贵的阳光。而且，哑巴和聋子，以及看守武士，每次也只从左方进出。

张骞由此断定，他的囚房位置，是坐南向北。看来，军臣单于为了收降他，可谓花尽了心思。

这是一场意志与意志的较量，毅力与决心的角斗。没有刀光剑影，没有杀伐之声，却处处都有陷阱，时时都进行着格杀。表象看似是他一个人的战争，实际上是军臣单于妄图通过收服他，借此羞辱大汉皇帝，打击汉军的士气，鼓舞匈奴官兵的士气。

十一年未见的军臣单于，变得更加阴险，更加老谋深算。

一旦看穿了敌酋阴谋，张骞便开始重新谋划对策。在既无场地供他演习武艺，又无笔墨羊皮卷供他辑录见闻，更无经史典籍供他研读之情景下，如何度过狱中长长岁月，成了他的要务。他必须保证自己，既要活得踏实，又要活得充实。

仅是西域诸国流传的《摩诃兜勒》大曲[①]，张骞通过回忆、比较、增删、试唱，到最后定型，就花掉将近两个月时日，使之更加威武雄壮、明快有力。此曲后来成为汉军军歌，在边塞军民中广为传唱，成为民族文化交流的一朵奇葩。

转眼之间，到了十月初二。这天，不知是哑巴忙着与家人团聚，或是到别家走亲戚，晚间没有烧炕。在这日渐寒冷的天气里，张骞只好在有限的空间中反身折身，捶壁蹬地，走拳御寒。直到早饭罢，聋子送来一盂炖羊肉、一沓麦饼、一土壶尚温的马奶子酒，作为他的早饭。趁着等候张骞取其食具的工夫，将炕洞中的柴棒慢慢引着。

恰在此时，囚房之外进来六名龙廷卫士，提着刑枷，喝令打开牢门。

一位虎背熊腰、圆头圆脸的雄壮武士踏步而入："你是汉廷大使张骞？"

张骞继续嚼着麦饼、喝着肉汤，只略点了点头。

"汉大使休得无礼。此乃龙廷左侍卫长向你问话！"一随从武士大声喝道。

张骞一口喝干盂中羊汤，笑道："尔既有礼，又何必一副凶巴巴的模样？你若吓坏了我肚中之食，这饭岂不白吃？"

"张大使不必如此计较。我叫宝日盖特罕[②]，忝任左侍卫长方才数月。今日奉大单于之令，请你赴龙廷寿宴，我们即刻就走！"说着，便让手下取出木枷头套，准备为张骞戴上。

张骞本来圈坐炕上用餐，见此"呼"地在炕上站起："既是相请，怎的又以头套木枷相辱？此等请客之法，实乃天下奇闻！回去告诉你家主子，张骞不去！若是硬性坚持此等请法，就将这颗项上人头拿去！这样，你家主子也好美名传遍天下。"张骞语从腹出，震得牢房四处颤动，众人耳朵嗡嗡作响。

这等内功，使众人惊骇不已。一众卫士面面相觑，望着这位新任不久的左侍卫长。

宝日盖特罕犹豫了。硬骨头张骞的故事，可以说在龙廷卫士中无人不晓。如果硬来，只会把事弄得更糟。十一年前，仅因汉服番服之争，几乎将事搞砸，最后还是依了张骞。而在龙廷，张骞因拒绝向单于下跪，当时一脚能踹折牛腿的左侍卫长托乌坎达，仗恃武功非凡，狠力踢向张骞腿肚，结果自取其辱，反使自己骨裂疼痛难忍，百天之后方才治愈。但最终还是留下了病根，慢行不见有疾，一快便显微跛。此次又是呼日勒向单于出此馊主意，临了又推故裤裆病重犯，不予照面。他竭力回忆单于之令，里面有"礼请"二字，既是礼请，这种做法便就不妥，搁谁也会拒绝。遂道："是我失了礼数，请张大使见谅。现在可否随我们同去？"

"等等。不知你家主人此次欲将我发落何处？让我将行李略作收拾。"张骞道。

"我看不必。单于只说请你赴宴，其他并无吩咐。"

张骞明白，此宴并非好宴，犹似项羽当年之鸿门宴会，老国师便是那个主谋范曾③。不过，他连死都不怕，又何惧其他？遂坦然而往。

不过，宝日盖特犁并未将他押向宴会场所，而是押进了龙廷大帐。

帐内一切，仍如十一年前。只是军臣单于明显见老，少了轩昂气势，多了智谋思虑；少了威严，多了庄严。在张骞打量他时，单于亦打量着张骞，见这位汉使已经变得两鬓苍苍，面容黑红粗糙，但目光仍是那么坚毅。他心中一凛，直截了当地问道："张骞，这一年多你们都去了哪里？既然已经逃离托力鲁草原，缘何又回来自投罗网？此举令人费解。"

"我去了哪里，大概不用我在这里饶舌。月氏国的监国利度削，西部土司府的缅捏土司，想来早就向龙廷报告了我的去向。作为一国使臣，就应以完成使命为己任。吾皇既命我出使大月氏，我虽知大月氏乃匈奴敌国，我也得寻出一个究竟与结果。至于说我逃离托力鲁草原，此种说法完全不确。这次我是回家，准备重建家园。谁知我被视作逃跑要犯，关押到这里。"张骞坚持只说自己，不说"我们"，不让单于钻一点空子。

"不对吧？张骞，有人看到，你们一行十人向西而去，怎的只你一人回转？"

"大单于不提此情也则罢了，此乃张骞终生伤情之事。大单于可曾记得，当年贵国派大军西征大月氏时，两千先锋武士遭大批狼群攻击之后，仅有七百余骑逃得性命？那西域之地，千里荒无人烟，除了虎、豹，完全是狼群、狮群、象群、毒蛇毒虫的天下，而且极易迷惑走失，殉难者比比皆是，令人哀甚。"张骞说着说着，不禁声带哽咽，双目垂泪。

军臣单于将信将疑。他从呼日勒禀报中得知，此次押送张骞途中，并无汉使使节一人出现，从张骞之真情流露上看，也并非作假。但从此人二次入狱察之，其守节之骨气，其坚韧之意志，绝非常人可比。想到与汉之新皇刘彻即将爆发的大比拼，张骞此人只可允其降，不可杀更不可放。他怀着最后的希望道："张骞，你真是一条汉子，进监多日，仍天天歌唱。你若乐意，给你换个地方，天天美酒美女，日日高车驷马，让你的歌声传遍四方。"

"呃，大单于休怪我不知好歹。我的歌，只唱给聋子、哑巴。他们每日为我服务，我身无分文，只能以歌表达谢意。这里既无聋子，又无哑巴，我唱给谁听？依我之见，今日这龙廷寿宴我还是免了，不管以囚犯，还是以奴隶之名，都有辱于我，也有辱于单于你。”

张骞软中带刺的讥讽，让军臣单于恨怒交加，却又无法驳斥。大帐内顿时陷入沉寂。老国师不得不起身言道：“十一年来未见，张骞倒成了辩才，老夫真是小看了你。不过，老夫可以告知于你。我大匈奴不但讲礼，而且最讲义气。寿宴期间，你仍是汉国大使，至于寿宴之后什么身份，全取决于你自己。或人上人，或阶下囚，全在你一念之间。若能在龙廷与老朽共商天下大事，大单于必派得力将军，去羌人部落将贵夫人与贵公子寻回。如若不然，今后恐怕你连与聋子、哑巴为伴也不可能。到时候，你的歌只能唱给你自己听。”

张骞的头脑开始飞速运转，这龙廷寿宴，去还是不去？去，可以见到匈奴高层众多敌手，从侧面了解到他们不同的性格与智能，是一难得的机会。不利的是，那些潜伏于长安的匈奴细作，会乘机大造谣言，说他张某人与单于共聚一宴，相谈甚欢，从而引起汉皇的猜疑与震怒。不去，可以不给敌人以可乘之机，不受污名之嫌，但了解高层敌手的机会，从此失去。谋定之后，朗声道：“老国师如此从权处理，张骞愿忝末座。至于今后何去何从，是何结果，无须国师指路 人死无非一堆白骨，谁又识得白骨是张某、王某、李某？英名也罢，骂名也罢 且让后人评说！”

这话看似含混，实则看什么人从什么角度予以体味。于敌，单于与国师不禁心生希望，认为囚禁之法获得了效果，之前逆语，只不过是发发怨气；于张骞，这是为国与敌进行的另一番暗斗，虽然一次宴会不能详细掌握上层敌情，但总比茫然无知要好。他日如有机会向皇帝详解，谣言也就不攻自破。

其实，龙廷寿宴并未为张骞设座。以寿宴之名相请，原是对张骞的试探与羞辱。单于与国师密议认为，此人要降，十一年前便就降了，以其骨气，此次必定严词拒赴。孰料张骞应了下来。老国师急忙招呼宝日盖特罕，如此这般，吩咐一番。

在西域，张骞以国宾身份，参加过各国各种场面的国宴，皆有歌舞助兴，并由此听到了与汉地完全不同风格的《摩诃兜勒》大曲，以及风韵完全不同的舞蹈和炫技（魔术），尚不知匈奴国宴将是什么样子。

单于的寿宴规模不大，主座军臣单于，挨下老国师与小单于（太子）。因宴会大帐坐北向南，所以左在东、右居西，座位依次为左右贤王、左右谷蠡王、左右骨都侯、左右大将军、左右大都尉、左右大当户，张骞末座在右，对面为左侍卫长，总计十七人。除军臣单于由三名美女相侍，余者皆为二人，其中一女侍酒，一女侍巾。侍酒者随时取卮、筛酒、递卮；侍巾者随时换递湿巾揩手，并清理骨渣残物。

亦有鼓乐歌舞。鼓以牛皮大鼓为主，伴以羯鼓④、骨笛、高胡之类乐器。舞者则边跳边唱，女舞身带佩铃或腰挎羯鼓，动作舒展大方，歌声婉转悠扬；男舞则分刀舞、戟舞、跤舞，动作果敢流畅，歌声高亢嘹亮。歌舞毕，便从小单于於单开始，向大单于献歌，全是一些谀美之词。

在场者除去宝日盖特罕和自己（估计是临时凑合），全都是叱咤风云的匈奴上层人物，张骞观察得十分仔细。小单于於单年约二十岁，身体狼犺，相貌平平，其歌词一无文采，二无气势，不像一国储君，更像某一富家纨绔子弟，倘此人将来执掌匈奴权柄，绝非大汉皇帝对手。倒是左谷蠡王伊稚斜，他是军臣单于的弟弟，年在四十左右，鹰眼钩鼻，脸长嘴阔，一副枭雄面孔，其歌充满杀伐戾气。而右贤王所关注的，是草原牧民生活的富足安定。余者皆以歌颂单于之英明神武为基准，并借此表露各自的战功，希望在新的战争中有更多斩获，意向对付大汉，目的毫不掩饰。

左侍卫长因是首次参加最高级别宴会，显得手足无措，唱了一首不知从什么地方捡来的雄鹰之歌，应付过去。军臣单于反倒报以掌声，以示赞许。大伙儿见单于鼓掌，亦随之拍手叫好。把那宝日盖特罕感动得涕泪交流，离座匍匐于地，久久方起。

张骞立即识破了军臣单于的心机。一则以此收买死忠之士，二则以此警示于他，只要改弦更张，那么在匈奴高层核心，便有他一席之位。好与赖，全在他最后一唱。

掌声过后，敌酋们“唰”地将目光投向于地。

面对这群酿祸人间的敌酋，张骞恨不能重剑在手，虽粉身碎骨，亦要将其悉数斩杀。但今日的现场他难达目的，且不说帐外无数的武士，单是末座的距离，便受到极大限制。于是他离座一揖道：“看来，今日我若无歌，便是失礼。我且以《我以我心烛照大汉》以明志，请单于知张骞无贰臣之意。”语毕，以《摩诃兜勒》曲放声而唱：

汉江游子兮驭罡风而西征，
视死如归兮立傲骨而奋进；
为奴十载兮视富贵为草芥，
鞭笞如饴兮寝荒原而神定。

我以我心烛照大汉兮浩若玉镜⑤，
他乡他域秋事寒声兮叠鼓飞鹰；
故地故园父老乡亲兮梦中念中，
或生或死倚空千嶂兮挥手弦声。

自兹去矣岁晚争笑，
囚奴张骞兮当筵虎贲；
命兮运兮上达天听，
潇洒沥血兮无悔今生！

一曲三折，昂扬亢奋，如虎啸龙吟，帐内帐外，一时噤声。张骞又抱拳一揖：“我系汉臣，又为汉使，当受汉皇驱走西域之命。我若另生二心，即令单于，亦当为之不耻。谢单于寿宴，请仍送我回囚室。若斩杀，我自引颈受戮：或流放，我自甘为奴。”

军臣单于用尽手段，难达所望，脸色顿时阴沉，一挥手，怒道：“我成全你之名节，自此不复再见！老国师，具体由你发落。”

宝日盖特罕立即将张骞押出帐外，披上刑具，并道：“张骞，你真是一条血性汉子。大单于的重臣都不入眼，有你的苦楚可受。”

张骞凛然道：“苦楚有什么可怕？大不了一死了结！”随之，被押往牢房。

此时，老国师向军臣单于施礼以道：“容老臣启禀，对于张骞的处置，有三不宜：其一，不宜立即施以刑罚，寿宴刚罢，即施人重刑，庆寿以戾气始，不祥；其二，不宜格杀，但凡忠贞之人，杀之于己不祥；若是旷世忠臣，杀之则于国不祥；其三，不宜再返托力鲁王府，据臣所知，张骞此人义勇忠直，深得牧民拥戴，彼处十年，人人敬之。我意将其发落于真哈烈王府，任掘井之劳役，不使与民相交接。再则，真哈烈王爷系储君表舅，如此重要人质交付于他，彼当尽心尽责。为此，我已预做安置，狱中看守张骞之兵士，实为真哈烈王府之武士。可将其押解北地。于此以告我主得知。”

“一切但凭国师——”一句话未完，军臣单于突觉一阵眩晕，半边身子亦渐感麻木。於单见势不妙，上前将父扶住，对众人说道：“单于累了，需要歇息，其他人暂退，国师留下。”

龙廷里自是一番忙乱。

而张骞重被押回，已日渐西坠，阳光被寒气裹挟，带着冰凉的冷漠，滑过所有人的脸庞。北风趁时崛起，坚定地掀开人们的衣服，将浸骨的寒枪强行刺入。街上行人很少，马儿的踢踏之声格外响亮。在这秋日时节，乍见龙廷卫士多人押着一名披枷汉俘，从龙廷方向前往龙廷监狱，皆感好奇，不禁注目相睹。张骞心中坦然，亦含笑相迎。

倏地，他陡然一惊，目光与另一双稔熟的目光撞在一起：堂邑父！他这舍生忘死的二弟，怎的出现在龙城？

却说当时堂邑父赶急返回托力鲁草原，刚好第十四天午后，他一头打入那个名叫哈江的眼线家里，开口便问：“呼日勒率龙廷卫士是否来过？走了没有？我大哥是否还在王府关着？”

“堂英雄，你先坐下。”那哈江递来一碗奶茶，“我刚打听到确实消息，昨日傍晚，呼日勒带领四名龙廷卫士，鬼鬼祟祟悄悄摸黑进了王府，据说饭都没吃，便驾起双辕槛车，乘着夜色，将张骞大哥飞一般押起。今天上午，王府里的人看到没了那三个龙廷卫士，才知人家连夜走了。得知消息，我特别着急，想去告知我家族长，又怕堂英雄寻来，找不见我。这下好了，你一来，我便可以立即去南拐把子河草原。”哈江认镫上马，又道，“堂英雄，你先候着，说不定，半道上便会碰到我家族长。”

“喂，你还没有告诉我，我大哥被押往哪个方向？”

“哎呀，坏了！我是从王府一个厨子那里获得的消息。这事儿我问过，哥子说，具体方向，王府里只有歪嘴子王爷、管家和左右卫士长晓得。这事儿弄的，咋办才好？”

“算了，此事不能怪你。如你所说，若是双辕驾车，从昨夜到现在，至少已走出五百多里，无论从哪个方向，也难赶上。你告诉你家主人，他就不必去了，我在这里稍做准备，直接去龙城。”

“龙城我没去过，我家族长也未曾去过。堂英雄，万一勒古台族长问到你住龙城什么地方，我该怎么说？我家族长的脾性你可能不晓得，张骞大哥的大恩，那是非报不可的。我们突阿贺族人，无论上下，也都会一致赞同。突阿贺人现在无人敢随便欺侮，都是因为张骞大哥的帮助。”

堂邑父一下愣住：是呀，去龙城住什么地方？张骞大哥被押龙城，肯定会先关进龙廷监牢，不会立即押往龙廷，去见单于。一旦关入牢房，单于甚时召见大哥，谁也不知准数。或三五天，或三五个月，甚至半年一年，都有可能。若时日太久，久住客栈，必让人起疑。唯一可去的地方，只有九年前的老岳丈呼巴贺家。可是按照匈奴人的习俗，纵然嘎女子已经另嫁他人，本丈夫一旦回来，现在的男人便得离开。堂邑父不想破坏嘎女子的婚姻，可又需要一种身份的掩护及帮助，特别是呼日勒这只龙廷鹰犬，时刻须得警惕。思来想去，也只能走一步看一步。于是道：“你告诉你家族长，他若问将起来，我就在龙城大马街祥和饭庄歇着，主人叫呼巴贺。”

见哈江如飞而去，堂邑父即刻灌满了几只水袋，取了些现成干粮和油脂火把，掩了门，干脆从官道向龙城进发，一路晓行夜宿，遇店住店，顺便打听有无槛车北行的消息。第三日傍晚，在一处不大的浩特，居然得知龙廷八名卫士赶着一辆槛车，从官道疾行北进，比他整整快了一天的日程。

堂邑父极为振奋。这么说，他误行误撞，方向路线正好对头，三天之中，已经赶过一夜的路程。依此估算，在呼日勒到达龙城之前，便可见到张大哥的槛车，纵使无法施救，也能晓得其具体下落，以利之后的监视。

第七日黄昏，在相距龙城二十里地的色楞格河大道，堂邑父看到囚禁张骞的槛车，呼日勒紧跟在槛车后面，一双贼眼，前后不时地盯着。此时全是回城赶路之人，堂邑父混迹其中，不远不近地跟着槛车，倒也没有被发现。

入城之后，情况则大相径庭，回城之人四散走开，街上行人十分稀落，堂邑父只能远远相跟，直到看着囚车进了龙廷监狱，这才随便找了家客栈住下。

想到多年未见的嘎女子，堂邑父的心中可谓五味杂陈。昔日的情景，一宗宗一件件都呈现在眼前，那么的清晰、那么的真切，禁不住丝丝柔情从心中升起。他当然不能就这样肮里肮脏地去见嘎女子和她的父亲，他得找地方彻底打理一番，再换上一身新衣，然后再给嘎女子和呼巴贺买上一身名贵的衣服，作为见面礼。如果嘎女子已经另嫁，那么他就祝福她；如果她还在等着，那么他就娶了她。然后给呼巴贺一笔钱养老，带着嘎女子和张大哥及大嫂一道，去汉地生活。当然，还有三弟秦自乐及弟妹卡帖娜。三个匈奴女人在一起，肯定不寂寞。乱想之中，堂邑父突然感到许多事都非常奇妙。若非遇到张骞大哥，若非加入大汉使节队，他也许会与许多匈奴汉子一样，极其平庸地度过一生，见不到那么多的生死离别，经受不到那么多大苦大难，看不到那么多稀奇古怪的国家、稀奇古怪的东西，也不会碰上嘎女子。迷迷糊糊，不觉一夜过去。

第二天中午，堂邑父一切收拾齐整，怀着忐忑不安的心情，来到大马街祥和饭庄。店门外将乌骓马往拴马桩上一系，正准备入店，不料那乌骓马竟嘶鸣不已，拽着缰绳，也要随他入内。

这么多年过去，乌骓马竟然记得这个地方！

听得马叫，店里走出一个粗壮汉子："客官，怎么回事？你这马儿是否没喂草料？"

"不是。是我这马儿认得这家店面和这家主人。"

"我便是这家店主，怎的如此陌生？"

堂邑父顿时明白怎么回事，立即解下缰绳，便欲离开："多年没来，或许我这马儿认错了地方。对不起，我这就走，去别处看看。"

这时，里边传出嘎女子的声音："巴赫，外面怎么回事，怎会有马的叫声？"

"来了一位骑乌骓马的客官，那马好像认得这地方，要随客官一同进店。客官说马儿认错了地方，正准备离开，我也不好强留。"

嘎女子一听"乌骓马"三字，几步奔将出来，一见果然是日思夜想的"甘扶"（堂邑父)，不由得悲喜交加，一头扑进堂邑父怀里，一双拳头在他身上乱捶乱打：“你个害人的冤家，我当你将我彻底忘了，再也不回来了。九年多了，这时才回家见我。你晓不晓得，我等了你整整六年！两年多前，阿爸去了长生天，剩下我孤苦一人，我实在无法支撑，才让巴赫跟了我。”又拉过那粗壮汉子，“巴赫，这就是我经常跟你说的，当年英雄大会上的大英雄‘甘扶’哥哥。”

巴赫显得尴尬，拘谨又很是敬畏，规规矩矩地说道：“‘甘扶’哥哥，你才是这里的一家之主。哥哥将缰绳与我，请哥哥进屋说话。”

店里的食客全都停了吃喝，十分惊讶地打量着女主人的“前夫”，有几位老人认出了堂邑父，见他一身穿戴如此阔气，竟然不敢大声说话。

堂邑父看了看巴赫。长得倒还齐整，眼睛小点，却满是笑意，圆鼻头阔嘴巴给人以实诚感觉，年可三十余岁，看似浑身有力。只是不知品性如何，配嘎女子倒也差强人意。他想，只要这人一心对待嘎女子，他乐意成全他们。所以，当下午打烊之后，三人坐在一起的时候，他首先了解了巴赫的身世。原来竟是一个苦命人儿。八岁以前，他与父母生活在额塞王爷一个部落，其父随匈奴军队征战汉地云中，结果战死沙场，头人趁机将其母和家产霸占，将巴赫当作牧奴使唤。年纪稍长，巴赫逃了出来，在草原四处流浪。有几次，骑痞、托力达要其入伙，巴赫不愿意干那杀人越货的黑心勾当，最后流落到龙城，靠做零工为生。呼卫贺见其老实本分，腿脚麻利，又有一把子力气，便将他召进店里，作为徒工，管吃管住。后来便招其为婿，并讲好条件，家业属嘎女子，若“甘扶”（堂邑父）回来，巴赫仍做店工，寻一女子，另行成家。

得知此情之后，堂邑父断然道：“巴赫兄弟不是外人，又无外心，我就实说了吧。此次来到龙城，主要还是为了解救我的结义大哥张骞。嘎女子晓得，无论在匈奴、在大汉，张骞都是旷世奇男子，上至皇帝、单于，下至普通百姓、牧民，对他都十分敬重，我能与他成为生死弟兄，是我一生的荣耀。前些时日，我以大汉使节队副使身份，随他和我的三弟秦自乐以及其他几名兄弟，出使去了西域各国。为使我和三弟回到长安，达到麻痹单于和众王爷的目的，张骞大哥已于昨日被押入龙城，关进了龙廷监狱。大哥如此抛妻弃子舍身为我，我若贪图安全富贵而置大义于不顾，岂非猪狗不如！活着又有什么意思？彼时非但我自己瞧不起自己，就你嘎女子也会羞于与我来往，更遑论夫妻之情。所以，来此之前，我做了两个打算：第一，长住。不管半年一年，两年三年，等待龙廷单于将我大哥发落于何地，直到将他救出，凭我们兄弟三人的本领，就是龙廷卫士，也奈何不了我们。第二，嘎女子你若没有成亲，且你愿意舍家弃业随我漂泊，届时就随我们，还有嫂子和弟妹，一同去汉地，过一种与这里完全不同的生活。”

话到此处，他特别注意地看了看嘎女子的神态，见她满脸的迷茫和无措，没有嫂子玛月伦的那种坚毅和果敢，于是心下明白，立即转换了口气：“嘎女子，我很替你高兴，有了适合你自己的男人。巴赫兄弟是个苦命人，他会疼惜你，疼惜这个家庭。不能因为我的出现，拆散你们的美满婚姻；更不能因为匈奴那种习俗，去干违背心意之事。好了，不说了，我仍是你们的客人，巴赫你仍是这里的主人。”随即取出两套新衣，“这套衣服原是准备送给阿爸的，阿爸去了长生天，那就转赠予巴赫兄弟。两套衣服，不成敬意，算是哥哥送给你们夫妻二人的一份祝福。”

那巴赫放下心来，自是万分高兴：“巴赫已无其他亲人，请哥哥认下我这个弟弟。”说着，双膝跪地，一个头叩将下去。堂邑父倒也撇脱，一伸手，将其提起：“弟弟请起，哥哥认下就是。”

嘎女子明白，她深爱的男人，不会为她而舍去大义，而她自己也从未想过离开这生她养她的地方，去过提心吊胆的生活。但要让她与他只以兄妹相待，又实不甘心，于是决然道：“当着巴赫之面，我只说一事，按匈奴人之俗，你要和巴赫真正成为兄弟，你我之间便不能只有夫妻之名，而无夫妻之实。退一步说，我与巴赫成亲两年有余，却无子嗣讯息，你若真的疼我爱我成全我和巴赫，就不能让你心爱女人老空着肚子，让别人背后耻笑于我。你若不应，你就不是顶天立地的英雄，而是一个无情无义的男人。你将你的礼物拿走，我们也不接待你这样的贵人！”（匈奴风俗如此，读者勿要惊讶。之前关于“轴婚”一俗亦有交代。匈奴女人婚后若无子女，夫妇双方都很丢脸，只要女人怀上孩子，谁也不会去问孩子从何而来，而且，举族会为之庆贺。）

堂邑父一生英雄，今日却被嘎女子逼入死角。为了能够解救张骞，他只得应下。

嘎女子遂了心愿，非常开怀。先是埋怨堂邑父不该为他们买那么昂贵的衣服，就是饭店半年生意，也挣不了那么多钱来，何况为解救张骞，还不知要花掉多少钱财。接着又担心会因张骞被救，从而永远失去心爱的男人。复又满怀憧憬，希望能早日怀上他的孩子。

堂邑父想了想，欲要探知张骞在狱中的消息，因为龙廷要犯不许任何人探视，还只能借重于无孔不入的那些城里泼皮。于是问道："嘎女子，不知以前经常闹事的那些泼皮，譬如疤癞脸、瘦猴什么的，还来不来寻衅滋扰？"

"疤癞脸不知惹上了什么事，已被人弄死。瘦猴当了泼皮头头，不怎么出面，经常带人闹事的是个绰号'秃头'的泼皮——其实也不真秃，冬冬夏夏，将头发胡须刮得溜光。拿手好戏是'拍青'，也就是拿块带刃的青石，到店家索要钱财，不给就拿起青石往自己脑瓜上一拍，弄得满脸是血，客人吓得一下子跑个干净。所以店主一见秃头，便备下零钱，以求息事宁人。哥哥怎的问起这事？"嘎女子不解。

堂邑父遂将自己的打算道出："我掏钱，他们办事。打听到关键消息，我给重赏。你们二人替我留意，见到秃头或者瘦猴，引见于我。"

是夜，嘎女子与堂邑父真正地进行了"圆房"。堂邑父将自己的一切，全告诉了嘎女子。说到惊心动魄之处，吓得嘎女子失声大叫，更加搂紧了身边的男人。心里想着，跟这样的男人哪怕只做半年夫妻，此生也值。

堂邑父不擅炊事，除了劈柴，帮不上什么，闲了，就四处溜达。明知张骞近在咫尺，却无丁点消息，心里便格外着急。好在巴赫和嘎女子视他如至亲，使他心中稍安。可是嘎女子夜夜只守着他，又让他觉得有愧于巴赫。嘎女子反倒振振有词，说她和他本来是阿爸允准的真正夫妻，却又和巴赫做了夫妻，何况以后与巴赫做夫妻的日长，与他做夫妻日短。哪一天他和张骞一走，今生今世恐怕再难相见，所以现在的每一天，她都十分珍惜，云云。

来祥和饭庄第六天午前，堂邑父正在后院练功，嘎女子突然领了男女二人进来。堂邑父抬头一瞧，不由得又惊又喜，飞步而上，两条大汉拍肩擂胸，亲热得犹如多年未见的兄弟。一个叫道："勒古台，你怎的和阿果拉芒娃都来了？"一个道："好你个堂大英雄，一个人跑得个快！怎样？有张骞大哥的消息没有？看样子，嘎女子待你不错，你跟我说实话，你们'那个'了没有？看来，我和阿果得备份贺礼补上。放心，我们没有那么小气，巴赫也有！"

一旁，嘎女子拉着阿果拉芒娃不松手，一个劲地夸着阿果的美丽。说，在龙城，找不出第二个这么光彩照人的美女，单于的阏氏也不过如此。最后，还是堂邑父提醒道："不要只顾了高兴，还是进屋吧。"

交谈中得知，当时堂邑父单人独骑离开托力鲁草原之后，线人哈江果然在半途中迎着勒古台。勒古台一琢磨，既然途中解救无望，不若到龙城另想办法。他虽没来过龙城，但在龙城，突阿贺人的姻亲不少，上至单于后宫的妃嫔，下至一般王爷、千夫长的夫人，作为族长的他前去看望，他们不会不接待。这样，打探消息也比较方便。想定主意之后，就返回部落，为此做了安排和准备。阿果拉芒娃见丈夫为解救恩人张骞而忙碌，坚决随同北上。夫妻二人昨日便到了龙城，住在左大当户别院，今天二人也未骑马，直接寻到这里。

然而，半个月过去，即使勒古台夫妇见过左大当户，也探听不到事关张骞的任何消息。

又过了十天，通过层层关系，阿果拉芒娃才从后宫得到确凿消息。因为张骞身份太过特殊，牵涉到匈奴与大汉两国间重大利害和利益，所以对张骞的关押与处置，不由其他任何人插手，直接由老国师掌握。据说，老国师设下计谋，将张骞单独囚禁，在一处不见日光的地方，派了一个聋子、一个哑巴侍候，一小队武士日夜监管，不许任何人与张骞说话，企图以此摧毁张骞的意志，达到劝降的目的。张骞若仍不屈服，才会再次予以流放。托力鲁草原不会再去，至于以后到哪个王爷府为奴，当什么样的奴隶，恐怕只有老国师一个人知道，眼下连单于也不晓得。

听得此语，堂邑父即道："既然如此，勒古台兄弟，眼看天寒地冻季节来临，你又是一族之长，部落里还有一摊子事情，不若明日你们就返回突阿贺，无须在这里空耗白等，俟几日，我也出去走走。"

"堂邑父，你听着，勒古台夫妇回去应该，这里是你的家，哪里也不许你去！你想去找你三弟？可人家秦自乐和卡帖娜久别重逢，正在热火，你去岂不搅了人家的好事！去找娲霞妹妹？如你所说，妹夫外甥一家，其乐融融，用不着你闲操心。其他地方，还有什么地方可去？去陪张骞大哥，龙廷单于还看不上你。"嘎女子说得堂邑父父无言以对。

送别勒古台夫妇，堂邑父便早出晚归，只要天气好，尽管河水冰凉，北风凛冽，他都要出去转悠，或去色楞格河看渔人捕鱼，遇到合适的买上几条；或去荒野中寻猎，遇上什么就弄点什么，打个空手也无所谓。

十月二日这天，嘎女子没有让他出去，留在家里准备宴请勒古台夫妇。正忙着，泼皮秃头一头撞进来，拽起堂邑父急急叫道：“快走快走，张骞从大狱押出来了，一大帮龙廷卫士正将他押往龙廷。”堂邑父不知勒古台夫妇去了什么地方，只好反拽着秃头，如飞直奔。但终究还是慢了一步，快到龙廷时，只看到张骞的背影。

堂邑父于是在张骞返回的大街上死等，终于在日落时刻，迎面见到戴枷而返的大哥张骞。

这真是：

诸君休问，甚是气节，甚是国是，
披枷张骞，龙廷独歌，浩然灿烂注释。
诸君休提，甚是大义，甚是生死，
乃有甘父，此情堪载，一笔辉煌史志！

欲知后续故事，且由下回交代。

注释：

①《摩诃兜勒》大曲：古代西域艺人用胡笳吹奏的长曲。张骞带回该曲之后，经协律都尉李延年整理成新声二十八解，作为边塞军歌广为传唱，惜失传于魏晋。

②斝（jiǎ）：本为一种铜制酒器，此处作人名。

③范曾：项羽亚父。设计欲杀刘邦而让项羽于鸿门设宴，暗使项庄舞剑助乐，行刺杀之举。这便是中国历史上有名的鸿门宴。

④羯（jié）鼓：公羊皮蒙的鼓。羯，被阉的公羊。

⑤玉镜：月亮。

第八十四回　一士陷身迫为井奴　双侠纵横千里救友

十月初的匈奴北方，已经寒凝大地，草木萧索。太阳倒也日日照出，只那光气却似冻僵的手掌，丢失了暖意，抬头看去，并不刺眼。而寒风从早到晚，从不缺席，也格外卖力，时时将衰草摇动，一些断草趁机逃离草巢，在半空飘飘摇摇，飞来蹿去。

张骞已经很久没有修发理须。挽出的发髻，将皮帽顶得老高，露出半只耳朵任寒风刮削。冻出的清涕，有时落在乱蓬蓬的胡须上，他不得不用长长的指甲将其刮去。

槛车悠悠荡荡地走着，“嘎吱嘎吱”的声音，使死寂的原野有了几分活气。有时那驾辕的武士干脆跳下来，任辕马顺道走着，自己在地上蹦跶取暖。这时，张骞亦双脚伸缩，蹬着车杠，活动冻僵的脚趾。

押送他的武士很少与他说话，除了早晚供给他两次饭食、饮水，其他时候都不予理会。饮水冰凉，饭食干硬。干肉、干饼、奶酪，顿顿如此，且只能吃到七成饱。武士们自带帐篷，日行二百里左右，晚间将张骞弄出槛车，戴上木枷，纳入帐篷，将手足用皮绳缚住，也不与毡被，任他或卧或坐。

饮食男女是这些武士的睡前话题。说到女人，语言露骨酸鄙不堪入耳，往往还把汉人妇女与匈奴荡妇相比。这时，那个名叫揆顿的武士头目，便会露出淫邪的目光，诘问张骞：“张大使，你们汉家女子究竟怎么养的，一身细皮嫩肉还没有一点儿膻气？”

张骞一听便知，揆顿之流是寇边凶徒，不觉怒火中烧，仇恨顿起，他双眼一瞪，偏头不语。

揆顿一张马脸上的刀疤上下直跳：“我晓得，张大使在托力鲁被看押十年，又在龙廷监牢被关了几个月，早已忘了汉人女子的味道。”

一些武士发出淫邪的怪笑。

揆顿见挑逗无果，接着又道：“那次寿宴，其实是老国师失算。如果让张大使独处一席，挑几个汉家美女侍候，张大使定必成大当户之上人物，我等哪敢在你面前造次！不过，事情还有转圜的机会，只要你向我们真哈烈王爷服个软，我家王爷不用‘轴婚’，也会将他怀中的汉家美女拱手相让。张大使，你看如何？你只需点点头，你就是王爷的座上宾，那劳什子槛车，我就立马劈了它烧火。”

张骞见其叨叨不休，恬不知耻，早生厌憎：“蕞尔小人，岂不知三军可以夺帅，匹夫不可夺志？我乃堂堂汉使，休将此语羞辱于我！”

揆顿浅薄，不知其意，但从张骞鄙视的神态已经猜出，他的“女色劝降计”，卑劣得不堪一击。

揆顿遭到奚落，大为光火，正欲发作，一武士掀门而入：“禀卫士长，有一匈奴大汉，腰挎长刀，背负铁弓，骑一乌骓大马，相跟已经三天。今夜竟在不远处也扎下帐篷，相邻不到百丈之遥。那人看着有些蹊跷，卫士长你看，是否应该前去问问？”

“怕他怎的！我等王府十二名一等一的武士，他纵有三头六臂，也吓不着我们。不过，那人既是一条匈奴汉子，不妨会会也好。”揆顿遂派出两人前去探问。

只有张骞心中明白，后边紧随者，乃是他的结义兄弟堂邑父！

自从龙廷寿宴回狱，在街中与甘父相视一见，那一幕便挥之不去。那目光充满了关切、留恋、期望和无比的坚定。这样的目光，自结义以来，即使在最危险、最艰难的日子里，也从未有过。张骞觉得自己将事情看简单了。他自认为牺牲自己，保全两个义弟，是最妥当的做法，没想到堂邑父和秦自乐将义气看得比天还大。堂邑父能在龙城如此长时间地等待，为的就是现在的跟踪，待时而动，施以援手，拼力解救他。

张骞不知道真哈烈王府在何地。但他从行进途中明白，槛车出龙城之后，便一直向着东北，顺希洛克河[①]草原而行。倘若走完希洛克河，便是雅布洛诺夫山脉[②]北边的大草原。那草原据说宽广无垠，是匈奴依仗的重要基地。真哈烈为单于的至亲，自己落入这样的王爷手中，出逃希望将非常渺茫，除非有得力的外援和难以预料的时机。

单凭甘父一人之力，并非张骞所愿，他希望这个历经磨难的兄弟不要莽撞。

是时，两武士已从堂邑父处回转，向揆顿禀告：那人从嘎顺诺尔来，到空沁盎部落寻其舅父。因路径不熟，在后面跟从我等。他本欲央求一同随行，见有槛车，怕引起怀疑，故而疏离。他说若长官不弃，愿意搭伴而行。

“此人不知底细，且随他去。”揆顿道。

第四日，希洛克河已成微弱细流，宽度仅一个跨步，弯弯曲曲如一条细绳。车轮碾过上面亮晶晶的冰碴，发出“嘎啦嘎啦”一阵阵脆响。其后穿过一片松树林，又翻过一座土堆样的小山，面前立即闪现出一望无际的大草原。如果没有日月星辰，谁也难辨东南西北。

第五日午后，槛车进入一个名叫“刳姆”的浩特。这是一处较大的牧村，毡房稀稀拉拉将近十来里。这里居然有客栈，有酒肆，有日用品买卖，有遛货商客，亦有不明身份的过往行旅。

因为已是真哈烈王爷的属地，这些王府武士直似这里的主人，吆五喝六，耀武扬威。店家们皆小心侍候，牧民们皆敬而远之。那揆顿对张骞公然实施侮辱，披枷缚于木柱，令一武士可着嗓门喝叫：“请看王爷新奴汉国大使，贰斤束肉一观！”竟有人提了干肉前来围观。

那揆顿见张骞昂然举首，凛然而视，又嬉皮笑脸凑将过来：“张大使，如能唱上几句，我立马为你卸枷解缚，与你卮酒，大家同乐。”堂邑父见此，正要踅步靠近，不料被四五条匈奴汉子拉拉扯扯，去了附近一家酒肆，嗣后再没露面。

张骞一声讥笑：“这里有狗吠之声，我怕污了清音。”

“胡说。这里哪有狗叫，我怎么没有听着？”揆顿凝神一想，突然大悟，于是恼羞成怒，“死囚奴，你还真以为你是汉国大使？不吃一卮酒，先吃我一皮鞭！”抡圆了鞭子，劈头盖脸向张骞直挥而下。张骞被缚，不能动弹，这一鞭抽在身上也则罢了，偏是直向自己的面部。若硬生生挨此一鞭，不是眼瞎，也是耳聋，当与当年王兼所受鞭刑一般结果。遂双足一蹬，一声怒吼，将木柱拔起，双臂一挣，绳索寸断，手持木柱，迎着皮鞭。只见皮鞭顺势缠绕其上，张骞用力一撴，那揆顿禁不住身子前倾，一个爬扑，跌倒于地。此时，张骞若踏步上前往木柱一击，那揆顿便立时毙命。

此番搏斗，只在转瞬之间。待众武士亮出兵刃，张骞已手持木柱，傲然而立："想来，大单于老国师之令，尔等均已知悉，我被押至真哈烈王府，是为奴，不是受死。如果尔等横加斧钺，我亦不会束手待毙，大不了在此拼斗一场。我死了，真哈烈王爷的日子恐怕也不好过。"

这时揆顿已翻身而起，态度却发生陡转，竟向张骞躬身鞠礼："谢张大使手下留情。"随即喝令部下收起兵刃，"张骞系有骨气的汉国大使，是真男子，真英雄，我等只可视其为'奴友'。"

张骞和众武士皆为之一愣："奴友？"亏这揆顿想得出来！张骞细一琢磨，托力鲁草原十年经历，还真是这样。一般牧民视他为朋友，而有官家身份的卫士长呼力泰、额朗和商头那佤哲，却视他为"奴友"。那么，作为龙廷左侍卫长的托乌坎达和宝日盖特罕又算什么？只可归入"敬敌"。

第六日，张骞发现，再没看到堂邑父的身影。他从上午盼到中午，从中午盼到下午，都没有盼着，心里不由得愈来愈感到空落。如果一开始堂邑父没有出现，他会以为两个义弟已回到长安，可是堂邑父、秦自乐偏偏没有回去。他怀疑，堂邑父转身去了幽苏部落，寻找秦自乐和卡帖娜商议解救之事。

倒是揆顿，没让张骞再坐槛车，让他骑了辕马，与自己并辔而行，问了他许多往事。张骞除了西域之行，其他也无甚隐瞒，管他朋友、"奴友"或者"情友"，均一一道出。当说到独闯匪窟险些送命，与呼力泰合力剿杀托力达时，一干武士皆大叫过瘾。当说到与五公主的感情纠葛时，众人皆连叹可惜。当说到单于左侍卫长托乌坎达，在龙廷与自己暗中相斗时，大伙儿又惊叹不已。

揆顿道："我有一事不明，一直不好相问。"

"卫士长，你说。我做事从来光明正大，从不藏着掖着。"

"龙廷监狱几个月，你一人囚禁一室，做事的一个哑巴、一个聋子，我们又从不与你说话，你是怎么熬过来的？还有，你每天唱歌，都唱的什么？”

“依你们之前对我，我会拒绝告诉。既以‘奴友’待我，我当告之。一个人，只要心中有信仰，有所热爱的故国家园和无数的百姓，便有坚定的意志、不惧生死的气概。不怕受罪不怕死，就没有过不去的坎儿。至于那歌，是我从一位名叫达力诺的老艺人那里听来的。曲子很长，整整唱了三天，平时没工夫、没精力整理，恰好监狱为我提供了机会，因为没有笔墨，没有竹简和羊皮卷，我无法记录，只能一边回忆，一边哼唱修改，一天一点点，慢慢积累。那歌曲的名字就叫《摩诃兜勒曲》。你们如果乐意，我可以唱一段试试。”

揆顿等人听得似懂非懂。他们懂义气，却不知气节；他们崇敬勇敢，却不知哪些事可为，哪些事不可为。张骞的言行，只让他们感到神秘难以理解，唾手可得的荣华富贵，此人却甘为奴隶而拒绝，真是世间罕有。

只有说到歌曲，揆顿等人才显得迫不及待，纷纷道：“唱一个，唱一个。唱得好，下午一块儿喝酒！管你人生一醉。”

“酒就免了，管我吃饱即可。”张骞遂将那首在龙廷岁宴上所唱之歌，重唱了一遍，又自嘲道，“就这一支歌，我将自己唱到真哈烈王爷草原，还不知要我当什么样的奴隶。”

一干武士虽然粗鄙，但歌的意思还是懂得。揆顿倒也直率：“张大使，不是我不让你吃饱，是我家王爷立下规矩，所有奴隶都不让吃饱。像这大冷天气，无事可做之时，一律只给半饱。像你，我等敬你是条汉子，让你吃到七成，已是做事奴隶的标准了。”

想起初到托力鲁王府，与一干奴隶就餐，受到秀玛古丽塔等人眷顾之情景，不禁有些惊诧：“你家那么大王爷，奴隶吃饭之事也管？不让人吃饱，怎么干活？”

“王爷只立规矩，管事的是管家。就军营里的武士犯事，也得饿肚子。要想不饿饭也行，三年里不逃跑、不偷懒、不偷窃、不损坏工具、不惹事，到第四年便可去当牧羊散奴，还可以娶媳妇生孩子。孩子生得多，王爷还有奖励。王爷最恨的是逃奴。逃奴但凡抓回来，先揍个半死，然后再用羊皮袋一装，卖与其他王爷。平时不给吃饱，是为了防止奴隶平时积攒干粮，准备逃跑——其实在这无边无际的草原，若无当地牧民作向导，哪里逃得出去！不是渴死、饿死被草原狼吃掉，就是重新被抓回王府，再受一番折磨。张大使，我不是有意吓唬，你身分特殊，会被看得更紧。首先，你得准备过好‘杀威’鞭一关。”揆顿十分认真。

“何谓‘杀威’鞭？”张骞已知其意，但如何施为，却不甚了解。

“就是先揍一百皮鞭，给二十天养伤，然后派活。”

“倘奴隶体弱，或者有病，这一百鞭子抽完，人恐怕早就没了气息。”张骞道。

“王爷才不会做那亏本买卖。一个奴隶，怎么说，最低也值三五只羊子。所以年过半百或体弱奴隶，最低可减至十鞭，有病者可以暂寄。我看张大使怕也年逾五十了，又是满脸风霜模样，我等当尽力向王爷求情，少受皮肉之苦。”揆顿道。

“我于尔等，无寸恩可言，又何必如此？”

“大使差矣，我等虽然粗鲁，但心中已然明白，以大使之绝顶武功，欲要逃回汉国，我等哪是对手！大伙儿非死即伤，留下妻儿，谁去照拂？但大使大义，不累及无辜，就是我那冒昧一鞭，大使亦不下杀手，此等胸怀，无人能及。我等向王爷讨情，实为顺带之事。”揆顿变得十分诚恳，众人亦相与应和。

“但不知你家王爷系何样人物，可否见告一二？”

“若说我家王爷，地位仅次于左右大当户，是匈奴之中草原最辽阔、位置最重要、也最年轻的王爷。他的姑姑是大单于的阏氏，小单于是他的表弟。他今年才三十三岁，个头比大使你高，身坯也比大使你粗，摔跤、射箭、舞刀，无人能敌。他有七个老婆，无论匈奴女子、汉人女子，个个美丽，个个都有武艺。他一身傲气，又学着琅艾王爷的样子，四处招揽人才。琅艾王爷用人不看身份、不管长相，我家王爷却要看出身、讲好恶，还舍不得花钱。张大使，你是不肯卑躬屈膝之人，我家王爷不会看中你。”

“你这样背后说你家主子，就不怕真哈烈王爷晓得了，于你不利？”

“不怕。我们这十二兄弟曾经发誓，有福同享，有难同当。王爷如果嫌我，我们就一块儿投奔左谷蠡王，左谷蠡王早已暗中派人前来联络，让我等去他那里，每人官升一级，薪俸加倍。”

一番对话，使张骞对匈奴上层，对真哈烈王爷的认识，有了一个大致轮廓：为了扩充势力、达到各自的政治目的，都在极力搜罗人才，甚至利用收买、利诱手段，去挖对方的墙脚，从根基上达到削弱对方的目的。左谷蠡王这么干，或许早有存心，连揆顿这样的小人物都下力收买，还不知在龙廷里培植了多少亲信。想到龙廷寿宴时见到的伊稚斜，他敏锐地感到，一旦军臣单于出事，於单上位，龙廷里少不了将有一场权力之争。而彼时也将是大汉军队大举反击、剿灭匈奴的最佳时机。

至于真哈烈王爷，看来只不过是一个仗恃王亲国戚身份，目空一切的骄横之徒。其实是以招揽人才为名，行装点门面之实的庸才。连自己的卫士长都笼络不住的王爷，真若摊上生死攸关的大事，也是众叛亲离的下场。

一番上下思虑，张骞决计逃离此地，回到长安，向大汉皇帝禀报匈奴上层情报。但在眼下，他只能不动声色、等待时机。于是极其诚恳地向揆顿等人致以谢意："卫士长大人如此义气，张骞当铭记于心。实不相瞒，我已两鬓苍然，年届五十（张骞生于公元前 175 年，此时为公元前 128 年，年已四十七岁），能否免去皮肉之苦，全赖各位美言。就我那点武功，也只是一点老底，已经远非少壮可比，还请勿向王爷透露。你们都是王爷的心腹，你们的话，王爷不会不听。"

第七天午后，少有地看到一处小山山拐，小山之上且有森林。待稍为走近，发现有一座毡帐。此处无挂无靠，张骞正觉得奇怪，便听揆顿说道："张大使，现在已到王府哨帐，我们得将你装入羊皮袋中，驮在马背上，去王府销差。"

张骞早就晓得，匈奴人贩奴，皆以羊皮袋装人，袋口扎紧，中间只留手臂粗细两个气孔，除了吃饭喝水解手，袋口从不解开。待他一进袋中，一股浓烈的臊臭气味便扑鼻而入，使他头脑顿感昏晕。袋口再被一扎，便陷入一片暗黑之中。

揆顿说从哨帐到王府仅只十里，可张骞被颠得似乎过了几个时辰。终于，驮马止步，他被人"扑通"一下掀下马背，有人解开了袋口。

只听揆顿说道："王爷，汉国大使带到。这是老国师给您的书简。"

真哈烈先看了书简，皱皱眉头，以手掩鼻，退后一步："什么味儿？恁大！把人放出来，看看！"

揆顿将袋口倾倒，从袋底扯着羊皮袋，向左向右用力一撴，袋中立即滚出一个蓬头垢面的人来。

真哈烈大失所望："卫士长，你弄没弄错，这就是张骞？与老国师所说，怎的不太一样？"

“好我的王爷，您不想想，一个年过半百的病快快老头，在托力鲁王府当了十年奴隶，在龙廷监牢关了几个月，在路上颠簸了七个昼夜，能活着见您，已是万幸，您还想他是个多么齐整的人物？若非临行时老国师反复叮咛，此人乃龙廷重要人质，不许虐待，我才不管他的死活。”

张骞已经站起，不言不语，垂手而立。他撩开乱糟糟的头发，看了看这立王爷，果如揆顿所述，神情倨傲，高大威猛，衣饰华贵，嘴阔鼻尖，眼凹额突，总是斜眼看人。

揆顿又道：“王爷，这一百皮鞭，打还是不打？若打，就怕人质没了；不打，又怕坏了规矩。”

真哈烈视张骞为无物：“老国师也真是老糊涂，我一天正事都料理不完，哪有闲心管什么人质不人质？张骞就交付于你，打与不打，你看着办。人只要不死不跑能向龙廷交差就成。歇两日让管家支尼汗给他派活，就按老国师说的，派四名军士，轮流看着，选个地方，让他先为王府掘两口水井。”回头对一细瘦汉子道，“支泥汗，张骞的吃穿你管着，选个地方，让他先为王府掘两口水井。井的位置，王府附近算一口，细坪牧场那里算一口，先弄那里，你据情而定。太阳未落，我还得去军械场那里看看，三万支箭矢，究竟造得怎样。”也不进王府大帐，率领几名随从，向东南驰去。

支尼汗从胯间扯出一只小木盒，又从里面掣出一根乌曲麻黑的骨签，向张骞一扔：“拿着这个，向西两里，先与饭头，领取饭食；再与装头，领一套冬装。饭头装头验签发物，签子遗失，先饿一天，再揍十鞭，然后补签。张骞，你可记得？”

张骞伸手，劈空一抄，将签接住：“谢管家大人，张骞记得。”仔细辨认，骨签上尖下齐，中指粗细，长约四寸，上刻“支尼汗”，似为鹿骨制成。一般奴隶想予伪造，实为难事。

支尼汗见张骞出手接签疾如闪电，不由得暗中吃惊：此人就是揆顿所说的病秧子？但卫士长的话，他又不能不信，遂狐疑道：“两日之后，且去掘井。”说罢，径自去了别处。

揆顿看看日头，说道：“张大使，我家王爷有眼无珠，你休怪他。晚上你就宿在卫士营里，我虽没有呼力泰、额朗那么好，但也不会找你麻烦。你是大义之人，也一定不会给我们添什么负担。离吃饭还有一个时辰，你不妨将身体整理一下，只不过这里缺水，你得省着点。”至于一百皮鞭，只字未提。

待张骞重新出现，犹似换了另外一人，亲切而不乏威凛，谦和而精悍之气外溢。揆顿等人看得有些发呆。半会儿，揆顿才道：“张大使，你得瘸着走道，有人问起，就说被揍了五十皮鞭。”

这是张骞有生以来，首次在别人面前装病，但为了最终目的，又不得不维护好自己的躯体。他自感好笑，跛了两步，特觉别扭。最后还是揆顿找来一块木屑，钉在左脚鞋底，张骞立即左高右低，直似一个瘸腿汉子，一跛一拐，向西走去。

终究还是不惯，见离王府已远，便索性踮起右脚脚尖，以提纵之术，如飞而行。

王府所在，似城非城，似镇非镇，夯筑房、毡房、帐篷杂然分布，纵横各在十余里，约五六百户，东南远处，似是军营，数排营帐，隐约于夕阳之下。

张骞所经之处，两边毡房相距约在半里。路径之上有车辙、有蹄痕，纷繁杂乱，衰草如碾，土路之上草屑草茎，被风刮得起起落落。狗屎尿渍，随处可见。走道行人，无论男女，皆勾头缩颈，匆匆而过，无人看张骞一眼。而两边毡帐里，有客栈，有酒肆，有饭铺，亦有商铺。一处可容百人的大帐里，竟有鼓乐歌声传出。张骞不由得止步倾听。

这时忽听后边有人叫道：“张大使，过了时辰，可就没饭了！”

张骞回头，见是两名武士。其中一人道：“王爷遵老国师之令，大使每出，我等都得‘押送’。你若误了时辰没有饭吃，我等可无法帮你！”

张骞抱拳一揖：“谢谢提醒。”立即拔步向前。

至饭帐，张骞已是倒数第三，许多奴隶业已吃毕，拔了枯草擦碗。轮着张骞，那饭头看了一眼，停下舀勺：“你新来的？你的骨签？”

张骞点头称是，掏出骨签递与饭头。那饭头接过，仔细看了看，便舀了一勺不干不稀黑乎乎的饭食，左手向右肘一掂，十分熟练地将其倾入碗里：“你让开，下一个！”

端着半碗黑饭，张骞很是不解：“请问饭头，你搞错了吧？怎的别人都是两勺，到我这里却只一勺？”

那饭头虬须满腮，面容狰狞，听此将勺子向锅沿一磕：“怎的，不服气？看你一大把年纪，又是新来，不妨我来教你。要想再加一勺，就去找王府管家，将你手中四寸骨签换作五寸骨签。这四寸签是专为不干活吃闲饭人准备的。你个汉奴，好不晓事！”

无缘无故，被人抢白一顿，张骞强压怒气，看着汉俘投来的各样目光，心中侠气陡生：这些深受压迫的苦难同胞，无论如何，也得将他们解救出去。

匈奴不灭，何以为生！

张骞饭量本来就大，路途半饥半饱尚能忍耐，而今一日两餐，每餐半饱难达，饿意袭来，直让他口吐清水，两眼放花。揆顿见了，也无能为力。卫士倒可吃饱吃好，但只许吃，不许拿，违者即被革除。翌日中午，张骞只得在王府帐外候着支尼汗，请求派活。

支尼汗怪笑一声：“你不是想干活，是想短签换长签吧？你们这些汉人，一个个都是狗骨头。好吧，明日去细坪，给王府的牧场掘井去。半年内打不出一口出水井，一百皮鞭伺候。此外，我有话说在前头，到了细坪，你吃住都在那里，并由四名骑士相陪。胆敢图谋不轨，便打断你一条腿，你可记住了？”

那管家也不企图张骞回答，撂下一根五寸骨签，便扬长而去。

公元前 128 年十月十二日早饭后，卫士营来了四名陌生军士，牵一匹驽马，马背上驮了一顶破小帐篷，几块破毡和掘井工具，叫出张骞，便两人在前　两人押后，向细坪牧场走去。

四名军士，均高大威猛，重刀在握，战马亦为良驹，一路之上，并不与张骞答话。张骞知此乃真哈烈执行老国师之令。掘井只是手段，主要在于对他的羁縻、管押、与人群的隔绝。所以默然前行，对驽马也不催赶，琢磨着脱身之计。

张骞始终想不明白，堂邑父自刳姆村子别后，缘何再未现身。那四五条匈奴汉子是二弟什么人？那种亲热劲头，他可从未见过。难不成是堂邑父寻来的帮手？可那些匈奴汉子对他并不在意，连看一眼都未曾有过。堂邑父煞费时日，数千里追踪，又怎的突然消失？

一路荒原，一路萧瑟，一路静寂，行约五十里地，来到一处稍许低洼的地方。领头军士鞭梢一指：“都下马，就这里吧。”

张骞打眼一看，半里远的地方有十几户牧民。遂道：“军头，我有两点意见，可否听听？”

“讲。有屁就放！”

张骞并不生气：“第一，既是为了掘成出水井，我得详察此处地形地貌，查看有无水脉及水脉走向，最后确定掘井地点；第二，为使牧民今后取水方便，首先得去牧村周围看看，若无水脉迹象，或现有水脉只可供给一口出水井，我得再去他处寻找。军头如不同意，坚持于此处掘井，将来若是干井，就非张骞之罪。”

那军士想了想，道：“既如此，约需多少时日？现在推责，是何居心？”“说不准。这既非杀牛宰羊，又非物品买卖，若能请得王府掘井专才相助，三几日即可；若无人相助，我又非行家，需经多少时日，实难确定。再者，我也并非推责，实情确乎如此。”

这小头目接受的指令，是对张骞的看押和监管，对掘井之事并不上心。能掘得一口出水井固然好，如若掘出一口枯井，受鞭刑者乃掘井奴隶，所以十分的冷漠无情：“一个顽固不化的奴隶，妄想王爷助你？你也太把自己当成了人物。就这，给你两天时日，两天之后必须开工。”

村中牧民听说王府押来一个汉俘，来为大家掘井，男女老幼无不兴奋。两位老者不顾军士阻拦，主动陪伴张骞，在细坪牧场转了一圈，并介绍了几口枯井，以及仅有的一口出水井情况。

张骞察看地形地貌之时，不由得想到容南、容北昆仲，倘二人在此，何愁找不着水脉！但现在只能靠他自己。他明明晓得这是老国师对他实施的一种管押手段，可面对这些朴素牧民，他还是想为他们做一点实事。匈奴掌权者有罪，而普通牧民无错，他一直这么认为。

通过实地踏勘了解，现有出水井位于村东，深十二丈，三口枯井与出水井均在一条横线，由东向西间隔一里左右。出水井水量并不丰沛，夏季较旺，春秋两平，冬季最渴，仅够全村人畜饮水，至于洗涤，那是奢想。如逢冬雪，日子好过一些；如遭冬旱，皆苦不堪言。张骞据此说道：“出水井乃东线水脉拦头井，故而有水，因水脉有限，其后故为枯井。依我察之，村南不远处有小型凹槽，因其地势略高，不怎么引人注意，而凹槽尽头偏西略带倾斜，我意可于彼处掘井，诸位认为可否？大家请勿顾虑，岂不闻‘山高水高’，此乃至理。万一仍是枯井，也是我张骞之错，与大家无干。”

一众牧民杂然以诺。村中长老慨然道：“张骞虽为汉人奴隶，但一心为我牧民着想，一旦有了旺水井，细坪定会更加兴旺。”又对四名军士道，“你们虽是王府军头，但也不能坏了我们匈奴人规矩。掘井乃举族大事，明日全村准备，后日进行开井祭祀奠礼。”

长老所述，事事军头都无法拒绝，唯独在为张骞提供饭食上，发生了剧烈争执。依村规，掘井人所做，乃苦活、险活、累活、受罪之活，每日必得有酒有肉，三餐尽饱。那军头却拿出骨签，称王爷有令，每日只供两餐，每餐杂碎饭一碗。长老道，这样待他，哪有劲头？只怕一年也掘不出一口水井。军头冷冷说道，这我不管，王爷没说让他甚时掘出一口井来。你想怎样，去跟王爷说去。

长老一大把年纪，何曾受过此等肮脏之气，一时白胡子直抖，折身离开。

十月十五日巳时，长老带领全村男女老少，聚于掘井之处，依长幼，男人在前，女人在后，席地而坐，并命人将一木墩置于井圈中央。那军头无知，竟端坐其上。

长老大怒，戟指军头：“尔系何方鬼祟，胆敢坏我匈奴人规矩，亵渎水神之位！族人们，将这鬼魅给我拖开！”立即，数十匈奴汉子扑将上来。

那军头顿时明白，自己坏了规矩，触下众怒。原来那木墩并非为他所备。急匆匆跳开，身上已挨了几下拳头。

将近午时，长老开始击鼓。三通鼓过后，一壮汉拖出一只羯羊，一刀割下羊头，交与长老。那长老拎起，绕着木墩预先划出的井圈，将羊血一一沥到，再将羊头正面置于木墩前方。然后唤了声“礼请水神使者”，只见人群中走出两条大汉，先向张骞施以一礼，接着一人扶起一只胳膊，让张骞面向大家，坐于木墩之上。长老即把掘井工具置于张骞两侧，复退下，率族人叩拜道：

“一拜，水神归位，使我族人获其恩泽。”

“二拜，水神使者安然无恙，井成身健。”

“三拜，水旺、草旺、畜旺、族人兴旺。”

“向水神使者奉卮酒全羊。”立即，一名少女双手平举一只木盘，挺胸跪于张骞面前。

张骞在匈奴多年，从未经历过此等场面，一时不知如何是好。那长老在侧旁笑道："尊驾只需将盘中的一角酒饮了，将碗中的羊舌和羯羊尾脂[3]吃了，即成。"

张骞依言照办，那少女亦举着木盘退下。

"起，全体退下。由水神使者掘井取水。"此为祭祀最后环节，具体做法，长老已事前告知张骞。张骞起身，将木墩移开，挥起铜锄（彼时匈奴铁器极缺），于井圈里侧掘出"品"字形的三个土坑。长老端起一只水罐，将水注入土坑，并口中念念："眼通水道，眼眼水旺，佑我族人。"掘井工作，便正式开始。

见长老和牧民全部回村，那军头即拿张骞撒气，其他三名军士亦跟着骂骂咧咧。嫌张骞不舍得力气，嫌他不该将冰泥砸得四处飞溅，弄脏了他们的衣服。有时不分青红皂白，挥鞭相向；有时故意将尿撒进井坑，以此为乐。张骞皆忍气吞声，不露声色。

倒是长老，三天两头前来察看，并为张骞带来吃食。也就在此时，那军头才将恶行收敛，并装出对张骞关怀的模样，笑脸相对。

因此地极寒，虽到十月，表皮一尺多深仍为冻土，坚硬如石。铜锄、铜锹、铜铲又不甚得力，加之肚内常在饥中，故而进展很慢。长老每每见了，也唯有叹息。

时光，就这般一天天地耗着。至翌年十一月，水井掘至八丈有余，土层也愈加湿润。

一天午后，从井口突然投下一包东西，不是张骞接得快，几乎砸熄井底油灯。打开布包一看，除了一管马奶子酒、一包奶酪、一沓麦饼、一束腊牛肉，还有一块小布条。张骞将布条凑近灯下一看，只见上边一行字迹映入眼中："我是勒古台，已买通看守，不日救大哥回去。"

张骞的心忍不住一阵狂跳："勒古台，我的好兄弟，想不到是你前来救我。"

接着，连续七天都有食物投下，不过，后三日井口只听到长老的声音。

第八天，十二月初五，张骞下井不久，井口便传来战马嘶鸣打斗之声。其后即一片静寂。张骞初疑系勒古台所为，但之后并无勒古台呼叫。他试摇绳铃，亦无人应答，他虽有提纵之术，可井壁太光太窄太深，无从施展，只好在井底坐等。

大约过了两个时辰，井口兀地一暗，传来一个熟悉的女声："张大哥快坐进土筐，我们拉你上来。"又在井口道，"长老别急，有小伙子帮忙，您老放心。"

张骞又惊又喜，在井下应道："阿果拉芒娃，你也来了？"

待出了井口，张骞不敢迎阳而立，低头闭眼，然后慢慢睁开眼睛："阿果妹妹，勒古台兄弟去哪里了，怎的没有见他？"

阿果打了一个抿笑："他呀，操心大哥你没有坐骑，追赶军头那匹马儿去了。咱不管他，且回村里，把你身上打理一下。"

张骞又向长老和两位牧民致礼感谢："多谢长老和好汉伸手搭救。若非长老平时眷顾，张骞早被折磨成废人一个。至于此井，我因国是在身，急欲脱此困境，所以只能帮至今日，万望长老及众人体谅。不过，此井请万勿放弃，现井深不到九丈，已见渗水，若再深一丈，定有旺泉鼓突而出。"

那长老心疼地捞起张骞双手，抚着手掌上的硬茧，又为他摘去乱发中的泥星土块，噙着泪花说道："阿果姑娘和勒古台族长，已将你的身份、你的英雄义气，宗宗件件全都告诉了我，真哈烈王爷有眼无珠，小军头一身祟气，活该他们倒霉。关于这水井的事，你走你的，不用挂念，井的名字我都想好了，以后细坪的子孙，就叫它'张骞井'。"

回到牧村，张骞刚刚梳理清整，勒古台竟捉了两匹马儿回来。二人相见，自是欣喜非常，久久拥抱，手拉手不舍分开。看得阿果不禁开起玩笑："张大哥，勒古台对你，比对我还亲！"

交谈中张骞得知，勒古台夫妻俩辗转来此，历时已经两个多月。今年五月，勒古台按照八年前张骞所授十六字要诀和托力鲁打了一仗，大胜，老少王爷均告丧命。八月二十日，二人从突阿贺出发北上，先去看望了昆古丽玛月伦母子。玛月伦欲携子寻亲，是阿果劝其安守，一旦寻得张骞大哥，将首先返回与其团聚。八月底，二人到龙城探听消息，时嘎女子已有孕在身，称堂邑父一年前便已离开，千里追踪，去了真哈烈大草原。现在龙城已人心惶惶，流言四起。有说军臣单于已瘫痪在床，口不能语，将由小单于继位；有说老国师已经不在人世，於单没了靠山，地位岌岌可危；有人说伊稚斜已经起事，欲将夺取单于大位，龙廷和各地王爷、大小将军已分成两派，开始互相攻伐。勒古台夫妇认为，这正是解救张骞的大好时机，遂继续北上，来到真哈烈王爷属地。但真哈烈草原纵横千里，实在太大太难找了，正在愁无头绪，恰巧遇着阿果的舅父乌哈齐。乌哈齐是妥汗匆草原部落的头人，离此三百来里，二人便先去那里投靠。前不久真哈烈王爷下令，命乌哈齐率兵勤王，及至王府，王府已被左谷蠡王攻占，乌哈齐便投了伊稚斜，并无意中从王府降将揆顿处获知，张骞就在细坪。于是，勒古台便率了数名骑士，将军头及其他三名恶狗予以捕杀。至于堂邑父缘何突然失踪，谁也无从得知。

听罢勒古台叙说，张骞反复掂量之后，道："眼下匈奴陷入储位之争，虽无暇顾及于我，但细坪离真哈烈王府仅五十里，又有多人知我行踪，故而速离此处为宜。至于是直接取道返回蒙利克处，与玛月伦相聚，并等候堂邑父与秦自乐，还是去妥开匆草原暂匿，待十二月天寒，路途稍靖之时再行离开，我意还是后者为宜。这样，既可躲开匈奴上层的视线，又可避去骑痞、土匪、流寇之乱。只是不知乌哈齐其人是否可信？"

"张大哥放心。"阿果拉芒娃笑道，"他是我阿妈的亲弟弟。我与勒古台来此寻你，他一清二楚。刚才说了，连你在细坪的消息、救你的骑士，都是他说的、他派的。"

"如此甚好。明日去妥开匆，我也好向你舅父当面致谢。"张骞大为放心。

勒古台又拿来一柄铜刀，递与张骞："张大哥，这把铜刀比不了你的青锋宝剑，你先将就用着。如果嫌轻，到了妥开匆，可让人将两柄熔作一柄。"

此时，长老早已备下丰盛的酒食和上路的干粮，张骞也不客气，十分豪爽，放开酒量，与大伙儿共饮。十二月六日，打点行李之后，便随勒古台夫妇，去了妥开匆草原，直到月底离开。

刿姆村落。

堂邑父初见揆顿挥鞭欲伤张骞，不由得大怒，遂张弓搭箭，瞄准其人手臂。不料店中奔出一人，将他一抱搂住："侄儿，万万不可。我虽不知所救之人系你何人，但对方乃真哈烈王爷卫士，惹下麻烦，非但你所救之人更遭虐待，你自个儿怕也难以脱身。你知否？在刿姆，有真哈烈驻军！"

堂邑父回头，非常惊异，相阻之人，竟是多年未见的小叔擿[④]于罕。复见张骞其危自解，便欲与小叔叙话，只听擿于罕一声呼哨，从店中涌出四五条汉子，不由分说，上下其手，将堂邑父撺掇入店，摆上酒肉，轮番劝饮。堂邑父想，此去真哈烈王府不过一日路程，又系官道，别无岔口，便就放下心来，先与小叔对饮，后与众人拼酌。他本是豪爽之人，又在他乡遇已亲，喝至半酣，酒劲上来，遂从怀中掏出一锭金子，叫道："酒家，若有汉人烧酒，拣佳酿上上！"

其后连续数日，堂邑父始终处在晕乎状态。擿于罕向东，他就和大家一块儿向东；擿于罕向南，他又随大家向南。也不晓得究竟走了多少天，这一天他突然清醒过来，发现到了一处完全陌生的地方，他知自己上当，便大声质问擿于罕："你给侄儿下了什么药？这里又是哪里？侄儿有大事要做，你可真把侄儿害苦了！"

"前边五里，是左谷蠡王一处秘密兵营。"擿于罕一张窄条脸，下巴翘着一撮小胡须，"既然到了这里，我也用不着再瞒侄儿，十年前我便投靠了左谷蠡王，替他网罗天下英才。左谷蠡王现在不缺军士，只缺带兵打仗的将军。前些年琅艾王爷举办英雄大会，侄儿一举夺魁，英名传遍龙城。当时王爷便命我寻你，去左谷蠡王府做事，可是四处寻你不着。我想，这一生富贵恐怕与侄儿无缘，寻你之心也就淡了。不料在钊姆村子，你我叔侄竟得偶遇，遂暂时放下收降揆顿之事，将侄儿请到这里。王爷曾有吩咐，倘若你有父母妻儿，将派人接去王府安置。另外，我怕侄儿投奔了真哈烈王爷，所以用了迷魂散。这也是不得已而为之，尚青侄儿见谅。若说叔把你害了，也就害你获得终生富贵。侄儿所说大事又是什么？难道与那钊姆所见汉奴相关？我知侄儿侠义，但还不至于为一汉奴打抱不平。"

原来，他这位小叔并不晓得张骞身份。堂邑父放下心来，诺诺以应。但细一琢磨，又感不妙，倘左谷蠡王对揆顿收买成功，张骞身份亦将随之暴露。寺宴之上，伊稚斜又见过大哥，晓得大哥对匈奴之重要，彼时大哥危矣。所以，在此之前，得先将大哥救出。

可是相距遥远，不通讯息、不知底里，怎么救？何处去救？真不该在钊姆喝得酩酊大醉，让别有用心的小叔有机可乘。

堂邑父不免焦灼："小叔，这里究竟是什么地方，总该有个名字吧？再者，叔以绑架手段对付侄儿，倘若侄儿一百个不乐意，叔又该咋办？"

"王爷说了，倘若不为已用，也决不可为他人所用。"

"这么说，想杀我？"

擿于罕急了："侄儿你咋就这么固执？你只要进了这座兵营，立刻就是千夫长。若是再立战功，只要左谷蠡王一上位，成了匈奴大单于，你便可以成为万骑长。以后大当户、大都尉、大将军，还不是应分之事。届时，叔都要跟着沾光了。我索性告诉你，军臣单于已身体瘫痪，不理国政，老国师也病体支离，日薄西山。小单于於单软弱无能，无力支撑匈奴天下，左右贤王、右谷蠡王年事已高，只在苟延残喘。匈奴偌大天地，唯有左谷蠡王能予支撑。良禽择木而栖，侄儿你还犹豫什么？”至于此处是什么地方、什么地名，擿于罕始终只字不吐。

说话间，堂邑父已被挟持到了兵营大门，他想走也走不成了。

营门守军系两名什长，见是擿于罕远行归来，立即放行。

擿于罕唤着其中一人的名字：“麻蛋，王爷在不在军中大帐？”

那麻蛋看看日头，见太阳尚高，便道：“应该在。”

“我操你妈，话都说不圆泛！在就在，不在就不在，什么叫‘应该在’？”拥着堂邑父，便直奔军中大帐。后面，只听麻蛋高兴地叫道：“你们听见没有，擿管事的刚才骂我了。”

大帐里，伊稚斜正与几个心腹议事，见擿于罕领着一位大汉进来，张眼一望，道：“擿管事这一趟辛苦，有甚好消息告诉本王？”

“我将王爷想要的人，给您带来了。”又一撞堂邑父，“还不赶快见过王爷？”

这是堂邑父首次见到位高权重的大王爷，他看了一眼伊稚斜，觉得也不过尔尔。但出于礼节，他还是打了一躬：“草原莽夫堂邑父，这厢见过王爷。”

不料伊稚斜立即起身，绕着堂邑父走了一圈，最后一拳擂在堂邑父胸膛：“不错，是条汉子！”又话头一转，“听说你有把七百石的铁弓，带来没有？”

“在帐外卫士手中，马儿和刀都在那里。”

左谷蠡王吩咐侍从：“去，将铁弓与刀拿进来。”

见到铁弓，伊稚斜首先试拉，勉强拉圆，已用尽了力气。这要在骑马奔驰之中驰弓射箭，却不能够。再看刀，却是汉人郡尉以上所用的淬火钢刀，比常见刀剑重过两倍，匈奴铜制弯刀哪是敌手！这堂邑父究竟是什么人，真如擿于罕所说，是一草原游侠？犹疑中遂做出决定：“即日起，堂邑父于营内建帐，任锐士营箭术与刀术教习，无本王之令，休得外出！”他须得考察，考察出结果之前，一兵一卒，连什长之权亦不相与。

堂邑父倒无所谓，擿于罕却甚是难堪，之前许诺侄儿的“千夫长”，竟成一句空话。因无颜面对，遂避而不见。

堂邑父每日能亲近的，只有王爷指派的两名侍者。而两名侍者还是年龄不足二十岁的孩子，也就跑跑腿，管管他的饮食起居。但无论有事无事，均与他形影不离。让其外出玩耍，二人均称不敢。说军营中除千骑长以上军官，谁也不许外出，违令者皆以逃兵治罪。

自此，堂邑父如身陷囹圄，活动只在军营之内。军营倒是极大，有毡房三千余顶，军马数万匹，军士三万人以上，周遭数十里，均以拒马、鹿寨、蒺藜围之，有骑士昼夜巡视。时有辎重车辆从营门出进，接受检查。军营之东，是两处巨大的演兵场与训练场。左谷蠡王不在时，由左、右两位万骑长负责管理。

锐士营有骑士三千，由三名千骑长率领，或分或合，由左谷蠡王直接调配。因其系最精锐的部队，所以从武器配备，到战马，到平时待遇，均好于其他军队。营中骑士并不固定，每月都有考核，实行优者上、劣者汰，无论箭术、刀术、搏术，后一百名下，由其他军士补之。

堂邑父连徒弟都没带过，更遑论军队教习。既然一时无法脱身，于是想出一个最简单的办法：凡能拉满五百石硬弓者，为第一箭术锐士营，四百石者为第二箭术锐士营，其他者第三；凡能接他十刀者为第一刀术锐士营，八刀者第二，余下者第三；凡能抱起四百斤石柱左右各摆动五下者为第一搏术锐士营，三下者第二，其他第三。

三名千骑长却道这种做法太乱，军队无法统一指挥。堂邑父无可无不可，反正自己只是一个过客，最后做了一个折中，由堂邑父选出九十人作为教习对象，其他人仍做常规训练。

由秋到冬，又由春到夏、由秋到冬，转眼到了第二年十一月二十左右，堂邑父仍不得脱身，关于张骞的消息，更是无从知晓。倒是他所带的九十名骑士，均有以一敌十的功夫，受到军士们的崇拜。三名千骑长也完全改变了看法，主动与他接近。一天，从交谈中偶然得知，这里离西乌尔特很近，向南不过五十来里，健马一个时辰便到。

西乌尔特，那是堂邑父十分熟悉的地方，多年前往返兴安岭，结识了那里的酋长老梆子和他的儿子突尔梆——小梆子。以小梆子的能耐，对真哈烈草原定必非常熟悉；以小梆子的友情，亦定会助他一臂之力。经过一天的琢磨，一个大胆计划，逐渐形成。

恰在此时，军营里的战争气氛突然浓烈起来。伊稚斜整天在大帐里与千骑长以上军官进行着密谋策划。他对堂邑父提出，由他所训练的九十人，组成一支特种影子部队，专在夜间实施跟踪、追杀任务，其他人均表赞同，认为这是一个绝佳的杀手锏。

十一月二十四日，夜幕降临，九十名特种骑士整装待发，左谷蠡王、万骑长亲临现场。堂邑父亢声道：“英雄们，勇士们，一年多来，我以我的能力，与你们共同学了箭术、刀术和搏击之术。但是，作为王爷的尖刀和利刃，我们还有最重要的一项没有补上。那就是夜间追踪追杀术。这在军营里无法实现，得在荒原旷野中以实战完成。具体做法是这样：前四十六人每两人一组，扮作逃亡者，先行出发。后四十四人每三人一组，扮作追击者，随后出发。捉得我者，大胜。”“胜”字出口，堂邑父已驰出营门之外。待其他骑士醒悟，赶出营门，已不见堂邑父的踪影。

在争夺单于大位的战争中，堂邑父虽是无心，却为左谷蠡王训练出一支诸王皆惧的奇兵。此后不久，在对真哈烈的首战中，便取得大胜。

堂邑父向北驰出不到十里，便和马儿一同隐入一片草丛，见一帮一伙的军士向远方互相追逐而去，这才不慌不忙折身向南，到西乌尔特小梆子家门，已近亥时。其时，小梆子带领村民为军营运送给养，也刚回来不久，听得有人叫门，开门灯下一看，见是堂邑父，那种惊喜，自然难以言说。

堂邑父说了事由经过，最后道：“这几天，我不能公开露面，得等风头过了之后，再去真哈烈草原寻找我的大哥张骞。上次是你求我去了一趟大兴安岭，这次却是我求你给我当一次向导。小梆子，有没有问题？倘若走不开，我就一个人去，总有找着的一天。”

“堂叔叔，看你说的，许你有义薄云天之举，就不许我有舍身为友之行？只是可否待上两天？因我那女人又将临产，是男是女，总得见上一面。”

“此乃喜事、大事。我等。”

十一月二十四日，堂邑父、小梆子才直奔真哈烈王府。五天后抵达目的地，方知王府已被左谷蠡王占据，真哈烈逃得不知去向，揆顿不见人影，管家携财逃跑被人所杀，关于张骞的行踪，无人知晓。堂邑父不由得大急，担心张骞发生什么意外。倒是小梆子，极力劝慰，建议到附近村落找找。

十二月初一，二人到了细坪，长老告知，张骞与勒古台夫妇去了妥开夂部落，要在那里候上一段时日。堂邑父放下心来，第二天赶至妥开匆草原，头人乌哈齐却说，张骞三人三天前便已离开，回兰扎呼王爷属下的一个什么草原去了。

这真是：

身陷图圄，又做囚徒，细坪部落掘井奴；
草原浩瀚，家国日远，长安市井堪回首。
且将一身肝胆，付与无情岁月，
足踏人间荆棘，孤身昂然对敌酋。
又有义薄云天侠士故友，勒古台、堂邑父，
虽无翳凤骖鸾⑤，但却摇撼日月星辰斗牛！

欲知后续故事，且由下回分解。

注释：

①希洛克河：系色楞格河下游的一条支流。前面已有注解。

②雅布洛诺夫山脉：今蒙古国东北部的一条山系。

③羯羊尾脂：即羯羊尾巴里的油脂。吃时先托于右掌心，然后嘬唇吸溜。往往奉与最尊贵的客人或长者。

④擿（zhì）：有两解：一、搔抓；二、投掷。此处作人名用字。

⑤翳凤骖鸾：翳凤，用凤羽做华盖，指漂亮的马车；骖鸾，三匹辕马驾驶的车辆。

第八十五回　张骞得助妻儿团聚
自乐失爱遭匪杀仇

“勇儿，快叫阿爸！”昆古丽玛月伦拉过儿子，指着张骞道，“你不是天天闹着要去找阿爸嘛，怎么见了阿爸又不叫了？”

五岁的张勇头戴小皮帽，身穿小皮袍，嫣红娇嫩的小脸上，眉若点漆，唇似涂朱，清澈黑亮的大眼睛，露出羞怯迟疑的神色。望着这个胡子拉碴的男人，想叫，又不想叫。

“你看你，几年不回来，孩子都认不得了。”

“我这不是回来了？再说，我去西域时，勇儿还太小，不记事的。”张骞温和地一笑，又蹲下身子，“勇儿过来，让阿爸抱抱。你没听见，你阿妈在说我的不是呐。”

张勇有些犹豫，望着母亲。

“勇儿，你是男子汉，怕啥！他是你阿爸，不光要他抱，还要让他背，让他举高高，驾他的驾官，骑他的大马。你要他做什么，他不敢不做。他不做，阿妈就打他的屁股！”

妻子这么一笑，反倒让张骞鼻根一酸。他欠他们母子的，实在太多太多。而那些死去的使节队员，他们的亲人，将更其哀痛。他突然一把搂着儿子，在那小脸蛋上不停地亲着。

“阿爸，扎！”张勇奶声奶气地叫道，一双小手却又搂起他的脖子。

张骞趁机让儿子骑上脖颈，驾起驾官，在帐篷里小步跑了一圈，又捉着一双小手，去了帐外。把个张勇乐得嘎嘎直笑。

玛月伦追了出来："外面天冷，别把儿子冻着。"

"是，遵命。"张骞一个回旋，又将儿子高高举起，回到帐篷，轻轻放下。接着从怀中掏出骨笛和一包油煎面果："儿子，阿爸手中有两样东西，你要它（骨笛），还是要它（面果）？"

张勇伸出一只小手，去拿骨笛。拿到之后，反复掂弄，横着抠上面的小孔，又竖着用一只眼睛从孔中朝外看，一会儿对准阿妈，一会儿对准阿爸。突然将骨笛一扔，举起一双小拳头去捶玛月伦："阿妈只看阿爸，不看我。"

"你们是谁惹孩子不高兴了？"话音一落，帐门外走进两个人。

"台叔叔，果婶婶！"张勇一下扑过来。

阿果拉芒娃躬身将孩子抱起："他们惹你不高兴，你给我当儿子去！"

"我不。你们一来，阿爸又要到很远很远的地方去。"一咕噜溜下地，抱住张骞一条腿，仰起小脸，"阿爸，你又要走，是吗？"

张骞将儿子抱起，指指勒古台和阿果拉芒娃："阿爸上次去了很远的地方，遇见了坏人，被坏人围困回不来。是你台叔叔、果婶婶带了许多兵，才把阿爸救出来。你台叔叔、果婶婶刚走又转来，不是要阿爸到很远的地方去，是要接你和阿妈都到他们那里去做客。"又对勒古台道，"我晓得，你们走了又返回，是要我一个承诺。"

"张大哥，你说得不错。一旦你们三兄弟相聚，不日就会起程回到大汉。此一去，我们终生恐怕再难见面，所以我需要你一个承诺，年内你们全家和那两位兄长，最少得在突阿贺待上一个月。反正现在天气越来越冷，局势越来越乱，骑痞、土匪、'托力达'，只会比这次从真哈烈草原回来的路上更多。勇儿又还小，禁不住冻，更禁不住吓，匈奴王廷也无人管你，倒不如明年三月前后返回长安比较稳妥。"

"我真为你高兴，再也不是以前的勒古台，变得会分析局势、思考问题、谋而后行了。这个承诺我给，再叨扰你们一个月。今天十二月初七，十二月二十一日，不管堂邑父、秦自乐见没见着，我们都从这里出发去突阿贺。他们来了，就让他们去你那里找我。”

勒古台扯了一把阿果拉芒娃：“大哥大嫂，这次我们真走了。”昆古丽玛月伦还没来得及挽留，勒古台夫妇已掀开帐门棉帘，跨步而出，去解马缰绳扣。

张骞抱着孩子，与玛月伦并排相依，直到望不见勒古台二人的身影，才折身返回。

看到帐篷左边一处空落落的地方，张骞突然站住：“隔壁原来住的范佑铭家小，搬到哪里去了？我回来了，你也不告诉我。”

“这事怎么好说与你？那女人得知范佑铭的死讯，在你们去西域的第二年，便就带着孩子又嫁人了，去了什么嘎彩姆部落。”

“那她应该将孩子给你留下，孩子毕竟是范铁匠的骨血。”

“匈奴人的风俗，你又不是不晓得。那汉子正因为看上她有孩子，这才娶她的。”

张骞一声叹息，不复言语，只是抱着孩子，站立良久。一会儿，又怅然道：“三弟的情况，你可晓得？他和卡帖娜现在住在哪里？”

“卡帖娜父女为寻找秦自乐，流落到诺月不久，达力诺便去了长生天。剩下卡帖娜一人，孤苦伶仃，受人欺凌，被逼无法，搞了个比武招亲。恰巧，你们兄弟三人从西域归来，在你被龙廷武士押往龙城之时，秦自乐、卡帖娜也得以重逢。在蒙利克的帮助下，去了一处名叫‘荒坑’的地方安家。听说那里荒无人烟，只有一个人畜不敢一碰的死水潭，也不知他们是怎么过活的。以前他们倒是常来看我，每月最少一两次。每次来，都要给勇儿带上许多吃食，玩上半天，还说他们离此不远，不到一百里地，骑马一个时辰就到。不过，大概因为卡帖娜有了身孕，上月没来，这月月半了，仍没来。我正想去找蒙利克，将卡帖娜接来咱家，我来看护她的月子，不料你能回来。”

“我要阿妈抱。”孩子欲从张骞怀中挣开，“我想秦叔叔娜婶婶。秦叔叔给我削了许多根小木枪，好玩得很；娜婶婶给我做了大把大把的小奶糕，好吃得很。”

玛月伦接过儿子：“上次我见卡帖娜已经显怀，大概最近就将落月。你明天去蒙利克那里找两顶帐篷，先在旁边立起来——多找一顶给堂邑父备着，说不定哪一天他突然就来找你。”

“玛月伦，你和我想到一块儿了。”张骞显得非常高兴，“你已经晓得，嘎女子为二弟生了个儿子，三弟这次如果也能有个儿子，那么勇儿他们这一辈又是三兄弟。”他伸手揪揪儿子的下巴，“勇儿，晓不晓得？你也将要当上大哥了。”

玛月伦笑道：“他晓得个屁！还是个毛虫样的娃儿。堂堂一个大汉大使，说话不着边际。”

张骞也感到好笑，却道：“如果他们能从小一块儿长大，自然就是兄弟。”又轻声一叹，“据说嘎女子前头找了个男人，在龙城有份家当，只怕不会去我家乡生活。就你玛月伦，如果不是我张骞，你也定然不会去城固，过那与草原完全不同的日子。”

“你算说对了。但是你们汉人女子说过，嫁鸡随鸡，嫁狗随狗，嫁个棒槌抱着走。张骞你就是个棒槌，我也要抱着你去张家集白崖村，过那田园日子。”

“阿妈说阿爸坏话，阿爸不是棒槌！”张勇在玛月伦怀中挣扎，欲要下地。

张骞夫妇不禁开怀大笑。玛月伦道：“儿子说得不错，你阿爸不是棒槌。他若真是个棒槌，阿妈就不会有你这个宝贝儿子。”三人说着，进了帐篷。张勇一下地，便去找那一包面果。

张骞拿起骨笛，忍不住为久别的母子吹了一曲。接着唱道：

高高远飞的雄鹰，展开宽大的翅膀徐徐降落；
所有的地方都是冰雪，唯有那里的春天永远活着。
那里的春天有着响亮的名字，昆古丽玛月伦和小张勇，
我们彼此用坚韧缝纫守候，让岁月从指缝里一天天淌过。

历经沧桑的呼唤，胸中澎湃着一支思念的长歌；
平静与祥和充满怅惘，亲人那里的盼望一直醒着。
那里的亲人有着清水的纯情，白云飘青草长和小花朵，
我们一起以血肉修筑坚强，让光阴不再说人人都很脆弱。

面对爱妻幼子，张骞这是第一次为他们母子唱歌。他唱得很慢，匈奴长调的悠扬和《摩诃兜勒》曲的苍凉相互融合，产生出一种感人至深的效果。他的感情

随着歌曲的展开，逐渐沉浸到忘我的境地。使节队中那一个个死去的兄弟，都一一出现在眼前：李肃百、夏宏、杜槐、戴羽、公羊鸣执……以至王兼、范佑铭、陈尚斗、苏疾、由天际、杨柏、孙治瑾、赵无偏、任扶，他们的春天也应该永远活着，他们的盼望也应该一直醒着。唱毕，张骞已是泪光滢滢。

昆古丽玛月伦见丈夫如此深情地为她唱歌，早已一身瘫软，搂着儿子，眼神发痴。直到张勇唤道："阿妈你怎么了？"她这才醒过神来，说道："你阿爸唱得太好，我都入迷了。"

张勇却过来揪着张骞的衣服："阿爸，你唱歌给阿妈听，为何不唱歌给我听？"

张骞为难了。他唱过许多歌，可从来没给小孩唱过一次歌，尤其一个五岁的孩子，唱什么他才明白？可儿子的要求，又不能让他失望，于是以商量的语气说道："张勇，你看这样好不好。刚才阿爸唱累了，你让阿爸歇会儿，喝口水，润润喉咙，然后清清爽爽、亮亮堂堂给你唱支好听的歌。"

"好。阿爸，你再吃一点面果果，唱歌时有劲。"说着，抓了一把面果递与张骞。

张骞激动得几乎掉下眼泪。儿子小小年纪便晓得关心疼护别人，长大后必定是一个有胸怀的大丈夫。他紧握那只小手，尝了一小片面果："谢谢儿子的关心。阿爸现在可以唱了。张勇听好，阿爸这首歌的名字，就叫《小面果》。"

我是一角小面果，小面果，
我跟张勇有话说，有话说。
你可晓得我从哪里来？
这里面的故事有很多。
小小的麦粒儿下了地，
一粒就长出千百颗。
种麦管麦收麦汗珠滚，
磨成麦粉累得人背也驼。
婶婶和面擀面费力气，
擀成面片儿再切成角，
然后一捧一捧下油锅，

炸得面角成面果，

吃到嘴里又香又脆不挨饿。

张骞像说又像唱的自由调，逗得玛月伦直想发笑：“你这也能叫歌？真是在哄小孩。拿出去唱，得把人笑死。”

然而张勇却高兴得又蹦又跳：“阿妈听不懂，阿爸唱得真好。”

十几年来，张骞第一次感到家的温馨和幸福。他进而想到，汉匈边境的万千个家庭，什么时候才能享受到宝贵的祥和与宁静？

而让他万万没有想到的是，秦自乐此时却沉浸在巨大的悲怆和仇恨之中。

龙城福远客栈店主宝力奇，派出了他手下最剽悍的杀手“三铁”——铁手、铁腿、铁头，到草原各处寻找“达力奇”（秦自乐当年入住客栈时的化名，见本书第六十回），以报十名卫士被杀之仇。而十名卫士之中，有他唯一的一名外甥和一个亲侄。他不惜拿出万金，要将“达力奇”捉拿归案。捉不了，就将其枭首带回。

“三铁”以铁手为首，功夫俱是了得。铁手可将牛角从牛头生掰下来，铁腿可以一脚踹折牛的腿骨，铁头一头可以撞断牛胸骨。

“三铁”出发的前一夜，宝力奇的女儿塔丽琪琪格，却找到铁手：“我有事，你来一下。”

领入闺房，塔丽将门一掩：“我不管你用什么办法，你必须将‘达力奇’完完整整地带回来。”

“这恐怕办不到，老爷可不是这么吩咐的。”铁手的一双小眼，直在塔丽胸脯上眨巴。

“老爷给你金钱，我可以另外给你想要的东西。”

铁手不由分说，一把搂住，便去解塔丽琪琪格的衣服。

“不行。你还没有应下。你不应下，我就叫人。”

“鸡巴，应下就应下。这算他妈个啥。”

做到入港处，塔丽琪琪格却像猫儿嚎春，连连呼叫着“达力奇”。

铁手一个耳光扇去：“妈的个鸡巴，明明是我，你却叫着别人的名字。”

“你敢打我？我马上去找阿爸，告你强奸，看我阿爸怎么剁了你这双手。”塔丽琪琪格整衣出门。

铁手扑通一声拦门跪下：“我浑蛋，我不是人，请大小姐饶了我。”

塔丽琪琪格止步：“听好，事办成，以后每月有你一次。滚！”

然而，三个人从北到南，从东到西，一个部落一个部落，梳头一样找了几年，也不见人影。

铁头逐渐泄气：“我们都认得‘达力奇’，那是个汉人，不定人家已经回到了汉国。”

“头儿，我们回去吧，也好让家里人放心。”铁腿应和着。

可铁手一想到塔丽琪琪格美妙的身体，却不死心：“你们两个可得想好，那可是花不完的金子，就这么舍得放下？就算我们一人分得一千，这一辈子也可以甚事不做净享福。依我说，我们今年再找出去，到年尾如果还找不见，那时再说。”

结果，在卡帖娜比武招亲的大会上，他们发现了“达力奇”，并且晓得了“达力奇”的真名叫秦自乐。

三人于是密谋了许久。

铁手最后道：“既然发现了‘达力奇’，也就是秦自乐的行踪，事情就比较好办。而且，这秦自乐与卡帖娜像是久别重逢的小夫妻，事情就更好办。因为他们一定会找个地方住下来，不再四处乱跑。只是，我们现在还不能动手。因为在杀人现场，我们已经看到过，福远客栈的十名高手，尚未接敌，便都中枪而亡，且是一枪毙命，其准、其狠、其稳，世所罕见，我们贸然进攻，无疑是送死。所以此事须得徐徐图之。”

“老大，你说，怎么个图法？总不能将到手的金子都送给别人吧？”铁头说。

“我正有此意，当然不是‘都送’。但须得你二人同意。”

“呃，还真有此事？说说看。”铁腿插言，显得有些不太高兴。

“这赏钱有命拿，还得有命花，你们说，是不是？”见二人点头，铁手继续说道，“一万金，六千我们三人留下，拿出四千做两件事：一是用五百至一千雇一细作，向我们通报秦自乐的去向；二是雇请五至六名帮手，每人付佣金五百。请谁当我们的细作？此人得有点身份地位，由手下人去监视打听。此人我已选好，就是对面帐篷的主人，嘎彩姆部落的土司律巴赫。当然，此话不能明说，如何讲，一会儿前去拜会时，由我相谈。至于帮手，这几年东南西北我们也认识了不少人，比较有本领的，如因突部落的巴哈，噶弘因部落的多戈，巴布彦小王爷的卫士米尔加，律金答小王爷的卫士阿布，河督府管家的儿子那佐，都是拿钱请得动的人。他们拿钱杀人，我们拿钱买命，应该是最划算的事。”

“按你所说，这要拖到甚时才能动手？”铁头道。

“半年不行一年，一年不行两年。龙廷客栈里的人老爷不让动，我们只能这么办。”铁手迭指一算，又道，“干脆，通知各路帮手，明年八月二十二日在噶彩姆聚齐。二十三日或二十四日动手，打他一个措手不及，活捉也极有可能——现在我们就去拜访律巴赫。”

铁手率先走进帐篷，见律巴赫父子正在打点行装，便故作惊讶：“土司老爷，你们准备就走？招亲这事就这么算了？唉，多好的一个姑娘，却看上一个流浪汉，而且是个汉人！”

律巴赫尚未答话，鹿裕浑已正色回道：“我们之间并不相识，一进门就如此说话，什么意思？连傻子都看得出来，人家是一对生死相依的有情人。”

“鹿儿不得无礼。我们匈奴人讲究的是进门就是客。小儿年轻，说话冲，请客人莫怪。不知几位光临敝处是串门，还是另有他事？”

“我们是律金答小王爷府上的人，我叫铁串木。我家小王爷从小酷爱音乐，我们来此不为别事，本欲请卡帖娜父女去律金答草原安歇一段时日，不料其父已死，卡帖娜又在搞比武招亲。乐师王府里倒有，现只缺卡帖娜这样的歌者……”

“这与我有什么关系？你应该直接去找卡帖娜。”律巴赫打断铁手话头。

铁手显得非常谦恭：“这事与老爷是无任何关系。可您看见，现在这种情况，我们怎好那么不知趣，去触霉头，惹人厌烦。弄不好，以后答话的机会都没有。我的意思，是等上三五个月之后再说，所以请老爷帮小王爷一个小忙，留意一下这两人的落脚地点，到时告诉小人，免得小人四处寻找，白跑空路。当然，也不能让老爷白白帮忙。”遂掏出两锭金子，纳入律巴赫怀中，“不成敬意，一点小意思。”一招手，另二人相跟着退出。

律巴赫追出帐门，三人已如飞而去。

鹿裕浑亦走出帐外：“阿爸，无端授金，这事透着蹊跷。”

“人已走远，你说咋办？”

“最好别管此事，金子到时还他就是。”

“可真要是律金答小王爷请我帮忙，到时怎么回答？不就留意一下这对小夫妻的落脚地点嘛，好大个事情？依我之见，干脆请这对夫妻到我们部落去。”

“阿爸主意不错，可人家未必愿意。阿爸你没发现，那年轻汉人绝非一般人物。”

“麃儿说的也是。算了，此事不过是请咱‘留意’。遇上了，咱就‘留意’；遇不上，就别管。”

父子二人就这样商定下来。

可事有凑巧，秦自乐夫妇来荒坑两个月后的一天，律巴赫带领管家和几名武士途经此地，去找蒙利克，商议秋季购买粮食事宜，恰好与秦自乐打了个照面。当时，秦自乐正在演练飞马投枪。卡帖娜不停地向空中抛物，秦自乐则不停地掷枪以击。短枪似为硬木所制，长尺余，投时根本不用目测，疾如闪电，带着啸声，破空而出。不管前掷后投，斜飞侧击，一匹白马奔腾驰过，枪枪皆无虚发。

几名武士看得发痴，律巴赫喝道：“看人练武，实为不敬。走吧，少惹麻烦。”心中却在念念：这里荒野百里，时有土狼出没，敢于在此落脚，这个年轻汉人功夫着实了得。只是不知，是否好与相与。麃儿文师有汉人先生，若武有此人为师，则妥矣。可惜，上次让麃儿拜师，被一口回绝。

秦自乐哪知此中的曲折。律巴赫一行走远之后，卡帖娜道：“秦哥哥，刚才过去的那个官儿我认得，是噶彩姆的土司律巴赫。上次为他儿子拜师被你拒绝，说不定还会找上门来。想不到，在这荒野清静的地方，仍会遇上麻烦。不过，那个男孩，倒挺聪明。”

“聪不聪明，与我何干？匈奴官府里没一个好东西。越聪明干起伤天害理之事，就越是不露痕迹，叫人防不胜防。他再来，我就两字：不允！何况，说不定哪一天张骞大哥突然出现，我俩说走就得随大哥一块儿回汉中老家。”

卡帖娜调皮一笑：“秦哥哥，我问你，勒古台算不算匈奴官府里的人？”

“他？他当然不算。勒古台是大哥的学生，又是大哥的铁杆朋友，大哥看人识人为人，从来不会错的。对勒古台，之前我不晓得，这次在突阿贺，使我更加体会到大哥交友的本领，远在我与二哥之上。当然，西域列国之行，那种种意想不到的场面，若非有大哥机敏应对，也难有那么多异国朋友。”

“秦哥哥，你左一个大哥，右一个大哥，我都有些嫉妒了。”

“你嫉妒什么？应该感激才对。若非大哥安排，你我哪有现在这般的生活？”秦自乐又一声叹息，无限怅惘道，“还不知大哥正在什么地方遭罪，救没救得出来。两个多月了，什么消息也没有，真想去龙城打听打听。”

“秦哥哥，你真想去，我不拦你。你也不用替我操心，我去和大嫂一块儿住。那勇儿实在叫人心疼，我会过得很好。再说，蒙利克也不会亏待我。”

“才相逢就让我撂下你？大哥晓得了，会十分生气。无论如何，我们要像大哥大嫂一样，得有自己的孩子。”秦自乐趁机一摸卡帖娜的肚皮，“甚时看到它鼓起来，我再向大哥二哥报喜。”

“秦哥哥，你怎么恁地不正经！”卡帖娜说着，便搂紧了秦自乐的脖子。

等待中，又是几个月过去，荒坑已是深秋草枯季节，狼群袭击的次数愈加频密。鉴于在扜弥遭受狼群攻击的经历，秦自乐都以赶走为要，一般实施火攻。只有两次，秦自乐以木枪将头狼击伤，并不取其性命，使其知难而退。而这两次均在夜间。一次子时之后，有五匹狼偷偷潜至羊舍外，准备纵身跃入，却被牧羊犬狸猫发觉。一声吠叫惊醒秦自乐，秦自乐携枪而出，狼群并无退却之意。眼见头狼准备向他扑来，遂一枪中其腹部，使其带伤窜逃。一次约在丑时，正是睡梦正酣的时刻，有狼群不知多少，竟避过狸猫，公然在帐后抓挠，欲破帐伤人。恰巧卡帖娜小解，推醒丈夫，秦自乐抄起身旁木枪，投向狼嘴，那狼负痛而退。待秦自乐携枪举火奔出帐门，狼群早已不见踪影。

秦自乐遂在帐篷里外、马厩羊舍周遭，统统埋上尖溜溜木签，上以草皮覆之。同时，在寝铺顺手地方，置放数十根木枪。

这次狼事之后的第四天，秦自乐、卡帖娜去小树林，准备将里边的一些枯枝枯木枯藤拖回，以作薪柴。秦自乐不让妻子劳作，说只要在一旁陪着即可。卡帖娜便道：“我在附近转转，总该可以？”秦自乐叮咛道：“不要走得太远，以我短枪能到的地方为限。”卡帖娜应声“晓得”，便在附近衰草中拨弄，试图发现有无越冬的绿色根茎小草。

渐渐地，走得有些远了。

“娜妹妹，你回来！”秦自乐回头一见，立即喊道。

卡帖娜折身欲返，忽听旁边草丛中传出狼的哼哼之声，她惊得大叫：“狼！有狼！”

秦自乐几个提纵，飞步赶来，一把将卡帖娜拉到身后，这才用短枪拨开草丛。

草丛中躺着一只母狼和一只小狼。狼崽已经奄奄一息，母狼亦骨瘦如柴、乳房干瘪，没有翻身的力气。嘴筒正中，扎着那根小木枪。见到秦自乐，挣扎了一下，又悄然闭了眼睛。

显而易见，这只母狼便是那晚偷袭他们的领头者。它可能好多天没有捕获到猎物，或者捕到的猎物很少，都被公狼抢食，为了有奶水哺育幼狼，才冒此风险。冒险失败，又被公狼无情地遗弃。现在，它发现敌人找上了它，所以就闭眼等死。

卡帖娜依着秦自乐的肩头：“秦哥哥，它们好可怜哦。”

秦自乐兀地生出一种恻隐之心，取下卡帖娜身上的水袋，掰开小狼嘴巴，为其喂了一会儿水。接着，拔去母狼嘴上的短枪，又在其伤口上撒了一泡热尿（古人认为，热尿可防止伤口溃烂——作者附注）。见母狼双眼睁开，便将剩下的水全灌入狼肚。也不再耽搁，让马儿拖着柴捆，秦自乐抱起母狼，卡帖娜抱着小狼，回家。

回家之后，卡帖娜便去为小狼喂食奶茶。秦自乐则先为母狼敷上伤药，再将一块羊肉切碎捣烂，端到母狼面前，母狼扑腾了一会儿，勉强站起，吞食了两口，又因伤痛停下，接着又一跤栽倒。秦自乐索性让其躺着，一勺一勺地将碎肉塞入狼口。差不多之后，秦自乐避开马厩、羊舍，在一偏处建了狼室，吃了、喝了之后，让狼母子在里面静卧。

第二天，发生了一件异事。

秦自乐夫妇正在帐外为狼母子喂食时，突然出现了一只公狼，远远地、静静地蹲坐在很显眼的地方，直直地盯着他们。直到他们将狼母子抱入狼室，那公狼才悄然离开。

连续数天，皆是如此。卡帖娜本来有些担心，见公狼并无攻击之意，也就不予理会。

第五天，母狼已能自主进食，而且有了奶水。小狼也变得越来越淘气，有时弄翻水桶，浇湿了狼毛，冻得瑟瑟发抖，卡帕娜不得不为其揩干水气；有时上到柴火堆上撒尿，弄得狼臊味儿臭不可闻，秦自乐不得不将其一一挑拣另放。第六日，眼见所存肉食已尽，秦自乐不得不将过年的一只肥羊提前杀掉，以供狼食。

杀羊时，母狼只是静静地看着。见到牧羊犬狸猫，便叼起小狼，避入狼室。

第九天，秦自乐提了一大块羊肉，放在母狼面前，说道："我不晓得你家在哪里，无法送你回去，可公狼天天都在等你。你已经行动自如了，带上这点礼物，和你的孩子一块儿走吧。"卡帕娜竟有点不舍，抱起幼狼，理了理狼毛，又轻轻地放在母狼身旁，接着说道："但愿你们还能记得这里，认得我们，不要再来扰害。"

母狼久久地望着他们夫妻俩，见他们向它挥手，这才叼起羊肉带着幼狼，向着公狼的方向奔去，那公狼立刻蹦跳相迎，结伴而去。

秦自乐立即拆了狼室，连同带狼尿味儿的柴火，一把火烧了个干净，对卡帕娜自嘲道："娜妹妹，想想这事，真有意思。这些年来，我杀狼无数，这次看到小狼遭罪，命悬一线，不但下不了手，还将带头害我们的母狼，也一同救治。你说，我是不是心软了，今后杀那些恶人，是不是也下不了手？"

"秦哥哥，不是这样。依我之见，狼之恶，仅在猎食报复；而人之恶，恶在贪得无厌，寡廉鲜耻。这是阿爸曾经教我的。说你不相信，阿爸就以歌声唱退过狼群。那时我虽年幼，记忆却极为深刻，歌词音律至今未曾忘记，我不妨唱给哥哥你听——"

我们突然在此相见，难道是上天缘分的提前？
头狼头狼你来回答，缘分非得要在今天兑现？

我晓得你们饥肠辘辘，结束缘分只在须臾之间；
如果彼此撕碎了信任，最后时刻也请听我一言。

我有女儿尚在幼小，生命的记忆还十分短暂；
如果是桩惊恐故事，就由我这老头全部承担。

歌声平静而柔和。秦自乐问道："后来怎么样了？这歌叫什么名字，我还从来没听你唱过。"

"傻瓜。后来，当然是头狼带着狼群追逐远方的黄羊去了，否则我还能见到你？阿爸说，歌的名字，就叫《狼之歌》，并说希望以后再也不要唱这样的歌。"接着，又羞涩一笑，"这次我们救了狼母子，但愿不久也会有我们自己的'小狼'。"

秦自乐正要上前拥抱卡帖娜，不料从帐后走出五骑人马，当头者正是噶彩姆土司律巴赫，紧接其后的是他的儿子麃裕浑，另外三人，大概是土司府的卫士。

出于礼貌，秦自乐将律巴赫父子请入帐篷，卡帖娜为其奉上奶茶。

"刚才偷听了卡帖娜的清音，果然美妙无比。"律巴赫首先赞道。

"闲着无事，瞎唱而已。"卡帖娜随口应付。

秦自乐一旁干坐，无话可说。

"若是你们闲着无事，我正好给你们找点事做。"接着对外叫道，"把礼物呈上来！"三名卫士应声而入，人人托着礼物，除了金银，吃的用的，应有尽有。

秦自乐端平了脸："土司老爷，你我非亲非故，这是为何？何况我有一习惯，即就至亲，也从不收礼。所以，这礼还得土司老爷自请带回。"又唤了声妻子，"卡帖娜，送客！"

"且慢。此乃小儿拜师礼，秦大侠请务必收下。"遂将儿子衣服一撴，"麃儿，还不赶快行拜师大礼！"

麃裕浑一闪，到了秦自乐面前。秦自乐急忙避向一边："土司大人，我从未应过此事，也从不收徒。我才疏学浅，武艺平平，不堪为人之师，请别难为于我。再说，我们不日就将离开这里，远走他乡，去异地谋生。"

"远走他乡，不若移步噶彩姆。收徒授业之事，一年半载亦可。"律巴赫又撞撞儿子。

"朋友之约，不可违拗。授徒之事，请予免谈。免得弄得大家都不愉快，脸上也不好看。"

"可你已经让我阿爸很不愉快了。你这可不是聪明人的做法。"麃裕浑口气硬将起来，完全不像比武招亲时的样子。

见这小子小少爷的脾性暴露无遗，秦自乐不由得心生厌憎，于是讥诮道："领教了，贵少爷倒像是末下的师傅。我从未请土司老爷造访小民，令尊愉不愉快问你自己，与我何干？”

“阿爸，人家不乐意，何必自讨没趣？咱走！”五人骑带着礼物，灰溜溜走了。

“小子，你会后悔的！”律巴赫临走撂下一句话。

路上，土司父子又有另一番议论。

律巴赫道：“原想让麃儿拜姓秦的为师，学上一年半载绝杀功夫，便可实现灭掉蒙利克的计划，现在看来难了。”

“阿爸不用着急。你已打听过，这秦自乐也未教蒙利克的人学武，这就不怕，可以慢慢图之。”

“今日不教，谁敢说明日不教？”

“那就设法将姓秦的赶走！”父子二人遂在路上开始谋划计策。

倏忽之间，到了八月。半年多过去，仍无张骞和堂邑父的任何消息。之前的十年，秦自乐已经习惯了等待，这次有卡帖娜陪伴，便少了许多孤独。而且，自从晓得卡帖娜有了身孕之后，便有了更多的憧憬和更多的向往。

一到八月，秋草一天黄过一天。春天在荒秃之处撒下的草籽，长成的新草虽未成片，却也一丛丛很是可观。新开辟的菜园中，试种的黄瓜已成残藤，而菠薐菜仍绿油油十分可爱。此时卡帖娜已大大显怀，小两口商议着，到十月底十一月初去大嫂处分娩。为避免触动胎气，里里外外，甚活都由秦自乐包办，不容卡帖娜插手。

八月二十四日晚是一晴朗之夜，天上的星星安详地眨着眼睛，荒坑四周全是秋虫的鸣声。自从秦自乐、卡帖娜救治狼母子之后，荒坑周围再也没了狼群的影子。所以，马儿、羊儿和牧羊犬，夜夜都很安宁。这一夜毫不例外，劳累一天的秦自乐，习惯性地一手攥剑、一手握枪，头一挨枕，便就呼呼大睡。

卡帖娜因为怀着孩子，晚间需要多次小解。为了行动方便，帐篷里左右各点着油脂明灯，衣服也只解下夹袍。困急了，就挨着秦自乐躺一会儿。

后半夜，卡帖娜解完小解，刚刚躺下，忽听帐外有什么东西轻轻响了一声。她应声而起，再听，只有呼呼的风声。仔细分辨刚才听到的声音，像是小树枝被折断，“嘣”的一下，再无动静。她突然想到帐外所埋的木签，因为再无狼害，也就未予更换，许多已成了朽木。她怀疑是野兔或者狐狸经过这里，踩折了木签，而吓得迅速逃开。

朦胧中，卡帖娜突然感到帐篷里有风刮入，而且听到了羊叫。睁眼一看，有四五名土匪已破帐而入，举着明晃晃的弯刀，向秦自乐劈去。

卡帖娜大喊一声：“有土匪！”立即本能地护住秦自乐，最凶狠的一刀，深深地扎入她的肩颈，卡帖娜惨叫一声“秦哥哥”，便没了声息。

秦自乐一个翻滚，避过了另一刀，顺势划出地躺剑，削掉那个执刀人的手臂。只听“呛啷”一声，断臂和弯刀撞在迎头砍来的另一刀，那大汉一窒，顷刻被短枪刺入肚腹，断墙般倒在秦自乐一旁。秦自乐挺身站起，乍见一汉子欲拔卡帖娜身上的弯刀，狂怒之下，一个飞脚踢碎那人的下巴，那人弃手便向破洞逃去，脖间倏地一凉，一颗脑袋已被利落切掉，腔子里的污血“滋”的一下，激射如箭，恰好将另一匪徒的脑袋喷成一个血葫芦。秦自乐倾身躲开来自背后的偷袭，短枪一个斜飞，扎入那颗“血葫芦”的喉管。

转瞬之间，侵入帐中的五个匪人，两死两重伤。那偷袭汉子见势不妙，打落一盏油灯，逃出帐外，飞身上马：“姓秦的厉害，大家赶快逃命！”也不管同伴，挥鞭催马，疾飞而去。

入帐偷袭的五名高手，仅有一人逃出。秦自乐武功之高，令帐外守阵之人，无不心胆俱寒，哪敢滞留等死，恨不得两肋生翅，飞离生死之地。

秦自乐追出帐外，只见余敌并未顺着一个方向，而是四散逃去，星辉之下，已经远去。他不得不暂且放下追杀念头。回首一看，见帐篷已然起火，心里不由得一紧：“卡帖娜！”飞身回转，揽起卡帖娜。火光之下，只见她双目紧闭，一摸脸颊，已经冰凉。秦自乐抱起卡帖娜，将她移到一旁，随之一个踉跄，坐倒于地，哽咽了许久，才凄厉地号哭道：“你醒醒，娜妹妹！告诉我，这是为什么？你那么善良，那么真诚，那么地为他们歌唱，可他们为什么要杀死你？天公爷爷，你还有没有公平，还讲不讲道理？娜妹妹，我现在对天发誓，那些残害你的贼子，我要一个个把他们都找出来，让他们替你偿命！”

大凡习武之人，都异常机警。秦自乐虽然陷入极度悲怆之中，但周围哪怕一点轻微的响动，也会被他发觉。眼角余光一瞥，见那痛晕过去的断臂贼匪已然站起。

秦自乐飞步将剑架于那匪徒脖项间：“说，你是何人？你我素不相识，无冤无仇，缘何要来害我？”

那贼匪因为失血过多，脸色煞白，摇摇欲倒：“秦大侠，可否允许我坐下慢慢回话？”

秦自乐用剑一压，那匪徒坐下：“为了一千赏金，我财迷心窍，干下匈奴武士不齿之事。反正我不死也是个残废，索性我都告诉大侠。我本是律金答小王爷的武士阿布，因受龙廷客栈‘三铁’的蛊惑，到了噶彩姆土司府，土司律巴赫又加大价码。本来，‘三铁’要设计将大侠活捉，交与宝力奇父女，可律巴赫因为要谋夺蒙利克的地盘和卡帖娜，非要置你于死地。而半夜偷袭行动，却出自鹿裕浑的主意。不知你缘何得罪于他，年纪轻轻，心肠竟毒如蛇蝎。”

“你们来了多少人？死的这三个是谁，逃走那人又是谁？”

“逃走的是‘三铁’中的铁手，死的这三个都是土司府的卫士。除了‘三铁’、土司府十名卫士和律巴赫父子，还有因突部落的巴哈、噶弘因部落的多戈、巴布彦小王爷的卫士米尔加、河督府管家的儿子那佐，连我一共二十人。秦大侠，我不该杀死你心爱的女人，我杀了不该杀的人，作为武士，我已无颜苟活于人世。”说罢，扯着宝剑，往颈上一划，随即倒于地下。

秦自乐无心救火，只抢出细软和二人的衣服，任由火苗舔舐四名敌尸。见牧羊犬狸猫已被射杀，遂拔去它身上的箭矢，将其抱至卡帖娜身旁。他颓然坐下，也不管马嘶羊叫，只一个心思想着，如何为卡帖娜和即将降世的孩子复仇。

火已渐熄，天亦渐明。秦自乐仔细地揩净卡帖娜身上的血渍，并为她里里外外重新换上干净衣服，然后撬走四具焦黑的敌尸，在他与卡帖娜的寝处开始挖掘井坑。在他抱起卡帖娜的遗体，走向井坑时，猛然听到“嗷——呜——”一声长长的狼嗥，只见无数只草原狼从四面八方狂风般奔来，围成一圈，在他十余丈远的地方停下。随即，狼群中走出两只狼，慢慢地向他靠近。

秦自乐立即认出它们是被救的母子。按二哥的介绍和自己的经验判断，母狼现在的地位很高，应该是狼后，那么那公狼现在便是狼王了。至于它们如何得知这里发生的变故已不重要，单是这种举动，使他对狼又有了另一番认识。

狼母子就守在井边，直到看着秦自乐掩埋了卡帖娜和狸猫，这才回到狼群。秦自乐打开羊舍，放出羊子时，只听狼王又一声长嗥，庞大的狼群瞬间向噶彩姆方向奔去。

秦自乐于是开始了长长的寻仇之路。为了让张骞、堂邑父了解自己的行踪，他在一块葛布上用黑炭作了交代，然后包好，压在卡帖娜的坟前。

再说张骞，分别为堂邑父、秦自乐夫妇支好帐篷之后，第二天准备携带妻子儿子，去荒坑将秦自乐夫妇接来，让卡帖娜在此处落月，便于昆古丽玛月伦照顾。不料蒙利克突然找上门，将张骞拉出帐外，悄声道："张大使，告诉你一个不好的消息。九月初我便得知，八月底时，你的三弟遭群匪夜袭，卡帖娜已经被害，家被焚毁，秦自乐不知去向。我去看过一次，除了一丘坟茔，什么也没留下。"见张骞脸色陡变、神魂离窍模样，又小声咕哝道，"我知你们兄弟情深。之前我不敢告诉玛月伦，昨日借帐篷时，我也不敢告诉你。折腾一夜，我想这事你早晚都会晓得，所以今天一大早我便特地赶来，与你说知。"

猝然而来的消息，使张骞莫名惊诧并感到十分蹊跷。秦自乐一介布衣，有什么值得抢？而杀人毁居，目的明确，绝非土匪所为。何况三弟刚刚隐居荒坑，又为何人所知？遂问道："你那里是否有什么线索？"

蒙利克回道："我曾派人四处打听，无任何消息。不过，附近的噶彩姆草原却发生了一件奇事。秦自乐遭劫次日，土司府便受到数百只草原狼的攻击，阖府上下无一人幸免。"

"呃，有这等事？候几日，你我一同前去荒坑看看，或许能获得一星半点消息。"

送走蒙利克，张骞对妻子道："玛月伦，蒙利克找我有要事，这几日去不成三弟那里。"

玛月伦望着丈夫："你脸色不好。是不是三弟有事？"

张骞迟疑片刻之后，还是将蒙利克的话告诉了妻子。

玛月伦兀自惊愕不已，久久无语。最后道："没有三弟一丁点儿消息，这可怎么办？"

“二弟也不知几时回来，只有等。我已应了勒古台之约，十二月二十一日去突阿贺，最少待上一月。起程回国，只能等到明年春天。”

张骞对秦自乐虽然万般挂念，也只能暂且放下。他想趁难得的闲暇时光，将《摩诃兜勒》的歌谱记录于羊皮卷上。可是，由于儿子的“捣乱”，他难以集中精力。于是写写停停，进展很慢。

又一日，吃罢早饭，草原迎来一个少有的无风暖阳天气，玛月伦凑近儿子，耳语数句。张勇受到阿妈的“怂恿”，拉着正要伏案“工作”的张骞手臂：“阿爸说话不算话，答应带我遛马，又不动弹。”

面对玛月伦的“阴谋”，张骞报以一笑：“好嘞，我们出去玩儿，让你阿妈给我们做好吃的。”

张骞父子先去东边庄稼地遛了一趟，见其一片白地，毫无绿意，便觉索然。于是掉转马头，向北而行。张勇坐在怀前，去扯马缰。缰绳一紧，马儿兀地止步，父子猛地一颠，身体前倾，张骞硬生生拉直腰杆，张勇却“格格”笑出声来。

不错，这孩子从小胆大，再有几年，便可驭马而行。张骞正自暗赞，却见远方有一人一骑直奔而来。

尚有半里之遥，他已认出，是二弟堂邑父来了。张骞心中大喜，催马迎了上去，一迭声地叫着“二弟”。

二人相见，犹如梦中，互相瞧着对方，皆喜之不尽。堂邑父便欲下马，张骞道：“到家了，且回家去说。”又对怀中的孩子道，“勇儿，这是你二伯，快叫二伯伯。”

张勇倒挺大方：“二伯伯，快回家，我阿妈正在做好吃的。”

堂邑父不禁大笑，多少天的思念和劳累，顷刻之间烟消云散：“勇儿真乖，勇儿真亲，勇儿真是二伯的好侄儿，像个大大的男子汉！”

“二弟，其实你也有儿子了，你不晓得？”

“我离开龙城时，嘎女子倒是有了身孕。生男生女，我就不清楚。大哥又是怎么晓得的？”

“是勒古台和阿果拉芒娃告诉我的。”遂将自己被营救的经过，以及本月去突阿贺的事，一并说与堂邑父。堂邑父亦将自己遭叔父算计，误入左谷蠡王伊稚斜军营之事，摘要告诉了张骞。末了问道：“大哥，有没有三弟的消息？”

“这正是我想说与你知的。”遂将秦自乐的状况和心中的疑惑说了，“我想，我们兄弟二人明日去荒坑看看，看能否发现一些蛛丝马迹。我不相信，三弟会什么东西都不给我们留下。”

当日无话。次日一早，张骞又去约了蒙利克，三人顶着料峭寒风，来到荒坑。

荒坑果然其荒无比，目之所及，除了荒沙荒草荒土，再无别样。唯有秦自乐择居之处，有他们手栽的几十棵小树苗，菜园居然有零零星星的绿色菠薐菜。烧毁的帐篷只剩下几根焦黑的木桩，偏东位置矗立着卡帖娜的坟茔。

张骞向四周看了看：“二弟，三弟如果有话，一定会让卡帖娜告诉我们。我们就在这坟前坟后仔细找找，一定会有所发现。”

“大哥的话，倒提醒了我。坟前那块大石头，就像是三弟故意放的。”

“二弟，你搬开它，看下面是否压有什么东西？”

堂邑父搬走石头，并未发现什么：“大哥，石头下面只有一个小土坑。”

张骞蹲下，抠抠小土坑，见土质皆为碎粒，并不坚实，遂抽出宝剑，掘了一次，就看到一个小羊皮包。拆开包包，里面有块葛布，葛布上面用木炭写了几行汉字。张骞看了一遍，便读与堂邑父、蒙利克：

大哥、二哥：

我为卡帖娜母子复仇去了。

我的仇敌共二十二人，除当场被我杀掉四人，尚有十八人在逃。他们是噶彩姆土司父子及其卫士九人，龙廷客栈宝力奇父女及“三铁”五人，因突、噶弘因骑痞二人，巴布彦卫士一人，河督府管家之子一人。我不知需时几年，大哥、二哥无须等我。三年后若不见我回国，两位哥哥也无须为我伤心。

读罢，张骞道：“三弟如此血性，我们只能由他践行他对卡帖娜的挚爱。其中的许多疑团，也只能等到见了三弟，我们才能明白。”

这真是：

倏然而去的，是躁动的姻缘种子，
扑面而来的，是痴情的生死收割。
荒坑的秘密，是美丑的真谛所在，
两千多年前的历史，我们看到了什么？
有将柔情抖成了亮丽的丝绸，
有将贪欲打扮成高深的学科；
无须吃惊，也无须读经般翻阅，
有人播种情谊，有人却在陈列罪恶。

欲知下情如何，请阅本书最后一回。

第八十六回　两落情谊三场拼杀　一英殒身双雄归汉

十二月十四日晨起，阿果拉芒娃见天色有变，云层越来越厚，也愈来愈低，四野阴沉沉的，天光暗了许多，似乎即将降雪。她不由得大为忧虑，转身入帐，将勒古台拉出帐外：“你看这天气，倘若一场大雪落地，可叫大哥一家怎么登程上路？大哥又是一个守信之人，将承诺看得比性命还重。他说十二月二十一日起程来突阿贺，就算天上下刀子，也不会犹豫。大人受累受罪倒能忍忍，可勇儿行吗？那么小的人儿，想想都令人心疼。”

“这鬼天气，怎的就不做好事！”勒古台望望天空，又道，“阿果，我明白你想做什么。这叫事变，我亦应变。不能因张大哥不许我们登门相请，就在家中傻等。这坏天气，反倒可让我们理直气壮地上门相请相迎，你说是也不是？”

“你这说话做事，倒是越来越像张大哥。你就说，我们甚时动身去张骞大哥那里？”

“我们总该做点儿准备。三顶军用帐篷，一名脾气好、手艺好的军中厨子，一口军用铜锅，若干食品，还有火把、燃料、饲料、水袋、寝被，以及驮马等，今日准备整齐，明日动身，如何？”

阿果一个粉拳擂在勒古台前胸：“我让你学坏，原来你心里早有盘算！”

及至勒古台一行三人冒雪来到由天际牧场，张骞、堂邑父亦在准备。冷冻寒天，路途没有热食，让人实难消受。尤其是孩子，坚硬似石的干粮，新生乳牙怎生对付？

而蒙利克只有陶锅。二人正为此事想着主意，孰料勒古台夫妇专程迎接，一切问题遂告解决。

勒古台夫妇得知秦自乐之事，亦咨嗟不已，祝愿其大仇得报，善归故里。

调皮的是小张勇，对第一次远行，并无畏惧，反倒充满了好奇。对阿果拉芒娃亦不再称呼“果婶婶”，而改称“美婶婶”“漂亮婶婶”，把个阿果乐得开怀大笑。玛月伦赶快解释，勇儿这样称呼，并无人教他，可见阿果的美丽，连五岁的孩子也十分喜欢。

临到出发，天空突然放晴，而且晴得万里无云。久不见面的太阳，华光闪闪，耀人双眼，新鲜而又亲切，虽然暖意稍差，倒也很是喜人。而草原则一片银白，极目远方，茫茫无际，白晃晃无一丝遮拦。倒是眼前，枯茎草尖，星星点点，白雪之上，露出惨黄。

张骞一脚踏入，雪深足有半尺。见雪光激烈，遂让人畜佩上眼罩：“勒古台，你们完全不必如此大费周章，此与西行之路相比，已是无限坦途。至于孩子，这点磨炼又算得什么？尤其男孩，更不能让他娇气。阿果，你说是也不是？”

“张大哥，你总是有理。不过，你到现在，仍然不懂女人的心思。你们这些大男人，都这样。”阿果一句话，惹得几个男人一齐哈哈大笑，要阿果讲讲，女人究竟是甚心思。

众人乐呵呵上路，不日到了突阿贺。

张骞早已和勒古台心照不宣，一到突阿贺，第二天便开始了对军队的整肃和训练。对堂邑父培训影子部队之法，进行了修改、充实与提高，增加了特殊训练难度。短短一个多月，便为勒古台锻造出一支神奇军队。

临别时刻，勒古台要将迎接时的所有物件及厨师送与张骞，外加一些食品和细软。张骞倒也撇脱，除了厨师与黄白之物，其他皆照单全收。并互相约定，不管匈奴新的单于是谁，突阿贺决不派一兵一卒参加对大汉的战争。同时，勒古台夫妇将择机回访张骞，去张骞的故乡看看。如果张骞再次出使西域，也一定要重访突阿贺。

回到由天际牧场，张骞、堂邑父受蒙利克之邀，又开始了对部落武装部队的紧张整训。

不觉间，到了汉武帝元朔三年（前 126）三月初，张骞率领使节队离京出使西域，整整十三年了。此时匈奴伊稚斜虽登单于大位，但依然内讧混乱，正是返程回国的大好时机，而秦自乐至今毫无音讯，张骞不想再等，遂叫来堂邑父相商。

“二弟，三弟既然留话告知你我，我们就不必白耗时光机会。我想现在就做回程准备，争取本月十日之后出发，二弟你看如何？不过这么一来，你离嘎女子母子越发远了。”

“我同意大哥的决定。至于嘎女子，人家已经有了丈夫，我不能再插上一脚。儿子的事，看以后的缘分。倒是勇儿，胆量有点儿，但年纪毕竟太小，又是万里归途，强盗土匪横行，其中凶险难料，稍有不慎，将悔之终生。”

“二弟，我们如今是箭在弦上，不得不发。关于他们母子，我也曾反复掂量，并与你大嫂相互权衡，玛月伦勇敢泼辣，小张勇皮实耐得摔打，或许，经过这么一次历练，将来能成为一个无所畏惧的男子汉。当然，也得看我们的造化，如果天公助汉，我们也会有惊无险。”

“具体时日定在哪天？”

“我看就定在本月十二。为甚？因为这几天月最明，天最亮，以便你大嫂母子练胆。到月缺夜黑时节，她娘俩也就渐次适应。今日初七，四天准备，足够。”

“大哥，关于返程路线，我意还是走荒漠偏僻之地为好。因为人烟稀少，强盗土匪自然不会去那种地方打劫。我不是怕他们，少一些斗杀，大嫂母子也少一些惊吓。”

“二弟现在虑事周全多了。对路线的选择，我们想到了一块儿。我们不能再走朱厚良、石舛他们所走的西南一线——这次我被押往龙廷之时，据呼日勒吹嘘，他已让朱厚良等九人，全部命丧居延。那一路人烟较多，匪患也定必严重，故此，我决定走东边北线，最后南下到长城边关，具体是这样——”张骞找来一根木棍，在地上画道，“这里是由天际牧场。我们从这里出发，偏东南方向，行约二百里地，到板屋，然后由板屋，正东方向，经过丹墨音呼都、哈唐布拉格、敖包特呼拉尔、查干托洛盖，由此向南，穿过巴丹吉林大漠。穿越大漠也有两条路线。一是西线，抵达龙首山北麓，到长城边关；一是东线，顺阴山贺兰山西麓南下，到长城边关。”

“我同意大哥的路线选择，从阴山西麓南下，那里离长城边关较近。不过，据我估计，阴山、贺兰山匈奴土匪骑痞肯定猖獗，免不了有几场恶斗。其实龙首山那条路，又何尝不是如此！大哥放心，我就是拼掉一只胳膊一条性命，也要保得大嫂母子安全！”

“二弟何出此言？有大哥在，还轮不着你去拼命。好了，这事就这么定下。你大嫂那里我还得做点嘱咐。另外，还得将我们的返程路线，详细绘制成图，交与蒙利克。万一三弟来此寻找，也能晓得我们的行踪。”

二人议罢，便按之前的分工，分头准备。

张骞为秦自乐绘制了回京路线图，并留言道：

自乐吾弟：

我与你二哥和你大嫂母子，于你走后翌年三月十二日出发回国，具体行程路线如图所示。我等不知弟大仇是否已报，亦不知弟何时归来，因时不待人，故依弟之留言，未予久候。

想到路途少了三弟，不觉心中念念，思甚戚甚。而留弟一人行于路途，其寂寂之状，更让人百般牵挂。幸弟有多年独闯匈奴草原、荒漠之历练，兄之心稍安矣。

我与你二哥深信，兄弟重聚，不日可期。祝愿吾弟一路顺利，有危无险，逢困即解，重聚之后，今生永不分离。

特预留语，张骞字。

写毕，看了两遍，连同绘图一齐包裹整齐，又拿了一柄长戟，这才去寻蒙利克。

逢蒙利克不在，家人言称在军营打理军务。至军营，军营里空无一人。张骞遂去了演兵场。

蒙利克遥见张骞，立即驭马而至：“张大使，你有甚要事吩咐？”

“不要这么一本正经。”张骞一笑，“我来此寻你，有三件事情。第一，四天之后，也就是三月十二日，我们将由此出发，起程回国。第二，这里有两张包好的羊皮卷，秦自乐若向你打听我等的去向，请你将此物交付于他，他一看便知。第三，你的忠勇仁义，张骞没齿不忘。欲行感谢，又身无长物，唯有这柄任扶副使曾经使用过的长戟，现转赠予你，以作纪念。”

蒙利克一时呆住，好一会儿才缓过神来：“我知留你不住，只是没想到这么快就走。倘若我家主人仍在，从此亦会天各一方。说感谢，显得外道，这支强悍的部落武装，就全赖张大使的一手栽培。而我比之勒古台夫妇对张大使之亲，相差太远。今天大使以戟相赠，实为愧领。”

“蒙利克，你是实在人，怎的也说起虚话？此戟乃马上武器，于你可能外道，不若我将所记招数使上两遍，你在一旁可用心看好。”张骞凭记忆，将砍、劈、削、挑、划、戮、戳、拨、格、压、拦、搅、拈等诸般技艺慢慢使了一遍，并讲了它们各自用途，待蒙利克记下，又快速使了一遍。最后，又从围观的武士中选了三几人，真打实拼演练一番。匈奴人大多使用弯刀，在此长武器打击下，根本难以招架。

蒙利克接戟在手，那种欣喜，溢于言表，在张骞点拨下，耍了数遍，张骞这才告别。

一看天色，已经黄昏，回到家中，玛月伦便就埋怨：“说好了，你到蒙利克家，去去便就回来，你看现在都甚时了？儿子等你回家吃晚饭，等不住，都睡着了。”

“阿妈，我没睡着。”张勇翻身而起，“阿爸，二伯伯吃过饭便去杀羊子腌肉肉，说准备路上做干粮。阿爸，我们是不是又要到很远的地方去？阿妈也不告诉我。”

“阿妈担心路上遇到坏人，怕你害怕，不敢告诉你。勇儿，阿爸这次要带着你们回到南方真正的家，路不是远，而是非常远，有到你漂亮婶婶那里六个那么远。有阿爸和你二伯伯在，勇儿不用害怕。坏人敢动你和你阿妈一根指头，阿爸和你二伯伯就会杀死他。不过，在阿爸和你二伯伯与坏人打仗的时候，勇儿要闭上眼睛，免得坏人的黑血溅到勇儿身上。”

“不是我说你，现在就将这血淋淋的事说给孩子听，不怕将儿子吓着？”

“怎的，你也怕了？如今匈奴内乱，强盗横行，土匪肆虐，这种事极有可能发生。现在听都不敢听，到时我和二弟真的杀起人来，岂不会让儿子突然受到惊吓？他既然是我的儿子，这一关就非过不可。包括你，既然是我的妻子，这一关同样得过。这么些年，你也只听到草原牧民对为夫的一些传说，真要遇上图谋不轨的土匪，且看我兄弟二人的杀人手段。即使几十名凶徒，也不在话下。”

“阿爸，坏人的血是黑的吗？到时我眼睛偏要睁着，看阿爸和二伯伯怎么杀坏人。是不是像二伯伯杀羊那样，一刀一个。”

“看你，说得好吧！”玛月伦嗔中又带着骄矜，“这孩子，长大了，会和你一样，胆子忒大。”

“也和他阿妈一样，倔，不服输。”

“就你会说。吃饭吧，饭菜都热了两次，又快凉了。”玛月伦说着，先给儿子盛上，接着又给张骞盛上。

饭罢，张骞说了寻找蒙利克的经过。玛月伦一笑：“我又没有真的怪你。你做了该做的事，我不信你，信谁？”

张骞将妻子揽于怀中，抱了抱：“我去二弟那里帮忙收拾。”张勇奔过来推开阿妈：“阿爸，我也要去！”张骞抱起儿子，走出帐门，不料迎头撞着蒙利克。

蒙利克趁着月色赶来，说了两件事。一是十一日全部族举行盛大宴会，欢送张骞一行回国并举行篝火晚会；二是蒙利克亲率二十名骑士，送张骞等人到板屋。口气不容拒绝，言罢便即告辞。

一切如期进行。

十一日的宴会可谓盛况空前。在西域各国，张骞参加过多次国宴和私宴，与宴者皆为国家上层人物，宴会豪华、精致，有规有矩，有礼有节，人人言行收敛。而在这里，完全的平民化，人人得以纵情而乐。大盆大盆的羊肉、牛肉、猪肉，大桶大桶的奶酒、黍酒、烧酒（汉人奴隶制作），任人取食饮用，无主奴之别，无尊卑之分。部落里无分老幼，人人轮番上前，向张骞等人致敬祝福。张骞不由大为感慨：若有朝一日，汉匈之间不再有战争和杀戮，互通有无，和平往来，那该多好。他站起来，大声说道：“大家的深情厚谊，张骞无以回报，临别之前，就为各位唱支歌吧，歌名就叫《飞翔的云彩》。唱得不好，请各位谅解——”

千千万万种美丽，千千万万个奇怪，
那是太阳带着漫天飞翔的云彩。
咀嚼各种各样的幸福，
品尝各种各样的真爱，
那是快乐的脚步在向我们走来。

像泉水那样永不干涸，
像大地那样实实在在，
让生活的情趣不再携带着武器，
让所有的愿望都展现出风华绝代！

张骞的真挚之情，让所有的牧民为之动容，掌声经久不息，纷纷叫好。

十二日，许多牧民自发为张骞等人送行。当日下午申时，抵达板屋，时有十余名身份不明骑士在此盘桓。二十余户牧民，家家封圈封门，无人敢出。蒙利克见势不妙，对张骞悄声道："那伙人既无驮马行李，又无家眷随行，看来绝非善类。眼下见我们势大，不敢对牧民动手，一旦明日我等离开，不但牧民势危，连带你们也难以幸免，我意应当予以解决。张大使，你们且一旁观之，无须插手。"

张骞正要说话，对方过来一名头领模样的汉子，持刀远远站住，叫道："嗨，何方朋友，且将吃的、用的如数留下，放尔等新兵蛋子一条生路，如何？"

"可以。你们自己来取。只要我手中这位兄弟答应！"蒙利克说着，将长戟在面前一横。

张骞早已看出，这是一帮兵痞流匪。当蒙利克说出决定，他正琢磨以何种理由实施驱赶时，不料对方以为新兵好欺，前来挑衅，遂向堂邑父使一眼色，做好接战准备。

"哪里弄来的晾衣竿？难道怕你不成！伙计们，人家装硬茬，且把茬子砍了！"那匪首更不答话，弯弓搭箭，瞄着蒙利克，弓弦"嘣"地一响。

蒙利克首次以长武器对敌，不及弯刀习惯，未免有些着忙，只好伏鞍避箭，只听"铮"的一声，那箭被一颗飞石击落。蒙利克举戟一划，堪堪地撞上对方腰刀，接着顺势一钩，那匪首衣袍大开，回钩一钻，肚脐眼便平添一个大眼。长戟抽出，那眼中如藤似瓜，"哗"地出来一大兜篓。匪首道了声"晾衣竿厉害"，一个倒栽，落于马下。

一干护卫武士亦将张骞、堂邑父所授之刀术、箭（剑）术发挥得淋漓尽致，杀得这帮惯匪仅有三人逃出，而己方仅有两人轻伤。

蒙利克和武士们自是异常高兴，一家家叫起牧民，说了各自的身份来历，并择一空地，扎帐而息。张骞去看玛月伦母子，见妻子倒还神态安然，只勇儿还是受到一些惊吓，说话不像昔日那么利落。他晓得，这种恶战场面，路途将不止一次两次，儿子必须要过惊吓一关。今日只是见到别人杀匪，以后见到他与堂邑父杀敌之时，儿子必须要见惯不惊。他抱起勇儿问道：“你看见叔叔伯伯们跟坏人打仗，害不害怕？”

到了父亲怀中，张勇霎时变得不那么安宁，一双小手直接去张骞衣兜中掏摸，取出一颗石子：“不怕。坏人来了，我就用这个打他！”

原来自己的一举一动，都被儿子看在眼中。张骞放心了。

这时蒙利克已经过去：“张大使，没有你那颗石子，这‘晾衣竿’不会那么快吃到一块肥肉。”

张骞一笑置之：“一颗石子，举手之劳，没甚说头。倒是你手下那些勇士，值得称赞。”

“那还不是多亏了你和堂副使的调教。前时兰札吁王爷传下话来，龙廷纷争，他不介入，但王府仅能自保，无力对各部落相助。我有这么一支力量，何惧强盗土匪！”蒙利克经此一战，信心大增。

板屋牧民见这支骑士消灭了骑匪，又自结营帐，秋毫无犯，遂结队前来探询、问候，欲置酒宴，以表谢意。蒙利克见其破衣烂衫困苦不堪模样，心中老大不忍，予以婉拒。得知此处已被抢劫了两次，张骞即道：“你们不若迁入蒙利克部落，甚时不闹匪患了，想回时再回板屋，可不可以？”众人杂然以应，担心蒙利克不予收留。

“既然张大使发话，我没有不遵的，我可以在此候你们一天，请各自回家收拾准备。”

“谢张大使，谢蒙利克酋长！”众人又杂然退下。

“我原本是由天际的一个奴才，现在成酋长了。天际主人，你高兴吗？”蒙利克乐中又带着哭腔。转身又对张骞、堂邑父道，“谢谢你们的成全，天大恩德，终生不忘！”

“这是你忠勇仁义应得的回报。其实你早已是部落酋长——勇士们，回去之后，请你们告诉部落里所有的人，今后对头领蒙利克以酋长大人相称，好不好？”

张骞带头鼓以掌声。

“好！”二十名勇士异口同声叫好，巴掌拍得声声震耳。

又是一个兴奋之夜。

十三日，蒙利克带了十名武士，又送出百里，在张骞夫妇和堂邑父反复劝说下，才不舍返回。

十四日，蒙利克率众回到部落，刚进家门不久，秦自乐便掀帘而入。

蒙利克惊了一跳：“哎呀，秦副使，你若早来几天，那该多好！”

“我大哥二哥他们走了？”风尘仆仆的秦自乐怅然若失，“他们走多长时日了？”

“十二日到板屋，今天十四，天已傍黑，已经整整三天。”又取出张骞留下的羊皮卷小包，“这是张大使临行前给你留下的，你自己看。”

秦自乐匆匆看完：“有大嫂和孩子，他们走不快的。有这路线图，这就好办。才三天，我完全可以赶上他们。月明之夜，正好赶路，我立刻就走。”

“再急，也不在乎这一会儿。你不累，马也累。这样吧，你就在这里，睡上两个时辰，我替你准备好干粮、水袋，再找一顶小帐篷、一匹马。马的饲料也给你备足，上了路，两匹马换着骑，可好？”

“行。那就麻烦到底，请按我那短枪样式，找人再削二十支小木枪。”一个哈欠，倒下便睡。

张骞大小一行四人，按照总体方向，向东而去。依然是堂邑父在前，选择路径；张骞断后，看护妻儿和两匹驮马。昆古丽玛月伦居中，用一大布兜，将张勇紧搂胸前。左牵缰绳，右按刀鞘，头发挽起，以皮帽罩住，显得精干、利落而威壮。一个三十出头匈奴女子的神采，尽显风流。

那小张勇在有人护送时，只感到天广地阔，处处新奇。待蒙利克众武士一走，便觉得四面空寂无所依。感觉不对，事便渐多。一会儿要喝水，三个大人怕他被颠着呛着，只得停下等他。水喝了，一会儿要尿尿，三人又得等他。上马走了不到十里地，又不停扭动，说身上痒痒。起初，张骞还是信他，后来折腾的次数多了，便知儿子心中闹着毛病。张骞望着既无鸟兽又无人烟的荒野，目之所及，除了沙粒衰草，仍是衰草沙粒。还有飕飕的北风，刺骨之寒不减深冬。这哪里应该是一个五岁孩子该到的地方？疼惜之情不由得汹涌而生，遂柔声道：“月伦，你歇歇，将勇儿给我吧。”

儿子到了张骞怀中，抬起小脸问道：“阿爸，你们真奇怪，这里没有路，为什么走这里？”

“勇儿问得好。因为有路的地方常常会碰到强盗、土匪、坏人。现在只有我和你二伯伯能打仗，万一土匪太多，我们两个人打不过来，咋办？阿爸、阿妈还有你二伯伯，可舍不得勇儿落在坏人手里。”

“我明白了。你们是为了我，才走这没有坏人没有路的路。”

“勇儿真聪明，阿爸还没说完，你就晓得了。”

“阿爸，那你给我讲故事。”

“阿爸的故事多得很，你想听啥样的？是关于走没有路的路，还是关于跟坏人打仗的？或者是关于你阿妈的、你二伯伯和三伯伯的，还是其他许多伯伯的？”

“先讲关于阿妈的。你跟阿妈是不是早就认得？”

“你们爷俩在说我啥？”开始，昆古丽玛月伦以为张骞会责备儿子胡闹，后来见父子俩有说不完的话，并提到自己，于是回头问道。

“我叫阿爸先讲关于阿妈的故事，还有二伯伯、三伯伯的故事。”

儿子的奶腔奶调，让玛月伦心中一甜：“我有什么故事可讲？这张骞真会说。”

就这样，小张勇有时又去了堂邑父怀中。一路上，有这么一个小把戏闹腾，三个大人反而觉得开心有趣，有希望，不寂寞，也有劲头。

毕竟，为了照顾孩子，不敢贪赶夜路，遇着坏天气，还得停下来。所幸的是，走了十几天三千多里路，除了偶尔遇到觅食的野牲之外，没有村落，也没有土匪。直到到了查干托洛盖的一处绿洲，才看到十几户人家。张骞停下，远远观察了一会儿，见没什么异样，正准备前往，他们的行踪已被牧羊犬发现，接着奔出十来条汉子，手持弓箭、弯刀，将他们拦住。

一个头目样的年长汉子看了看，见四人之中有妇女、孩子，有汉人、匈奴人，感到十分奇怪：“你们是什么人，从哪里来，到哪里去？”

“我们是什么人？和你们一样，是贺兰山脚下的牧民，去龙城访亲，匡龙廷内乱，只好重回故乡。又因为带着孩子，想进你们村稍事歇息，并补充一些食物饮水。怎的，不欢迎？东西我们又不是白要。”堂邑父道。

“我们怕又是土匪进村里祸害。如果这样，请客人进村歇歇。说实话，这里四周处处都有暗桩、陷阱、机关，不是本村人，休想前进半步。前时有几拨匪人吃了暗亏，再也不敢前来骚扰。你们小心，请紧跟我们的路线，不要乱走。”

“小小村落，也有高人，你们村可真不简单！”张骞由衷地称赞，“不知此地怎么称呼？”

“我们这里上下一心，就叫一心浩特。”

“一心浩特？这名字好！我们记住了。”张骞一行遂在这里住了一夜，第二天直折向南，便准备穿过巴丹吉林大漠和腾格里荒漠，去长城边关。

张骞暗暗一算，从出发到这一心浩特，已经过去了半个月，如果顺利，再有五六天便可抵达汉界长城边关，自此再也不用担心安全问题。这五六天，也将是最为关键的日子。

与堂邑父商议之后，张骞没有走离山麓较近的大漠边缘便道，而是选择了偏西一点的无路之路，日日与遍地沙丘为伴，一架一梁，一梁一架，整整三天，才走出巴丹吉林大漠。

张骞并不晓得，秦自乐沿着他们路上留下的痕迹，不停地追赶，相距已经只有大半天日程。

又走了半天半荒漠地带（即今之腾格里沙漠，两千多年前为半荒漠），眼前突然出现了一片密林，青郁郁煞是喜人，似为松、杉之类。走近一瞧，果然，金钱松、白皮松、马尾松、油松、水杉等，均有。那张勇何曾见到过这么多大树！高兴得要去摸摸，一摸树皮，又把小手糙得生痛，生气地又要拿东西打它。逗得几个人心中直乐。

密林中没路，只能牵马而行，堂邑父在前，根据树皮颜色和树枝密度，小心地辨认方向，走了两里地，方出了林子。

过密林时，张骞多留了一个心眼，让堂邑父每隔几步在树皮上刻一箭头，说，万一三弟在此经过，就不用再去辨认方向。

走出密林，已是午后，只见一条小河顺着林边向东南流去，大约三里远的地方形成一片河谷小草原。大概由于这里偏南的缘故，枯草鲜草黄绿相间的草地，嫩绿似乎更胜一筹。一面浅山北坡之下，有十来顶毡帐。奇怪的是，此时正是各家女主人准备晚饭的时候，却不见炊烟升起。

张骞将次序作了调整，让妻子带着儿子和驮马在后，自己和堂邑父各持武器，并骑在前，并与玛月伦拉开一段距离，小心而行。

距村半里左右，便听村中传来女人的尖叫咒骂之声、小孩的号哭之声，以及兵器的撞击之声、牧羊犬的狂吠之声、受伤后的哀鸣之声。而“哈哈”之声带着浓浓的血腥味，不断地弹动着周围的空气，使人感到窒息。

有土匪抢劫杀人欺凌妇女！张骞与堂邑父对望了一眼。

他们有两种选择，或退回密林、隐藏起来，等候土匪行凶完毕离去，或杀入村中，斗杀土匪，解救牧民。当然，第一种稳妥，第二种冒险，因为他俩不知村中究竟有多少土匪。

然而，想退回已经不可能了，因为土匪匪首派在村外的眼线，已经发现了他们。眼线一声尖厉的呼哨，村中立时奔出五名土匪，闪身上马，摇着腰刀，一骑奔向身后的玛月伦，四骑试图将张骞二人围困。四匪似乎认识张骞手中的重剑，竟然无一人敢于发动进攻，只警惕地瞪着张骞双手。

堂邑父见迫向玛月伦的匪骑十分迅疾，来不及张弓搭箭，遂拈出两支长羽，奋力掷出，一箭洞穿悍匪后背，一箭深入敌骑后臀。那匪身子一斜，倒于地下，那马吃痛受惊，跑得不知去向。

张骞迅速发动进攻，一剑击飞敌刀，又一剑削掉敌匪右臂，另一匪转身欲逃，却被一颗飞石将脸颊击得粉碎。堂邑父则连挥铁弓，结果了另外两匪，又下马一脚踹裂断臂土匪的腔骨。

二人索性向村中奔去。在村口，见敌匪之马只有十几匹，便知是一小股流寇。村口那瞭望之匪看到张骞二人顷刻之间杀掉五匪，又向村中飞驰而来，哪敢接仗，返身而逃，大声呼叫，似是叫着匪首的名字。堂邑父一箭射去，那匪叫至半截，便即了账。张骞乘隙割断匪骑缰绳，将马儿追得四散而去。

进村不远，二人发现，一座破旧毡帐之外，仰身躺一女孩，约可十五六岁。赤身裸体，昏倒于地。女孩旁边，倒着两具男尸。其一年长，手握厨刀；其一年轻，手攥弯刀。显而易见，这里刚刚发生了一桩群匪杀人轮奸血案。张骞下马入帐，找了一床毡被，一试女孩，尚有鼻息，遂将其裹好，抱入帐中。出帐，看到妻子远远跟来，便连连摆手，让其停下，不要再动。

见张骞事妥，堂邑父道声：“大哥，我先去了，前边有牧民在与匪徒拼斗。”便挥刀而往。张骞叫道：“二弟，你去前面堵住！”亦举剑而冲。

战场在一帐篷侧边草地，七个牧民正和十三个匪徒对打。牧民已处下风，眼见得左支右绌，险象环生，难以自保，形势万分危急，一见又来二人，不知是敌是友，愈加慌急。

不料匪首却认得张骞：“弟兄们，杀死三老和酋长的仇人来了，大家且先杀了张骞，为托力达报仇！”

群匪中一人问道：“是那补鸟头的张骞？”

“就是他！”匪首狠毒地一瞪张骞，“我不怕你！”挥刀狠命地砍来。

张骞亦认出匪首，系当年都噶部落贮草场，守候鸟身的三名托力达之一。而今当了这群漏网匪徒的首领，趁龙廷内乱，流窜到匈奴边陲之地，继续为非作歹。

这匪首果然力大，连接张骞十余招，其刀竟未脱手。其间，又有五六名匪徒舍弃了牧民，围将过来。

堂邑父恶骂一声：“找死！”三箭齐发，三匪应声倒地。又三箭，另三匪两死一伤。

牧民们危机顿解，信心大增。余匪吃劲不过，一声呼哨，各自逃命。七名托力达，两个被牧民砍伤，两个被堂邑父射杀，只三匪逃出。

那匪首见大势已去，手下大多已经送命，怨毒地叫道：“张骞，今后再算总账！”

“想逃？没那么便宜！杀人越货、淫人少女，罪恶滔天之徒，总账就该了结！”张骞两颗石子齐发，嵌入匪首双臂，趁其刀落之机，一个提纵越过匪首头顶，重剑一挥，齐肩将其劈成两片。

张骞命堂邑父和参战牧民先移走敌尸，再打扫战场，并处理牧民遗体，这才去迎接玛月伦母子。

各户牧民此时纷纷走出家门，互相打听。大家惊魂甫定，皆小心翼翼，不敢高声说话。当得知作战牧民在强力外援下，基本歼灭了托力达匪徒之后，又无不额手称庆，围着张骞、堂邑父，说不尽的感谢。

老族长当即决定，将贵客留宿一夜。张骞见日渐西沉，也就同意留宿，不过，一应开销，银钱照付。

这时，昆古丽玛月伦却看到了昔日的家人——表妹查合拉灵。而查合拉灵也看到了她的姐姐。玛月伦放下张勇，二人不由得抱头痛哭，直到张勇连声叫着“阿妈”时，二人方才分开，又相视而笑，互相叙说别后情况。

原来，王兼走后，再无讯息，查合拉灵孤苦无依，又无男人娶她，遂与一老牧民搭伴度日。因老是受人欺侮，遂流落到这边远小村，生活倒也宁静。得知王兼已经亡故的消息之后，立即大放悲声：“我的命，也当不久！”

从与老族长交谈中，张骞了解到附近大概情况，沿此山缘一线，有三个村落，即西边七十多里远的响坪、这里的静坪，东边八十多里远的闹坪。响坪那里有一瀑布，昼夜喧豗不止，故名。那里牧民较多，三十多户。静坪草原最小，四周多树，人口最少。闹坪是一镇子，有六七十户，牧民与商户各半。汉匈交好时，是一商埠，平时龙廷派有税官和百人左右的驻军。汉匈交恶，断了来往，官兵便被撤走。过了闹坪，再走一天多路程，就到长城边关，汉人一入关，也就等于回到了自己的国家。

张骞欣喜难抑：“这么说，明日从静坪出发，后日即可入关？”

“是这样。只要马儿得力，一切顺利，一天半到达也是可能，我年轻时经常这样。不过你带有家眷，不必操之过急。再说——”老族长顿住，沉吟不语。

“我明白老人家的意思。再说眼下匪患猖獗，连小小的静坪都难以幸免，何况富庶的闹坪？不过我不相信，闹坪的村民就那么好欺负，心甘情愿，任人宰割。就你们静坪，不也有敢于同匪徒拼杀的年轻牧民？”

“张大人你说得很对。正因如此，所以一般骑痞土匪不敢去闹坪闹腾，小股土匪才流窜此处。但凡事都有例外，譬如哪个背时王爷一旦倒台，他的那些卫士成了匪类，他们的祸害岂不更大？他们个个武艺高强，越是富庶的地方，越会成为他们抢劫的对象，你说是不是这理？”

一句话提醒了张骞。他想到真哈烈王爷，一仗被左谷蠡打得不知去向，王府中的那些卫士，难保不会沦为盗匪。眼见故国近在咫尺，他不想再生枝节。于是问道：“有无其他路径，可以绕过闹坪？哪怕其路艰险也可。”

“没有。”老族长以肯定语气回道，“闹坪两侧均为深达百丈的悬崖峭壁。

要想绕过那里，除非你们原路退回，到阴山脚下过黄河，再到长城边关。”

“大哥，返回绝不可能，那还不知要过多少关口。而这里就这一道，只要不是龙廷派兵捉拿大哥，那些贼匪怕个屌毛。这关口说闯，也就闯过去了。再说，大嫂和侄子，也经受不了再次长途跋涉的折腾。好赖也就明日半天工夫，大哥，下决心吧！”

玛月伦也信心满满：“张骞，听二弟的吧。你也晓得我的本领，三两个土匪，休想近得了我身！”

张骞豪气顿生：“好，我听你们的。大不了，就像当年对付托力达那样，再来一场血战！”

次日中午，张骞等人到达闹坪西街口停下，仔细观察了一番，这里果然有着大镇的气象，宽阔的街道两旁，商铺、酒肆、客栈的布幌在风中飘扬。房屋多为垛木和夯筑墙，也有毡帐，都很阔大。挨土塄的地方，还可见到窑洞。但总体给人的感觉是冷清，隐隐地，还有一种杀气。而且，东街口外通往大汉的商道之上，没有一辆来往马车，不见一个行人，人们好像都躲了起来。

这引起了张骞的警惕。想找个当地人问问，半会儿不见一人。偶尔见到一个老妇，又装聋作哑。去拍帐门，户户拒不开启。好不容易碰到一个拄杖老人蹒跚回家，看到张骞一行，劝道：“看来你们是路过这里的远客，尚不知闹坪眼下情况。就在一个时辰之前，来了三十几名土匪。按说，区区几十个土匪，闹坪的护卫队并不怕他们，可这帮土匪的身份十分特殊，其头目是单于以前的卫士长特乌坎达，军师是前贴身侍卫呼日勒，带着被驱逐的卫士四处横行。他们分文抢和武抢。文抢就是按照他们所列钱财、粮食、肉食、女人之类交付，不动刀枪；武抢就不必细说。这会儿我们的酋长正在招呼他们吃喝并商谈条件，你们不若藏身他处，免遭无妄之灾。”

“谢老伯，我们晓得了。如老伯所说，若是文抢，大家的性命便可保无虞了？”

“土匪的话，谁能相信，有几分可信？大多都是放屁！所以人人躲在家里，不敢出门。特别是这帮家伙，个个武艺高强，说不怕，那是假的。”老人说罢，便即离开，生怕被人看到似的。

这是一桩重大消息。张骞万万没有想到，龙廷的剧烈纷争，竟使龙廷的前侍卫长沦落为土匪！他今日即使想躲，也躲不开。何况，其中还有一个欠下使节队多少血债的呼日勒！

真是冤家路窄。看来，今日的一场血战，已经在所难免。张骞开始紧张地思索对策。

堂邑父早已按捺不住："呼日勒这贼子多年寻他不着，今日天网恢恢送上门来，该是算总账的时候了。其他狗屁卫士我暂且不管，狼心狗肺的呼日勒，今天必须宰了他！"

"二弟，我何尝不想这样？"张骞道，"但是这里须有一番计较。你我仅只二人，而对方三十余众，并且均非等闲之辈。我意决定如此行事：其一，让你嫂子与勇儿匿于刚才那位老伯之家，我想那老伯一定不会拒之门外；其二，为避免当地百姓受到惊吓，我将这帮匪徒吸引到东街口之外场地；其三，在我与特乌坎达答话时刻，二弟实施突袭，先将呼日勒和特乌坎达射杀，特乌坎达不难确认，与我答话者便是；其四，那些卫士习于马战，所以应采取先伤其马，再杀其人。"

安排好昆古丽玛月伦母子，于是张骞在前，堂邑父在后，从街上招摇而过。

这时，特乌坎达骑马从酒肆中率众而出，准备逐户"验收"文抢"成果"，正好看到张骞二人的背影。立即大声喝道："站住！你们两个是什么人，怎么不打招呼就想溜走？"

二人不回头也不停下，反而让马儿加快了步子，眼见出了东街口。

特乌坎达大怒："各人准备放箭！"

呼日勒已从背影瞧出："头儿，恭喜你，是条大鱼！"

"大鱼？什么大鱼？"

"是张骞。抓住他，我们又可以回到龙廷了。"

特乌坎达大喜："兄弟们，给我将那两人抓住！谁抓着张骞，想要啥给啥。"

这些卫士人人皆知张骞对于匈奴龙廷的分量，顷刻之间将二人围在垓心。

张骞一手握剑一手握石："原来是侍卫长和呼军师，你们现在可真是出息，将自己的子民也当作了发财对象。这等的恬不知耻，可谓羞死先祖。你们不说人格，连狗格也无。狗再饿，还不咬家人。"这种极尽讽刺挖苦之语，连他自己也感到诧异。

呼日勒却紧盯堂邑父，准备予以暗算。

特乌坎达被说得满脸羞惭，口中讷讷，无言以对。低头之间，胸中忽中一箭，随之落马。呼日勒亦同时跌落尘埃，面门、左胸各中一箭，手指堂邑父："你、你……"两字说完，便呜呼哀哉。

五六个卫士的马匹亦负伤倒地。落下马的卫士尚在挣扎，只见剑影刀光闪电般划过，一个个立即身首异处，颗颗头颅，四处乱滚。其快、其准、其狠，让众卫士匪夷所思。

就在众卫士惊愕之际，又有六人送命。六人手中弯刀，如柳叶般飘飞。

"大家不要靠近，一齐放箭，先射二人之马！"众卫士人人久经战阵，毕竟不比寻常匪徒，醒悟之后，立即有人代替指挥。

一阵乱箭射来，张骞、堂邑父奋力拨去大部箭矢，花豹、乌骓仍各中数箭，两匹马儿终于支撑不住，各自倒地。堂邑父见机，一跃落地，张骞却因马鞍松落，一个侧身，右肩着地，将宝剑压在身底。

一卫士见有机可乘，飞身下马，挥刀劈向张骞左臂，欲伤其一臂之后，再行擒获，哪知一颗石子飞入左目，那卫士倒地大叫，一手捂眼，血如泉水般从指间喷出。张骞亦一个鲤鱼打挺，纵身而起。

有几名龙廷匪徒纵马向二人踏来，试图以居高临下之势，逼迫二人就范，或予以践踏，使二人毙命。哪知马蹄眼看及身，靠前两人眼前影子闪过，马背上便只留下半条身子。

三十八名龙廷匪徒，至此只剩二十一人。

众匪见二人武功奇高，捉不住，又杀不了，谁也不敢再次以身试险，便远离两丈之远，将二人团团围住，欲以乱箭射杀。

众匪不知，另外一大煞星已到了西街口。

秦自乐遥见大哥、二哥被群匪所困，形势万分危急，怒恨之极，遂将所有短枪抱于怀中，右手拃着三支短枪，直冲而来。

只见一道白光从西而至，又从右向左一闪，半圈匪徒已荡然无存。接着，只听短枪"嗖嗖"之声不绝，秦自乐将怀中杀器悉数投出，支支命中敌匪咽喉。唯余一骑，被张骞剑鞘击碎脑瓜。

至此，这帮纵横匈奴南北，号称天下无敌的龙廷匪徒，悉数被歼。

秦自乐抱着张骞放声大哭，哭过之后，又放声大笑，一迭声叫着“大哥”。哭罢笑罢叫罢，又与堂邑父相拥相搂：“大哥、二哥，我终于赶上了你们。”

张骞自是喜之不尽，一旁道：“三弟，你受屈了。一路之上，独自一人，也受苦了。”

秦自乐松开堂邑父，又面向张骞：“大哥，嫂子呢？孩子呢？我想——”突然一窒，扑在张骞怀里。

一柄飞来的匕首，正中秦自乐脊心。

堂邑父大怒，飞步跃至半坐于地的敌酋面前，挥刀削去其臂，复一刀，砍下脑袋。

原来托乌坎达胸中一箭，并未死透，尚存半息。悠悠醒来，见一白衣白马汉子飞驰而至，犹如天上神人，也不知用的什么功夫、什么武器，转瞬之间，剩余部众像被砍瓜切菜，纷纷落马。心中怨毒之气陡生，拼尽全力，拔出匕首，向那白衣汉人投去。

这时，昆古丽玛月伦业已赶到，大声叫着：“三弟，你醒醒，我是你大嫂！”

秦自乐睁开眼睛一笑，滚出泪珠：“大嫂没事，就好。”

张勇上前抹去秦自乐的泪水：“三伯伯，你痛吗？三伯伯是好孩子，不哭。”

“勇儿真乖。三伯伯大仇已报，见到勇儿，三伯伯高兴。”

“三弟，有什么事要大哥、二哥替你办的，你尽管说。”张骞抱着秦自乐，只感到撕心裂肺般疼痛。

“这里到边关不到两天路程，希望大哥将我归葬于故国。有朝一日如时机许可，请将卡帖娜的骨骸和我的骨骸合葬于汉中家乡。大哥二哥，对不起，弟弟要先走了。”说罢，阖目而逝。

张骞买了一辆车，堂邑父捉了三匹马，身上的血衣都来不及更换，便星夜兼程，赶向边关。

边关守将李中壮，连续数日心神不宁，总是感到有什么非常之事将要发生。

是匈奴军队寇边犯境？可是据线报所称，匈奴正陷于单于大位之争，一时还无暇南顾。

是大汉皇帝将有什么重大举措？可是据军报所传，目前还只是准备。

或许，与匈奴境内的盗匪有关？这倒是应该时时警惕之处。可是，这又与夜梦不符。连日来，他几乎每晚都要梦见使节队中的人和事。在皇宫中欢宴，离开帝京时的隆重场面，过狼谷、走荒原、翻雪山的诸多经历，在峦芳洲养伤的日子，宗宗件件，纷至沓来。而梦到更多的，是使节队中的许多兄弟。作为正使的张骞，他的义弟甘父，本为峦芳洲大王的秦自乐，小调皮由天际，善谋的公羊鸣执，以及任扶、苏疾、孙治瑾、杨柏，宋石、宋木兄弟，容南、容北兄弟，爱音乐的王兼，铁匠范佑铭，驯马师陈尚斗，玉石匠赵无偏等等，一会儿清晰地到了眼前，一会儿像风像影，飘飘摇摇，渐渐远去，一个个变得模糊不清。

十三年了，没有一条确凿消息。大汉西域使节队，已被许多人遗忘。偶尔也有关于张骞在匈奴的传闻，也完全不可相信。李中壮自愿充任边关守将，并在汉匈之间要津任职，全在于一个信念：坚信坚韧不拔的乡亲张骞，只要活着，总有一天能等到他回来。

不说李中壮心中念念，且说张骞就近寻购车辆时，当地酋长亦率领一干头面人物前来寻他："大英雄贵姓？购车欲作何用？我是这里的酋长。大英雄为我们除了大害，特来感谢大英雄。大英雄有甚难处，但说无妨。"

"我叫张骞。本是大汉出使西域使节队正使，不是什么大英雄。我有一位兄弟刚才在打斗中遭敌暗算不幸身故，在此购车欲将其遗体运回。止暴杀匪，保民平安，乃应做之事，无须感谢。"张骞急着赶路，不想久耽，回话简洁干脆又不失礼貌。

酋长立即训那车主："你钻钱眼里了？竟然不知羞耻、不知报恩！张大英雄的兄弟为了我们，性命都没了，一辆破车，还敢要钱？诚心丢人是不是？"

那车主连扇自己耳光，将钱如数掏出。

"酋长大人休怪于他，是我强行与他的。买了东西不给钱，那我成了什么人？"张骞拉了车子，飞奔而去。一到秦自乐遗体前，抱起秦自乐，轻轻放在车厢，快速驾起辕马："月伦，二弟，快走！再耽搁，就走不了了。"

"大哥，为何？又有土匪？"

"没有土匪，也不为何，你们且看后面！"

二人向后一看，可真是不得了。只见黑压压的人群，全都拥了上来，许多人叫喊着："大英雄，请留步！"声音一浪高过一浪。一伙年轻人，赛跑一样向这里直奔。

张骞连挥响鞭，催马疾行，直到奔出数里，后边才隐约剩下数骑人马。

日已西坠，复归平静。因路甚宽阔，张骞驾车居中，三人并排而行，但都沉默不语。连张勇都很少说话。小小的人儿，也经受着失亲的悲痛，不忍看(秦自乐)，又时时偷偷地看。

张骞那种锥心般的悲伤，如巨石压在胸口，一路上吃得很少，也喝得很少。

“大哥，三弟杀死了那么多强敌，他死得值！我倒想起在扜弥天际死后，孙治瑾曾经‘骂’你的那些话，我们回到长安，不知还有多少事要做，你这样下去可不行。”堂邑父说道。

“道理我当然晓得。只是刚见面，三弟就离你我而去，心里总是憋得慌。”

这里的黄昏时刻很短，说话间，天说黑就黑了，而且飘起了零星小雨。原来很近的夹道两山，全都消失在黑幕之中，路旁偶尔出现的小店，透出微弱的灯光，唯有狗吠，叫得十分起劲。

张骞很是后悔，未能在闹坪为自乐购买灵柩。但在那种形势下，又不许可。他只求三弟在天之灵能予谅解，到了边关，一定将其厚葬。

堂邑父强行替下张骞，张骞遂将儿子揽于怀中，让其安睡，三人举火，连夜趱行。

公元前126年四月四日午后未时许，张骞一行终于抵达边关城楼之下。当看到巍峨的城楼，以及城楼之上迎风飘扬的汉军旗帜时，张骞不由得热泪盈眶，跪于尘埃，大声叫道：“大汉，我回来了！皇帝陛下，使臣张骞回来了！”

这真是：

西域当年事，千载说悠悠。英雄有梦，等闲做得一风流。万里征途难达，凿空之旅重见，列国立云楼。葱岭留步履，今古雄赳赳。

路千条，胸万斛，十三秋。天地赋史，群英辉映我神州。大漠沙暴雪崩，荒原狼谷乱石，龙廷甘自囚。西域英雄传，浩然眼底收。

——调寄《水调歌头》

全书终。

张骞、堂邑父后续简述

因《西域英雄传》不是《张骞传》，所以小说只写到秦自乐捐躯、张骞和堂邑父归汉。

入关之后，张骞一行受到李中壮的热情接待，为秦自乐举行了隆重的葬礼，并为使节队所有的死难队员举行了盛大的祭灵仪式。张骞在此耽延了数日，方才离开。

离别之时，李中壮方告知张骞，因汉匈正处于交战状态，所以当朝有一严格规制，凡从匈奴归汉之人，无论官商军民，皆先关进“监营”，进行“分审”。而张骞、堂邑父系皇命所遣，按制当被作为重要疑犯，由皇家“监营”接收，一路之上，各级都须派兵押送。这里属陇西太守沈达成辖治，所以李中壮说，他将派出二十名骑兵，以示“押送”。

沈达成虽是老相识，却没有了使节队出征时的热情，生活倒不亏待，只是一副公事公办的模样，派出三十名骑兵，将张骞一行“押送”至京城。一到京城，立即被关入皇家监营。

这一天是四月二十八日，恰巧是十三年前，张骞率使节队出征西域的日子。

这也是历史实情，并非电影、电视剧所描述的那样，张骞一身破衣烂衫，接受汉皇的召见。

张骞一生进了三次监狱，两次为匈奴龙廷监狱，一次在大汉皇家监营。

不过，皇家监营更多的像囚禁，房间院落比较宽敞，相对有些自由，生活上也过得去。难受的是，日日要面对小吏们无中生有、猜度臆测的“审查”，张骞出示各国国书和西域地图，也不顶用。

张骞所遭受的不公正待遇，使一些当年了解内情的老臣为其鸣不平。后来，在李广、房太监的极力保释下，张骞等人得以出监。一算时日，已是六月底。出监之后，堂邑父变卖了两颗于阗玉，获得了一笔钱财，加上自己原有的和秦自乐留下的，置办了一些东西。堂邑父跟随张骞一家，先后去看望了夏宏、任扶、陈尚斗、朱厚良、方峒秋、魏田林各家。七月上旬，回到张骞故乡城固白崖村。房屋修葺之后，以做豆腐、烤酒维持生计。

这年八月，张骞将张勇送入斗山书院破蒙读书。

翌年春，张骞、堂邑父将从西域带回来的各样种子，在家乡试种，推广。并收回稻田，进行播种、插秧，教习堂邑父、玛月伦各种农活，真正过起了田园生活。安宁祥和而又惬意。

公元前 125 年七月前后，长安城发生了一件轰动朝野的事件，楼兰王子阿发里率领侍卫泮惹、沙弥尔、吉吉坦，月亮神国（精绝）国王廓尔汗率领侍卫长塔巴，大宛国正使帕卡及副使克里泊尔、别孜勃，先后抵达长安，拜见大汉皇帝，进行国事访问，并携来张骞带回的国书副本，指名非见张骞不可。然而，满朝文武，无一人懂得大宛语、精绝语，无一人识得大宛文、西域文。刘彻于此方知张骞出使西域的卓绝艰辛、卓异贡献，遂大发雷霆，彻查监营分审吏员，并立即颁旨，命张骞为大中大夫，将其召回。同时，让堂邑父以“奉使君”身份随行，张骞家小随迁。

张骞不得不将家中一切事体托付于养弟宋回。

这里有一个说明，堂邑父的“奉使君”称号，并非什么爵位。按字面理解，也就是“奉命出使西域的人”。因为出自皇帝之口，所以身份就显得尊贵。当然，也便于朝廷发放薪水。

要说的是，堂邑父是极为罕见的义士，不管世事如何沉浮变化，他都始终跟随张骞，事实上成为张骞的管家和最重要的助手。他可能先于张骞去世，什么原因，无从稽考。当然，如果以小说笔法反映，便有许多想象的空间。

张骞呈送给皇帝的匈奴及西域地图，引起了大司马卫青的极大注意。卫青充分认识到它的军事价值。他太需要了解匈奴地域、地貌的军事将领，于是向皇帝提出了请求，张骞因此改任校尉军职，成为卫青十四大特将之一（其他特将为公孙贺、李息、公孙敖、李沮、李蔡、张次公、苏建、赵倍、曹襄、韩说、赵食其、郭昌、荀彘）。

因为张骞后来的经历与汉匈形势密切相关，这里对汉匈之战需作一些简要介绍。

公元前127年的河南（河套平原）之战，是汉朝对匈奴用兵的转捩之战。是年，卫青率军夺取了黄河河曲，解除了匈奴对长安的威胁，并为后来大举反击匈奴占领了一块前沿阵地。

公元前124年至次年的漠南之战，卫青三次率军出征，重创了伊稚斜单于主力及右贤王所部，迫使匈奴退入漠北，切断了匈奴东西部的联系，为彻底清除河西匈奴创造了条件。

公元前121年的河西之战，霍去病率军连续三次纵深迂回和远程奔袭，全部肃清了河西匈奴，打通了河西走廊，斩断了匈奴右臂。

公元前119年，汉匈漠北大决战。此次决战，分为东西两大战场，东军统帅霍去病，西军统帅卫青。两大战场均取得胜利，以霍去病战果最为辉煌。此战使匈奴受到极其沉重的打击，主力损失九万余人，多年储备的物资彻底告罄。大片地区解除了匈奴的统治，致使匈奴远遁，漠南无王廷，西汉北部边民获得了比较安宁的环境。西域商道，得以畅通，葱岭以东西域之地，纳入西汉版图。

下来再说张骞。

公元前123年，卫青率六员大将、十万精骑，兵出定襄，北击匈奴，时年五十二岁的张骞，以校尉军职担任全军向导官，使大军幸免饥渴和迷路。大军获胜回朝后，随军将领皆得封侯，独张骞因未直接参战积下军功而不得封，卫青遂向皇帝陈述张骞保全军战力之功绩，遂被加封为博望侯。

其间，堂邑父助张骞在大漠中辨认路径，寻找绿洲，出力不小。

所封之博望侯，亦含有汉皇对张骞西域功劳的嘉奖。否则，不会冠以“博望”二字。

此二字，既高度肯定了张骞的特点，又赞扬了他突出的外交成就。

不久，刘彻又提升张骞为卫尉，统领禁卫军，位列九卿，成为朝廷重臣。昆古丽玛月伦在封邸居家，学习汉文，操练武艺。堂邑父管理阖府大小事务，并教授张勇实战功夫。张勇则去了朝廷为众臣子弟专设的皇家书院读书。

公元前 122 年，张骞奉命出使西南夷，堂邑父随往。

公元前121年，刘彻令张骞为将军，率一万精骑，与郎中令老将李广，出右北平，合击左贤王部，掩护霍去病在河西走廊的用兵。李广率四千骑兵先行，张骞率军跟进，在议定的日期相会合。

李广先锋部队出塞数百里后，因张骞军未能如期赶至，使左贤王钻了空子，以四万骑兵，将李广军重重围困。

受到十倍于己的敌军围攻，汉军将士都恐慌起来。为了稳定军心、鼓舞士气，李广小儿子李敢挑选出七十余名敢死勇士，冲击匈奴军阵。李敢一马当先，杀进杀回，敌血溅满全身以及战马，打得敌军阵脚大乱，回来告及乃父与众将，敌军虽多，却没有什么能耐，容易对付。军心于是得以稳定。

其后左贤王仗恃人多，发动了猛烈进攻，不计伤亡、不惜血本，以图迫使李广投降或将其军队消灭。李广则率领众将士拼死抵抗，杀得敌军尸横遍野，伤亡惨重。

经过半日激战，李广所率汉军亦伤亡过半。而更危急的是，汉军的箭矢，所剩已经不多。

这时，李广的“大黄”弓弩发挥出强大威力。这张“大黄”系强弩之三，无千斤之力，休想拉开。李广用它专杀敌将，百步之外百发百中，即使敌将躲于阵后，亦难逃厄运。手下将士，皆控弦以待，箭不虚发。

敌军的攻势缓了下来，日暮之后，终于停止了进攻。

次日晨，敌军重新发起了进攻。此时李广部众已不足两千，正当危急关头，张骞率军赶到。左贤王惧汉军之勇，被迫撤退。

回京之后，刘彻以张骞延误会师日期，致使汉军伤亡惨重，论罪当处斩刑。因汉制有拿钱买命一规（司马迁为完成《史记》，又无钱买命，只能以宫刑相抵），张骞遂出钱赎下死罪。

这样，就产生了两个历史疑点：其一，以两年前张骞任向导官之能力，缘何错过了会军日期？仅凭他与李广的情谊，也不应该。其二，张骞从来就将财富看得很淡，他哪来的巨款赎罪（官职越高，赎金数额越大）？

张骞路途之中定必遇到了特别重大的事件，致使冒着延误军机的死罪而滞留于途。如果将外敌与自然大灾排除，那么原因也许是：与他同生共死的堂邑父突患重病！

时年已经五十二岁的堂邑父，西行途中，体力早已透支，此次随军，已是心力疲惫，看似强壮，其实只是表象，张骞亦不免受其迷惑，堂邑父遽然病危，使他猝不及防。

笔者在此再予大胆推测，为使张骞尽快进军，堂邑父不惜以极端手段结束了自己的生命！

至于张骞赎罪巨款的来路，笔者亦有两个推测：一是部众的襄助，二是堂邑父为义兄积攒下的玉石金银。或者二者兼而有之。以张骞之宽宏大度和以诚待人，他的下属绝不会袖手旁观。

张骞决定拿钱买命，大概出于三个原因：一则堂邑父的后事需要料理；二则张勇年方十岁，需要照顾；三是妻子年纪尚轻（按推算，昆古丽玛月伦应该不到四十岁），而且初入汉地不久，需要陪伴。

被削职为民的张骞，又携妻带子，回到城固家乡，时令大概在初冬，距上次不过四五年工夫。这次在城固居住时日较长，约有三年光景，从西域带回来的新物种，在汉中得到全面推广。

公元前 119 年，由于漠北大捷，匈奴势力被完全逐出漠南，开通西域的宏图，又一次进入皇帝的视野。然而，满朝臣子，无一人能比张骞更了解西域，与西域各国的情谊，更无一人比得了张骞。皇帝遂于次年初秋下诏，重新起用张骞，恢复其爵位，委以中郎将之职，遴选使节队员，积极做好各项准备。

公元前 117 年春，张骞率领三百多人的庞大使团，先去了乌孙，又分遣各路副使，以大汉正使张骞之名，到访西域各国，取得完满成功。皇帝大喜，均给予封赏。

缘何首先出使乌孙，还得作一交代。

据《汉书·张骞李广利传》所载，在汉武帝向张骞再次询问通西域之计时，张骞陈述了乌孙崛起的经过及其与匈奴的矛盾，建议道：“今单于新困于汉，而昆莫（乌孙国王称呼——笔者注）地空。蛮夷恋故地（乌孙原在河西走廊一带），又贪汉物，诚以此时厚赂乌孙，据以东居故地，汉遣公主为夫人，结昆弟，其势宜听，则是断匈奴右臂也。既连乌孙，自其西大夏之属皆可招来而为外臣。”

张骞在此不重提大月氏，完全是从乌孙的战略地位予以考量。此时乌孙据有伊犁河与特克斯河流域，是西域北部一个大国。其东接匈奴，西北与康居相邻，由此可达奄蔡；西与大宛衔接，而大宛西南便至大月氏、大夏、安息、条支诸国；南则可与姑墨、温宿、龟兹、焉耆等国相沟通，具有优越的战略地位。从国力比较，据史载，当时乌孙全国十二万户，人口六十三万，能征战者十八万余人。而大宛约六万户，人口三十万，军队六万；大月氏十万户，人口四十万，十万军队；康居较大，有十二万户，六十万人，兵员却只有十二万；其他数十国总计不知足四万户，军队七万余人。所以，乌孙的向背举足轻重。

不巧的是，张骞率庞大使团抵达乌孙王城赤谷（今哈萨克斯坦之伊什提克）时，乌孙分成了三股力量，一是国王昆莫，二是昆莫次子大禄，三是立为太子的长孙岑陬。昆莫顾虑重重，一直犹豫不定，联络乌孙共击匈奴之战略计划，一时搁浅。

在此情景之下，张骞展示了他卓越的外交策略，以迂回之法，先派遣得力副使出访西域诸国，各派使臣至汉，同时劝说昆莫亦派使臣随他同往大汉。各使臣见汉朝地域宽广，人口众多，物产丰富，国力强盛，无不人人折服，乌孙由此反戈一击，彻底斩断了匈奴右臂，西域各国终于走上了归附汉朝的道路。

张骞第二次出使西域，战略得当，目的明确。从公元前 117 年出访，到前 115 年回到长安，前后三个年头，立下了不朽的功勋。

这里又有一事须得提及：关于前次死难英烈骸骨回国问题。依笔者推想，临行前张骞定曾向刘彻提出请求，并阐明了使节骸骨与战场死亡将士的不同。刘彻考虑到为使此次出使顺利，或许予以允准，也未可知。

公元前 115 年，张骞官拜大行令，位列九卿。

张骞晚年做的最后一件事，是贬刘勃。

公元前 114 年一月初，张骞奉皇帝旨令，前往常山（今江苏常州）查处宪王刘勃违法犯罪案。刘勃系皇帝之侄，倚杖权势，在常山为非作歹，无恶不作，弄得民怨沸腾，百姓日日告状，最后惊动了朝廷，危及皇家政权。张骞到后，通过暗中察访，取得大量证据。刘勃为逃避责罚，派爪牙收买张骞，张骞趁机让刘勃在行贿物品上签以“刘勃亲赠”字样。事后刘勃感到大为不妙，又出重金收买杀手行刺张骞，不料却被张骞擒获，更加坐实了刘勃的犯罪事实。

刘勃自知又落下谋杀朝廷大臣重罪，索性撕破脸皮，公开作对。张骞遂调集地方部队，围剿刘勃，将其擒拿，依律判刑，流放到西城县（今陕西安康，西汉时属汉中郡治）服刑，做劳役苦工。

是年三月初，张骞回京向皇帝复命之后，便患病不起。皇帝得知，派宫中医官前往诊治，但张骞拒绝服药，于三月十八日，病逝于官邸。子张勇时年十七岁，与母亲一同扶柩，将其父归葬于家乡。

这里有几个问题，成了历史悬疑：一是张骞所患何病，那么陡急，不得而知；二是张骞为何拒绝服药，他心中究竟想着什么？三是他的遗嘱除了死后归葬故乡外，究竟还有什么吩咐？四是他对堂邑父的遗骨定有妥当安置，是与自己的坟茔相依，还是与其他使节遗骨葬在一处？当然，还有对秦自乐遗骨的处置问题。

如果以小说笔法，可以大胆推测并作描述，但从参证角度，只怕永远是谜。

就此打住。上述文字，权当对读友们的一点交代。

后 记

创作这部《西域英雄传》，对于我这老迈之身来说，无疑是一次巨大的考验。

好在经过数十年的材料准备和框架构思，又经过近几年的伏案创作，总算得以完稿，文稿质量也达到了预期目标。

创作之余，感触良多。但作为后记，笔者不想多作阐述，只将几个问题予以说明。

一、创作诱因

1989年春，我出差途经城固，去张骞纪念馆，获得首届《张骞学术研讨论文集》，阅后引起我极大兴趣，于是着手搜集相关资料，准备写点什么。

陆陆续续，随着资料的不断累积，我产生了以小说形式予以表现的念头。之后几年间，我借公休日和假日，分段将张骞当年所经路程走了一遍，感触更多更深，创作念头亦愈加强烈。

于是下定决心，写出一部关于张骞英雄群体的大书，以老迈之躯，拼此一搏。

二、创作经过

经过长期酝酿和思索，2018 年，我开始构思全书整体框架，分列创作提纲，初步拟出回目。经反复斟酌修订之后，于 2019 年初动笔开始创作。

按原来构想，该书计一百个回目，用一百四十余万字完成，计划四年完稿。

后来考虑到主要是刻画出征西域的英雄群体，所以只写到第八十六回张骞与甘父归汉为止。至于张骞个人、其妻昆古丽玛月伦及张之生死友人甘父（堂邑父）之后的状况，我在《张骞、堂邑父后续简述》中作了交代。

2020年开始蔓延的新冠疫情，反倒使我可以足不出户，安心工作，因此加快了创作进度。自己的感情全部投入西域英雄们的喜怒哀乐之中，迷失于西汉时代西域迷境之中。但也导致自己的健康状况迅速下降，不得不两次入院治疗。

2021年8月12日晚上10点，当我写下“全书终”三字时，几乎瘫倒书案。三十二个月，没有节假日，没有休息日，连大年初一都没有放过，摒去电脑，以传统方法，一个字一个字地用笔写到一百四十余万字。

三、笔法体例

本书语言文字力求简洁、明快，尽量摒除拖泥带水的句式，务使读者有阅读的快感、美感。但凡超过二十个字的句子，必作技术处理，叙事状物，必须准确达意，并考虑古人话语习惯，避免一些当代词语。如将“考虑”换作“琢磨”，将“时间”换作“时日、时辰、时刻”，距离单位则以“里、丈、步”代替“米、公里”等。因故事情节表现、人物刻画需要所写的古文片段，以及其他生僻字词，在每回结束之后，都加以注释。对于一部超过百万字的长篇小说，这种几近严苛的要求，无疑给自己增加了不小的难度。但是，不如此，又怎对得起花时间读你作品的读者朋友？

关于体例，毋庸多言，一看便知，乃章回小说。缘何采用这种体例？这不是复古，完全是因为文字内容和表现手法的需要。

四、何谓“凿空”

这个问题，看似与本书关系不大，实则大谬。因为这部小说所反映的，正是以张骞为代表的英雄群体的“凿空”之旅。所以，对此必须有所了解。

何谓“凿空”？《史记·索隐》解释说：“谓西域险厄，本无道路，今凿空而通之也。”其实，远在西汉之前，丝绸之路就已出现。那么，为何司马迁坚持认定，丝绸之路系由张骞使节团“凿空”所开拓？

这是因为：其一，最初出现的通往西域之路，不明确，也极不稳定，根本谈不上通畅和繁荣，又常因一些民族和国家的战争纠纷而中断，尤其常被匈奴人阻塞；其二，即使有冒险者试图一谋，也因重峦叠嶂、荒原遥遥、大漠茫茫、食宿无着、饮水难求、野牲狼群与匪人出没而止步；其三，古人对通往西域的路线、地点模糊不清、无准确图示与记载，只有在张骞使团到达西域之后，才有了明晰的路线，地理知识储备得以提升，也从此奠定了我国新疆版图。并且，从汉武帝开始，朝廷在西域采取了各种有效措施，与西域各国建立起友好关系，才使这条横贯亚欧的通道得到繁荣发展。从这一深远意义上衡量，说张骞使节团西域之行为“凿空”之旅，丝毫不是过誉。

五、书中诗作

张骞不但性格坚韧、为人宽宏大度、极具外交才能，而且在武学、绘图、音乐诸方面亦有相当高的造诣。单从音乐上讲，西域大曲《摩诃兜勒》曲，便是由他整理记谱而传入汉朝。这就带来一个问题，在鼓舞士气、在外交场合、在抒发情感时，必以歌歌之，而歌必有词，词必以诗。包括对草原艺人、西域歌手的描写，诗歌亦不可回避。

而我并非诗人，于写诗完全外行，只能勉力为之。后来决定，干脆于每回之后，以诗作结，力争为作品有所增色。这也使我自己的情感找到了宣泄的途径，譬如第七十九回，是我在全书中最不愿写、又不得不写的回目，当写到聪明可爱、又有点小调皮的由天际死于与狼群搏杀之中时，我窒息得欲哭无泪，心情数天难以平复。还是结尾那首诗作，使我又拿起笔来，继续后面的创作。

书中的诗作（包括开篇词与结尾词），就那样了，好赖都是我赋予人物的真情实感的流露。

六、关于几个历史问题的说明

首先，关于张骞的生年。此问题史无记载，现代一些学者推测其大约出生于公元前164年，但缺乏有力证据；而笔者当年所见城固张骞纪念馆介绍资料和《汉武帝全传》（陕西旅游出版社1997年版）等书，都指出张骞出生于公元前175年。

笔者认为后者较为合理，因为依此推算，张骞出使西域时正当壮年，成熟稳重，也更符合小说中对其性格特征和行事风格的描写；而且小说并非信史，所以笔者在书中采用了这种说法。

其次，关于张骞出使西域的时间。有的说张骞张骞西域使节团于公元前 139 年出发，前 126 年回国，为整十三年；有的说是从前 138 年出发，前 126 年回到长安，为十三个年头。为了方便，本小说采用十三年一说，出发日期选为公元前 139 年晚春。

另外，张骞从戎一事。按汉制，男丁从十六岁到五十六岁必须服兵役三年。而自服兵役者称“践更”，拿钱请人顶替者叫“过更”。凡服兵役者，均为正卒，先在本郡服役一年，或步兵，或骑兵，或水兵。每年中秋郡尉考核后，再到京都服役一年，分南军和北军，南军拱卫京城，北军由卫尉统领，守护皇宫。第三年为戍卒，去各边郡服役。小说中为情节需要，张骞等人直接去了卫尉李广的部队，第二年便成了戍卒，参加了虎威一战，立下军功，开始了后来的种种历程。

七、关于西汉时期的饮茶

因为情节需要，小说中数处出现了关于茶的描述。关于我国茶的历史，这里不妨略作交代。

我国自古就有“神农尝百草，日遇七十二毒，得荼（茶）而解之”的传说。茶在秦以前有许多别名，《尔雅》称茶为“槚”，接近巴蜀口音，说明茶最早可能为巴蜀、云贵一带部族所发现和饮用。而《神农本草经》记载：“苦荼，一名荼，二名选，三名游，冬生，益州川谷山陵道旁，凌冬不死。”秦统一全国后　实行书同文，“茶”字由此规范。

饮茶的历史，《华阳国志》已有记载，说周武王伐纣后，巴蜀等西南小国即以土产茶叶作为“贡品”，说明西周时期，茶叶已成为宫廷珍贵饮料。秦汉时期，在四川、陕南汉中等古老茶区，茶树的栽培、茶叶的加工、饮茶的技艺已形成规模。饮茶之习不但在皇宫，在王侯将相、富商大贾中已经盛行，并传入北地匈奴，只是价格非常昂贵。

不过，那时的饮茶以“煮”为要。远古时期茶作为祭品，并无此法，后来人们将茶作为药品之后，才煮而饮之，并逐渐形成习惯。直到唐代之后，才出现泡茶之法。张骞生活在盛产茶叶的汉中地区，自然知晓饮茶习惯。

八、西汉时期的货币

秦之前，人们将铜、铁统称为“金”，青铜器上的铭文即称“金文”。货币的材料以铜为主；货币的形状，各诸侯国自成体系，形状各异，刀币、裤币、条币、圆币，不一而足。那时的黄金、白银还十分稀缺。秦统一六国，制作外圆内方的半两钱。西汉初年沿用秦制，后又出现三铢钱。私人亦可铸钱，如邓通、卓王孙、吴王刘濞，因私铸钱币而富可敌国。同时，黄金、白银作为贵重货币，也已经出现。如汉武帝派遣张骞出使西域，便携带了大量的黄金白银，赏赐有功之臣时，亦是实打实的黄金。之后汉武帝命令由国家铸五铢钱，私铸无利可图，国家货币乃得以统一。

不过，那时尚无银锭一说，而小说中为了情节需要，多处出现了对银子的描写。实际上，当时民间通用的仍是制钱。请读者阅读时予以留意。

写完此书，我已心力交瘁、老态龙钟，但此生的心愿终于得以了结，于心再无遗憾，可以安然度过余下有限的岁月矣。批评也好，称赞也好，于我只能乐得一听。

搁笔之前，还想再说一些感谢的话。

老伴黄武琴，是我的坚强后盾。她性格爽朗，对我关怀备至。从衣食住行到日常家务，她几乎包揽了全部活计，乃至我是否按时休息，她都予以“监视”。虽然与我同庚，年近八旬，她仍坚持上网学习膳食功夫，为能为我做出可口饭菜做着努力，使我体会到深深的相濡以沫之情。可以说，没有她的关爱，这一浩大的创作工程能否完成，我自己都很怀疑。

学生叶甲强，得知我在创作这部大型作品之后，不仅在经济上予以支持，以减轻我的压力，而且时常登门看望，嘘寒问暖，令我感动。

挚友梁真鹏，对本部小说的创作给予了极大的关注和鼓励。他是我书房中的常客，为了不打搅我，他每次光临时间都不长。但哪怕只是几句平常的交谈，也使人倍感温暖，心情愉悦。

安康市文广局、群艺馆对本书的创作和问世高度重视，不仅一直关心书稿的创作和出版进度，而且将本书列为重点项目予以扶持，无疑是对我莫大的精神鼓励和心灵慰藉。

陕西人民出版社独具慧眼，将此书列入年度重点图书选题计划，其编校团队在本书的编校方面付出了极大的心血，他们的专业、敬业及一丝不苟的编校精神尽显大社风范，令我满怀尊敬和感激。2022年，经过陕西人民出版社的积极申报和努力争取，本书成功入选陕西省重大文艺精品项目。

由于本书涉及内容广泛，采用资料众多，古人的，今人的，史料的，学术的，具体书目难以尽数，未能一一列出。

以上诸端，只能一并致谢！

李茂询

2022年10月18日